Excalibur

Herausgegeben von
Melissa Andersson
und
Gerd Rottenecker

Mark Anthonys Meisterwerk bei *Excalibur*

Die letzte Rune 1 – Das Ruinentor
Die letzte Rune 2 – Der Fahle König
Die letzte Rune 3 – Der Runensteinturm
Die letzte Rune 4 – Die Flammenfestung
Die letzte Rune 5 – Der Tod der Götter
Die letzte Rune 6 – Die sterbende Stadt
Die letzte Rune 7 – Die schwarzen Ritter
Die letzte Rune 8 – Das Schwert von Malachor
Die letzte Rune 9 – Das Tor des Winters
Die letzte Rune 10 – Der Runenbrecher
Die letzte Rune 11 – Das Blut der Wüste
Die letzte Rune 12 – Die letzte Schlacht
(erscheint im September 2005)

Mark Anthony

DIE LETZTE RUNE
5

Der Tod der Götter

Aus dem Amerikanischen
von Andreas Decker

Knaur

Die amerikanische Originalausgabe erschien 2001 unter dem Titel
The Last Rune: Dark Remains – Part One
bei Bantam Books, New York.

Besuchen Sie uns im Internet:
www.knaur-fantasy.de
www.knaur.de

Deutsche Erstveröffentlichung Februar 2002

Umschlagkonzept: Melissa Andersson
Umschlaggestaltung: ZERO Werbeagentur, München
Umschlagabbildung: Stephen Youll, USA
Lektorat: Ralf Reiter
Satz: Ventura Publisher im Verlag
Druck und Bindung: Clausen & Bosse, Leck
Printed in Germany
ISBN 3-426-70205-3

4 5 3

Für Trey R. Barker und LuAnn Salz –
Danke für Providence und Dark Redemption.

Und für die Millennium-Gang –
Kathy Kirby und Stan Kirby
Christie Golden und Michael Georges
und Raven Moore –
Drei Uhr morgens wird nie wieder so sein,
wie es einmal war.

KARTE

DAS WINTERMEER
Ur-Torin
DIE FROSTEBENE
TORINGARTH
Fal Imbri
IMBRIFALE
Das Runentor
Fal Threndur
(Eisenzahnberge)
DIE SCHATTENKLUFT
Burg Todesfaust
Der Fluß Fellgrim
(MALACHOR)
EMBARR
DIE ÖDNIS
Kelcior
Barrsunder
Der Winterwald
Der Schlangenschwanzfluß
Der Fluß Farwander
KÜSTE
EREDANE
Der Weiße Turm
Spardis
Fal Erenn
(Morgenrotberge)
PERRIDON
Westwald
Erendel
Galt
GALT
Dämmerwald
Der Graue Turm
Fal Sinfath
(Zwielichtberge)
Calavere
DIE STURM-
Ar-Tolor
DAS MEER DER MORGENRÖTE
Der Königinnenpfad
CALAVAN
Der Fluß Dimduorn
TOLORIA
Der Schwarze Turm
Borelga
Der Fluß Kelduorn
Gendarra
DIE FREIEN STÄDTE
Weißsteingipfel
Der Große
BRELEGOND
Die Schleierberge
Nach Tarras
DAS SOMMERMEER
DIE DOMÄNEN
und Umland
Meilen
0
25
50

EINLEITUNG

In einer Herbstnacht verändert sich das Leben von Travis Wilder, einem Saloonbesitzer in der kleinen Stadt Castle City, für alle Zeiten. Sein Freund Jack Graystone bittet ihn, einen unscheinbaren Stein zu hüten, und stirbt Augenblicke später beim Angriff unheimlicher Wesen. Nur die Hilfe des mysteriösen Wanderpredigers Bruder Cy rettet Travis das Leben. Cy befördert ihn nach Eldh, einer Welt voller Magie, deren Entwicklung dem irdischen Mittelalter entspricht – und von der Jacks Mörder kommen.

Zur gleichen Zeit stößt in Denver die Ärztin Grace Beckett auf die Männer mit den Eisenherzen. Das Eingreifen von Hadrian Farr, einem Agenten der Sucher, die seit Jahrhunderten außerweltliche Phänomene erforschen, ermöglicht Grace die Flucht – die sie ebenfalls nach Eldh führt.

Die beiden Menschen von der Erde stehen plötzlich an vorderster Front im Kampf gegen den Fahlen König. Vor tausend Jahren raubte er die drei Großen Steine, um mit ihrer Macht die Welt zu zerstören. Er wurde im Krieg der Steine besiegt und für immer in sein eisiges Reich Imbrifale eingesperrt. Aber jetzt ist die Runenmagie in Vergessenheit geraten und der Kerker nicht mehr sicher.

Travis muss zu seinem Schrecken entdecken, dass sein Freund Jack der Hüter eines der Großen Steine war und ihn zusammen mit seiner Macht als Runenmeister an ihn weitergegeben hat. Und Grace, die man auf der rückständigen Welt für eine Herzogin hält, gebietet plötzlich wie die Hexen von Eldh über die *Gabe*, mit der sie sich die *Weltenkraft* zu Nutze machen kann, das magische Netz, das alle lebenden Dinge verbindet.

Unterstützt von dem undurchsichtigen Barden Falken

Schwarzhand, der nicht minder geheimnisvollen Lady Melia, die immer mehr weiß, als sie sagt, und dem aufrechten Ritter Beltan, nehmen sie gezwungenermaßen den Kampf auf und können das Gefängnis des Fahlen Königs erneut versiegeln.

Travis kehrt zur Erde zurück, aber Grace bleibt auf Eldh. Eine traumatische Kindheit im Waisenhaus hat schlimme Narben auf ihrer Seele hinterlassen und sie fürs Leben gezeichnet; nun hat sie zum ersten Mal echte Freunde gefunden. Wie die junge Baronesse Aryn, deren rechter Arm von Geburt an verkrüppelt ist und die ebenfalls die *Gabe* hat, oder den düsteren Ritter Durge von Embarr, der zu ihrem Beschützer geworden ist.

Doch Travis wird in Castle City nicht glücklich. Plötzlich ist er ein Gejagter. Der geheimnisvolle Konzern Duratek weiß von Eldh. Er will diese Welt erobern und ausplündern, und dazu ist ihm jedes Mittel recht. Die Sucher bieten Travis ihre Hilfe an, doch er vertraut ihnen nicht.

Und dann greift das Vermächtnis des Fahlen Königs erneut nach den zwei Welten. Die Flammenpest breitet sich aus, ihre Opfer entzünden sich von selbst und verbrennen vor den Augen ihrer entsetzten Umgebung. Von den Trägern der magischen Seuche bedroht und von Duratek gehetzt, kann Travis in letzter Sekunde nach Eldh fliehen.

Dort werden Grace und Aryn in der Zwischenzeit von der Hexe Lirith in der *Gabe* ausgebildet. Bei einer diplomatischen Mission stoßen sie auf die *Krondrim*, die Verbrannten. Grace kämpft vergeblich gegen die Flammenpest; erst als die Gefährten wieder vereint sind, erkennen sie die Zusammenhänge.

Die Spur führt in die Vergangenheit – und zu den Sklaven des Fahlen Königs. Einst verleitete er dreizehn der Neuen Götter, in seine Dienste zu treten. In Körper aus nichtlebendem Fleisch gehüllt, wurden sie seine Nekromanten und führten seine Befehle aus. Aber andere der Neuen Götter stellten sich ihrem Terror entgegen. Zu ihnen gehörte auch Melia, und wie ihre Brüder und Schwestern opferte sie dafür ihre Göttlichkeit und lebt nun als Unsterbliche unter Menschen.

Doch einer der Nekromanten hat den Krieg der Steine überlebt und sich verborgen gehalten. Jetzt will sich Dakarreth mit *Krondisar*, dem Stein des Feuers, zum Herrscher über die Neuen Götter aufschwingen. Doch er kann den Großen Stein nicht kontrollieren, nicht ohne den Schlüssel – und den vermutet er in Travis Wilder, der mit dem Stein des Zwielichts das Runentor erneut versiegelte.

Die Spur führt schließlich ins von Intrigen heimgesuchte Perridon. Dort hat sich Dakarreth das Vertrauen der verwitweten Königin erschlichen und überzieht das Land mit Schrecken und Tod. In einem harten Kampf kann Travis den Nekromanten besiegen – und wird dabei von *Krondisar* verbrannt und wieder geboren. Doch vor seinem Ende verletzt Dakarreth den Ritter Beltan schwer. Ohne die richtige medizinische Hilfe muss er sterben. Die kann er auf Eldh aber nicht bekommen. Um den Freund zu retten, treten Grace und Travis erneut die Reise zur Erde an – und in eine ungewisse Zukunft ...

Mit Fellring, dem Schwert aus Elfenschmieden,
Durchbohrte Ulther des Fahlen Königs Herz ...

Der Abschiedsworte dunkler Sang
Erfüllt das Herz mit dunklem Klang.

ERSTER TEIL

Der Große Hexenzirkel

1

Es waren die letzten strahlenden Tage des Sommers. Kühle Morgen wichen trägen Nachmittagen unter einem dunstigen Himmel; auf den Feldern neigte sich der Weizen, und die Schäfte trugen schwer an ihrer Frucht. Im ganzen Land herrschte Stille; es war, als wollte es einen letzten, tiefen Schluck Gold trinken. An einem dieser Tage kamen die Mournisch nach Ar-Tolor.

Aryn sah aus dem Fenster ihres Gemachs und betrachtete die Wagen, die in einer langen Reihe über die zum Schloss führende Straße krochen. Auf diese Entfernung waren die Wagen kleiner als Spielzeuge, aber die Augen der jungen Frau waren scharf, und sie konnte viele der fantastischen Umrisse erkennen, zu denen man sie geformt hatte.

Da gab es Schwäne mit hohen, geschwungenen Vorderteilen und weißen, an den Seiten zusammengefalteten Schwingen und pinkfarbene Schnecken, in deren spiralförmigen Häusern kleine runde Fenster funkelten. Ein Löwe duckte sich tief, als wollte er sich auf einen Hirsch mit einem großen Geweih stürzen, während dahinter ein smaragdgrüner Frosch hüpfte. Weitere Wagen kamen in Sicht: Schildkröten und Fische, die blaue Holzwellen erklommen, Echsen, lohfarbene Hasen und ein Dutzend anderer Geschöpfe, wie Aryn sie, ausgenommen auf den Seitenrändern alter Bücher, noch nie gesehen hatte.

Ein Wagen nach dem anderen verschwand hinter der grünen Wölbung des Hügels, und die Straße war wieder leer. Aber Aryn wusste, dass die Wagen in diesem Augenblick auf einer Wiese vor dem Dorf zum Stehen kamen und die bemalten Türen sich öffneten, um den würzigen Geruch von Räucherwerk, das kühle Klimpern von Silber und die wogenden Rhythmen von Musik in die Welt hinauszulassen.

Die junge Frau wandte sich mit einem aufgeregten Funkeln in ihren saphirblauen Augen vom Fenster ab. »Lasst uns die Mournisch ansehen!«

Lirith saß auf der anderen Seite des kleinen Wohnzimmers auf einem Stuhl und schaute nicht von ihrer Stickarbeit auf. »Und danach lassen wir uns dann in den Kerker werfen und machen die Bekanntschaft von ein paar Dutzend Ratten. Königin Ivalaine will nicht, dass jemand von ihrem Hofstaat mit dem Fahrenden Volk in Berührung kommt. Das hat sie ganz klar zum Ausdruck gebracht, und Ihr wisst das genauso gut wie ich, Schwester. Ihre Kunststücke sind für die Dorfbewohner und die Bauern bestimmt.«

Verärgert, wenn auch keineswegs überrascht, gestattete sich Aryn ein besonders finsteres Stirnrunzeln.

»Und Ihr werdet eine ganz besonders hübsche Baronesse abgeben, wenn Euer Gesicht in dieser Pose erstarrt«, fügte Lirith nachdenklich hinzu, den Blick ihrer dunklen Augen noch immer auf den Stickereireifen auf ihrem Schoß gerichtet. »Selbst tapfere Herzöge und stolze Ritter werden vor Euch erzittern.«

»Das sollten sie auch tun«, sagte Aryn. Allerdings glättete sie ihre Züge und warf einen schnellen Blick in den silbernen Spiegel an der Wand, um sich zu vergewissern, dass sie keinen permanenten Schaden angerichtet hatte.

»Das habe ich gesehen«, sagte Lirith.

Aryn würdigte ihre Worte mit keiner Erwiderung und schaute stattdessen wieder aus dem Fenster. Der interessanteste Anblick bestand nun aus einer Schafherde, die die Seite eines in der Ferne befindlichen Hügels wie Blumen sprenkelte. Sie amüsierte sich ein paar Augenblicke mit der Vorstellung, winzige Schäfchen aus dem Gras zu pflücken und zu einer blökenden, sich windenden Halskette zusammenzuflechten, die sie sich dann um den Hals legte. Dann dachte sie an den Geruch, und der Reiz war verschwunden.

»Ich langweile mich«, sagte sie, und es war ihr egal, wie verdrossen das klang. Sie *war* verdrossen.

»Noch ein Grund mehr für Euch, hier zu bleiben und an Eurer Stickerei zu arbeiten.«

Aryn schenkte der schwarzhaarigen Hexe einen finsteren Blick. »Ich weiß ganz genau, dass Ihr Stickarbeiten verabscheut, Lirith.«

»In der Tat. Und mein Abscheu hält mich ausreichend beschäftigt, sodass ich mich nicht langweilen muss. Und jetzt näht. Schwester Tressa wird bald hier sein, und sie wird Fortschritte erwarten.«

Aryn wandte sich von dem Fenster ab, zog den Holzständer, der ihren Stickereireifen hielt, näher an sich heran und gab sich alle Mühe, so zu tun, als wäre das Aufsticken von Einhörnern viel faszinierender, als Tüten mit gezuckerten Nüssen zu kaufen, über die Kunststücke dressierter Affen zu lachen und Männern zuzusehen, die Messer verschluckten und Feuer spuckten.

Aryn von Elsandry, du solltest wirklich dankbarer für deine Langeweile sein, schalt sie sich. *Wo sind denn jetzt Grace und Freisasse Travis und Lord Beltan? Sitzen sie in einem sicheren Schloss auf einem bequemen Stuhl mit einem Becher gesüßten Weins in Reichweite?*

Sie seufzte, und Lirith schaute mit einem besorgten Ausdruck auf ihrem Gesicht auf.

»Ich bin sicher, es geht ihnen gut, Schwester. Sie sind in ihre Heimat gereist. Und niemand verfügt über solche Heilkräfte wie Lady Grace. Vermutlich erzählt Sir Beltan in diesem Augenblick schlüpfrige Witze und trinkt Ale.«

Aryn wünschte sich, sie hätte so viel Fantasie.

Ein Monat war vergangen, seit sie von Königin Inara die Erlaubnis zur Abreise erbeten und von Schloss Spardis aufgebrochen waren. Sie hatten den Regierungssitz von Perridon in einem guten Zustand zurückgelassen. Die junge Königin hatte sämtliche Proklamationen des Usurpatoren Dakarreth außer Kraft gesetzt und mit Hilfe des Spinnenmannes Aldeth – der sich zügig von seiner Verletzung erholte – ihre Position als Regentin ihres minderjährigen Sohnes, Prinz Perseth, gefestigt. Auch wenn weiterhin Verschwörungen gegen die Königin geschmiedet werden würden – schließlich war hier die Rede von Perridon –, ging Aryn davon aus, dass Inara lange und gut regieren würde.

Nach nur einem Reisetag hatten sie sich von Melia und Falken verabschieden müssen, da der Barde und die Lady nach Norden reisen wollten, um ihren Freund Tome aufzuspüren – der wie Melia ein ehemaliger Gott war. Aryn hätte den alten Mann mit den goldenen Augen gern wieder gesehen; er hatte die Gabe gehabt, sie zum Lachen zu bringen, ganz egal, wie traurig sie auch war. Aber Inara hatte bereits Boten zu Ivalaine geschickt. Aryn und Lirith wurden auf Ar-Tolor erwartet, und Durge hatte sich bereit erklärt, sie dorthin zu eskortieren.

Obwohl Lirith zu einer Freundin und Lehrerin geworden war und Durge stets angenehme, wenn auch stille Gesellschaft bot, war ihr der Ritt durch Perridon und Toloria einsam erschienen. Grace und Travis waren in der Hoffnung, die Wunden des Ritters heilen zu können, mit Beltan auf ihre Welt zurückgekehrt. Melia und Falken gingen ihre eigenen Wege. Selbst Tira war weg.

Obwohl das so nicht stimmte. Manchmal, wenn Aryn in der grauen Morgendämmerung erwachte, konnte sie tief am Südhimmel einen Stern so rot wie ein Feuer entdecken. Sie konnte noch immer nicht ganz begreifen, was genau eigentlich auf Spardis geschehen war, als Travis Tira den Stein des Feuers gegeben hatte. Aber Melia hatte behauptet, dass das kleine rothaarige Mädchen nun eine Göttin war, und die Lady musste es ja wissen. In gewisser Weise würde Tira wohl immer bei ihnen sein.

Sie hatten Ar-Tolor ohne Schwierigkeiten erreicht, und Aryn war erleichterter als erwartet gewesen, als sie die sieben Türme erblickte, die sich über den jadegrünen Feldern erhoben. Königin Ivalaine hatte sie mit einem seltenen Lächeln willkommen geheißen und sofort einen Mann nach Calavere geschickt, um König Boreas zu informieren, dass Aryn eine Zeit lang am Hof von Ar-Tolor bleiben würde.

»Ihr werdet Euren Unterricht mit Schwester Lirith sofort weiter fortführen«, hatte Ivalaine an diesem ersten Tag im Schloss gesagt, und Aryn hatte keine Einwände gehabt.

Die seitdem vergangenen Wochen waren angenehm gewesen – Spaziergänge auf dem Schlossgelände, Nähen unter Tressas Aufsicht, mit der Gabe die Magie der Weltenkraft zu flechten, während Lirith ihr leise Anweisungen ins Ohr flüsterte. Und wenn das alles verglichen mit ihrer verzweifelten Reise nach Osten zur Flammenfestung manchmal langweilig erschien, wusste Aryn genau, dass sie für diese Routine hätte dankbar sein sollen.

Nachdem der Nekromant Dakarreth und seine Geißel des Feuers ein Ende gefunden hatten, hatte sich das Land viel schneller wieder erholt, als sie jemals geglaubt hätte. Saat war schnell ausgesät worden und gedieh unter dem goldenen Sonnenlicht und dem sanften Regen. Der Keldath war nun fast vorbei, und es würde dieses Jahr eine gute, wenn auch späte Ernte geben. Es erschien wie ein Wunder, aber vielleicht lag darin ja eine Lektion; vielleicht sollte sie niemals die Macht des Lebens unterschätzen.

Dann unterschätze auch nicht Beltans Lebenswillen. Oder Graces oder Travis'. Es wird ihnen gut gehen. Also könntest du endlich damit aufhören, dir Sorgen zu machen.

Doch genauso gut hätte Aryn die Sterne am Nachthimmel

anhalten können. Und sie wusste, dass es an Lirith und Durge genauso nagte. Sie alle sorgten sich um die anderen, die sich nun außerhalb ihrer Reichweite befanden.

Was genau der Grund war, warum eine Ablenkung wie die Karawane der Mournisch nötig war.

Ein Klopfen ertönte an der Tür zum Gemach. Aryn biss sich auf die Lippe. Sie hatte den ganzen Morgen kaum mehr als drei Stiche genäht. Was sollte sie Tressa sagen? Die Beraterin der Königin schien der Nähkunst eine Bedeutung zuzumessen, die bei weitem übertrieben schien.

Die Tür öffnete sich. Aber nicht Tressa trat ein, sondern ein Mann mit breiter Brust, einem herabhängenden Schnurrbart und ernst blickenden braunen Augen.

Lirith erhob sich von ihrem Sitz. »Guten Morgen, Lord Durge.«

Er nickte ihr zu. »Mylady.«

Aryn dachte nur den Bruchteil eines Augenblicks darüber nach, dann sprang sie auf die Füße.

»Durge, wir sehen uns die Mournisch an.«

Lirith starrte sie böse an, aber Aryn ignorierte den Blick. Es war ein gemeiner Trick, aber in ihren Tagen als Mündel von König Boreas von Calavere hatte sie etwas über Taktik gelernt. Wenn die eine Front blockiert war, musste man eben auf die andere zurücken.

Durges immer währendes Stirnrunzeln vertiefte sich noch. »Das ist eine gefährliche Idee, Mylady. Die Mournisch sind seltsame Leute. Sie kennen keine Häuser, nur die Wagen, in denen sie reisen, und es heißt, die Musik ihrer Flöten könnte einen Mann zum wilden Tier werden lassen.«

Aryn stöhnte. Das war nun wirklich nicht die Erwiderung, auf die sie gehofft hatte.

Lirith verschränkte die Arme über dem Oberteil ihres rostfarbenen Gewands und schaute Durge an. »Sie hat es sich in den Kopf gesetzt, sich das Fahrende Volk anzusehen, obwohl Ivalaine es verboten hat.«

»Sie hat es nicht verboten«, erwiderte Aryn. »Jedenfalls nicht richtig. Ivalaine hat uns lediglich entmutigt, dort hinzugehen. Darüber hinaus bin ich es leid, nur dieses Schloss zu sehen. Ich glaube, das sind wir alle. Es würde uns gut tun, etwas frische Luft zu schnappen.« Sie hielt den Atem an, sah von der Hexe zu dem Ritter.

Durge strich sich über den Schnurrbart und blickte Lirith an. »Ich glaube, sie wird gehen, ganz egal, was wir sagen, Mylady.«

Lirith seufzte. »Könnten wir es nicht mit Ketten versuchen?«

»Das ist verlockend, keine Frage, aber ich fürchte, das geht nicht. Am besten, Ihr und ich begleiten sie, damit sie nicht in Schwierigkeiten gerät.«

Hätte Aryn zwei gesunde Arme besessen statt nur einem, hätte sie in die Hände geklatscht. »Also, das ist der vernünftige Durge, wie ich ihn kenne.« Sie trat vor und küsste ihn auf die zerfurchte Wange.

Der Ritter blinzelte verwirrt, und Lirith runzelte missbilligend die Stirn. Aryn war es egal, wenn sie zu vertraulich gewesen war. Zum ersten Mal seit Tagen fühlte sie, wie sich ihre Laune besserte. Die anderen würden schon sehen, dass sie Recht hatte – das war genau das, was sie brauchten.

2

Sonnenlicht tränkte die Welt wie ein warmer Regen, der aus dem kobaltblauen Himmel fiel, als Baronesse, Gräfin und Ritter zwischen einer langen Baumreihe hervorkamen und die Dorfwiese betraten.

Sich aus dem Schloss zu schleichen war ganz einfach gewesen. Für Liriths Geschmack viel zu einfach. War es lediglich ein Zufall gewesen, dass sie auf dem Weg durch Ar-Tolors geschäftige Korridore weder der Lady Tressa noch einem anderen Angehörigen vom Hofstaat der Königin begegnet waren? Oder war in dieser Angelegenheit dem Glück etwas nachgeholfen worden?

Lirith warf Aryn einen Blick zu. Sie wusste noch immer nicht, was die junge Frau vor über zwei Monaten eigentlich getan hatte, als sie Grace und Durge nach deren Aufbruch von Calavere im Geheimen gefolgt waren. Hinterherzureiten war ein dummer Plan gewesen, und Lirith hatte nur zugestimmt, weil sie fest davon überzeugt gewesen war, dass König Boreas' Ritter sie zurückholen würden, noch bevor sie sich auch nur eine Meile vom Schloss entfernt hatten. Aber irgendwie hatte Aryn den König und seine Männer in eine falsche Richtung gelockt. Lirith wusste nicht, wie sie das gemacht hatte, aber in einem war sie sich sicher: Aryn hatte irgendeinen Zauber benutzt, um ihre Flucht zu bewerkstelligen.

Allerdings war Lirith trotz Aryns Unbesonnenheit zwar nicht unbedingt froh, dass sie den anderen gefolgt waren, dennoch verspürte sie eine gewisse Dankbarkeit. Der Weg war beschwerlich gewesen, voller Feuer und Tod, aber nicht umsonst. Denn hätten sie sich an diesem Tag nicht aus Calavere fortgestohlen, hätte es so viel gegeben, das Lirith niemals gesehen hätte: Graces Mut im Kampf gegen die Flammenpest,

Freisasse Travis' Klugheit vor dem Nekromanten, die geheimnisvolle und wunderbare Verwandlung des Mädchens Tira. Und da gab es noch mehr, das sie nie erfahren hätte.

Ich vermisse deine vielen Fragen, Daynen.

Ein Seufzen entschlüpfte ihren Lippen, so wie immer, wenn sie an den blinden Jungen dachte, der auf der Brücke über den Dunkelwein sein Leben gegeben hatte, um Tira zu retten. Sie hatte Sia so viele Jahre lang angefleht, ihr ein Kind zu gewähren, und sie hatte einen Ozean an Tränken und Mixturen getrunken, um ihren Schoß empfängnisbereit zu machen. Doch weder Gebete noch Kräuter würden in einem versalzenen Acker eine Saat aufgehen lassen; das wusste sie mittlerweile. Aber vielleicht hatte Sia ihre Bitten ja doch erhört, denn Daynen war wie ein Sohn für sie gewesen, ganz egal, wie kurz sie ihn gekannt hatte. Sie würde ihn nie vergessen.

»Kommt schon, Lirith!«, sagte Aryn und zog an ihrem Arm.

Lirith ließ es geschehen, dass die junge Frau sie über das Gras zog, während Durge hinter ihnen herstapfte; trotz der Wärme des Spätsommernachmittags trug er ein schweres graues Wams. Leute aus dem Dorf betraten bereits zögernd die Wiese, so als würden sie sich vor den fantastischen Wagen fürchten, aber doch zugleich von ihnen angezogen werden. Als das Trio an ihnen vorbeiging, warfen die Dorfbewohner Aryn überraschte Blicke zu, betrachteten ihr blasses, schönes Gesicht und das azurblaue Gewand. Zweifellos waren sie verblüfft, hier ein Mitglied des königlichen Hofs zu sehen. Wie es auch richtig war. Lirith hoffte, dass sie lediglich von den Dorfbewohnern gesehen wurden.

Die drei Besucher erreichten den Rand des Wagenkreises. Jetzt aus der Nähe konnte Lirith sehen, dass die Fahrzeuge mehr als nur etwas abgenutzt waren. Holz wies Sprünge auf, von der Sonne ausgebleichte Farbe wurde von Staub befleckt. Und doch förderte dies nur die Patina des Geheimnisvollen.

Obwohl die Mournisch schon so lange auf der Wanderschaft waren, dass niemand mehr sagen konnte, wann sie damit begonnen hatten, hieß es, sie kämen ursprünglich aus dem Süden. Und tatsächlich waren ihre Wagen während Liriths Jugend im südlichen Toloria ein häufigerer, wenn auch kein regelmäßiger Anblick gewesen. Dennoch hatte sie die Mournisch seit ihrer Kindheit nicht mehr aus dieser Nähe gesehen. Ihr drang der Duft von Gewürzen, Kerzen und Schmorbraten in die Nase, und die Erinnerungen kamen zurück.

»Hört doch!«, sagte Aryn und blieb stehen. Fröhliche Musik hallte durch die Luft und wurde vom Wind fortgetragen. Die junge Frau schloss die Augen und schwankte wie ein schlanker Baum. »Das ist so schön!«

Lirith nahm einen tiefen Atemzug und ließ die frische Luft die Erinnerungen aus ihrem Kopf vertreiben. »Und, fühlt Ihr Euch schon wild, Sir Durge?«

Er schien über ihre Worte nachzudenken und nickte dann ernst. »Vielleicht ein bisschen, jetzt, wo Ihr es erwähnt.«

Lirith starrte den Ritter mit dem steinernen Gesicht an. Hatte der Embarraner einen Witz gemacht, oder war das bloß ein glücklicher Zufall? Aber was davon nun zutraf, sie lachte. Vielleicht waren Aryns impulsive Ideen mal wieder von Vorteil – vielleicht war es doch keine so schlechte Idee gewesen, die Mournisch zu besuchen.

»Also gut«, sagte sie und schnappte sich Aryns guten linken Arm und Durges eisenharten rechten, »ich glaube, hier gibt es ein paar Gewürzkuchen, die eure Namen tragen.«

Sie brauchten nicht lange, bis sie die Kuchen gefunden hatten. Sie bezahlten einer in Orange und Gelb gekleideten, zahnlosen Frau je eine Kupfermünze das Stück und setzten sich dann in den Schatten. Dort bissen sie in feste Krusten, aus denen ihnen warmer Saft das Kinn hinunterlief. Nachdem die

Gewürzkuchen verspeist waren, lachten Aryn und Lirith, als sich Durge gewissenhaft die Finger sauber leckte.

Danach spazierten sie von einem Wagen zum anderen, und bei jedem zog sie ein neuer, aufregender Duft an. Da gab es Platten mit gezuckerten Nüssen, bratende Fleischstückchen auf Spießen und kleine, geschickt aus Blättern gefertigte Becher mit Honigwein, der so golden wie die Sonne war, auf der Zunge aber so kühl wie der Abendtau schmeckte.

Und nicht alle Wagen boten Speisen an. Viele waren geöffnet und zeigten auf schwarzen Tüchern ausgebreitete Silberringe, helle Halstücher, die wie Schmetterlinge in der Luft flatterten, Messer aus blauem Stahl, polierte Steine, in verwirrenden Farben gewobene Teppiche, Zinnpfeifen und Holzkästchen, die den Mournisch-Wagen nachempfunden und in Form von Tieren und Vögeln geschnitzt waren.

An einem Wagen – er hatte die Form einer sich duckenden Ratte – winkte sie ein alter Mann mit einem knochigen Finger heran. Sie schauten in das düstere Innere des Wagens, und erst als sich ihre Augen an das Licht gewöhnt hatten, konnten sie die Glasgefäße sehen, die auf hölzernen Regalbrettern standen. Die Gläser waren mit einer gelblichen Flüssigkeit gefüllt, in der Dinge trieben. Zuerst konnte Lirith sie nicht erkennen, dann durchzuckte sie nacktes Entsetzen. Ein Glas war voller Augäpfel, ein anderes voller Schlangen; in einem trieb ein zur Hälfte ausgebildeter Schweinefötus, dessen deutlich sichtbares Rückgrat nicht in einem, sondern in zwei Köpfen endete.

Der Alte zeigte ein zahnloses Grinsen und strich mit etwas Dunklem, Trockenem und Verkümmertem über Aryns linken Arm. Eine Affenpfote. Die Baronesse schrie auf und stürzte aus dem Wagen. Dabei stieß sie gegen eine hinfällige Holzbühne, auf der ein – diesmal durchaus lebendiger – Affe zu den Schlägen einer Trommel tanzte. Die Bühne neigte sich, und das dürre Geschöpf sprang auf Aryn, was einen weiteren Schrei auslöste. Sie schleuderte den Affen zurück zu seinem Besitzer, der ihn auffing, während er sie in einer melodischen, leidenschaftlichen Sprache anbrüllte.

Lirith und Durge packten die Baronesse an den Schultern und lenkten sie schnell in eine andere Richtung. Aryn sackte mit einem atemlosen, zittrigen Lachen gegen sie, Tränen strömten ihr die Wangen hinunter. Unwillkürlich musste Lirith in das Lachen mit einstimmen, selbst Durges zerklüftete Wangen schienen zu zucken. Schließlich blieben sie neben einem Baum außerhalb des Wagenkreises stehen. Schweres Licht lag in der Luft, die Blätter über ihren Köpfen raunten sich leise grüne Geheimnisse zu, der Tag neigte sich seinem Ende entgegen. Aryns Gelächter erstarb, und sie stieß die Luft aus, während sie sich gegen die glatte Rinde des Baumes lehnte.

»Ich fühle mich klebrig«, sagte sie.

Lirith nickte zustimmend. Durge sagte nichts, aber seine Schnurrbartspitzen sträubten sich in seltsamen Winkeln.

»Es ist fast Sonnenuntergang«, sagte Lirith. »Wir sollten ins Schloss zurückkehren. Die Königin würde es bemerken, wenn wir nicht beim Abendessen sind.«

Durge legte eine Hand auf den Magen und verzog das Gesicht. »Bitte, Mylady. Darf ich Euch bitten, heute Abend nicht mehr das Wort Essen zu erwähnen?«

Lirith schenkte dem Ritter ein verschmitztes Lächeln. »Ich habe Euch ja gesagt, nicht noch einen Gewürzkuchen zu essen.«

»Und zweifellos werde ich für meine Dummheit bezahlen, Mylady. Muss ich auch noch von Eurer spitzen Zunge bestraft werden?«

Lirith lächelte freundlich.

Aryn löste sich von dem Baum. »Können wir langsam zum Schloss zurückgehen? Es ist ein so schöner Tag.«

Die beiden Frauen setzten sich Arm in Arm in Bewegung, und Durge ging langsam hinter ihnen her.

»Na, das ist ja ein Anblick«, sagte eine Stimme, die so tief und volltönend wie eine Bronzeglocke war. »Dort gehen der Mond und die Sonne Arm in Arm. Und seht nur – sie werden von einer grauen Wolke verfolgt.«

Sie blieben ruckartig stehen und blickten sich um. Lirith brauchte einen Augenblick lang, bevor sie die gewaltige Gestalt entdeckte, die in den länger werdenden Schatten zweier Bäume lauerte. Dann erkannte sie den Knochenkamm auf dem Rückgrat, den biegsamen Hals, die zusammengefalteten Fledermausflügel. Neben ihr keuchte Aryn auf, und aus dem Augenwinkel sah sie, wie Durge vergeblich nach dem Breitschwert griff, das nicht auf seinem Rücken festgeschnallt war.

Einen Herzschlag lang verschlug es Lirith in die hohe, von Wind umtoste Steinarena, wo sie dem Drachen Sfithrisir begegnet waren.

Und hier sind zwei Töchter Sias, beide dazu verdammt, ihre Schwestern und ihre Herrin zu verraten ...

Aber wie konnte eine solch schreckliche und uralte Kreatur hier sein, in einem sorgfältig gepflegten Hain unterhalb des königlichen Schlosses von Ar-Tolor?

Zwischen den Bäumen bewegte sich ein Schatten. Der Umriss eines Mannes. »Ehrwürdige Schwestern? Ehrwürdiger Bruder? Stimmt was nicht?«

Das war wieder die tiefe Stimme – die warme Stimme eines Mannes, nicht das trockene Zischen eines Drachen. Lirith begriff und zitterte am ganzen Leib. Wie konnte sie nur so dumm gewesen sein? Dort hockte gar kein echter Drache, sondern ein Mournisch-Wagen, der seine Gestalt nachempfand. Jetzt, wo sie genauer hinschaute, konnte sie die Speichenräder des Fahrzeugs erkennen, seine runden Fenster und die abblätternden, aufgemalten Schuppen des Drachenhalses. Doch sie hatten den Wagen zuvor nicht gesehen. Warum stand er getrennt von all den anderen?

Der Mann trat einen Schritt näher an sie heran, wartete noch immer auf eine Antwort.

Lirith schluckte. »Es war nichts, Sir. Ein Schatten aus der Vergangenheit, der gleich wieder verschwunden sein wird, das ist alles.«

Der Mann hielt inne, und es hatte den Anschein, als würde er erstarren. Dann sagte er leise: »Ich habe auf meinen Reisen gelernt, dass es für gewöhnlich besser ist, das, was man in den Schatten sieht, nicht zu ignorieren.«

Bevor Lirith etwas erwidern konnte, hallte eine krächzende Stimme durch das Wagenfenster.

»Sareth, wer ist da draußen? Ich kann sie nicht sehen, verflucht sei mein nachlassendes Augenlicht. Ich sollte meine Augen Mirgeth für seine Gläser geben, wo sie mir doch so gut wie nichts mehr nutzen.«

»Es sind ... zwei wunderschöne Damen und ein ernster Ritter, Al-Mama.«

»Nun, bring sie her, wo ich sie mir ansehen kann. Ich werde ihnen ihr Schicksal vorhersagen.«

»Hier entlang«, sagte der Mann und zeigte auf den Wagen. »Al-Mama wartet nicht gern. Sie sagt, in ihrem Alter hat sie keine Zeit mehr für Geduld.«

Er drehte sich um und ging auf den Wagen zu. Lirith blickte Aryn und Durge an, aber die zuckten bloß mit den Schultern. Anscheinend blieb ihnen nichts anderes übrig, als dem Mann zu folgen.

3

Der Mournisch ging mit schnellen Schritten – obwohl sein Gang einen seltsamen Rhythmus aufwies –, und sie erreichten den Wagen in wenigen Augenblicken. Rauch und der Geruch nach Zitronen stiegen in der purpurnen Luft in die Höhe. An der Dachrinne des Wagens baumelten Kupferstücke und erfüllten den Hain mit melodischen Tönen.

Der Mann wandte sich ihnen zu.

»Was habt Ihr damit gemeint?«, fragte Lirith, bevor er sprechen konnte. »Vorhin, als Ihr sagtet: ›Da gehen die Sonne und der Mond‹?«

Der Mann lächelte, in dem vorzeitigen Zwielicht unter den Bäumen schimmerten seine Zähne sehr weiß. »Das ist ganz einfach, *Beshala*. Ihr seid so strahlend wie die Sonne und Eure Schwester so glänzend wie der Mond.«

Durge räusperte sich. »Und was war das mit der Wolke?«

Der Mann schlug dem Ritter auf die Schulter. »Das war keine Beleidigung, guter Bruder. Denn die Wolke verschafft Sonne und Mond die Gelegenheit, sich auszuruhen, wenn sie sich über sie legt.«

Selbst in dem Zwielicht konnte man sehen, dass Durge errötete. »Ich habe mich nicht ... das heißt, ich lege mich nicht auf sie ... ich will damit sagen ...«

Der Mann lachte – der Laut klang so fröhlich wie das Windspiel, war aber Oktaven tiefer und hallte in Liriths Brust wider. Aus einem unerfindlichen Grund war ihre Neugier geweckt, und sie musterte ihn.

Die Haut des Mournisch hatte die Farbe von verbranntem Zucker, und seine Augen waren so dunkel wie alte Kupfermünzen. Sein schwarzes Haar war kurz, aber dicht und gelockt, und sein Spitzbart schimmerte voll Öl. Er trug nur ein

Paar blauer Pluderhosen nach der Mode der Mournisch, und die offene rote Weste entblößte eine flache Brust. Auf seinen Unterarmen waren ein Dutzend kurzer, dünner Narben zu sehen. Die Narben verliefen in präzisen, parallelen Reihen, was Lirith auf den Gedanken brachte, dass sie eine rituelle Bedeutung hatten. Er roch nach Schweiß und scharfen Gewürzen. Es war kein unangenehmer Geruch.

Das Lachen des Mannes verklang, und er kniff die Augen zusammen, so als würde er Liriths Aufmerksamkeit bemerken. Sie schaute schnell zur Seite.

»Sareth, wo sind sie?«, rief die krächzende Stimme aus dem Wagen. »Es ist fast Zeit für meinen Tee.«

Sareth grinste wieder. »Meine Al-Mama wird euch jetzt empfangen.«

Er zog an einem Griff in der Nähe des Drachenschwanzes, und eine Tür schwang auf. Dahinter kamen Rauch und gedämpftes, goldenes Licht zum Vorschein. Sareth klappte eine Holztreppe hinunter, dann stieg er in den Wagen. Erst jetzt fiel Lirith sein Bein auf.

Sareths lose Hosen endeten direkt unterhalb seiner Knie. Rechts waren der nackte Unterschenkel und der Fuß wohl geformt. Doch links gab es unterhalb des Knies kein Bein mehr, sondern ein kunstvoll geschnitztes Holzstück, das in einem Bronzeaufsatz endete. Das Holzbein stieß dumpf auf die Treppenstufen, als Sareth in den Wagen stieg.

»Kommt«, sagte er zu den drei Wartenden.

Lirith hob den Saum ihres Gewandes und stieg die Stufen hinauf, gefolgt von Aryn und Durge. Sie konnte sich nicht vorstellen, dass für sie alle genug Platz in dem Wagen war. Aber das war der Fall – so gerade eben. Eine einzelne Öllampe verbreitete Licht, aber Lirith konnte weder die Wände noch die Decke ausmachen, da überall Krüge, Töpfe und Sträuße getrockneter Sträucher hingen. Sareth bedeutete ihnen, auf drei kleinen Hockern Platz zu nehmen, während er sich vor die Tür stellte und das abnehmende Tageslicht aussperrte.

»Das kostet jeden von euch eine Silbermünze«, sagte die krächzende Stimme, die sie zuvor gehört hatten, die jetzt nur lauter war.

Erst da wurde Lirith klar, dass das, was sie für ein an der Wand lehnendes Bündel Lumpen gehalten hatte, tatsächlich eine Frau war.

Sie war uralt. Ihr Körper verschwand in der verschlungenen Masse aus Teppichen und Decken, die die Sitzbank bedeckten, aber der Arm, den sie ausstreckte, war so dünn und verwittert wie ein Stock. Ihr Kopf wippte auf einem langen, verkrümmten Hals, und auf ihrem Kopf gab es nur noch ein paar dünne, graue Haarsträhnen. Doch die Augen inmitten der zahllosen Falten ihres Gesichts schauten hell und so warm wie der Erntemond. Armreifen knisterten an ihrem knochigen Handgelenk, an ihren Ohren baumelten große Ringe.

Bevor Lirith etwas erwidern konnte, streckte Durge drei Silbermünzen aus. Die Alte riss sie ihm aus der Hand und biss mit ihrem scheinbar letzten Zahn einmal fest auf jede Münze. Dann grunzte sie, zauberte das Geld irgendwo in die Tiefen ihrer Lumpen und richtete ihre großen Augen auf die Besucher.

»Du bist von Macht gezeichnet«, krächzte die Alte und zeigte mit einem langen Finger auf Aryn.

Die Baronesse starrte sie an. »Was ... was meint Ihr damit?«

»Dein Arm«, sagte die Frau.

Aryn hob die Hand, um ihren verkümmerten rechten Arm festzuhalten, der wie immer von einer Falte ihres Gewandes verborgen in einer Leinenschlinge ruhte.

»Wenn eine große Gabe verliehen wurde, verlangt das Gleichgewicht immer etwas als Gegenleistung«, sagte die

Greisin mit ihrer rauen Stimme. »Einst war ich wunderschön, bis ich mein *Shes'thar* entdeckte.«

Durge sah Sareth stirnrunzelnd an. »Ihr *Shes'thar*?«

»Sie meint ihre Magie.«

Jetzt richtete Durge seinen ernsten Blick auf Aryn, aber er sagte nicht, was er dachte.

»Sareth, meine Karten«, bellte die Alte.

»Sie liegen genau neben dir, Al-Mama«, sagte er sanft.

»Natürlich liegen sie da.« Die Alte riss ein Kartenspiel von einem kleinen Regalbrett. Eine weitere vogelähnliche Hand schob sich aus den Lumpen, und sie mischte die Spielkarten mit energischen Bewegungen. »Jeder von euch muss eine Karte von dem *T'hot*-Spiel ziehen.«

Sie fächerte die Spielkarten. Ihre Rückseiten waren verblichen und die Ecken mitgenommen, aber noch immer funkelten silberne Symbole auf mitternachtsblauer Tinte. Lirith tauschte Blicke mit Aryn und Durge aus, dann griff sie zu. Als sie gegen eine der Karten stieß, schienen ihre Fingerspitzen zu kribbeln, und sie zog sie. Die anderen folgten ihrem Beispiel.

»Du«, sagte die Alte und nickte Durge zu. »Zeig mir, was du gezogen hast.«

Durge drehte die Karte um und enthüllte ein Bild, das zugleich düster und strahlend hell war. Es stellte einen Mann mit dunklen Haaren und Augen dar, der neben einem Tümpel stand, auf dessen Oberfläche sich der an einem schieferblauen Himmel schwebende Mond spiegelte.

Nein, nicht nur ein Mann, Lirith. Sieh dir das Schwert in seiner Hand an und seine Rüstung. Er ist ein Ritter – ein Ritter, dessen Schild von einem Mond geschmückt wird.

Die Alte nahm die Karte und strich mit einem gelb verfärbten Fingernagel über ihre Oberfläche. »Der Ritter der Monde. Du bist ein Mann des Krieges – vertrauenswürdig und stark. Und doch wirst du vom Herzen beherrscht. Und so voller

Trauer! Du glaubst, du kämpfst allein, aber dem ist nicht so. Denn siehst du? Sie lächelt immer auf dich herab, auch wenn du es nicht weißt.«

Die Greisin zeigte auf das Bild des Mondes. Das Gesicht einer Frau war in den Kreis gezeichnet, ihre Lippen waren zu einem sanften Lächeln verzogen.

»Aber wer ist sie?«, murmelte die Alte. »Jemand, der von uns gegangen ist, oder jemand, der erst noch kommen wird? Das kann meine Magie nicht beantworten.«

Durge grunzte. »Ich glaube nicht an Magie, Madam.«

Die Greisin schaute auf. »Und doch wird Magie dir den Tod bringen«, sagte sie ausdruckslos und stopfte die Karte zurück in den Stapel.

»Al-Mama!«, sagte Sareth vorwurfsvoll.

Die Alte zuckte mit den Schultern. »Ich bestimme ihr Schicksal nicht, Sareth. Ich sage es ihnen nur. Jetzt du.« Sie zeigte auf Aryn.

Leicht zitternd hob Aryn ihre Karte.

»Hah!«, rief die Alte, als würde sich etwas bestätigen, das sie vorher nur vermutet hatte. »Die Acht der Klingen.«

Auf dem Bild ritt eine wunderschöne, aber ernst dreinblickende Frau im blauen Gewand über sonnenbeschienene Felder, ein Schwert in der linken Hand. In der Ferne hinter ihr erhob sich ein Schloss mit sieben Türmen, von denen jeder von einem Schwert gekrönt wurde.

Aryn keuchte auf. »Aber das habe ich schon einmal gesehen!«

Lirith sah die Baronesse an. Wovon sprach sie?

Die Alte nickte, während sie die Karte wieder entgegennahm. »Wie ich bereits sagte, verfügst du über große Macht. Siehst du, wie die Frau so stolz reitet? Alle lieben ihre Schönheit, obwohl sie ihr Schwert fürchten. Und doch verlangt Macht immer einen Preis. Siehst du es? Sie nimmt den armen

Mann im Gras überhaupt nicht wahr, der von den Hufen ihres Pferdes zertrampelt wird.«

Aryn erstarrte. Nur mit Mühe konnte sie das Gesicht in dem hohen Gras unter dem Pferd ausmachen; die Augen waren geschlossen, als würden sie schlafen.

Aryn schüttelte den Kopf. »Ich verstehe nicht.«

»Du hast die Person vergessen, die für dich Qualen erlitt.«

»Aber wer ist das?«

Die Alte schob die Karte zurück in den Stapel. »Es ist deine Sache, dich wieder daran zu erinnern, Kind.«

Bevor die Greisin in ihre Richtung blickte, wusste Lirith, dass sie nun an der Reihe war. Nach Durges und Aryns Wahrsagung war sie sich nicht mehr so sicher, ob sie die Karte sehen wollte, die sie gezogen hatte, aber ihr blieb keine andere Wahl. Sie drehte sie um.

Blitze durchzuckten einen schwarzen Himmel über einer leblosen Landschaft so grau wie Asche. Weiße, rot befleckte Umrisse lagen am Boden verstreut. Auf einem verkrüppelten Baum kauerte eine dunkle Gestalt, deren Augen wie harte Perlen waren.

Ein zischender Laut entfuhr der Alten. »Der Rabe ...«

»Was sagt sie voraus?«, fragte Lirith und registrierte überrascht, wie ruhig ihre Stimme war.

»Der Rabe reinigt die Felder der Toten.« Die Hand der Alten zitterte, als sie die Karte entgegennahm. »Von vergossenem Blut vergiftete Felder, auf denen niemals wieder etwas wachsen wird.«

Das Dämmerlicht hüllte Lirith ein, und die drückende Luft raubte ihr den Atem. Sie blinzelte, und es hatte den Anschein, als würden sich die Bilder auf der *T'hot*-Karte bewegen. Sich schlängelnde Blitze krochen über den schwarzen Himmel. Der Vogel öffnete den bösartig gebogenen Schnabel, als würde er lachen.

Lirith schwankte auf dem Hocker, aber eine starke Hand ergriff ihre Schulter. Sie blinzelte, und die Abbildungen auf der Spielkarte waren wieder bewegungslos. Sie schaute zu Durge hoch, um sich für seine stützende Hand zu bedanken ...

... und erstarrte. Nicht Durge stand über sie gebeugt, sondern Sareth.

»Geht es Euch gut, *Beshala*?«

Sie befeuchtete sich die Lippen. »Es ist nichts, ich brauche bloß frische Luft.«

»Ich helfe Euch hinaus.«

Aryn und Durge sahen besorgt zu, als der Mournisch ihr auf die Füße half.

»Du fliehst vor deinem Schicksal«, ertönte die Stimme der Alten hinter ihr. »Und doch kannst du ihm nicht entkommen, denn es liegt in dir verborgen.«

Lirith versteifte sich, dann trat sie aus dem Wagen in die graugrüne Luft des Hains. Sie wandte sich Sareth zu. In seinen Augen lag eine solch seltsame Zärtlichkeit, dass ihr beinahe der Atem stockte. Warum sollte er für eine Fremde so empfinden?

»Ich muss mich für meine Al-Mama entschuldigen«, sagte er rau.

Lirith zwang sich dazu, das Kinn zu heben und seinem Blick zu begegnen. »Warum? Treffen ihre Vorhersagen nicht zu?«

Seine Wangen verfärbten sich, aber er sagte kein Wort.

»Euer Bein«, murmelte Lirith, bevor sie es verhindern konnte. »War das der Preis, den Ihr für Eure *Shes'thar* zahlen musstet?«

Sein Lächeln kehrte zurück, nur war es jetzt wilder, schärfer. »Nein, *Beshala*. Das war der Preis, den ich für meinen Stolz bezahlt habe.«

Lirith öffnete den Mund, aber bevor sie ihm antworten

konnte, traten Aryn und Durge aus dem Wagen. Aryn war blass, und Lirith entging keinesfalls, wie Durge in ihrer Nähe stand.

»Wir sollten zum Schloss zurückgehen«, sagte er.

Aryn legte die Hand an die Brust. »Ich fühle mich nicht gut.«

Lirith ergriff die Hand. »Keine Angst, Schwester. Ihr habt nur zu viele Süßigkeiten gegessen, das ist alles. Das Gefühl wird bald vorbei sein.«

Sie führte Aryn aus dem Hain, Durge folgte drei Schritte hinter ihnen. Erst nach einem Augenblick fiel ihr ein, über die Schulter zu sehen, um sich von Sareth zu verabschieden. Aber der Hain lag bis auf den nun verschlossenen Wagen und die leise Melodie des Windspiels still und verlassen da.

Lirith sah wieder nach vorn. Zusammen spazierten sie im verblassenden Tageslicht dem Schloss entgegen, und ihre langen Schatten gingen ihnen voraus.

4

Sie erreichten das Schloss in dem Moment, in dem die Tore geschlossen wurden. Das Land ringsum lag in Zwielicht getaucht, aber die letzten Sonnenstrahlen fielen auf Ar-Tolor, eine goldene Insel in einem tiefen, purpurfarbenen Meer.

»Eure Hoheit«, sagte ein in Schwarz und Grün gekleideter Wachsoldat und trat aus einem Seitentor, um sich vor Aryn zu verbeugen. Er drehte sich um und verbeugte sich auch vor Lirith. »Mylady. Es ist gut, dass Ihr hier seid. Wir haben das ganze Schloss nach Euch abgesucht.«

In Aryn stieg Sorge auf, und sie schaute Lirith an.

»Was ist denn?«, wollte Lirith wissen.

»Königin Ivalaine möchte euch beide sehen. Wir haben den ganzen Nachmittag nach Euch gesucht, Mylady.«

Durge trat vor. »Falls die Abwesenheit der Damen für Probleme gesorgt hat, so könnt Ihr mir die Schuld dafür geben. Ich habe sie aus dem Schloss begleitet.«

Aryn verzog das Gesicht. Das war nicht richtig. Sie waren nicht wegen Durge zu den Mournisch gegangen, es war ihre Idee gewesen.

»Warum will die Königin uns sehen?«, fragte sie, bevor sie über die Klugheit ihrer Worte nachdenken konnte.

Der Wachsoldat begann, mit der linken Hand eine grobe Geste zu machen. Dann schien er sich zu erinnern, in wessen Gegenwart er sich befand, und er veränderte die Richtung der Bewegung und rückte stattdessen die gelbe Schärpe über seiner Schulter zurecht. »Es steht mir nicht zu, den Willen Ihrer Erhabenen Majestät zu erraten.« Seine Stimme war viel zu laut, so als würde er glauben, belauscht zu werden.

»Natürlich«, sagte Lirith. »Danke für Eure Dienste, Wächter. Wir gehen sofort zur Königin.«

Aryn fühlte einen festen Zug an ihrem linken Arm, als Lirith sie durch das Tor zog.

»Was ist denn?«, flüsterte Aryn. »Glaubt Ihr, sie weiß, dass wir uns die Mournisch angesehen haben?«

»Seid nicht albern, Schwester. Ivalaine hat keinen magischen Spiegel. Sie kann unmöglich wissen, wo wir waren. Wenn sie mit uns unzufrieden ist, dann lediglich deshalb, weil wir so spät auf ihren Ruf reagieren. Also lasst uns eilen.«

Aryn schluckte, sie wünschte, sie könnte so selbstsicher sein, aber sie sagte kein Wort mehr, als sie durch das Schloss eilten. Im Gegensatz zu den dunklen, verqualmten Korridoren von Calavere waren die gewölbten Gänge von Ar-Tolor luftig und wurden von schlanken Torbogen und Reihen hoher Fenster gesäumt, die das silbergraue Zwielicht einließen.

»Myladys«, sagte eine grollende Stimme hinter ihnen.

Die beiden Frauen kamen rutschend zum Stehen, drehten sich um und blickten in ernste braune Augen. Aryn zuckte innerlich zusammen. Sie hatten Durge völlig vergessen.

»Falls meine Hilfe nicht länger benötigt wird, glaube ich, sollte ich mich zurückziehen.«

»Natürlich, Durge«, sagte Aryn atemlos.

Der Embarraner nickte steif und wollte sich umdrehen.

»Mylord«, sagte Lirith und hielt ihn mit einer Berührung fest. »Danke, dass Ihr uns heute begleitet habt.«

Er nickte, löste seinen Arm und ging den Korridor entlang; seine dunkle Gestalt verschmolz mit dem Zwielicht.

Aryn schüttelte den Kopf. Warum hatte sie nicht daran gedacht, Durge zu danken? Schließlich war sie es gewesen, die ihn gegen seinen Rat zu den Mournisch gezerrt hatte. Wenn sie jetzt Schwierigkeiten bekamen, würde man vermutlich ihm die Schuld geben. Wie konnte sie nur so hartherzig und vergesslich sein?

Aber vielleicht war das ja gar nicht so ungewöhnlich für sie.

Du hast die Person vergessen, die für dich Qualen erlitt ...

Es war die Wahrheit, es gab jene, die ihretwillen gelitten hatten, aber Aryn hatte sie nicht vergessen. Sie würde niemals den guten Garf vergessen, der bei dem Versuch, sie vor einem tollwütigen Bären zu retten, gestorben war. Oder den tapferen und gebrochenen Sir Meridar, der sich geopfert hatte, um Tira und Daynen zu retten und sich in ihren Augen als ihrer wert zu erweisen. Und Leothan würde sie mit Sicherheit ebenfalls niemals vergessen.

Ein Frösteln durchfuhr sie, so wie immer, wenn sie an die Nacht der vergangenen Wintersonnenwende dachte, als der hübsche Adlige, der ihr so gefallen hatte, sie in ein Nebengemach gezogen und geküsst hatte. Einen Augenblick lang hatte es den Anschein gehabt, als würden alle ihre Träume in Erfüllung gehen. Bis er sie vergewaltigen wollte, sich als Eisenherz entlarvte. Da war die Wut in ihr aufgestiegen und mit ihr eine Macht, von der sie nicht gewusst hatte, dass sie sie besaß, die aus ihr herausgeströmt war und Leothans Gehirn in Brei verwandelt hatte. Sie hatte immer geglaubt, dass das Böse etwas war, das in den Herzen anderer lauerte; bis zu diesem Augenblick hatte sie nicht gewusst, dass es auch in ihrem wohnte.

Nein, diese Nacht würde sie niemals vergessen – sie *konnte* sie nicht vergessen. Viel wahrscheinlicher, dass die alte Mournisch einfach nicht mehr ganz richtig im Kopf war.

Und was war mit der Karte? Es war das gleiche Bild wie bei der Vision, die du gesehen hast, als Ivalaine dich an jenem Tag auf Calavere in das Wasser sehen ließ. Woher konnte die Alte das gewusst haben?

Bevor ihr eine Antwort einfallen konnte, spürte sie eine Hand auf der Schulter.

»Kommt, Schwester«, sagte Lirith. »Die Königin erwartet uns.«

Während Diener Fackeln entzündeten und die Korridore mit warmem Licht erfüllten, eilten die beiden Frauen durch das Schloss.

Ein schrilles, sprudelndes Lachen erscholl.

Aryn und Lirith blieben ruckartig stehen, als eine in Gelb und Grün gekleidete, spindeldürre Gestalt aus einem Alkoven sprang, mitten in der Luft einen Salto schlug und mit klirrenden Silberglöckchen vor ihnen landete.

»Meister Tharkis!«, stieß Aryn hervor.

Der dürre Mann entblößte verfaulte Zähne zu einem Grinsen, breitete die Arme aus und verbeugte sich so tief, dass sein spitzes Kinn den Boden berührte. »Zwei Abendvögel, der eine braun, der andere blau, fliegen zu ihrer Herrin Nest.« Er erhob sich, und ein durchtriebener Schimmer schlich sich in seine ständig schielenden blauen Augen. »Aber werden sie mit den Flügeln schlagen oder singen, wenn sie bestehen müssen ihren Test?«

Lirith erholte sich schnell und richtete sich zu voller Größe auf. »Narr, wir haben jetzt keine Zeit für so etwas. Die Königin erwartet uns.«

Der Mann lachte, machte einen Luftsprung, und die Glöckchen auf seiner bunten Mütze klirrten.

»Was wird uns wohl erwarten,
Mit welchem Schicksal sich begnügen?
Haben wir uns doch so verspätet,
Bestimmt wird sie uns rügen.«

Liriths dunkle Wangen röteten sich, und sie öffnete den Mund zu einer Erwiderung. Jedoch kam Aryn ihr mit einem übertriebenen Stirnrunzeln zuvor.

»Ist das der beste Reim, der Euch einfällt, Meister Tharkis? Ich fürchte, er ist nicht besonders gut.«

Der Narr wieselte nach vorn. Seine knochigen Knie ragten unter dem Stoff seiner verblichenen grünen Hose hervor, und seine spitzen Schuhe waren angestoßen und voller Schlamm. Er verschränkte die dürren Finger, seine launischen Augen strahlten hell. »Und glaubt meine süße Jungfer, in so kurzer Zeit einen geistreicheren Reim schmieden zu können als meine Wenigkeit?«

Aryn nahm die Schultern zurück. »Ich glaube, das könnte ich schon. Tatsächlich wette ich sogar, dass ich einen besseren Reim aus Eurem Namen machen kann als Ihr aus dem meinen.«

Lirith warf ihr einen finsteren Blick zu, aber Aryn ignorierte ihn. Tharkis klatschte in die Hände und grinste wieder.

»Ein Spiel! Ein Spiel!« Er schlug noch einen Salto. »Ein Narr liebt jedes Spiel. Bitte, Mylady, nehmt meinen Namen und reimt möglichst viel.«

Aryn holte Luft. Der Hofnarr von Ar-Tolor hatte die Neigung, sich einem zum unpassendsten Zeitpunkt aufzudrängen, und sein Spiel mitzuspielen schien der schnellste Weg zu sein, an ihm vorbeizukommen. Allerdings war sie sich plötzlich nicht mehr so sicher, dass es eine gute Idee gewesen war. Sie runzelte vor Konzentration die Stirn. Dann fielen ihr wie durch Magie die Worte ein, und sie sprach sie mit lachender Stimme.

»Wo steckt Meister Tharkis?
Wo mag er nur hocken ...
Horcht, dort bimmelt das Ärgernis,
Es ist das Läuten seiner Glocken.
Doch so flink er auch ist, seiner Zunge Biss,
Mag er noch so sehr darüber frohlocken,
Sollte er niemals vergessen die Finsternis
Der Kerkerzelle, die er sich noch damit wird einbrocken.«

Aryn konnte ein zufriedenes Lächeln nicht unterdrücken, als Lirith sie anstarrte. Es war kein schlechter Reim, wenn sie es recht bedachte.

Offensichtlich stimmte ihr Tharkis zu, denn der Narr stotterte und riss an seiner Mütze, sodass eine Strähne dünnen Haares entkam.

»Kommt schon, Narr«, sagte Aryn. »Ihr seid dran.«

»Muss ich auf meinen Knien flehen? Einen Moment, meine Jungfer – bitte, Ihr könnt jetzt nicht gehen.«

Tharkis wandte sich dem Alkoven zu, krümmte den Rücken und murmelte vor sich hin. Aryn verschwendete die Chance nicht. Da der Weg frei war, packte sie Liriths Hand und lief in den Korridor.

Sie hatten bereits eine Ecke umrundet, als hinter ihnen ein schriller Aufschrei ertönte. Der Laut trieb sie an, bis sie schließlich stehen bleiben mussten und nach Atem ringend und lachend gegen eine Wand sackten.

Aryn wischte sich Tränen aus den Augen. »War er wirklich einst ein König, wie man sich erzählt? Wenn ich ihn sehe, kann ich es nie glauben.«

Lirith richtete ihre schwarzen Haarrollen. »Das war er tatsächlich, Schwester. Tharkis hat die Domäne von Toloria viele Jahre lang regiert. Aber eines Tages stürzte er bei der Jagd vom Pferd und schlug sich den Kopf an einem Stein an. Als er erwachte, war er so, wie er jetzt ist. Ich fürchte, sein Verstand wurde hoffnungslos zerrüttet.«

Aryn hatte die Geschichte gehört. König Tharkis hatte weder Frau noch Erben, und nach seinem Unglück wurde Toloria vom Krieg heimgesucht, als verschiedene Barone um den Thron kämpften. Wäre nicht Ivalaine gewesen – eine entfernte Nichte Tharkis', die es nur wenige Tage nach ihrem achtzehnten Geburtstag geschafft hatte, die Barone zu vereinigen –, wäre die Domäne möglicherweise für immer entzweit geblieben.

»Also ist Tharkis wirklich wahnsinnig«, sagte Aryn. »Doch es scheint so hartherzig zu sein, ihn auf diese Weise leben zu lassen. Ein Mann, der König war, sollte nicht der Hofnarr sein.«

»Wäre es denn weniger hartherzig, ihn oben in einem Turm einzusperren, wo ihn niemand zu Gesicht bekommt? So ist er jetzt nun mal. Und ich glaube, dass es ihm irgendwie sogar Spaß macht.«

Lirith hatte natürlich Recht. Trotzdem hatte Tharkis etwas an sich, das äußerst beunruhigend war. Je weniger Aryn mit ihm zu tun hatte, desto besser.

»Kommt«, sagte Lirith. »Die Königin erwartet uns.«

»Um uns auszuschimpfen«, sagte Aryn mit einem Grinsen.

Als sie sich den Gemächern der Königin näherten, verbeugte sich ein Wächter vor ihnen.

»Myladys, ihr dürft eintreten.«

Aryn und Lirith wechselten einen schnellen Blick, und ihre Heiterkeit verschwand, als sie durch die Tür traten.

»Solcher Ungehorsam kann nicht geduldet werden«, sagte eine Stimme, die so klar und hart wie ein Diamant war.

Aryn erstarrte. Wollte die Königin sie nicht einmal begrüßen, bevor sie sie zur Rede stellte? Eine hastige Entschuldigung lag ihr auf den Lippen, aber bevor sie den Mund öffnen konnte, ertönte eine scharfe Stimme in ihrem Geist.

Still, Schwester. Gesteht Euer Verbrechen nicht, bevor Ihr danach gefragt wurdet. Die Königin spricht nicht mit uns.

Aryn biss sich auf die Zunge. Sie hatte sich noch immer nicht an Liriths Fähigkeit gewöhnt, ohne Worte zu sprechen. Diese Fertigkeit hatte sie noch immer nicht meistern können. Doch ihre Überraschung wich Erleichterung, als sie sah, dass Lirith Recht hatte.

Der Empfangsraum der Königin war geräumig und wurde auf der einen Seite von hohen Fenstern gesäumt, die in hundert kleinen Scheiben das Licht des aufgehenden Mondes einfingen. Königin Ivalaine stand in der Mitte des Gemachs und überragte einen schmalen jungen Mann, der den Kopf hängen ließ; sein langes schwarzes Haar verbarg sein Gesicht. Neben ihm stand Lady Tressa, die pummelige, hübsche, rothaarige Beraterin der Königin; ihr Ausdruck war zugleich streng und mütterlich. Der junge Mann war der Empfänger der harten Worte der Königin.

»Euch war verboten, die Ställe zu betreten«, fuhr die Königin fort, und ihre Worte kamen so präzise wie abgeschossene Pfeile, »aber Ihr wart heute trotzdem dort, und Eure Streiche haben bei den Pferden eine solche Unruhe ausgelöst, dass eines sich losriss und entkam. Und bei dem Versuch, es wieder einzufangen, ist einer der Stallburschen gestürzt und hat sich den Arm gebrochen.«

»Also bin ich jetzt für einen ungeschickten Stallburschen verantwortlich?«, sagte der junge Mann, ohne den Kopf zu heben. Er war völlig in Schwarz gekleidet, vom Wams bis zu den Stiefeln.

Die Königin versteifte sich sichtlich. »Beim Adel geht es nicht um Vorwürfe, Lord Teravian. Sondern um Verantwortung. Eure Taten sind die Ursache für diese Verletzung. Wollt Ihr dafür nicht die Verantwortung übernehmen?«

Der junge Mann schwieg.

»Dann bleibt mir keine andere Wahl, als die Schuld auf mich zu nehmen«, sagte Ivalaine, »denn Ihr seid meine Verantwortung. Das bedeutet es, ein Herrscher zu sein. Lady Tressa, sorgt dafür, dass der Stallbursche und seine Familie ausreichend von meinem Geld entschädigt werden.«

Tressa nickte, dann beugte sie sich vor, um auf einem Pergament, das auf einem kleinen Tisch lag, eine Notiz zu machen.

Ivalaine schüttelte den Kopf. »Was soll ich Eurem Vater über diesen Vorfall berichten?«

Jetzt schaute der junge Mann auf, sein Haar fiel zurück und enthüllte das blasse Oval seines Gesichts. Seine Züge waren zart, beinahe schon hübsch, und die Augen unter den schwarzen Brauen glühten wie Smaragde.

»Warum König Boreas überhaupt etwas sagen?«, meinte er, und die sanften Linien seines Mundes verzogen sich verächtlich. »Ich weiß doch, dass er mich hergeschickt hat, damit er mich vergessen kann.«

»Ihr wisst gar nichts«, erwiderte die Königin in einem so eisigen Tonfall, dass der junge Mann einen Schritt zurücktrat, so als würde er seine Anmaßung bedauern.

»Darf ich jetzt gehen, Euer Majestät?«, sagte er schließlich.

»Ich glaube, das solltet Ihr besser tun.«

Der junge Mann machte eine knappe Verbeugung, drehte sich um und ging mit der Anmut eines Tänzers zur Tür. Er würdigte dabei weder Aryn noch Lirith auch nur eines Blicks, als er den Raum verließ.

Aryn sah ihm nach. Sie erinnerte sich noch gut an Teravian aus ihren ersten Jahren auf Calavere. Damals war König Boreas' Sohn ein mürrischer, launischer Junge gewesen, der vier Jahre jünger als sie war. Er hatte nur wenig mit ihr zu tun gehabt, wenn man von den gelegentlichen Streichen absah, mit denen er sie gequält hatte, so wie das eine Mal, als er eines ihrer Kopfkissen mit Mäusen gefüllt hatte.

Vor zwei Jahren hatte Boreas Teravian dann nach Ar-Tolor geschickt. Es entsprach den Sitten, dass die Kinder von Königen an einem fremden Hof erzogen wurden; das war eines der Verfahren, mit denen Allianzen zwischen den Domänen geschmiedet und aufrechterhalten wurden. Aryn hatte nicht vergessen, wie Teravian einen Wutanfall bekommen hatte, als er erfuhr, dass man ihn wegschicken würde, aber seitdem hatte sie kaum etwas von ihm gehört.

Ein paar Tage nach ihrer Ankunft auf Ar-Tolor hatte sie

Teravian aufgesucht, um ihn als Cousin zu begrüßen. Doch als sie ihn im Obstgarten des Schlosses gefunden hatte, war er nicht von der Mauer heruntergekommen, auf der er gesessen hatte, und er hatte kein Wort zu ihr gesagt, davon mal abgesehen, dass er gelacht hatte, als sie auf einem verfaulten Apfel ausgerutscht war. Anscheinend hatte sich Teravian in den Jahren auf Ar-Tolor nur wenig verändert, außer dass er etwas größer und noch gemeiner geworden war. Manchmal fragte sich Aryn, wie er nur der Sohn eines so guten und tapferen Mannes wie König Boreas sein konnte.

Die Königin hob eine schlanke Hand. »Wo habe ich einen Fehler gemacht, Tressa?«

Die rothaarige Frau lächelte, allerdings war es ein trauriges Lächeln. »Er ist ein Junge, der einen harten Kampf ausficht, um ein Mann zu werden. Man muss nicht nach anderen Gründen suchen.«

»Und doch gibt es einen anderen Grund, nicht wahr?«

Tressa sagte nichts, und Aryn fragte sich, was die Königin damit gemeint hatte. Doch Ivalaine ergriff das Wort, bevor sie es konnte.

»Kommt näher, Schwestern. Glaubt nicht, dass ich euch dort nicht habe stehen sehen.«

Die beiden Frauen eilten nach vorn und machten einen Hofknicks.

Es hieß oft, dass Ivalaine die schönste Frau in ganz Falengarth war. Ihr Haar war wie Flachs, ihre Formen waren schlank und stolz, ihre Augen hatten die Farbe vom Frost berührter Veilchen. Doch Aryn wusste, dass es eine Frau gab, die noch schöner als die Königin war, jemand, der eine Welt weit weg war.

Grace, ich vermisse dich so sehr.

Wieder einmal hoffte sie, dass es Grace und den anderen gut ging.

»Es ist schön, dass ihr gekommen seid, Schwestern.«

»Wir eilten herbei, sobald wir Eure Botschaft erhielten, Euer Majestät«, sagte Lirith.

Ivalaines Augen funkelten, als sie die dunkelhaarige Hexe musterte. »In der Tat.«

Schweigen erfüllte das Gemach, und in Aryn stieg der verrückte Drang auf, all ihre Erlebnisse des Tages auszuplaudern. Glücklicherweise ergriff Tressa das Wort, bevor sie dem Gefühl nachgeben konnte.

»Möchtet Ihr einen Schluck Wein, mein Kind?«

Aryn nickte und musste sich dann zwingen, der Hexe nicht den Becher aus der Hand zu reißen und ihn in einem Zug zu leeren. Der Wein war kühl und so klar wie Regenwasser. Aryn nahm kleine Schlucke und fühlte, wie sich ihre Nerven beruhigten.

»Es ist spät«, sagte die Königin, »und ich habe vor dem Schlafengehen noch viel zu tun, also werde ich keine Umschweife machen. Ich habe für den nächsten Neumond einen Großen Hexenzirkel nach Ar-Tolor einberufen.«

Aryn runzelte die Stirn. Sie hatte noch nie von einem Großen Hexenzirkel gehört. Dem plötzlichen Funkeln in Liriths Augen nach zu urteilen, sie schon. Die Hexe hielt ihren Becher mit beiden Händen fest. »Darf ich fragen, Schwester, ob wir teilnehmen dürfen?«

Ivalaine nickte. »Ich hoffe doch sehr, dass Ihr und Eure Schwester Aryn daran teilnehmen *möchtet.*«

»Es ist der erste Große Hexenzirkel in sieben Jahren«, sagte Tressa strahlend. »All unsere Schwestern werden da sein.«

Liriths rauchige Lippen verzogen sich zu einem ihrer geheimnisvollen Lächeln.

Eine nicht näher zu benennende Aufregung erfüllte Aryn, und sie konnte sich nicht länger beherrschen. »Aber was ist ein Großer Hexenzirkel?«

Tressa lachte leise. »Nun, das ist eine wunderbare Sache, mein Kind. Hexen aus allen sieben Domänen und aus Ländern jenseits davon reisen in diesem Augenblick nach Ar-Tolor. Wir werden alle unter den Sternen zusammenkommen, um ein gemeinsames Netz zu weben.«

»Und was wird besprochen?«, fragte Lirith.

Ivalaine begab sich zu einer silbernen Waschschüssel, die auf einem Ständer ruhte; ihr Gewand raschelte wie die Schwingen eines Vogels. »Dinge von größter Wichtigkeit.«

»Aber was sind das für Dinge?«, wollte Aryn wissen.

Die Königin drehte sich nicht um. »Ich glaube, mehr müsst Ihr im Augenblick nicht wissen. Ihr werdet alles beim Hexenzirkel erfahren.«

Lirith schaute Aryn an. Beide wussten, wann eine Audienz bei der Königin vorbei war. In Aryn brannten noch alle möglichen Fragen, aber die würden warten müssen. Sie stellten die Becher ab, nickten Tressa zu und gingen in Richtung Tür.

»Eines noch, Schwestern«, sagte Ivalaine, als sie die Tür erreicht hatten. »Ihr müsst mir verraten, ob euch der Besuch bei der Karawane der Mournisch gefallen hat.«

Aryn erstarrte, und Lirith sog scharf die Luft ein. Ivalaine schaute noch immer in das Wasser, und in Aryn zuckte Begreifen auf. Die Königin besaß keinen Zauberspiegel, aber standen ihr nicht andere Möglichkeiten zur Verfügung, um Dinge zu sehen? Aryn fiel wieder jener Tag ein, an dem Ivalaine sie und Grace in den Korridoren Calaveres angehalten und in ein derartiges Behältnis hatte schauen lassen. In diesem Wasser hatte Aryn die Vision gesehen, wie sie mit dem Schwert in der Hand auf einem weißen Pferd ritt, hinter sich ein Schloss mit sieben Türmen.

Jetzt schaute die Königin auf und sah die beiden mit durchbohrenden Blicken an. »Man sagt, die Magie der Mournisch sei wie eine dunkle Saat, die nur zu dornigen Blumen heranwachsen kann. Ihr würdet gut daran tun, das nicht zu vergessen, Schwestern.«

Aryn und Lirith konnten bloß nicken. Gemeinsam traten sie durch die Tür in den dahinter liegenden Korridor und überließen die Königin ihrer Arbeit.

5

Willst du diesmal wieder so früh gehen, Mylord?«, sagte die Frau mit schlaftrunkener Stimme und grub sich tiefer in das Oberbett.

Durge grunzte bloß, als er sich aufsetzte. Er schwang die Füße über die Bettkante. Unter seinen nackten Füßen fühlte sich der Steinboden kalt an. Er nahm tiefe Atemzüge, während der Schweiß auf seinem Rücken trocknete. Die Morgendämmerung war noch eine Stunde entfernt, und die kalte Luft wehte, vom leisen, einsamen Ruf einer Taube begleitet, durch das Fenster.

Er schloss die Augen, erinnerte sich. Tauben waren immer ihre Lieblinge gewesen. Er hatte immer gelacht, wenn sie am Morgen für sie Getreide auf den Boden warf. Aber beim Einbruch der Nacht öffnete sie dann die Fenster des Herrenhauses und ließ ihre Musik die Räume füllen. Damals hatte er es nie verstanden; für ihn waren es die einsamsten Laute gewesen, die er je gehört hatte. Warum hatte er so viele Jahre dafür gebraucht, nur um zu erkennen, wie schön ihr Lied doch war?

»Soll ich dich heute Abend erwarten, Mylord?«

Durge öffnete die Augen. »Du solltest mich nie erwarten.«

Er stand auf, nahm seine Hosen vom Stuhl und zog sie an. Hinter ihm seufzte Lesa und drehte sich im Bett um.

Er war ihr nicht lange nach ihrer Ankunft auf Ar-Tolor begegnet. Lesa war eine Frau aus dem Dorf, die manchmal für eine der königlichen Hofdamen als Magd arbeitete. Ihr Mann war vor einem Jahr gestorben, aber die schwierige Geburt ihres zweiten Kindes hatte sie unfruchtbar gemacht, weshalb sie keiner der Männer aus dem Dorf zur Frau haben wollte. Sie war unscheinbar und beschränkt, hatte aber ein gutes Herz, und die paar Male, die er sie mit ihren Kindern gesehen hatte, war sie freundlich mit ihnen umgegangen. Das hatte Durge gefallen. Außerdem brauchte sie Geld für Brot, und er brauchte eine Geliebte. Es funktionierte ganz gut.

Durge schloss die Hosen und richtete sich auf. Dabei fiel sein Blick auf sein Abbild in den undeutlichen Tiefen eines Bronzespiegels. Der Spiegel war klein, sodass er nicht über seine Schultern hinaussehen konnte, und einen Augenblick lang war es, als würde er einen Geist sehen.

Ohne Gesicht sah er nicht viel anders aus, als er sich aus jüngeren Tagen im Gedächtnis hatte. Seine Arme waren noch immer hart, das dichte Haar auf seiner Brust noch immer dunkel, und sein Bauch hatte sich nicht in Pudding verwandelt, wie es bei so vielen Männern seines Alters der Fall war. Es waren seine Hände, die ihn verrieten. Sie waren rau, mit großen Knöcheln, voller tiefer Falten und Narben. Die Hände eines alten Mannes.

Er zog sich das graue Wams über den Kopf, legte den Gürtel an und drehte sich um. Lesa hatte sich im Bett aufgesetzt, ihr verfilztes braunes Haar fiel bis zu ihren Schultern, und sie betrachtete ihn mit zusammengekniffenen Augen. Ein hartes Leben hatte ihr Gesicht faltig werden lassen und ihm einen abgekämpften Ausdruck verliehen, aber ihre Brüste waren klein und wohlgeformt.

Sie umklammerte unter der Decke ihre Knie. »Wann wirst du mich zu deiner Lady machen, Mylord?«

»Ich werde dich niemals zu meiner Lady machen«, sagte er und zog die Stiefel an.

Sie lachte und klopfte neben sich aufs Bett. »Hier bin ich deine Lady. Du siehst so ernst aus. Aber wenn du dich an mich drückst, bist du mutig genug. Reicht dir das nicht?«

Durge legte drei Silbermünzen auf einen kleinen Tisch. »Kauf für deine Kinder ein paar Schuhe. Ich habe sie auf der Dorfwiese barfuß gesehen.« Er ging zur Tür.

»Das werde ich, Mylord«, sagte sie. »Schuhe kaufen, meine ich. Jorus segne dich.«

Durge sagte nichts, als er durch die Tür trat und sie hinter sich schloss.

Im Schloss herrschte Stille, die meisten Bewohner von Ar-Tolor lagen noch im Bett. Er ging durch die Korridore zu seinem Gemach, aber er beeilte sich nicht. Das war einer der seltenen Augenblicke, die er für sich selbst hatte, und es war richtig, ihn zu genießen. Während der letzten beiden Jahrzehnte hatte sich Durge daran gewöhnt, allein zu sein, und er empfand es nicht als Last. Es gab so vieles, das man nur in der Stille der Einsamkeit hören, fühlen und sehen konnte.

Nicht, dass er die Zeit bedauerte, die er mit Aryn und Lirith verbracht hatte. Ein Ritter musste eine Aufgabe haben, das kam vor allem anderen. Andererseits war aber genau das ein Teil seines derzeitigen Problems, nicht wahr?

Ein Ritter braucht jemanden, dem er dienen kann, aber welche deiner Dienste brauchen sie hier, Durge von Steinspalter?

Er wusste genau, dass für ihn die Zeit zur Abreise gekommen war, die Rückkehr nach Embarr. Nach ihrer Rückkehr ins Schloss gestern Abend waren Aryn und Lirith losgestürmt, ohne einen Blick für ihn übrig zu haben. Aber welchen Nutzen hatte ein schwermütiger Ritter, wenn strahlende Königinnen nach einem riefen?

Sich selbst überlassen hätte Durge vielleicht an seinen alchemistischen Studien gearbeitet, aber er hatte hier nicht die richtigen Zutaten und Gerätschaften besorgen können. Soweit er es beurteilen konnte, waren Ingenieure und Männer der Logik in Toloria so selten, wie es Hexen und Gras im Überfluss gab. Also war er stattdessen zu Lesa gegangen. Nach den Ereignissen des Tages hätte er seinen Verstand lieber mit Forschungen beschäftigt, aber es war auch gut, den Körper zu beschäftigen, damit keines von beiden durch Vernachlässigung geschwächt wurde.

An einem Fenster blieb er stehen und betrachtete die Welt jenseits des Glases. Feiner Nebel stieg aus dem Boden auf, und alles – die Hügel, der Himmel, Bäume – war in graue Schatten gehüllt. Oder war das einfach nur alles, was er kannte?

Nein, einst hatte es in seiner Welt Farben gegeben. Vor seinem geistigen Auge entstand das Bild einer wunderschönen jungen Frau mit Augen so braun und warm wie Honig. Nur dass sich die Augenfarbe der Frau veränderte, sodass sie nicht länger braun, sondern saphirblau waren.

Und du bist ein alter Mann, Durge von Steinspalter.

Aber auch das stimmte nicht. Denn er fühlte sich nicht immer alt. Manchmal, wenn Lady Aryn in der Nähe war, fühlte er sich beinahe wieder jung, voller Hoffnung und Kraft. Aber das war eine dumme Fantasie, und er wusste es.

Du gibst dich so stark wie ein Felsen, Ritter, zischte eine Stimme in seiner Erinnerung, *und doch hast du ein weiches Herz, das gefühlvoll für jemand anderes schlägt ... Wärst du doch bloß jung und ansehnlich genug, um sie zu verdienen.*

Es war bösartig gewesen, aber Drachen sagten die Wahrheit. Hatte Falken das nicht behauptet? Die uralte Kreatur namens Sfithrisir kannte sein Herz besser als er selbst.

Genau wie eine andere Person ...

In der Ödnis, als Lirith und er vor der lautlosen Wut des Sturms Schutz gesucht hatten, während sich Falken in die Ruine dessen gewagt hatte, was einst die Flammenfestung gewesen war, hatte die Hexe zufällig seine Hand berührt, und sie war ihm nahe gekommen. Gefährlich nahe. Er war mit seiner Vergangenheit konfrontiert worden, als hätten Schauspieler auf einer Bühne sie dargestellt, und die tiefsten Geheimnisse seines Herzens waren offen gelegt worden, während sie zugesehen hatte.

Seitdem hatten Lirith und er niemals über diesen Augenblick gesprochen. Aber jedes Mal, wenn sie und Aryn in seiner Nähe waren, konnte er das Wissen in ihren Augen sehen. Ein weiterer Grund, warum es besser für ihn war, nach Embarr zurückzukehren. Aryn durfte seine Gefühle niemals erfahren – sie *würde* sie nicht erfahren. Auf ihr lasteten genügend Dinge, ohne dass sie auch noch mit einer Liebe konfrontiert wurde, die sie niemals erwidern konnte.

Er musste nur einen Weg finden, von der Baronesse entlassen zu werden, ohne ihr damit wehzutun. In ihrer Unschuld schien sie sich an seine Fürsorge und seinen Schutz gewöhnt zu haben, sie sogar zu mögen. Ihm war klar, dass er dieses Gefühl nicht mit etwas Tieferem verwechseln durfte. Trotzdem, wenn er sie einfach verließ, würde sie das vielleicht schmerzen, und das war etwas, das er auf keinen Fall zulassen durfte.

Mit einem Seufzen und ohne eine Antwort auf sein Dilemma gefunden zu haben, wandte sich der Ritter vom Fenster ab.

Dabei stieß er beinahe mit drei jungen Frauen zusammen. Ihre Namen waren ihm nicht geläufig, obwohl er sie als Damen erkannte, die zum Hofstaat der Königin gehörten. Was hatte sie veranlasst, vor Sonnenaufgang aufzustehen? Dann bemerkte er, dass ihre Haare vom Wind zerzaust waren, sah den Schmutz an ihren Händen und auf ihren Wangen, die Zweige und das Gras, die an ihren Gewändern klebten, und kam zu dem Schluss, dass sie nicht gerade aufgestanden waren, sondern erst jetzt zu Bett gingen.

Er nickte ihnen zu, und die jungen Frauen fingen an zu kichern. Sie neigten die Köpfe, flüsterten miteinander, während sie den Ritter betrachteten, und ihm wurde bewusst, dass sich seine Wangen unwillkürlich röteten. Das rief weiteres Gelächter hervor. Dann rannten die drei untergehakt den Korridor entlang.

Durge warf ihnen einen finsteren Blick hinterher. Er schätzte starke Frauen. Seine edle Herrin, die Lady Grace, war eine Frau voller Macht. Aber das hier, diese gelangweilten Spiele aus Zauber und Schabernack, konnte er nicht gutheißen. Hoffentlich würde Aryn nicht so werden wie diese Frauen. Obwohl er bezweifelte, dass das passieren würde. Ihre Lehrerin, Lady Lirith, war nicht leichtfertig, und dafür respektierte er sie.

Trotzdem fragte er sich, ob Sir Beltan nicht vielleicht doch Recht gehabt hatte. In diesem Schloss gab es zu viele Frauen mit zu vielen Geheimnissen, die alle nur zusahen und warteten. Es war wie die Karte, die er aus dem Spiel der Greisin gezogen hatte: die Frau, die aus dem Mond herunterblickte; sie war wunderschön, aber sie beobachtete nur.

Er hatte Recht behalten, was die Mournisch anging, es waren wirklich seltsame Leute. Ihnen einen Besuch abzustatten war unklug gewesen, denn die Worte der Alten hatten anscheinend sowohl Aryn wie auch Lirith aufgebracht.

Und was ist mit den Worten, die sie für dich übrig hatte, Durge von Steinspalter?

Aber das war nur ein Trick gewesen, nichts weiter. In den vergangenen Monaten hatte Durge einige Wunder gesehen, ja, aber dafür waren Götter verantwortlich gewesen, keine Menschen. Er glaubte nicht an die Magie von Menschen.

Und doch wird Magie dir den Tod bringen ...

Ein eiskalter Windzug hüllte Durge ein, und er erschauderte, als sich seine Nackenhärchen aufrichteten. Hatte sich das Fenster hinter ihm geöffnet? Falls dem so war, dann kam dieser Wind aus den Tiefen des Winters, nicht von den sanften Tagen des Spätsommers. Er drehte sich um, um das Fenster zu schließen, und sah zum zweiten Mal an diesem Morgen einen Geist.

Er war ein Mann der Logik, trotzdem wusste er sofort, dass diese Schatten mehr als ein Spiegeltrick aus Licht und

Dunkelheit waren. Sie standen vor dem Fenster – das noch immer fest verschlossen war –, so farblos und durchsichtig wie der Nebel draußen. Sie war ein Mädchen von zwanzig Jahren, hübsch, aber alles andere als perfekt, mit einem zu großen Kinn und großen Augen, und ihr Haar bestand nur aus Schatten. Vor ihr stand ein winziges Kind, dessen Mund eine hübsche Rosenknospe war. Sein Haar war so hell, wie das der Frau dunkel war.

Durges Herz setzte einen Schlag lang aus. An ihnen war eine totenähnliche Reglosigkeit. Die beiden schienen weder traurig noch glücklich zu sein. Sie starrten einfach geradeaus, ihre Züge drückten keinerlei Gefühle aus. Nahmen sie ihn überhaupt wahr? Dann erwiderte die Frau seinen Blick, und in ihren Augen zeichnete sich ein schwaches Wiedererkennen ab. Sie öffnete den Mund, aber es ertönte kein Laut.

Durge stolperte zurück. Er hatte das Gefühl, als hätte ein kaltes Messer ihm das Blut aus den Adern gelassen.

»Geht weg«, krächzte er. »Ich bin jetzt ein alter Mann. Werdet Ihr mich denn niemals freigeben?«

Tränen strömten seine Wangen hinunter, dampften in der eiskalten Luft. Jetzt schien die Miene der Frau voller Trauer zu sein. Sie streckte die Arme nach ihm aus, aber in diesem Augenblick brach draußen die aufgehende Sonne durch den Nebel. Ihr Licht durchbohrte die Geister, und im nächsten Augenblick waren sie verschwunden.

6

Lirith erwachte plötzlich.

Sie setzte sich im Bett auf, ihr Nachthemd war feucht und klebrig vom Schweiß. Etwas hatte sie geweckt – aber was? Durch das schmale Fenster drang nur farbloses Licht herein, das ganz normale Gegenstände zeigte: einen Stuhl, einen Tisch, einen Kleiderschrank. Schnell schloss sie die Augen und schaute mit einer anderen Art von Sicht.

Unvermittelt sah sie das schimmernde Netz der Magie, das alle Dinge einhüllte und durchdrang, und wo alles zuvor nur grau gewesen war, leuchteten nun alle möglichen Farben. Die Wärme der Weltenkraft durchflutete sie, gab ihr Zuversicht. Alles war so, wie es sein sollte.

Vielleicht hatte sie auch nur ihr Traum so aufgeregt. Sie wusste nicht, warum sie ihn gehabt hatte. Es war so lange her, dass sie an diesen Ort gedacht hatte, an diese Zeit. Und doch hatte sie das Gefühl, als wäre sie noch immer da und könnte den Duft von Räucherwerk riechen und das Klirren der Perlen und das raue Gelächter in der heißen, von Schwaden durchzogenen Luft hören.

Tanze, meine schwarze Perle. Tanze, wenn du jemals wieder hoffen willst, frei zu sein. Was für ein hübsches Ding du doch bist, so hübsch wie die Nacht. Ja, jetzt hast du es verstanden – es ist die einzige Möglichkeit ...

Lirith fröstelte – obwohl sich die tröstenden Ranken der Weltenkraft um sie schlangen. Was hatte sie an Dinge denken lassen, die sich vor so langer Zeit ereignet hatten? Aber vielleicht war das ja gar kein Geheimnis.

Du fliehst vor deinem Schicksal. Und doch kannst du ihm nicht entkommen, denn es liegt in dir verborgen.

Lirith sah noch immer die Zeichnung des öden Schlachtfeldes auf der Spielkarte vor sich, und den schwarzen Umriss des Raben. Aber die Alte irrte sich. Lirith *war* ihrem Schicksal entflohen. Sie war an dem Tag vor sieben Jahren entflohen, als sie aus Gulthas' Haus entkommen war. Vielleicht hatten Durge und die Königin Recht; vielleicht bestand die Magie der Mournisch doch nur aus Tricks und Illusionen, die ihr Gift versprühen sollten.

Und was ist mit ihm, Schwester? Ist das auch ein Trick – so wie er sich in deine Gedanken stiehlt?

Ohne es zu wollen, konzentrierte sie sich und webte die Fäden der Weltenkraft zu einer schimmernden Gestalt: ein Mann mit schwarzem Haar, tiefen, geheimnisvollen Augen und einem Bein. Es wäre so leicht gewesen, die Stränge zu verlängern, sie zu einem neuen Bein zu formen, sodass er in dieser Vision perfekt sein würde. Aber sie tat es nicht.

Als sie nach ihrer Audienz bei Königin Ivalaine spät am Abend im Bett gelegen hatte, hatte sie eine ähnliche Gestalt heraufbeschworen, allerdings hatte er in dieser Version keine Weste und auch keine blauen Pluderhosen getragen. Es war eigentlich albern, eher von einer jungen Hexe zu erwarten, die gerade lernte, die Weltenkraft zu formen, als von einer erwachsenen Lady, die ihr siebenundzwanzigstes Jahr hinter sich gebracht hatte. Trotzdem hatte Lirith das Trugbild ganz nahe an sich herangeholt und sich selbst berührt, während sie sich vorstellte, wie er in sie eindrang.

Eigentlich hätte sie sich denken können, dass es sich anfühlen würde, als fasste man statt warmem Fleisch kalten Ton an.

Sie seufzte und ließ das Trugbild sich auflösen. Es war sinnlos, an ihn oder sein tiefes, melodisches Lachen zu denken. In ein paar Tagen würde Sareth mit seinem Volk Ar-Tolor wieder verlassen, um in der Welt umherzuziehen. Das war sein Schicksal. Und in einem hatte die Alte Recht gehabt – nichts und niemand konnte in einem so lange brachliegenden, unfruchtbaren Land neues Leben erzeugen. Das war ihr Schicksal.

Es war Zeit zum Aufstehen. Lirith konnte fühlen, wie draußen die Sonne durch den Nebel brach und das Land mit neuem Leben erfüllte, wenn nicht vielleicht sogar alles, das auf ihm lebte. Sie fing an, die Weltenkraft loszulassen.

Das war der Augenblick, in dem sie es sah. Das Trugbild Sareths hatte sie geblendet, aber jetzt, wo ihre Sicht durch nichts gestört wurde, war es unmissverständlich. Es brodelte am Rand ihrer Sicht wie ein Bündel grauer Schlangen, ein Knäuel in den Fäden der Weltenkraft.

Warmes Behagen verwandelte sich in kaltes Entsetzen. Wenn Lirith die Gabe dazu benutzt hatte, die Fäden der Weltenkraft zu betrachten, hatte sie sie stets zu einem Netz verwoben, das so fehlerlos wie das einer Spinne war. Jetzt wurde vor ihren Augen ein weiterer Strang in den dicken Knoten gezogen, und sein Licht verblasste zur Farbe von Asche. Wie konnte das sein? Wie konnte es im geordneten Netz des Lebens ein wirres Knäuel geben? Sie öffnete den Mund zu einem Schrei ...

... und ein hartes Klopfen durchschnitt die Luft.

Lirith schloss den Mund. Die Weltenkraft verschwand und wurde durch die normale Sicht ersetzt. Kaltes Licht strömte durch das Fenster des Gemachs. Die Dämmerung war hereingebrochen.

Der Laut ertönte erneut. Jemand klopfte an der Tür. Lirith warf die Decke zurück und stolperte aus dem Bett. Sie könnte später über das nachdenken, was sie gerade erlebt hatte – vielleicht konnte sie mit Ivalaine oder Tressa darüber sprechen –, aber nicht jetzt, wo sie sich so kalt und leer fühlte.

Sie stolperte zur Tür und riss sie auf. Erst die weit aufgerissenen Augen des Soldaten machten ihr bewusst, dass sie noch immer ihr ziemlich durchsichtiges Nachthemd trug. Sie hatte nie viel für die Kunst der Illusion übrig gehabt, aber es gab Zeiten, da war sie nötig. Lirith hüllte sich in ein schnell gewobenes Netz ein. Der Wächter schüttelte den Kopf, dann entspannte sich seine Miene. Lirith wusste, dass er sie jetzt in einem hübschen braunen und blauen Gewand sah und der festen Überzeugung war, dass sie es schon die ganze Zeit getragen hatte. Es war einfach, die Leute das sehen zu lassen, was sie erwarteten.

»Mylady«, sagte der Mann, »sie fragen nach Euch. Kommt Ihr bitte?«

Lirith sackte gegen den Türpfosten, als hätte ihr jemand einen Schlag versetzt. Wieder erklangen in der Vergangenheit gesprochene Worte in ihrer Erinnerung.

Sie fragen nach dir, Lisenne, verlangen nach dir. Sie wollen dich sehen, sie ziehen dich den anderen vor. Hör doch nur! Willst du nicht für sie tanzen?

»Mylady?«

»Wer fragt nach mir?«, krächzte sie mühsam.

»Habt Ihr sie nicht durchs Tor reiten sehen? Lord Falken Schwarzhand und Lady Melindora Nachtsilber. Sie sind hier, auf Ar-Tolor.« Der junge Mann grinste. »Meine Großmutter hat mir Geschichten über sie erzählt, als ich auf ihren Knien saß. Aber das waren nur Geschichten, zumindest habe ich das immer geglaubt. Ich hätte nie gedacht, sie mal mit eigenen Augen zu sehen. Und es heißt, Ihr kennt sie, Mylady.«

Jetzt errötete der Wächter, offensichtlich durch seinen Ausbruch peinlich berührt. Lirith verarbeitete seine Worte. Melia und Falken waren auf Ar-Tolor? Natürlich würde es schön sein, die Lady und den Barden zu sehen. Sie hatte die beiden trotz ihrer ungewöhnlichen Herkunft lieb gewonnen. Aber warum waren sie hier? Sie hatten sich doch auf die Suche nach ihrem Freund – und Melias Verwandtem – Tome gemacht.

»Sie begeben sich gerade in den Großen Saal, um die Gastfreundschaft der Königin zu erbitten. Kommt Ihr, Mylady?«

»Ich komme gleich nach.« Lirith wollte Melia nicht in einem imaginären Gewand gegenübertreten. Etwas sagte ihr, dass die Frau mit den Bernsteinaugen jeden Zauber durchschauen würde, den sie zustande brachte.

Sie schloss die Tür und drehte sich um. Ihr Verstand klärte sich wie der Nebel im Morgenlicht. Tricks und Illusionen, das war alles. Doch als sie in den Kleiderschrank griff, um ihr Gewand herauszuholen, konnte sie es nicht vermeiden, wieder in die Zimmerecke zu blicken. Diesmal sah sie nur Luft.

Minuten später betrat Lirith den luftigen Großen Saal von Ar-Tolor. Vor dem Podest, auf dem der Thron der Königin ruhte, hatte sich eine kleine Gruppe von Leuten versammelt.

»Da seid Ihr ja!«, rief Aryn, hielt den Saum ihres gelben Gewandes hoch und eilte auf sie zu. »Wir haben auf Euch gewartet. Wo wart Ihr denn die ganze Zeit?«

Lirith schaffte es, ein trockenes Lächeln zustande zu bringen. »Ich habe mich angezogen.«

Sie ignorierte Aryns verblüffte Miene und ging zu Melia und Falken hinüber, die neben Durge standen. Sie hatten sich kaum verändert, seit sie sie das letzte Mal gesehen hatte – allerdings war das zu erwarten gewesen. Denn Falken war im Königreich Malachor geboren worden, das vor Jahrhunderten untergegangen war, und er war über siebenhundert Jahre alt. Und Melia war noch älter, eine Göttin aus Tarras, die ihrem überirdischen Reich entsagt hatte, um in menschlicher und viel eingeschränkterer Gestalt auf der Welt zu wandeln.

Falken trug wie immer seine von der Reise abgenutzten Sachen: ein rehfarbenes Wams, angestoßene Stiefel und einen Umhang von der Farbe des tiefen Meeres. Sein mit Grau durchsetztes Haar war so zerzaust wie immer, und seine faltigen Züge trugen ihren bekannten wölfischen Ausdruck. Melia hatte ihr blaues Überkleid gegen ein einfaches Gewand in der Farbe des Mondlichts eingetauscht. Davon abgesehen sah die kleine, majestätische Frau aus wie immer; ihre kupferfarbene Haut war makellos, und ihr Haar fiel ihr in einer blauschwarzen Mähne auf den Rücken.

Falken grinste, als Lirith zu ihnen trat. »Ich hoffe, Ihr habt Nachsicht mit einem alten Barden«, sagte er und nahm sie in die schlanken Arme. »Ich bekomme nicht in jedem Jahrhundert die Gelegenheit, eine wunderschöne Gräfin zu umarmen.«

Lirith lachte und erwiderte die Umarmung mit der gleichen Kraft. Seine dunklen Bartstoppeln kratzten auf ihrer Wange, aber das war ihr egal; er roch wie ein Wald. Er war schon ein seltsames Wesen, dieser unsterbliche Barde, aber er war auch ein guter Mann. Lirith wusste das ohne jeden Zweifel – ganz egal, was die Geschichten besagten. Sie glaubte nicht, dass er ganz allein ein ganzes Königreich zum Untergang verdammt hatte.

»Ihr seht gut aus, meine Liebe«, sagte Melia und rauschte heran.

Lirith tat nicht einen Augenblick lang so, als würde sie erwarten, dass Melia sie wie zuvor Falken umarmen würde. Nicht, dass Melia nichts für sie übrig hatte. Aber von der einstigen Göttin ging eine Zurückhaltung aus, die sie so kühl, strahlend und unerreichbar wie ihre Namensschwestern machte. Allein Falken schien diese Kluft überwinden zu können – und vielleicht noch Sir Beltan und Freisasse Travis, wenn allerdings auch in einem geringeren Grad. Lirith nickte der Frau knapp zu.

Als Melia das sah, blieb sie stehen, dann ging sie einen halben Schritt zurück und erwiderte das Nicken, und ihre bernsteinfarbenen Augen füllten sich mit einem Ausdruck, der beinahe traurig zu sein schien. Lirith verspürte einen Stich des Bedauerns in der Brust.

Sie überspielte das Unbehagen des Moments mit einer Frage. »Wo ist die Königin?«

»Ich fürchte, da kommt Ihr zu spät, Mylady«, sagte Durge.

Aryn sah den Ritter stirnrunzelnd an. »Ivalaine ist nicht gestorben, Durge. Sie ist bloß zum Frühstück gegangen.«

»Wir wollten gerade selbst frühstücken gehen«, sagte Falken und schlang sich den abgegriffenen Holzkasten über die Schulter, der seine Laute enthielt. »Leistet Ihr uns Gesellschaft, Lirith?«

Sie nickte und ergriff seinen Arm, als er ihn anbot.

»Falken«, sagte Aryn, als sie auf eine Seitentür zusteuerten, »Ihr habt uns noch immer nicht gesagt, warum Ihr nach Ar-Tolor gekommen seid. Ich dachte, Ihr wolltet eine Zeit lang mit Tome reisen.«

Der Barde zuckte mit den Schultern. »Tome entschloss sich, lieber auszuruhen. Aber er *ist* immerhin zweitausend Jahre alt, also haben wir deswegen nicht gestritten. Außerdem, als wir von dem Großen Hexenzirkel hörten, entschieden wir uns, stattdessen herzukommen.«

Lirith blieb stehen. »Aber Königin Ivalaine hat den Hexenzirkel gerade erst einberufen.«

»Ja, meine Liebe«, sagte Melia. »Das wissen wir.«

Und wieder musterte Lirith die Frau mit den Bernsteinaugen. Auch wenn Melia keine echte Göttin mehr war, waren ihre Kräfte noch immer geheimnisvoll und groß. Die Hexen hatten sie immer respektiert ... aber sie misstrauten ihr auch. Melia entstammte den neuen Religionen von Tarras, nicht dem uralten Sia-Kult.

Dennoch hat es den Anschein, als würden heute diejenigen, die den Namen Sia meiden, am schnellsten unter den Hexen aufsteigen, nicht war, Schwester Lirith?

Die Falten auf Durges Stirn vertieften sich. »Ich habe noch nie etwas von diesem Großen Hexenzirkel gehört. Was ist das?«

Lirith setzte zu einer Antwort an, aber noch während sie sich fragte, was sie dem Ritter eigentlich sagen sollte, kam ihr eine andere schrille Stimme zuvor:

»Dies, guter Ritter, tue ich kund:
Das Spinnrad dreht sich immer weiter,
Wirkt Gespinste, dunkle Rätsel.
So mach' dich auf zum Hexenbund.«

Als Lirith endlich etwas Grünes und Gelbes aufblitzen sah, hangelte er sich auch schon wie eine große, dürre Spinne an einem Wandteppich herunter. Er musste sich auf den Deckenbalken versteckt und gelauscht haben.

»Verschwindet«, grollte Durge und griff nach dem Messer an seiner Hüfte, als der Narr auf sie zukam.

Falken legte dem Ritter die Hand auf den Arm. »Nein, er war einst in diesen Hallen der König. Lasst ihn.«

Tharkis breitete die knochigen Arme aus und verbeugte sich, dabei klirrten die Schellen seiner Kappe misstönend. »Will nicht stören, will nicht lästig fallen. Will nur ein Gedicht aufsagen, unseren ehrenwerten Gästen gefallen.«

Durge sah nicht so aus, als wäre er in der Stimmung für Dichtkunst. »Raus damit, Narr, und dann verschwindet.«

Tharkis verbeugte sich so tief, dass die Spitzen seiner Stiefel seine Brauen berührten. Doch in dem Augenblick, in dem Durge wegschaute, vollführte der Narr eine Pantomime und stellte mit ungewöhnlicher Authentizität dar, wie er ein Schwert zog und sich hineinstürzte. Lirith verschluckte ein Kichern, Aryn hielt sich die Hand vor den Mund.

Durge fuhr herum. »Wie auch immer Eure Geschichte hier aussehen mag, Narr, Eure Possen sind hier nicht erwünscht.«

»Ach, ich weiß nicht«, sagte Melia und schob sich an dem

finster dreinblickenden Embarraner vorbei. »Ich glaube, er gefällt mir. Tragt uns Euer Lied vor, Meister Tharkis. Bitte.«

Der Narr stellte sich in Positur und deklamierte mit schriller Stimme:

»Eines Tages sprach der Wolf zum Mond:
Ich ertrage den Weg nicht länger.
So lange schon beschreite ich ihn,
Und er führt mich immer nur zum Anfang zurück.

Eines Nachts sprach der Mond zum Wolf:
Komm mit mir, erheben wir uns in den Himmel,
Essen von Sonnen und trinken von Sternen.
Alle unsere Träume werden sich erfüllen.

Aber solche Mühe er sich auch gab,
Der Wolf konnte nie hoch genug springen,
Noch konnte der Mond sich tief genug senken.
Man erzählt sich, dass jetzt beide Tränen vergießen.«

Das Lächeln auf Melias Gesicht erstarb während des Vortrags. Als Tharkis geendet hatte, schaute sie zur Seite. Falken sah sie an und seufzte. Lirith verstand nicht, was da vor sich ging, aber das Lied schien die beiden betrübt zu haben.

»Euer Vortrag scheint kein guter Willkommensgruß zu sein, Narr«, sagte sie.

»Sagte ich Willkommen?« Ein durchtriebenes Funkeln trat in Tharkis´ schielende Augen. »Vielleicht meinte ich Auf Wiedersehen. Das eine ähnelt dem anderen so sehr, dass man es leicht verwechseln kann, das müsst Ihr verstehen.«

»Vielleicht seid Ihr auch nur einfach ein schlechter Dichter«, sagte Aryn. »Schließlich habe ich Euch einmal besiegt.«

Tharkis wieselte auf die Baronesse zu. »Aber unser Spiel ist noch nicht zu Ende, abgemacht? Bei unserer nächsten Begegnung, da nehmt Euch in Acht.«

Bevor Aryn darauf etwas erwidern konnte, sprang der Narr in einer Reihe von Salti rückwärts. Dann schoss er mit klirrenden Schellen durch eine Tür und verschwand.

Ein langes Schweigen setzte ein, das erst von Durges Räuspern gebrochen wurde.

»Ich habe nachgedacht«, sagte der Ritter scheinbar an niemand Bestimmtes gerichtet. »Lord Falken und Lady Melia können sowohl für bessere Gesellschaft als auch für besseren Schutz sorgen, als ich es kann. Vielleicht ist jetzt, wo sie hier sind, für mich die Zeit gekommen, nach Gut Steinspalter zurückzukehren. Es ist lange her, dass ich mich persönlich darum gekümmert habe.«

Aryn riss die Augen auf. »O Durge, Ihr dürft nicht einmal im Scherz sagen, dass Ihr uns verlassen wollt!« Sie eilte los und ergriff seine linke Hand. »Ich bin sicher, dass Euer Vogt sich problemlos um Euer Gut kümmern kann. Bitte ... Ihr müsst mir versprechen, dass Ihr bei uns bleibt.«

Der Embarraner zögerte, dann nickte er und legte einen Augenblick lang seine rauen Finger um ihre zarte Hand. »Wie Ihr wünscht, Mylady.«

Aryn strahlte, aber die Linien in Durges gramerfülltem Gesicht schienen noch tiefer zu werden. Lirith brauchte seine Gedanken nicht zu stehlen wie damals in der Ödnis, um zu wissen, wie viel ihn diese Geste gekostet hatte. Sie wünschte sich, sie hätte niemals von den Gefühlen des Ritters für Aryn erfahren. Und manchmal wünschte sie sich, sie könnte es der jungen Frau erzählen. Vielleicht bestand ja die Möglichkeit ...

Aber nein, das war dumm. Durge war mehr als doppelt so alt wie Aryn. Und obwohl es derartige Ehen oft genug gab, wurden sie wegen Land, Geld und Bündnissen arrangiert, aber nicht aus Liebe. Durge würde Aryn seine Gefühle niemals gestehen. Und Lirith hatte geschworen, es niemals zu erzählen.

Doch schien noch mehr als das auf ihm zu lasten; Durge erschien an diesem Morgen schwermütiger als je zuvor. War etwas mit ihm passiert? Oder erschien er ihr nicht mehr in Ordnung, nachdem sie das Knäuel gesehen hatte?

»Kommt«, sagte Falken. »Die Königin hat uns ihre Gastfreundschaft gewährt, und ich bin bereit, sie auszunutzen. Lasst uns frühstücken.«

7

Am nächsten Tag trafen die ersten Hexen auf Ar-Tolor ein. Der erste Verdacht, dass etwas vor sich ging, kam Aryn, als sie in ihrem Gemach frühstückte. Ein Kribbeln lief ihr über den Rücken, und aus einem unerfindlichen Grund legte sie den Löffel zur Seite, erhob sich und ging zum Fenster. Im Hof saß ein in einen grünen Umhang gehüllter Reiter auf einem schwarzen Pferd. Ein Wächter streckte die Hand aus, um dem Reiter beim Absteigen zu helfen, aber der Reisende schaute auf und die Kapuze fiel zurück und enthüllte eine blonde Haarmähne. Der Reiter war eine Frau, die ihre mittleren Jahre schon hinter sich gelassen hatte, aber noch immer von großer Schönheit war.

Offensichtlich war der Wächter genauso überrascht wie Aryn, denn er trat zurück. Die Frau auf dem Pferd drehte den Kopf, als würde sie nach etwas Ausschau halten. Dann sah sie zu dem Fenster hoch, hinter dem Aryn stand, und ein Lächeln umspielte ihre Lippen. Einen Augenblick lang schaute Aryn in meergrüne Augen. Mit einem leisen Keuchen wich sie vom Fenster zurück. Es hatte den Anschein, als hätte die Frau im Hof sie gesehen. Aber das war unmöglich.

Nach dem Frühstück machte sich Aryn auf die Suche nach Lady Tressa, denn es gab vor dem Neumond und dem Beginn des Hexenzirkels, der, soweit sie in Erfahrung hatte bringen können, vier Tage dauern würde, noch viel zu tun. In der Nähe der Eingangshalle roch sie plötzlich einen Duft, der sie an Nachtblumen erinnerte. Das war seltsam. Nicht, weil es Mittag war, sondern weil Ar-Tolor trotz seiner Schönheit eher wie ein Abort roch statt wie ein Garten – genau wie alle Schlösser, in denen Aryn je gewesen war. Sie drehte sich gerade noch rechtzeitig um, um eine hoch gewachsene schlanke, ganz in

Schwarz gekleidete Gestalt zwischen zwei Säulen verschwinden zu sehen. Aryn eilte ihr nach, fand aber nichts außer ein paar weißen, duftenden Blüten, die auf dem Steinboden verstreut lagen.

Der Mittag war lange vorbei, als Aryn endlich damit fertig war, die im Schlosskeller gelagerten Kerzen zu zählen. Es schien eine seltsame Aufgabe zu sein, aber Tressa hatte sie darum gebeten, also hatte sie es getan. Aryn ging einen Korridor entlang und bemühte sich, ihr Gewand von Staub und Spinnweben zu befreien. Im Keller zu arbeiten war eine viel schmutzigere Arbeit, als sie je gedacht hätte.

»Könnte ich was von den Spinnweben haben, Kleines?«

Aryn schaute auf und sah eine alte Frau in einer unförmigen braunen Kutte. Auf dem knotigen Kopf der Frau wuchsen nur noch spärliche Haare, aber die blauen Augen in dem faltigen Gesicht blickten lebendig.

Aryn zuckte mit den Schultern. »Sicher. Hier, bitte sehr.« Sie gab ihr die hauchdünne graue Kugel.

Die Alte gackerte – sie hatte so gut wie keine Zähne mehr – und ließ die Spinnweben in einer Tasche verschwinden. »Danke, Kleines.« Sie humpelte an ihr vorbei.

Nach ein paar Schritten blieb Aryn stehen und blinzelte. Sie blickte über die Schulter, aber die Alte war bereits verschwunden. Aryn eilte in Liriths Gemach. Die dunkelhäutige Frau war gerade mit Mörser und Stößel beschäftigt. Es roch frisch und bitter zugleich.

»Im Schloss gehen seltsame Dinge vor«, verkündete Aryn und schloss hinter sich die Tür.

Lirith schaute nicht von ihrer Arbeit auf, sondern lächelte geheimnisvoll. »Seit Tagesanbruch sind fünf Hexen eingetroffen. Das war jedenfalls der Stand der Dinge, als ich zuletzt mit Tressa sprach.«

»Ich habe es gewusst.« Aryn ließ sich auf einen Stuhl

sinken. »Ich habe gewusst, dass es sich nur um Hexen handeln konnte. Jede von ihnen war auf ihre Weise seltsam.« Ihr kam ein Gedanke. »Aber wieso können sie bereits eintreffen, wenn Ivalaine den Großen Hexenzirkel erst gestern Abend einberufen hat?«

»Ihr meint, sie hat es uns erst gestern Abend gesagt. Soweit wir wissen, hat sie bereits vor Wochen Botschaften verschickt.«

Aryn verspürte einen Schauder, dann setzte sie sich aufrecht hin. »Ja, aber was für Botschaften?«

Lirith zerbröselte ein paar trockene Blätter in den Mörser und schwieg. Das reichte Aryn als Antwort. Ivalaine hatte eine Botschaft wegen des Großen Hexenzirkels verschickt, aber sie war nicht mit Tinte auf Papier geschrieben worden. Und vielleicht waren Falken und Melia deshalb hier; vielleicht hatte Lady Melia sie abgefangen.

Und warum hast du sie dann nicht empfangen? Oder Lirith?

Aber vielleicht war die Botschaft nicht für sie bestimmt gewesen. Und Aryns Fähigkeit, durch die Weltenkraft zu sprechen, war bestenfalls begrenzt, obwohl sie sie auf jeden Fall verbessern wollte. Und Lirith würde ihr dabei helfen, ob sie es nun wollte oder nicht.

Ein Seufzen erregte Aryns Aufmerksamkeit. Der Stößel lag reglos in Liriths Hand; die Hexe starrte ins Leere.

»Alles in Ordnung, Schwester?«, fragte Aryn, als Besorgnis die Aufregung ersetzte.

Lirith lächelte, aber das Lächeln schien irgendwie zerbrechlich. »Lady Tressa sucht nach Euch. Ich glaube, sie hat eine andere Aufgabe für Euch.«

Die nächsten Tage vergingen schnell. Wie sich herausstellte, hatte Lady Tressa noch viele andere Aufgaben für sie, bevor der Hexenzirkel begann. Sie halfen, ein Dutzend unbenutzter Gemächer auszulüften, und sie verbrachten lange Nachmittage damit, den Hainen ringsum Besuche abzustatten und nach Goldblatt, Mondglocken und anderen Kräutern zu suchen, die Tressa sie gebeten hatte zu finden. Aus ihnen konnte man einen berauschenden Weihrauch herstellen, der gut für die Reinigung der Luft und das Klären der Sicht war.

Aber es gab auch andere Aufgaben, die Aryn nicht verstand. Sie setzten drei Kerzen in Brand, löschten sie wieder und wickelten sie in rotes Leinentuch ein – eine Kerze ließen sie nur einen Augenblick lang brennen, während sie die zweite bis zu einem Stumpf und die dritte bis zur Hälfte herunterbrennen ließen. Sie schöpften in der dunkelsten Stunde der Nacht Wasser, obwohl Aryn sich fragte, wieso es sich von im Tageslicht geschöpftem Wasser unterscheiden sollte. Nass war nass. Wie sie entdecken musste, als sie sich in ihrer Müdigkeit den Eimer über das Gewand kippte.

»Jetzt seid Ihr wenigstens wach«, sagte Lirith mit einem Lachen und ließ den Eimer wieder in den Brunnen herab.

Am unerklärlichsten war jedoch, dass Tressa sie bat, mit Hilfe von Ivalaines Hofdamen drei Festgewänder zu nähen. Das erste war weiß und wurde aus Lammwolle gewebt. Das zweite war aus hellem Grün und wurde mit frischen Binsen gefärbt. Und das dritte war so dunkel wie Rauch und wurde mit Asche eingefärbt. Wofür wurden die Festgewänder gebraucht?

Tressa lächelte, als Aryn sie danach fragte. »Nun, sie hat drei Gesichter, also trägt sie drei Gewänder; eines zum Aufwachen, eines für die Pracht ihrer Fülle und eines für ihr Dahinscheiden.«

»Aber wer ist *sie?«*, fragte Aryn verblüffter als je zuvor.

Tressas Lächeln wurde nur noch breiter.

»Also gut, Lirith«, sagte Aryn an diesem Abend beim Essen

im Großen Saal, senkte aber ihren Tonfall, da die Königin nur wenige Plätze von ihr entfernt saß. »Worum geht es bei diesem Großen Hexenzirkel nun genau?«

»Das werdet Ihr sehen«, erwiderte Lirith und trank einen Schluck Wein.

Aryn fing an zu stöhnen – diese Antwort war typisch rätselhaft –, aber dann kniff sie die Augen zusammen. »Ihr wisst es auch nicht, habe ich Recht?«

Lirith wich ihrem Blick aus. »Ich habe da eine gewisse Vorstellung.«

Aryn war sich nicht sicher, was es war: Glück, Instinkt oder eine unausgesprochene Botschaft, die mittels der Fäden der Weltenkraft transportiert wurde. Trotzdem wusste sie, an welches Wort Lirith dachte.

»Runenbrecher«, flüsterte sie.

Jetzt sah Lirith sie an; ihre Augen funkelten, ihr Gesicht war hart. »Ihr werdet dieses Wort nie wieder aussprechen, Schwester. Nicht bevor es jemand vor Euch zuerst ausspricht. Habt Ihr mich verstanden?«

Aryn hatte Lirith noch nie zuvor so grob sprechen hören. Sie nickte ruckartig, dann beendete sie ihr Essen schweigend.

Als der Mond zu einem Splitter abnahm, trafen weitere Hexen auf Ar-Tolor ein. Einige kamen ganz offen im hellen Licht des Mittags, während andere im purpurnen Zwielicht erschienen. Und manchmal wachte Aryn mitten in der Nacht auf, begab sich ans Fenster und sah schwer auszumachende Schatten über den Hof huschen, die in wortlosen Gesprächen die Köpfe zusammensteckten. Bald schon schienen die Steine der Burg das Geflüster wiederzugeben, und die Diener und Wächter gingen mit der Nervosität von Mäusen, die wussten, dass die Katze unterwegs war, und blickten ständig über die Schulter.

Schließlich zählte Aryn die Tage; sie glaubte vor Fragen

platzen zu müssen, falls der Große Hexenzirkel nicht bald begann. Wenigstens brachte die Zeit, die sie mit Melia und Falken verbrachte, etwas Erleichterung. Sie erzählten ihr Geschichten vom großen untergegangenen Königreich von Malachor und von der Stadt Tarras, als sie noch das strahlende Herz eines großen Reiches war. Doch obwohl interessant, waren die Geschichten nur Ablenkungen. Nicht die Vergangenheit interessierte Aryn, sondern die unmittelbare Zukunft.

Als sie an dem Morgen des Tages, an dem der Große Hexenzirkel beginnen sollte, erwachte, erfuhr sie, dass die Mournisch Ar-Tolor verlassen hatten. Irgendwann in der Nacht hatten sie ihre fantastischen Wagen beladen und waren zu ihrem nächsten Ziel aufgebrochen.

Nach dem Frühstück, das Aryn vor Aufregung kaum runterbekam, ging sie mit Lirith zur Wiese unterhalb des Schlosses. Sie spazierten unter den hohen Bäumen, die hin und her wogten und ein müdes Lied murmelten. Der Sommer verging. Keldath, der goldene Monat, war vorbei. Der Revendath war angebrochen, und auf den Feldern fiel der Weizen unter den Sicheln.

Die gelben Stellen im Gras, wo die Wagen der Mournisch gestanden hatten, waren leicht auszumachen. An einer blieb Lirith stehen, kniete nieder und pflückte etwas aus dem verdorrten Gras. Es funkelte im gesprenkelten Licht; es war eines der billigen Bronzeamulette, die die Mournisch verkauften, um Krankheiten abzuwehren, Schmerzen zu lindern oder Liebe zu bringen. Dieses Amulett war wie eine Spinne geformt. Aryn fragte sich, welchen Zweck es wohl hatte.

»Ich wünschte, wir hätten sie noch einmal besuchen können. Die Mournisch, meine ich.«

»Es ist gut, dass wir es nicht konnten«, sagte Lirith tonlos.

Aryn sah ihre Freundin überrascht an. Lirith schien an einen weit entfernten Ort zu blicken.

»Was ist, Schwester?«, fragte Aryn und berührte ihre Hand.

Lirith holte tief Luft, dann lächelte sie. »Es ist nichts, wirklich.«

Aryn nickte; sie glaubte den Grund zu kennen. Die Worte der Alten hatten sie alle berührt. Wieder musste sie an das Bild denken, das sie in Ivalaines Becken und dann wieder auf der Karte gesehen hatte. Was hatte es nur zu bedeuten? Von allen Schlössern, die Aryn kannte, hatte nur Ar-Tolor sieben Türme. Und hier war Ivalaine die Herrin.

»Wir sollten ins Schloss zurückgehen«, sagte Lirith. »Heute Abend werden wir an andere Dinge zu denken haben als an die Mournisch.«

Aryn nickte, und sie gingen den Weg zurück, den sie gekommen waren. Aber ihr entging nicht, dass Lirith den Spinnenanhänger sorgfältig aufwickelte und in eine Tasche ihres Gewandes steckte.

8

Der Rest des Tages schien eine Ewigkeit zu dauern. Aryn versuchte sich mit ihrer Stickerei zu beschäftigen, aber der Faden schien entschlossen zu sein, sich zu verheddern und zu verknoten. Lirith hatte sie darüber informiert, dass die erste Zusammenkunft des Zirkels eine Willkommensbeschwörung sein würde, bei der alle Hexen einander begrüßen konnten. Die wirkliche Arbeit des Zirkels würde in den folgenden Tagen losgehen. Aryn war sich nicht ganz sicher, wann es endlich richtig losging, aber der Instinkt sagte ihr, dass es bestimmt nicht vor dem Abend sein würde, wenn die Sonne hinter dem Horizont verschwand und andere Mächte die Welt in Besitz nahmen.

Als das Lied der Tauben durch das Fenster hereintönte, klopfte es leise an ihrer Tür. Draußen stand eine Frau, die Aryn noch nie zuvor gesehen hatte. Sie war außerordentlich hoch gewachsen, dünn und ließ sämtliche Kurven vermissen; ihr braunes Haar war nach Männerart geschnitten und lag eng an ihrem Kopf an. Die Frau trug ein einfaches, hellgrünes Kleid und hatte ein ähnliches Gewand über den Arm gelegt.

»Es ist Zeit«, sagte die Frau, bevor Aryn überhaupt etwas sagen konnte. Sie hielt ihr das Kleid hin. »Ich bin Nayla, Eure Führerin. Zieht dies an und folgt mir dann.«

Minuten später schritt Aryn zusammen mit mehreren anderen jungen Frauen durch die dunklen Korridore Ar-Tolors hinter Nayla her. Sie hatten gemeinsam ein Gemach nach dem anderen besucht, gewartet, bis jede Frau das grüne Kleid angezogen hatte, das die Hexe irgendwie stets aufs Neue griffbereit gehabt hatte, und waren dann schweigend weitergezogen.

Aryn warf den jungen Frauen an ihren Seiten kurze Blicke zu. Die meisten waren blass und hübsch, nur eine war so dunkel und erhaben wie Lirith. In den einfachen grünen Kleidern sahen sie alle hübsch aus; die kurzen Ärmel ließen ihre wohlgeformten Arme nackt. Aryn bemühte sich, ihren verkümmerten rechten Arm zu ignorieren, der aus seinem Ärmel baumelte. Selbst als kleines Mädchen war sie sich immer der Notwendigkeit bewusst gewesen, ihren Arm vor Blicken zu verbergen. Jetzt, wo er von allen gesehen werden konnte, kam sie sich auf eine seltsame Weise nackt vor.

Etwas kribbelte in ihrem Nacken. Sie sah nach hinten und entdeckte, dass eine der jungen Frauen sie anstarrte. Nein, nicht *sie*. Ihren Arm. Die Frau schaute schnell zur Seite, aber es war zu spät; Aryn hatte das Entsetzen in ihrer Miene gesehen. Danach hielt Aryn den Blick stur geradeaus gerichtet.

Sie kamen an eine Kreuzung und stießen auf eine weitere Gruppe junger Frauen in grünen Kleidern. Alle hatten sie einen staunenden Ausdruck im Gesicht. Sie waren noch jünger als die Frauen in Aryns Gruppe, die älteste konnte nicht mehr als fünfzehn Jahre alt sein, und die jüngste hatte garantiert noch nicht ihren zwölften Winter erreicht. Konnte sie mit so jungen Jahren eine echte Hexe sein?

Als hätte das Mädchen ihren Blick gespürt, schaute es mit einem wissenden Ausdruck im Gesicht auf, die Lippen zu einem Lächeln verzogen. Aryn schaute schnell weg.

Erst als Nayla der Frau zunickte, die die andere Gruppe anführte, wurde Aryn bewusst, dass es sich um Lirith handelte. Die Hexe mit den dunklen Augen sah in ihrem grünen Kleid sehr elegant aus, ihr schwarzes Haar strömte ihr in dichten Locken auf den Rücken. Aryn öffnete den Mund, um etwas zu sagen, aber ein kaum merkliches Kopfschütteln Liriths ließ sie es sich anders überlegen.

Noch nicht, Schwester, glaubte Aryn eine Stimme in ihrem Bewusstsein flüstern zu hören. *Folgt uns jetzt, fragt später.*

Lirith erwiderte das Nicken der hoch gewachsenen Hexe,

dann gingen die beiden in einen Korridor hinein. Die anderen schlossen sich ihnen in einer Reihe an.

Erst als sie durch eine Tür in kühle, purpurfarbene Luft schritten und Aryn den Duft der Abendblumen einatmete, wurde ihr klar, was ihr Ziel sein würde. Sie ließen die steinernen Mauern des Schlosses hinter sich und begaben sich über die gewundenen Pfade tiefer in die Gärten Ar-Tolors hinein.

Diese Gärten waren größer und wilder als der von Calavere mit seinen angelegten Wegen und dem gepflegten Heckenlabyrinth, in dem Aryn als junges Mädchen so oft gespielt hatte, dass sie sich mit geschlossenen Augen in ihm zurechtfand. Hier verliefen die Wege oft im Kreis, führten an jeder Abzweigung zu unerwarteten grünen Grotten, im Schatten liegenden Springbrunnen, deren Wasser sich über moosige Steine ergoss, und dichten Büschen, aus denen Götter mit ernst blickenden Marmoraugen aus grünen Schreinen schauten.

Sie passierten einen Torbogen aus moosbewachsenen Steinen, der Aryn bei all ihren Spaziergängen noch nie zuvor aufgefallen war, und betraten den dahinter liegenden großen Ort.

Es war wie ein Tempel, der nur aus Grün bestand. Uralte Bäume bildeten zwei Alleen, ihre wie Säulen angeordneten Stämme verjüngten sich in der Höhe. Zwischen den Ästen schlängelten sich Schlingpflanzen und komplettierten die Wände und das Kuppeldach. Silbernes, mit einem smaragdgrünen Stich durchsetztes Mondlicht bahnte sich von oben einen Weg in die Tiefe; herabgefallene Blüten leuchteten am Boden. Blätter raschelten im Nachtwind wie das Geflüster vieler Stimmen. Dann erzitterte Aryn, und sie wusste, dass hier nicht nur die Blätter flüsterten.

Der Garten war voller Hexen.

Sie alle trugen das gleiche grüne Kleid, und im Dämmerlicht verschmolzen die Gewänder mit den Schatten, sodass man unmöglich sagen konnte, wie viele es waren. Aber Aryn war fest davon überzeugt, dass es mindestens zweihundert sein mussten, wenn nicht noch mehr. Aufregung stieg in ihr hoch.

O Grace. Ich wünschte, du wärst hier und könntest das erleben. Es ist so wunderbar. Ich hatte ja keine Ahnung, dass es von uns so viele gibt. Du würdest sehen, dass du nicht allein bist, dass du niemals allein sein wirst.

Am anderen Ende des Hains führten Marmorstufen zu einer runden Tribüne. Dort standen sieben Sockel, und auf jedem leuchtete eine Lichtkugel. Im ersten Augenblick fragte sich Aryn, ob es sich um mit Glühwürmchen gefüllte Glaskugeln handelte, aber das war absurd. Wie hätte man sie am Leben halten sollen? Außerdem war das Jahr dafür zu weit fortgeschritten, und das Licht aus den Kugeln war nicht gelblich, sondern grünlich wie das von den Blättern gefilterte Mondlicht.

»Was kann das nur sein?«, murmelte Aryn.

Sie spürte einen Blick auf sich ruhen und schaute in Liriths mitternachtsdunkle Augen.

Man nennt es Hexenfeuer, Schwester. Hell anzuschauen, aber kühl bei der Berührung.

Hexenfeuer? Lirith hatte noch nie ein Wort darüber verloren. Aber es gab so viele Dinge, die Aryn noch zu lernen hatte. Sie wollte etwas sagen, aber da ergriff die Hexe, die ihre Gruppe geführt hatte, das Wort.

»Hier entlang.«

Nayla führte Aryn und ihre Begleiterinnen in die Mitte des Hains, während Lirith ihre Gruppe zur Seite steuerte. Sie gingen an kleinen Gruppen von Frauen vorbei, und als sie stehen blieben, erkannte Aryn, dass die Positionen der grün gekleideten Hexen einer Ordnung unterlagen. Die jüngsten waren, wenn man von der Tribüne ausging, auf der rechten Seite versammelt. Aryns Gruppe stand auf der linken Seite, während in der Hainmitte Hexen versammelt standen, die eher Liriths und Graces Alter hatten. Jenseits davon waren ältere Hexen zu sehen, von denen zwar noch viele wunderschön waren, deren Haar aber grau und deren Gesichter von Falten der Weisheit gezeichnet waren. Und beinahe unsichtbar in den Schatten hinten links versammelten sich die alten Hexen, die Greisinnen und Vetteln, deren Rücken gekrümmt, deren Glieder knorrig und deren Münder zahnlos waren.

Als Aryn hinter sich sah, erregte ein weißes Aufblitzen ihre Aufmerksamkeit. Sie schaute in die Richtung, dann keuchte sie auf. Einen Augenblick lang glaubte sie, dass die junge Hexe in die schneeweißen Blüten gekleidet war, die noch immer von oben herabfielen, denn in dem grünen Zwielicht schien sie förmlich zu leuchten. Dann blinzelte Aryn und begriff: Es handelte sich um ein weißes Kleid – das Festgewand, bei dessen Herstellung sie und Lirith vor wenigen Tagen geholfen hatten.

»Ist sie nicht wunderschön?«, flüsterte eine der Hexen aus Aryns Gruppe – es war diejenige, die zuvor ihren Arm angestarrt hatte – ihr ins Ohr.

Aryn nickte. Als Mädchen hatte sie in den Spiegel geschaut und versucht, sich vorzustellen, wie sie wohl als Erwachsene aussehen würde: dunkel, schlank, strahlend und gesund. Doch als sie älter wurde, hatte sie dieses Spiegelbild niemals zurückschauen sehen. Bis jetzt.

Die junge Hexe in Weiß hätte Aryns Schwester sein können. Ihr Haar war so dunkel wie die Schatten, ihre Augen blaue Edelsteine, ihre Haut so glatt wie Elfenbein. Und doch gab es gewaltige Unterschiede zwischen ihnen beiden, denn die andere Frau hielt sich aufrecht und stolz, sie betrachtete ihre Umgebung voller Selbstbewusstsein – und vor der weißen Brust waren zwei wohlgestaltete Arme verschränkt.

»Wer ist sie?«

Die junge Frau mit den braunen Augen lachte; es war ein spöttischer Laut. »Was denn, wisst Ihr denn gar nichts? Cirynn wird die Jungfrau dieses Hexenzirkels sein.«

Die Jungfrau?, wollte Aryn fragen. Doch in diesem Moment hallte ein heller Laut durch den Garten. Drei der jüngsten Hexen standen auf den Stufen zur Tribüne; jede von ihnen hielt eine Silberglocke von anderer Größe. Drei unterschiedliche Töne verschmolzen und ließen die Nachtluft vibrieren.

Als die Laute verklangen, verließen die Mädchen die Tribüne und kehrten zu ihrer Gruppe zurück. Offensichtlich sollte die erste Zusammenkunft des Zirkels beginnen, denn andere Hexen eilten durch die Versammlung auf dem Weg zu ihren Positionen.

»Entschuldige, Kleines«, sagte da eine brüchige Stimme. »Diese alten Knochen sind spitz, und ich möchte dich nicht damit stechen.«

Überrascht drehte sich Aryn um und entdeckte eine gekrümmte Gestalt. Sie erkannte die uralte Hexe wieder, der sie die Spinnweben überlassen hatte. Die Greisin sah genau wie damals aus, ein kahl werdender Kopf, Hände so knorrig wie Äste, rot umringte Augen, die wie helle Knöpfe aus einer Faltenmasse funkelten. Nur trug sie jetzt ein aschgraues Gewand. Wieder erkannte Aryn ihre Arbeit. Das war das graue Festgewand, das Lirith und sie mitgeholfen hatten zu nähen.

»Was ist denn, Kleines? Du siehst aus, als hättest du einen Vogel im Mund, der herausfliegen will.«

Aryn erinnerte sich an ihre Manieren. »Es tut mir Leid«, stieß sie hervor. »Bitte, geht an mir vorbei.«

Die Greisin grinste, zeigte einen zahnlosen Kiefer und humpelte vorbei, um in einem Schatten in der Nähe der Tribüne zu verschwinden. Die Hexe mit den braunen Augen schüttelte sich.

»Sie ist einfach nur schrecklich.« Die junge Frau schaute zur linken Seite des Hains. »Sie sind alle schrecklich.«

Aryn zuckte mit den Schultern. »Sie sind bloß alt. Wir alle werden eines Tages so alt sein, wenn wir das Glück haben, so lange zu leben.«

Die andere verzog das Gesicht zu einer übertriebenen Grimasse. »Ich will nie so lange leben, wenn es bedeutet, dann so aussehen zu müssen. Ich weiß nicht, warum wir ihnen erlauben herzukommen. Wenn sich keiner um sie kümmert, murmeln sie bloß ununterbrochen über Sia und die gute alte Zeit.«

»Aber jeder sollte sich um sie kümmern«, sagte Aryn. »Sie mögen nicht mehr jung sein, aber sie sind weise. Und Schönheit ist nicht alles.«

Die Augen der jungen Frau verengten sich zu Schlitzen. »Mir war klar, dass jemand wie Ihr so etwas sagen würde.«

Aryns Wangen brannten. Sie wollte etwas erwidern, aber bevor sie dazu kam, rannte die Frau mit den braunen Augen aus ihrer Gruppe und eilte zu den jungen Frauen, die sich um Cirynn drängten. Sie flüsterte Cirynn etwas ins Ohr, und Aryn spürte den Blick blauer Augen auf sich ruhen. Cirynn lächelte, dann verdrehte sie den rechten Arm in eine unnatürliche Position und zog ihn zur Hälfte in den Ärmel ihres weißen Kleides, während sie die Finger nach innen krümmte. Ihre Anhängerinnen schlugen die Hände vor den Mund, versagten aber jämmerlich dabei, ihr Gelächter zu unterdrücken.

Aryn starrte sie weiter an, zu Eis erstarrt. Der Hain verdunkelte sich, das Gelächter der jungen Frauen verwandelte sich, wurde immer schriller und hallte in ihrem Verstand, bis es sich in etwas völlig anderes verwandelte – einen Kinderreim.

Kleine Lady Aryn,
was versteckt sie nur
unter ihrem blauen Kleidchen?

Einen toten Vogelflügel,
ein gar hässlich Ding.
Sie würde fortfliegen, hätt´ sie zwei davon.

Haltet den Mund, wollte Aryn ihnen zurufen. *Haltet alle den Mund!* Aber ihre Stimme war zu leise, es war die Stimme eines kleinen Mädchens. Sie konnte nicht sprechen, und sie hatte keine Flügel, um von diesem Ort fortfliegen zu können. Sie konnte nur laufen – laufen und sich irgendwo verstecken, wo sie keiner finden würde.

»Schwester, geht es Euch gut?«

Aryn taumelte, dann berührte eine kühle Hand ihren guten Arm und stützte sie. Die Bilder der Vergangenheit verblassten, eine Gestalt nahm vor ihr Konturen an.

Die Frau gehörte eindeutig zu den Hexen, die in der Mitte des Hains standen – sie musste in diese Richtung gegangen sein, als Aryn gegen sie geprallt war. Sie war wunderschön, allerdings nicht auf die blasse und perfekte Weise Cirynns. Ihre Schönheit schien von innen nach außen zu strahlen; ihre Lebendigkeit war völlig unabhängig von der Hülle, in die sie gekleidet war, so wie das Licht einer Lampe.

Ihre Haut hatte die Farbe von Mandeln, ihre Wangen waren hoch angesetzt, und ihre Nase war klein und flach. Ihre dunklen Augen waren an den Rändern leicht schräg, und die ersten feinen Fältchen, die von ihnen ausgingen, verliehen ihr das Aussehen einer weisen Frau. Ihr pechschwarzes Haar wies eine einzelne weiße Strähne auf. Vor Jahren war Aryn einer Gräfin begegnet, die das gleiche exotische Aussehen gehabt hatte; sie war aus den östlichen Weiten Eredanes gekommen. Galt das auch für diese Hexe?

»Schwester?«

»Mir geht es gut, wirklich. Danke.« Doch während sie dies sagte, glitt ihr Blick zu Cirynns Gruppe.

Das entging der anderen Frau nicht. Sie nickte mit einem wissenden Ausdruck in ihren Augen. »Ihr dürft sie nicht beachten, Schwester. Sie zweifeln an ihrer eigenen Schönheit und müssen darum die von anderen herabsetzen. Wenn sie älter werden, werden sie herausfinden, dass Schönheit eher gefunden als gegeben wird. Das werdet Ihr auch.« Sie verstummte. »Andererseits, Ihr seid über Euer Alter weit hinaus, nicht wahr?«

Sie hob eine Hand und streichelte Aryn über die Wange. Aryn schloss die Augen; seltsamerweise war es eine tröstende Geste.

»Sia segne Euch«, murmelte ihr eine Stimme ins Ohr.

Die Wärme an ihrer Wange verschwand. Aryn öffnete die Augen und entdeckte, dass die Hexe bereits weiterging.

»Aber wie ist Euer Name?«, fragte sie beinahe schon gedankenverloren und leise, weil sie sich nicht zu rufen traute. Trotzdem erhielt sie eine Antwort, die in ihrem Geist wisperte.

Ihr dürft mich Schwester Mirda nennen.

Dann verschwand die andere in der Menge. Bevor Aryn noch weiter über sie nachdenken konnte, kam Bewegung in die Hexen. Aus den Schatten traten drei Gestalten auf die Tribüne: Eine trug Weiß, eine trug Jadegrün und die Dritte trug Grau.

»Ich bin Ihr Morgen«, sagte die Frau in Weiß. Es war Cirynn. Aber sie schien jetzt ernster, ausgeglichener und nicht so stolz zu sein. Vielleicht hatte Aryn sie ja falsch eingeschätzt.

»Ich bin Ihr Tag«, sagte die Frau in Grün, und Aryn traute ihren Augen nicht, denn erst jetzt erkannte sie, dass es sich um Königin Ivalaine handelte, majestätischer als je zuvor.

»Und ich«, krächzte eine raue Stimme, »bin Ihr Zwielicht.«

Die Greisin in Grau, mit der Aryn vorhin gesprochen hatte,

bewegte sich mühsam an den Platz neben Ivalaine und Cirynn. Aryn fragte sich, wie sie wohl hieß.

Man nennt sie Senrael, sagte eine lautlose Stimme in Aryns Bewusstsein. *Sie wird bei diesem Großen Hexenzirkel die Greisin sein, so wie Ivalaine die Mutter und Cirynn die Jungfrau verkörpert.*

Aryn sah sich suchend um und entdeckte Lirith nicht weit zu ihrer Linken. Sie wollte ihr eine Antwort schicken, aber sie hatte keine Ahnung, wie sie das anstellen sollte. Aber Lirith schien ihre Fragen zu erahnen.

Sie hat drei Gesichter, und diese drei Frauen symbolisieren sie. So ist es schon immer gewesen.

Aryn wollte mehr wissen, aber Ivalaine ergriff auf der Tribüne wieder das Wort, die anmutigen Arme weit ausgebreitet.

»In Ihrem Namen soll der Kreis für geschlossen und dieser Hexenzirkel für eröffnet erklärt werden.«

Nach diesen Worten verspürte Aryn ein Kribbeln. Dem scharfen Luftholen aller um sie herum Stehenden nach zu urteilen, fühlten die anderen es auch. Macht lag in der Luft.

»Wessen Namen meint Ihr, Mutter?«, rief da eine Stimme.

Sämtliche Köpfe drehten sich und suchten nach der Sprecherin. Dann entdeckte Aryn sie, sie stand fast in der Mitte der Versammlung, in der Nähe der Tribüne. Sie war nur schwer zu erkennen, weil sie Aryn hauptsächlich den Rücken zuwandte, aber sie war hoch gewachsen und nahm eine stolze Haltung ein. Ihr Haar war wie Flachs, in dem Flammen züngelten, es war zu einer hohen Frisur aufgetürmt, und an Hals und Handgelenken trug sie viel Gold – der einzige Schmuck, den Aryn bei den Hexen entdecken konnte.

»Was wollt Ihr damit sagen, Schwester Liendra?«, sagte Ivalaine, als wäre diese Unterbrechung ein Teil der Zeremonie.

Die Hexe, die das Wort ergriffen hatte, trat vor. Ihre Stimme war klar und so scharf wie Glas. »Ihr sagt, Ihr würdet die

Hexen in Ihrem Namen zu diesem Zirkel einberufen. Meint Ihr *Yrsaia?* Oder doch *Sia?«* Bei dem letzten Wort verzerrte sich ihre Stimme hämisch.

Auf der Tribüne runzelte Senrael die Stirn, während Cirynn von einem Fuß auf den anderen trat und auf der Unterlippe herumkaute. In der Menge kam Unruhe auf.

»Spielt es denn eine Rolle, welcher Name es ist?«, fragte Ivalaine, und ihre Miene war so gelassen wie der tiefe Ozean.

Aryn konnte Liendras Gesicht nicht sehen, aber aus irgendeinem Grund wusste sie, dass die Hexe lächelte.

»Ich glaube schon, dass das eine Rolle spielt. Zumindest für viele von uns. Wir würden gern wissen, was unsere Mutter glaubt, bevor der Kreis des Zirkels gebunden wird.«

Noch mehr Geflüster ertönte, einige der Hexen nickten. Ivalaine stand reglos da. Sie ergriff erst wieder das Wort, als Ruhe eingekehrt war.

»Dann soll das Eure Antwort sein«, sagte Ivalaine kühl und präzise. »So wie alle Frauen eins sind, so sind es auch alle Göttinnen.«

Zustimmendes Gemurmel ertönte. Aryn stieß den Atem aus und wurde sich erst jetzt bewusst, dass sie ihn angehalten hatte. Es war so, wie Lirith einmal gesagt hatte, anscheinend gefiel einigen Hexen der Name Sia nicht mehr, sie waren der Meinung, dass es sich um eine Göttin handelte, der nur Vetteln und Kräuterweiber anhingen. Aber das galt nicht für sie alle. Aryn konnte noch immer Mirdas leise Worte hören. *Sia segne Euch.* Und Mirda war nun wirklich alles andere als eine hässliche Vettel.

Wieder ertönten die Silberglocken. Aryn erbebte und sah nach vorn. Lirith hatte gesagt, dass die erste Zusammenkunft nur ein Willkommensgruß war, dass die eigentliche Arbeit des Zirkels erst später erfolgen würde. Trotzdem sagte ihr ihr Instinkt, dass etwas passieren würde. Etwas Wunderbares.

»Der Mond ist voll in Ihrer Dunkelheit«, krächzte Senrael.

»Aus Dunkelheit wird Ihr Licht wieder geboren«, sagte Cirynn mit leicht unsicherer Stimme.

Ivalaine ergriff mit der linken Hand Senraels rechte und mit der rechten Cirynns linke. Dann gaben sich Cirynn und Senrael die Hände – die eine ganz glatt, die andere verwittert – und schlossen den Kreis: Jungfrau zur Mutter zur Greisin, ein ewiger Kreislauf.

»Nun lasst uns alle wie eine weben«, sagte Ivalaine in beschwörendem Tonfall, »auf dass unser Kreis niemals gebrochen werden kann.«

Und Aryn vergaß alles, als zweihundert schimmernde Fäden sie einhüllten.

9

Lirith träumte wieder, aber es war ihr egal. Der Traum war viel zu schön, um ihm zu widerstehen, also ließ sie sich in die umherwirbelnden Farben sinken.

Sie befand sich wieder auf der Wiese unterhalb des Schlosses, spazierte zwischen den Wagen der Mournisch umher und bewunderte ihre fantastischen Formen. Dann sah sie ihn, wie er neben einem vergoldeten Wagen in der Form eines Löwen stand. Sareth. Er war viel attraktiver, als sie ihn in Erinnerung hatte, trug nur seine Weste und die Pluderhosen. Mit einem Blick rief er sie zu sich.

Als sie näher kam, streckte er die Hand aus. Darauf lag ein Spinnenamulett wie das, was sie gefunden hatte. Nur bestand es nicht aus Bronze, sondern aus Gold. Sie griff danach, aber bevor sie es nehmen konnte, fing es an, sich zu bewegen; es krabbelte über seine Hand, als wäre es lebendig. Sie sah, wie sich winzige goldene Beißzangen in sein Fleisch versenkten und ein wie Edelstein funkelnder Blutstropfen emporquoll.

Sareth schrie auf. Wo die Spinne ihn gebissen hatte, erschien ein Loch. Lirith sah entsetzt zu, wie das Loch größer wurde. Die ganze Hand verwandelte sich in eine dunkle Leere, gefolgt vom Handgelenk, dem Ellbogen, der Schulter. Dann brach sein Schrei ab, als ein Herzschlag später sein ganzer Körper verschwand. Allein das Holzbein blieb übrig und landete scheppernd am Boden.

Lirith wandte sich zur Flucht, aber graue Fäden schossen aus den Schatten der zu beiden Seiten emporragenden Bäume und wickelten sie ein, schnürten ihre Glieder zusammen und dämpften ihre Schreie. Sie war in einem Netz gefangen, einem großen, verhedderten Netz, und je mehr sie dagegen ankämpfte, desto fester hielt es sie.

Die Wagen verschwanden, als alles schwarz wurde. Nur ein Laut war zu hören, ein leises Klicken, das schnell lauter wurde. Lirith stemmte sich gegen das Netz, drehte den Kopf – und sah sie. Goldene Spinnen. Hunderte von ihnen – nein, Tausende. Alle krabbelten auf den Mittelpunkt des Netzes zu, in dem sie verschnürt hing.

Aber da war noch mehr, etwas, das in dem Dämmerlicht jenseits der goldenen Spinnen lauerte. Es war riesig, sein furchtbar massiger Körper ließ das Netz, das sie alle hielt, sich nach unten durchbiegen. Es starrte sie aus den Schatten an mit Augen, die wie schwarze Abgründe waren, während Sabber aus seinem offenen Rachen tropfte. Es war hungrig, dieses Ding, so schrecklich hungrig, und Lirith wusste mit absoluter Gewissheit, dass egal, was es auch verschlang, es, niemals gesättigt sein würde. Sie wollte noch einmal schreien, aber diesmal drangen klebrige Netzfetzen in ihren Mund und erstickten sie.

Dann verspürte sie die ersten schmerzhaften Bisse.

10

Lirith schoss in ihrem Bett hoch und hielt sich den Hals. *Atme, Schwester. Es war nur ein Traum, weiter nichts.*

Mit einer bewussten Anstrengung zwang sie ihre Lungen zur Arbeit, sog mit stockenden Atemzügen Luft in ihren Körper und stieß sie wieder aus. Sie griff unter das Nachthemd und zog die Bronzespinne hervor, die an einem Riemen um ihren Hals hing. Sie starrte das Amulett der Mournisch an; es lag still und reglos auf ihrer Hand.

Lirith schlüpfte aus dem Bett und fröstelte, als der Traumschweiß auf ihrer Haut trocknete. Das Fenster des Gemachs leuchtete mit einem farblosen Licht. Der Tag war noch nicht angebrochen, aber sie wusste, dass nach diesem Traum jeder Schlaf unmöglich war. Er war furchtbar gewesen. Obwohl, in gewisser Weise war er auch besser als die anderen gewesen, die sie gehabt hatte. Die Träume von der Vergangenheit. Die Träume vom Tanzen.

Aber was hatte das alles zu bedeuten? Sie war noch nie anfällig für Albträume gewesen. Warum hatte sie in letzter Zeit nur so viele?

Eines ist sicher, Schwester. Keinen Maddok *mehr vorm Schlafengehen.*

Oder ging da etwas anderes vor? Seit dem Morgen nach dem Besuch bei den Mournisch hatte sie den brodelnden Knoten in der Weltenkraft nicht mehr gesehen. Vielleicht hatte sie sich ihn auch nur eingebildet. Sie hatte die Ohren gespitzt, aber keine der im Schloss wohnenden Hexen hatte erwähnt, etwas Derartiges gesehen zu haben.

Aber sie hatte es sich nicht eingebildet. Sie konnte noch immer den Ekel spüren, der sie beim Anblick dieser Abscheulichkeit erfüllt hatte. Aller *Maddok* der Welt reichte nicht aus, um so etwas hervorzurufen. Sie wünschte sich, Grace Beckett wäre hier; aus irgendeinem Grund wusste Lirith, dass ihre Freundin sie verstanden hätte. Vielleicht würde es ihr ja leichter fallen, den wirren Knoten in der Weltenkraft wieder zu finden, wenn sie ihn noch einmal sah, und dann würde sie ihn anderen zeigen können. Vielleicht Tressa oder Ivalaine.

Lirith zögerte, aber dann schloss sie die Augen, bevor sie der Mut verlassen konnte, und griff mit der Gabe zu.

Ein lautes Klopfen ließ die Luft erzittern.

Lirith zuckte zusammen, die leuchtenden Fäden schlüpften ihr aus den imaginären Fingern, und sie riss die Augen auf. Diesmal dachte sie daran, sich einen Morgenmantel über das Nachthemd zu ziehen, bevor sie zur Tür ging. Doch jetzt stand dort kein Wachsoldat.

»Schwester Lirith«, sagte das Mädchen mit ernster und etwas lispelnder Stimme, »Lady Tressa möchte Euch sehen.«

Das Mädchen konnte nicht älter als zwölf Winter sein. Eine Novizin also; sie würde die Weltenkraft erst nach ihrer ersten Blutung sehen können. Manchmal beneidete Lirith die Jungen, die vom ersten möglichen Augenblick an lernen würden, die Gabe zu benutzen. Als sie zwölf Winter alt gewesen war, hatte sie nicht einmal gewusst, dass es Hexen gab.

Sulath verfluche dich, kleines Vögelchen. Hättest du nicht noch ein Jahr warten können? Nun wirst du heute Abend nicht arbeiten können, und vermutlich morgen auch nicht.

Es tut mir Leid, Gulthas.

Es tut ihr Leid! Dem kleinen Vögelchen tut es Leid! Nun, davon füllen sich meine Taschen aber nicht. Und jetzt hör zu, kleines Vögelchen. Von jetzt an musst du auf dich aufpassen. In meinem Haus werden keine Bastarde gemacht – das verspreche ich allen meinen Lords. Minya wird dir zeigen, wie man diese Sauerei wegmacht und wie man verhindert, dass was anderes in dir seine Wurzeln schlägt. Sie ist zu alt und wertlos, um etwas anderes zu tun.

»Schwester Lirith?«

Die Schatten verschwanden, der Raum nahm wieder Konturen an. Unbewusst drückte Lirith eine Hand auf den Leib, als könnte sie noch immer die Wärme der Funken spüren, die es dort gegeben hatte, und sei es auch nur für kurze Zeit.

»Ich komme sofort.«

Minuten später eilte sie, in ihr braunes Lieblingsgewand gekleidet, durch die Korridore von Ar-Tolor. Was konnte Schwester Tressa nur von ihr wollen? Vielleicht wollte sie über die Geschehnisse bei der Eröffnung des Hexenzirkels am vergangenen Abend sprechen.

Es war nicht so verlaufen, wie Lirith gedacht hatte.

Sie wusste, dass es unter den Hexen wachsenden Zwist gab. Viele Jahre waren vergangen, seit man Dorfvetteln, die Sias Namen angerufen hatten, verbrannt oder gesteinigt hatte – aber es war auch noch nicht so lange her, dass es in Vergessenheit geraten wäre. Einige Hexen wollten sich von diesen alten Vorstellungen distanzieren, was Lirith ihnen nicht einmal verdenken konnte. Doch die Vettel war ein Aspekt dessen, was die Hexen darstellten. Sie war alt und hässlich, aber sie war auch voller Weisheit und subtil in ihrer Macht. Falls sie sie verbannten, würden sie viel verlieren.

Doch Lirith wusste, dass nicht alle diese Meinung teilten. Jedoch hätte sie niemals gedacht, dass ihre Vertreterinnen am ersten Abend des Hexenzirkels dies offen aussprechen würden. Und wer war diese blonde Hexe namens Liendra? Lirith hatte noch nie von ihr gehört, obwohl sie am vergangenen Abend ein paar getuschelte Gerüchte aufgeschnappt hatte – dass Liendra aus Borelga in Brelegond kam, wo sie erst vor wenigen Jahren zu den Hexen gestoßen war, dass sie die Tochter eines unbedeutenden Adelshauses und schnell in das Triumvirat des borelganischen Hexenbundes aufgestiegen war.

Und dennoch, trotz aller Meinungsverschiedenheiten, als Ivalaine die Hexen aufgefordert hatte, wie eine Frau zu weben, hatte Lirith gespürt, dass die Frauen zusammengekommen waren und ihre Fäden zu einem einzigen großen, schimmernden Netz verwoben hatten. Vielleicht konnte man die Differenzen überwinden. Nicht, dass Lirith sich in den Akt des Webens richtig hatte vertiefen können. Seit dem Morgen, an dem sie das lebendige Fadenknäuel erblickt hatte, hatte sie die Weltenkraft kaum berührt. Sie konnte nur hoffen, dass Ivalaine nicht aufgefallen war, dass ihr Faden in dem Netz fehlte.

Vor Tressas Gemach stand eine Hofdame vor der Tür. Die junge Frau führte Lirith schnell hinein und ging dann. Tressas Gemach hatte viel Ähnlichkeit mit der Frau, die es bewohnte; es war mütterlich und tröstlich. Blutrote Teppiche nahmen dem Boden seine Ungemütlichkeit, und auf jeder erdenklichen flachen Oberfläche schienen Kissen zu liegen.

Die Beraterin der Königin stand an dem Bogenfenster. Neben ihr stand eine andere Frau. Überrascht sah Lirith, dass es sich um Aryn handelte. Das blaue Gewand der Baronesse saß nicht ganz richtig.

»Danke, Schwester, dass Ihr so früh gekommen seid«, sagte Tressa. Sie trug ein schlichtes grünes Gewand; ihr rotes Haar war in ihrem Nacken zu einem engen Knoten gebunden.

»Natürlich, Schwester.« Lirith warf Aryn einen Blick zu. Die junge Frau zuckte kaum merklich mit den Schultern. Offensichtlich wusste sie ebenfalls nicht, um was es ging.

»Ich habe diesen Blick gesehen, Schwester«, sagte Tressa mit melodischer Stimme.

Sowohl Lirith als auch Aryn zuckten leicht zusammen. Doch Tressa lächelte, um zu zeigen, dass sie nicht verstimmt war.

»Nun, ich schätze, ich kann es Euch nicht übel nehmen. Neugier ist in unserem Kreis wohl kaum ein Verbrechen, nicht wahr? Und ich bin mir sicher, dass ihr beiden euch fragt, warum ich euch zu dieser Stunde hergebeten habe.«

»Was gibt es denn, Schwester?«, fragte Lirith.

Tressas Lächeln erlosch. »Es hat einen Zwischenfall gegeben.«

Lirith hörte mit wachsendem Interesse zu, als Tressa näher ausführte, was geschehen war.

Anscheinend war früher an diesem Morgen eine Novizin ausgeschickt worden, Schwester Cirynn zu wecken, da die zur Jungfrau bestimmte Hexe an jedem Tag des Großen Hexenzirkels traditionellerweise die Morgendämmerung begrüßte. Doch Cirynn war nicht in ihrem Bett gewesen. Eine schnelle, zweifellos mit Hilfe der Gabe durchgeführte Durchsuchung des Schlosses hatte den Aufenthaltsort der jungen Frau enthüllt. Sie hielt sich in der Unterkunft eines der königlichen Gardisten auf. Tressa hatte Cirynn im tiefen Schlaf mit einem Lächeln auf den Lippen vorgefunden. Genau wie mehrere der Gardisten.

Tressa seufzte. »Anscheinend ist unsere Jungfrau keine mehr, und das vermutlich schon seit einiger Zeit. Was bedeutet, dass wir sofort einen Ersatz finden müssen.«

Lirith spürte, wie sich eine Faust in ihrer Brust verkrampfte. »Aber Schwester Tressa, ich ...«

Die rothaarige Hexe hob die Hand. »Natürlich, meine Liebe. Ihr wärt höchstens die Mutter. Ich dachte da an eine andere.«

Natürlich – wie hatte sie nur so dumm sein können? Lirith nickte energisch. »Da stimme ich Euch zu, Schwester Tressa.«

»Und, ist sie bereit? Ihr seid ihre Lehrerin, Schwester Lirith. Darum habe ich Euch kommen lassen.«

Lirith dachte sorgfältig nach – das war keine Entscheidung, die man leichtfertig traf –, aber dann nickte sie erneut. »Sie muss noch viel lernen, und ihre Beherrschung der Gabe ist noch nicht so ausgeprägt wie ihre Begabung. Aber sie ist bereit dafür. Ihr könntet niemand Besseren wählen als Schwester Aryn.«

Lirith konnte ein Lächeln nicht unterdrücken, als sie sah, was diese Worte anrichteten. Aryn starrte sie fassungslos an.

»Aber, aber, mein Kind«, sagte Tressa und nahm ihre Hand. »Nur keine Aufregung. Es ist eine ganz einfache Rolle, Ihr werdet schon sehen. Ihr werdet eine wunderbare Jungfrau abgeben. Ihr *seid* doch noch Jungfrau, oder?«

Aryns Gesicht wurde feuerrot, während sie nach Worten suchte.

»Schon gut, das ist Antwort genug«, sagte Tressa und tätschelte ihre glühende Wange.

Lirith umarmte die junge Baronesse. »Sia sei mit Euch, Schwester. Ich freue mich ja so.«

Aryn stieß ein leises Keuchen aus, während sie die Umarmung mit ihrem linken Arm erwiderte, aber sie schien unfähig, auch nur ein Wort zu sagen.

»Also gut«, sagte Tressa. »Schwester Aryn, wir müssen los. Ihr habt noch viel zu lernen, bevor der Zirkel erneut zusammentritt.«

»Viel Glück«, sagte Lirith und ließ die junge Frau los.

Aryn drückte ihre Hand ein letztes Mal. »Danke«, sagte sie dann mit leuchtenden Augen. »Für alles.«

Lirith nickte bloß, während Tressa die Baronesse aus dem Raum drängte. Die Tür schloss sich hinter ihnen, und Lirith seufzte, als sie wieder allein war.

Und jetzt? Bis zum Abend gab es nur wenig für sie zu tun, erst dann würden die Hexen in kleineren Gruppen zusammenfinden. Erst in drei Tagen würde der Große Hexenzirkel seinen Höhepunkt haben, wenn die Hexen gemeinsam ihren zukünftigen Weg festlegen würden. In der Zwischenzeit würde man zusammenkommen und Rezepte für Kräutertränke, Zauber und Gerüchte austauschen.

Lirith würde sich mit einer Gruppe ihres Alters treffen. Sie freute sich darauf, denn sie würden zu siebt sein, eine aus jeder der sieben Domänen. Aber womit konnte sie sich bis dahin beschäftigen? Ihr fiel nichts ein ... es sei denn, sie würde noch einmal versuchen, die Gabe zu benutzen.

Sie fing an, die Augen zu schließen.

»Ich wusste doch, dass sie mich vergisst«, sagte eine mürrische Stimme.

Lirith riss die Augen wieder auf. Also war sie doch nicht allein.

Er hockte in einer Ecke, zur Hälfte in einem Kissenstapel versunken. Sein blutrotes Wams verschmolz mit den scharlachroten Bezügen. Langes schwarzes Haar verbarg zur Hälfte das blasse Oval seines Gesichts.

»Lord Teravian!«, sagte Lirith.

Der junge Mann setzte sich auf und schlug die Beine unter. »Ihr wolltet gerade einen Zauber weben, richtig? Eure Sorte webt ständig Zauber. Habe ich ihn zerstört?«

Lirith holte tief Luft; sie fand ihre Fassung schnell wieder und machte einen Schritt auf ihn zu. »Es war nichts, Mylord. Ihr müsst Euch nicht entschuldigen.«

Ein verächtlicher Zug umspielte seine Lippen. »Ich habe mich nicht entschuldigt. Ich finde es witzig, wenn Ihr Fehler macht. Das ist so, als würde man eine Spinne sehen, die sich in ihrem eigenen Netz verfängt.«

Lirith zwang sich dazu, keine Miene zu verziehen. Aryn hatte Recht, Teravian war ein schwieriger Junge. Schwer vorstellbar, dass er mit dem aufbrausenden, aber gutherzigen König von Calavan verwandt war. Boreas war ein Bulle von Mann, sein Sohn erschien eher wie ein Schatten – schlank, dunkel und substanzlos. Dennoch war Teravian König Boreas'

Erbe und Königin Ivalaines Mündel. Lirith war klar, dass sie ihn mit Respekt behandeln musste.

»Eigentlich sind wir uns noch nie richtig vorgestellt worden, Mylord«, sagte sie. »Ich bin die Gräfin ...«

»Ich weiß, wer Ihr seid, Lirith von Arafel«, erwiderte Teravian gelangweilt. Er schob sich das Haar über die dünne Schulter. »Ich kenne jeden in diesem scheußlichen Schloss. Es ist ja nicht so, als gäbe es hier etwas anderes zu tun.«

Lirith seufzte. *So viel zur höflichen Unterhaltung.*

Teravian stand auf und ging zum Fenster. Im Gegensatz zu vielen jungen Sechzehnjährigen war Boreas' Sohn alles andere als ungelenk. Er bewegte sich mit einer katzenhaften Anmut, lehnte sich auf die steinerne Fensterbank und schaute durch das Glas in die helle, dahinter liegende Welt. Lirith fiel nichts anderes ein, als die Erlaubnis zum Gehen zu erbitten. Sie trat einen Schritt vor – und war von sich selbst überrascht, als ihre Lippen eine ganz andere Frage formten.

»Warum seid Ihr in Lady Tressas Gemach, Mylord?«

Er kehrte ihr auch weiterhin den Rücken zu. »Seid Ihr dumm? Ich wurde natürlich bestraft. Es ist ja nicht so, als würden sie aus einem anderen Grund mit mir reden.«

Lirith ignorierte die Beleidigung. »Weswegen hat man Euch denn bestraft?«

Er drehte sich um, und die grünen Augen unter den dünnen schwarzen Brauen blickten durchbohrend. Sie schienen sich über der Nase beinahe zu berühren, was sie aber eher interessant als reizlos aussehen ließ.

»Ihr kennt nur Fragen, nicht wahr, *Schwester?* Warum sollte Euch das interessieren?«

Lirith schwieg; sie wusste, dass er es ihr sagen würde, wenn sie abwartete. Es dauerte nicht lange.

»Ich werde bestraft, weil ich auf dem Burghof einem Brothändler Brot gestohlen habe.« Seine Stimme klang trotzig, obwohl er die Schultern krümmte.

»Warum habt Ihr Brot gestohlen? Gibt Euch Ivalaine denn nicht alles Brot, das Ihr haben wollt?«

Teravian ballte die Hände zu Fäusten. »Ihr seid genauso wie sie alle! Ihr glaubt eher einem miesen kleinen Bauern, als Ihr mir glaubt. Aber mir ist egal, was Ihr denkt. Ich habe es nicht getan – ich habe sein scheußliches Brot nicht gestohlen.«

»Ich glaube Euch.«

Teravian öffnete den Mund, dann schloss er ihn wieder, als hätte er erst jetzt gehört, was sie gesagt hatte. Er kniff die Augen zusammen.

»Warum glaubt Ihr mir?«

»Habt Ihr gelogen?«

»Nein. Ich habe Euch gesagt, dass ich es nicht war.«

»Darum glaube ich Euch.«

Statt zu antworten, warf sich Teravian wieder auf die Kissenstatt. Er nahm eines, spielte mit den Troddeln am Rand, sah sie aber nicht an.

»Ich bin sicher, dass Ihr jetzt gehen dürft«, meinte Lirith.

»Nein, ich kann nicht. Tressa hat mich nicht entlassen. Sie wollte gerade mit dem Brotverkäufer anfangen, als sie das mit irgendeiner dämlichen Jungfrau erfuhr, die es mit ein paar Gardisten getrieben hat. Für mich hört sich das an, als hätte sich die Jungfrau bloß ein bisschen amüsieren wollen. Aber in diesem Schloss ist das wohl ein Verbrechen. Die Nachricht hat Tressa aufgeregt, und sie hat mich vergessen. Mich vergisst man immer.«

Lirith hob eine Braue. »Was glaubt Ihr, warum ist das so?«

Teravian schien darüber nachzudenken, dann schaute er zu ihr hoch. »Vergessen die Menschen nicht immer die Dinge, die sie nicht mögen?«

Lirith presste die Lippen zusammen. Wie konnte sie die

Wahrheit verleugnen? Sie kannte den Grund nicht – er war zweifellos ein egozentrischer, kindischer junger Mann –, aber sie verspürte das Bedürfnis, ihn zu trösten. Vielleicht lag es auch daran, dass er sie ein kleines bisschen an Daynen erinnerte: ein dürrer Junge, der sich in der Welt der Schatten verloren hatte.

»Ihr irrt Euch«, sagte er, bevor sie sprechen konnte. »Mit Ivalaine zu sprechen wird es nicht besser machen. Sie wird mir auch nicht glauben.«

Lirith erstarrte. »Woher wisst Ihr, was ich sagen wollte?«

Das waren die ersten Worte, die sie gesagt hatte, die ihn wirklich zu berühren schienen. Er blinzelte. »Ich weiß nicht. Ich schätze ... Manchmal weiß ich einfach Dinge.«

Lirith musterte ihn. Wäre er eine Frau gewesen, hätte sie ihn der *Prüfung* unterzogen. Aber er war ein Mann – es konnte nicht sein. Doch ihr war bekannt, dass es gelegentlich auch Männer gab, die einen flüchtigen Funken Talent besaßen.

Er runzelte die Stirn. »Hört auf, mich so anzustarren.«

»Wie denn?«

»Unerbittlich und voller Fragen. Sie sieht mich immer so an, als wäre ich etwas, das sie in einem Glas aufbewahrt.«

»Wen meint Ihr?«

Teravian stand auf. »Kann ich jetzt gehen? Wenn Ihr es mir erlaubt, kann ich Euch die Schuld geben, falls Tressa böse auf mich wird.«

Lirith trat einen Schritt zurück, dann nickte sie. »Ihr dürft gehen.«

Er schob sich an ihr vorbei und ging, ohne ihr auch nur noch einen Blick zu schenken. Lirith wollte sich umdrehen, um sich wenigstens von ihm zu verabschieden, aber dann erstarrte sie, als ihr etwas ins Auge fiel.

Es war das Kissen, mit dem Teravian unbewusst herumgespielt hatte. Irgendwie musste er einen der Säume gelöst haben, denn Garn quoll daraus hervor. Das Fadenknäuel schien sich zu winden und immer weiter auszudehnen. Übelkeit stieg in ihr auf. Aber das war ein Zufall. Er konnte es nicht absichtlich gemacht haben. Oder doch?

Manchmal weiß ich Dinge einfach ...

Lirith schlug eine Hand vor den Mund und eilte aus dem Gemach.

11

Hast du eigentlich irgendeine Vorstellung, was sie vorhaben, Melia?«, fragte Falken und ging weiter vor dem sonnendurchfluteten Fenster von Ar-Tolors Bibliothek auf und ab.

»Einen Augenblick, Falken«, murmelte die Lady mit den Bernsteinaugen, ohne von dem aufgeschlagenen, in zwei Holzdeckel eingebundenen Buch vor ihr auf dem Tisch aufzublicken. »Ich komme gerade zu der guten Stelle.«

Durge verdrehte den Kopf in dem Versuch, verstohlen über Lady Melias Schulter zu blicken. Er war neugierig, was eine Person wie Melia, die so schrecklich weise war, wohl las.

»Gebt Euch keine Mühe, Durge«, sagte Falken und schnaubte. »Ich fürchte, sie liest eine dieser neuen Romanzen, die die Barden hier in Ar-Tolor neuerdings schreiben.«

Durge runzelte die Stirn. »Romanzen? Wie kann jemand ein ganzes Buch über Romanzen schreiben?«

»Das kann ich auch nicht sagen«, sagte Falken. »Aber soweit ich weiß, drehen sie sich alle um langhaarige Ritter in weißen Rüstungen, die Lieder über Blumen singen und Drachen erschlagen, um die Herzen der blassen Jungfrauen zu gewinnen, die anscheinend nichts anderes tun, als sich darüber zu beklagen, irgendeinen reichen König heiraten zu müssen.«

Durge strich sich über den Sichelbart. »Diese Ritter und Jungfrauen, die Ihr da beschreibt, klingen völlig verblödet.«

»Oh, das sind sie auch«, fuhr Falken fort, der nun wölfisch grinste. »Sie deklamieren ständig Gedichte darüber, dass Gold und Juwelen nichts bedeuten, dass die Liebe stärker als tausend Schwerter ist und andere völlig absurde Ideen. Ich möchte gern wissen, was aus den guten Geschichten geworden ist – Ihr wisst schon, die, in denen der Drache den

Bräutigam frisst und die Jungfrau ihn vergisst, einen reichen Baron heiratet, fett wird und einen Haufen Kinder bekommt?«

Durge nickte zustimmend. »Diese Geschichte gefällt mir.«

»Klar tut sie das. Wem nicht? Aber diese Romanzen« – Falken zeigte mit der Hand auf ein ganzes Regalbrett voller Bücher mit verschnörkelten goldenen Buchstaben auf den Rücken – »soweit es mich betrifft, steht in ihnen nichts Wichtiges.«

»Und was weißt du darüber, was für eine Frau wichtig ist, mein Lieber?«, fragte Melia freundlich, ohne den Blick von dem Buch zu wenden. »Wenn ich richtig mitgezählt habe, ist es ein Jahrhundert her, dass du bei einer Lady Glück hattest. Oder sind es zwei?«

Falken ballte die Fäuste und stieß etwas völlig Unverständliches aus, dann drehte er sich um und stapfte zurück zum Fenster.

Melia seufzte, schloss das Buch und drückte es an die Brust. »Genau so sollte sich ein Mann benehmen.«

»Mylady …«, fing Durge an. Es war Zeit, mit der Diskussion über moderne Literatur aufzuhören und herauszufinden, warum Falken und Melia ihn zu sich gerufen hatten.

»Natürlich, mein Lieber«, sagte Melia und gab ihm das Buch. »Ihr dürft es Euch ausleihen. Aber schmiert kein Blut drauf. Und lest vor allem Seite vierundsiebzig. Aber nehmt mehr Blütenblätter.«

Durge nahm das Buch unbeholfen entgegen. Er blätterte die steifen Pergamentseiten durch, aber die wenigen Worte und Bilder, die er überflog, waren bei weitem seltsamer und geheimnisvoller als alles, was er jemals in seinen Büchern über die alchemistischen Künste gelesen hatte. Als Melia ihm den Rücken zuwandte, legte der Ritter das Buch schnell auf einen anderen Stapel.

»Ach, hör auf zu schmollen, Falken«, sagte sie.

Er wandte sich nicht von dem Fenster ab. »Es ist nicht *so* lange her, dass ich Glück hatte.«

»Aber natürlich nicht, mein Lieber. Ich habe ganz vergessen, die einäugige Fischfrau in Gendarra mitzuzählen.«

Falken drehte sich um, nahm die Schultern zurück und zog das graue Wams zurecht. »Vielen herzlichen Dank auch.«

Durge quollen beinahe die Augen hervor, aber er unterdrückte jeden Drang, um eine Erklärung zu bitten.

»Nun, um deine Fragen zu beantworten, Falken«, sagte Melia und verschränkte die Arme vor der Brust ihres silberweißen Überkleides. »Ich schätze, ich weiß genauso viel über ihre Absichten wie du. Sie flüstern schon seit Jahren von seinem Kommen. Und bei der vergangenen Wintersonnenwende wurde er entdeckt.«

Falken rieb sich mit der schwarz behandschuhten Hand das Kinn. »Und wer hätte je gedacht, dass sie Recht behalten würden?«

»Nein, Falken«, sagte Melia streng. »Du solltest die Macht der Hexen nicht gering schätzen, nur weil du sie nicht verstehst. Ihre Magie ist anders als die deiner Runen, aber sie ist genauso alt. Der Name Sia wird in Falengarth genauso lange angerufen wie der von Olrig Kunde-Dieb.«

»Und beide werden länger angerufen als jeder der Namen der Neuen Götter von Tarras, falls du das vergessen haben solltest.«

Melias Augen blitzten auf, und Durge trat einen Schritt zurück, obwohl er nicht das Ziel ihres Zorns war.

»Das habe ich nicht, Falken. Sias Magie ist uralt, und sie ist mir fremd – obwohl sie mir in gewisser Weise nicht so viel Unbehagen bereitet wie die Magie der Runen, und ich frage mich oft, warum das wohl so ist. Trotzdem, ich habe gehört, dass einige der Hexen den Namen Sia nicht mehr anrufen, sondern den meiner Schwester Yrsaia, der Jägerin – die, falls es dir entfallen sein sollte in deiner gottlosen Art, zu den Neuen Göttern gehört.«

Falken lachte. »Nur weil ich die Alten Götter nicht für jeden neuen Mysterienkult ins Abseits schiebe, bedeutet das nicht, dass ich ein Heide bin.«

»Nein, ich vermute, das tut es nicht.« Melia fuhr mit den zierlichen Fingern über ein paar Buchrücken. »Aber manchmal hat es den Anschein, dass es dich große Mühe kostet, neue Dinge zu akzeptieren, Falken. Doch die Welt wird jeden Tag ein Stückchen neuer.«

Der Barde grunzte, und als er das Wort ergriff, klang seine Stimme schroff. »Ich werde nicht mit dir darüber streiten. Aber eines musst du zugeben. Jegliche Macht, über die Hexen gebieten, kommt nicht von Yrsaia, ganz egal, welchen Namen sie anrufen.«

Melia zögerte, dann nickte sie. »Das ist wahr. Meine Schwester hat mir erzählt, dass sie von den Hexen keine Gebete vernommen hat.«

»Das liegt daran, dass das nur eine Fassade ist. Bei Sia denken die Menschen an zahnlose alte Vetteln, die Flüche verhängen, also wählen sie eine hübsche und populäre Göttin als ihr Maskottchen aus. Aber tief in ihrem Inneren sind sie immer noch dieselben alten Hexen. Manche Dinge verändern sich auch nicht, Melia.«

Schweigen kehrte ein, bis Durge sich schließlich räusperte. »Ich will nicht so tun, als würde ich verstehen, wovon ihr beiden da sprecht, aber sind die Ladys Aryn und Lirith nicht auch Hexen? Und meine Herrin, Lady Grace, muss man auf jeden Fall zu den Hexen zählen. Beschuldigt ihr sie irgendwelcher Übeltaten? Sollte das der Fall sein, dann muss ich mit allem Respekt dagegen einschreiten.«

Falken lachte melodisch. »Ihr braucht Euer Breitschwert noch nicht zu holen, Sir Ritter. Ich glaube nicht, dass die

Pflicht von Euch verlangt, uns die Köpfe abzuschlagen. Natürlich haben unsere drei Damen nichts Falsches getan. Aber wir haben Euch heute Morgen zu uns gebeten, *weil* Ihr sie so gut kennt.«

»Wir wollten mit Sicherheit nicht behaupten, dass die Hexen böse sind, mein Lieber«, sagte Melia. »So seltsam sie auch sind, so sind doch viele von ihnen Heilerinnen und tun Gutes. Aber da gibt es ... noch etwas anderes.«

Bei diesen Worten stellten sich Durges Nackenhaare auf. Aber das war albern; er war ein Mann der Logik, nicht des Aberglaubens. »Darf ich Euch bitten, Euch klar auszudrücken, Lady Melia?«

Die kleine Frau holte tief Luft, dann warf sie Falken einen Blick zu. Das Gesicht des Barden war nun grimmig.

»Die Hexen haben seit vielen Jahren das Kommen eines Mannes vorhergesagt«, sagte er. »Ein Mann, nach dem sie Ausschau gehalten haben.«

Durge zuckte mit den Schultern. »Warum sollten wir uns für jemanden interessieren, den die Hexen suchen?«

Melia schaute ihn an. »Weil der Mann, den die Hexen suchen, niemand anderes als Travis Wilder ist.«

Kurze Zeit später ging Durge einen einsamen Korridor entlang, fort von der Schlossbibliothek. Am Morgen hatte er nur ein graues Wams aus leichtem Stoff angezogen, genau richtig für einen Sommertag, aber jetzt fühlte er sich so kalt und beladen, als hätte er im tiefsten Winter sein Kettenhemd angelegt.

Er hatte eine Viertelstunde lang zugehört, während Melia und Falken mit leiser Stimme von dem Mann erzählten, den man Runenbrecher nannte. Aber nicht nur die Hexen hielten nach ihm Ausschau. Durge hatte den Begriff Runenbrecher schon einmal gehört. Der uralte Drache Sfithrisir, dem sie in dem hoch gelegenen, leblosen Tal von Fal Erenn begegnet waren, hatte Freisasse Travis ebenfalls Runenbrecher genannt. Als Durge dies erwähnt hatte, hatten sowohl Melia wie auch Falken nur mit zusammengepressten Lippen genickt.

Doch Durge konnte in dem Ganzen keine Logik entdecken. Warum sollten Hexen und Drachen so großes Interesse an Freisasse Travis haben? Durge wusste, dass Travis über gewisse Fähigkeiten verfügte. Aber diese Fähigkeiten schienen größtenteils mit den drei Großen Steinen in Verbindung zu stehen, den *Imsari*, und von denen war keiner mehr in Travis' Besitz. Und was noch viel wichtiger war, Travis hielt sich überhaupt nicht mehr auf Eldh auf.

Das ist wahr, hatte Melia gesagt, nachdem Durge sie auf diese Fakten aufmerksam gemacht hatte. *Aber sollte Travis jemals nach Eldh zurückkehren, könnte er in tödlicher Gefahr schweben.*

Aber warum?, hatte Durge wissen wollen. *Warum suchen sie ihn?*

Doch Melia und Falken hatten bloß ernste Blicke gewechselt; falls sie eine Idee hatten, warum die Hexen den Runenbrecher suchten, hatten sie es nicht gesagt.

Es ist wichtig, dass Ihr uns Bescheid gebt, falls Ihr irgendetwas hören solltet, Durge, hatte Falken gesagt. *Das könnte uns helfen, Travis zu beschützen.*

Durges Schnurrbart hatte sich gesträubt. *Ich werde meine Herrin nicht ausspionieren.*

Darum bitten wir Euch auch nicht, hatte Melia gesagt. Und dann hatte sie etwas getan, das ihn schockiert hatte. Sie hatte seine Hand ergriffen und ihm mit einem Ausdruck in die Augen geschaut, den man nur als flehentlich bezeichnen konnte. *Aber Ihr werdet zuhören, oder? Durge, versprecht mir das.*

Wer war er schon, um dieser Frau etwas zu verweigern? Er hatte genickt.

Ich werde zuhören, Mylady. Ich verspreche es.

Doch als er jetzt zu seinem Gemach zurückging, war ihm klar, dass er niemals etwas belauschen würde, das für Melia und Falken von Nutzen sein konnte. Er hatte Lady Aryn versprochen, auf Ar-Tolor zu bleiben, und das würde er auch tun. Aber er hatte nichts davon gesagt, wie nahe er ihr sein würde. Er würde sich abseits halten, sicheren und angemessenen Abstand einhalten.

Es war besser so. Da zu sein, aber nicht gesehen zu werden. Genau wie die beiden Geister, die er an diesem nebligen Morgen gesehen hatte. Sie stellten traurige Erinnerungen an die Vergangenheit dar, ja, aber sie verfügten nicht über die Macht, etwas zu tun oder jemandem zu schaden. Sie waren nur noch Schatten dessen, was einst gewesen war.

Und du wärst besser auch ein Schatten, Durge von Steinspalter.

Er beugte die Finger, fühlte, wie die Gelenke aneinander rieben. Vielleicht würde er in nicht allzu ferner Zeit genau das sein. Er ging weiter durch Staub und das Dämmerlicht – allein. Dieser Korridor wurde nur selten benutzt, was genau der Grund dafür war, dass er ihn gewählt hatte.

Ein leiser Laut drang an sein Ohr, ein kaum hörbares Schaben, und er blieb stehen. Er spähte in das Dämmerlicht, aber obwohl seine Augen noch immer scharf waren, konnte er nichts entdecken. Trotzdem sagte ihm sein Instinkt, dass er nicht allein war. Seine raue Hand griff nach dem Gürtelmesser.

»Zeig dich, Schatten«, sagte er.

Wieder ertönte der Laut. Es klang wie ein Lachen oder vielleicht auch ein Lied, und Durge überfiel eine Gänsehaut. Waren die Geister zurückgekehrt, um ihn daran zu erinnern, was er niemals ungeschehen machen konnte? Er machte einen Schritt zurück. Da löste sich etwas aus den Deckenbalken und landete direkt vor ihm; es sah genau wie eine große, dürre Spinne aus – eine grün gekleidete Spinne, mit Glöckchen an der Kappe und den spitzen Schuhen.

Durge stieß den Atem aus und ließ das Messer los. In gewisser Weise hatte er Recht, er war von einem Geist verfolgt worden, aber von einem der noch lebendigen Sorte.

»Aus dem Weg, Narr«, knurrte er.

Tharkis hüpfte von einem Bein auf das andere, klopfte ununterbrochen die Spitzen seiner spinnenartigen Finger gegeneinander und fixierte Durge mit seinem schielenden Blick.

»Finsterer alter Ritter, wohin nur des Weges?
Gibt es denn keinen Drachen zum Erschlagen?
Hat die Bestie Euch beim Anschleichen ertappt,
Weil Eure Gelenke so laut quietschen?
Hat sie die Flügel ausgebreitet und die Flucht ergriffen?

Oder seid Ihr aus einem anderen Grund hier?
Findet Ihr gar mehr als nur eine Bestie?
Können Augen so blau und Haar so schwarz wie die Nacht
Unerträglicher sein als der Biss des Drachen?
Ja, flüchtet vor dem, was Ihr liebt.«

Zorn wallte in Durge empor, aber er biss die Zähne zusammen und zwang sein Blut, sich abzukühlen. Meister Tharkis' Spiel bestand darin, andere zu einer Reaktion zu provozieren, und Durge hatte nicht vor, ihm den Sieg zu überlassen. Er mochte ja ein König gewesen sein, aber Durge wusste, dass die Dinge sich verändern konnten – dass sich Menschen veränderten. Tharkis war nur ein Ärgernis.

»Ich sagte, aus dem Weg, Narr. Glaubt nicht, ich würde Euch nicht aus meinem Weg entfernen, falls es nötig sein sollte.«

Tharkis zitterte vor gespielter Furcht, die Glöckchen seines Kostüms bimmelten. »O schrecklicher Ritter, bitte verschont mich – ich bringe Neuigkeiten über Euer Wild, garantiert, es lohnt sich.«

Durge runzelte die Stirn. Er wusste, dass es schon gefährlich war, allein den Worten des Narren zuzuhören, sie sollten nur verwirren, trotzdem entfuhr ihm die Frage.

»Welches Wild meint Ihr?«

Tharkis grinste und entblößte verfaulte Zähne. »Die Spinnen natürlich – die Netzweberinnen. Hat die Monddame Euch nicht ausgeschickt, sie auszuspionieren?«

»Was wisst Ihr darüber? Wart Ihr in der Bibliothek, habt Ihr uns belauscht?« Durge hob die Faust und ging auf ihn zu. »Sagt es mir, Narr, oder ich prügle es aus Euch heraus.«

Tharkis wich einen Schritt zurück. »Nein, nein, Furcht einflößender Ritter, ich habe nichts gehört. Ihr braucht den Narren nicht zu würgen, das wäre ja unerhört. Aber ich weiß Dinge, ich weiß nur nicht, woher. Manchmal sind sie da, egal was ich begehr'.«

Durge senkte die Faust. Etwas an dem Narren veränderte sich; das verrückte Grinsen erlosch, und sein Blick glitt in die Ferne.

»Was wollt Ihr damit sagen, Narr? Woher wisst Ihr Dinge?«

Tharkis presste den dürren Körper gegen eine Steinwand. »Ich glaube ... ich glaube, es liegt an dem, was man mir angetan hat.« Er fuhr sich mit der Zunge über die Lippen, dann flüsterte er. »Da gibt es so vieles, genau vor mir. Ich kann alles sehen. Die Augen ... die Augen sind in den Bäumen, und die Schatten greifen nach mir. Ich stürze, und mein Pferd läuft davon, und ich renne ... aber die Schatten sind zu schnell. Sie erwischen mich.«

Durge starrte den Narren an. Erst allmählich wurde ihm bewusst, dass er nicht länger in Versen sprach.

Der Narr legte die knochigen Arme um den Kopf. »Da ist zu viel, zu viel. Ich kann alles sehen, was geschehen ist, aber es ist in Einzelteilen, wie tausend zerbrochene Spiegel, die ich nicht mehr zusammensetzen kann. Nur die Verse, die Verse ergeben einen Sinn. Nur sie passen zusammen. Die Schatten sind in meinem Kopf ...«

Tharkis' Körper versteifte sich, sein Mund öffnete und schloss sich wie bei einem Fisch an Land. Durge zögerte, dann griff er nach ihm.

Eine knochige Hand schlug seine zurück. Der Narr sprang mit einem sauberen Salto zurück. Seine schielenden Augen funkelten wieder, und das Grinsen war zurückgekehrt.

»Ihr könnt mich nicht fangen, alter Ritter – auf meinen Füßen bin ich flink wie ein Gewitter.«

Der Narr hatte sich einen Augenblick lang verändert. Er war eher wie ein kleines, verängstigtes Kind erschienen als wie ein verrückter Spaßmacher. Aber was auch geschehen war, der Augenblick war vorbei, und Durge hatte genug von ihm.

»Und Ihr werdet von meinen Füßen getreten, Narr, wenn Ihr mir jetzt nicht aus dem Weg geht. Und zwar *jetzt!*«

Durge setzte sich kurzerhand in Bewegung, und Tharkis wurde zu einem Luftsprung gezwungen, der in einen Salto umgewandelt wurde, damit er nicht einfach umgerissen wurde. Ein misstönendes Bimmeln ertönte, als der Narr hinter Durge landete, aber der Ritter ging einfach weiter. Tharkis' schrille Stimme rief hinter ihm:

»Die Spinne, sie webt ein schimmerndes Netz,
Sie will uns alle mit dem Faden einfangen.
Aber alle ihre Pläne scheitern.
Wenn sie sich im eigenen Netz fängt.

Wer ist die Spinne, wer die Fliege?
Diese Frage müsst Ihr beantworten;
Wenn man eine Spinne fangen kann,
Wer hat das Netz des Fängers gewebt?«

Die Worte verklangen in der staubigen Luft, aber Durge machte sich nicht die Mühe, ihm zu antworten. Stattdessen verschloss er seine Ohren vor den Geistern und dem Wahnsinn und stapfte den Korridor entlang.

12

In der hektischen Betriebsamkeit der drei Tage zwischen der ersten Zusammenkunft des Großen Hexenzirkels und der Großen Beschwörung – wo die Hexen ein neues Muster weben würden, das bis zu ihrer nächsten Zusammenkunft Bestand hatte – konnte Lirith die Träume beinahe vergessen. Und das Knäuel, das sie in der Weltenkraft erblickt hatte.

Dies war erst der zweite Große Hexenzirkel, an dem sie seit ihrer Aufnahme in die Hexenschaft teilnahm. Das erste Mal war sie vor sieben Jahren dabei gewesen, bei dem Zirkel, den man auf dem Schloss von Baron Darthus im südlichen Toloria abgehalten hatte – wo gemunkelt wurde, dass der alte Baron ganz genau gewusst hatte, dass seine junge Frau eine Hexe war, und dass er hoch erfreut darüber gewesen war, hatten die von ihr gebrauten Kräutertränke seinen Lenden doch neues Leben eingehaucht. Das war im Frühling von Liriths zwanzigstem Winter gewesen, nur Monate, nachdem sie aus der Freien Stadt Corantha geflohen und auf nackten blutigen Füßen nach Toloria gelaufen war – und nie mehr zurückgeschaut hatte.

Auf diesem Großen Hexenzirkel war sie mehr eine Maus als eine Novizin gewesen, klein, mit brauner Hautfarbe und weit aufgerissenen Augen, in die Ecke gedrängt, während sie zusah, wie die Frauen, die über größere Kräfte und Durchtriebenheit als sie verfügten, um sie herumschlichen. Aber sie war aufmerksam gewesen, und sie hatte gelernt.

Weniger als ein Jahr später fiel sie Lord Berend von Arafel auf, einem von Baron Darthus' Grafen. Sechs Monate später wurden sie vermählt – trotz Liriths unbekannter Vergangenheit und den Protesten von Berends Schwester, die sich als Gräfin betrachtete und nichts für die Konkurrenz übrig hatte.

Als Berend nicht mal ein Jahr später starb, gingen – hauptsächlich von Berends Schwester in die Welt gesetzte – Gerüchte um, Schuld daran wäre ein von Lirith zusammengebrauter Trank gewesen. Nun entsprach es durchaus der Wahrheit, dass Lirith ein paar kleine Zauber benutzt hatte, um Berends Aufmerksamkeit zu erringen, aber seine Liebe war nicht durch Magie verursacht worden, und er war auch nicht durch Magie gestorben. Obwohl Lirith nicht behaupten konnte, Berends Liebe von ganzem Herzen erwidert zu haben, hatte sie für den Grafen Zuneigung verspürt und ihn nicht ein einziges Mal schlecht behandelt.

Nach Berends Tod hatte seine Schwester Königin Ivalaine um den Besitz des Grafen gebeten, aber die Königin hatte ihn verweigert und Lirith war Gräfin geblieben. Nachdem die Schwester ihrem Bruder im folgenden Winter ins Grab gefolgt war – diese Linie hatte immer unter schwachen Herzen gelitten –, schien sich niemand mehr daran zu erinnern, dass Lirith nicht in diese Stellung hineingeboren war. Sie hatte mehrere Jahre geherrscht, und ihre Untertanen hatten sie verehrt.

Als Königin Ivalaine sie vor zwei Jahren nach Ar-Tolor befohlen hatte, war sie willig gegangen. Sie hatte das Gut in die Obhut von Berends Neffen übergeben, und so hatte die Schwester des Grafen doch noch ihren Wunsch erfüllt bekommen – auch wenn sie nicht lange genug gelebt hatte, um ihn zu genießen, wie es oft jenen geschieht, die vom Verlangen aufgefressen werden.

Seit jener Zeit hatte Lirith nur selten an Graf Berend oder ihren Besitz im südlichen Toloria gedacht. Hier war ihr Platz. Auf Ar-Tolor, im Dienst der Hexenkönigin, beim Großen Hexenzirkel.

Und diesmal verbarg sich Lirith nicht in irgendwelchen Ecken. Stattdessen suchte sie die Hexen auf, die sie am meisten interessierten, um sich über Kräuterkunde oder die Kunst des Wahrsagens auszutauschen oder wie man die Weltenkraft berührte und sie zu neuen Mustern webte. Es war kein Zufall, dass viele, die sie besuchte, die ältesten der Hexen waren, die Greisinnen und Vetteln. Sie verfügten über das meiste Wissen und kannten die ältesten Geheimnisse. Dabei entging es Lirith allerdings nicht, dass, sie eingeschlossen, nur wenige der jungen Hexen die Alten besuchten.

»Aber ich will gar nicht wissen, was sie wissen«, sagte Nonna, eine Hexe aus der Domäne Brelegond, mit schriller Stimme zu Lirith. »Die sind alle so hässlich.«

Es war am ersten Abend nach Beginn des Großen Hexenzirkels, bei der Zusammenkunft des Zirkels, dem Lirith zugeteilt worden war und an dem sieben Hexen ihres Alters teilnahmen, eine aus jeder der sieben Domänen.

Lursa, eine Hexe aus Embarr mit ernster Miene, seufzte. »Ich fürchte, mir hat niemand gesagt, dass eine Voraussetzung für Wissen darin besteht, hübsch zu sein. Ich schätze, ich werde mir die Lippen anmalen und mir das Haar kämmen müssen, bevor ich den nächsten Zauber lernen kann.«

Lirith konnte nicht anders, sie musste lachen. Sie blinzelte Lursa zu, und die Hexe mit dem unscheinbaren Gesicht lächelte schüchtern als Erwiderung. Doch einige der anderen Frauen rutschten unbehaglich auf ihren Sitzen hin und her; nicht jede hielt Nonnas Meinung für Unsinn.

»Die alten Vetteln haben sie zuerst geholt«, sagte eine der Hexen leise.

Die anderen sechs wandten sich der Sprecherin zu. Ihr Name war Adalyn, und sie kam aus der Domäne Eredane. Früher am Abend hatten sie Adalyns Geschichte zugehört, die einem das Blut in den Adern gefrieren lassen konnte: wie sie während der vergangenen Wintersonnenwende gerade noch aus Eredane hatte entkommen können, und wie schwarze Ritter im Dienst eines namenlosen Barons durch das Land geritten waren und alle Hexen, Runensprecher und Priester umgebracht hatten – und jeden, der beschuldigt worden war, zu ihnen zu gehören.

»Ich glaube, sie hat man am schnellsten entdeckt und eingefangen«, fuhr Adalyn fort. »Die Alten. Die hässlichen Vetteln. Schon bald hatte es den Anschein, dass jede alte Frau, die vor sich hin murmelte oder eine Katze besaß, verbrannt wurde. Aber bald darauf hatten sie es auf jeden abgesehen, der Gerüchten zufolge eine Hexe war. Viele meiner Zirkelschwestern konnten nicht wie ich ... fliehen. Wenn wir uns vielleicht früher gegen die schwarzen Ritter zusammengetan hätten, als sie die Alten abholten, hätten wir dem vielleicht ein Ende bereiten können.«

Danach wurde nicht mehr über die alten Vetteln gesprochen. Aber Lirith sah den harten Ausdruck in Nonnas Augen und einigen der anderen, und ihr war klar, dass Adalyns Geschichte sie nur in ihrer Abneigung gegen die älteren Hexen bestärkt hatte.

Die nächsten beiden Tage brachten noch mehr Zusammenkünfte und noch mehr Hexen. Lirith begrüßte beides mit Interesse. Während die meiste Zeit für den Austausch von Wissen beansprucht wurde, fehlte es nicht an Diskussionen darüber, wie man bei der Großen Beschwörung das Muster gestalten sollte. Viele sprachen von Yrsaia und dass man ihren Namen neben dem von Sia in das Muster weben sollte – oder vielleicht sogar darüber, wie einige mutig verkündeten. Andere vertraten die Meinung, dass die Zeit herannahte, in der die Hexen die Krieger von Vathris nicht länger nur beobachten, sondern aktiv gegen sie arbeiten würden.

Die Gerüchte beunruhigten Lirith, aber bei weitem nicht so sehr wie die paar geflüsterten Bruchstücke, die sie aufschnappte.

... er wandelt bereits unter uns ...

... um ihm entgegenzutreten, müssen wir ...

... und ich sage, das Ende ist näher, als wir es uns ...

Das Geflüster brach stets wie abgeschnitten ab, wenn Lirith sich näherte. Aber sie wusste genau, dass es weitergehen würde, sobald sie außer Hörweite war, und sie wusste auch, was zumindest eine sagen würde.

Es heißt, sie ist mit ihm gereist ...

Am zweiten Tag des Hexenzirkels machte Lirith bei Einbruch der Abenddämmerung einen Spaziergang auf einem der hohen Wehrgänge des Schlosses und gönnte sich einen seltenen Augenblick der Ruhe, um über all das nachzudenken, was sie erfahren hatte. Insekten summten schläfrig und sangen den Sommer fort.

Sie wollte gerade wieder hineingehen, als eine Bewegung in der Tiefe ihre Aufmerksamkeit erregte. Eine kleine Seitentür des Schlosses öffnete sich, und eine Gestalt in einem unscheinbaren braunen Umhang und mit hochgeschlagener Kapuze stolperte nach draußen – der schlanken Gestalt nach zu urteilen, eine Frau. Die Frau schaute über die Schulter, so als wollte sie denjenigen anblicken, der sie gestoßen hatte, aber die Tür schlug zu. Sie stolperte weiter vorwärts. Dann schaute sie in die Höhe, als würde sie die beobachtenden Blicke spüren, und die Kapuze fiel zurück. Selbst in dem schlechten Licht konnte Lirith das blasse Oval ihres Gesichts erkennen, das von dunklen Locken umrahmt wurde.

Unten blickte sich Cirynn nach allen Seiten um, aber Lirith trat in einen Schatten. Schließlich senkte die Frau, die die Rolle der Jungfrau gespielt hatte, den Blick. Sie stolperte den Pfad entlang, der vom Schloss fortführte, ging nach rechts und dann wieder nach links, als wüsste sie nicht, wo sie hingehen wollte.

Lirith konnte nicht sagen, woher sie es wusste, vielleicht war es einfach nur Erfahrung, aber sie erkannte ganz genau, wo Cirynn hinwollte, selbst wenn die intrigante junge Frau es selbst noch nicht wusste. Sie seufzte. Gerade Lirith wusste, was für ein brutaler und abhärtender Ort ein Freudenhaus sein konnte.

Sia, pass auf sie auf, betete sie stumm, dann drehte sie sich um und ging zurück ins Schloss.

Am nächsten Morgen stand sie kurz nach Einbruch der Morgendämmerung auf und begab sich auf die Suche nach Aryn – die sie in den vergangenen beiden Tagen nicht gesehen hatte. Sie fand die Baronesse, wie sie gerade Tressas Gemächer verließ.

»Unsere neue Jungfrau macht sich großartig«, sagte die rothaarige Hexe mit einem mütterlichen Lächeln. »Sie wird für ihren Auftritt morgen Abend gründlich vorbereitet sein.«

»Das höre ich gern«, sagte Lirith.

Als sich die Tür schloss und die beiden allein im Korridor zurückblieben, grinste Lirith und drückte Aryns Hand.

»Ihr seid wunderbar«, sagte sie.

Aryn lachte nervös. »Davon weiß ich nichts. Aber ich habe es geschafft, dafür zu sorgen, dass mir der Kopf nicht platzt, obwohl Schwester Tressa so viele Dinge hineingestopft hat. Ich hatte ja keine Ahnung, dass man als Jungfrau so viele Dinge befolgen muss.«

Lirith nickte. »Ich habe gehört, dass es viel einfacher ist, die Greisin zu sein. Aber wenn man so alt geworden ist, hat man bestimmt keine Lust, dass einem ein Haufen junger Hexen sagt, was man tun soll.«

»Vermutlich nicht«, sagte Aryn.

Sie spazierten eine Zeit lang an den sonnenhellen Fenstern vorbei. Lirith erzählte von den Dingen, die sie bei den Zirkeln getan hatte, und Aryn beschrieb die Lektionen, die sie gelernt hatte. In der Eingangshalle des Schlosses verabschiedeten sie sich schließlich voneinander. Sie wollten gerade auseinander gehen, als eine Frau durch das Schlosstor kam.

Sie war eine Hexe, so viel stand fest, obwohl Lirith sich nicht daran erinnern konnte, sie bei der Zusammenkunft gesehen zu haben. Und sie sah mit Sicherheit blendend genug aus, um einem ins Auge zu fallen. Ihre dunklen Augen standen leicht schräg, und aus dem mitternachtsschwarzen Haar stach eine perlenweiße Locke hervor. Die Hexe ging an den beiden Frauen vorbei. Ihr buntes Gewand raschelte leise.

»Guten Morgen, Schwester«, sagte die Hexe und nickte Aryn zu. Dann ging sie durch einen Torbogen und verschwand.

Lirith schaute die Baronesse an. »Wer war das?«

»Schwester Mirda.«

Lirith hatte den Namen noch nie gehört. »Gehört sie zu Liendras Gruppe?«

»Nein, das glaube ich nicht. Bei der Zusammenkunft hat sie Sia gebeten, mich zu segnen.«

Lirith dachte darüber nach. Sicherlich würde niemand von Liendras Fraktion einen solchen Segen aussprechen. Doch Lirith kannte die Mehrzahl der Hexen aller Domänen zumindest beim Namen, wenn nicht vom Sehen. Aber den Namen Mirda hatte sie noch nie zuvor gehört.

»Vielleicht ist sie eine Freundin Ivalaines«, sagte Aryn mit einem Schulterzucken.

Lirith seufzte. »Manchmal bin ich mir nicht so sicher, ob Ivalaine unter den Hexen überhaupt echte Freunde hat. Natürlich wird sie von vielen respektiert. Aber sie hat es sich zur Aufgabe gemacht, einen Schritt Distanz zu den anderen einzuhalten, um eine Quelle der Einheit zu sein, wenn es Meinungsverschiedenheiten gibt.«

»Glaubt Ihr, sie hält das durch? Sie versucht, allen Ansichten gerecht zu werden, aber Liendra ist nicht die Einzige, die wissen will, woran Ivalaine glaubt.«

Lirith konnte dem nicht widersprechen. Aber was Ivalaine wirklich dachte – das war ein Geheimnis, das warten musste.

Aryn küsste Lirith flüchtig auf die Wange, drehte sich um und lief in einen Korridor; sie sah wie ein dunkelhaariges Mädchen aus, dabei würde der kommende Winter ihr zwanzigster sein. Lirith lächelte, dann drehte sie sich um, um wieder zurückzugehen.

Diesmal geschah es völlig ohne Vorwarnung. Sie hatte nicht einmal die Gabe benutzt, trotzdem war es da, wogte in der Ecke der Eingangshalle: ein in sich verschlungenes, lebendiges Fadenknäuel. Lirith wollte aufschreien, aber dazu fehlte ihr die nötige Luft. Der sich windende Knoten schien gierig nach ihr zu greifen, dabei zog er weitere schimmernde Fäden in sich hinein. Sie erloschen sofort nach der Vereinigung und nahmen ein stumpfes Grau an. Dann spürte Lirith das erste Zupfen an ihrem Bewusstsein. Erinnerungen überfluteten sie. Schon einmal war sie auf diese Weise in eine Katastrophe hineingezerrt worden, die sie verschlungen hatte.

Tanze, mein kleiner Vogel. Ah, dabei bist du gar nicht mehr so klein, und deine Schönheit kannst du auch nicht länger verstecken. Komm, tanze, und sie werden dich mit Gold überschütten. Tanze!

Ein Stöhnen entschlüpfte ihren Lippen, sie fing an zu schwanken. Das Knäuel pulsierte nun schneller, als würden ihre Bewegungen es aufwühlen. Ein grauer Faden schoss hervor und griff nach ihr.

»Mylady?«

Die Ecke der Halle war leer, das Knäuel war verschwunden. Vor Lirith stand eine Dienerin, kaum älter als ein Mädchen, mit schmutzigem Gesicht.

»Verzeiht, Mylady, aber seid Ihr krank? Soll ich nach den Männern der Königin schicken?«

Lirith fand ihre Stimme wieder. »Nein, mir geht es gut. Danke.«

Die Dienerin senkte den Kopf und eilte aus der Halle.

Lirith sah erneut in die Ecke, aber sie wusste, dass sie es selbst dann nicht wieder sehen würde, wenn sie die Gabe benutzte.

Aber es ist noch immer da. Ich kann es fühlen. Und es wächst.

Aber was hatte es zu bedeuten?

Da kam ihr ein Gedanke. Es gab jemanden, der es möglicherweise wusste – jemand, der älter und weiser als jede Hexe im Schloss war. Lirith schürzte die Röcke ihres Gewandes und lief aus der Halle.

13

Melia war nicht in ihrem Gemach.

»Es tut mir Leid, Lirith«, sagte Falken und schaute von seiner Flöte auf. »Ich fürchte, sie hat heute eine ihrer Launen. Ich habe sie nicht gefragt, wo sie hinwollte.«

In einer Stunde hatte Melia nicht weit gehen können; zumindest nahm Lirith das an. Andererseits gebot sie über Kräfte, die Lirith nicht einmal annähernd begreifen konnte. Und genau das war der Grund, warum sie sie finden musste.

»Danke, Falken«, sagte sie atemlos.

Falken wollte etwas erwidern, aber bevor er dazu kam, hatte sich Lirith schon umgedreht und war auf den Korridor hinausgelaufen.

Sie versuchte es nacheinander und nach dem Zufallsprinzip im Großen Saal, den Bädern, der Bibliothek und sogar auf den Aborten, aber sie hatte kein Glück. Danach ging sie nach draußen. Aber weder auf dem Burghof noch in den Obstgärten oder den Ställen war auch nur eine Spur von Lady Melia zu finden. Schließlich war Lirith gezwungen, anzuhalten und sich an eine Mauer in der Nähe von Ar-Tolors Nordturm anzulehnen. Sie war außer Atem und hatte alle Orte des Schlosses durch, ohne die Lady mit den Bernsteinaugen zu finden. Dann würde sie eben später mit Melia sprechen müssen.

Und wie sehr wird es in der Zwischenzeit wachsen?

Sie zog in Betracht, zu Ivalaine zu gehen und ihr zu erzählen, was sie gesehen hatte, aber etwas hielt sie davon ab. Falls andere Hexen das Knäuel gesehen hätten, hätte sie bestimmt davon gehört. Das bedeutete, dass aller Wahrscheinlichkeit nach sie die Einzige war, die es sah. Und in diesem Fall würde Ivalaine sie möglicherweise einfach für verrückt oder krank erklären und sie aus dem Zirkel entfernen. Das konnte Lirith nicht zulassen.

Es würde eben warten müssen, bis sie Melia wieder sah. Und wenn die Lady ihr nicht helfen konnte, dann würde sie zu Ivalaine gehen. Sie holte tief Luft und ging auf den Bergfried des Schlosses zu. Aber als sie leisen Gesang hörte, fiel ihr ein, dass es einen Ort gab, an dem sie noch nicht nachgeschaut hatte.

Der Schrein war klein und lag im Schatten; eigentlich war er kaum mehr als ein hölzerner Verschlag, der an der Außenmauer des Schlosses lehnte. Doch die Mysterien von Mandu dem Sterbenden waren in den Domänen nie besonders populär gewesen, in Toloria schon gar nicht. Die meisten Mysterienkulte boten ihren Anhängern Erlösung und das Versprechen, dass nach dem Tod eine Zeit der Freude kam. Doch der Kult des Sterbenden Gottes versprach denen, die sich ihm anschlossen, gar nichts – keinen ewigen Frieden, kein goldenes Paradies. Stattdessen bot er nur die Geschichte seiner Gottheit: Mandu, der geboren wurde, heranwuchs und wieder und wieder durch Verrat ermordet wurde, und zwar so unweigerlich, wie der Tag von der Nacht gestohlen wurde.

Nun mochte der Mandu-Kult in Toloria nie populär gewesen sein, aber Lirith wusste, dass *sie* sich davon nicht stören lassen würde. Es waren ihre Brüder und Schwestern, oder etwa nicht? Lirith betrat den dunklen kleinen Schrein.

Melia tanzte.

Lirith erstarrte. Der Gesang war nun viel deutlicher zu hören; es war Melia gewesen, die sie draußen gehört hatte. Die Stimme der Lady war so hell wie polierter Kupfer, sie schwoll an und senkte sich wieder in einer wortlosen Melodie, die Lirith in gewisser Weise an die wogenden Weisen der Mournisch erinnerte.

Während Melia sang, bewegte sie sich langsam im Kreis

und hielt die Arme in eleganten Posen. Ihr Kopf war in den Nacken gelegt, sodass ihr onyxfarbenes Haar auf den weißen Rücken ihres Kleides fiel. Ihre Augen waren vor Verzückung geschlossen. Auf dem steinernen Altar stand eine Elfenbeinstatue von Mandu; er hielt die Arme an den Seiten und hatte einen Fuß nach vorn gesetzt. Er schaute mit blinden, heiteren Augen, ein wissendes Lächeln auf den Lippen.

»Melia?«, stieß Lirith hervor.

Die kleine Frau stolperte und riss die Augen auf. Lirith stürzte vorwärts und fing Melia auf, bevor sie fallen konnte. Die Lady fühlte sich so leicht wie ein Vogel an.

»Schwester?«, flüsterte sie, und ihre Stimme klang winzig und verloren. »Schwester, bist du das? Ich glaube nicht, dass ich das ertragen kann. Ich weiß, dass er es war, der die Flüsse mit dem Blut unseres Volkes rot gefärbt hat. Ich würde eher sterben, als so ein Ungeheuer zu heiraten.«

Einen schrecklichen Augenblick lang war Melias Gesicht eine Maske der Verwirrung, waren ihre bernsteinfarbenen Augen vor Furcht weit aufgerissen. Dann versteifte sich ihr Körper. Sanft, aber nachdrücklich befreite sie sich aus Liriths Armen.

»Lirith«, sagte sie mit strenger Miene. »Was hat das zu bedeuten?«

Die Hexe kämpfte darum, nicht zurückzuzucken. »Ihr habt getanzt, Melia. Ihr seid beinahe gefallen. Ich ... ich habe Euch aufgefangen.«

Melia runzelte die Stirn. »Getanzt? Ich habe seit zweitausend Jahren nicht mehr getanzt. Nicht seit ...«

Sie verstummte, als sie Liriths Blick zu ihren nackten Füßen und den goldenen Ringen an ihren Zehen folgte.

Melias Wut verschwand. Sie warf einen Blick über die Schulter auf den Altar. »Ich wollte hier mit meinem Bruder sprechen. Mandu war immer der Einfühlsamste der Nindari, und ich habe so seltsame Nachrichten aus dem Süden gehört. Ich wollte wissen, was er davon hält. Aber ich muss mich einen Augenblick lang in der Vergangenheit verloren haben.« Ihr Blick wurde wieder durchdringend. »Aber jetzt geht es mir wieder gut, Lady Lirith. Wollt Ihr etwas von mir?«

Melias formelle Art ließ Lirith innerlich zusammenzucken. Aber daran war sie selbst schuld; sie hatte sich dazu entschieden, die Lady bei ihrer Ankunft auf Ar-Tolor so kühl zu begrüßen. Jetzt bereute sie es. Welchen Anlass hatte sie denn gehabt, Melia so misstrauisch zu begegnen?

Du kennst den Grund doch ganz genau! Sie und Falken sind Handlanger des Runenbrechers, oder etwa nicht?

Lirith verdrängte den Gedanken aus ihrem Kopf, im Augenblick gab es eine dringlichere Frage, die beantwortet werden musste. Bevor sie jeglichen Mut verlor, erzählte sie mit knappen Worten von dem Knäuel, das sie zwei Mal inmitten der Weltenkraft erblickt hatte.

Als Lirith geendet hatte, verschränkte Melia die Arme und ging vor dem Altar auf und ab. »Ob das möglicherweise mit den Gerüchten zu tun hat, die wir gehört haben?«, murmelte sie, allerdings konnte Lirith den Eindruck nicht abschütteln, dass sie mit der Mandu-Statue sprach und nicht mit ihr.

Sie antwortete trotzdem. »Welche Gerüchte meint Ihr?«

Melia schaute auf, als hätte sie bereits vergessen, dass Lirith dort stand. »Ich weiß nicht, ob ich sie in Worte fassen kann. Eigentlich sind es keine Gerüchte, wie Ihr sie kennt.« Sie warf dem Altar über die Schulter einen liebevollen Blick zu. »Worte sind begrenzte Dinge. Doch das meiste, das ich gehört habe, betrifft im Kern dieselbe Sache. In letzter Zeit haben einige der Neuen Götter von Tarras eine Veränderung gespürt.«

»Eine Veränderung?«

Melia seufzte. »Wie kann ich das besser erklären? Es ist, als ... Ihr sitzt am Mittag in einem wunderschönen Garten und döst in der Wärme, als sich plötzlich eine Wolke vor die Sonne schiebt. Im Garten hat sich nichts verändert, alles ist so, wie es noch einen Augenblick zuvor war, und doch hat sich das ganze Wesen dieses Ortes verändert.«

Lirith glaubte zu verstehen. »Ihr meint also, die Stadt Tarras ist wie dieser Garten?«

Melia nickte. »Viele der Neuen Götter sind beunruhigt, obwohl keiner von ihnen dafür einen vernünftigen Grund angeben kann.«

Die Worte überraschten Lirith. Sie hätte es nicht für möglich gehalten, dass ein Gott Angst verspürte. Aber waren die Götter nicht einfach Spiegelbilder der Menschen, die sie anbeteten? Viel mächtiger und schöner und erhabener – trotzdem aber Spiegelbilder? Und Menschen fürchteten nun einmal Dinge, die sie nicht benennen konnten.

Lirith deutete mit dem Kopf auf die Figur auf dem Altar. »Was denkt er? Ist sein Schatten im Garten das Gleiche wie das Knäuel, das ich in der Weltenkraft gesehen habe?«

Melia seufzte. »Ich fürchte, Mandu spricht nicht mehr viel. Mit jedem Kreislauf, den er vollendet, wird er perfekter – und ich glaube auch abweisender. Und ich fürchte, ich weiß zu wenig über die Hexen und die Weltenkraft, um Euch sagen zu können, worum es sich bei diesem Knäuel handelt. Doch ich glaube schon, dass da irgendwie eine Verbindung besteht. Warum solltet Ihr sonst eine Veränderung in Eurem Netz sehen, wenn wir in unserem etwas Ähnliches wahrnehmen?«

Etwas von der Beklemmung in Liriths Brust ließ nach. Melias Worte waren nicht unbedingt eine Antwort, aber es war eine Erleichterung zu wissen, dass sie nicht die Einzige im Schloss war, die etwas Seltsames gefühlt hatte.

»Macht Euch keine Sorgen, Lady Lirith«, sagte Melia. »Ich werde Euch gern auf dem Laufenden halten, sobald ich etwas Neues erfahre.«

Lirith zuckte zusammen. Nicht weil die Lady mit den Bernsteinaugen anscheinend ihre Gedanken gelesen hatte, sondern weil ihr Tonfall so kalt war. Wieder bereute Lirith ihre Dummheit im Großen Saal.

Und bevor sie ihr Mut verließ, hob sie den Saum ihres Gewandes an und trat einen Schritt vor. »Ihr müsst mir verzeihen, Melia. Ich wollte Euch nicht so abweisend behandeln. Ich weiß, dass Ihr und Falken gute Dinge tut. Es ist nur ...«

Melias Miene wurde sanfter. »Natürlich, meine Liebe. Und ich vergaß, wie schwer das für Euch im Moment sein muss. Ich bezweifle, dass man in Euren Kreisen die Namen Melia und Falken mit besonderer Herzlichkeit ausspricht.«

Lirith schüttelte energisch den Kopf. »Aber das tun sie nicht ...«

Melia hob eine schlanke Hand. »Nein, meine Liebe, Erklärungen sind unnötig.«

Lirith verspürte eine Wärme in sich aufsteigen. Sie wusste, dass sie hätte widerstehen sollen, aber sie konnte sich nicht beherrschen, stürzte vorwärts und umarmte die kleine Frau. Doch Melia stieß sie nicht weg, sondern erwiderte die Geste mit der gleichen wilden Intensität.

»Wir Frauen voller Geheimnisse müssen zusammenhalten, meine Liebe.«

Schließlich lösten sich die beiden voneinander. Dabei legte Melia den Kopf schief. »Woher habt Ihr diesen Anhänger?«

Verblüfft schaute Lirith nach unten. Das Spinnenamulett lag auf dem Oberteil ihres Gewandes; es musste aus dem Ausschnitt gefallen sein, als sie nach vorn gestürmt war.

»Das ist nur ein Schmuckstück der Mournisch. Es hat keine Bedeutung.« Lirith fühlte, wie sich ihre Wangen röteten, denn dies war nicht die ganze Wahrheit. Es erinnerte sie an *ihn*, nicht wahr?

Melia klopfte sich mit dem Finger aufs Kinn. »Ich glaube, da seid Ihr im Irrtum, meine Liebe. Meiner Erfahrung nach stellen die Mournisch keine bedeutungslosen Schmuckstücke her. Egal, was auch immer sie erschaffen, wie einfach es auch ist, es hat stets einen Zweck und Macht. Und von allen Symbolen, die sie machen, gehört die Spinne zu den stärksten – und geheimnisvollsten.«

»Ihr klingt, als würdet Ihr sie kennen.«

»Ich weiß über sie Bescheid. In den vielen Jahren, die ich schon auf Eldh wandle, habe ich sie zahllose Male besucht. Und doch kann ich nicht mit gutem Gewissen sagen, dass ich die Mournisch richtig kenne. Ich bin mir nicht einmal sicher, ob das überhaupt jemand außerhalb ihrer Klans kann. Und sie haben nie Außenseiter aufgenommen.«

Lirith drehte sich um, wandte sich der Tür des Schreins zu und umklammerte das Amulett. »Ist das so?«

»Was ist, meine Liebe? Stimmt etwas nicht?«

Lirith öffnete den Mund, und sie wusste, sie würde Melia alles erzählen: die Spielkarte, die Träume, Sareth. Doch im letzten Augenblick erschienen zwei Schatten in der Tür des Schreins.

»Melia, hier steckst du«, sagte Falken. Der Barde warf Durge, der neben ihm stand, einen Blick zu. »Ihr hattet Recht. Ich weiß nicht, warum ich nicht zuerst daran gedacht habe, in den Schreinen nachzusehen.«

Der Embarraner nickte. »Es schien die logische Wahl zu sein.«

Falken ging zu der Lady. »Alles in Ordnung mit dir? Du hast dich heute Morgen etwas seltsam benommen, und dann konnte ich dich nicht finden.«

»Es ist ritterlich von dir, dich um mich zu sorgen«, sagte Melia, »aber mir geht es wieder gut.«

Sie lächelte Lirith an, und die Hexe lächelte zurück.

Falken stöhnte. »Sagt mir nicht, dass sie Euch unterrichtet hat.«

»Unterrichtet?«, fragte Lirith in ihrem geheimnisvollsten Tonfall. »Worin?«

»Darin!«, erwiderte der Barde. »Eine schöne Frau, die in Rätseln spricht, reicht völlig aus. Wir brauchen keine zweite.«

»Komm, Falken«, sagte Melia und nahm den Barden beim Arm, »gehen wir zurück in unser Gemach. Dort kannst du deine Tiraden so lange verkünden, wie du willst.«

Der Barde schnaubte, dann stapfte er los, Melia im Schlepptau.

»Sie empfinden tief für einander«, sagte eine ernste Stimme nach einem Moment.

Lirith hatte Durge beinahe vergessen; das graue Wams des Ritters verschmolz mit dem Dämmerlicht. Aber noch mehr überraschten sie seine Worte, denn für den gewöhnlich so verschlossenen Ritter schien es ein feinfühliger Kommentar zu sein. Aber Lirith kannte die Wahrheit, die von dem gerüsteten Äußeren verborgen wurde.

»Ich glaube, wir werden niemals verstehen können, was sie zusammen durchgemacht haben«, sagte sie.

Durge nickte bloß. In dem dürftigen Licht schien sein zerfurchtes Gesicht noch ernster als je zuvor. Aber es war nicht allein das Licht. In den vergangenen Tagen war die Düsterkeit, die der Ritter ausstrahlte, mehr zu einem Mantel der Trauer geworden. Zum ersten Mal hatte Lirith es an dem Tag bemerkt, an dem Melia und Falken auf Ar-Tolor eingetroffen waren. Sie hatte Durge seitdem nur selten gesehen, aber jedes Mal war er ihr trauriger erschienen.

»Was ist los, Durge?«, fragte sie. »Ist etwas geschehen?« Sie streckte die Hand nach ihm aus.

Der Ritter riss die Augen auf und zuckte vor ihr zurück. Sie krümmte die Finger, senkte den Arm. Dann machte Durge einen halben Schritt auf sie zu, als wäre ihm klar geworden, was er da getan hatte.

»Mylady ...«

»Nein, Durge, ich mache Euch keinen Vorwurf. Nicht nach dem, was ich Euch in der Ödnis angetan habe. Es ist klug von Euch, auf Distanz zu bleiben.«

Einen langen Augenblick herrschte Schweigen.

»Habt Ihr es ihr erzählt?«, fragte Durge schließlich.

»Nein, das habe ich nicht«, sagte Lirith. »Ich habe Euch mein Wort gegeben. Ich werde es ihr niemals sagen.«

Durge nickte. »Das ist gut so, Mylady.«

Ohne ein weiteres Wort zu verlieren, drehte sich der Ritter um und verließ den Schrein. Lirith seufzte und blickte auf der Suche nach Trost in Mandus leere Augen. Aber der Gott lächelte bloß und wartete auf seinen unausweichlichen Tod.

14

Draußen vor dem Fenster senkte sich purpurfarbenes Zwielicht herab, während Aryn mit ihrem schneeweißen, leise raschelnden Festgewand bekleidet in ihrem Gemach auf und ab ging und leise vor sich hin sprach.

»Die Kerze löschen, die Glocke läuten, dann die Beschwörung sprechen. Die Kerze löschen, die Glocke läuten, dann die ...«

Sie erstarrte und schaute mit weit aufgerissenen Augen auf. »Oder zuerst die Glocke läuten, die Beschwörung sprechen und dann die Kerze löschen?«

Ihr Schädel brummte, als wäre ihr Gehirn von einem Schwarm Motten ersetzt worden. Kein Gedanke wollte lange genug stillhalten, um von ihr erfasst zu werden.

Entsetzen stieg in ihr auf. Was würde passieren, wenn sie das Ritual falsch durchführte? Würde sich das ganze Muster auflösen? Sie war sich nicht sicher, aber eines wusste sie genau: Wenn sie ihre Rolle als Jungfrau nicht perfekt spielte, würde Tressa sie in eine Mücke verwandeln.

Aryn holte tief Luft.

Konzentriere dich, Schwester. Du kannst das schaffen. Denk daran, jeder wird zusehen.

Sie wurde von Panik erfüllt.

Schon gut, denk also nicht daran. Denk einfach an deine letzte Unterrichtsstunde mit Tressa. Alles lief perfekt.

Ein Hauch Ruhe schlich sich in Aryns Verstand, und das Rauschen in ihrem Kopf ließ etwas nach. Wie konnte sie nur so eine Gans gewesen sein? Es waren Glocke, Kerze und *dann ...*

Das Klopfen an der Tür zerstörte ihre Konzentration. Ein zweites Klopfen trieb sie an. Sie eilte zur Tür und öffnete sie.

»Nun, es wird auch Zeit, Kleines. Diese alten Knochen werden vom Rumstehen nicht jünger.«

Aryn schluckte. Die Zusammenkunft hatte noch nicht einmal angefangen, und sie machte schon Fehler. »Es tut mir so Leid, Schwester Senrael. Ich wollte Euch keine Mühe bereiten.«

Die Alte lachte. »Nein, natürlich nicht, Kleines. Nicht so ein Schatz wie du. Du hast keinen bösen Gedanken im Kopf. Aber keine Angst. Wenn es Sias Wille ist, wirst du alt werden und eines Tages genauso unausstehlich sein wie ich.«

Ihr irrt Euch, wollte Aryn sagen. *Ich habe einen Mann mit meiner Magie getötet. Ist das nicht böse genug?* Aber sie brachte es nicht über die Lippen.

»Komm, Kleines. Der Mond geht bald auf. Bis dahin müssen wir fertig sein.«

Das aschgraue Gewand der Frau knisterte, als sie sich umdrehte und den Korridor entlanghumpelte. Aryn eilte ihr mit pochendem Herzen hinterher.

Werde ich entscheiden müssen, was in das Muster aufgenommen wird?, hatte sie Tressa nervös am Morgen gefragt.

Nur so weit das jede Hexe tut, hatte die rothaarige Frau geantwortet. *Alle Fäden sind mit dem Muster verwoben. Die Jungfrau, die Mutter und die Greisin sind nur da, um zu helfen, so wie das Weberschiffchen hilft, während des Webens einen Faden durch die Kettenfäden zu führen. Aber es sind die Fäden, die das Muster bestimmen.*

Nach dem Treffen mit Tressa hatte sich Aryn auf die Suche nach Lirith gemacht, um zu sehen, ob ihre Freundin ein paar weise Worte für sie hatte. Aber sie hatte Lirith nirgendwo finden können.

Du wirst sie ja beim Großen Hexenzirkel sehen, hatte sie sich gesagt. Doch aus irgendeinem Grund bereitete ihr Liriths Abwesenheit Sorgen.

»Da soll sie doch alle der Blitz treffen«, sagte Senrael und blieb so plötzlich stehen, dass Aryn beinahe in sie hineingelaufen wäre.

»Was ist?«, fragte die Baronesse und hoffte, nicht in den ziemlich weit gefassten Kreis des Fluchs der alten Hexe zu geraten.

»Ich habe doch gewusst, dass ich die letzte Tasse *Maddok* nicht hätte trinken sollen«, knurrte Senrael. »Jetzt muss ich auf den Abort. Am besten gehst du schnell in den Garten zur Königin. Ich komme gleich.«

Die Alte verschwand hinter einer Tür. Aryn hätte lieber auf sie gewartet, aber man gehorchte den Älteren. Und es war ja nicht so, als würde sie den Weg in den Garten nicht kennen. Mit einem Seufzen setzte sie sich wieder in Bewegung.

»Wenn das nicht unsere neue Jungfrau ist«, sagte eine säuselnde Stimme.

»Jungfrau?«, meinte eine andere hohe, helle Stimme. »Ich würde sagen, doch wohl eher eine *halbe* Jungfrau.«

Furcht nagelte Aryn an Ort und Stelle fest. Sie drehte sich um, suchte nach der Quelle der Stimmen.

»Was? Ihr könnt uns nicht sehen?«

In der Nähe stand ein Torbogen, der von Schatten verhüllt wurde – die sich jetzt auflösten. Dort standen sechs junge Frauen in grünen Kleidern eng beieinander. Sie traten einen Schritt vor, und Aryn erkannte einige von ihnen als die Hexen, die bei der ersten Zusammenkunft des Hexenzirkels bei Cirynn gestanden hatten.

»Seht nur, wie sie uns anstarrt«, sagte eine blonde Frau und lachte. »Man könnte glauben, sie hätte noch nie zuvor einen Schattenzauber gesehen.«

Aryn schaffte es, ihre Stimme wieder zu finden. »Ich habe schon Zauber gesehen.«

Sie bereute die Worte sofort, ihre Stimme zitterte wie die eines kleinen Mädchens.

»Aber natürlich habt Ihr das, *Kleines.*«

Die anderen Hexen lachten über die Worte, die von einer jungen Frau mit braunen Augen kamen. Aryn kannte sie. Sie hatte Aryns Gruppe verlassen, um sich zu Cirynn zu gesellen. Aryn hatte später ihren Namen erfahren, sie hieß Belira.

»Das Gewand steht Euch nicht«, sagte Belira und trat vor, während die anderen lächelnd und mit erwartungsvollen Blicken zusahen. »Aber es ist ja auch für jemand anders gemacht worden, nicht wahr?«

Aryn fühlte, wie sie in dem Festgewand zusammenschrumpfte, so wie eine Schildkröte, die sich in ihren Panzer zurückzog. Das weiße Gewand war schwerer als das grüne Kleid, das sie zuvor getragen hatte, aber es verbarg nicht ihren verkümmerten Arm. Sie wollte weitergehen, aber Belira vertrat ihr den Weg.

»Warum tut Ihr das?«, stieß Aryn hervor, bevor sie es verhindern konnte.

Belira kniff die Augen zu Schlitzen zusammen. »Ich werde es so ausdrücken, dass selbst Ihr es versteht. Wir mochten Cirynn, und Euch können wir nicht leiden. Verstanden?«

Aryn schüttelte den Kopf; sie brachte kein Wort heraus.

Die blonde Hexe trat einen Schritt vor. »Was ist sie doch nur für ein einfältiges Ding. Ein Arm und einen halben Verstand. Wie auf Eldh kann sie die Jungfrau werden statt einer von uns?«

»Ivalaine hat mich auserwählt«, schaffte es Aryn zu sagen.

Belira schürzte die Lippen, und der Ausdruck verwandelte die geringe Schönheit ihres Gesichts zu einer hässlichen Grimasse. »Ja, Ivalaine. Aber das wirft nur eine weitere Frage auf – warum ist sie die Mutter und nicht Liendra? Jeder weiß, dass Schwester Liendra für alle Hexen spricht.«

Aryn fühlte, wie sich ein Teil ihrer Furcht in Wut verwandelte. Für wen hielten sich diese jungen Frauen eigentlich, dass sie glaubten, so viel zu wissen?

»Ihr irrt Euch, Schwester Belira. Liendra spricht nicht für jeden – sie spricht nicht in meinem Namen. Jetzt lasst mich vorbei.«

Sie wollte einen Schritt nach vorn machen, aber die anderen bauten sich im Kreis um sie auf. Aryn fühlte, wie ihr die Luft knapp wurde. Sie schien noch mehr zu schrumpfen, bis sie wieder ein kleines Kind war und höhnisch verzerrte Gesichter verschwommen um sie herumwirbelten, während Stimmen aus der Erinnerung wie Vogelkrächzen in ihren Ohren dröhnten.

Kleine Lady Aryn,
was versteckt sie nur ...

Nein, sie würde nie wieder zulassen, dass sie sich so fühlte. Nie wieder. Das hatte sie sich am Abend der Wintersonnenwende geschworen, als sie Leothan mit ihrer Magie getötet hatte. Sie hatte ihr Handeln so lange bereut, hatte geglaubt, es würde sie zu etwas Bösem machen. Aber sie hatte sich geirrt, sie war hier nicht diejenige, die Böses tat. Das waren die anderen – diejenigen, die lachten und spotteten, diejenigen, die andere Menschen wie Gegenstände behandelten, die man benutzte, über die man sich lustig machte und dann wegwarf. Ihr ganzes Leben lang war Aryn nur wegen ihres Arms von ihrer Umgebung wie ein Ungeheuer behandelt worden, aber sie wusste nun, dass sie hier nicht das Ungeheuer war.

Sie waren es.

Leothan war ein Eisenherz gewesen, ein Ding, das nichts Menschliches mehr an sich hatte. Und auch wenn in der Brust dieser jungen Frauen kein Eisen ruhte, waren sie doch genauso herzlos. Aryn musste solche Bosheit nicht länger ertragen. Ihre nicht und auch nicht die von anderen. Nicht wenn sie über die Macht verfügte, sie daran zu hindern. Sie würde ihnen zeigen, was es bedeutete, einen Zauber zu weben.

Furcht und Wut verschwanden. Stattdessen ergriff eine tiefe Ruhe von ihr Besitz, wie die Ruhe vor dem Sturm. Sie nahm die Schultern zurück, dann schaute sie Belira mit einem offenen Blick in die Augen.

»Ich muss gehen, Schwestern«, sagte sie, und ihre Worte klangen so kühl und glatt wie Marmor. »Die Zusammenkunft beginnt gleich. Ich muss Euch bitten, mich vorbeizulassen.«

Belira sah ihre Begleiterinnen an, die zustimmend nickten, dann wandte sie sich Aryn mit einem hämischen Lächeln wieder zu. »Zwingt uns doch.«

»Nun gut, wenn das Euer Wunsch ist.«

Belira runzelte die Stirn. Das waren offensichtlich nicht die Worte gewesen, die sie erwartet hatte. Die anderen hinter ihr bewegten sich. Belira öffnete den Mund, aber bevor sie etwas sagen konnte, hob Aryn die Hand – nicht die linke Hand, sondern die rechte. Sie war klein, blass und so verzerrt wie ein gebrochener Taubenflügel.

Es war so einfach; sie musste dabei nicht einmal die Augen schließen. Aryn griff mit der Gabe zu und erfasste mit einer imaginären Hand sechs schimmernde Lebensfäden. Dann drückte sie fest zu.

Die sechs jungen Frauen keuchten auf und taumelten zurück; jede griff sich an den Hals. Ihre Augen quollen hervor, während ihre Münder lautlos und vergeblich nach Luft schnappten.

Die jungen Hexen stolperten wie betrunkene Tänzer vor Aryn zurück. Nach ein paar Augenblicken verfärbten sich ihre Lippen blau. Es war so einfach – so einfach, ihre Lebensfäden zusammenzudrücken, bis sie rissen, ihre Atmung für alle Zeit zu beenden ...

Hör auf, Aryn. Wenn du sie verletzt, dann bist du genauso wie sie.

Sie starrte ihre verkümmerte Hand an. Nein – sie würde nicht zulassen, dass die anderen sie in ein Ungeheuer verwandelten.

Aryn senkte die Hand, ließ die Fäden los, und die jungen Frauen rangen keuchend nach Luft. Ein paar fielen röchelnd auf die Knie, andere schluchzten, während sie einander festhielten. Allein Belira stand aufrecht. Sie schaute Aryn an und hielt sich den Hals. Entsetzen stand in ihre braunen Augen geschrieben. Und Hass.

Aryn war das egal. Sie hatte es weder nötig noch den Wunsch, die Zuneigung solcher Hexen zu gewinnen. Im Gegensatz zu ihrem Körper waren die ihren perfekt und gesund, aber ihr Wesen war verkrüppelter, als es ein Körperteil je hätte sein können.

Ihr weißes Gewand knisterte leise, als sie an den jungen Hexen vorbeiging.

»Ich sehe euch bei der Zusammenkunft, Schwestern.«

15

Hastig strich Lirith die Falten aus dem grünen Kleid, dann kämmte sie mit den Fingern die schlimmsten Knoten aus ihren schwarzen Locken. Ein schneller Blick in den Bronzespiegel bestätigte ihr, dass die Resultate akzeptabel waren. Graues Zwielicht drang durch das Fenster herein; der Beginn der Zusammenkunft des Großen Hexenzirkels stand unmittelbar bevor.

Sie vermochte nicht zu sagen, wie es möglich war, dass sie beinahe verschlafen hätte. Den ganzen Tag hatten sie Kopfschmerzen gequält, und sie hatte sich nur auf das Bett gelegt, um einen Moment die Augen zu schließen. Doch irgendwie war sie eingeschlafen – und hatte wieder von Sareth geträumt. Dieser Traum war verworrener als der letzte gewesen. Sie waren beide nackt gewesen, und er hatte sie geliebt. Aber dann hatte sie eine schreckliche Kälte verspürt, und als sie zu Sareth aufschaute, war er kein lebender Mann mehr gewesen, sondern eine Statue aus Stein. Die Kälte drang in ihren Körper ein, und sie wollte schreien. Aber ihre Zunge bestand bereits aus Stein.

Glücklicherweise war sie in diesem Augenblick erwacht. In gewisser Weise war dieser Traum schlimmer gewesen als der mit den goldenen Spinnen. Der Gedanke, die Ewigkeit auf diese Weise zu verbringen – lebendig, sich seiner Umwelt bewusst, aber unweigerlich erstarrt –, bescherte ihr eine Gänsehaut.

Lirith verließ das Gemach und eilte durch das Schloss. Diener und Adlige sahen sie mit weit aufgerissenen Augen an und beeilten sich, ihr aus dem Weg zu gehen. Sie konnte es ihnen nicht verübeln; sie hatte das Gefühl, in diesem Augenblick wie eine Verrückte auszusehen. Es war Ivalaines

Wunsch, dass sich die Hexen auf Ar-Tolor diskret verhielten, um die Schlossbewohner nicht zu verschrecken. Aber sie hatte jetzt keine Zeit mehr und musste die direkte Route in den Garten nehmen. Sie hatte Glück, dass man sie nicht dafür eingeteilt hatte, an diesem Abend eine Gruppe Novizinnen zur Zusammenkunft zu führen. Sie hob den Saum ihres Kleides und beschleunigte ihre Schritte.

»Rennen ist sinnlos«, sagte da eine zischende Stimme. »Ihr kommt trotzdem zu spät.«

Lirith kam rutschend zum Stehen. Neben einem Fenster stand eine schlanke Silhouette.

»Teravian«, sagte sie. »Ich habe Euch gar nicht gesehen.«

»Warum solltet Ihr mich auch sehen? Es tut ja auch sonst keiner.«

Lirith zögerte. Sie hätte mittlerweile beim Hexenzirkel sein müssen. Aber wie zuvor war da etwas an Teravian, vielleicht eine gewisse Traurigkeit, die sie unwillkürlich antworten ließ.

»Vielleicht solltet Ihr in Betracht ziehen, weniger Schwarz zu tragen«, sagte sie.

Der junge Mann blinzelte. »Ich wusste gar nicht, dass Hexen witzig sein können.«

»Oh, ich bin eine besondere Hexe. Vermutlich solltet Ihr gar nicht mit mir sprechen. Zweifellos verursacht das nur alle möglichen irreparablen Schäden.«

Seine Lippen verzogen sich höhnisch. »Gut.«

Lirith schaute zum Fenster; am Himmel zeigten sich die ersten Sterne.

»Schon gut. Ich weiß, dass Ihr zu Eurer kleinen Versammlung müsst, also geht ruhig. *Sie* geht ja auch immer und lässt mich allein.«

Sämtliche Spuren des Lächelns verschwanden aus seinem Gesicht; es verwandelte sich in ein blasses, grimmiges Oval, das im Zwielicht zu schweben schien. Lirith dachte nur einen Augenblick lang nach, dann trat sie an ihn heran und legte ihm die Hände auf die Schultern. Für einen jungen Mann von sechzehn Wintern war er sehr schlank, und sie hatten ungefähr die gleiche Größe, sodass sie in seine grünen Augen sehen konnte.

»Lord Teravian, hört mir zu. Ihr müsst mir glauben, dass ich weiß, wie das ist, wenn man zurückgelassen wird. Aber in den seitdem vergangenen Jahren habe ich etwas gelernt, von dem ich mir wünschte, es schon damals gewusst zu haben, und das werde ich Euch jetzt verraten. Auch wenn andere Euch vielleicht aufgeben sollten, so dürft Ihr Euch selbst niemals aufgeben. Versteht Ihr?«

Er sagte nichts, aber es hatte den Anschein, als würde sein Blick nachdenklich. Lirith konnte nur hoffen, dass es ausreichte. Sie ließ seine Schultern los.

»Ich muss jetzt gehen – zu meiner kleinen Versammlung, wie Ihr es nennt. Aber ich werde zurückkommen und mit Euch sprechen. Das verspreche ich.«

Er schüttelte den Kopf, sah sie aber nicht an, sondern blickte in die stummen Schatten. »Nein, da irrt Ihr Euch. Ihr werdet bald abreisen.«

Ein kühler Windhauch schien Liriths Haut zu berühren. »Was meint Ihr damit?«

Der junge Prinz zuckte bloß mit den Schultern, dann drehte er sich um und ging den Korridor entlang; sein schwarzes Haar und die dunkle Kleidung verschmolzen mit der Dunkelheit.

Minuten später trat Lirith atemlos durch einen Torbogen aus miteinander verästelten Zweigen in den von Bäumen umgebenen Tempel tief in den Gärten von Ar-Tolor. An den hohen Ästen hingen Kugeln mit Hexenfeuer und erfüllten die Lichtung mit grünem Glanz. Das in ständiger Bewegung befindliche Laubdach erschwerte den Blick auf die silberne Mondsichel, die dem unsichtbaren Horizont entgegensank.

Zweihundert Hexen – die jüngsten auf der rechten Seite, die ältesten auf der linken – standen der Marmortribüne am anderen Ende des Tempels gegenüber. Es hatte den Anschein, als wäre Lirith die Letzte, die eintraf. Auf der Tribüne standen drei Gestalten, eine war in Weiß gekleidet, eine in Grün und eine in Aschgrau. Die Frau in Grün sprach.

»... durch unser Weben wird ein gemeinsames Muster entstehen.« Ivalaines Stimme hallte durch die Luft. »Ein Muster, in das alle Fäden eingebunden werden und das in den kommenden Monden als unser Führer dienen soll. So lasst uns im Namen aller Göttinnen in dieser Nacht alle unsere Fäden zusammenspinnen.«

Lirith stieß einen Seufzer aus. Sie hatte die Eröffnungsbeschwörung des Zirkels versäumt, aber das Weben hatte noch nicht begonnen. Das war ein Segen Sias. Mit Sicherheit wäre es Ivalaine nicht entgangen, wenn Liriths Faden im Muster gefehlt hätte. Und es bedeutete mehr als das. Es war das Muster, das die Hexen zusammenhielt, das sie aus einem Haufen von Kräuterweibern und Dorfheilerinnen zu einem Bund wahrer Macht erhob. Lirith wollte nicht aus diesem Kreis ausgeschlossen sein.

Auf der Tribüne nickte Ivalaine Aryn und Senrael zu, und die beiden traten vor. Aryn trug ein kleines Bündel aus schwarzem Tuch, Senrael hielt eine Silberschüssel in den verkrümmten Händen. Jungfrau, Mutter und Greisin würden gemeinsam die Hohe Beschwörung sprechen, bevor das Muster gewoben wurde. Lirith bahnte sich so schnell sie konnte einen Weg durch die Menge, wobei sie aber nach Möglichkeit versuchte, kein Aufsehen zu erregen.

»Glaubt ja nicht, wir würden nicht bemerken, was Ihr da tut«, rief eine Stimme erbost.

Lirith erstarrte. War ihre Verspätung aufgefallen? Doch keine Hexe sah sie an; sie alle starrten nach vorn, voller Entsetzen – und Interesse.

Eine hoch gewachsene Hexe, die in ihrem grünen Kleid einen eleganten Eindruck machte, war vor die Tribüne getreten. Sie stand halb zur Seite gewandt da, als würde sie die Versammlung genauso ansprechen wie die Königin. Lirith konnte nur mit Mühe den stolzen Schwung ihrer Wangenknochen ausmachen. Ihr rotblondes Haar war mit grünen Diamanten geschmückt.

Wie schon bei der letzten Zusammenkunft schien sich Ivalaine auch von dieser Unterbrechung nicht aus der Ruhe bringen zu lassen. Das Licht des Hexenfeuers beeinträchtigte ihre Augenfarbe und ließ sie wie einen kalten, klaren Ozean erscheinen. »Ich verstehe nicht, Schwester Liendra. Ich tue das, was immer getan wurde. Ich rufe dazu auf, das Muster zu weben.«

»Ja, das Muster.« Liendra hob eine schlanke Hand. »Ihr scheint es ja beinahe eilig zu haben, dazu zu kommen. Habt Ihr so große Angst davor, uns vor dem Beginn des Webens sprechen zu lassen?«

Ein Raunen ging durch die Versammlung wie Wind durch einen Hain.

Ivalaine breitete die Hände aus. »Und was gibt es vor dem Weben zu besprechen, Schwester Liendra? Werden nicht alle Fäden und alle Stimmen in das Gewebe des Musters eingebunden sein?«

»Das ist wahr«, sagte Liendra. Die Hexe hörte jetzt auf, so zu tun, als würde sie allein mit Ivalaine sprechen, und wandte sich der Versammlung zu. »Und doch gibt es einige Dinge, die vor dem Weben ausgesprochen werden sollten ... Dinge, die, sollte man sie in Worte fassen, durchaus einige der Fäden verändern könnten, bevor sie ins Muster gewoben werden.« Sie wandte sich wieder der Tribüne zu. »Wollt Ihr nicht genau das mit Eurer Eile verhindern, Mutter?«

»Ich bitte Euch, sprecht diese Dinge aus, Schwester«, sagte Ivalaine. »Es gibt keine Worte, die Furcht erzeugen können.«

Die Stimme der Königin war so kühl und beherrscht wie immer, aber Lirith entging nicht, dass sie steif dastand und sich ein rötlicher Schimmer in ihre milchweißen Wangen geschlichen hatte.

»Da wäre ich mir nicht so sicher«, sagte Liendra, und ihre Stimme wurde lauter. »Aber ich werde mich Eurem Wunsch nach Eile beugen; tatsächlich möchte ich ebenfalls, dass das Muster schnell gewoben wird. Darum werde ich nur eine Frage stellen. Warum gestattet man *ihnen* den Aufenthalt im Schloss, während unser Großer Hexenzirkel stattfindet?«

»Von wem sprecht Ihr, Schwester?«

Dem wieder ertönenden Getuschel nach zu urteilen, wusste jeder genau, wovon Liendra da sprach. Doch die Hexe sprach die Namen trotzdem aus, und ihre Lippen verzogen sich dabei leicht geringschätzig.

»Ich spreche von Melindora Nachtsilber und Falken Schwarzhand. Ihr Ruf als Intriganten ist weithin bekannt, genau wie die Gesellschaft, die sie pflegen. Aus welchem anderen Grund könnten sie hier sein, als uns auszuspionieren? Es wäre klüger gewesen, sie abzuweisen.«

»Verzeiht mir, Schwester«, sagte Ivalaine in einem Tonfall, der jetzt so scharf wie eine Messerklinge war. »Ich wusste nicht, dass Euch die Gesetze der Gastfreundschaft nicht geläufig sind, die in dieser Domäne gelten. Ich werde sie Euch erklären. Wenn Leute, die nichts Böses getan haben, die Gastfreundschaft erbitten, muss sie gewährt werden.«

Liendra zuckte unter der Gewalt von Ivalaines Worten zusammen. Falls jemand vergessen hatte, dass Ivalaine außer der Mutter auch die Königin war, wurden sie in diesem Augenblick daran erinnert. Eine Hexe durfte Ivalaines Entscheidungen als Mutter in Frage stellen, aber niemals ihre Entscheidungen als Herrscherin von Ar-Tolor. Doch Liendra strich ihr Kleid glatt und sprach weiter.

»Ihr sagt, Ihr müsst denen Gastfreundschaft gewähren, die nichts Böses getan haben?« Selbst aus der Ferne konnte Lirith das gefährliche Lächeln auf Liendras Gesicht sehen. »Aber hat der Barde Falken nicht mit eigener Hand den Untergang von Malachor bewerkstelligt? Alle Geschichten besagen, dass es so ist, und er hat es niemals bestritten. Ich würde sagen, dass man den Mord an einem ganzen Königreich durchaus als *etwas Böses* bezeichnen könnte.«

Ivalaine wollte etwas erwidern, aber Liendra war schneller. »Nein, Mutter, Eure Entscheidung, mich zurechtzuweisen, war richtig. Ich habe das Weben des Musters viel zu lange verzögert. Bitte vergebt mir.«

Während die Königin nickte, kehrte Liendra auf ihre Position nahe der Mitte der Versammlung zurück. Ivalaines Augen funkelten wütend. Obwohl Liendras Worte reumütig geklungen hatten, hatten sie doch viel tiefer geschnitten als jede Beschuldigung. Lirith verspürte eine Gänsehaut. Es war nur schwer in Worten auszudrücken, aber in diesem Augenblick spürte sie eine Veränderung in der Einstellung der versammelten Hexen. Sie war ganz zart und doch fundamental, wie ein Wechsel der Windrichtung. Etwas war gerade geschehen.

Bevor Lirith länger darüber nachdenken konnte, traten Aryn und Senrael nach vorn und gesellten sich zu Ivalaine. Sie würden jetzt die Hohe Beschwörung durchführen. Lirith ergriff die Gelegenheit, an ihren Platz zu eilen.

Als sie eine Gruppe Hexen ihres Alters erreicht hatte, hatte die Hohe Beschwörung begonnen. Senrael spritzte mit ihren verkrümmten Fingern Wasser aus der Silberschale. Aryn hatte das Bündel geöffnet und drei Kerzen hervorgeholt, die sie jetzt auf einem Altar aufbaute. Eine Kerze war lang, eine zur Hälfte abgebrannt und die letzte nur noch ein Stumpf. Ivalaine entzündete die Kerzen mit einem brennenden Zweig, der scheinbar aus dem Nichts gekommen war.

Lirith hielt den Atem an, während sie der Hohen Beschwörung zusah. Für gewöhnlich hatte eine junge Hexe Wochen Zeit, um sich für die Rolle als Jungfrau vorzubereiten; Aryn hatte Tage gehabt. Doch Tressa schien ihre Arbeit gut gemacht zu haben. Aryn unterliefen keine Fehler, als sie die vorgeschriebenen Schritte der Beschwörung ausführte.

Und doch ist es mehr als das, Schwester.

Nie zuvor hatte Lirith die Baronesse so selbstsicher gesehen. Ihre Haltung war gerade, beinahe schon majestätisch, und ihre Stimme war laut und deutlich. Für gewöhnlich unternahm Aryn große Anstrengungen, um ihren verkümmerten rechten Arm verborgen zu halten, aber nicht in dieser Nacht. Ein paar der jüngeren Hexen gaben spöttische, geflüsterte Kommentare von sich, aber ihre Gefährtinnen brachten die Mädchen schnell zum Schweigen.

Lirith lächelte. Sie kannte die Quelle von Aryns neu gefundener Selbstsicherheit nicht, aber sie war froh darüber.

Die Hohe Beschwörung war fast vorbei. Auf der Tribüne läutete Aryn eine kleine Silberglocke. Sie löschte die größte der Kerzen, im gleichen Augenblick löschte Ivalaine die mittlere und Senrael die kurze. Dann sprachen die drei im Chor, ihre Stimmen wurden zu einer.

»Lasst das Muster gewoben werden.«

Es begann sofort. Alle waren begierig zu sehen, welche Form das Muster annehmen würde. Die Luft um Lirith vibrierte vor Magie. Sie schloss die Augen und konnte sie sehen: zweihundert schimmernde Fäden, die sich in alle Richtungen ausbreiteten. Einen Augenblick lang zögerte sie – würde er wohl da sein, in den Ecken lauern? Aber sie entdeckte keine Spur von dem dunklen Knäuel, und sie überließ sich den glitzernden Fäden.

Dann ertönten die Stimmen. Zuerst waren sie nur ganz leise und stellten Fragmente dar, Bruchstücke von Geflüster.

... aber kannst du ... ja, ich ... lass mich zu dir ... so viele, und sie sind so schön ... ich bin hier ...

Lirith wusste, dass viele der Stimmen den jüngeren Hexen gehörten, die von dem Geheimnis des Geschehens in seinen Bann geschlagen worden waren. Aber als das erste Erstaunen langsam nachließ, setzten sich ältere und stärkere Stimmen durch, von denen jede von einem funkelnden Faden gewoben wurde.

Man sagt ... Ich habe die Zeichen ... und Sia ist immer unsere ... kann es sein, dass die Zeit gekommen ist ... und der Hammer wird auf den Amboss schlagen, während alle dazwischen gefangen ... es ist die Jägerin, die ... aber wer sind wir, dass wir entscheiden ...

Bis zu diesem Augenblick war die Bewegung der Fäden völlig chaotisch gewesen, aber plötzlich vereinigten sich einige von ihnen, als hätten sie einen eigenen Willen. Im gleichen Moment erscholl eine Stimme und übertönte alle anderen wie ein Fanfarenstoß.

Er ist gekommen!

Lirith verspürte einen Schauder. Bevor sie in ihren Gedanken das Wort bilden konnte, flüsterten es bereits hundert andere Fäden.

Runenbrecher.

Die Stimmen wurden lauter, kamen viel schneller und aus allen Richtungen. Oft sprach nur eine von ihnen, aber mit jedem verstreichenden Augenblick verknüpften sich Fäden miteinander, und unterschiedliche Stimmen wurden zu einer.

Ich habe ihn gesehen ... wir haben ihn gesehen. Die Rune des Friedens, sie wurde von seiner Hand zerbrochen. Man sagt ... die Männer in Grau haben sich gegen ihn gestellt. Er kann nur ... Vernichtung. Aber ich ... und ich ... und wir glauben, es muss so geschehen. Unsere Seher haben uns vor-

ausgesagt ... ja, wir haben es wieder gesehen. Von seiner Hand wird die ganze Welt ...

Ein Dutzend Fäden verwoben sich gleichzeitig miteinander, und jetzt klang es wie ein Fanfarenchor.

Der Runenbrecher wird Eldh zerstören!

Furcht schlich sich in Liriths Erregung. Sie zog ihren Faden zurück, hielt ihn von anderen fern, dann suchte sie nach Aryns Faden, während sie sich fragte, ob sie mit ihr sprechen sollte. Aber sie konnte die junge Frau nicht in dem wogenden Sturm des Musters ausmachen.

Außerdem, was hätte das geändert? Die Hexen hatten beschlossen, dass Travis Wilder ihr Feind war; das machte das Muster bereits klar. Lirith ließ ihren Faden zurück in das Gewebe ziehen. Es war noch immer größtenteils chaotisch, aber nicht überall. An einigen Stellen hatten sich die Fäden an Ort und Stelle verankert und banden weitere an sich, als mehr Hexen anfingen, diese Meinung zu teilen.

Fragen schossen in alle Richtungen, Antworten ebenfalls.

Was ist mit den Männern des Stiers?

Die Anhänger von Vathris haben schon immer nach Blut gedürstet.

Aber würden sie die Zerstörung der Welt wollen?

Bestimmt ist er ihr Hammer, er, von dem sie berichten, dass er die Letzte Schlacht heraufbeschwört.

Ja, das haben sie auch gehört. Sie glauben, dass sie, wenn sie in dieser Letzten Schlacht kämpfen, verlieren werden, aber einen glorreichen Tod sterben, und dass sie danach in aller Ewigkeit bei ihrem Gott sind. Wahnsinn, das ist Wahnsinn.

Aber was ist mit dem Amboss?

Der Hammer schlägt auf den Amboss, und alle werden dazwischen gefangen sein. Was sollte es sonst bedeuten? Sie wollen alles Lebendige zermalmen.

Aber wer wird das sein?

Das wissen wir nicht. Wir kennen nur ihn. Aber der Amboss kann nicht weit vom Hammer sein.

Wir müssen sie aufhalten!

An vielen großen Stellen des Musters war Ordnung in die Fäden gekommen. Die Stimmen, die sich gegen den Runenbrecher aussprachen und gegen diejenigen, die man als Hammer und Amboss bezeichnete, waren mittlerweile fast ohrenbetäubend. Aber plötzlich stießen aus dem schattenhaften Rand des Gewebes andere Stimmen dazu, sie waren rau und heiser, aber voller Weisheit.

Es ist nicht Sias Art, anderen zu schaden, nicht einmal jenen, die uns schaden würden.

Ja, jene, die Böses tun, werden dadurch ihr eigenes Ende herbeiführen. Ein Faden des Bösen wendet sich stets gegen den, der ihn spinnt.

Wir dürfen uns nicht in ihre Dummheit mit hineinzerren lassen. Wenn die Krieger Blut sehen wollen, dann wird es ihr eigenes Blut sein, das sie finden. Und falls der Runenbrecher die Welt zerstören will, dann wird er nur seine eigene Zerstörung finden. Das ist Sias Art.

Diese Worte waren wie Balsam für Liriths Seele, so kühl und stärkend wie ein Trunk Wasser aus einer tiefen Quelle. Doch noch während diese Stimmen sprachen, erhoben sich andere und übertönten sie.

Sia lebt nur in der Vergangenheit. Wir müssen uns mit dem auseinander setzen, was kommt. Die, die nicht vorwärts gehen können, müssen zurückgelassen werden.

Es ist Yrsaia, die jetzt für uns steht. Wenn Sia nicht tot ist, so liegt sie im Sterben.

Wir sind kein Haufen alter Vetteln, die über einem Kessel siedender Kröten kichern.

Bei diesen Worten kam Bewegung in das Muster. Eine große Zahl der Fäden – die dunkelsten und ältesten – wurde an die Ränder des Musters gedrängt. Sie waren nicht weg, aber sie waren an den Rand verbannt worden – wo man sie später leicht herausziehen konnte, ohne den Rest des Tuchs zu beschädigen. Schwache Proteste ertönten, die aber schnell abgewürgt wurden.

Lirith verspürte Trauer. Das war ein Fehler; sie durften die Alten nicht vergessen. Doch das Muster nahm Gestalt an, und es gab keinen Widerstand. Ein Faden nach dem anderen fiel an seinen Platz.

Wir müssen den Runenbrecher suchen.

Ja, er kann uns nicht entkommen, ganz egal, wo er sich versteckt hat.

Wir werden ihn aufhalten, bevor er noch mehr Schaden anrichtet.

Er wird die Welt niemals zerstören, denn wir werden ihn zuerst vernichten, und die Krieger ebenfalls.

DER RUNENBRECHER MUSS STERBEN!

Die letzten Worte ertönten mit Donnergetöse. Immer mehr Fäden strömten zum Mittelpunkt. Im Herzen des Musters leuchtete ein hellgrüner Faden, um den fast alle anderen gewoben waren. Es war Liendras Faden – davon war Lirith überzeugt. Aber wo war Ivalaines?

Es waren nur noch wenige unabhängige Fäden übrig. Liriths gehörte dazu, und da war Aryns hellblauer Lebensfaden, der sich nicht weit von einem perlweißen befand. Nach einem Moment kam Lirith zu dem Schluss, dass es sich dabei nur um Ivalaine handeln konnte. Also bestand noch Hoffnung; nicht alle verspürten Liendras brennendes Verlangen nach Mord. Doch noch während sie zusah, erzitterte Ivalaines Faden und bewegte sich auf die Mitte zu, dann verschwand der Faden der Königin im Muster.

Verzweiflung erfüllte Lirith. Es war sinnlos, so vielen Stimmen widerstehen zu wollen. Ivalaine hatte keine Wahl, nicht wenn sie die Mutter bleiben wollte, und das galt auch für den Rest von ihnen. Das Muster würde gewoben werden, auch wenn sie noch so sehr verabscheute, zu was es wurde, und sie konnte entweder ein Teil davon sein – oder ein Nichts. Sie fing an, ihren Faden auf die Mitte des Musters zuzuführen.

Vorsicht, Schwestern. Selbst in guten Taten liegen Gefahren verborgen.

Lirith verharrte. Die Stimme war leise und sanft, aber von einer stillen Stärke, die irgendwie die schrillen Töne übertraf.

Wenn wir in den Krieg ziehen, werden wir dann nicht zu Kriegern? Wenn wir zerstören, sind wir dann keine Zerstörer? Wenn wir die Heiler und Erhalter der Welt sind, dann lasst uns heilen und erhalten. Lasst uns den Runenbrecher suchen, ja, und lasst ihn uns beobachten, damit wir eine Möglichkeit finden, um zu verhindern, dass sich sein Schicksal erfüllt. Aber lasst uns niemandem mit unseren eigenen Händen Schaden zufügen.

Wessen Stimme war das? Lirith wusste es nicht, aber die Worte erfüllten sie mit neuer Hoffnung. Sie spürte Wut und Widerstand vom Zentrum des Musters, aber die paar übrig gebliebenen Fäden verbanden sich mit der neuen Stimme. Lirith beeilte sich, es ihnen nachzutun, und als sie zuließ, dass sich ihr Faden mit denen der anderen verband, fühlte sie, dass Aryn ebenfalls hier war.

Sie waren nicht viele; verglichen mit dem gewaltigen Wandteppich, den das Muster darstellte, stellten sie kaum mehr als einen Lappen dar. Aber da sie nun miteinander verwoben waren, konnte man sie nicht ignorieren. Der Widerstand aus dem Zentrum ließ nach, und der neue Strang wurde mit dem Muster verwoben. Eine einzige Stimme ertönte und sprach in großartig widerhallender Einheit, und erst als Lirith sie hörte, wurde ihr bewusst, dass sie ein Teil davon war.

Der Runenbrecher wird nicht von unserer Hand sterben.

Aber wir werden ihn suchen, und wir werden ihn gefangen nehmen und ihn einsperren. Wir werden nicht zulassen, dass er sich oder der Welt einen Schaden zufügt.

Ein melodischer Laut wie ein Glockenschlag ertönte. Lirith riss die Augen auf. Sie stand wieder im Garten, umgeben von zweihundert Hexen. Alle hatten einen ehrfürchtigen Ausdruck im Gesicht, und sie wusste, dass das auch für sie selbst galt.

Auf der Tribüne stellte Ivalaine die Silberglocke ab. Einen Augenblick lang schien die Königin zu schwanken. Was hatte es sie gekostet, als sie sich mit dem Muster und Liendras Strang vereinigte? Doch bevor Lirith weiter darüber nachdenken konnte, erstarrte Ivalaines Gesicht; es sah aus wie aus Marmor gemeißelt. Sie verkündete mit kristallklarer Stimme:

»Das Muster ist vollendet.«

Auf der Stelle fingen die Hexen an, den Garten zu verlassen, ihre grünen Kleider verschmolzen mit den Schatten zwischen den Bäumen und ließen nur das Mondlicht zurück. Viele der Hexen würden Ar-Tolor noch in dieser Nacht verlassen, die meisten würden bei Sonnenaufgang gegangen sein und zurück in ihre Heimatländer reisen. Wie viel Zeit würde wohl vergehen, bis sie wieder alle gemeinsam weben würden? Doch das war der Sinn des Musters – sie alle miteinander zu verbinden, selbst wenn sie voneinander getrennt waren.

»Lirith, da seid Ihr ja!«

Sie schaute auf und sah etwas Weißes durch den Rest der Versammlung stürmen. Lirith lief los, und sie trafen sich in der Mitte.

»Aryn!«

Sie umarmte die junge Frau, hielt sie fest an sich gedrückt. Aryn erwiderte die Geste mit der gleichen Intensität, obwohl ihr dazu ein Arm fehlte. Schließlich traten sie auseinander.

»Du warst so wunderschön«, platzte Lirith heraus, hielt wegen ihrer plötzlichen Vertraulichkeit inne und sprach dann weiter. Die Zeit für Förmlichkeiten war vorbei. »Nein, du hast förmlich gestrahlt. Ich habe es mit einer solchen Erleichterung gesehen, obwohl ich schon sagen muss, dass du, als ich dich das letzte Mal gesehen habe, nicht so zuversichtlich warst. Was ist geschehen?«

Aryn zuckte mit den Schultern und lächelte. »Ich habe mich entschlossen, ich selbst zu sein. Wie du es mir geraten hast.«

Lirith drückte die linke Hand der Baronesse. Sie wollte weitersprechen, hielt aber inne, als in der Nähe eine hoch gewachsene Gestalt mit einer blonden Haarmähne vorbeiging. Lirith fühlte, wie ihr kalt wurde, Aryn versteifte sich. Liendra schritt in majestätischer Haltung aus dem Garten, umgeben von einer Gruppe Hexen, die eng beiander blieben. Sie hielt den Blick starr geradeaus gerichtet, als wäre sie sich nicht der Aufmerksamkeit bewusst, die sie erhielt, aber ihr selbstzufriedenes Lächeln machte die Illusion zunichte.

Plötzlich, als wäre sie sich der auf sie gerichteten Blicke bewusst geworden, drehte sie den Kopf. Grüne Augen blickten mit einem Funkeln in Liriths und Aryns Richtung, und das Lächeln vertiefte sich. Dann verließ Liendra den Garten.

Aryn holte zischend Luft, als wollte sie etwas sagen. Aber ihre Worte erklangen nicht in Liriths Ohren, sondern in ihrem Verstand.

Sie ist schrecklich. Sieh nur, wie selbstgefällig sie ist. Man könnte glauben, sie wäre hier die Königin.

Die Übertragungsweise dieser Worte überraschte Lirith mehr als ihr Inhalt. Wann und wie hatte Aryn die Kunst gemeistert, durch die Weltenkraft zu sprechen? Lirith hatte für diese Fertigkeit noch einige Unterrichtsstunden angesetzt.

Sie webte schnell einen Faden, um der jungen Frau zu antworten.

Sie ist nicht die Königin. Aber vergiss nicht – das war Liendras Faden im Zentrum des Musters. Ich weiß nicht, wer sie ist oder wo sie herkommt, aber die Hexen scheinen wirklich bereit zu sein, ihr als Anführerin zu folgen.

Nicht alle Hexen, sagte da eine warme Stimme.

Das war nicht Aryn gewesen, aber den weit aufgerissenen Augen der Baronesse nach zu urteilen, hatte sie es genauso deutlich gehört wie Lirith.

Vergesst nicht, fuhr die Stimme fort, *es gab einige Fäden, die sich nicht mit dem Herzen des Musters verbinden wollten. Nicht alle Hexen denken so wie Schwester Liendra.*

Einen Augenblick lang fragte sich Lirith, ob da Ivalaine sprach, aber die Königin war nicht zu sehen. Außerdem war die Stimme nicht mit der ihren identisch. Sie war weicher, rauchiger und doch auf ihre Weise sehr mächtig. Dann teilte sich die kleiner werdende Menge, und Lirith entdeckte eine Hexe, deren pechschwarzes Haar von einer einzigen eisweißen Strähne gezeichnet wurde.

»Schwester Mirda«, flüsterte Aryn.

Lirith nickte; sie wusste jetzt, warum die ruhige Stimme der Frau so vertraut klang.

»Ihr seid das gewesen«, murmelte sie. »Ihr habt uns daran erinnert, dass die Hexen keinen Schaden anrichten dürfen. Und es war Euer Faden, der das Muster verändert hat.«

Der Hauch eines Lächelns umspielte Mirdas Lippen. »Möge Sia euch beide auf eurer Reise leiten«, sagte sie. Dann drehte sie sich um, ging mit wehendem grünem Kleid in den Garten hinein und war verschwunden.

Aryn runzelte verwirrt die Stirn. »Was hatte das denn zu bedeuten? Welche Reise meinte sie denn?«

Lirith dachte an den jungen Prinzen Teravian und den traurigen Ausdruck auf seinem Gesicht.

Ihr werdet bald abreisen ...

»Komm«, sagte sie und griff nach Aryns Arm. »Ich glaube, ich brauche eine starke Tasse *Maddok.*«

16

Braucht Ihr sonst noch etwas, Mylady?«

Aryn wandte sich nicht von dem polierten silbernen Spiegel ab und richtete ihr Gewand.

»Nein, Elthre. Danke.«

Der Spiegel zeigte, wie die Dienerin einen Knicks machte und dann aus dem Zimmer schlüpfte. Aryn lächelte – Elthre war ein liebes Mädchen, wenn auch etwas schüchtern –, dann konzentrierte sie sich und schloss mit geübten Bewegungen ihrer linken Hand die Schnallen und band die Bänder ihres Gewandes zu. Es war erst kurz nach Sonnenaufgang, aber sie war schon vor über einer Stunde aufgewacht, und ihr Körper hatte noch immer mit der Magie des Musters gekribbelt. Sie hatte sich bis weit nach Mitternacht mit Lirith unterhalten, aber seit dem Aufwachen waren ihr weitere hundert Fragen eingefallen, die sie der Hexe mit den dunklen Augen stellen wollte.

Vor ihrem geistigen Auge sah Aryn erneut die Erschaffung des Musters und wie sich die letzten übrig gebliebenen Fäden – darunter auch ihrer und Liriths – mit dem Strang verbunden hatten, der in ruhigen, beständigen Worten gesprochen hatte. Es bestand kein Zweifel daran, dass es Schwester Mirda gewesen war. Aber wer war diese weise, besonnene Hexe? Und wo war sie hergekommen? Es schien niemand zu wissen, nicht einmal Lirith. Und doch war es Mirda gewesen, die verhindert hatte, dass sich alle Hexen Liendras Gewebe anschlossen.

Aber die meisten taten es, Aryn. Selbst Ivalaine hat sich am Ende mit dem Zentrum des Musters verbunden.

Doch mit Sicherheit war Ivalaine keine andere Wahl geblieben, nicht wenn sie auch weiterhin die Mutter bleiben wollte. Und auf diese Weise würde sie vielleicht einen gewissen Einfluss auf Liendras Fraktion haben. Zumindest hoffte Aryn das. Allerdings hatte sie seit dem Hexenzirkel weder Tressa noch die Königin gesehen.

Sie war auch Senrael nicht mehr begegnet. Es war nicht richtig, wie man die Alten zur Seite gedrängt hatte. Ihre Stimmen waren heiser, aber sie verfügten über solche Weisheit. Schönheit hatte so wenig mit wahrer Macht zu tun. Aber man hatte die alten Vetteln an den Rand des Musters verbannt, und hätte Mirda nicht gesprochen, hätten die Hexen vermutlich geschworen, alles zu tun, um den Runenbrecher zu vernichten – möglicherweise sogar Blut zu vergießen. So, wie es geendet hatte, war Aryn froh, dass Travis Wilder nicht auf dieser Welt weilte. Und obwohl sie ihn gern wieder gesehen hätte, hoffte sie dennoch, dass er seine Heimat nie wieder verlassen würde. Um seinetwillen. Und vielleicht um Eldhs willen.

Sie entschied, auf das Frühstück zu verzichten und direkt zu Lirith zu gehen. Sie konnte nur hoffen, dass die Hexe schon wach war. Aber im Augenblick konnte sich Aryn nicht vorstellen, wie jemand schlafen konnte.

Außerdem gibt es noch immer Maddok. *Wenn du ihr eine Tasse mitbringst, wird sie nicht widerstehen können und aufstehen, um sie zu trinken. Was das Zeug angeht, ist sie wie eine Biene beim Honig.*

Sie hatte ihr Gewand richtig angezogen, dann fing sie an, eine Stofffalte über ihren rechten Arm zu schieben. Es war eine völlig instinktive Bewegung, die sie, solange sie sich erinnern konnte, jeden Tag getan hatte.

Aber plötzlich zögerte sie. Langsam schob sie den Stoff zurück über ihre Schulter und ließ den rechten Arm in seiner Leinenschlinge entblößt.

Sie starrte ihr Spiegelbild an. In ihrer Vorstellung hatte sie sich niemals mit ihrem verwachsenen Arm gesehen, sie hatte ihn sich immer verborgen vorgestellt. Aber als sie das blasse, verkrümmte Glied jetzt so betrachtete, konnte sie es sich auf keine andere Weise vorstellen. Es war seltsam, ja, das schon, aber das war *sie*, wie sie nun einmal war ...

Eine Wärme erfüllte sie, fast schon so etwas wie Leichtsinn. Sie hatte sich immer davor gefürchtet, dass andere Menschen ihren Arm sahen, aber jetzt freute sie sich schon beinahe darauf. Sollten sie sie doch anstarren, sollten sie doch wie Belira spotten. Es würde sie nur noch stärker machen. Lächelnd richtete sie die Schlinge, dann ging sie in Richtung Tür.

Schwester, kannst du mich hören?

Die Stimme klang wie aus weiter Ferne, war aber deutlich verständlich.

Aryn, wenn du mich hören kannst, musst du sofort zu Lady Melias Gemach kommen.

Es war Lirith. Aryn sammelte ihre Willenskraft und versuchte zu antworten. Vergangene Nacht hatte sie vor der Zusammenkunft endlich entdeckt, wie man willentlich durch die Weltenkraft sprach. Wie so viele Dinge war es viel leichter, als sie sich vorgestellt hatte. Es war, als wäre die Fähigkeit dazu die ganze Zeit da gewesen, nur eben verborgen. Genau wie ihr Arm. Doch es gab noch vieles zu lernen, und sie war noch immer ungeschickt darin. Sie konnte Liriths Faden nicht sehen; er war zu weit entfernt.

Ich komme!, rief sie, obwohl ihr klar war, dass Lirith sie nicht hören konnte. Sie eilte aus dem Raum. Welcher Schrecken konnte Liriths sonst so beherrschte Stimme so scharf gemacht haben? Vielleicht war Melia wieder erkrankt; Lirith hatte erwähnt, dass sich die Lady in letzter Zeit seltsam verhalten hatte.

Aryn hatte Melias und Falkens Gemach fast erreicht, als eine dürre Gestalt aus einem Alkoven sprang und verkrümmt vor ihr landete. Sie stieß einen leisen Schrei aus. Das Ding entfaltete lange, knochige Glieder und richtete sich zu der Gestalt eines Mannes auf. Glöckchen bimmelten; es klang wie Gelächter.

»Meister Tharkis«, stieß Aryn hervor, ohne vollständig erleichtert zu sein. Diese Ablenkung konnte sie nun wirklich nicht gebrauchen. »Was wollt Ihr?«

»Was ich will?«, sagte der Narr. »Habt Ihr vergessen, Eure Hoheit? Was ist mit unserem Dichterwettstreit?«

Sie hob die linke Hand und legte sie an die Brust. »Wovon sprecht Ihr?«

Er schlich auf den spitzen Stiefeln auf sie zu; sein Narrengewand war voller Staub und Spinnweben. Wo hatte er sich herumgetrieben, um so schmutzig zu werden? »Ihr nahmt meinen Namen und schmiedetet einen Reim. Jetzt bin ich an der Reihe, und es klingt richtig fein.«

Seine Stimme klang irgendwie seltsam. Sie war stiller als gewöhnlich, viel zischender. In seinen Augen funkelte ein durchtriebenes Licht. Aryn konnte bloß zusehen, wie er die Arme ausbreitete und in einem leisen, singsangähnlichen Tonfall zu sprechen anfing.

»Liebliche Lady Aryn, sitzt auf keinem Thron,
Heiraten muss sie einen Baron,
Aber keiner will sie zur Frau nehmen.
Ihren Arm versteckt sie unter ihrer Tracht,
Doch hütet Euch, denn tödlich ist ihre Macht.
Der Preis ihrer Liebe ist ein Leben.

Ihre schönen Schwestern
Beschimpften sie gestern.
Eines Tages werden sie um Vergebung rufen.
Mit dem Schwert in der Hand,
Reitet sie übers Land
Und trampelt sie alle nieder mit den Hufen.«

Aryns Blut verwandelte sich in Eis. Hatte der Narr beobachtet, was sie mit Belira und den anderen gemacht hatte? Aber der letzte Teil seines Gedichts war noch beunruhigender, er erinnerte sie an die Karte, die sie aus dem Spiel der alten Mournisch gezogen hatte. Aber es war unmöglich, dass der Narr davon erfahren haben konnte ... oder doch?

Tharkis grinste und entblößte spitze gelbe Zähne. »Dass ich den Sieg davongetragen habe, verrät mir Eure Reaktion. Und jetzt, meine Süße, nehme ich mir meinen Lohn.«

Der Narr hüpfte auf sie zu, und ein übler Geruch drang in ihre Nase. Das Grinsen wurde noch breiter und verzerrte sein Gesicht zu einer grotesken Maske aus Höckern und Falten. Glöckchen bimmelten, wurden dann aber von blauem Stoff gedämpft, als er sich gegen sie drückte.

Wut stieg in Aryn auf – reine, unverfälschte, heiße Wut.

»Verschwinde, Hund«, stieß sie in einem Ton hervor, den sie kaum noch als den ihren erkannte. Wie von einem eigenen Willen erfüllt, schob sich ihr rechter Arm aus der Schlinge.

Tharkis sprang zurück. Das Narrengrinsen war verschwunden, seine Miene zeigte blankes Entsetzen. Er schielte nicht länger, schien durch sie hindurchzusehen.

»Sprecht nicht so, meine Schöne«, krächzte er heiser und bebend. »Eure Stimme ist hart und kalt. Sie klingt wie die ihre, jawohl. Und Eure Augen, sie blicken so scharf. Sie durchbohren mich, genau wie sie es tut.«

Aryn vergaß ihre Wut. Tharkis kauerte sich nun zusammen, wiegte sich selbst und gab wimmernde Laute von sich.

»Von wem sprecht Ihr?«, wollte sie wissen.

»Der Schatten in den Bäumen!« Er sprach ganz normal, es gab keinen Anflug von einem Reim. »Sie mit den vielen Augen. Sie sieht alles. Ich kann mich nicht verstecken ... sie findet mich selbst im Schlaf. Aber sie ist nicht die Einzige, die sehen kann.« Er lachte; es klang wie zersplitterndes Glas. »Auch ich habe Dinge gesehen.«

Aryn zögerte, dann streckte sie die linke Hand aus. »Schon gut, Meister Tharkis. Es ist nur ...«

Sie verstummte, als sie seinen wilden Blick sah. »Sie wird auch für Euch kommen. Ihr könnt ihr nicht entkommen. Sie webt ein Netz für die Weber ... und darin wird sie alle fangen.«

Aryn verspürte einen Schauder. »Von wem sprecht Ihr da? Wen will sie einfangen?«

»Sie wird ... sie sieht, aber sie ist nicht lebendig. Haltet nach ihr Ausschau, Weberin. Selbst in diesem Augenblick schließt ihr Netz sich um uns. Und sie wird alle auffressen, die darin gefangen sind.« Er legte die zitternden Hände an den Kopf und drückte fest zu. »Sie glaubt, ich kann mich nicht erinnern. Aber manchmal, da schaffe ich es beinahe ... Ich ... es ist in den Bäumen. Ich muss reiten. Nicht schnell genug ... es kommt. Gehorcht mir, denn ich bin der König. Oh, bei allen Göttern, es kommt ...«

Tharkis zitterte am ganzen Leib, Rotz lief ihm aus der Nase. In seinen Augen lag ein Ausdruck voller tief empfundenem, namenlosem Entsetzen. Aber seine Worte klangen seltsam vernünftig. Aryn öffnete den Mund, war sich aber nicht sicher, was sie sagen sollte.

»Aryn? Aryn, bist du das?«

Tharkis sprang auf die Füße wie eine Marionette, deren Fäden man emporriss. Er schielte wieder. »Fürchtet die, die lebt und doch tot ist«, zischte er, »Ihr könnt ihrem Netz nicht entkommen, auch nicht mit List.«

Mit einer verrückten Schnelligkeit kletterte der Narr die Wand hoch und verschwand in den Schatten der Deckenbalken. Aryn verdrehte den Kopf und suchte die Ecke ab, aber sie wusste, dass es sinnlos war; sie würde ihn nicht finden.

»Aryn, da bist du ja! Ich glaubte, ich würde deinen Lebensfaden spüren.«

Eine Silhouette kam auf die Baronesse zu: Lirith. Ihr ebenholzfarbenes Gesicht war blasser als gewöhnlich, als wäre es mit Asche bedeckt.

»Hast du meinen Ruf gehört, Schwester?«

»Ja.«

»Ich hatte auch den Eindruck, war mir aber nicht sicher. Du musst sofort mitkommen.«

»Was ist geschehen?«

»Ich glaube nicht, dass ich das erklären kann.« Lirith nahm Aryn bei der Hand. »Komm mit, du wirst schon sehen.«

Als Lirith sie in den Korridor zog, verschwand jeder Gedanke an Tharkis aus Aryns Verstand. Sie kamen zu der Tür von Melias und Falkens Gemach und schlüpften hinein. Aryn vermochte nicht zu sagen, was sie erwartet hatte, aber das mit Sicherheit nicht.

Durge drückte sich mit aufgerissenen Augen an die gegenüberliegende Wand, als wollte er in den massiven Stein hineinkriechen. Falken kniete nicht weit von der Tür entfernt und schaute nach oben; seine Miene drückte Trauer aus. Melia befand sich in der Mitte des Raumes und weinte. Sie schluchzte lautstark, ihre Klage hob und senkte sich im Rhythmus eines Gesangs. Sie riss sich an den blauschwarzen Haaren, Tränen strömten aus den bernsteinfarbenen Augen. Doch es war nicht dieser Anblick, der Aryn den Atem stocken ließ. Sondern die Tatsache, dass Melia mitten in der Luft schwebte.

Die kleingewachsene Frau schwebte in der Mitte des Raumes, mehrere Meter über dem Boden, und hatte sich zusammengerollt. Sie drehte sich langsam, während sie weinte, hüpfte auf und ab wie Treibgut auf einer sturmgepeitschten See. In ihrer Trauer schien sie die anderen gar nicht wahrzunehmen.

Endlich bekam Aryn wieder Luft. Sie musste gestolpert sein, denn Lirith ergriff sie am Arm, und dann war Falken an ihrer anderen Seite und stützte sie. Durge schob sich an den Wänden vorbei, um zu ihnen zu stoßen.

»Sie trauert«, sagte Falken mit leiser Stimme, um Aryns unausgesprochene Frage zu beantworten. »Ich kann nicht sagen, wie lange das dauern wird.«

Aryn schüttelte den Kopf. »Trauern? Um wen?«

»Um einen ihrer Brüder.«

Furcht durchfuhr Aryn, sie umklammerte den Arm des Barden. »Ist es Tome?«

Obwohl sie dem sanften alten Mann mit den goldenen Augen nur einmal begegnet war, war das lange genug gewesen, um ihn in ihr Herz zu schließen. Genau wie Melia war auch Tome einer der Neun, die vor langer Zeit der Göttlichkeit entsagt hatten, um auf Eldh zu wandeln und die Nekromanten des Fahlen Königs zu bekämpfen. Seitdem waren die meisten der Neun müde geworden und aus der Welt verschwunden.

»Nein, es ist nicht Tome«, sagte Falken. »Sie weint um einen der Götter von Tarras.«

Aryn bemühte sich, das zu verstehen. »Aber Mandu ist der Sterbende. Wird er nicht einfach wieder auferstehen?«

»Es ist auch nicht Mandu«, sagte Lirith kurz angebunden.

Aryn schaute zuerst die Hexe an, dann Falken. Schließlich sprach der Barde in grimmigem Tonfall weiter.

»Ein Gott ist tot.«

Aryn lauschte mit wachsendem Entsetzen, als Falken ihr das erklärte, was er bereits Lirith und Durge erklärt hatte. Kurz vor Einbruch der Morgendämmerung war Melia mit einem Schrei aufgewacht, und Falken war an ihre Seite geeilt. *Er ist gegangen!*, hatte sie geschrien. *Ich kann es fühlen – es ist wie eine Wunde, die mit einer fassbaren Leere gefüllt ist!* Bevor sie von ihrer Trauer überwältigt wurde, hatte es Falken geschafft, ein paar Worte aus ihr herauszukriegen. Der Name des Gottes war Ondo, und er war eine der unbedeutenderen Gottheiten von Tarras – nicht einer der Sieben, die in den Domänen angebetet wurden. Ondo wurde hauptsächlich von der tarrasischen Goldschmiedegilde verehrt.

»Ich verstehe es noch immer nicht«, sagte Durge und strich sich mehrmals über den Schnurrbart. »Sicher, ich weiß nur wenig über die Götter, und das, was ich weiß, ist nicht besonders logisch. Doch ich habe gehört, dass die Götter unsterblich sind. Wie also kann ein Gott sterben?«

Falken öffnete den Mund, aber die Antwort kam von jemand anderem.

»Weil er ermordet wurde.«

Sie drehten sich wie eine Person um und schauten erstaunt. Melia streckte die Beine nach unten, bis ihre kleinen nackten Füße den Teppich berührten. Ihre Wangen waren noch immer tränenfeucht, und ihr Haar war in Unordnung, aber in ihren Augen leuchtete ein wildes Licht.

»Ich habe mit meinen Brüdern und Schwestern im Süden gesprochen«, sagte sie. »Und sie haben mir erzählt, dass Ondo ermordet wurde. Mehr als ermordet. Es gibt keine Spur mehr von ihm. Er ist buchstäblich ausgelöscht worden.« Trauer kehrte in ihr Antlitz zurück, vermischt mit Wut. »Armer Ondo. Er war alles andere als perfekt, aber er hat niemandem geschadet. Er wollte nur mit seinem Gold spielen.«

Aryn hatte noch immer Schwierigkeiten, die Sache zu begreifen. »Aber wer sollte die Macht haben, einen Gott zu ermorden?«

Melia ballte die Faust. »Das will ich herausfinden. Unter den Göttern von Tarras herrschte viel Konkurrenz, und es gab ständig Intrigen. Einige gewinnen an Position, andere verlieren – so ist es immer gewesen. Aber in all den Äonen seit der Gründung von Tarras hat kein Gott einen anderen auf direkte

Weise verletzt. Und es sind nicht nur die Götter. Es sind auch Gläubige ermordet worden, und nicht nur die von Ondo. In den Tempeln von Tarras fließt Blut.« Melia drückte die Faust gegen die Brust, in ihre Augen trat ein nachdenklicher Ausdruck. »Doch falls es da ein Muster gibt, kann es keiner von uns erkennen. Alle meine Brüder und Schwestern haben Angst.«

Aryn hätte sich nicht vorstellen können, dass ein Gott Angst haben konnte. Andererseits hätte sie auch niemals geglaubt, dass ein Gott getötet werden konnte.

Lirith drückte die Arme an den Leib. »Das ergibt doch alles keinen Sinn. Wieso kann sich alles auf diese Weise auflösen?«

Aryn warf ihr einen Blick zu. Die Bemerkung der Hexe schien sich auf mehr zu beziehen als nur Melias Neuigkeiten. Wusste Lirith mehr?

Melia strich ihr Haar glatt und schob es sich zurück über die Schultern. »Eines ist sicher – in Tarras hat sich etwas verändert. Und ich werde herausfinden, was es ist.«

»Was meinst du?«, fragte Falken und hob eine Braue.

Melia sah den Barden mit resoluter Miene an. »Ich breche auf der Stelle nach Tarras auf. Ich wäre froh, wenn du mich begleiten würdest.«

Der Barde wollte etwas darauf erwidern, aber in diesem Augenblick drang ein schriller Schrei durch die Tür des Gemachs.

Die Freunde tauschten überraschte Blicke aus, dann kam Bewegung in sie. Durge führte den Weg an, riss die Tür auf und stürmte in den Korridor, als ein zweiter Schrei ertönte. Die anderen rannten hinter ihm her, mussten sich aber alle Mühe geben, um mit den langen Beinen des Embarraners mithalten zu können. Der Korridor verbreiterte sich und mündete in einem der kleinen Säle des Schlosses – wo man die unbedeutenderen Feste und Trinkgelage abhielt.

Es war offensichtlich, wo der Schrei herkam. Elthre die Dienerin hockte in der Saalmitte, die Hände vors Gesicht geschlagen, ein Tablett mit zerschlagenen Tellern vor den Füßen. Sie schaute mit vor Entsetzen weit aufgerissenen Augen nach oben. Lirith stieß ein Keuchen aus, Falken fluchte leise.

Eine dürre, in Grün gekleidete Gestalt baumelte von einer der hohen Galerien des Saales. Die Glöckchen bimmelten misstönend, während sie hin- und herschwankte.

Lirith ging zu der Dienerin, um sie zu trösten. Aryn drückte die Hand vor den Mund, um nicht auch so zu schreien wie Elthre. Ein Stück Stoff war um Meister Tharkis' Hals geschlungen – es handelte sich um eines der Dutzend grüngelben Banner von Toloria, die von den Galerien herunterhingen –, und daran war er aufgehängt worden. Seine knochigen Gliedmaßen waren seltsam verdreht, und seine Zähne waren zu einem scheinbar irren Grinsen gefletscht, als wäre er mitten bei einem letzten Scherz erstarrt. Doch diese Illusion wurde von den scharlachroten Strömen zunichte gemacht, die noch immer aus den leeren Höhlen flossen, wo zuvor die schielenden Augen gewesen waren.

»Der arme Tharkis«, sagte Melia. »Dieses Ende hat er nicht verdient. Aber wie ist das möglich?«

»Die Beweise sind eindeutig«, grollte Durge. »Der Narr konnte seinen Wahnsinn nicht länger ertragen. Er hat sich die Augen aus dem Kopf gequetscht und sich dann an der Galerie erhängt.«

Aryn erschauderte. Ihr fiel wieder ein, was Tharkis noch vor wenigen Minuten zu ihr gesagt hatte, das über die Augen, die alles sahen.

Auch ich habe Dinge gesehen ...

Tharkis war so ängstlich erschienen. Zu diesem Zeitpunkt hatte sie es nicht begriffen. Vielleicht ergab es ja jetzt einen Sinn. Sie wollte den anderen von ihrer Begegnung erzählen, aber Falken kam ihr zuvor.

»Seid Ihr sicher, Durge, dass es so war?«

Der Ritter runzelte die Stirn. »Was meint Ihr?«

Falken zeigte mit der schwarz behandschuhten Hand. »Wenn Tharkis sich die Augen ausgequetscht hat, warum ist dann kein Blut an seinen Händen?«

17

Der Mond schwebte durch ein Meer silberner Wolken. Tiefe grüne Schatten erfüllten den Garten, ein kühler Wind wehte durch die Äste; er war wie eine Stimme, die von vergessenen Geheimnissen flüsterte. Mitternacht war lange vorbei.

Der Wind erstarb, eine Zeit lang herrschte Stille im Garten. Dann teilten sich die Schatten, und eine Gestalt trat hervor. Bleiches Mondlicht verwandelte ihr rotgoldenes Haar in Stahl, als sie sich suchend umsah. Sie zog den dicken Umhang enger. Obwohl die Tage noch warm waren, wurden die Nächte bereits kühler. Allerdings war ihr klar, dass nicht nur die Nacht sie frösteln ließ, sondern auch die Person, die sie suchte.

»Zeigt Euch, verdammt«, murmelte sie. »Müsst Ihr selbst jetzt noch diese Spielchen spielen?«

Ein Flecken Dunkelheit löste sich von einem Baum und kam näher. Die Frau schlug eine Hand vor die Brust, sie konnte gerade noch ein erschrockenes Keuchen unterdrücken.

»Was ist los, Schwester?«, sagte eine bebende Stimme. »Habe ich Euch erschreckt?«

Wut verdrängte die Angst, als die Frau wieder zu Atem kam. »Natürlich habt Ihr mich erschreckt, Shemal, wie es ja wohl auch sicher Eure Absicht war.«

Der Schatten kam näher heran und wurde zu einer schlanken, femininen Gestalt. Gelegentlich blitzte eisweiße Haut im Mondlicht auf, aber größtenteils hüllte die Nacht sie ein. Ein Stück Mund verzog sich zu einem Lächeln.

»Warum seid Ihr so schlecht gelaunt, meine Gute? Ist nicht alles genauso abgelaufen, wie ich es gesagt habe?«

Die Frau hielt ihren Umhang fester. »Ich verstehe noch immer nicht, warum sie die Mutter bleiben sollte.«

»Ts, ts«, schalt die andere. »Nicht zu schnell zu gierig sein,

Schwester. Eine größere Veränderung braucht mehr Zeit. Was ist nun mit den anderen – dieser taumelnden Leiche von einem Barden und der Hure aus dem Süden mit den Bernsteinaugen?«

Die Frau lächelte trotz ihrer Wut. »Sie verlassen Ar-Tolor. So wie ich es verstanden habe, hat sie schlechte Neuigkeiten aus Tarras bekommen. Sie reist morgen ab, und er wird sie begleiten.«

»Ausgezeichnet«, sagte der Schatten. »Ich hasse es, wenn sie in der Nähe ist, denn ich muss mich vorsehen, dass sie meine Anwesenheit nicht spürt. So beschränkt ihre Fähigkeiten auch sind, sollte man sie jedoch nicht unterschätzen. Es ist gut, dass sie geht. Aber sie müssen beobachtet werden.«

»Wie?«

»Sind nicht zwei Eurer Schwestern ihre Freundinnen?«

Die Frau mit den blonden Haaren verzog die Lippen. »Ja, aber man kann ihnen nicht vertrauen. Sie gehören zu jenen, die sich als Letzte mit dem Muster vereinigten.«

»Und doch haben sie es getan«, fauchte die andere, »und sie sind wie Ihr an das Muster gebunden. Sie müssen gehen, denn sie stehen Melindora Nachtsilber und Falken Schwarzhand nahe. Und *ihm* auch.«

Sie hauchte das Wort, ohne nachzudenken. »Runenbrecher.«

Ihr Gegenüber starrte sie aus der Dunkelheit an; sie sah das Funkeln eines harten, farblosen Auges. Sie fröstelte erneut. Wie sie diese feuchte Luft hasste.

»Ich verstehe es nicht«, sagte sie dann. »Wenn sie ihm nahe stehen, werden sie uns am Ende dann nicht seinetwegen verraten?«

Bösartiges Gelächter hallte durch die Luft. »Es scheint, als hättet Ihr noch viel zu lernen, Schwester. Man kann die, die man verabscheut, nicht verraten. Man kann nur die verraten, die man liebt.«

Die Frau nickte, obwohl sie nicht so richtig davon überzeugt war. Trotzdem sah auch sie keine andere Möglichkeit. »Und wie soll ich dafür sorgen, dass sie Nachtsilber und Schwarzhand auch begleiten?«

»Bittet Eure geliebte Mutter, sie mitzuschicken. Sie kann Euren Rat nicht abschlagen – jetzt nicht mehr.«

Die Frau lächelte. Das stimmte. Ivalaine würde ihr zuhören müssen, das verlangte das Muster. Da war nur noch eine Kleinigkeit. »Was ist mit dem Jungen?«

Sie konnte es nicht sehen, aber irgendwie spürte sie, dass in dem Schatten ein Lächeln erschien. »Macht Euch um den Jungen keine Sorgen. Ich selbst werde auf ihn aufpassen. Und wenn der richtige Zeitpunkt gekommen ist, werde ich mich ihm enthüllen.«

»Und dann?«

»Und dann wird er uns in unserer Schlacht gegen die Krieger von Vathris anführen, und mit ihm an der Spitze werden wir sie alle vernichten.« Eine schlanke Hand ballte sich zur Faust. »Das ist sein Schicksal. Er ist ein Hexenmeister, der Erste in einem Jahrhundert, der genauso mächtig wie jede Eurer Schwestern ist. Tatsächlich ist er sogar noch mächtiger, von einer Ausnahme abgesehen. Und damit meine ich nicht Euch, Schwester.«

Die Frau zuckte zusammen, ignorierte die Beleidigung dann aber. Ihre Macht und ihre Stellung kamen nicht von ihrem Geschick mit der Gabe; das wusste sie und hatte es akzeptiert. Die Kälte in ihrem Inneren wurde durch Wärme ersetzt. Es geschah also. Nach so vielen Jahren der Versprechungen und Gerüchte, dem Warten am Rand, während andere in der Mitte standen, geschah es tatsächlich.

»Ich werde Euch jetzt verlassen«, sagte sie, nur allzu glücklich, mit dieser Unterhaltung fertig zu sein. Sie wusste, dass sie Shemal brauchte, aber sie mochte sie nicht. Vom ersten Augenblick an war sie immer im Schatten gekommen.

»Wartet«, sagte die andere. »Das ist noch etwas. Ich habe in letzter Zeit etwas ... Seltsames gespürt. Eine Schwäche im Netz, das alle Dinge zusammenhält. Habt Ihr es auch gespürt?«

Die Frau runzelte die Stirn, schüttelte den Kopf.

»Es war dumm von mir, Euch das zu fragen«, sagte die andere. »Eure Kräfte sind dafür viel zu schwach ausgeprägt. Doch solltet Ihr etwas erfahren, werdet Ihr es mir sagen.«

»Natürlich«, sagte sie, während wieder die Wut in ihr aufstieg. Warum musste sich Shemal immer über ihre Fertigkeiten mit der Gabe lustig machen? Das einarmige Miststück sollte angeblich die Stärkste von ihnen allen sein, und was hatte das armselige kleine Ding davon? Es gab andere, bessere Arten von Macht.

Die Luft nahm einen silbernen Schimmer an. Die Dunkelheit wich zurück, es war fast schon Morgen.

»Ich muss jetzt gehen«, sagte die Gestalt im Schatten.

»Wann sprechen wir uns wieder?«

»Bald.«

Ein leises Rascheln ertönte, dann wusste die Frau, dass sie allein war. Sie drehte sich um und verließ den Garten. Als sie den Eingang des Bergfriedes erreicht hatte, berührte die Sonne gerade den Horizont. Ein Wachsoldat nickte ihr zu, als sie sich dem Tor näherte.

»Mylady!«, sagte er. »Habt Ihr einen Morgenspaziergang gemacht? So ein wunderschöner Morgen – voller Versprechen.«

Ein Lächeln umspielte ihre Lippen. »Ja«, sagte Liendra, als sie durch das Schlosstor schritt. »Das ist wahr.«

ZWEITER TEIL

Die Rückkehr

18

Dr. Grace Beckett schwebte wie ein Geist durch die aseptischen Gänge des Denver Memorial Hospital und betete zu den Göttern einer anderen Welt, dass sie niemand erkannte. Sollte jemand sie sehen – irgendwer, der sich an ihr Gesicht erinnerte oder an die Ereignisse des letzten Oktober –, wäre diese Sache sofort vorbei.

Sie zerrte an dem zu kurzen weißen Kittel, den sie aus dem Umkleideraum gestohlen hatte, und hoffte, dass er ihre schäbigen Jeans und den Pullover aus dem Billigladen bedeckte. Wenn man Supermodel oder Schauspielerin war, mochte es von Vorteil sein, groß und knochig zu sein, aber im Augenblick käme Grace jede Aufmerksamkeit ungelegen. Sie hatte ein kaputtes Stethoskop gefunden, das jemand auf ein Regal geworfen hatte, und es sich um den Hals gehängt. Das würde als Tarnung reichen, solange niemand sie bei einer rasselnden Lunge um eine zweite Meinung bat.

Sie drückte auf einen roten Knopf und schlüpfte zwischen den sich zischend öffnenden Fahrstuhltüren aus rostfreiem Stahl in einen pfirsichfarben gestrichenen Gang. Das Geräusch von Respiratoren schwirrte wie Flügelschläge von Geiern durch die Luft. *Halte durch, Beltan. Ich komme.* Aber die Worte waren sinnlos. Selbst wenn sie sie durch die spindeldürren, rußig schwarzen Fetzen der Weltenkraft schicken könnte, die es in dieser Stadt gab, hätte er sie auf keinen Fall hören können.

Zwei glatt rasierte junge Männer in Khakihosen und kurzen weißen Kitteln kamen ihr um eine Ecke entgegen. Grace erstarrte und entspannte sich dann wieder. Assistenzärzte im ersten Jahr – ihre viel zu eng gebundenen Krawatten verrieten sie. Zweifellos waren die beiden in diesem Frühjahr frisch von der Uni hierher gekommen. Was bedeutete, dass sie noch viel zu neu waren, um schon alle niedergelassenen Ärzte zu kennen.

Sie begrüßten sie murmelnd. Grace bedachte sie mit einem knappen Nicken – ein Assistenzarzt erwartete einfach nicht, dass ein niedergelassener Arzt, den er nicht kannte, ihm ein freundliches Lächeln widmete – und drängte sich an ihnen vorbei. Erst als sie um die Ecke bog, wagte sie wieder zu atmen.

Was für ein Schwachsinn, Frau Doktor. Du weißt, dass sein Zustand sich nicht verändert hat – Travis war heute Morgen hier. Beltan liegt noch im Koma, und diese verrückte Aktion wird nur dazu führen, dass man dich schnappt. Was wirst du Travis sagen, wenn du auf einer Wache der Polizei von Denver den einen Anruf, den man dir zugesteht, nutzt, um mit ihm zu sprechen?

Andererseits war nicht nur die Polizei hinter ihr her ...

Sie ging weiter. Zum letzten Mal hatte sie vor fast einem Jahr einen Fuß in dieses Gebäude gesetzt, in jener Nacht, in der sie den Mann mit dem Eisenherz getötet hatte und in die Dunkelheit einer anderen Welt geflohen war. Doch in ihren alten Rhythmus zu schlüpfen fiel ihr leichter, als sie vermutet hatte. Sie schritt mit kalter Entschlossenheit durch die Gänge, hielt den Blick hoch und abweisend, als sei dies eine Domäne und sie ihre Herrscherin. Es kamen ihr noch einige Leute entgegen – Krankenschwestern, Assistenzärzte, Hausmeister, Medizinstudenten –, aber keiner widmete ihr mehr als einen beiläufigen Blick.

Aber wie hätten sie sie auch erkennen können? Die Flammenfestung hatte sie verändert, genau wie die kleine Tira verändert worden war, als sie ihre Hände um den Großen Stein Krondisar schloss. Grace war ganz bestimmt nicht mehr dieselbe Person, die wie besessen durch diese sterilen Gänge geeilt und die Wunden anderer geheilt hatte, während sie ihre eigenen ignorierte.

Als wäre dieser Gedanke eine Einladung, stürmte der Schatten vorwärts, der am Rand ihres Blickfelds lauerte. Seine dunklen Falten legten sich um Grace, drohten sie zu ersticken. Sie schwankte, griff nach einer Wand, die sie nicht mehr sehen konnte, während Erinnerungen hervorströmten. Sie roch wieder die staubige Luft des Schuppens, den beißenden Gestank des Blutes. Sie war wieder zehn Jahre alt.

Großer Gott, was hast du ihr angetan, Grace Beckett!

Aber ich wollte ihr doch nur helfen. Ellen hat den Draht selbst geführt, Mrs. Murtaugh. Sie hat gesagt, sie müsse es rausholen – sie hat gesagt, Mr. Holiday hätte etwas in sie reingesteckt.

Du bist eine niederträchtige Lügnerin, Grace Beckett. Und du bist eine Mörderin. Für das, was du Ellen Nickel angetan hast, wirst du in der Hölle schmoren.

Nein, Sie verstehen ...

Du musst beten, hier in ihrem Blut auf deinen Knien beten, und Gott um Vergebung bitten.

Aber ich wollte ihr doch nur helfen, Mrs. Murtaugh! Wir müssen sie ins Krankenhaus bringen. Vielleicht wird sie ja wieder gesund. Bitte, bitte, hören Sie auf mich ...

Nein, versuche nicht, mich mit deinen Zaubersprüchen zu beeinflussen, du Hexe! Ich weiß, dass du deine Seele dem Teufel verschrieben hast. Ich habe gehört, wie du zu ihm singst – des Nachts und in keiner Sprache, die brave Christen beherrschen. Jetzt nimm diesen Draht in deine Hand! Nimm ihn! Und benutze ihn bei dir so, wie du ihn bei Ellen Nickel benutzt hast. Und bete, dass du genug Blut in dir hast, um deine Erlösung zu bekommen ...

Purpurrotes Licht blitzte auf, und Schmerz durchstach Grace bis in ihr Innerstes, hell und scharf und ...

Mit einem Geräusch, das wie das Sprudeln von Wasser klang, zog der Schatten sich zurück. Grace blinzelte gegen den Schein der Leuchtstofflampe an und stellte erleichtert fest, dass der Gang leer war. Auf Schloss Spardis hatte Beltan im Sterben gelegen; der Nekromant hatte seine alten Wunden wieder geöffnet. Um den Ritter mit der *Gabe* am Leben halten zu können, während sie zur Erde reisten, hatte Grace den Schatten akzeptieren müssen, der sich an ihren Lebensfaden angeheftet hatte, den Schatten, den sie so viele Jahre lang einfach nicht zur Kenntnis genommen hatte, als gäbe es ihn gar nicht. Und nachdem die Tür nun endlich geöffnet worden war, konnte sie sie nicht mehr schließen.

Es steckte einfach keine Logik hinter dem Erscheinen des Schattens; anscheinend konnte alles und jedes die Erinnerungen hervorrufen. Manche waren kurz, so wie diese. Andere ... waren es nicht. Doch alle ließen sie schwitzend und zitternd zurück, und sie fühlte sich danach, als sei sie mit einer Schere aus einem Bogen dicken, weißen Papiers geschnitten worden. Bislang war es ihr gelungen, die Rückblenden vor Travis zu verbergen; er machte sich schon genug Sorgen über Beltans Zustand. Doch sie fragte sich, wie lange sie das noch durchhalten konnte.

Sie erinnerte sich noch immer nicht an alles, was ihr im Beckett-Strange-Heim für Kinder widerfahren war – es war so viel, und der Schatten war so tief –, doch sie hatte den Eindruck, dass ihr fast täglich neue Einzelheiten einfielen. Immer, wenn sie glaubte, es gäbe nichts mehr, was ihr noch einfallen könne, tauchte der Schatten auf, und sie war wieder ein Kind: fünf Jahre alt, eine blasse Neunjährige, dreizehn, während Flammen sie umtanzten.

Sie zwang sich, sich darauf zu konzentrieren, die unergründliche Art und Weise zu entschlüsseln, wie die Zimmer des Krankenhauses nummeriert waren. Selbst als sie hier gearbeitet hatte, war ihr der Sinn dahinter verborgen geblieben. Dann sah sie das Plastikschild mit der Prägung: CA-423. Das war die Zimmernummer, die Travis ihr genannt hatte. Sie riss die Tür auf und betrat den Raum dahinter.

Geräte und Monitore zischten und piepten und erfüllten das kalte, weiße Zimmer mit einem Dröhnen, das wie ein Chorgesang elektronischer Mönche klang. Eine dralle Krankenschwester stand neben dem Bett, das stellenweise ergraute Haar ordentlich zu einem Knoten am Nacken zusammengebunden, und überprüfte die Tropffrequenz einer Infusion. Sie sah mit einem neugierigen, aber nicht überraschten Ausdruck auf dem Gesicht zu ihr hoch.

Grace zögerte kurz und stürmte dann in das Zimmer. Während ihrer Zeit in den Domänen hatte sie herausgefunden, dass man sich nur benehmen musste, als gehöre man hierher, und die Leute glaubten es einem unweigerlich.

»Kann ich Ihnen helfen, Frau Doktor?«

»Das bezweifle ich«, sagte Grace und warf einen schnellen Blick auf das Krankenblatt am Bett. »Dr. ... Chandra hat erwähnt, er habe hier einen hartnäckigen Koma-Fall. Ich führe eine Studie durch.«

Die Schwester runzelte die Stirn. »Eine Studie? Welche Abteilung finanziert sie denn?«

Eine so starke Entrüstung stieg in Grace empor, dass sie selbst davon verblüfft war. Wieso wagte diese Frau es, ihre Autorität in Frage zu stellen? Sie wollte schon den Mund öffnen und ihrer Wut Ausdruck verleihen.

Hör auf, Grace. Hier hält dich niemand für eine Herzogin. Du kannst nicht einfach jemanden mit einer Handbewegung entlassen.

Fürwahr, sie war keine Adlige. Aber sie war eine *Ärztin*, und das bedeutete an diesem Ort mehr als eine juwelenbesetzte Krone.

Sie bedachte die Schwester mit einem steifen, unpersönlichen Lächeln. »Warum lassen Sie uns nicht mal kurz allein?«

Die Schwester starrte sie einen Herzschlag lang an, klappte dann mit einer schnellen Bewegung ihr Aluminium-Klemmbrett zusammen und segelte hinaus – zweifellos ins Schwesternzimmer, um die Kolleginnen zu warnen, dass sie sich vor einer hageren neuen Hexe von Ärztin in Acht nehmen mussten. Damit lag sie auch nicht völlig falsch. Grace dachte nicht mehr an die Schwester und trat ans Bett.

Sie hatte Beltan seit dem Tag nicht mehr gesehen, an dem Travis auf Spardis die beiden halben Münzen zusammengeführt und Eldh zurückgelassen hatte. Einen Herzschlag später hatten sie geblinzelt, als das silberne Licht um sie aufleuchtete und sie sich neben einem Müllcontainer keine zehn Meter vom Eingang der Notaufnahme entfernt wieder fanden. Travis war hineingelaufen, um Hilfe zu holen, und mehrere Sekunden waren verstrichen, und jede einzelne davon war eine Qual gewesen. Die Weltenkraft war auf der Erde präsent – Grace hatte sie nun, da sie wusste, wie sie danach suchen musste, sofort gespürt –, doch sie war überfüllt, laut und schmutzig. Und dünn, so schrecklich dünn, ein seidenes Garn, das in einen dreckigen Lappen gewebt worden war. Beltans Lebensfaden war ihr durch die Finger geglitten. Sie konnte ihn nicht festhalten.

Dann war glücklicherweise in einem Ansturm aus Bewegung und Licht das Personal der Notaufnahme zur Stelle gewesen. In dem Durcheinander hatte Travis sich davongeschlichen und Grace mit sich gezogen. Sie hatte bleiben, sich vergewissern wollen, dass sie ihn stabilisieren konnten, sie darauf hinweisen wollen, dass er niemals eine Tetanusspritze oder eine Impfung bekommen hatte, doch Travis hatte heftiger an ihrem Arm gezerrt. Es war zu gefährlich für sie, hier zu warten. Sie hatte einen letzten Blick auf Beltan geworfen, der bleich wie ein Geist auf dem nackten Asphalt lag, und dann waren sie in die trockene Nacht von Denver hinausgelaufen.

Die folgenden Tage waren ihr besonders unwirklich vorgekommen, als sei die Erde und nicht Eldh die fremde Welt. Immer wieder hatte Grace mit der Gabe hinausgegriffen, doch sie war sich wie eine frisch Amputierte vorgekommen, die einen Phantomschmerz festhalten wollte. Denn statt des leuchtenden Netzes der Spinnfäden zwischen allen Lebewesen fand sie lediglich schwache Echos der Magie.

Und da war der Schatten, der ohne Warnung vorsprang, um sie zu verzehren. Und wenn es ihr einmal gelang, die Gabe einzusetzen, oder sie sich nicht in den Schatten der Vergangenheit verfing, dachte sie fast immer an Tira – an das zerbrechliche, stumme, rothaarige Mädchen, das sich als so viel stärker als jeder andere von ihnen erwiesen hatte. Doch obwohl Tira von ihnen gegangen war, war sie alles andere als verloren. Ganz im Gegenteil. Dafür kam sich Grace verloren vor.

Wäre Travis nicht gewesen, hätte sie nicht gewusst, was aus ihr geworden wäre. Er schien sich an das Leben auf der Erde viel schneller als sie wieder anzupassen, als gehöre er tatsächlich hierher. Es war seine Idee gewesen, in einer Pfandleihe in East Colfax drei Goldmünzen von Eldh zu verkaufen, deren Vorder- und Rückseiten sie zuvor absichtlich zerkratzt hatten. Mit dem Geld hatten sie sich etwas zu essen gekauft, und dann waren sie in einen Bus in die westlichen Bezirke von Colfax gestiegen, waren an abbröckelnden Ladenfassaden und flackernden Neonschildern vorbeigefahren. Im Blue Sky Motel hatten sie ein Zimmer gemietet, das aussah, als sei es seit den verblichenen sepiabraunen Tagen von 1965 nicht mehr renoviert worden. Das Fernsehgerät war so alt gewesen, dass Grace erwartet hatte, *Alle lieben Lucy* zu sehen, als sie es eingeschaltet hatte. Stattdessen war eine fast durchsichtige

Rauchsäule emporgestiegen, als sich mehrere Kakerlaken aus den Belüftungsschlitzen in der Rückseite wanden. In gewisser Hinsicht war dieser Anblick aber genauso unterhaltend.

Am nächsten Morgen war Travis losgezogen, während Grace auf dem Bett liegen geblieben war, die durchhängende Decke anstarrte und vergeblich versuchte, mit ihrer Gabe die Weltenkraft zu berühren. Er war gegen Mittag mit Hefeteilchen und gefälschten Sozialversicherungsausweisen zurückgekehrt.

»Sag Hector Thorkenblat guten Tag«, hatte er gesagt und seine neue Karte hochgehalten.

Sie hatte die Nase gerümpft. »Das klingt weniger wie ein Name als nach etwas, das man aufwischen muss.«

Als sie ein paar Tage später einigermaßen sicher sein konnten, dass man sich nicht mehr von der Nacht ihrer Ankunft an sein Gesicht erinnern würde, war Travis mit seinem neuen Ausweis zum Denver Memorial gefahren und hatte Hector einen Job in der Nachtschicht des Reinigungspersonals besorgt. Und so hatten sie erfahren, dass Beltan lebte, aber im Koma lag.

Seit Travis im Krankenhaus arbeitete, hatte er alle paar Tage nach Beltan gesehen. Grace wusste, dass Beltan die beste Pflege bekam, die diese Welt zu bieten hatte – und das war beträchtlich mehr als das, was er auf der letzten bekommen hätte. Trotzdem musste sie ihn sehen, ihn selbst berühren. Selbst hier gab es Dinge, die sie spüren, die aber kein elektronischer Monitor feststellen konnte.

Grace ergriff das Metallgeländer des Bettes. Es war über zwei Monate her, und sie wusste, was mit langfristigen Komafällen passierte. Trotzdem schnappte sie unwillkürlich nach Luft.

»Ach, Beltan ...«

In ihrer Erinnerung sah sie ihn groß und stark vor sich,

bekleidet mit einem Kettenhemd, das Schwert in der Hand, ein grimmiges Grinsen auf dem Gesicht. Der Mann auf dem Bett hatte kaum noch Ähnlichkeit mit dem, den sie einmal gekannt hatte.

Er sah alt aus. Die Gliedmaßen, die unter dem Krankenhausnachthemd hervorragten, waren weiß und dünn, als wären seine scharfkantigen Knochen unmöglich in die Länge gezogen worden. Unter dem Hemd waren seine Muskeln verkümmert, und die Hände, die an seinen Seiten lagen, sahen aus wie Bündel kleiner Stöckchen.

Ihre Blicke glitten vorbei an den Infusionsschläuchen und Monitorkabeln – wenigstens war er nicht an ein Beatmungsgerät angeschlossen – zu seinem Gesicht. Sie hatten seinen ungepflegten Bart wachsen lassen. Er kam ihr stumpf vor, eher bräunlich als golden, und es dauerte einen Augenblick, bis sie das stattliche, fröhliche Gesicht fand, von dem sie wusste, dass es sich darunter befand. Sie hätte alles gegeben, um sein strahlendes Lächeln zu sehen, aber vom gleichmäßigen Heben und Senken seiner Brust abgesehen bewegte er sich nicht.

Grace zog das Nachthemd zur Seite und ließ die Finger über das dichte rosa Narbengewebe auf Beltans linker Seite gleiten. Sie schloss die Augen und konzentrierte sich. Es war schwach und trüb – wie ein verschwommenes Röntgenbild ohne Hintergrundbeleuchtung statt eines dreidimensionalen, computerkolorierten Scans –, aber Königin Ivalaine hatte Recht gehabt. Selbst hier auf der Erde hatte Grace die Begabung.

Seine alte Verletzung war gut verheilt – viel besser, als es auf Eldh je der Fall gewesen war. Abdominalchirurgie und Antibiotika grenzten noch immer an Magie. Doch sein Blutverlust war katastrophal gewesen, und er hatte das Koma ausgelöst. Die Ärzte konnten seinen Körper wiederherstellen und die Adern neu mit Blut füllen, doch noch so viel Chirurgie war nicht im Stande, ihn zu wecken.

Vielleicht braucht er doch etwas Magie, Grace.

Sie wechselte das Nachthemd und legte dann eine Hand auf die hohe Fläche seiner Stirn. Es befanden sich mehr Furchen darauf, als sie in Erinnerung hatte. Aus irgendeinem Grund verspürte sie den Wunsch, ihm etwas vorzusingen, was ganz und gar unärztlich war. Andererseits ... legten manche Forschungsergebnisse nicht nahe, dass vertraute Stimmen dazu beitragen konnten, Komapatienten aus der Bewusstlosigkeit zu erwecken? Worte kamen auf ihre Lippen, so alt, dass sie sie fast vergessen hatte.

»Der Abschiedsworte dunkler Sang
Erfüllt das Herz mit dunklem Klang.
Wie ein Vorhang fällt der Regen
Beginnt sich übers Land zu legen.«

Sie berührte den eckigen Metallanhänger unter ihrer Bluse. Das Lied stammte aus ihrer Kindheit, wie auch die Halskette. Aber woher kamen sie? Im Waisenhaus hatte ihr bestimmt niemand vorgesungen. Und sie hegte nicht den geringsten Zweifel, dass der Text nicht stimmte. Sie musste das Lied als kleines Mädchen gehört und, wie Kinder es so oft taten, fremde Klänge in vertraute Worte verwandelt haben. Gleichzeitig war das Lied tröstend. Zumindest für sie, wenn auch nicht unbedingt für Beltan. Sie schickte sich an, die Worte erneut zu murmeln.

Seine Lider zuckten.

Grace atmete zischend ein. *Es ist nur ein unbedingter Reflex, Frau Doktor. Deute nicht mehr hinein, als wirklich dahinter steckt.* Trotzdem drückte sie die Hand auf seine Stirn und schloss die Augen.

Beltan!

Es war schwer. Die Fäden der Weltenkraft um sie herum waren so schwach wie Spinnweben. Als sie sie ergriff, fielen sie auseinander.

Beltan, hörst du mich? Ich bin es, Grace. Und Travis hat dich jede Nacht besucht.

Sie hielt den Atem an, lauschte angestrengt. Lediglich graue Stille umgab sie. Als sie dann gerade loslassen wollte, hörte sie es. Es war weit weniger als ein Wort, nur ein Gedankenfetzen, aber sie hörte es.

Grace riss die Augen auf. Es war Beltan. Er hatte das Geräusch in ihrem Geist gemacht, davon war sie überzeugt. Sein Gesicht war wieder bewegungslos, aber es gab keinen Zweifel daran, was sie gehört hatte. Sie ergriff seine Hand. Fest. »Komm schon, Beltan. Du musst zu uns zurückkommen. Bitte versuche es. Für mich – für Travis.«

Grace wusste, wenn er nicht bald erwachte, würden sie ihn in eine staatliche Einrichtung verlegen. Das hier war ein öffentliches Krankenhaus, man konnte niemanden abweisen, aber man würde auch nicht zulassen, dass ein unbekannter Patient auf Dauer ein Bett belegte. Doch das war bei weitem nicht ihre einzige Sorge.

Es war nur eine Frage der Zeit, bis Duratek sie finden würde.

In gewisser Hinsicht war Grace überrascht, dass man sie drei nicht schon längst gefangen genommen hatte. Fast täglich sahen sie oder Travis einen der schnittigen schwarzen Wagen eine Straße der Stadt entlangfahren – langsam, als würden die Insassen nach jemandem suchen. Zweifellos ging Duratek davon aus, sollten Grace oder Travis jemals zurückkehren, würden sie hierher kommen, nach Denver. Und der Konzern hatte Recht damit.

Grace hatte keine Ahnung, wie sie es anstellen sollten, aber irgendwie mussten sie und Travis nach Eldh zurückkehren. Und sie mussten Beltan mitnehmen. Sie war davon überzeugt, dass Duratek sehr daran interessiert sein würde, einen Einheimischen der Welt in die Hände zu bekommen, die der Konzern vergewaltigen und erobern wollte.

Doch jetzt stand Beltan kurz vor dem Erwachen. Wenn sie ihn nur irgendwo in Sicherheit bringen konnten, während er sich vollends erholte, konnten sie sich auf die Suche nach einem Weg zurück machen. Doch sie konnte ja schlecht die Polizei um Hilfe bitten. Grace hatte einen ihrer Detectives mit Handschellen gefesselt und mit der Waffe bedroht. Dabei spielte keine Rolle, dass Janson ein Eisenherz gewesen war; das wusste die Polizei nicht. Wohin konnte sie sich also wenden, um Schutz zu bekommen?

Aber das hast du doch von Anfang an gewusst, Grace.

Sie griff in ihre Jeanstasche und zog eine Visitenkarte heraus. Sie war mittlerweile eher grau als weiß, verschmutzt und eingerissen, aber sie konnte sie noch lesen:

DIE SUCHER
1-800-555-8294

Sie bewahrte die Karte schon so lange auf, seit jener Nacht im vergangenen Oktober, als Hadrian Farr sie ihr gegeben hatte. An wen sonst konnte sie sich um Hilfe wenden, wenn nicht an sie?

Du solltest Travis fragen.

Doch noch während sie das dachte, ging sie zur Tür und zum nächsten Münzfernsprecher.

19

Deirdre Falling Hawk saß in einer Ecke des schummrigen Pubs in Soho und betrachtete eindringlich das Glas mit der klaren grünen Flüssigkeit auf dem Tisch vor ihr. Auf einem Teller neben dem Glas lagen ein Zuckerwürfel und ein silberner Löffel. Obwohl man sie im Halbdunkel der Kneipe kaum ausmachen konnte, waren Worte in die Oberfläche des Löffels graviert: *Trinke und vergesse.*

Wenn es wirklich so einfach wäre ... Aber war sie nicht deshalb hier? Auf dem Brett, das vor der abblätternden Tür des Pubs hing, stand *Crumbe's Cupboard.* Und wenn sich einmal ein Tourist oder Geschäftsmann hier hinein verirrte, fand er nur klebrige Tische, Gläser mit warmem Bass Ale und kalten Backfisch mit Pommes. Doch von ihren Besuchen in London wusste Deirdre, dass bei den Einheimischen diese Kaschemme als »The Sign of the Green Fairy« bekannt war. Und sie kamen wegen etwas ganz anderem.

Ganz schnell, als befürchte sie, sie könne es sich anders überlegen, legte sie den Zuckerwürfel auf den Löffel und senkte ihn ins Glas. Dann nahm sie das Glas und trank einen großen Schluck von der grünen Flüssigkeit. Sie war süß und gleichzeitig sehr bitter. Der lakritzähnliche Geschmack von Anis ummantelte ihre Zunge, und die scharfen Ester von Wermut stiegen in ihrem Kopf empor, ein smaragdgrüner Nebel, der ihr Gehirn einhüllte.

Als Deirdre das Glas senkte, fiel ihr eine altmodische Lithografie an der gegenüberliegenden Wand auf. Sie stellte einen jungen Mann in einem viktorianischen Rock mit Krawatte dar, der an einem Tisch saß und wie verrückt mit einem Federkiel auf ein Blatt Papier vor ihm schrieb. Hinter ihm stand eine Frau, bekleidet mit einem fließenden Gewand, und zerzauste das Haar des Schreibenden mit schlanken Fingern. Nein, nicht einfach eine Frau. Hauchdünne Flügel sprossen aus ihrem Rücken, und ihr Gewand verlängerte sich zu einem Kometenschweif aus Blättern und Sternen. Also eine Fee. Sie hatte die Augen geschlossen, und das Lächeln auf ihrem unmenschlich schönen Gesicht war sowohl gelassen als auch grausam.

Deirdre wusste nicht, wer der Mann auf dem Bild sein sollte. Wilde, vielleicht auch Tennyson. Es spielte keine Rolle. Sie alle hatten doch Absinth getrunken, nicht wahr? Die Hälfte der Künstler dieser Zeit waren von dem bitteren grünen Schnaps abhängig gewesen. Sie hatten ihn getrunken, um sich inspirieren zu lassen, um künstlerische Visionen zu bekommen. Und als danach die Visionen verblichen, hatten sie weitergetrunken, um ihre kommerziellen Fehlschläge zu vergessen, ihre Gläubiger, ihre Plagerei. Ihre Dämonen.

Sie biss die Zähne zusammen und kippte dann den Rest des Absinths herunter.

Deirdre lehnte sich zurück und lehnte den Kopf an die Wand hinter ihr. Warum war sie nach London gekommen? Sie verabscheute London. In den letzten drei Monaten hatte sie versucht, die Vergangenheit zu vergessen. Aber die Vergangenheit war in dieser Stadt überall, stand hier ständig zur Ausstellung.

Nicht, dass jemand sie zu sehen schien. Touristen mit Säcken unter den Augen schlurften in rosa Plastiksandalen und Anne-Boleyn-T-Shirts durch den Tower, als wäre niemals Blut über diese Steine geflossen. Hansom-Taxis mit schwindligen Bräuten und Bräutigamen darin schepperten die Kopfsteinpflaster entlang, auf denen einst Tausende von Leichen gelegen hatten, an der Pest gestorben und vor Fliegen wimmelnd. Heitere Gärten bedeckten Grundstücke, die im Blitzkrieg frei von Gebäuden und Menschen gebombt worden waren. An jeder Ecke, auf jeder Gasse, von der grauen Themse über den Hydepark bis zum langsam schmelzenden Obelisken von Cleopatra´s Needle, hing die Geschichte wie Rauch. Sah das denn niemand sonst?

Oder war es gerade das? Die Vergangenheit lag so schwer auf diesem Ort, dass sie die Menschen zerquetschen würde, ließen sie es zu. Vielleicht gab es wirklich nur zwei Dinge, die man in London tun konnte; vielleicht war sie aus diesem Grund hierher gekommen. Um zu trinken. Und zu vergessen.

Vor gerade einmal zwei Monaten hatten die spontanen Selbstentzündungen, die zwei Kontinente heimgesucht hatten, so plötzlich aufgehört, wie sie angefangen hatten. Und nicht lange darauf war Deirdres Wunsch verblichen, eine Sucherin zu sein.

Wie hatte sie nur so blind ihrer Arroganz gegenüber sein können? Sie dachten, sie wüssten so viel und ihre Augen wären für Mysterien offen, von denen weltliche Menschen sich nicht einmal träumen ließen, dass es sie gab. Aber was hatten ihre verstaubten Akten, ihre geheimen Überwachungsnetzwerke und ihre riesigen Räume voller Computer ihnen schon enthüllt? Nichts, was ebenjene weltlichen Menschen nicht auch in der Morgenzeitung lesen konnten: Menschen verbrannten und keiner hatte die geringste Ahnung, warum.

Eine Zeit lang hatte es Anzeichen für eine sich leise ausbreitende Panik gegeben. Die Leute hatten schon gemurmelt, die Jahrtausendwende sei nur ein Testlauf gewesen, und das sei der wahre Anfang vom Ende. Fürwahr, die meisten davon waren Kultisten gewesen, Boulevardpresseleser, Angehörige von Milizen. Andererseits waren einige aus Vorstädten gekommen, eifrige Kirchgänger, Telefonverkäufer. In den Vereinigten Staaten, in denen sich die meisten dieser Selbstentzündungen ereignet hatten, hatte die Regierung still und heimlich einen Teil der Nationalgarde mobilisiert.

Als sich diese Anflüge von Panik dann zu einer Flutwelle

offener Angst steigern wollten – gerade als die grafischen Darstellungen, die die Zentren für Seuchenkontrolle angefertigt hatten, vorhersagten, dass die Zahl der Verbrennungsopfer von den Hunderten in die Tausende hochschnellen würde –, hatten die Selbstverbrennungen aufgehört.

Einen Augenblick lang war die Welt verharrt, wie ein Ball, der auf dem Rand einer Kluft schwebte. Dann hatte die gesamte Menschheit ein kollektives Seufzen ausgestoßen, und der Ball war zurückgerollt. Innerhalb von einer Woche waren die Nachrichten zu der üblichen Parade von Kriegen, politischen Skandalen und Berichten über das Leben von Prominenten zurückgekehrt. Klar, es gab noch den einen oder anderen ehemaligen Geschäftsmann, der zum Kultisten geworden war und mit einem Plakat herumlief, das Gesicht mit Asche befleckt. Und an den meisten Tagen fanden sich auf jenen Seiten der Zeitungen, die über das Geschehen »Aus aller Welt« berichteten, Nachrichten über abgelegene Ansiedlungen im brasilianischen Regenwald, die man bis auf die Grundmauern abgebrannt vorgefunden hatte. Oder über Tests, die bewiesen, dass die DNA eines amerikanischen Verbrennungsopfers Ähnlichkeit mit der einiger mediterraner Populationen aufwies – eine Absurdität angesichts der asiatischen Herkunft des Opfers. Doch alles in allem schien die Welt nur allzu gern bereit, schnell wieder zu vergessen, was geschehen war.

Warum also kannst du das nicht auch, Deirdre Falling Hawk?

Eine Zeit lang hatte sie es vergessen. Die Arbeit an Schwarzer Tod Nr. 2 hatte ihr keine Zeit zum Essen oder Schlafen gelassen – oder zum Nachdenken. Theorien, die sich durchs Internet jagten, hatten die Todesfälle einem von der Regierung hergestellten chemischen Kampfstoff in die Schuhe geschoben oder einem außerirdischen Virus oder dem Zorn Gottes. Doch mit ihren eigenen Tests hatten die Sucher ihren ursprünglichen Verdacht bestätigt. Die chemischen Signaturen zusammengesetzter Rückstände, die man bei mehreren Verbrennungsopfern gefunden hatte, waren identisch mit denen, die man an Stätten bestätigter Begegnungen der Klasse eins entdeckt hatte. Zweifellos war die Seuche außerweltlichen Ursprungs. Und es gab auch keinen Zweifel, von welcher Welt sie gekommen war. AU-3. Die Welt namens Eldh. Grace Becketts und Travis Wilders Welt.

Obwohl der Coroner des Castle County Travis nach der Explosion im Mine Shaft Saloon für tot erklärt hatte, hatte die Analyse der Sucher etwas anderes ergeben. In der Ruine des Saloons waren die Überreste von vier Personen gefunden worden. Keine der Gewebeproben hatte Travis' DNA entsprochen – die ihnen dank einer kleinen Hauptprobe, die Deirdre ihm unbemerkt entnommen hatte, zur Verfügung stand.

Sie hatten ihn nicht nur auf diese Art und Weise benutzt. Und während der Wahnsinn des neuen Schwarzen Todes sie beschäftigt hatte, gab es nun nichts mehr, das die Erinnerungen davon abhalten konnte, zurück an die Oberfläche zu kriechen – Erinnerungen daran, was sie ihrem Freund angetan hatte.

Ist das also dein Schattenselbst, Deirdre? Das, das lügen kann?

Sie würde niemals den Klang seiner Stimme vergessen, als er diese Worte gesprochen hatte. Sie war so weich gewesen, und doch hatte sie sie deutlicher verdammt als ein schallender Chor des Zorns. Er hatte sie für eine Freundin gehalten, und sie hatte ihn getäuscht, manipuliert, um ihre Ziele durchzusetzen. Ganz gleich, welche Gründe, wie richtig es ihr damals vorgekommen war. Deirdre hatte niemals geglaubt, dass der Zweck die Mittel rechtfertigte; zumindest hatte sie das immer gedacht. Doch um den Suchern zu dienen, hatte sie ihren Freund betrogen. Und das würde sie ihnen nie vergeben.

Kurz nach dem Ende der Selbstverbrennungen hatte sie sich einfach nicht mehr in dem Stiftungshaus in Manhattan blicken lassen, in dem Hadrian Farr ihre Forschungen geleitet hatte. Sie hatte die Anrufe ignoriert, die E-Mails, die Pieper-Aufforderungen. Zum Teufel mit den Suchern, konnten sie auch gar nichts persönlich erledigen? Und ohne richtig darüber nachzudenken, war sie an Bord eines Flugzeugs gestiegen und hatte einen Ozean hinter sich gelassen. Zuerst hatte sie gedacht, sie wolle nach Irland fahren. Die Jahre, die sie als Mädchen bei ihrer Großmutter in der Nähe von Cork gelebt, alten Liedern gelauscht und gelernt hatte, Instrumente zu spielen, verweilten noch in ihrem Gedächtnis. Doch die Maschine hatte in Heathrow aufgesetzt, und das gedämpfte Grau von London hatte sie in eine weiche Mattheit gehüllt, die man, falls man nicht zu viel darüber nachdachte, fast als Trost missverstehen konnte.

Deirdre umklammerte das leere Absinth-Glas, wollte es wieder füllen, damit es ihr zu vergessen half, wenn schon nicht zu vergeben. *Hail Our Green Lady of Oblivion!* Aber das Glas blieb leer.

»Hallo, Schätzchen«, sagte eine Frau mit einem Wuschelkopf orangenen Haars und glitt neben Deirdre auf die Bank.

Sie war dürr und lang, gebogen wie eine Weide, und ihre Gliedmaßen waren robbenglatt in eng anliegendem schwarzem Vinyl. Das Gesicht, das sie Deirdre zuwandte, war völlig weiß, und ihre Augen verloren sich unter Kreisen dunkler Schminke. Man konnte es in der verrauchten, nach Gewürznelken riechenden Luft des Pubs schwer sagen, doch unter dem grellen Make-up hätten ihre Gesichtszüge exquisit sein können.

Die Frau legte einen dünnen Arm um Deirdres Nacken. »Du siehst gefährlich und lecker aus.«

Deirdre lächelte nicht. »Das ist der Erste.«

Die Frau kniff die Augen zusammen. In ihnen lag eine Lustlosigkeit, eine Trübheit, aber auch ein gewisses Verlangen. Sie biss auf eine Lippe vom dunklen Purpur einer Prellung. »Das reicht.«

Die Frau rutschte näher, Vinyl quietschte. Deirdre spürte ihre Wärme durch den Kunststoff. In gewisser Weise verspürte sie Versuchung. Vielleicht wäre es gar nicht so übel, sich in einem anderen – einem unterschiedlichen Vergessen zu verlieren. Ihre Arbeit bei den Suchern hatte ihr nur wenig Zeit gelassen, sich einen Liebhaber zu suchen. Es war schon eine Weile her, seit sie mit einem Mann zusammen gewesen war – oder einer Frau. Doch es war etwas an der Entrücktheit in den Augen der anderen, an der Trägheit ihrer Bewegungen, das Deirdre anwiderte, noch während sie es beneidete.

»Ich bin nicht in der Stimmung«, sagte sie.

»Dann werde ich dir helfen, in Stimmung zu kommen, Schätzchen.«

Die Frau legte etwas auf den Tisch, hob dann eine seltsam lange Hand und enthüllte zwei purpurne Pillen, die beide mit weißen Blitzen markiert waren. Das war also die Ursache für den Dunst in ihren Augen.

Die Frau nahm eine der Pillen zwischen Daumen und Zeigefinger und schob sie langsam, als wäre sie eine Köstlichkeit, zwischen die Lippen. Sie stieß die andere Pille an. »Jetzt du, Schätzchen.«

»Ich rühre Electria nicht an.«

Die Frau betrachtete stirnrunzelnd Deirdres leeres Glas. »Was? Du trinkst diese scheußliche alte Scheiße, willst aber nichts Neues und Sauberes nehmen? Was ist los mit dir?«

Wo soll ich anfangen? Doch in diesem Augenblick winkte ein glatzköpfiger Berg von Mann, bekleidet mit eng anliegenden schwarzen Lederhosen, die Frau mit einer wütenden Geste zu sich. »Komm her, Glinda.«

Die Frau mit dem orangefarbenen Haar drehte den Kopf zu dem Mann hinüber. Die Muskeln seiner Arme waren gewaltig angeschwollen, und man konnte unter einer offenen Lederweste seine glatt rasierte, gewaltige Brust sehen. Er trug kein Hemd. Ein Kinnbart umrahmte einen schmalen, wütenden Mund.

»Ich hab' gesagt, komm her.«

»Aber ich *will* sie, Leo«, sagte die Frau.

Der Mann entblößte silberne Zähne. »Ich werd' dir sagen, was du willst.« Er schüttelte eine kleine Plastikflasche. »Jetzt komm schon.«

Die Frau zögerte. Sie wollte sich von der Bank erheben. Dann beugte sie sich mit einer anscheinend verstohlenen Bewegung näher heran und leckte Deirdres Ohr, drang mit einer warmen, feuchten Zunge darin ein.

»Rette mich«, flüsterte die Frau.

Bevor Deirdre reagieren konnte, ergriff die Frau ihre Hand. Dann schlüpfte sie vom Tisch und schlenderte zu dem Glatzkopf hinüber. Sie lehnte den Kopf auf die breite Neigung seiner Schulter und fuhr mit den Händen über die Berge und Täler seiner Brust. Doch die ganze Zeit über wich ihr Blick nicht von Deirdre. Der Mann verzog das Gesicht, kratzte sich im Schritt und führte Glinda dann fort, in den hinteren Teil des Pubs und die Dunkelheit.

Deirdre hätte fast in Betracht gezogen, ihnen zu folgen. *Rette mich,* hatte Glinda gesagt. Aber wovor? Vor diesem Klotz von Mann? Dem Electria? Doch als sie sich erheben wollte, merkte sie, dass etwas in ihrer Hand lag – der Hand, die die Frau gedrückt hatte. Zuerst dachte sie, es sei einfach eine britische Pfundmünze. Aber es war silbern und zu groß, etwa von der Größe von drei amerikanischen Vierteldollar-Münzen, die man aneinander gelegt hatte. Die Gravuren darauf waren in dem Halbdunkel nicht zu erkennen.

Sie wollte sich darüber beugen, um sie besser sehen zu können.

»Also hatten sie Recht«, sagte eine weiche, maskuline Stimme. »Sie *sind* hier. Ich dachte, dass sie sich bestimmt irren.«

Deirdre schloss die Hand um die Münze und schaute dann hoch. »Was? Sie gestehen tatsächlich ein, dass die Sucher Fehler machen können?«

Hadrian Farr nahm ihr gegenüber Platz und faltete die Hände auf dem Tisch. »Ständig, befürchte ich«, sagte er mit einem schiefen Lächeln.

Deirdre zuckte zusammen. Farrs Lächeln war so verdammt charmant; sie verabscheute es. Es war dieses Lächeln gewesen, das sie an dem Abend vor drei Jahren in Glasgow, als sie sich kennen gelernt hatten, in sein Bett gelockt hatte. Es war dieses Lächeln, das sie am nächsten Morgen beim Tee verzaubert hatte, als er von den Mysterien sprach, die die Sucher ergründen wollten. Der Ausdruck war so geheim, so einladend, als wolle er einem gerade die größten Wunder des Universums verraten. Nur dass er das nie getan hatte.

»Was wollen Sie?«, fragte sie.

»Das können Sie sich doch denken.«

Deirdre antwortete nicht. Farr beugte sich über den Tisch, auf dunkle Weise stattlich wie immer: eckiges, glatt rasiertes Kinn, volle Lippen, tief liegende Augen mit perfektem Abstand. Seine verblichenen Jeans und das schwarze T-Shirt betonten seinen schlanken, aber muskulösen Körperbau. Sie fragte sich, wann er die Zeit fand, ins Fitness-Studio zu gehen. War er nicht ständig damit beschäftigt, außerweltlichen Reisenden zuzusetzen?

»Sie sind seit über einem Monat nicht in einem Stiftungshaus gewesen, Deirdre. Sie haben nicht auf unsere Schreiben reagiert, Sie haben unsere Rufe ignoriert. Haben Sie den Schwur vergessen?«

Deirdre fummelte an dem leeren Glas herum. »Nein, aber geben wir ihm noch ein paar Minuten und schaun dann mal.«

Farr runzelte die Stirn. »Ich hätte mehr von Ihnen erwartet, Deirdre. Sie wissen, dass im Absinth keine Magie ist. Das ist nur ein billiger Trick. Und bis vor kurzem ein ziemlich illegaler.«

Deirdre lachte, ein Geräusch, das genauso bitter war, wie der Absinth es gewesen war. »Das ist es auch, Leute zu verwanzen.«

Sie steckte die seltsame Münze in eine Tasche ihrer Jeans, zog etwas anderes heraus und schob es über den Tisch zu Farr. Es war ein kleiner, kaputter Transistor, der in einem verirrten Lichtstrahl glitzerte.

Farr verzog das Gesicht. Also war er zu einer echten Reaktion fähig.

»Das war wohl kaum meine Idee«, sagte er. »Sie kennen mich doch wohl gut genug, um die Wahrheit darin zu sehen.«

Deirdre wandte den Blick ab, sah in die Dunkelheit. »Ich weiß nicht mehr, was ich weiß.«

Farr streckte eine Hand aus und ergriff die ihre. Sie war plötzlich zu müde, um Widerstand zu leisten. Der Absinth, natürlich.

»Hören Sie mir zu, Deirdre. Wir brauchen Sie. *Ich* brauche Sie.«

Sie sah ihn noch immer nicht an. »Ich bezweifle, dass ich Ihnen helfen kann. Falls Sie es vergessen haben sollten, er mag mich nicht besser leiden als die Sucher. Dafür haben Sie gesorgt.«

»Verdammt, Deirdre, ich spreche nicht von Travis Wilder. Ich spreche von Ihnen. Sie sind verdammt noch mal eine der Besten, die die Sucher je hatten. Wir brauchen Sie jetzt mehr denn je.«

Endlich wandte Deirdre ihm den Blick zu. »Als ich Sie kennen lernte, Hadrian, habe ich gedacht, ich würde alles tun, um die Mysterien zu verstehen, von denen Sie gesprochen haben, und jeden Preis zahlen. Aber der Preis war schließlich doch zu hoch. Ich habe einen Freund verloren.«

»Wirklich?«

»Was meinen Sie? Dass ich Travis nicht verraten habe?«

»Nein, ich meine, vielleicht war er in Wirklichkeit gar nicht Ihr Freund. Freunde wenden einem nicht einfach den Rücken zu und laufen davon. Sie vergeben uns unsere Fehler.«

Deirdre schüttelte den Kopf. *Sie irren sich,* wollte sie sagen. Aber ihre Lippen konnten die Worte nicht bilden. Vielleicht glaubte sie in Wirklichkeit gar nicht daran.

»Bitte, Deirdre. Sie müssen die Entscheidung nicht jetzt treffen. Kommen Sie einfach mit mir zum Stiftungshaus zurück. Eine Stunde, mehr verlange ich gar nicht. Dann können Sie gehen, wenn Sie wollen, und wir werden Sie in Ruhe lassen. Das schwöre ich auf das Buch.«

Die kurzen Haare auf Deirdres Nacken prickelten. Warum machte Farr ihr solch ein Angebot? Das entsprach kaum seinem Stil. Dann begriff sie mit einem hellen Blitz, der sich durch den grünen Nebel schnitt, der ihr Gehirn einhüllte.

»Es ist etwas passiert«, sagte sie und setzte sich aufrecht. »Was? Sagen Sie es mir.«

Farr atmete tief ein und nickte dann.

»Sie hat angerufen«, sagte er.

20

Selbst im zementbedeckten Herzen der Stadt konnte Travis Wilder stets sagen, wann der Wind wehen würde.

Er drehte sich um, gerade als ein grobkörniger Luftstoß die Sixteenth Street entlangstob. Seine Kraft wurde noch verstärkt, als er sich durch die schmalen Glas- und Steinschluchten der Innenstadt von Denver zwängte. Zwei Frauen in Stretchröcken und Tennisschuhen wurden in einen Springbrunnen geschoben, der verrückt spielte, und kreischten laut, als das Wasser um sie schäumte. Einige Teenager versuchten vergeblich, den Staub von ihren frischen Piercings fern zu halten. Und ein Beinamputierter hielt zitternde Hände hoch und lachte zahnlos, während Abfall wie Feen aus hellem Papier um ihn herumwirbelte und tanzte.

So plötzlich, wie er gekommen war, legte der Wind sich wieder. Der Springbrunnen kehrte in die Begrenzungen seines Kreises zurück und gab die beiden Frauen frei. Papier senkte sich auf den Bürgersteig, war wieder lebloser Abfall. Travis ging weiter. Er war diese Straße schon ein Dutzend Mal entlang gegangen und hatte nie eine Spur von ihnen gesehen. Trotzdem wusste er, dass er weitersuchen musste. Was sollte er sonst tun?

Eine Bewegung flackerte am Rand seines Blickfelds: eine große, blasse Gestalt, ganz in Schwarz gekleidet, schritt auf langen, schlaksigen Beinen die Straße entlang. Hoffnung brandete in ihm empor, und er drehte sich um. Im selben Augenblick blieb auch die Gestalt stehen und sah ihn an. Als Travis plötzlich begriff, gab er den Atem, den er in seinen Lungen als Geisel gehalten hatte, wieder frei.

Travis ging zu dem Schaufenster. Selbst nach zwei Monaten erkannte er den Mann noch nicht, der sich auf der Glasoberfläche spiegelte. Er war groß und fast schlank, mit Schultern, die viel breiter waren, als es dem Bild entsprach, das Travis von sich hatte. Der andere war trotz des strahlenden Tages Ende September ganz in Schwarz gekleidet: Jeans, T-Shirt, Trenchcoat. Die Haut seiner Hände und des Gesichts war glatt und weiß wie Mehl, und seine Augen wurden von einer Sonnenbrille verborgen. Sein Kopf war glatt rasiert, und ein kurzer, rotbrauner Kinnbart umrahmte die ernste Linie seines Mundes.

Du suchst schon so lange nach ihm, dass du allmählich schon aussiehst wie er. Wie Bruder Cy.

Nicht, dass Travis eine große Wahl hatte, was sein Aussehen betraf. Seine Haut – in den heißen Flammen von Krondisar verbrannt und wieder geboren – war noch weich und äußerst empfindlich. Er war gezwungen, sie bedeckt zu halten und zu schützen; daher der schwarze Mantel aus dem Billigladen selbst an einem so schönen Tag wie diesem.

Mit seinen Augen war es ähnlich. An dem Tag, an dem er und Grace zur Erde zurückgekehrt waren, hatte er herausgefunden, dass er seine Brille nicht mehr brauchte. Er konnte die Nickelbrille des alten Revolverhelden zwar noch tragen, aber durch die Gläser sah alles verzerrt und seltsam aus. Dieser Tage bewahrte er die Brille als Erinnerung an Jack Graystone in seiner Tasche auf – als brauche er neben der unsichtbaren Rune, die seine rechte Handfläche markierte, ein weiteres Andenken.

Wie die Haut waren auch seine neuen Augen höchst reaktiv; helles Licht schmerzte, auch wenn er herausgefunden hatte, dass er des Nachts verblüffend gut sehen konnte. Er hatte für drei Scheine eine Panoramasonnenbrille von einem Straßenhändler gekauft und nahm sie von der Morgen- bis zur Abenddämmerung nie ab, und manchmal nicht einmal dann.

Und was seinen glatt rasierten Kopf betraf – das war seine

Entscheidung gewesen. Sein Haar hatte kurz nach ihrer Rückkehr wieder zu wachsen angefangen, und an den meisten Stellen seines Körpers war es so zurückgekehrt, wie er sich daran erinnerte, wenn auch etwas rötlicher. Doch die schockierenden, flammenfarbenen Locken, die auf seinem Scheitel gewachsen waren, hatten nichts mit seinem alten, sandbraunen Haar gemeinsam.

Das war zu viel für Travis – eine zu starke Erinnerung daran, was ihm widerfahren war –, und so hatte er ein Rasiermesser genommen und es abrasiert. Zumindest war sein Schädel keine Mondlandschaft aus Gebirgskämmen und Kratern; das war ein Unterschied zwischen ihm und Bruder Cy.

Der Backenbart war ein paar Wochen später gekommen. Er hatte nie zuvor in seinem Leben einen getragen, aber etwas sagte ihm, dass er auch diesen *Körper* nie zuvor getragen hatte, und so kam ihm die Veränderung angemessen vor. Und was die silbernen Ringe betraf, die an seinen beiden Ohren baumelten – nun ja, Travis war es nicht leicht gefallen, sie Grace zu erklären, als sie danach gefragt hatte.

In einigen Stadtvierteln, in denen ich gesucht habe, starren die Leute einen an, wenn man kein Piercing hat, Grace.

Sie hatte seine Erklärung akzeptiert, aber er war sich nicht sicher, ob er völlig ehrlich zu ihr gewesen war. Auch wenn er selbst nicht verstanden hatte, wieso er sich von dem muskulösen jungen Mann mit dem Nasenpiercing in dem Tattoo-Laden dazu hatte überreden lassen.

Es spielt keine Rolle, ob du sie haben willst, Mann, hatte er gesagt und seine Hände über Travis' glatt rasierten Kopf gleiten lassen. *Du brauchst sie.*

Vielleicht hatte der Mann Recht gehabt. Der Stein des Feuers hatte Travis zerstört und dann neu geschmiedet. Und obwohl er noch immer ein Mensch war – weder ein Gott noch ein Monstrum –, war er nicht sicher, dass er noch *derselbe*

Mensch wie zuvor war. Er trug noch immer Travis Wilders Namen. Er hatte noch immer seine Gedanken, seine Erinnerungen, seine Ängste. Und er hatte noch immer das magische Symbol, das tief in das Fleisch seiner rechten Handfläche gebrannt war. Trotzdem sagte sein Instinkt Travis, dass jedes Atom in seinem Körper völlig neu war. Dass er anders aussah, machte es irgendwie leichter, das Geheimnis dieser Veränderung zu ertragen.

Als Travis spürte, dass der Wind kam, hatte er den Hut abgenommen. Jetzt holte er ihn aus der Tasche seines Trenchcoats – derselben Tasche, in der er ihn gefunden hatte, nachdem er den Mantel für vier Mäuse in dem Billigladen am South Broadway gekauft hatte. Der Hut war schwarz und formlos, sah entfernt einer Baskenmütze ähnlich. Grace hatte gesagt, er sehe wie ein schlechtes Toupet oder eine tote Katze aus, je nachdem, aus welchem Winkel sie ihn betrachte. Travis gefiel er.

Als er sich den Hut aufsetzte, erhaschte er hinter seinem Bild im Fenster einen Blick auf die Berge. Sie schwebten in der Lücke zwischen zwei Gebäuden wie graue Geister am Horizont. Einen Augenblick lang wünschte er sich, er könne dorthin zurückkehren, zu den Bergen, nach Castle City. Hatten sie ihm dort nicht immer geholfen, sich zu entscheiden, was er tun sollte – Bruder Cy, Schwester Mirrim und das dunkle Kind Samanda?

Aber das seltsame Trio war nicht mehr dort. Es war riskant gewesen, vielleicht sogar dumm, irgendjemanden wissen zu lassen, dass er lebte und auf der Erde war, aber vor ein paar Tagen hatte Travis zum Telefon gegriffen und die Auskunft angerufen.

Welche Stadt, bitte?, hatte die Tonbandstimme gedröhnt.

Er hatte gezögert, dann die Worte gesprochen. *Castle City.*

Welchen Eintrag?

Das war schon schwerer. Er hatte an Jace Windom gedacht, aber sie war ein Deputy. Würde sie Sheriff Dominguez nicht jedes Gespräch mit Travis melden müssen? Schließlich war er jetzt zweimal vom Schauplatz von Bränden verschwunden, bei denen andere Menschen ums Leben gekommen waren.

Davis oder Mitchell Burke-Favor, hatte er gesagt, bevor er richtig darüber nachgedacht hatte.

Einen Augenblick bitte.

Davis und Mitchell waren jeden Freitag in den Mine Shaft Saloon gekommen und hatten zur Country Music in der Jukebox getanzt. Sie waren so enge Freunde, dass sie ihm helfen würden, aber wiederum nicht so gute, dass sie sich genötigt sehen würden, ihn zu suchen. Außerdem lag ihre Ranch direkt südlich der Stadt, nicht weit vom Friedhof Castle Heights entfernt. Falls dort jemand Bruder Cy gesehen hatte, dann sie.

Diesmal sprach eine richtige Vermittlungskraft. Sie nannte ihm die Nummer. Er legte auf und wählte. Das Telefon klingelte zweimal, dann antwortete eine tiefe, vibrierende Stimme. *Hallo, hier spricht Mitchell.*

Travis' Kehle war wie zugeschnürt. Es dauerte einen Moment, bis er sprechen konnte.

Mitchell, ich bin's.

Stille, nur erfüllt vom Zischen der Entfernung. Dann: *Travis! Travis Wilder!*

Ihr Gespräch war nur kurz gewesen, aber überraschenderweise nicht peinlich geraten. Obwohl Mitchell jedes Recht dazu gehabt hätte, fragte er nicht, wohin Travis verschwunden, was mit ihm passiert war oder von woher er anrief. Stattdessen hörte er sich Travis' Fragen an und beantwortete sie dann mit einer tiefen, melodischen Stimme, die Travis an einen Cowboy und Dichter erinnerte, den er mal im Radio gehört hatte. Leider hatte Mitchell nicht viel zu sagen. Er hatte in der Stadt keinen groß gewachsenen Mann in Schwarz gesehen. Und, nein, das Zelt des Wanderpredigers, das im vergangenen Oktober dort aufgetaucht war, war nicht mehr erschienen. Travis gingen allmählich die Fragen aus.

Da ist ein Grab für dich, Travis. Oben auf dem Hügel in Castle Heights.

Ich weiß, sagte er einfach. Das genügte.

Mach's gut, Travis. Wir werden dich vermissen.

Travis wusste nicht, was er sonst noch sagen sollte. Er begnügte sich mit *Grüß Davis von mir.* Mitchell legte zuerst auf und ließ Travis mit dem einsamen Geräusch des statischen Rauschens in seiner Hand zurück.

Obwohl er froh war, den Anruf getätigt zu haben, hatte er nur bestätigt, was seine Instinkte ihm bereits gesagt hatten. Bruder Cy war nicht mehr dort oben in den Bergen. Aber er musste irgendwo sein. Deshalb hatte Travis die vergangenen Wochen damit verbracht, hier in der Stadt nach ihm zu suchen.

Außerdem ... selbst wenn Bruder Cy noch in Castle City wäre, könntest du nicht dorthin zurückkehren. Das ist zu gefährlich. Das wäre der erste Ort, an dem sie nach dir suchen.

Als wäre dieser Gedanke irgendwie ein Stichwort gewesen, beobachtete Travis in der Spiegelung des Schaufensters, wie sich in einer Querstraße ein schnittiger schwarzer Geländewagen näherte und auf die Ecke zuhielt, an der er stand. Die Ampel zeigte Gelb und dann Rot, und das Fahrzeug hielt an, während Fußgänger vor ihm die Straße überquerten. Durch die flackernde Wand ihrer Beine konnte Travis das Nummernschild erkennen: DRATEK33.

»Sei kein Narr, Travis«, murmelte er leise vor sich hin. »Sie müssen einen multinationalen Konzern leiten. Nicht jeder ihrer Wagen kann auf der Suche nach dir und Grace sein.«

Mit einer, wie er hoffte, beiläufigen Bewegung wandte er sich von der Fensterscheibe ab und überquerte inmitten einer

Traube von Fußgängern die Straße. Erst nachdem er einen halben Block zurückgelegt hatte, drehte er sich um und schaute zu der Kreuzung zurück. Die Ampel war umgesprungen, das Fahrzeug war nirgendwo in Sicht.

Travis steckte die Hände in die Taschen. Er wusste, er sollte eigentlich weitergehen; erst in ein paar Stunden musste er sich zur Nachtschicht im Krankenhaus einfinden. Aber er war das Herumgehen leid, das Suchen leid. Er kaufte bei einem Straßenhändler einen Becher Kaffee und sprang dann in den kostenlosen Shuttlebus zum Ende der Sixteenth Street. Er überquerte die Fußgängerbrücke hoch über den Eisenbahnschienen und ging dann zu einem grünen Park neben dem Platte River hinab. Er setzte sich auf eine Betontreppe und beobachtete, wie das Wasser des Platte River vorbeiströmte, so dünn und braun wie der Kaffee in seinem Pappbecher. Er trank einen Schluck. Es war kein *Maddok*, aber er spürte, wie das schwache Prickeln nervöser Energie durch seine Adern sickerte.

Er stellte den Becher auf die Stufe und zog dann unter seinem schwarzen T-Shirt ein kleines Knochenstück an einer Schnur hervor. Es schien so lange her und so weit entfernt zu sein – der Tag, an dem er den Knochen in der Nähe der halb verfallenen Festung Kelcior aus dem Beutel der Hexe Grisla gezogen hatte. Er konnte noch immer die krächzenden Worte der alten Vettel hören:

Ich hätte nicht gedacht, dass du diesen auswählst. Eine Linie für die Geburt, eine Linie für den Atem und die letzte für den Tod, der zu uns allen kommt.

Damals hatte er die Bedeutung der Rune nicht verstanden – zu Grislas großer Empörung. Erst später, als er in den gefrorenen Tiefen der Schattenkluft stand – als Beltan sterbend im blutgetränkten Schnee lag und das Runentor sich öffnete, um die Heere des Fahlen Königs auszuspeien –, war Travis ihr

Sinngehalt endlich klar geworden. Es war Hoffnung. Solange es Leben gab, gab es stets Hoffnung.

Travis schloss die Hand um die Rune. Beltan hatte fast sein Leben gegeben, damit Travis diese Lektion lernen konnte. Travis würde ihn jetzt nicht im Stich lassen.

Wach auf, Beltan. Bitte. Du musst aufwachen, damit wir von hier verschwinden können.

Travis und Grace sprachen kaum noch darüber; das war überflüssig. Beiden war klar, dass sie Beltan aus dieser Stadt schaffen mussten, bevor Duratek sie fand. Er griff wieder nach seinem Kaffee, hielt aber inne, als ihm eine Reklametafel auf der anderen Seite des Flusses auffiel. Er hätte überrascht sein sollen, war es aber nicht. Sie waren überall, das wusste er jetzt.

Auf der Reklametafel lächelten ein Mann, eine Frau und ein Mädchen mit idiotischer Freude, während das Mädchen eine Taube in einen Himmel freiließ, der viel zu blau war, um schön zu sein. In diesem Himmel hing, scharf wie eine Sichel, ein übergroßer Halbmond, der zu dem großen D ihres Logos verschmolz. *Duratek. Welten voller Möglichkeiten.*

Travis zuckte zusammen. Er wusste nur allzu gut, was die Reklametafel in Wirklichkeit bedeutete. Einer ihrer Beauftragten hatte ihm erzählt, das Zusammentreffen von Eldh und der Erde sei unausweichlich und Durateks Mission sei es lediglich, die Zusammenkunft zu handhaben, dafür zu sorgen, dass sie auf die richtige Art und Weise ablief. Travis wusste, dass das gelogen war. Ihre wirkliche Aufgabe war es, Eldh vor allen anderen zu erreichen, seine Völker zu erobern, seine Flüsse zu verseuchen, die Bäume zu fällen und die Mineralien zu schürfen. Und Travis würde alles tun, was in seiner Macht stand, um zu verhindern, dass sie ihr Ziel erreichten.

Doch selbst falls – *wenn* – Beltan aufwachte ... wie wollten sie ihn zurück nach Eldh schaffen? Die beiden Hälften der

Silbermünze schienen nur in einer Richtung zu funktionieren: von Eldh zur Erde. Trotz der zahlreichen Experimente, die Grace und er durchgeführt hatten, schienen die Münzen auf der Erde keine Macht zu haben. Deshalb suchte er auch nach Bruder Cy.

»Wo bist du, Cy?«, murmelte er. »*Was* bist du?« Aber die Worte verloren sich in einem Windstoß.

Er ließ seinen Blick schweifen. Auf dem anderen Flussufer erhob sich ein riesiges, skelettähnliches Gebilde, zusammengeschmiedet aus Stahlträgern, in den Himmel. Dann entrollte der Wind die Fahne, die an der Seite der Baustelle hing:

BALD AUCH IN DENVER
DIE STAHLKATHEDRALE
Alles, was Sie suchen,
wartet direkt hinter der nächsten Ecke ...

Also war es eine dieser riesigen neuen Megakirchen. Je größer, desto besser, war das heutzutage die Philosophie, ganz gleich, was man verkaufte? Wenn doch nur die Worte auf der Fahne zuträfen, wenn das, was er suchte, tatsächlich direkt hinter der nächsten Ecke läge. Aber ob er Bruder Cy nun fand oder nicht, sie konnten nirgendwo hin, bis Beltan aufwachte. Und obwohl Travis die Hoffnung nicht aufgeben wollte, ließ sich einfach nicht vorhersagen, wann das sein würde.

Fast jede Nacht, normalerweise gegen zwei Uhr morgens, wenn es endlich etwas ruhiger und stiller wurde, legte er seinen Mopp zur Seite und ging zu Beltans Zimmer. Jedes Mal war er betroffen, wie zerbrechlich der Ritter unter dem Gewirr von Schläuchen und Drähten aussah. Beltan hatte stets gesagt, er sei Travis' Beschützer, aber Travis war klar, dass es jetzt genau andersherum war. Doch irgendwie war es ein tröstliches Gefühl: Er ertrug es, der Stärkere zu sein.

Jede Nacht betrachtete er ihn eine Weile – ein paar Minuten, vielleicht mehr –, um zu sehen, ob der blonde Mann sich irgendwie bewegte, wie schwach auch immer. Er wusste, dass Beltan ihn liebte. Das hatte der Ritter ihm einmal in Perridon zu sagen versucht, doch Travis hatte es nicht hören können, da er gerade die Rune des Feuers zurück auf Meister Eriaun gerichtet und in seinen Ohren das Tosen der Flammen geschallt hatte. Erst als Beltan sterbend auf Schloss Spardis lag, als der Ritter ihn mit blutigen Lippen geküsst hatte, hatte Travis endlich begriffen.

Was das bedeutete, war eine ganz andere Frage. Nacht für Nacht stand Travis über Beltan, versuchte sich vorzustellen, wie jemand tatsächlich ihn und ob er einen anderen lieben konnte, versuchte herauszufinden, ob das überhaupt möglich war. Dann hatte Travis sich schließlich – vielleicht in einem Akt der Verzweiflung – einfach gebückt und seine Lippen auf die Beltans gedrückt.

Es war so einfach gewesen, dass er fast gelacht hätte. Der Blitzschlag blieb aus, die große Enthüllung, jeglicher Widerstand, das plötzliche Erwachen. Haut berührte einfach Haut. Warum hatte er etwas anderes erwartet? In all seinen nächtlichen Träumereien hatte er sich so versessen gefragt, ob er Beltan lieben *konnte*, dass er gar nicht daran gedacht hatte, sich die einfache Frage zu stellen, ob er ihn auch tatsächlich liebte. Und was die Antwort betraf ... nun ja ...

Wie ein dunkler Vogel flatterte etwas am Rand von Travis' Blickfeld. Er schaute auf.

Die Frau stand keine zehn Meter entfernt von ihm im Park, mitten auf einer kahlen Betonfläche. Sie war groß und geschmeidig, ihr Körper war mit eng sitzendem schwarzem Leder bekleidet. Breitbeinig stand sie da, die Stiefel mit hohen Absätzen fest aufgesetzt. Kurzes, dunkles Haar schmiegte sich seidig an ihren Kopf, und das bronzene Oval ihres Gesichts zeigte einen ernsten Ausdruck. Sie stand ohne die geringste Bewegung da und betrachtete ihn mit goldenen Augen.

Travis atmete tief ein. *Wer bist du?,* wollte er sagen. Doch bevor auch nur ein Geräusch über seine Lippen kam, kräuselte sich die Luft um die Frau und klappte zusammen, und sie war verschwunden.

21

Mitchell Sheridan Burke-Favor setzte sich im Bett auf, starrte in das steinfarbene Licht zwischen Nacht und Morgen und wartete darauf, dass der Wecker neben dem Bett klingelte.

Es würde nicht mehr lange dauern. Das Leben auf der Ranch fing lange vor der Dämmerung an, ganz gleich, welche Jahreszeit man schrieb. Die Hilfskräfte würden bald auftauchen und auf der Suche nach Frühstück in die Küche trampeln. Dann mussten sie die Pferde füttern und satteln, das Vieh von den Weiden zu den Wasserstellen treiben und meilenlange Zäune instand setzen. Je früher sie anfingen, desto früher waren sie fertig.

Nicht, dass Mitchell etwas gegen ein paar Minuten Schlaf mehr einzuwenden gehabt hätte. Bei Gott, er war ziemlich müde. Während die Jahre immer kürzer zu werden schienen, schien sich jeder einzelne Arbeitstag irgendwie länger auszudehnen. Aber so müde er auch war, er konnte, verdammt noch mal, keine Nacht mehr durchschlafen. Er dachte ständig an den Viehpreis, daran, wie viel Stück sie verkaufen mussten, um es durch den Winter zu schaffen, und an die Kosten für das Heu. Aber hieß es andererseits nicht, dass man umso weniger Schlaf brauchte, je älter man wurde?

Wir sind keine jungen Männer mehr, Mitchell. Hier toben keine Kinder herum, die dich daran erinnern, also könnte man es fast vergessen. Aber wir sind keine dreißig mehr, und wir sind es schon lange nicht mehr gewesen.

Neben ihm im Bett bewegte sich etwas. Mitchell drehte sich um und ließ seine Blicke über die Ebenen von Davis´ Körper wandern, der sich so scharf und windgepeitscht wie die Hochebene unter dem Laken ausstreckte. Der Schlaf hatte die

Linien geglättet, die der Wind und die Sonne im Lauf der Jahre gemeißelt hatten, doch Mitchell wusste, sie würden in dem Augenblick zurückkehren, in dem Davis aufwachte und lächelte.

Trotzdem sah Davis mit seinem dichten, weizenbraunen Haar gar nicht so anders aus als zu jenem Zeitpunkt, als sie sich vor fünfundzwanzig Jahren kennen gelernt hatten. Davis war damals mit einem Amateur-Rodeo mitgereist, und Mitchell war Ansager auf dem Festplatz von Billings, Montana, gewesen. Davis hatte nur vier Sekunden auf dem Bullen durchgehalten. Noch bevor er auf dem Boden aufprallte, hatte Mitchell gewusst, dass ihr gemeinsames Leben viel länger währen würde.

Während Davis schlanker denn je war, war Mitchell mit der Zeit massiger geworden. Vor ein paar Jahren waren seine Wranglers der Größe 32 stillschweigend 34ern gewichen. Und letzten Monat hatte er dann kapituliert, nachdem seine Taille sich massiv beklagt hatte, und im McKay's General Store seine ersten Hosen der Größe 36 gekauft. Doch er war noch immer stark – dafür sorgte die Arbeit auf der Ranch –, und sein dichter, schwarzer Schnauzbart verbarg ausgezeichnet die Falten um seinen Mund. Und was seinen langsam kahl werdenden Kopf betraf – nun ja, nur Gott und Davis sahen ihn je ohne Hut.

Außerdem gab es andere Möglichkeiten, jung zu bleiben. Deshalb hatten er und Davis vor zehn Jahren mit dem Twostep angefangen. Sie waren so gut geworden, dass sie vor einer Weile beim nationalen Wettbewerb in San Francisco ein paar Preise gewonnen hatten. Wenn man tanzte, konnte man sich unmöglich alt fühlen.

Abgesehen davon, dass es jetzt in der Stadt keine Lokalität mehr gab, wo man tanzen konnte.

Mitchell seufzte, und ihm war klar, dass ihn nicht die

Gedanken an Pferde, Vieh und Zäune wach gehalten hatten. Verdammt noch mal, von woher hatte Travis Wilder angerufen?

Mitchell hatte nicht gefragt, als vor zwei Abenden das Telefon geklingelt hatte. Man fragt niemanden, woher er kommt oder wohin er geht, das war unter Cowboys Ehrensache. Wenn er es einem freiwillig sagte, nickte man einfach, und die Sache war erledigt. Aber Travis hatte nicht gesagt, wo er war oder wo er gewesen war. Trotzdem hatte die Frage in Mitchell gebockt und getreten, und er hatte sie lediglich zügeln können.

Niemand wusste, wer oben im Friedhof Castle Heights das Grab für Travis gegraben hatte. Einige in der Stadt behaupteten, es müsse der neue Totengräber gewesen sein, der mit der seltsamen Sommerhitze gekommen und genauso plötzlich wieder verschwunden war. Mitchell konnte es nicht sagen, er hatte den Mann nie gesehen. Der Sommer hatte nur wenig Zeit für alles übrig gelassen, was nichts mit der Ranch zu tun hatte, die Hitze hatte bei den Tieren fast einen schrecklichen Tribut gefordert und sie hatte viel länger angehalten, als es üblicherweise der Fall war.

Doch obwohl niemand genau wusste, wer Travis' Grab ausgehoben hatte, ging jeder davon aus, dass das, was von ihm übrig war, darin begraben lag. Der Mine Shaft war fast vollständig zerstört worden. Eine Naturgasexplosion, hatte der Branddirektor des Castle County schließlich festgestellt. Er war durch sämtliche alten Gebäude an der Elk Street gegangen und hatte in den uralten Rohren und Boilern ein Dutzend weiterer Lecks gefunden. In gewisser Weise war es ein Wunder, dass es nicht schon früher passiert war. Aber warum war es dann ausgerechnet im Mine Shaft passiert? Jeder erinnerte sich noch an den Brand im Magician's Attic, bei dem Jack Graystone gestorben und Travis Wilder zum ersten Mal verschwunden war. Jetzt war der Mine Shaft abgebrannt, und Max Bayfield und mehrere nicht identifizierte Opfer waren mit ihm verbrannt.

Aber nicht, wie Mitchell vor zwei Abenden erfahren hatte, Travis Wilder.

Durch das Fenster – das trotz der frostigen Bergnacht einen Spaltbreit geöffnet war – trieb das Geräusch von Reifen auf Schotter. Mitchell runzelte die Stirn. War einer der Hilfskräfte zu früh gekommen?

Draußen wurde eine Wagentür zugeschlagen: massiv, schwer, gut geölt. Ein zweiter Knall folgte, und ein Zittern machte sich in Mitchells Brust breit. Keins der Geräusche hatte danach geklungen, als hätte man die Türen eines verrosteten Pick-up zugeschlagen, und er war sich ziemlich sicher, dass keiner der Männer sich einen brandneuen Wagen gekauft hatte. Dafür bezahlte er ihnen einfach nicht genug.

Mitchell stand auf. Kalte Luft schlug gegen seinen nackten Rücken. Er zog sich schnell die Jeans an, die über einer Stuhllehne lag. Er fummelte auf dem Nachttisch herum, dann schlossen seine Finger sich um eine Brille mit Silberdrahtgestell. Davis hatte gesagt, sie ließe ihn stattlich und klug aussehen. Mitchell wusste, dass sie ihn alt aussehen ließ, aber ohne sie traf er, verdammt noch mal, auf zehn Schritt kein Ziel mehr.

Das Geräusch knirschender Schritte näherte sich. Mitchell hielt den Kopf schräg und zählte. Nur zwei. Das waren keine schlechten Chancen. Er ging zum Fenster, öffnete den gemusterten Vorhang einen Spaltbreit und spähte in die stählerne Vordämmerung. Sie waren gerade noch neben der vorderen Ecke des Hauses zu sehen: die schnittigen schwarzen Rundungen zweier Geländewagen, die auf der Schottereinfahrt standen. Zwei Männer in dunklen Anzügen blieben stehen und schauten mit Augen, die von schweren Sonnenbrillen verborgen wurden, als wäre selbst der fahle Schimmer des ersten Lichts zu viel für sie, zum Horizont. Dann drehten sie sich um und gingen zum Haus.

Ein Rascheln in dem Bett hinter ihm und eine schläfrige Stimme. »Was ist los, Mitchell?«

Mitchell wandte sich vom Fenster ab und sprach durch zusammengebissene Zähne. »Hol deine Waffe, Davis.«

Zwei Minuten später traten sie aus der Tür des Ranchgebäudes auf die breite Veranda. Die letzten Nachtwinde flohen, als fürchteten sie die Ankunft der Sonne. Auf der anderen Seite des Verandageländers standen zwei Männer in Schwarz. Der Wind schien keine Macht über ihr steifes Haar und ihre schweren Anzüge zu haben. Mitchell erzitterte, und einer der Männer – das Haar pechschwarz, die Gesichtszüge glatt und irgendwie asiatisch – lächelte. Da seine Augen von der dicken Sonnenbrille verborgen wurden, wirkte die Regung tot.

»Wir hätten gewartet«, sagte der Mann, »bis die Gentlemen sich angekleidet haben.«

Auf dem Weg zur Tür hatte Mitchell seinen Stetson aufgesetzt, aber abgesehen von der Jeans war es das. Davis hatte ein weißes Tanktop und zerknitterte Khakihosen angezogen. Beide waren barfuß.

»Nein, nein – das sind Cowboys«, sagte der andere Mann mit einem Lächeln, das gleichermaßen leer war. Er war groß, ein nordischer Typ, das Haar so blond, dass es in der Dämmerung knochenweiß leuchtete. »Ich habe das in den Filmen gesehen. Sie sind nur ohne Waffen nackt. Stimmt's nicht, Jungs?«

Mit einer Reflexhandlung fasste Mitchell das Gewehr fester, doch Davis lachte nur und ließ seine Waffe um seinen Finger kreisen wie ein Revolverheld aus einem Groschenheft. Er war schon immer ein Showman gewesen.

»Warum fahrt ihr kleinen Knirpse nicht einfach wieder

nach Hause zurück?«, sagte Davis mit einem lächerlich gedehnten Westernslang.

Der Himmel hellte sich ein wenig auf, und die Halbmonde, die auf die Türen der Fahrzeuge lackiert waren, glühten, als würden sie von innen beleuchtet. Der Asiate trat vor.

»Natürlich. Wir werden gern ... so gut sein. Ist das nicht der Begriff, den Sie hier im Westen bevorzugen? Doch bevor wir gehen, seien Sie bitte so gut und lassen uns eine oder zwei Fragen stellen.«

Davis steckte den Revolver in den Hosenbund, lachte und lehnte sich auf das Geländer. »Es ist Ihre Zeit«, sagte er. »Aber Sie erwarten hoffentlich nicht, dass wir Ihnen eine Tasse Kaffee anbieten, während wir unser kleines Pläuschchen halten.«

Davis konnte über alles lachen. Als sie einmal campen gewesen waren, hatte ein hungriger Schwarzbär den Kopf in ihr Zelt gesteckt und schnüffelnd nach Nahrung gesucht. Davis war in ein brüllendes Gelächter ausgebrochen und hatte dem Bären dann auf die Nase gehauen. Verblüfft hatte das Tier sich getrollt. Aber Mitchell hatte damals nicht gelacht, und er lachte auch jetzt nicht. Diese Männer hatten etwas an sich – auch, ohne ihre Augen sehen zu können –, das sie hungrig wirken ließ. Aber vielleicht lag es nur daran, dass er einen Wolf erkannte, wenn er einen sah.

Mitchell hob sein Gewehr. »Ich habe Ihren Leuten schon einmal gesagt, sie sollen mit ihren Tricks Schluss machen und sich hier nie mehr blicken lassen. Ich meine es ernst.«

Trotz des Gewehrs, das auf seine Brust gerichtet war, trat der dunkelhaarige Mann näher. »Sie haben die Vertreter unserer Firma falsch verstanden, Mr. Favor. Rancher zu sein ist ein hartes Geschäft – heutzutage härter denn je, wie Sie bestimmt wissen. Waren Sie neulich nicht gezwungen, wegen der niedrigen Viehpreise eine zweite Hypothek auf Ihren Besitz aufzunehmen?«

Mitchell erstarrte. Verdammt noch mal, woher wussten sie das?

Der Mann spreizte die Arme. »Sie sehen, wir wollten Ihnen nur helfen.«

Davis schnaubte; sein Grinsen war verschwunden. »Sie meinen, wie Sie Onica McKay geholfen haben?«

Als Mitchell zu McKays General Store gegangen war, um sich eine Jeans zu kaufen, hatte Onica seltsam still gewirkt, als sie die Hose bongte. Erst ein paar Tage später hatten sie von einem der Hilfskräfte erfahren, dass sie ihre vertraglichen Zahlungen nicht mehr leisten konnte und Duratek den Laden übernommen hatte. Onica war nun eine Angestellte, die in dem Geschäft, das ihr Urgroßvater aufgemacht hatte, den Mindestlohn bekam. Das war die Hilfe, die Duratek anbot.

Der Mann seufzte schwer. »Niemand ist trauriger als wir, wenn eine unserer Vereinbarungen nicht funktioniert. Aber Vertrag ist Vertrag. Als Geschäftsmann verstehen Sie das sicher.«

Mitchell hatte jetzt genug davon. »Ich habe Ihnen gesagt, ich werde nie einen Ihrer Verträge unterzeichnen. Und jetzt ...«

Der hellhaarige Mann hob eine Hand. »Nein, nein, Mr. Favor. Wir wollen keinen Vertrag mit Ihnen abschließen. Wir hatten Gelegenheit, die Zahlen Ihres kleinen Unternehmens hier zu überprüfen. Unser früheres Angebot wurde irrtümlich gemacht und zurückgezogen. Wir interessieren uns für etwas ganz anderes.«

»Sagen Sie uns bitte«, warf der Asiate ein, »ob Sie einen Mr. Travis Wilder kennen? Er war bis vor kurzem Inhaber des Mine Shaft Saloon in Castle City.«

»Was wollen Sie von Travis?«, sagte Mitchell und zuckte dann zusammen. Ein Blick von Davis verriet ihm, was er bereits gemerkt hatte: Er hatte diesen Männern gerade verraten, dass er Travis in der Tat kannte.

»Wissen Sie«, sagte der Dunkelhaarige, »wie Ms. McKay hat auch Mr. Wilder einen Vertrag mit uns unterschrieben. Doch seit ein paar Monaten erfüllt er seine vertraglichen Verpflichtungen nicht mehr. Dann brannte der Mine Shaft angenehmerweise ab, und Mr. Wilder verschwand.«

»Starb, meinen Sie«, sagte Davis. Er hielt den Revolver wieder in der Hand.

Der nordische Typ zuckte mit den Schultern. »Das ist *eine* Erklärung. Ich bezweifle, dass sie zutrifft.«

»Verstehen Sie«, fuhr der andere fort, »wir haben Grund zu der Annahme, dass Mr. Wilder nicht tot ist, dass er die Zerstörung des Mine Shaft absichtlich arrangierte, um den finanziellen Verpflichtungen unserer Firma gegenüber nicht mehr nachkommen zu müssen.«

»Das ist gelogen«, fauchte Mitchell.

Trotzdem erschütterten die Worte ihn. Was, wenn sie der Wahrheit entsprachen? Schließlich *lebte* Travis ja noch. Was, wenn Travis wirklich einen Vertrag mit Duratek unterzeichnet hatte? Hatte er deshalb nicht gesagt, von wo aus er anrief?

Den anderen musste seine Reaktion aufgefallen sein.

»Wissen Sie etwas, Mr. Favor?« sagte der Schwarzhaarige. »Dann sollten Sie es uns jetzt sagen. Wir können uns problemlos eine Vorladung für eine eidliche Zeugenaussage besorgen. Sie wissen bestimmt, dass es strafbar ist, unter Eid zu lügen. Und Sie scheinen ein gesetzestreuer Mann zu sein, Mr. Favor.«

Die Stimme des anderen war ruhig und vernünftig. Und die Lage der Ranch war zurzeit prekär. Sie konnten sich auf keinen Fall einen Rechtsanwalt leisten. Und Travis' Verhalten war in der Tat seltsam ...

Er wollte gerade den Mund öffnen, als das Klicken einer Revolvertrommel ihn aufhielt. Davis hatte seine Waffe auf die beiden Männer gerichtet; der Hammer war gespannt.

»Dann will ich Ihnen eine kleine Lektion über das Gesetz geben«, sagte Davis. »Sie begehen Hausfriedensbruch.«

Mitchell nickte. Er hatte sich diesen Wölfen zum Fraß vorwerfen wollen, doch die Macht, die ihre glatten Worte über ihn hatten, war verflogen. Er lud das Gewehr durch und sah am Lauf entlang.

»Bei drei, Davis.«

»Eins«, sagte Davis.

Der Dunkelhaarige streckte eine Hand aus. »Davis, Mitchell – Sie müssen mir zuhören.«

Mitchell hielt das Gewehr fester. »Für Sie noch immer Mr. und Mr. Burke-Favor.«

»Zwei«, sagte Davis.

»Es ist nicht klug, uns ...«

»Drei.«

In perfektem Einklang drückten zwei Finger ab, und zwei Donnerschläge ertönten. Die Männer in den dunklen Anzügen duckten sich, als Kugeln ein paar Zentimeter über ihren Köpfen hinwegflogen.

»Nur falls Sie es sich fragen sollten«, sagte Davis und grinste wieder über das ganze Gesicht, »wir haben keineswegs versucht, Sie zu treffen. Diesmal, Mitchell?«

Sie senkten ihre Waffen.

Die Männer in Schwarz wichen langsam zurück. Der Bleiche ballte eine Hand zur Faust, und sein Mund verzog sich zuckend zu einem Knoten der Wut. »Das werden Sie noch bedauern.«

Obwohl sein Magen sich zu einem Klumpen zusammengezogen hatte, grinste Mitchell genauso verrückt wie Davis.

»Einen Scheißdreck werde ich«, sagte er.

Diesmal jagten ihre Schüsse die beiden Männer in die Flucht. Sie rissen die Türen ihrer Geländewagen auf und zwängten sich hinein. Motoren dröhnten auf, und die beiden

Fahrzeuge rasten die zerfurchte Straße entlang. Hinter ihnen stiegen Staubsäulen in den Himmel empor.

Mitchell senkte sein Gewehr. Davis sah ihn mit Augen an, die so klar und strahlend waren wie der Himmel des neuen Morgens.

»Ich mache Frühstück«, sagte Davis und ging ins Haus.

Als die Sonne endgültig aufgegangen war, waren auch die Hilfskräfte aufgetaucht und versammelten sich in der verwinkelten Küche des Hauses. Es waren heute nur drei – auch wenn es während des Abkalbens oder Ohr- und Brandmarkens schon mal ein volles Dutzend sein konnten. Davis brachte Schinken und Eier auf den Tisch, während Mitchell mehrere Töpfe heißen, starken Kaffees kochte. Gelegentlich scherzten einige Männer, echter Cowboykaffee würde aus Schlamm und Wasser gebraut und nicht aus Kaffeebohnen. Andererseits ließ sich jeder von ihnen mindestens dreimal nachschenken.

Während sie aßen, schaltete Davis ein kleines Fernsehgerät auf der Küchenzeile an, um sich den Wetterbericht der Morgennachrichten von Denver anzusehen. Mitchell hätte sich lieber KCCR angehört, den UKW-Lokalsender von Castle County. Er arbeitete dort einen Abend pro Woche freiwillig, las Nachrichten und Reklamespots örtlicher Firmen, nur um seine Stimme nicht außer Übung kommen zu lassen. Doch die Hilfskräfte schienen glühende Verehrer von Anna Ferarro zu sein, der rehäugigen Anchorfrau der Morgennachrichten von Channel 4, also lief der Fernseher. Während ihre Blicke nicht von der Frau wichen, sabberten sie in ihre Eier.

»Ich bin heute mit dem Spülen dran«, sagte Davis, als Mitchell die Bratpfanne ausscheuern wollte.

Mitchell wusste es besser, um darüber zu streiten. »Ich schicke die Jungs zum Zaun an der Nordgrenze.«

Die Hilfskräfte hatten ihren Kaffee getrunken und waren bereits vors Haus gegangen. Mitchell half ihnen dabei, das

Zeug, das sie zum Reparieren des Zauns benötigten, auf den Pick-up zu packen, erklärte ihnen, an welchem Teil des Zauns sie anfangen sollten, und sagte, er würde später nachkommen. Er hätte mitfahren können, wollte heute aber lieber zum Zaun ausreiten. Manchmal vergaß er Autos, elektrische Werkzeuge, Hypotheken und Bilanzen ganz gern. Wenn Mitchell über die Ranch ritt und die Stromleitungen hinter ihm zurückblieben, konnte er sich mühelos vorstellen, das sei das Colorado des vergangenen Jahrhunderts. Der Wind und der Beifuß hatten sich nicht verändert.

Aber die Welt hatte sich verändert. Während das Leben vor hundert Jahren vielleicht nicht so kompliziert gewesen war, war es gleichzeitig auch härter gewesen. Was hätte die Welt damals für ihn und Davis bereitgehalten? Trotzdem vermittelte das Reiten ihm einen Eindruck von Frieden. Er schickte die Jungs auf den Weg, wandte sich dann um und ging ins Haus zurück, um sich einen Sonnenhut zu holen. Davis ließ ihn heutzutage nicht mehr ohne Sonnenschutz hinaus. Eine weitere Konzession an die modernen Zeiten, doch Krebs war in keinem Jahrhundert erfreulich gewesen.

Mitchell trat in den Hauptraum des Hauses. Durch die geöffnete Tür zur Küche hörte er das Scheppern von Geschirr und das leise Dröhnen des Fernsehgeräts. Er sah den Sonnenhut auf dem Sims über dem riesigen Sandsteinkamin. Der Kamin war jetzt dunkel und leer, aber der Winter würde nicht mehr lange auf sich warten lassen. Mitchell freute sich auf diese Tage, an denen es draußen nicht allzu viel Arbeit gab. Dann würde er vor dem Kamin sitzen und einen Sattel flicken, während Davis seinen Computer auf dem Couchtisch aufgebaut hatte und an seinem neuesten Buch arbeitete. Er hatte bei einem kleinen kalifornischen Verleger zwei romantische Westernromane veröffentlicht und arbeitete an seinem dritten. Sie waren keine große Literatur, hatten aber das, was

Davis »heiße Bulle-auf-Bulle-Action« zu nennen pflegte. Mitchell wusste nur, dass nicht immer das prasselnde Feuer ihn schwitzen ließ, wenn er die Ausdrucke las, die dort auf dem Boden lagen.

Das Scheppern von Geschirr, das durch die Küchentür drang, hörte plötzlich auf. Eine Sekunde später ertönte Davis' Stimme, nicht laut, aber hart und scharf.

»Mitchell, komm mal her.«

War eine Prärieklapperschlange ins Haus eingedrungen? Das wäre nicht das erste Mal. Mitchell ließ die Kappe fallen und ging mit langen, schnellen Schritten zur Tür.

Davis stand, ein Trockentuch in den Händen, neben der Arbeitsfläche. »Sieh mal«, sagte er.

Mitchell schaute zum Fernsehgerät. Anna Ferarros Stimme trillerte über ein Video, das ein halb fertiges Gebäude zeigte. Angesichts des Flusses und der hohen Gebäude im Hintergrund musste es irgendwo in der Nähe der Innenstadt von Denver errichtet werden. Mitchell trat näher zum Gerät.

» ... dass die Arbeit an der Stahlkathedrale vor dem Zeitplan liegt. Mit Meilen verstärkter Stahlträger und bruchsicheren Glases wird sie einer der größten umschlossenen Räume im Staat Colorado sein, wenn sie nächstes Jahr eröffnet wird. Wie Sie anhand dieser gestern entstandenen Aufnahmen sehen können, nimmt das Gebäude – das die Rocky Mountains widerspiegeln soll – langsam Gestalt an. Und die Architekten hoffen, dass die Stahlkathedrale wie ein Berg die Menschen näher zu ...«

»Da«, sagte Davis. »Da ist er wieder.«

Die Kamera wurde zurückgefahren und zeigte einen Park in der Nähe der Baustelle. Er war fast leer. Eine Frau, die einen Kinderwagen schob, ein paar Jugendliche auf Rollerblades, das war es schon.

Nein, da war noch eine weitere Gestalt. Ein Mann, groß,

ganz in Schwarz gekleidet, mit einem formlosen Hut auf dem Kopf. An ihm war nichts Auffälliges, abgesehen von der viel zu warmen Kleidung für diesen schönen Tag. Dann drehte der Mann sich um, fast, als hätte er die Kamera gespürt.

Mitchell atmete scharf ein.

Er kann es nicht sein. Verdammt noch mal, er sieht überhaupt nicht so aus.

Doch trotz der Veränderungen bestand nicht der geringste Zweifel. Der Mann in Schwarz war Travis Wilder.

Das Video endete, und Anna Ferarros verdutzt lächelndes Gesicht füllte den Bildschirm wieder aus. Mitchell schaltete das Fernsehgerät aus und sah hoch. Davis' Gesichtsausdruck war ungewöhnlich grimmig.

»Wenn wir das gesehen und ihn erkannt haben, kannst du darauf wetten, dass wir nicht die Einzigen sind.«

Mitchell seufzte. Davis musste nicht mehr sagen. Wenn Duratek zu ihrer Ranch gekommen war, um sich nach Travis zu erkundigen, hatte die Firma bestimmt auch bei anderen nachgefragt. Travis war in Gefahr, aber dieses Spiel war für sie zu groß. Sie brauchten Hilfe, und Mitchell kannte nur eine Stelle, wo er sie bekommen würde.

»Ruf den Sheriff an«, sagte er, und Davis griff nach dem Telefon.

22

Guten Morgen, Mitchell«, sagte Jacine Fidelia Windom, Deputy des Sheriffs von Castle County, in den klobigen schwarzen Hörer.

Wie immer sprach sie mit scharfer Betonung. Jace tat alles in ihrem Leben mit äußerster Präzision. Ihr honigbraunes Haar endete knapp über ihren Schultern in einer kurzen, geraden Linie, und ihre Khakiuniform war so ordentlich und scharf gebügelt, wie eine noch nie benutzte Straßenkarte zusammengefaltet war. Selbst ihre Gesichtszüge hatten etwas Präzises an sich: klein, aber nicht zart, und im Oval ihres Gesichts gleichmäßig verteilt.

Im Hauptraum des Gebäudes des Countysheriffs war es ruhig. Jace war etwas früher gekommen, um ihren Papierkram aufzuarbeiten. Es hatte für sie etwas Befriedigendes, Papiere zu stempeln, Kopien auf die entsprechenden Stapel zu sortieren und dann in den genau richtigen Aktenordnern abzulegen. Wo es Ordnung gab, gab es auch Vernunft, Trost und Sicherheit; ohne sie wäre die Welt ein endloses, aufgewühltes Meer des Chaos.

Als sie hereingekommen war, hatte sie Deputy Morris Coulter mit einem Becher Kaffee in seinen großen Händen vorgefunden, wie er in dem eindeutig zum Scheitern verurteilten Versuch, die restliche Stunde seiner Schicht wach zu bleiben, mit sich selbst sprach. Jace hatte ihn abgelöst, sich dann einen Becher des Kaffees eingeschenkt, den Morris gekocht hatte, und sich an die Arbeit gemacht. Sie schätzte, dass sie noch über eine Stunde lang ungestört schalten und walten konnte, bevor Sheriff Dominguez kam. Fünfzehn Minuten später klingelte das Telefon.

»Womit kann ich Ihnen helfen, Mitchell?«, sagte sie und

griff für alle Fälle nach einem Kugelschreiber. Es konnte nicht schaden, im Leben stets einen Schritt voraus zu sein.

Sie lauschte aufmerksam der tiefen, musikalischen, leicht näselnden Stimme am anderen Ende der Leitung. Sie sprach nicht oft mit Davis oder Mitchell Burke-Favor, da die beiden die meiste Zeit über auf ihrer Ranch im Süden der Stadt beschäftigt waren, hörte aber Mitchells Radiosendung, wenn sie Mittwochabends hier im Sheriffbüro Dienst schob. Solange sie die beiden Männer kannte, hatten sie gute Arbeit geleistet. Sie waren höflich zu ihren Nachbarn und hielten ihre Hilfskräfte im Zaum. Castle County hätte ein paar mehr Bürger wie sie gebrauchen können.

Sie klemmte das Telefon zwischen Schulter und Hals fest und schrieb in klobiger Stenografie mit. »Also sind heute Morgen zwei Männer auf Ihre Ranch gekommen?«

Bestätigung vom anderen Ende der Leitung.

»Kannten Sie sie schon vorher?«

Zögern, dann Verneinung.

»Und können Sie mir diese Männer beschreiben, Mitchell?«

Jace machte sich Notizen, während die Stimme am anderen Ende der Leitung fortfuhr. Dann legte sie den Kugelschreiber vorsichtig ab und schob den Block zurück.

»Ich verstehe. Und haben diese Männer von Duratek Ihnen gesagt, was sie wollten?«

Jace hörte nur zwei Wörter, bevor Mitchells Stimme von einem Tosen übertönt wurde, das durch die Leitung und in ihr Ohr zu strömen schien.

Travis Wilder.

Jace kannte das Geräusch. Es war das Tosen des Meeres, von dem sie nachts träumte – des großen, rollenden Ozeans, der weder fest noch flüssig war, weder dunkel noch hell. Diesen Traum hatte sie zuerst als Mädchen in der sechsten Schulklasse gehabt, genau ein Jahr nach dem Tag, an dem sie ihr rosa Fahrrad in die Garage gerollt, einen seltsam schaukelnden Schatten bemerkt und in das geschwollene, violett angelaufene Gesicht ihres Vaters hochgeschaut hatte.

Sie hatte noch immer dort gestanden – umklammerte die Lenkstange ihres Fahrrads mit beiden Händen und betrachtete ihren starken, stattlichen Vater, der sich im Alter von 36 Jahren an den Sparren eines Orts erhängt hatte, von dem er wusste, dass seine Tochter ihn dort als Erste finden würde –, als die Garagentür geöffnet wurde und sie den Schrei ihrer Mutter hörte.

Den größten Teil ihres Lebens über hatte Jace den Traum nur selten gehabt, nur nach Tagen, die sie besonders aus dem Gleichgewicht gebracht hatten. Und die waren selten genug, denn ihr gesamtes Leben als Erwachsene – vom College über den Job als Lastwagenfahrerin bis hin zu dem als Polizistin – war eine wohl geordnete Abfolge von Schritten gewesen, die so einfach zu handhaben waren wie die Akten auf ihrem Schreibtisch.

Dann hatten die Dinge sich geändert, und ihre gesamte Logik, ihre gesamte Vorbereitung war nichts gegen das, was kommen würde. Seit den letzten zwei Monaten hatte sie den Traum fast jede Nacht. Seit Maximilian Bayfield in dem Feuer umgekommen war, das den Mine Shaft Saloon verzehrt hatte. Seit Travis Wilder verschwunden war.

Sie hatte noch immer den Zeitungsausschnitt vom vergangenen Juni, den ersten, der eine Schlagzeile über den neuen Schwarzen Tod trug. Es gab keinen Zweifel daran, dass Max die Krankheit gehabt hatte; alle Symptome waren offensichtlich gewesen. Doch die Zeitungen hatten in einer Hinsicht falsch gelegen. Es war keine Seuche »unbekannter Herkunft«. Jace wusste genau, woher sie gekommen war.

Ich habe mich nur gefragt, ob Sie Max heute gesehen haben, hatte Travis an jenem Tag im Mosquito Café zu ihr gesagt. An dem Tag, an dem sie ihn zum letzten Mal gesehen hatte. Am letzten Tag von Maximilians Leben.

Ehe und Kinder waren der nächste Posten auf der Checkliste von Jaces Leben gewesen, und Maximilian war gesund gewesen, süß, wenn auch nicht stattlich, ganz bestimmt klug und – was vielleicht am wichtigsten war – von sanfter Natur. Jace war sich ziemlich sicher, dass jener Tag in der Garage die Liebe auf Dauer von ihrer Liste gestrichen hatte, doch ihr hatte an Maximilian gelegen. Und sie hatte nichts für ihn tun können.

Das ergibt nicht viel Sinn, nicht wahr, Jace?, hatte Travis gesagt.

Er hatte ehrlich betroffen gewirkt. Einen Augenblick lang war ihr ganz warm ums Herz geworden. Dann hatte sie sich dagegen gewappnet. Was auch immer er empfinden mochte, das alles war seine Schuld. Der Unbekannte, der im Saloon verbrannt war, war der Träger, der die Pest nach Castle City gebracht hatte. Wegen der Berührung dieses Mannes war Maximilian krank geworden. Und der Verrückte in Schwarz war auf der Suche nach Travis hierher gekommen. Obwohl Jace die wahre Ursache der Krankheit nicht kannte, wusste sie, dass sie mit Travis Wilder gekommen war.

Nichts ergibt dieser Tage viel Sinn, hatte sie an jenem Tag im Café zu Travis gesagt. Und sie hatte Travis Wilder und Maximilian Bayfield nie mehr gesehen.

Das Tosen in ihren Ohren verwandelte sich stufenweise wieder in Worte zurück. *Deputy Windom?* Das war Mitchells blecherne Stimme, die aus dem Telefonhörer kam. *Deputy Windom, sind Sie noch da?*

Ein Krampf arbeitete sich durch Jace. Sie setzte sich gerade im Stuhl auf.

»Ja«, sagte sie. »Ja, ich bin noch da, Mitchell.«

Noch während sie sprach, rasten ihre Gedanken und setzten

die Einzelteile dessen zusammen, was Mitchell Burke-Favor gesagt hatte. Dann fiel, wie die Papiere auf ihrem Schreibtisch, alles an Ort und Stelle. Wohin auch immer Travis Wilder verschwunden war, er war wieder da. Und sie wusste, wo er war.

Eine Gesprächspause, und Rauschen in der Leitung. Er wartete auf eine Antwort. Sie fuhr sich mit der Zunge über die Lippen.

»Ich werde den Vorfall dem Sheriff melden.« Lügen fielen einem nicht so schwer, wenn man sie mit der Autorität der Wahrheit sprach. »Machen Sie sich keine Sorgen. Wir werden ein Auge auf diese Männer haben und dafür sorgen, dass sie keinen mehr belästigen. Natürlich. Gern geschehen. Grüßen Sie Davis von mir.«

Jace legte auf. Der Telefonapparat schien aus Blei statt aus Plastik zu bestehen, als sie ihn auf die Gabel legte. Sie wartete zwei oder drei Sekunden – worauf, wusste sie nicht; vielleicht darauf, dass die letzten Echos des Tosens aus ihren Ohren verklangen – und schaute dann zu den beiden Männern hoch, die auf der Schwelle standen.

Sie war sich nicht ganz sicher, wann genau im Verlauf des Gesprächs sie sie bemerkt hatte, wusste nur, dass es geschehen war, bevor sie aufgelegt hatte. Sie verstanden es, sich den Sinnen langsam bemerkbar zu machen. Vielleicht lag es daran, dass sie es gewöhnt waren, unbemerkt aus dem Schatten zu beobachten, dass besondere Anstrengungen nötig waren, um ihre Anwesenheit wahrzunehmen.

»Ich habe Ihnen doch gesagt, sie würden Ihnen nicht helfen«, sagte sie.

Einer der Männer – der Dunkle mit den Schlitzaugen – zuckte mit den Schultern und schob seine Sonnenbrille in eine Jackentasche. »Und wir haben nicht damit gerechnet, dass sie uns helfen, denn wir vertrauen Ihrem Urteil, Deputy Windom.

Ihre Anmerkungen über die Einheimischen beweisen große Menschenkenntnis.«

Jace ließ den Blick an ihnen vorbeigleiten. Irgendwie war es einfacher, sie nicht zu beobachten, wenn sie sprachen. »Warum sind Sie dann überhaupt zur Ranch von Davis und Mitchell gefahren?«

Nun lachte der andere: ein grobes, auffälliges Geräusch. »Wenn jemand einem auf keinen Fall helfen will, tut er es manchmal unbeabsichtigt doch. Es ist interessant, dass Mr. Burke-Favor Sie angerufen hat, nicht wahr? Ich frage mich, was der alte Cowboy zu sagen hatte.«

Jace mochte den Blonden nicht. Er war groß und breitschultrig, wirkte aber trotz seiner Größe irgendwie bleich und kränklich, als hätten zu viele Jahre unter der arktischen Sonne ihn für immer verunstaltet, wie jene dünne, wachsweiße Bohnenstaude, die sie einmal als Schulexperiment in einem dunklen Schrank hatte wachsen lassen.

Jace umklammerte die Schreibtischkante. Diese Männer sprachen stets in versteckten Andeutungen und grauen Schattierungen der Wahrheit. Das verabscheute sie an ihnen. Und wegen dieser Männer musste sie jetzt auf Lügen zurückgreifen und sich selbst etwas vormachen.

»Mir gefällt das nicht«, sagte sie mit zusammengebissenen Zähnen. »Eine Meldung an einen Vertreter des Gesetzes ist vertraulich, bis sie öffentlich gemacht wird.«

Der Dunkle trat näher an sie heran. Mit einer anmutigen Geste seiner Hand nahm er ihre Worte und schob sie beiseite. »Hier geht es um Wichtigeres als bürokratische Vorschriften, Deputy Windom. Ich ging davon aus, dass Ihnen das klar ist.«

Der Bleiche wollte etwas sagen, aber der andere hob eine Hand und brachte ihn zum Schweigen. Also traf Jaces Einschätzung zu. Obwohl der Große sich aufspielte, hatte der Kleine, Schlanke das Sagen.

Der Dunkle setzte sich auf eine Ecke ihres Schreibtischs. Der schwarze Stoff seines Anzugs knisterte bei jeder seiner Bewegungen leise und sinnlich. Der Mann roch wie ihre Waffe, nachdem sie sie gerade gereinigt hatte.

»Sie haben die Pflicht, die Öffentlichkeit zu schützen, nicht wahr, Deputy Windom? Nun haben wir hier einen Mann, von dem Sie wissen, dass er eine Gefahr für alle ist, die mit ihm in Berührung kommen. Einen Mann, für den wir uns aus ureigenen Gründen interessieren – weil er uns rechtswidrig Informationen vorenthalten hat und für den Tod dreier unserer Mitarbeiter verantwortlich ist. Und dazu kommen noch mindestens zwei Todesfälle in dieser Stadt. Falls Sie sich nun entschlossen haben sollten, uns nicht mehr zu unterstützen, kann ich diese Entscheidung zwar nicht verstehen, erwarte aber zumindest, dass Sie uns darüber in Kenntnis setzen.«

Zorn flammte in Jace auf und erstarb dann genauso schnell wieder. Sie nahm die ersten unbehaglichen Andeutungen der Welt wahr, die gierig unter ihr lauerte. Sie wusste, falls sie jetzt die Augen schloss, würde sie es sehen: das trübe, ölige, wirbelnde Meer.

Sie mochte diese Männer nicht, aber sie brauchte sie. In den Tagen nach Maximilians Tod hatte nichts für sie Sinn ergeben. Sie war einfach getrieben, eine Schiffbrüchige auf der grauen See, und beinahe ertrunken. Dann waren sie – ungebeten – gekommen, ihre Worte waren ein Rettungsring gewesen. Wahnsinn hatte Travis Wilder umgeben. Doch die Männer von Duratek hatten Vernunft, Erklärung und Logik angeboten. Da nichts anderes sie vor dem Versinken retten konnte, hatte Jace sich daran festgehalten, um ihr nacktes Leben zu retten.

Der Stuhl schien sanft unter ihr zu schaukeln. Nein, sie konnte noch nicht loslassen. Falls Travis Wilder kein Mörder war, war er bestimmt ein Überbringer des Wahnsinns und Todes, daran gab es keinen Zweifel.

Sie schloss die Augen, und eine Sekunde lang waren sie da: bleierne Wellen, die unter einem Himmel rollten, der ein Spiegel war, sodass man unmöglich sagen konnte, wo oben und wo unten war.

Du hättest das nicht tun sollen, Daddy, flüsterte sie lautlos. *Du hättest das nicht tun sollen.*

Jace öffnete die Augen. »Ich weiß, wo er ist.«

Der Mann vor ihr lächelte. »In der Tat, Deputy Windom. In der Tat.«

23

Sechs Stunden nach dem Gespräch mit Hadrian Farr packte Deirdre Falling Hawk ihren mitgenommenen Seesack, kündigte den Vertrag für die trostlose Wohnung im East End, die sie wochenweise gemietet hatte, und checkte im Savoy Hotel ein.

Der Portier musterte ihr T-Shirt und die verschrammte Lederjacke mit höflicher Verachtung. Doch als er die Kreditkarte ins Gerät steckte, die Farr ihr gegeben hatte, und auf das leuchtende Display des Kartenlesers hinabschaute, bekam er Stielaugen, und ein leises, quiekendes Geräusch drang über seine Lippen. Danach überschlug der mausgraue Bursche sich geradezu, ihr behilflich zu sein. Er klatschte nach zwei Pagen, die ihr Gepäck tragen sollten, und fragte sie dann, ob sie Blumen oder Champagner auf ihrem Zimmer bevorzuge.

»Beides«, sagte Deirdre lächelnd.

Trotz all ihrer Fehler hatten die Sucher ein Gutes: Ihre Kreditwürdigkeit war einfach magisch hoch. Deirdre wusste nicht, woher die Organisation ihr Geld bekam. Gerüchte sprachen von Lagerhäusern voller Renaissance-Schätze und Truhen voller Münzen aus dem alten Rom. Doch sie vermutete, dass eine andere Geschichte viel wahrscheinlicher war: Die Sucher hatten wohl im Lauf der Jahrhunderte in zahlreiche Unternehmen investiert und ihr Geld auch sonst klug angelegt. Bei fünfhundert Jahren Zinseszinsen schwoll ein Bankkonto schon ganz gewaltig an.

Doch wo auch immer das Geld herkam, eins war sicher: Die Sucher waren unglaublich reich. Und Farr hatte ihr gesagt, sie solle sich ein Zimmer nehmen, wo sie wolle, solange es in der Nähe des Stiftungshauses sei. Am nächsten Morgen würden sie nonstop nach Denver fliegen, um sich mit

Dr. Grace Beckett und Travis Wilder zu treffen, und sie wollten pünktlich sein.

Warum tust du das, Deirdre?, fragte sie sich im Fahrstuhl. *Du hast gesagt, du wolltest nie wieder etwas mit den Suchern zu tun haben.*

Es gab nur eine Antwort, und zwar nicht die, dass dies die Gelegenheit war, sich bei Travis zu entschuldigen. Welche Fehler die Sucher auch haben, in welche Machenschaften sie auch verstrickt sein mochten, sie hatten bestimmte Kenntnisse und Zugang zu Dingen, die niemand sonst ihr zeigen konnte. Wie konnte sie bei dem, was sie wusste – es gab in der Tat andere Welten außer der Erde –, ihre Augen davor verschließen?

Sie hatte sich bei Farr für ihr vorheriges Verhalten nicht entschuldigt, aber sie hatte seine Kreditkarte genommen und eingewilligt, ihn um acht Uhr morgens im Stiftungshaus zu treffen. Nun erfüllte sie eine Leichtigkeit und eine wilde Energie, als führe sie mit ihrem Motorrad zu schnell durch gewundene Canyons. Auf der anderen Seite des Ozeans warteten Antworten auf sie, Antworten auf Geheimnisse, von denen sie seit ihrer Kindheit geträumt hatte. Und obwohl das nicht der Grund für ihren Entschluss war, würde sie sich trotzdem bei Travis Wilder entschuldigen. Was auch immer er von ihr halten würde, sie würde ihn stets als Freund sehen.

Die beiden Pagen zeigten ihr ihr Zimmer, und Deirdre gab ihnen von dem Bündel Pfundnoten, das sie von Farr bekommen hatte, ein großzügiges Trinkgeld. Sie schlossen die Tür und ließen sie allein. Das Zimmer verfügte über ein großes Bett, ein prunkvolles Sofa und Stühle und einen Marmorkamin mit einem Gasbrenner. Der Champagner und die Blumen waren vor ihr eingetroffen und standen auf einem Tisch vor einem Fenster, das einen Blick auf Westminster Abbey, Big Ben und die Themse bot.

Nicht schlecht.

Deirdre schleuderte ihre Stiefel von sich, öffnete den Seesack und holte die Aktenmappe heraus, die Farr ihr gegeben hatte. Sie ging zum Bett, machte einen Umweg, um die Champagnerflasche aus dem Eiskübel zu holen, und ließ sich auf die extragroße Matratze fallen.

In der nächsten Stunde trank sie Champagner und blätterte Papiere durch. Sie hatte im *Sign of the Green Fairy* nicht lange mit Farr gesprochen. Er hatte gesagt, er müsse vor ihrer Abreise noch einiges erledigen und würde sie im Flugzeug nach Denver genauer unterweisen.

Es war nicht viel Material in der Aktenmappe, und das meiste davon kannte sie bereits. Fotos von Travis und Dr. Beckett und von zahlreichen Gebäuden in Castle City. Die Zeichnung eines Schwerts, die aus einem halb verbrannten Tagebuch stammte, das man 1874 in den Ruinen von James Sarsins Buchhandlung in London gefunden hatte, und ein Foto von Dr. Becketts Halskette, bei der es sich um nichts anderes als ein Bruchstück ebenjenes Schwertes handeln konnte, das in Sarsins Tagebuch dargestellt war. Natürlich war Sarsin mit Jack Graystone identisch, Travis′ Freund und Antiquitätenhändler, der viele Jahrhunderte in London und dann in Colorado gelebt hatte. Wie sein Fall – einer der berühmtesten in der Geschichte der Sucher – mit Grace Beckett zusammenhing, war noch ein Rätsel. Aber vielleicht würden sie bald eine Erklärung finden.

Deirdre blätterte den Rest der Mappe durch. Sie stieß auf Grundrisse vom Mine Shaft Saloon, chemische Analysen von Proben, die man Verbrennungsrückständen auf dem Boden entnommen hatte, und auf solche von Bodenproben vom Beckett-Strange-Waisenhaus. Erst ganz hinten in der Mappe fand sie etwas für sie Neues: die Niederschrift des gestern geführten Gesprächs zwischen Farr und Dr. Beckett.

Mit der Champagnerflasche zwischen den Beinen hockte

Deirdre im Schneidersitz da und überflog das Protokoll. Gewisse Worte fielen ihr auf. *Wir sind zurück.* Und später dann: *Wir sind alle in Denver.*

Wir, sagte sie immer wieder. Aber auf wen genau bezog sie sich? Mit Sicherheit auf Travis Wilder. Aber ihre Worte schienen auf die Anwesenheit einer weiteren Person schließen zu lassen. Wenn man nur zwei Personen meinte, sagte man normalerweise nicht *wir alle.* Dann, fast am Ende des Textes, fiel ihr Blick auf Worte, die ihr geradezu einen Schauer über den Rücken jagten, wie die Perlen in der Champagnerflasche.

Wir sind nicht allein – wir haben einen Freund dabei. Er liegt im Koma im Krankenhaus. Eine Frage von Farr. Dann: *Ja, er ist von Eldh.*

Deirdre las die Worte erneut. Ihr Herzschlag raste. Wenn das stimmte, hatte es eine enorme Bedeutung für ihre Studien des Alternativuniversums. Es war fast unvorstellbar, was sie von der direkten Untersuchung eines Einheimischen über die anderweltliche Kultur und Biologie lernen konnte.

Deirdre las den Rest der Niederschrift durch. Der letzte Satz traf sie wie ein Schlag.

Bitte helft uns.

Dr. Beckett hatte die Sucher um Hilfe gebeten. Aber um Hilfe wobei?

Sie schloss die Aktenmappe und legte sie beiseite. Plötzlich schmeckte der Champagner in ihrem Mund sauer. Sie stellte die Flasche auf den Nachttisch, wühlte in den Taschen ihrer Jeans herum und zog einen runden, silbernen und schweren Gegenstand heraus.

Rette mich. Das hatte auch diese Glinda gesagt, als sie in der Absinthbar in Soho Deirdre die Münze in die Hand gedrückt hatte. Doch ihr Appell war genauso geheimnisvoll wie der Dr. Becketts. Wovor sollte sie sie retten?

Deirdre drehte die Münze in ihren Händen. In dem Licht

konnte sie die Symbole ausmachen. Auf der einen Seite sah sie ein Paar Schuhe mit kleinen Schleifen darauf. Auf der anderen standen die Buchstaben *SD*. Sie kannte ihre Bedeutung nicht.

Aber vielleicht kannte jemand anders sie.

Es wurde allmählich spät; sie wusste, sie sollte zu Bett gehen. Andererseits konnte sie während des Flugs nach Denver neun Stunden lang schlafen. Und irgendetwas sagte ihr, dass die Zeit für Glinda knapp wurde.

Deirdre stand auf und wünschte sich, als sich alles um sie drehte, nicht so viel Champagner getrunken zu haben. Sie blinzelte, um besser sehen zu können, zog die Stiefel an und griff nach ihrer Jacke. An der Tür zögerte sie, warf einen letzten Blick in ihre teure Suite zurück. Irgendetwas verriet ihr, dass sie den Gegenwert des Geldes der Sucher nicht dafür bekommen würde.

Sie versuchte es beim Portier und dem Concierge, aber keiner von ihnen hatte so etwas Ähnliches wie diese Münze je gesehen. Ihre beste Chance, etwas zu erfahren, hatte sie wohl im *Sign of the Green Fairy*. Sie nahm einen Seiteneingang auf eine schmale Straße. Draußen stand ein Mann vom Instandhaltungspersonal des Hotels und rauchte eine Zigarette. Er war jung – spindeldürr, bleich und mit krummen Schultern, aber irgendwie trotzdem ganz ansehnlich. Sein Haar war weiß gebleicht, und Tätowierungen von Drachen schlängelten sich seine Arme hinauf und verschwanden unter aufgerollten weißen Hemdsärmeln.

»Hi, amerikanisches Mädchen«, sagte der junge Mann. »Hübsche Jacke.«

»Danke.« Deirdre wollte an ihm vorbeigehen, doch ein inneres Gefühl ließ sie sich umdrehen. Irgendwie erinnerte er sie an Glinda, gleichzeitig knallhart und viel zu zerbrechlich für diese Welt. Sie zeigte ihm die Münze.

Seine Lippen verzogen sich zu einem Schnauben. »Nein danke, verdammt noch mal, Mädchen. Das ist wirklich nicht meine Szene.« Zu spät schien er seine Worte zu überdenken. »Aber, hey, wenn das für dich in Ordnung ist, dann ... na ja, dann ist es das eben.«

»Was ist für mich in Ordnung?«, fragte sie und sah ihm in die trüben Augen.

»Du weißt es nicht? Scheiße! Ich dachte, du wolltest mich anmachen.« Er nahm einen langen Zug an seiner Zigarette. »Das ist so 'ne Art Gutschein. Damit bekommst du drüben im SD einen Drink kostenlos.«

»Im SD?«

»*Surrender Dorothy*. Drüben in Brixton. Ich wollte sagen, du siehst wirklich nicht aus, als würdest du zu dieser Szene gehören. Du hast keinen Glitzer auf dir.« Er warf die Zigarette in den Rinnstein und seufzte. »Mist, ich hab' keine Kippen mehr. Willst du mitkommen und mir 'ne Packung kaufen? Ich weiß ein Zimmer im Hotel, in dem wir's machen können. Ich bin gepierct, wenn du darauf stehst.«

Deirdre grinste. Sie zog eine Packung Zigaretten aus ihrer Jackentasche und warf sie ihm zu. »Tut mir Leid. Du musst schon damit auskommen.«

Er fing die Zigaretten mit unsicheren Händen, und sie ging davon. Als sie über die Schulter zurückschaute, hatte er sich gegen die Wand gelehnt und rauchte wieder.

Sie nahm ein Taxi nach Brixton. Deirdre bezahlte den Fahrer und stieg aus, ließ den Türgriff gerade noch rechtzeitig los, um zu verhindern, dass ihr der Arm abgerissen wurde, als der Wagen davonraste.

Die Straße war verlassen, aber ferne Schreie wurden von verrußten Fassaden zurückgeworfen, und hier und da kauerten Schatten in den Alkoven von Hauseingängen, und die kirschroten Spitzen von Zigaretten schwebten vor ihnen wie

Glühwürmchen. Deirdre musterte die düsteren Fassaden der Läden und sah zuerst nichts. Erst als sie zum dritten oder vierten Mal daran vorbeiging, sah sie ein kleines, smaragdgrünes Neonschild, von dem sie überzeugt war, dass es sich vor einem Augenblick noch nicht dort befunden hatte. Es bildete zwei Buchstaben: *SD*. Darunter umrissen rote Neonröhren ein Paar Schuhe. Deirdre ging zu dem Schild. Darunter befand sich eine schmale, unbeschriftete Tür. Sie öffnete sie und schlüpfte hinein.

Der Türsteher war ein achondroplastischer Zwerg, bekleidet mit schwarzem Leder. Er saß auf einem Barhocker hinter einem Podium, den Kopf glatt rasiert, einen blonden Spitzbart ums Kinn. Seine Augen waren von einem strahlenden, schönen Blau. Er konnte nicht älter als zwei- oder dreiundzwanzig sein. Nachdem er sie von oben bis unten gemustert hatte, entblößte er große, weiße Zähne zu einem Grinsen.

»Wir sind voll«, sagte er.

Deirdre beäugte den leeren Gang hinter ihm. Er war völlig schwarz, bis auf den Boden, der in einem verkratzten Gelb gestrichen war. Dahinter dröhnten die pulsierenden Geräusche elektronischer Tanzmusik.

Deirdre grinste ebenfalls. »Das glaube ich nicht.«

»O doch, wir nehmen heute Abend keinen mehr auf«, sagte der Türsteher. »Sie müssen morgen wiederkommen.«

»Wie viel?«, fragte Deirdre seufzend. »Fünf Pfund? Zehn?«

Der Türsteher schüttelte nur den Kopf.

Deirdre lehnte sich auf das Podium. »Hören Sie zu – es ist wichtig. Ich suche jemanden, den ich heute kennen gelernt habe. Sie heißt Glinda. Ich muss wissen, ob sie hier ist. Sie hat mir das hier gegeben.«

Deirdre legte die Münze auf das Podium. Dabei wurden die Augen des Türstehers größer.

»Asche und Blut! Warum hast du nicht gesagt, dass du

Glinda suchst?« Er nahm die Münze, steckte sie in eine Tasche und hüpfte vom Barhocker. »Hier entlang.« Er ergriff den Saum ihres Mantels und zerrte daran. »Komm schon. Hier entlang.«

Der Gang war länger, als Deirdre vermutet hätte. Die schwarz gestrichenen Wände nahmen ihr die Orientierung, zogen sich in die Dunkelheit zurück, sodass der leuchtend gelbe Boden ein Pfad zu sein schien, der über eine lichtlose Ebene führte. Dann dehnte sich das dumpfe Pochen zu einem rhythmischen Geräuschorkan aus. Gebrochene Scherben eines Regenbogens leuchteten auf ihrer Haut auf, flackerten dann vorbei, wie Leuchtkäfer, die durch die rauchgeschwängerte Luft wirbelten.

»Da ist sie.«

Der Türsteher deutete in eine düstere Ecke hinter der leuchtenden Tanzfläche, auf der ein Dutzend spindeldürre Gestalten wogten, bekleidet mit Pailletten, Federn und hellem Plastik. Deirdre erhaschte einen Blick auf orangefarbenes Haar und das Schimmern heimgesuchter violetter Augen.

Der Türsteher drehte sich um und verschwand wieder in dem Gang. Deirdre bahnte sich den Weg durch den Klub. Lametta baumelte von der unsichtbaren Decke, und Fernsehbildschirme schwebten in seltsamen Winkeln, ließen in juwelenähnlichen Farben Bilder aufblitzen. Gestalten lungerten in neblig-trüben Alkoven und düsteren Ecken: einige klein und stämmig wie der Türsteher, andere groß und schlank, verträumt auf schäbiges Chaiselongue drapiert. Sie spürte neugierige Blicke auf sich, als sie an ihnen vorbeiglitt.

Glinda hatte sich auf einem räudigen purpurnen Sofa zusammengerollt, das wie ein Halbmond geformt war. Ihre weidenzweigdünnen Arme waren auf der Lehne des Sofas gefaltet, ihr orangener Wuschelkopf ruhte darauf. Violette

Augen starrten die flackernden Lichter an, so leer wie die kleine Plastikflasche, die verkehrt herum neben ihr auf dem Sofapolster stand.

Deirdre fluchte leise. Sie hob die Flasche auf und setzte sich auf das Sofa. »Wie viele, Glinda? Wie viele hast du genommen?«

Deirdre drückte eine Hand auf ihre Stirn, packte sie dann an den Schultern und schüttelte sie. Glindas Haut war unter dem quietschenden schwarzen Vinyl kalt und steif wie Ton. In kleinen Mengen konnte Electria Euphorie und Wohlbehagen hervorrufen. In großen Dosen konnte es den Herzschlag verlangsamen und die Körpertemperatur senken, bis hin zum Koma und zum Tod.

»Glinda, du musst mir sagen, wie viele ...«

Sie hielt inne. Die andere Frau sah sie an, mit Augen, über denen ein Nebel lag wie der, der über die Tanzfläche trieb, und die sie trotzdem irgendwie durchdrangen. Sehr purpurne Lippen öffneten sich zu einem Lächeln.

»Du bist gekommen.« Glindas Stimme war ein leises Krächzen. »Mond und Sterne, du bist gekommen. Aber du kommst zu spät, Schätzchen. Du kommst zu spät.«

Deirdre strich verfilztes orangenes Haar aus ihrem Gesicht. »Es ist nicht zu spät, Glinda. Sag mir nur, wie viele Pillen du genommen hast. Ich bringe dich ins Krankenhaus.«

Glinda setzte sich auf. »Nein«, fauchte sie. »Nadelstecher. Blutlecker. Nein, du bringst mich nicht ins Krankenhaus. Die sind doch alle gleich, stochern herum und stecken was rein. Was lässt dich ticken, Schätzchen? Was fließt in deinen Adern, Schätzchen? Spreiz mal alle viere und lass uns noch mal in dich reinsehen, ja?« Ein Schauder lief über ihren viel zu dünnen Körper. »Leo hat mich einmal ins Krankenhaus gebracht. Ich gehe nicht noch mal dahin.«

Deirdre verfluchte sich; sie konnte Glinda nicht retten,

indem sie sie wegbrachte. Sie nahm die Hände der anderen, faltete sie und drückte sie mit ihren eigenen; sie waren so kalt wie Stöcke.

»Na schön, ich bring dich nicht ins Krankenhaus. Versprochen. Und ich werde auch nicht zulassen, dass Leo dich ins Krankenhaus bringt.«

Darüber lachte Glinda, ein Geräusch wie von einer gesprungenen Silberglocke. »Er kann mich nicht ins Krankenhaus bringen, Schätzchen.«

»Was meinst du?«

»Leo ist tot. Er dachte, er könnte mit ihnen handeln, könnte einen guten Preis für mich rausschlagen. Dummer Leo. Ich habe ihm gesagt, sie würden sich einfach nehmen, was sie haben wollen, aber er hört ja nie zu. Er hat mir manchmal wehgetan, und er hat mich benutzt. Aber das hat er nicht verdient. Niemand verdient so etwas.«

Deirdre verstärkte den Griff um Glindas Hände, aber irgendwie spürte sie, dass die andere ihr entglitt. »Wer, Glinda? Mit wem wollte Leo handeln? Warum wollen sie dich haben? Ich habe ... Freunde, die uns helfen können.«

Langsam, wie mit schrecklichem Bedauern, schüttelte Glinda den Kopf. »Nein, Schätzchen. Ich hab' dir doch gesagt, es ist zu spät. Sie brauchen mich nicht mehr. Sie brauchen ... uns nicht.«

Vorsichtig befreite sie ihre Finger von denen Deirdres und drückte sie dann auf ihren Bauch. Erst jetzt bemerkte Deirdre die ganz leichte Anschwellung in der Mitte ihres gertenschlanken Körpers.

Glinda seufzte. »Arion hat es mir heute Abend gesagt.«

»Arion?«

»Der Türsteher. Alle flüstern es schon. Niemand weiß, wie, aber sie haben sich einen Reinblütigen besorgt. Jetzt brauchen sie keinen von uns mehr.«

Deirdre versuchte, die Worte der anderen zu verstehen. »Ich begreife nicht ganz, Glinda. Bitte hilf mir.«

Aber Glinda sah sie nicht mehr an. Stattdessen schaute sie auf etwas über Deirdres Kopf. Eine Verträumtheit stahl sich über ihr Gesicht, wie der Friede kurz vor dem Schlaf.

»Sie ist so schön«, murmelte Glinda. »So schön und so rein. Wäre ich doch nur mehr wie sie gewesen.«

Deirdre drehte sich um, reckte den Hals, und schließlich ging ihr ein Licht auf. *Natürlich* – Surrender Dorothy. *Beuge dich, Dorothy. Woher sonst hätten sie den Namen für den Schuppen nehmen können?*

Auf einem Fernsehschirm ganz in der Nähe sah sie eine Szene in lebhaftem Technicolor: Rot-, Grün-, Gelb- und Blautöne, alle so üppig und voller Saft und Kraft, wie sie vor fast einem Jahrhundert gewesen waren, als man sie zum ersten Mal einer tristen Schwarzweißwelt präsentiert hatte. Dorothy Gale stand, umgeben von Mümmlern, vor einem eingestürzten Farmgebäude, während eine helle Lichtblase auf sie zutanzte, die leuchtete und sich ausdehnte, bis sie zu einer Frau wurde, die ganz mit funkelnder, weißer Gaze bekleidet war.

Deirdre drehte sich wieder zu Glinda um. »Es ist nicht zu spät. Du kannst mit mir kommen ... mit uns. Wer auch immer dich haben will, wenn er dich nicht mehr braucht, wird er dich gehen lassen.«

»Du irrst dich, Schätzchen. Sie lassen nichts und niemanden gehen.«

Eine Ruhe füllte Glindas Augen aus, und sie machte Deirdre ganz krank. Sie konnte doch nicht kampflos aufgeben! Sie öffnete den Mund, doch Glinda schüttelte den Kopf, und plötzlich stellte Deirdre fest, dass alle Worte sie verlassen hatten. Sie bewegte ihre Zunge, brachte aber kein Geräusch über die Lippen.

»Still, Schätzchen. Ist schon in Ordnung.« Glindas Stimme

war wie kaltes Wasser. »Du hast nach mir gesucht, und nur darauf kommt es an. Manchmal rettet man jemanden einfach, indem man ihn retten will.«

Deirdre schüttelte den Kopf und spürte die warme Nässe von Tränen auf ihren Wangen.

»Hier, Schätzchen.« Glinda zog einen silbernen Ring von einem schlanken Finger und drückte ihn dann in Deirdres Hand. »Den habe ich von meiner Mutter. Ich werde ... ich werde ihn meiner Tochter nicht geben können. Behalte du ihn stattdessen, damit wir weiterleben. Wenigstens ein wenig.«

Nein, wollte Deirdre sagen. *Ich will ihn nicht haben.* Aber dann schloss sie die Hand um den Ring. Glinda beugte sich vor und drückte ihre purpurnen Lippen auf Deirdres, küsste sie tief und anhaltend.

Deirdre riss die Augen weit auf, denn in diesem Moment verschwand der düstere Nachtklub. Stattdessen saßen sie und Glinda auf einem flachen, moosbedeckten Stein inmitten einer nebelverhangenen Waldlichtung. Die Strahlen des Mondlichts stahlen sich wie Geister zwischen silbernen Bäumen einher. Das einzige Geräusch war das Glockenspiel des Wassers, das über polierte Steine floss. Überall um sie herum trieben, wie Fetzen von Spinnfäden, winzige Wesen mit hässlichen Gesichtern und Schmetterlingsflügeln durch die Luft.

Deirdre zog sich von Glindas Kuss zurück.

»Wo ...?«

Doch in diesem Augenblick verschwand der Wald und wurde wieder von dem Nachtklub und dem pochenden Pulsschlag elektronischer Musik ersetzt.

Glinda rollte sich auf der Couch zusammen und zog ihre langen Gliedmaßen einwärts, bis sie klein wie ein Kind war. Deirdre wollte nach ihr greifen, doch eine gedrungene Hand auf ihrem Arm hielt sie auf.

»Sie kommen«, sagte Arion. »Du musst gehen.«

Sie schüttelte den Kopf, hatte jetzt keine Worte mehr.

Der Türsteher zog an ihrem Arm. »Verdammt noch mal, komm schon. Wenn sie dich hier finden, vergießen sie dein Blut. Sie haben keine Liebe für solche wie dich in ihren Herzen – falls sie überhaupt Herzen haben.«

Deirdre stolperte auf die Füße. Der Türsteher zog sie in den hinteren Teil des Nachtklubs. Deirdre warf einen Blick über ihre Schulter zurück, doch das Sofa war leer, abgesehen von einem Zweig mit zwei silbergrünen Blättern, der auf einem Kissen lag.

Arion zerrte erneut, und sie stolperte durch eine Öffnung. Als die Tür geschlossen wurde, ließ die pulsierende Musik nach. Ein Nachtgeräusch Londons nach dem anderen trieb an ihre Ohren: Gelächter, Schritte, das ferne Jaulen von Sirenen. Sie stand unter dem flackernden orangenen Dunst einer einsamen Straßenlampe am Rand einer leeren Gasse. Schließlich drehte sie sich um und war nur leicht überrascht, hinter sich eine kahle Ziegelsteinwand zu sehen.

24

Dr. Rohan Chandra, der im Denver Memorial Hospital das vierte Jahr seiner Facharztausbildung für Neurologie absolvierte und mit vierunddreißig Jahren bereits fünf wissenschaftliche Aufsätze über die Ursachen, Folgen und die Heilung von langzeitlichen komatösen Zuständen verfasst hatte, hatte etwas vergessen.

Er stand vor seinem offenen Spind im Aufenthaltsraum der Fachärzte, den Mantel zur Hälfte über seine schlanke, wohlproportionierte Gestalt gezogen und völlig in seine Gedanken versunken. Seine Mitarbeiter im Krankenhaus fanden ihn mehrmals am Tag in ähnlichen Posen vor: ob er nun Stift und Tabelle vergessen in seinen Händen hielt oder das Kantinenessen zwischen Teller und Mund auf der Gabel balancierte, während in seine braunen Augen ein gedankenverlorener Ausdruck trat, seine Lippen nachdenklich geschürzt waren und sein Körper so reglos und ausdrucksstark wie eine vielarmige Krischna-Statue wirkte.

Devi, seine Frau, hatte sich schon lange mit dieser Angewohnheit abgefunden. Ihre Ehe war mit Mühe und Sorgfalt von ihren in Indien lebenden Eltern in die Wege geleitet worden, obwohl Rohan und Devi in den Vereinigten Staaten die Universität besuchten. Da ihre Verbindung arrangiert worden war, hatten sie daran arbeiten müssen, die Liebe zu entdecken, und als sie sie fanden – sie war wie eine gelbe Blume, die sich zwischen ihnen entfaltet hatte, ohne dass sie es bemerkt hatten –, war sie viel geheimnisvoller, mächtiger und süßer als gedacht gewesen.

Devi war Elektroingenieurin in einer Firma, die Computerchips herstellte – allerdings war sie in den letzten Monaten zu Hause geblieben, um sich um ihren vor kurzem geborenen

Sohn Mahesh zu kümmern –, darum betrachtete sie alles als Schaltkreise und Transistoren.

»Du arbeitest im Multitaskbetrieb«, hatte sie ihm eines Tages gesagt. Sie hatte ihn gerade im Badezimmer vorgefunden, wie er nur mit seinen Boxershorts bekleidet ins Leere starrte, während die Zahnbürste aus seinem Mund ragte und die Zahnpasta langsam vor sich hin schäumte und ihm das Kinn hinunterlief. Nachdem er wieder zu sich gekommen war – sie war klug genug, ihn niemals zu stören, bis er von selbst erwachte –, hatte er wie wild eine Idee niedergeschrieben, die zu einem im *Journal of the American Medical Association* veröffentlichten Aufsatz geführt hatte.

Sie hatte genickt. »Das macht Sinn. Du stellst weniger Prozessortaktgeber-Zyklen für unwichtige Tätigkeiten wie das Zähneputzen zur Verfügung, um mehr Energie für die Ausführung wichtigerer, intensiverer und aufwändigerer Berechnungen umzuleiten.«

»Ich liebe dich auch, Schatz«, hatte er erwidert. Dann hatte er sie trotz Zahnpasta innig geküsst und seine Gedankengänge beschleunigt, noch während sie das einfache Hauskleid zu Boden fallen ließ. Genau vierzig Wochen später – Devi war stolz auf ihre Fähigkeit zur Genauigkeit – wurde Mahesh geboren: Er war braun, wand sich und war perfekt.

Chandra schloss die Augen, öffnete sie wieder und wusste, was er vergessen hatte. Er zog den Mantel wieder aus und verstaute ihn im Spind. Devi erwartete ihn, und er sehnte sich danach, mit Mahesh zu spielen, dieses kleine, kompakte Bündel voller Leben auf seinem Bauch hüpfen zu lassen und dann hoch in die Luft zu schleudern und wieder aufzufangen, um ihn dann wie ein lebendiges Juwel zu küssen. Aber es war gut möglich, dass der unidentifizierte Patient in Zimmer CA-423 ein Kandidat für seine neue Studie war, und er hatte den komatösen Mann heute erneut untersuchen wollen, es aber wegen der vielen Arbeit nicht geschafft.

Er schloss den Spind. Devi würde die Verspätung verzeihen. Zumindest solange er nicht vergaß, auf dem Heimweg Mangoeis zu kaufen.

Mit leisen, schnellen Schritten suchte sich Chandra seinen Weg durch die Korridore des Denver Memorial. Als Kind war er viel kleiner als die meisten seiner Artgenossen gewesen, und er hatte sich die Fähigkeit angeeignet, sich zu bewegen, ohne Aufmerksamkeit zu erregen. Und als ein Mann, der ebenfalls kleiner als die Allgemeinheit war, hatte er diese Gewohnheit unbewusst beibehalten. Manchmal suchte Devi das ganze Haus nach ihm ab, nur um ihn in ein medizinisches Fachbuch vertieft in dem Zimmer zu finden, in dem sie ihre Suche begonnen hatte.

Als er in den Korridor des C-Flügels einbog, sah er voraus eine Bewegung. Eine Tür öffnete sich, ein Mann in einem schwarzen Mantel trat heraus. Der Mann schloss hinter sich die Tür; selbst auf diese Entfernung hatte es den Anschein, als würde er jeden Lärm vermeiden. Mit einem Blick zählte Chandra die Türen zwischen seiner Position und dem Mann, dann zählte er die Nummer dazu, die auf dem Türschild zu seiner Linken stand. Das Endresultat: CA-423.

Der Mann setzte sich schnell und leise in Bewegung und ging den Korridor entlang.

»Hallo?«, rief Chandra.

Der Mann zögerte, sah aber nicht zurück. Chandra ging hinter ihm her. Seit seiner Ankunft im Krankenhaus war die Identität des Patienten in CA-423 unbekannt geblieben. Kannte der Mann sie? Oder handelte es sich lediglich um ein Mitglied des Reinigungspersonals, dem auf dem Heimweg eingefallen war, dass er etwas in dem Zimmer vergessen hatte?

»Hallo«, rief Chandra. »Bitte warten Sie doch einen Moment.«

Der Mann zögerte, dann ging er weiter. Chandra beschleunigte seine Schritte ...

... und blieb stehen.

Von einer auf die andere Sekunde war der Mann aus seiner Sicht verschwunden. Es war, als wäre er um eine Ecke gebogen. Aber das war unmöglich, denn der Korridor verlief völlig gerade. Es war, als hätte sich die Luft um ihn herum gefaltet und ihn vor allen Blicken verborgen.

Chandra stand einen langen Augenblick reglos da und dachte auf der Suche nach einer Erklärung mit aller Konzentration nach. Dann wurde er sich des dunklen Flecks in dem Korridor bewusst. Ein paar Leuchtstoffröhren waren defekt und tauchten etwa drei Meter Korridor in tiefe Schatten. Dahinter war eine Abzweigung, die in einen anderen Korridor führte. Da der Mann schwarz getragen hatte, war es durchaus vorstellbar, dass er in dem unsicheren Licht scheinbar verschwunden war, während er in Wirklichkeit die Abzweigung benutzt hatte, bevor sich Chandras Augen an die veränderten Lichtverhältnisse gewöhnt hatten. Der Arzt setzte sich wieder in Bewegung und betrat Zimmer CA-423.

Die saubere, antiseptische Luft wurde vom leisen Surren der Maschinen erfüllt. Chandra war das letzte Mal vor einigen Tagen hier gewesen, um den Patienten zu sehen. Die Veränderungen waren subtil, aber unübersehbar.

Die spontanen Muskelaktivitäten waren mindestens eine ganze Stufe höher anzusiedeln. Da: eine leichte Krümmung der Finger der rechten Hand, der beinahe sofort ein kleines, aber deutlich sichtbares Zucken einer Wange folgte. Chandra schob mit dem Daumen ein Augenlid hoch. Augenblicklich zog sich die Pupille zusammen, reagierte empfindlich auf das Deckenlicht.

Chandra ließ das Lid los und nickte zufrieden. Seine früheren Vermutungen schienen sich zu bewahrheiten. Nach Wochen des tiefen Komas näherte sich der Patient wieder dem Wachzustand. Es blieb abzuwarten, ob er den Schleier zerreißen würde; manchmal kamen solche Geschädigte nur ganz kurz wieder zu sich, nur um dann noch tiefer im Koma zu versinken und nie wieder zurückzukehren. Doch Chandras neueste Studie konzentrierte sich auf eine kombinierte Medikamententherapie, die den Heilungsprozess unterstützen sollte. Bestimmt war dieser Mann ein guter Kandidat für die Forschung. Chandra würde gleich morgen mit der Krankenhausverwaltung sprechen.

Er beugte sich über das Bettgitter. »Bald, mein Freund, wirst du uns deinen Namen sagen können.«

Der Mann regte sich nicht. Wieder einmal fragte sich der Arzt, wer er wohl war. Er war ein großer Mann, bestimmt dreißig Zentimeter größer als Chandra, und sehr stark, bevor seine Muskeln atrophiert waren. Offensichtlich hatte er ein hartes Leben geführt. Die Krankenschwester, die seine Krankengeschichte aufgenommen hatte, hatte an seinem Körper über ein Dutzend auffälliger Narben dokumentiert. Und da war die Wunde, die ihn fast das Leben gekostet hatte, ein Riss in seiner Seite, der in die Tiefen seines Körpers geführt hatte. Die Verletzung war nun verheilt, seine Adern waren wieder mit Blut gefüllt. Nun musste man abwarten und sehen, ob sein Gehirn dem Körper das Trauma verzeihen würde.

»Du bist ein Kämpfer, mein Freund, nicht wahr?«, murmelte Chandra.

Es waren nicht nur die Narben. Selbst in der Bewusstlosigkeit hatte er etwas Wildes an sich; den scharf geschnittenen Zügen haftete etwas Wütendes an, und das lange Haar, das aus seiner Stirn fiel, kündete von Freiheit. Er schien ein gefallener Krieger zu sein, der in seiner Totenbarke lag, während die Wellen ihn vom Ufer forttrugen. Nur dass er nicht tot war. Noch nicht.

»Und du wirst auch nicht sterben. Wenn du ein Kämpfer bist, mein Freund, dann kämpfe. Ab morgen werde ich dir in deiner Schlacht helfen.«

Die Uhr an der Wand zeigte die verstreichenden Sekunden an. Chandra seufzte. Zeit, das Mangoeis zu kaufen, Devis süße, klebrige Lippen zu küssen, nachdem sie es direkt aus der Packung gegessen hatte, und Mahesh auf den Arm zu nehmen.

Er bemerkte es erst, als er sich vom Bett abwandte; es hing über dem Infusionsständer. Zuerst hielt er es für ein Stück Gaze. Erst als seine Finger das Material durchstießen, begriff er. Er zog die Hand zurück und starrte die feine Substanz an. Es handelte sich um ein dicht gewobenes, funkelndes Spinnennetz. Er fing an nachzudenken, aber bevor er zu einem Schluss kam, ertönte ein leises *Plop*, als etwas Kleines von der Decke fiel und auf seinem Arm landete.

Das Ding hatte etwa die Größe einer Vierteldollar-Münze, und seine Oberfläche schien aus stumpf schimmerndem Gold zu bestehen. Genau in seiner Mitte funkelte ein blutroter Diamant. Plötzlich, noch während Chandra es betrachtete, schoben sich acht schlanke, goldene Beine aus dem Ding, und es krabbelte seinen Arm hinunter. Es bewegte sich mit einer hirnlosen Präzision, die irgendwie eher mechanisch als organisch zu sein schien, und kletterte über die Stoffhügel und -täler seines weißen Laborkittels.

Fasziniert schaute er zu. Zwei winzige Augen funkelten wie Rubine. Dann kroch die goldene Spinne vom Kittelärmel auf seinen Handrücken. Er konnte deutlich sehen, wie goldene Beißzangen ausfuhren, wie sie mühelos die Haut durchstachen und nach fließendem Blut suchten.

Der Schmerz kam augenblicklich und war quälend; es

brannte wie Feuer. Mit einem Aufschrei riss Chandra die Hand herum. Es blitzte golden auf, vom polierten Boden ertönte ein krabbelndes Geräusch. Chandra drehte sich um und bewegte sich in Richtung Tür, aber seine Muskeln versteiften sich bereits zu kaltem Ton, während das Gift durch seinen Körper kreiste und von dem durch Furcht und dem sie begleitenden Adrenalinstoß beschleunigten Herzschlag immer schneller transportiert wurde.

Er versuchte nach Hilfe zu rufen, aber seine Stimmbänder waren bereits gelähmt, und er brachte nur ein heiseres Krächzen zu Stande. Also handelte es sich um ein Neurotoxin, wie das der Grubenottern, die die Außenbezirke des Dorfes in Indien, in dem er seine Kindheit verbracht hatte, heimgesucht hatten. Er war einmal Zeuge gewesen, wie keine sechs Meter von ihm entfernt ein Spielkamerad von einer Schlange gebissen worden war, und der Junge war tot gewesen, als Chandra zu ihm gelaufen war.

Der Boden raste ihm entgegen, und er schlug mit der linken Wange auf, was einen seltsam dumpfen Laut hervorrief. Ein Krampf ließ sein Gesicht nach oben blicken. Der Schmerz ließ nach. Chandras letzter Blick fiel auf die Uhr an der Wand, die so verzerrt wie ein Zeitmesser auf einem Dalí-Gemälde aussah. Selbst in diesem Augenblick war sein Verstand dazu in der Lage, eine von seinem Körper losgelöste Klarheit zu erreichen, einen Gedanken zu formulieren.

Zeitpunkt des Todes: 19:09. Todesursache: Herzversagen durch ein schnell wirkendes Neurotoxin unbekannter Herkunft.

Ein schwacher Krampf durchfuhr seinen Körper, dann bildete sich ein letzter Gedanke.

Gib Mahesh für mich einen Kuss, mein Schatz.

Dann, zum ersten Mal seit seiner Geburt, verstummten Dr. Rohan Chandras Gedanken.

25

Als Travis blass und müde von seiner Nachtschicht im Krankenhaus das stickige Motelzimmer betrat, ging Grace irgendwie davon aus, dass er ohnehin schon wütend war, und sie informierte ihn darüber, dass sie die Sucher angerufen hatte. Doch er zeigte lediglich ein flüchtiges Grinsen. »Warum hast du so lange gewartet?«

Sie verschränkte die Arme vor dem schon lächerlich voluminösen Pullover aus dem Billigladen. »Willst du damit etwa sagen, dass du die ganze Zeit, die ich mich damit herumgequält habe, ob ich nun Kontakt zu den Suchern aufnehmen soll oder nicht und wie schnell du mich wohl zur Sau machen wirst, wenn ich es tue, damit gerechnet hast, dass ich anrufe?«

Er setzte sich auf die Kante des gegenüberliegenden Bettes, und die Federn fiepten wie ein Nest voller Mäusebabys. »So ungefähr.«

Grace stöhnte auf. Es gab doch nichts Besseres, als sich tagelang völlig umsonst verrückt zu machen. Sie starrte den Pappkarton und die beiden Plastikbecher an, die in strategischer Position auf dem Nachttisch aufgebaut waren. »Hätte ich gewusst, dass du so reagierst, hätte ich mir die Mühe gespart und weder Kaffee noch King Donuts besorgt, um dich weich zu kochen.«

»Ganz im Gegenteil, Grace, eine weise Entscheidung.« Er schnippte den Deckel ab, griff sich einen mit Puderzucker bestäubten Donut mit Marmeladefüllung und nahm einen großen, feuchten Bissen. »Wenn die Sucher kommen, werden wir sämtliche Energie brauchen, die wir kriegen können.«

Sie nahm den Deckel von ihrem Becher ab und nahm einen tiefen Schluck. Und zog die übliche, reflexartige Grimasse.

Er legte den Kopf schief. »Was ist?«

Grace lachte und schaute auf die ölige Oberfläche der braunen Flüssigkeit in dem Becher. »Nichts. Wirklich nichts. Es ist nur, auf Eldh habe ich mich immer nach richtigem Kaffee gesehnt. Und jetzt, wo ich hier bin …«

»Wünschst du, es wäre *Maddok*.«

Ihr Lächeln verblasste, aber sie verbarg es, indem sie den Becher hob und noch einen Schluck trank. Der Kaffee war heiß und bitter, und er verbrannte ihr die Zunge.

»Du vermisst Eldh, Grace, nicht wahr?«

Seine Stimme war leise, der Blick seiner grauen Augen besorgt. Manchmal überraschte sie sein neuer Ernst. Bei ihrer ersten Begegnung hatte sich Travis ständig über alles beklagt, war aber auf eine unbeholfene Weise witzig und charmant gewesen. Und, als es zwei Welten am dringendsten gebraucht hatten, unglaublich mutig. Aber seit er auf Schloss Spardis dem Nekromanten Dakarreth in den Flammen des Großen Steins Krondisar entgegengetreten war, hatte er sich verändert.

Es war eine subtile Veränderung. Hätten sie nicht so viel zusammen durchgemacht, wäre es ihr vielleicht gar nicht aufgefallen. Doch Travis hatte jetzt etwas an sich, das zuvor nie da gewesen war. Vielleicht hätte man es als Tiefe bezeichnen können. Oder Charakterstärke. Oder sogar als Weisheit. Es ließ sich nur schwer diagnostizieren.

»Ich vermisse es«, sagte sie. »Es ist schwer zu erklären. Ich habe so viele Jahre versucht, mir hier in Denver einen Platz zu erkämpfen, einen Ort, an dem ich überleben kann. Und ich habe es auch geschafft. Aber auf Eldh habe ich mehr als nur überlebt. Dort fühlte es sich an, als …«

»Du hast dort hingehört«, vollendete er ihre Worte leise.

Sie nickte.

»Wir werden zurückkehren, Grace. Ich weiß zwar nicht, wie, aber wir finden einen Weg. Uns bleibt keine andere

Wahl.« Er wärmte sich die Hände an dem Kaffee. »Ich bin mir nicht sicher, wo ich nun hingehöre, nicht mal, ob ich überhaupt noch irgendwo hingehöre. Aber du musst dort sein, und das Gleiche gilt auch für Beltan.«

Grace holte tief Luft. Ja, da war es wieder – da war wieder die seltsame Aura, die Travis nun umgab. Um Eldh zu retten, hatte er alles aufgegeben, was er je gewesen war, was ihn je ausgemacht hatte. Vielleicht war er nun ein Mann, der nichts mehr hatte, das er zu verlieren befürchtete. In einer solchen Freiheit lagen Frieden und eine Reinheit, aber auch eine schreckliche Trauer.

Grace verspürte den Drang, seinen Arm zu berühren, etwas Tröstendes zu sagen, aber sie beherrschte sich, bis er vergangen war. Während der unglaublichen Erlebnisse des vergangenen Jahres hatte sie erfahren, dass sie noch immer etwas für andere empfinden konnte, dass das Herz, das man ihr scheinbar vor langer Zeit herausgeschnitten hatte, noch immer in ihr schlug. Aber es war noch immer ein zerbrechliches Organ, und sie glaubte nicht, dass es jemals wieder ganz genesen würde.

»Und, hast du vergangene Nacht nach Beltan gesehen?«, fragte sie und entschied sich für einen forschen Ton statt für einen mitleidsvollen.

Er stopfte sich den Rest seines Donuts in den Mund. »Ich konnte nicht in sein Zimmer. Auf der vierten Etage ist etwas passiert, bevor ich raufkonnte, aber ich weiß nicht, was es war. An den Türen waren Sicherheitsbeamte postiert, und sie ließen keinen durch.«

Ein saurer Geschmack stieg in Graces Hals auf. Der Kaffee war billiges Zeug. Sie hätte auch einen von Starbucks ausgeben können; sie hatten noch ein paar Goldmünzen, die sie in East Colfax verkaufen konnten, um zu Geld zu kommen. Sie zwang den Geschmack zurück. Das war eine seltsame Neuigkeit, aber es war albern, gleich anzunehmen, dass sie etwas mit ihr und Travis zu tun hatte. Nicht alles in Denver drehte sich um sie. Als sie sich gestern Morgen ins Denver Memorial gewagt hatte, war Beltan noch immer nicht aus dem Koma erwacht gewesen. Nichts hatte sich verändert. Travis konnte am Abend nach ihm sehen.

»Komm schon«, sagte Travis und hielt einen Donut in die Höhe. Sein Grinsen war wieder da, seine silbernen Ohrringe funkelten. »Du wirst deine Kräfte brauchen, wenn du mit den Suchern reden willst. Alles, was sie sagen, ist ein im Kreuzworträtsel der New York Times verstecktes Rätsel, das man in Altgriechisch übersetzt hat. Also iss.«

Er warf den Donut in die Luft. Sie fing ihn geschickt auf und nahm einen großen, entsetzlich süßen Bissen.

Fünfzehn Minuten später gingen sie die West Colfax Avenue entlang, die Berge und eine kühle Herbstbrise im Rücken. Vor ihnen erhob sich eine Gruppe Wolkenkratzer aus Glas und Stahl, die seltsam fremdartig aussahen. Hätten sie nicht aus grauem Stein erbaut sein müssen, hätten die zinnenversehenen Wehrgänge nicht mit hellen Bannern geschmückt sein müssen? Aber Calavere war eine Welt weit weg. Das hier war eine andere Art von Schloss.

Sie hätten die Buslinie Nr. 16 zum Civic Center Park nehmen können. Sie sollten Hadrian Farr und Deirdre Falling Hawk im Denver Art Museum treffen, das sich an der Südseite des Parks befand. Aber sie hatten noch über eine Stunde Zeit. Es war ein schöner Tag, und bis zum Museum waren es nur ein paar Meilen, also hatten sie sich entschieden, zu Fuß zu gehen.

Vielleicht lag es auch nur daran, dass sich keiner von ihnen wieder an Autos und Busse gewöhnt hatte. Die harten, funkelnden Fahrzeuge brausten an ihnen vorbei die Colfax entlang, und das mit einer unerhörten Geschwindigkeit von mindestens fünfunddreißig Meilen in der Stunde, wie Grace schätzte. Sie genoss das solide Gefühl des Bürgersteigs unter ihren Stiefeln aus eldhischem Leder.

Grace vermochte nicht zu sagen, wann ihr der Streifenwagen aufgefallen war. Er hatte sich langsam in ihr Bewusstsein geschlichen, wie ein wachsender Schatten, bis sie plötzlich den Kopf drehte. Der Streifenwagen fuhr keine zehn Meter hinter ihnen. Sie riss den Kopf wieder herum, packte den Becher fester.

»Weiß oder schwarz?«, sagte Travis durch die zusammengebissenen Zähne.

Er brauchte nicht mehr zu sagen. *Weiß* bedeutete Polizei. Besorgnis erregend, aber nicht unmittelbar gefährlich. Grace wurde in dieser Stadt noch immer wegen Angriffs auf einen Polizeibeamten gesucht, aber nicht jeder Streifenwagen hielt nach ihr Ausschau. Schwarz – nun, das bedeutete *sie*. Und dem nach zu urteilen, was Travis ihr erzählt hatte, würde sie lieber eine lange Unterhaltung mit der Polizei haben, statt mit einem der freundlichen Repräsentanten von Duratek zu plaudern.

»Weiß«, sagte sie.

Sie gingen weiter. Grace nahm einen blauen Schemen wahr, als der Streifenwagen vorbeifuhr, aber sie sah nicht in seine Richtung. Sie atmete erleichtert auf, als das Fahrzeug weiterfuhr ...

... aber dann stockte ihr der Atem, als es langsamer wurde und anhielt. Sie konnte durch die ziemlich dunkle, rechteckige Rückscheibe beobachten, wie der Fahrer über die Schulter sah. Ihre Blicke trafen sich kurz. Der Rückwärtsgang leuchtete auf, ihr Herz übersprang einen Schlag.

Sie packte Travis' Arm. »Was sollen wir tun?«

»Ich habe keine Ahnung. Wenn wir jetzt anfangen zu rennen, könnten wir genauso gut ein großes Schild mit der Aufschrift ›Flüchtlinge unterwegs‹ hochhalten.«

Reglos sah Grace zu, wie der Wagen rückwärts heranfuhr. Was würde sie sagen, wenn man sie befragte? *Sie können mich nicht festhalten, Officer. Ich bin Bürgerin einer anderen Welt.* Irgendetwas sagte ihr, dass es in Denver keine Botschaft von Calavan gab.

Ein grölender Lärm ließ ihren Körper vibrieren. Sie schaffte es gerade noch rechtzeitig, den Kopf herumzureißen, um einen Lastwagen zu sehen, der die Colfax herunterraste. Bremsen quietschten, dann wurde der Lastwagen langsamer und kam nur wenige Zentimeter vor dem Heck des Streifenwagens zum Stehen. Die Fahrertür flog auf, der stämmige Fahrer stieg mit knallrotem Gesicht aus und ging mit gestikulierenden Armen auf den Streifenwagen zu.

»Jetzt«, sagte Travis. »Solange er abgelenkt ist.«

Eine Reihe Ladenfassaden aus Backsteinen und Glas säumte den Block, eine Einkaufsmeile, die 1964 zweifellos schlank und modern ausgesehen hatte, jetzt aber nur noch platt und langweilig war, Teil eines architektonischen Experiments, das nicht nur als Fehlschlag geendet hatte, sondern auch in Hässlichkeit. Travis zog Grace auf den nächsten Eingang zu.

Glöckchen bimmelten, als sich die Tür hinter ihnen schloss, irgendwo plätscherte Wasser über Steine. Rauchschwaden trieben durch die Luft, sie schmeckten nach Moos. Über ihnen erstreckte sich ein Ast, dessen goldene Blätter im Dämmerlicht funkelten.

Unwillkürlich keuchte Grace auf. Schon einmal hatte sie einen Raum betreten, nur um entdecken zu müssen, dass es sich um einen Wald handelte. Das war auf Schloss Calavere gewesen, als sie und Travis mit Trifkin Moosbeere und seiner Schauspielertruppe gesprochen hatten. Durch die Magie des Kleinen Volkes war ihr Raum zugleich wie das Gemach eines Schlosses und eine Waldlichtung erschienen. War hier eine ähnliche Magie am Werk?

»Hallo«, sagte eine heisere Stimme. »Kann ich euch helfen?«

Rauchschwaden wirbelten, dann stand eine hoch gewachsene, schlanke, schwarze Frau vor ihnen. Aus dem eng anliegenden roten Minikleid ragten schlanke, perfekt geformte Arme und unglaublich lange Beine hervor, für die Horden von Pariser Laufstegmodels mit Begeisterung auch noch den Rest ihrer Seelen verkauft hätten, um sie zu kriegen. Weiße Plateauschuhe machten sie fast so groß wie Travis, und das aufwändig frisierte Haar, das ihren Kopf krönte, konnte nur eine Perücke sein. Sie war, in einem Wort, großartig.

»Räucherstäbchen, Kräuter? Kerzen?« Sie hob eine Hand, deren Finger in wunderbar unnatürlichen Aufklebnägeln endeten, und zeigte auf die zum Bersten gefüllten Regale. »Wenn Sie etwas Magie brauchen, sind Sie hier genau richtig. Sagen Sie Marji einfach nur, was Sie brauchen.«

Wie wäre es damit, uns von dieser Welt zu schaffen? Grace warf einen Blick durch die Eingangstür, aber das Glas war mit von der Sonne verblichenen Postern beklebt, und sie konnte den parkenden Streifenwagen nicht sehen. War er noch immer mit dem Lastwagenfahrer beschäftigt?

Sie drehte sich wieder um. »Wir brauchen ... das heißt, wir möchten ...« Grace fühlte, wie ihre Augen hervorquollen. War sie schon immer so eine lausige Lügnerin gewesen?

Travis rettete sie. »Kerzen«, sagte er. »Wir brauchen Kerzen.« Er zeigte auf ein Regal in der Nähe. »Die roten sehen gut aus.«

Die Frau – Marji – hob eine perfekt gezupfte Braue, dann schlenderte sie zu dem Regal. Sie nahm eine der roten Kerzen. »Die hier? Sind Sie sicher?«

»Ja, die will ich.«

Marjis rauchige Lippen verzogen sich zu einem Lächeln, als sie die Finger um die Kerze legte und kurz auf- und abfuhr. »Süßer, die zünden sie bei einem Ritual an, bei dem es darum geht, einen Mann ihre Wünsche erfüllen zu lassen, wenn Sie wissen, was ich meine.«

Travis erwiderte das Lächeln. »Ich weiß. Ich nehme fünf davon.«

Marji lachte – es war ein tiefer, kehliger Laut – und fächerte sich mit der Hand Luft zu. »Schön zu sehen, dass Sie so bescheiden sind, Süßer. Aber sind Sie sicher, dass Sie nicht zehn wollen? Dann können Sie die ganze Mannschaft auf einmal kriegen.«

Travis fuhr sich mit der Hand über den rasierten Kopf. »Bleiben wir bei fünf. Schließlich bin ich auch nur ein Mensch.«

Es war nur kurz zu sehen, aber Grace entging die Grimasse nicht, die er zog, als er dies sagte. Marji ging es ebenso, denn sie runzelte kaum merklich die Stirn.

»Na klar, Süßer. Sind wir das nicht alle?« Sie nahm fünf der Kerzen, stellte sie auf die Theke und wickelte sie in purpurfarbenes Papier ein. Als sie fertig war, wandte sie sich Grace zu. »Und was kann ich für die Königin tun?«

Grace trat einen Schritt zurück. »Warum haben Sie mich so genannt?«

Marji zuckte mit den Schultern und hob dann die Hände – eine elegante Bewegung, wie im Wasser treibende Bänder. »Sie sind so hübsch wie eine Königin, Süße, das ist alles. Vielleicht möchten Sie ja ein Walkürenzauber-Armband.« Sie griff unter die Theke und holte eine schmale Silberkette hervor. Winzige Anhänger baumelten daran und produzierten eine leise, aber dennoch hörbare Melodie, die an fallende Schneeflocken erinnerte. »Ich kann sehen, dass sie Ihnen gefallen.«

»Was denn?«

»Runen.« Marji fuhr mit dem Finger über die Anhänger. »Wie die auf Ihrer Kette, Süße. Obwohl, ich bin ein Mädchen, das sein *Futhark* kennt, wie ich gern sage, und das sind keine Wikingerrunen, die Sie da tragen. Wissen Sie, wo die Schrift herkommt? Das ist doch kein Minoisch, oder?«

Grace packte die Kette. Sie musste aus dem Pullover gerutscht sein, als sie in den Laden geeilt waren. »Nein, nein«, sagte sie und schob den Anhänger zurück. »Und ich nehme das Armband. Es ist perfekt.«

Marji packte es ein. Sie rechnete den Betrag zusammen, und Travis bezahlte bar. Sie gab ihm die Papiertüte.

»Vielen Dank, Miss.«

»Keine Ursache, Süßer.«

Travis machte einen Schritt von der Theke fort, dann warf er Grace einen Blick zu. Keiner von ihnen wusste, ob es draußen wieder sicher war. Die Ladenfenster wurden von Hindu-Wandteppichen und ägyptischen Kameldecken verdeckt, die den Ausblick unmöglich machten.

Marji verschränkte die Arme und beugte sich über die Theke. »Also gut, ihr beiden. Warum sagt ihr mir nicht, warum ihr wirklich reingekommen seid? Und ich glaube nie und nimmer, dass ihr wie Bonnie und Clyde auf der Flucht hier reingestürmt seid, weil ihr unbedingt Kerzen und ein hübsches Schmuckstück gebraucht habt.« Sie stemmte die Hände in die Hüften. »Und sagt Marji zu mir. Mich hat keiner mehr *Miss* genannt, seit mich Bobby Farrell hinter der Zuschauertribüne erwischt hat.«

Travis wollte darauf antworten, aber Grace kam ihm zuvor, was sie überraschte. Sie konnte nicht lügen, aber wie sich herausstellte, war sie ganz gut darin, wenn es um die Wahrheit ging.

»Vor dem Laden steht ein Streifenwagen. Wir sind reingekommen, um ihm aus dem Weg zu gehen.«

Marji musterte Grace mit freundlichen braunen Augen, die mit Mascara umrandet waren. Dann ging sie um die Theke herum und legte eine ihrer langen, wunderschönen Hände auf Graces und drückte kurz zu. »Ich weiß, wie das ist, Süße. Nicht gesehen werden zu wollen.«

Grace erwiderte den prüfenden Blick der Frau und nickte. Natürlich. »Ich schätze, das tust du.«

Marji nahm Graces Hand und drehte sie um. Sie zeichnete die Linien mit einem roten Fingernagel nach.

»Was tust du da?«

»Entspanne dich, Süße. Ich bin ein Profi. Außerdem willst du noch nicht nach draußen gehen, oder? Also atme tief durch und lass deine Schwester Marji ihre Arbeit tun.«

Schwester. Das Wort hatte tröstende Wirkung auf Grace. Marjis Berührung war so warm und leicht wie die eines Kolibris.

Marji murmelte anerkennend. »Ich habe noch nie eine so starke Lebenslinie gesehen, Süße. Hier, sie wurde direkt nach ihrem Anfang unterbrochen, und dann nicht lange später noch einmal, aber jedes Mal ist sie weitergegangen. Und hier ist noch ein kommendes Ereignis, das dich erwischen will, aber dein Leben ist zu stark, um einfach aufzuhören.«

Grace biss sich auf die Lippe. Vielleicht war Marji ja doch kein Profi. Sie war immer der Ansicht gewesen, dass sie ihr Leben bestenfalls nur dürftig im Griff hatte.

»Nun, deine Kopflinie ist scharf und tief, also bist du der totale Verstandesmensch. Ich glaube, das war uns allen klar. Und was deine Herzlinie angeht ...«

Marji keuchte leise auf.

Grace erstarrte. »Was ist denn?«

Sanft schloss Marji Graces Hand.

»Sie ist zerstört.«

Grace zog die Hand zurück, drückte sie an die Brust und nickte. Vielleicht wusste Marji ja doch, wovon sie da sprach.

»Aber das muss nicht so bleiben, Süße«, sagte Marji mit

leiser und heiserer Stimme. »Die Linien auf unseren Händen lügen nicht, aber sie können sich genauso wie wir auch verändern.«

Grace lächelte bitter. Andererseits, hieß es nicht immer, man könnte das Schicksal nicht austricksen?

»Was ist mit Travis?«, fragte sie, um das Thema zu wechseln. Es war ja nicht so, als hätten Marjis Worte irgendetwas enthüllt, das ihr nicht schon vorher bekannt gewesen wäre. »Was verraten seine Hände?«

Marji ergriff eine von Travis' Händen. Ihre Augen weiteten sich, und sie machte einen gurrenden Laut. »Süßer, ich habe noch nie eine so zarte Hand gefühlt. Die ist ja wie die eines Babys. Du musst mir verraten, wie du das gemacht hast.«

Travis lachte leise. »Das ist ein Geheimnis.«

Grace nickte; der Meinung war sie auch.

Marji legte den Kopf schief, sah ihn an, dann drehte sie seine Hand um. Und schaute entsetzt auf. »Aber du hast ja gar keine Linien auf der Hand. Nicht eine einzige. So etwas habe ich ja noch nie gesehen.«

Travis zog die Hand zurück. »Ein Feuer.«

Marji stützte das Kinn mit der kleinen Faust, aber etwas in ihrem Gesichtsausdruck sah nicht überzeugt aus.

Grace räusperte sich. »Ich glaube ... ich glaube, wir sollten jetzt gehen. Wir wollen dich nicht in Schwierigkeiten bringen, wenn die Polizei reinkommt und uns hier sucht.«

Das ließ Marji lachen; sie winkte ab. »Bitte, Süße. Ich weiß, wie ich mit der Polizei umgehen muss. Ich bezaubere die Jungs, und mit den Mädchen freunde ich mich an.« Sie breitete die Arme aus, dann umarmte sie sich. »Marji zu kennen heißt sie zu lieben, nicht wahr?«

Grace konnte nur zustimmend lachen.

Marji winkte mit einem langen Finger. »Kommt mit, ihr

beiden. Folgt Marji. Ihr könnt die Hintertür nehmen, um sicherzugehen, dass euch keiner sieht.«

Sie teilte einen Perlenvorhang, und sie folgten ihr. Dahinter lag ein Raum, der noch dichter voll gepackt war als das Ladenlokal. Sich durchbiegende Regalbretter waren mit Bündeln aus Salbei, Kerzenständern aus Messing, polierten Hämatiten, lackierten Kästchen, Räucherstäbchen und Hunderten mit verschiedenen Arten von Kräutern gefüllten Gläsern voll gestopft. Grace wäre gern stehen geblieben, um einige der Kräuter zu studieren, sie zu riechen und zu schmecken und mit der Weltenkraft zu testen, um zu sehen, wie sie sich im Vergleich zu den Pflanzen verhielten, mit denen sie auf Eldh gearbeitet hatte. Doch Travis zog sie am Arm und hinter sich her.

Sie kamen zu einer Tür. Marji öffnete sie einen Spalt, schaute hindurch und öffnete sie weiter. Sie führte auf eine Gasse, die mit leeren Kisten und zerbrochenen Paletten voll gestellt war.

»Nun, ich weiß, dass ihr wichtige Dinge zu tun habt«, sagte Marji. »Nein – Erklärungen sind unnötig. Ich kann es an euren Augen ablesen. Aber wenn ihr könnt, dann besucht Marji noch einmal. Du bist eine ganz besondere Lady, Königin. Das sind zwei wirklich hexenhaft grüne Augen, die du da hast.«

Sie drückte Grace die Hand. Grace erwiderte den Druck.

»Und du.« Marji strich über Travis' Kopf. »Für einen kahlen weißen Typen bist du ganz ansehnlich.«

Travis konnte bloß grinsen.

»Pass auf dich auf, Süßer. Ihr beide.«

Grace und Travis nickten. Manchmal reichten Worte einfach nicht aus. Dann traten sie in die Gasse. Die Tür schloss sich hinter ihnen.

Travis seufzte. »Ich habe mich so sehr daran gewöhnt, vor Leuten wegzulaufen, die uns für ihre eigenen Zwecke benutzen wollen, dass ich manchmal vergesse, dass es auch Menschen gibt, die uns ohne Gegenleistung helfen wollen.« Er schob die Hände in die Hosentaschen. »Wir schulden ihr was.«

»Du meinst ihm.«

Travis runzelte die Stirn, und Grace musste lachen. Vielleicht bekam dieser neue Travis ja trotz allem nicht alles mit.

»Marji ist ein Mann, Travis. Nun, zumindest genetisch gesehen. Doch in all den Dingen, auf die es ankommt, ist sie wohl eine Frau. Mal davon abgesehen, dass keine mir bekannte Frau dieses Ensemble so tragen könnte.«

Travis starrte in den Wind. Grace fragte sich, was er wohl dachte. Bevor sie ihn fragen konnte, zuckte er mit den Schultern und lächelte.

»Nun, welchen Sinn macht es, am Leben zu sein, wenn man nicht wählen kann, was man sein will?«

Es war gut, das von ihm zu hören. Aber Grace wusste, dass man manchmal keine Wahl hatte, dass das Leben für einen entschied und dass, ganz egal, wie sehr man etwas wollte, man es niemals zurückbekam, sobald es einem genommen worden war. Sie hatte es gesehen. Der Schatten, der ihr immer folgte, nur einen Schritt hinter ihr.

»Komm schon«, sagte sie. »Es ist unhöflich, die Mitglieder geheimnisvoller internationaler Organisationen warten zu lassen.«

26

Das Denver Art Museum befand sich am Rand des Civic Center Parks, direkt südlich von der Innenstadt. Travis wusste, dass das Museum als ein Meisterwerk neogotischer Architektur galt, aber für ihn sah es eher wie ein Schloss aus, das man durch einen Jahrmarktsspiegel betrachtete: groß und plump, dabei aber verzerrt, hatte es nichts mehr von seiner ursprünglichen Pracht. Erst nach einer Minute wurde ihm bewusst, dass er und Grace reglos vor den Glastüren des Museums standen.

Sein eigenes Zögern konnte er gut verstehen. Schließlich war sein letztes Gespräch mit den Suchern alles andere als herzlich verlaufen. Er war wütend auf Deirdre Falling Hawk gewesen und hatte sie und die Sucher beschuldigt, ihn zu manipulieren. Erst nach der Rückkehr nach Eldh und der Begegnung mit dem uralten, weisen und überaus bösartigen Drachen Sfithrisir hatte er erkannt, was für eine Waffe die Wahrheit sein konnte. Manchmal waren Lügen das Einzige, was die harten Realitäten des Lebens erträglich machte, und die Sucher hatten das gewusst.

Aber warum zögerte Grace? Die Sucher hatten ihr keine drei Blocks von dem Museum entfernt geholfen, auf dem Polizeirevier vor einem Eisenherzen zu fliehen. Und mit Sicherheit konnte Grace mit ihrem analytischen Verstand mit den Suchern mithalten.

»Hier stimmt etwas nicht«, sagte sie.

Er schaute sich um, sah aber nur ein paar Touristen, Teenager auf Skateboards, Passanten und eine Gruppe von Schulkindern, die von einem genervten Lehrer geführt wurde. »Was ist, Grace?«

Ihre Augen waren geschlossen. »Ich weiß es nicht. Ich kann

die Gabe hier nicht richtig einsetzen. Die Weltenkraft ist so schwach. Aber ich fühle etwas – einen Schatten, eine Wesenheit. Als würde uns etwas beobachten.« Sie seufzte und öffnete die Augen. »Vermutlich irre ich mich.«

Travis war davon nicht überzeugt. Genau genommen konnte er Graces Fähigkeiten nicht richtig verstehen, aber sie war Wissenschaftlerin, und er hatte sie selten eine Theorie äußern hören, für die sie nicht die nötigen Beweise hatte, um sie zu untermauern.

»Komm schon«, sagte sie. »Sinnlos, hier herumzustehen. Wenn da etwas ist, wird es sich auch zeigen.«

Das Innere des Museums war ermutigender als das Äußere. Ein Labyrinth aus hohen Mauern wuchs hinauf bis zu den in unregelmäßigen Abständen angebrachten Fensterschlitzen, die so viel mehr Sinn ergaben, wenn man sie von innen sah. Travis und Grace spazierten an abstrakten Gemälden und Skulpturen aus Stahl und Glas vorbei. Farr hatte lediglich gesagt, er würde im Erdgeschoss des Museums zu ihnen stoßen. Travis machte sich keine Sorgen. So wie er die Sucher kannte, würden Deirdre und Hadrian Farr sie zuerst finden.

»Was ist *das?*«, sagte Grace und blieb vor dem Eingang eines dunklen Alkovens stehen. Drinnen ragten durchsichtige Röhren von der Decke, von denen jede eine nackte Plastikpuppe hielt. Der Boden war mit Büchern, Videospielen und Filmpostern übersät. Darüber baumelten rote Bänder wie Flammen. Oder wie Blut. Eine Karte an der Wand verkündete:

Schützt unsere Kinder

A. Becker

»Das ist eine Montage«, sagte Travis.

Grace schnaubte. »Ich dachte immer, man würde Abflussrohre montieren, aber doch keine Kunst.«

Travis wusste darauf nichts zu erwidern. Aber etwas an der Montage sprach ihn an und zog ihn hinein, während Grace weiterging. Sie schien auszusagen, dass man, indem man andere vor Schaden bewahren wollte, sie am Ende bloß isolierte. Aber wie sah die Alternative aus? Sie ins Blut und ins Feuer stürzen zu lassen?

Travis wusste keine Antwort darauf. Er ging weiter, und ein Bild fiel ihm ins Auge. Inmitten der abstrakten Kunstwerke fiel es durch seinen Realismus auf, aber es war nicht das, was ihn näher herangehen ließ.

Das Gemälde war hauptsächlich in Purpur- und Grüntönen gehalten. Es zeigte ein Farmhaus auf einem einsamen Plateau, das nur einen einzigen Baum zur Gesellschaft hatte, dessen krumme Äste sich irgendwie quälend dem Haus entgegenstreckten. Ein leerer Pfad führte zur Eingangstür. Zwei Augen blickten gehetzt aus einem Fenster im ersten Stock, zwei kleine weiße Hände drückten gegen die Scheibe. Auf der Karte unter dem Gemälde stand: *Heimkehr.*

Travis schloss die Augen. Er konnte es wieder vor Augen sehen, wie es halb verloren in dem tiefen, verschwommenen Zwielicht, das es nur auf den feuchten Feldern des Mittleren Westens gab, dastand: das Farmhaus, in dem er aufgewachsen war. Wenn er nach Hause zurückkehren würde, würde es dann wohl so aussehen? War sie die ganze Zeit da gewesen und hatte auf seine Rückkehr gewartet? Alice.

Es war seine Schuld. Als Kind war ihm das Lesen überaus schwer gefallen, und er hatte die Zahlen auf dem Etikett ihres Medikamentenfläschchens durcheinander gebracht. Er hatte ihr zu viele Pillen gegeben. Viel zu viele. Aber selbst, als sie sie genommen hatte, hatte sie ihm vergeben. *Ich liebe dich, Travis.* Dann hatte sie die Augen geschlossen und sie nie wieder geöffnet. Und es war eine seltsame Tatsache des Lebens, dass Vergebung manchmal schwerer zu ertragen war als die bitterste Anklage. Er griff nach dem Bild.

»Travis?«

Er drehte sich zu der melodischen Stimme in seinem Rücken um und wusste in diesem Augenblick, dass Vergebung eine Reinheit und Schönheit hatte, die jede Verletzung, jeden Schmerz und jedes Bedauern übertraf. Er trat vor, nahm ihre Wangen zwischen die Hände und gab ihr einen langen Kuss auf die Lippen. Dann trat er zurück, und er fand es amüsant, dass diesmal ihre rauchgrünen Augen einen Ausdruck völliger Überraschung trugen.

»Es ist schön, dich zu sehen, Deirdre Falling Hawk«, sagte er, und er meinte es aus ganzem Herzen.

Langsam breitete sich ein kleines Lächeln auf ihren schönen, geschwungenen Lippen aus. »Was ist mit deinen Haaren passiert?«

Travis fuhr sich mit der Hand über den kahlen Kopf und lachte.

Sie fanden Grace und Hadrian Farr bereits in eine leise Unterhaltung vertieft vor; sie saßen auf einer Bank unter einer gewaltigen Eisenskulptur, die Travis an den Drachen Sfithrisir erinnerte, der seine gewaltigen Schwingen ausbreitete, deren Umrisse mit der Luft verschwammen, sodass ihr Anblick einen ganz wirr im Kopf machte.

Grace schaute auf, als Travis und Deirdre näher kamen. Ihr Gesicht war erstarrt und bleich, und Travis blieb stehen. Er sah Deirdre an, deren Miene grimmig war, dann richtete er den Blick wieder auf Grace und Farr.

»Er ist verschwunden«, sagte Grace, bevor er auch nur ein Wort sagen konnte.

Vielleicht gab es an diesem Ort genug von ihrer Weltenkraft, damit sie zu ihm sprechen konnte, vielleicht war es auch einfach nur der Instinkt, der sich mit Nähe und Dringlichkeit entwickelt. Aber was auch immer nun zutraf, als Travis den Namen aussprach, ergriff eine Taubheit von ihm Besitz: die Kälte der Wahrheit.

»Beltan.«

27

Minuten später saßen sie im gepolsterten Inneren einer schwarzen Limousine, während die Straßen von Denver schattengleich hinter den getönten Scheiben vorbeirauschten. Auf der anderen Seite der Trennscheibe steuerte eine Silhouette das Fahrzeug mit geschickter, anonymer Selbstsicherheit.

Travis saß neben Deirdre, seine Hand lag auf der ihren; es hatte als unbewusste Bewegung begonnen und war dann zu dem bewussten Verlangen geworden, sich an etwas Realem, Festem festzuhalten. Auf der gegenüberliegenden Sitzbank saßen Grace und Hadrian Farr. Der Sucher war so ansehnlich und elegant zerzaust, wie Travis ihn in Erinnerung hatte; der männliche Schwung seines Kiefers wies einen Ein-Tage-Bart auf, die Ärmel seines weißen Hemdes waren aufgerollt, seine Hosen zerknittert, aber hervorragend geschneidert. Wenn Grace wie ein heller Nachmittag war, dann war er wie die Abenddämmerung; dunkel und sinnlich, wo sie wohl geformt und majestätisch war. Es fiel schwer, nicht zu bemerken, dass sie zusammen ein atemberaubendes Paar boten.

Farr und Deirdre setzten sie über ihren Wissensstand in Kenntnis. Er war nicht besonders groß. Bei ihrer Ankunft am Morgen hatten sie das Denver Memorial Hospital besucht, um sich zu vergewissern, dass das Krankenhaus sicher war.

»Und um ihn zu sehen«, sagte Deirdre mit leuchtenden Augen. »Jemanden anzuschauen, der auf einer anderen Welt als der Erde geboren wurde.«

Trotz seiner Beklemmung musste Travis lachen. »Weißt du, sie ziehen ihre Hosen genau wie wir an, ein Bein nach dem anderen.« Trotzdem konnte er sie verstehen.

Doch statt Beltan hatten die Sucher den Schauplatz eines Verbrechens vorgefunden. Travis und Grace hörten schweigend zu, während die beiden Sucher beschrieben, was in der vergangenen Nacht geschehen war – und was man dem Krankenhauspersonal bis zum Morgen – bis kurz nach Travis' Schichtende – verschwiegen hatte.

Kurz nach sieben Uhr morgens liefen ein Assistenzarzt und eine Schwester ins Zimmer CA-423, weil ein Herzmonitor Alarm schlug. Doch als sie den Raum betraten, fanden sie nicht das vor, was sie erwartet hatten, keinen Komapatienten mit einem Krampfanfall oder vielleicht sogar einen Verstorbenen. Stattdessen war das Bett des Patienten leer gewesen. Infusionsnadeln und Monitoranschlüsse waren herausgerissen worden. Erst als sie das Bett umrundet hatten, hatten sie den anderen Mann gefunden: den wahren Code Blau.

»Er war Facharzt im vierten Ausbildungsjahr«, sagte Farr und blätterte in einem Aktenordner herum. »Sein Name war ... sein Name war Dr. Rohan Chandra.«

Grace nickte. »Ich kannte ihn. Aber nicht besonders gut.« Sie seufzte, schien es aber nicht zu bemerken. »Ich fürchte, ich habe keinen im Krankenhaus näher gekannt. Aber er war ein kluger Mann, zwar etwas mehr interessiert an der Forschung als an der Patientenbetreuung, aber er war immer sehr freundlich.«

Travis dröhnte der Kopf. »Ich verstehe es nicht. Was hat dieser Arzt mit Beltan zu tun?«

»Nichts.« Deirdre setzte sich so, dass sie Travis ins Gesicht sehen konnte; ihre schwarze Lederjacke knarrte. »Soweit wir es sagen können, hatte Dr. Chandra das Pech, zur falschen Zeit am falschen Ort zu sein.«

»Du meinst, er ist ihnen in die Quere gekommen«, sagte Travis; er verspürte Übelkeit. »Er ist den Leuten in die Quere gekommen, die Beltan entführt haben, und sie haben ihn ausgeschaltet.«

»Welche Todesursache?«, fragte Grace; ihr gequälter Blick strafte den klinischen Tonfall ihrer Frage Lügen.

Farr holte ein Foto aus dem Ordner und gab es ihr. Es zeigte eine dicke Schwellung auf dem Handrücken des Arztes, die mit zwei kleinen Löchern versehen war.

Grace runzelte die Stirn, klemmte sich eine hellblonde Haarsträhne hinter das Ohr. »Ich verstehe nicht. Das sieht wie ein Insektenstich aus. Vielleicht eine Spinne.«

Farr nahm das Foto und schob es zurück in den Ordner. »Ihre Diagnose ist korrekt, Dr. Beckett. Die heute Morgen vorgenommene Autopsie lässt vermuten, dass der Spinnenbiss ein hochwirksames Neurotoxin in Dr. Chandras Blutkreislauf injiziert hat. Zehn Sekunden nach dem Biss war er tot.«

»Nein.« Grace verschränkte die Arme über ihrem Pullover, obwohl es in dem Wagen warm war. »Das ist unmöglich. Ich habe darüber auf der Universität beim Medizinstudium gelesen. Das Gift einiger Spinnen kann tödlich sein, aber keines kann einen Mann so schnell töten. Nicht mal einen kleinen Mann wie Chandra.«

Farr legte den Ordner zurück in den Aktenkoffer. »Ihr ehemaliger Professor sollte sein Kurscurriculum erneuern, Dr. Beckett.« Er öffnete einen kleinen Schrank, der in der Seite der Limousine eingelassen war. »Darf ich jemandem einen Gin anbieten?«

Travis konnte Gin nicht ausstehen. Er nickte. Farr gab ihm ein Glas, dann machte er Grace einen Drink, aber sie hielt ihn nur in der Hand, ohne sein Gewicht oder seine Kälte zu bemerken. Travis hob das Glas, hielt die Luft an und trank.

»Wer also hat es getan?«, fragte Grace. »Wer hat ihn entführt?«

Farr begegnete ihrem Blick. »Es gibt nur eine Organisation, die morden würde, um ein außerweltliches Versuchsexemplar zu bekommen.«

Grace wandte sich ihm zu und sprach mit einer plötzlichen Heftigkeit, die alle schockierte.

»Er ist kein Versuchsexemplar, Mr. Farr. Er ist ein Mann. Sein Name ist Beltan von Calavan. Er ist Ritter eines königlichen Hauses. Er trinkt gern Bier und erzählt schlechte Witze, und er ist freundlich und stark und tapfer. Er hat es nicht verdient, wie eine Laborratte behandelt zu werden. Von niemandem.«

Und ich liebe ihn, hätte Travis beinahe hinzugefügt. Aber er hatte diese Worte noch nie laut ausgesprochen. Und wenn jemand sie zum ersten Mal hören sollte, dann nur Beltan.

Farr betrachtete Grace einen Augenblick lang stumm, dann nickte er knapp. »Natürlich. Sie müssen mir verzeihen, Dr. Beckett. Ich kann manchmal unpersönlich sein, wenn es um Leute geht, die ich nicht kenne. Der Verstand eines Wissenschaftlers. Ich glaube, Sie können das verstehen.«

Grace schaute aus dem Fenster und schwieg.

»Also war es Duratek«, sagte Travis mehr zu sich selbst als zu den anderen. »Aber wie konnten sie wissen, dass Beltan im Krankenhaus lag? Soweit wir wissen, wissen sie nicht einmal, dass wir in Denver sind.«

»Jetzt tun sie es, Travis«, sagte Deirdre ernst. »Zumindest müssen wir davon ausgehen. Wir dürfen sie auf keinen Fall unterschätzen.«

»Die Polizei«, murmelte Grace. Sie wandte sich vom Fenster ab und begegnete den fragenden Blicken der Sucher. »Ich glaube, die Polizei sucht nach mir. Heute Morgen hätte uns beinahe ein Streifenwagen angehalten, auf unserem Weg zum Museum.«

Farr rieb sich das Kinn. »Das würde passen. Duratek arbeitet oft mit den Behörden zusammen. Zumindest in der Öffentlichkeit geben sie sich als gesetzestreu.«

Grace lächelte bitter. »Während ich andererseits eine gefährliche Kriminelle bin.«

»Ich weiß, dass Sie das möglicherweise nur schwer glauben

werden, Dr. Beckett«, sagte Farr, »aber tatsächlich ist es ein gutes Zeichen, dass die Polizei Sie sucht. Es bedeutet, dass Duratek weiß, dass Sie in der Stadt sind, aber Ihren genauen Aufenthaltsort nicht kennt. Das Krankenhaus ist ein Ort, an dem sie erwarten, Sie zu finden. Das könnte erklären, warum sie Ihren Freund gefunden haben.«

Grace schlug die Hand vor die Stirn. »Natürlich – es war idiotisch von mir, dort hinzugehen. Ich habe gestern Morgen selbst nach Beltan gesehen, und in dieser Nacht ist er entführt worden. Ich habe nicht geglaubt, dass mich jemand erkannt hat, doch es muss jemand gesehen haben, wie ich in sein Zimmer ging.«

»Duratek hat so seine Methoden, dem Gedächtnis von Leuten auf die Sprünge zu helfen«, sagte Farr mit grimmigem Gesichtsausdruck.

Grace wollte nach Travis' Hand greifen, hielt aber auf halbem Weg inne. »Es tut mir so Leid, Travis, ich ...«

Er ergriff ihre Hand, bevor sie sich zurückziehen konnte. »Es ist nicht deine Schuld, Grace. Außerdem könnte auch jemand mich im Krankenhaus erkannt haben.«

»Nein, das glaube ich nicht.« Deirdres Stimme war leise und nachdenklich. »Du hast dich verändert, Travis. Ich glaube kaum, dass dich jemand, der dich nicht gut kennt, überhaupt erkennen würde. Es ist beinahe so, als wärst du ...«

»Als wäre ich ein völlig neuer Mensch.« Aber mehr wusste er dazu nicht zu sagen.

Schließlich holte Grace tief Luft. »Ich verstehe noch immer nicht, wie Duratek eine Spinne dazu benutzen konnte, um Dr. Chandra zu töten. Das scheint doch ziemlich riskant zu sein. Schließlich kann man so einem Ding doch nicht befehlen, wen es beißen soll. Haben sie schon früher Spinnen benutzt?«

Farr lehnte sich zurück. »Nicht, soweit wir wissen.«

Travis verspürte einen leichten Druck, als die schattenhafte Welt außerhalb der Scheiben langsamer vorbeihuschte. Er warf einen Blick nach draußen. Sie waren nur zwei Blocks vom Blue Sky Motel entfernt, wo er und Grace gewohnt hatten.

»Und jetzt?«, fragte er.

Farr setzte sich auf. »Jetzt müssen Sie und Grace sich verstecken, während Deirdre und ich alles daransetzen, um herauszufinden, wo Duratek Ihren Freund hingebracht hat.«

Travis wollte protestieren, aber Deirdre kam ihm zuvor.

»Es ist besser so, Travis. Im Augenblick ist es zu gefährlich, wenn ihr, du oder Grace, in der Stadt herumlauft. Es ist durchaus möglich, dass Duratek Beltan als Köder benutzt, um dich und Grace einzufangen.«

Grace sah ihn an. »Travis, sie hat Recht.«

Farr ließ das Fenster ein paar Zentimeter herunterfahren und musterte die mit Müll übersäte Straße. »Wissen Sie, ob Ihnen jemand bis zu Ihrem Motel gefolgt ist?«

Travis zuckte mit den Schultern. »Ich bezweifle, dass wir hier jetzt mit Ihnen zusammensitzen würden, wenn das der Fall wäre.«

»Ein Punkt für Sie«, gab Farr zu, während das Fenster wieder hochfuhr. »Dann ist dieser Ort genauso gut wie jeder andere für Sie. Wir werden zwei Agenten abstellen, die Wache halten. Wir werden Sie anrufen und sie Ihnen beschreiben, damit Sie nicht alarmiert sind, wenn Sie sie sehen. Wir werden auch dafür sorgen, dass man Ihnen Ihre Mahlzeiten bringt, damit Sie Ihr Zimmer nicht verlassen müssen.«

»Das fängt an, sich verdächtig nach einem Gefängnis anzuhören.«

»Ganz im Gegenteil, Mr. Wilder«, sagte Farr mit seinem glatten, akzentfreien Tonfall. »Sie können jederzeit gehen. Denken Sie nur daran, was auf Sie wartet, wenn Sie es tun.«

Travis ballte die Fäuste. Was war Freiheit denn wert, wenn einem nur eine solche Wahl blieb?

»Es ist besser, wenn ihr hier aussteigt und zu Fuß zu euren Zimmern geht«, sagte Deirdre. »Ich vermute mal, dass die meisten Gäste des Blue Sky nicht von Limousinen abgesetzt werden. Wir werden warten, um sicherzugehen, dass ihr sicher hereinkommt.«

»Danke«, sagte Grace. »Ihnen beiden.«

Ihre Augen funkelten grüngolden, als sie die Sucher betrachtete. Es hatte fast den Anschein, als würde ihr das alles Spaß machen. Aber schon auf Eldh war Grace stets diejenige gewesen, die für Spionage und Verschwörungen ein Talent gehabt hatte. Travis wollte bloß Beltan finden und nach Eldh zurückkehren. Er öffnete die Limousinentür.

Deirdre berührte seinen Arm. »Möge der Wind dich lenken, Travis.«

Er nickte, dann stieg er aus dem Wagen. Grace folgte ihm, und die Tür schloss sich. Die Limousine fuhr davon, so lang und schlank wie eine Schlange, dann verschwand sie um die Ecke.

»Sie werden ihn finden«, sagte Grace voller Überzeugung.

Travis erwiderte nichts, damit sie seinen Zweifel nicht mitbekam. Sie drehten sich um, um zum Motel zu gehen.

Da sah Travis im Augenwinkel eine Bewegung. Der Teil eines Schattens schien sich aus der Lücke zwischen zwei Gebäuden zu lösen und auf sie zuzugleiten. Er glaubte sogar, zwei golden aufblitzende Funken zu sehen. Dann erzitterte die Luft, und der Schatten war verschwunden.

Grace berührte seine Schulter. »Travis, was ist?«

Er schaute noch einen Augenblick lang in die leere Luft, dann wandte er sich ab. »Nichts«, sagte er.

28

Drei Tage später schaute Deirdre vom leuchtenden Monitor eines schlanken, silbernen Computernotebooks auf, weil sich die Tür ihrer Suite im Brown Palace Hotel öffnete und Hadrian Farr eintrat. Er sah abgezehrt und erschreckend dünn aus, und er trug noch immer dieselben Kleider wie bei seinem Aufbruch vor vierundzwanzig Stunden.

»Sie sehen schrecklich aus«, bemerkte sie und wandte sich wieder dem Computerbildschirm zu. Sie hatte gerade eine Verbindung zum Hauptcomputer der Sucher in London hergestellt, um sich die Ergebnisse der Analyse anzusehen, die sie an ihrem letzten Morgen in England in Auftrag gegeben hatte. Das Labor der Sucher hatte sie gerade fertig gestellt. Blutrote Worte wanderten über den Bildschirm.

Bericht für:	D. Falling Hawk / SU-9774U
Angeforderte Analyse:	Partielle Mitochondriensequenz – Vergleich der Kreuzungspopulation mit dem phylogenetischen Stammbaum
Subjekt:	Codename – Glinda

»Ich reise innerhalb eines Tages nach London und komme zurück nach Denver, und das ist der Willkommensgruß, den ich erhalte?« Farr schleuderte seine Ledertasche aufs Sofa, warf eine zerknitterte Zeitung auf den Tisch und begab sich zur Mini-Bar. Er holte eine Miniaturflasche Scotch heraus und öffnete den Drehverschluss.

»Wissen Sie, diese kleinen Dinger sind unverschämt teuer«, sagte Deirdre, die Augen noch immer auf den Bildschirm gerichtet. Sie klickte eine Schaltfläche an, und ein Zustandsbalken erschien: *Downloading …*

Farr schnaubte. »Gut. Die Rechnung bezahlen die Sucher.« Er leerte das Fläschchen in einem Zug, nahm sich ein zweites, warf sich auf einen Sessel und sah sie stirnrunzelnd an. Farr gehörte zu jenen Männern, die auf gefährliche Weise attraktiv aussahen, wenn sie die Stirn runzelten.

»Wollen Sie mich nicht mal fragen, wie es gelaufen ist?«, sagte er.

Sie betrachtete den Zustandsbalken: 32 % der Datei abgeschlossen. »Das weiß ich schon.«

»Was soll das heißen, Sie wissen es schon? Ich bin eben erst aus dem verdammten Flugzeug gestiegen.«

»Ja, nach einem Flug von neun Stunden. In der Zwischenzeit habe ich diese faszinierende kleine Erfindung namens Telefon benutzt. Schon mal davon gehört?« 74 % der Datei abgeschlossen. »Aber wie dem auch sei, Sascha hat mir alles erzählt. Glückwunsch. Sieht so aus, als wären wir noch im Geschäft.«

Farr grunzte, dann kämpfte er mit dem Verschluss des zweiten Fläschchens. Schließlich gab er es auf und warf es neben sich auf den Sessel. »Gott, wie ich Hotelzimmer hasse.«

»Nun, im Augenblick kostet Ihr Hass die Sucher vierhundert amerikanische Dollar die Nacht. Also sehen Sie zu, dass Sie was daraus machen.«

Daten strömten nun über den Schirm: kleine Querbalken, von denen jeder einen spezifischen Genort repräsentierte. Hunderte von ihnen. Tausende. Deirdre sah sie vorbeihuschen und ließ den Blick unscharf werden, so als könnte sie auf diese Weise irgendwie ein Muster darin erkennen.

»Wie dem auch sei«, sagte sie, »ich verstehe nicht, was Sie so sehr ärgert. Sie haben Ihre Anrufung des Neunten Desiderats doch akzeptiert, oder?«

Farr hatte Denver am Morgen zuvor für einen schnellen Abstecher nach London verlassen. Deirdre hatte ihn gedrängt, seinen Fall mit elektronischen Mitteln vorzutragen, aber er hatte darauf bestanden, sich persönlich dorthin zu begeben. Was nur wenig Sinn machte, denn soweit sie wusste, hatte noch nie jemand direkt mit den Philosophen gesprochen, nicht einmal Farr. Die Führer der Sucher standen mit ihren Leuten immer in Kommunikation, aber sie blieben außer Sicht, in Geheimnis und Anonymität gehüllt. So war es während der fünfhundertjährigen Geschichte der Sucher immer schon gewesen.

Doch Farr hatte es für besser gehalten, nach London zurückzukehren. Immerhin demonstrierte es seine Hingabe an die Sache. Und offensichtlich hatte es funktioniert. Trotz ihrer direkten Verletzung des Dritten Desiderats – *Ein Sucher beobachtet, greift aber nicht ein* – würde es keinen Verweis der Philosophen geben.

Nicht, dass Deirdre der Meinung war, dass sie oder Farr mit ihrer Reise nach Denver einen Fehler begangen hatten. Schließlich hatte Grace Beckett sie gerufen und nicht umgekehrt. Allerdings waren die Neun Desiderate keineswegs so verfasst worden, dass sie irgendwelchen Spielraum nach welcher Seite auch immer boten. Das Dritte Desiderat sollte Suchern verbieten, direkt mit außerweltlichen Objekten in Kontakt zu treten, um jegliche Kontamination ihres Verhaltens zu verhindern.

Glücklicherweise hatten die Feldagenten der Sucher die Neigung, ein cleverer und findiger Haufen zu sein, darum war es auch beinahe vier Jahrhunderte her, dass einer von ihnen, Marius Lucius Albrecht, als Erster das Neunte Desiderat zu seiner Verteidigung bemüht hatte: *Was auch geschieht, kein Sucher darf eine andere Person zu Schaden kommen lassen.*

Albrecht hatte sich dem Rauswurf von den Suchern gegenübergesehen, weil er Kontakt mit einer Frau aufgenommen hatte – einigen Geschichten zufolge hatte er sich in sie verliebt –, die außerweltliche Verbindungen hatte. Doch er hatte bewiesen, dass sie in Lebensgefahr geschwebt und er gar keine andere Wahl gehabt hatte, als einzugreifen.

Was auch geschieht ...

Natürlich hatte Deirdre oft genug gehört, wie unter ihren Agentenkollegen getuschelt wurde, dass Hadrian Farr dazu bestimmt war, der nächste Marius Lucius Albrecht zu werden. Daher war es vielleicht nur passend, dass er das Neunte Desiderat bemüht hatte – zum dritten Mal in seiner Karriere. Und es bestand nicht der geringste Zweifel, dass Grace Beckett und Travis Wilder in Gefahr schwebten. Genau wie ihr außerweltlicher Freund, der Mann, den sie Beltan nannten. Die Philosophen hatten gar keine andere Wahl gehabt, als Farr einen Dispens zu gewähren.

Deirdre stand auf und ging zu Farr herüber. »Ich verstehe nicht, warum Sie aufgebracht sind, Hadrian. Die Philosophen sind Ihrer Meinung.«

»Ja, das sind sie. Ich bin mir nicht sicher, ob sie es sein sollten.« Er beugte sich vor, die Ellbogen auf die Knie gestützt. »Sie sind die Philosophen, Deirdre. Die gefürchteten, allmächtigen, schrecklich unflexiblen und geheimnisvollen Philosophen. Bei Gott, eigentlich hätten sie sich wenigstens etwas dagegen wehren sollen, finden Sie nicht? Stattdessen gewähren Sie mir meinen Dispens, ohne auch nur länger als einen Augenblick darüber nachzudenken. Trotz ihres ganzen Theaters wegen der Geschichte und dem Gewicht der Pflichten scheinen sie ohne weiteres willens zu sein, einen Sucher, eine Gesellin und ein paar Leibwächter ins Feld zu schicken, um Duratek im offensichtlich wichtigsten Fall dieses Jahrhunderts die Stirn zu bieten.«

»Vielleicht haben sie Vertrauen in uns«, sagte Deirdre mit einem Schulterzucken.

»Nun, ich bin mir nicht sicher, dass ich Ihre Meinung teile.« Er wühlte neben dem Sesselpolster umher, fand das zweite Fläschchen und schaffte es diesmal, den Verschluss zu öffnen. Er leerte es zur Hälfte.

Deirdre runzelte die Stirn. »Also reicht es nicht, das Dritte Desiderat zu brechen? Jetzt nehmen Sie auch noch Nummer sechs aufs Korn. *Ein Sucher soll nicht zulassen, dass sein Urteilsvermögen beeinträchtigt wird.*«

»Ach, gerade Sie müssen aus dem Buch zitieren. Und Sie können mir nicht weismachen, dass Sie damals, als ich Sie in Soho gefunden habe, Crème de Menthe getrunken haben.«

Sie bemühte ihren unschuldigsten Gesichtsausdruck, den sie während einer ihrer Feriensommer in Irland ihrer Großtante, einer strenggläubigen Katholikin, abgeschaut hatte. »Damals habe ich gerade eine Auszeit von den Suchern gemacht.«

Er lachte. Es war ein tiefer, hallender Laut, der Deirdre zutiefst überraschte. Farr war immer von unerschütterlicher Beherrschung gewesen, ganz egal, unter welchen Umständen auch immer; manchmal hatte er einen damit zur Weißglut bringen können. Sie hatte ihn nie zuvor einen Laut äußern hören, der einen Unterton von Verzweiflung hatte.

»Nein, Deirdre. Verstehen Sie denn nicht? Man kann von den Suchern keine Auszeit nehmen. Das ist kein Verein, bei dem man Mitglied wird, wenn einem danach ist. Es ist ein heiliger Bund der Ehe ohne jede Hoffnung auf Annullierung. Bis dass der Tod uns scheidet.« Er hob die Flasche und trank den Rest.

Deirdre sah ihm dabei zu. Seine Worte hatten es tatsächlich geschafft, sie zu beunruhigen. Warum waren die Philosophen dazu bereit, so viel Vertrauen in nur zwei Leute zu setzen, wo doch so viel auf dem Spiel stand? Sie begriff es nicht. Aber die Philosophen taten und sagten viel, was sie nicht verstehen konnte. Sie verfügten über ein Wissen und verfolgten Absichten, die dem Rest der Sucher unbekannt waren.

Hinter ihr gab der Computer beruhigende elektronische Laute von sich. Sie wandte sich wieder dem Tisch zu. Die Daten strömten nicht länger, der Abschlussbericht füllte den Schirm. Deirdre scrollte sich durch die Reihen mit Informationen. Dabei wuchs ihr Gefühl des Unbehagens.

»Das ergibt doch keinen Sinn«, murmelte sie.

Stoff raschelte. Farr.

»Was haben Sie da, Deirdre?« Seine Stimme war wieder leise und wohl überlegt; das war wieder der Hadrian, den sie kannte.

»Ich weiß es nicht«, sagte sie ehrlich. »Ich weiß es wirklich nicht.«

Sie hatte Farr ihre Begegnung mit Glinda in jener letzten Nacht in London verschwiegen. Es fiel ihr schon schwer genug, selbst zu verstehen, warum sie sich auf die Suche nach der Frau gemacht hatte, geschweige denn, es jemand anderem zu erklären. Deirdre war die Unterhaltung im *Surrender Dorothy* in Gedanken ein Dutzend Mal durchgegangen, aber sie wusste noch immer nicht, was sie zu bedeuten hatte. Allein Glindas Trauer war auf schmerzhafte Weise offensichtlich gewesen – so wie der kühle, grüne Wald, den Deirdre erblickt hatte, als sie sich küssten.

Der silberne Ring, den Glinda ihr bei ihrem Abschied gegeben hatte, war ein verblüffendes Artefakt; Deirdre hatte mehrere Suchoperationen in der Datenbank der Sucher durchgeführt, aber bis jetzt keine Übereinstimmung mit den auf der Innenseite des Rings eingravierten Symbolen gefunden. Auf Grund einer Eingebung hatte sie sogar überprüft, ob sie mit den Runen übereinstimmten, die von AU-3 stammten – den

Runen auf Grace Becketts Halskette. Es gab keine Ähnlichkeiten. Die Schrift auf dem Ring war spinnwebartig und geschwungen, ganz und gar nicht wie die eckigen Runen der Welt Eldh.

Doch der Ring wies nicht nur Schriftzüge auf, um eine Geschichte zu erzählen. Deirdre hatte ihn in Plastik versiegelt und ihn mittels Kurier in die Laboratorien der Sucher schaffen lassen. Der Ring wies genug Hautpartikel auf, um eine DNA-Sequenz zu erstellen. Aber die Probe musste verunreinigt worden sein, denn der Bericht, den sie las, konnte nicht stimmen. Sie scrollte erneut zu den Worten am unteren Ende des Berichts zurück.

Analyse unterbrochen:	Fehler – Mitochondriensequenz unvollständig – verunreinigte oder fehlende Daten in Probe. – Menschliche DNA unterbrochen durch zufällige Basenpaare.
Schlussfolgerung:	Beendigung der phylogenetischen Analyse nicht möglich. – Probe weist keinen Bezug zu bekannten menschlichen Populationen auf.

Farr lehnte sich an den Tisch und beugte sich näher an den Computerbildschirm heran. »Was ist das, Deirdre?«

»Es ist eine DNA-Sequenz.«

»Das sehe ich selbst. Ich meine, wo haben Sie sie her?«

Deirdre schüttelte den Kopf. »Das spielt keine Rolle. Die Probe ist kontaminiert. Die Analyse ist wertlos.«

»Nein, das glaube ich nicht. Darf ich?«

Sie sah zu ihm hoch, verblüfft über die leise Intensität seiner Worte, aber bevor sie antworten konnte, nahm er den Computer und zog ihn zu sich heran.

»Sie sind mit dem Hauptsystem in London verbunden?«

Farr öffnete ein neues Fenster und tippte seinen Zugangscode ein. Ein Menü öffnete sich, das Deirdre noch nie zuvor gesehen hatte und dessen kryptische Optionen ihr Begriffsvermögen überstiegen. Farr wählte eine aus, und eine Dateienliste erschien. Er klickte sie an, und Reihen kurzer, alternierender Balken füllten den Bildschirm. Eine andere DNA-Sequenz.

»Hier«, sagte Farr. »Sehen Sie.«

Er wies auf einen Teil der Sequenz. Deirdre zog den Computer wieder zu sich. Sie positionierte die Fenster nebeneinander. Sie verglich eine Reihe nach der anderen. Das Muster war identisch.

»Ich verstehe das nicht.« Ihr Atem ließ den Bildschirm beschlagen. »Wo haben Sie diese Probe her?«

»Ich habe sie nirgendwoher. Sie stammt von einem Relikt aus den Gewölben unter dem Mutterhaus in London. 1817 brachten die Sucher eine Kristallphiole in ihren Besitz, die angeblich das Blut der heiligen Johanna enthielt.«

»Die heilige Johanna?«

»Ja, Johanna von Orleans – das Mädchen, das die Franzosen in die Schlacht führte und als Ketzerin auf dem Scheiterhaufen verbrannt wurde. Laut dem in die Tage gekommenen Franziskanermönch, von dem man das Relikt besorgt hat, wurde das Blut von einem gläubigen Mönch eingesammelt, der es während Johannas Gefangenschaft aus ihren Wunden schöpfte und in der Kristallphiole aufbewahrte. Vor einigen Jahren besorgte ich mir von den Philosophen die Erlaubnis, die Phiole zu öffnen, und ließ von einer Probe des Blutes eine Sequenz anfertigen. Ich arbeitete an einer Studie über genetische Anomalien bei Individuen mit außerweltlichen Erfahrungen.«

»Wollen Sie behaupten, Johanna von Orleans hätte außerweltliche Verbindungen gehabt?«

Er zuckte mit den Schultern. »Sie hat mit Gott gesprochen, nicht wahr?«

Deirdre wusste nicht, was sie darauf antworten sollte. Aber wenn Farr Recht hatte, dann hatte das, was auch immer die heilige Johanna besessen und sie anderen Menschen entfremdet hatte, auch Glinda besessen. Und vielleicht ihr ungeborenes Kind. Deirdre schloss die Augen und stellte sich Glindas hübsches, zerbrechliches Gesicht vor.

Niemand weiß, wie, aber sie haben sich einen Reinblütigen besorgt. Jetzt brauchen sie keinen von uns mehr ...

Aber was hatte das zu bedeuten? Von wem hatte Glinda gesprochen? Sie öffnete die Augen und wollte wieder nach dem Computer greifen, dann erstarrte sie, als ihr Blick auf die Titelseite der zerknitterten *Times* aus London fiel, die Farr bei seinem Eintreten auf den Tisch geworfen hatte. Ein Summen füllte ihre Ohren.

»Wo haben Sie diese Probe her, Deirdre?«, fragte Farr mit leiser, aufgeregter Stimme. »Ich hatte geglaubt, dass meine Analyse vor Jahren zu einem Ende gekommen wäre, aber wieder einmal haben Sie mir eine Tür geöffnet. Wir sollten sofort einen Sucher aussenden, der dieses Glinda-Objekt überwacht. Wo können wir sie finden?«

Deirdre befeuchtete sich die Lippen. »Sie werden sie nicht finden.«

»Was meinen Sie?«

Deirdre verstand ihn kaum. Es war erstaunlich, wie man den Verlust von etwas betrauern konnte, das man eigentlich niemals richtig besessen hatte. Sie las die Schlagzeile erneut:

FEUER IN BRIXTON BLEIBT EIN RÄTSEL
Zahl der Todesopfer nun bei 13

Sie berührte die Zeitung, strich mit der Hand über das Foto, das die ausgebrannten Ruinen mehrerer Ladenfassaden zeigte. Die Zerstörung war beinahe allumfassend gewesen. Druckerschwärze verschmierte unter ihrer Berührung wie eine Rauchwolke.

Hinter ihr ertönte ein leiser Fluch. »Es tut mir so Leid, Deirdre. Sieht so aus, als wäre uns da jemand zuvorgekommen.«

Ja, jemand. Aber wer? Bilder blitzten in Deirdres Verstand auf: ein weißer Blitz, eine leere Flasche. Sie besann sich auf die Geistesdisziplinen, die ihr Großvater, ein Schamane, ihr beigebracht hatte, und hieß ihre Trauer willkommen, dann legte sie sie beiseite, um sie später, wenn der richtige Zeitpunkt gekommen war, richtig auszuleben. Jetzt entfachte sie aus ihrer Wut ein Feuer. Es war Zeit, etwas zu unternehmen.

Sie klappte den Computer zu und stand auf, dann drehte sie sich um. Farr betrachtete sie mit einer Mischung aus Neugier und völliger Nüchternheit – und das, obwohl er getrunken hatte.

»Ja«, sagte er bloß.

»Warum finden wir nicht heraus, was unsere guten Freunde von der Duratek Corporation vorhaben?«

Er hob eine Braue. »Wollen Sie mir damit sagen, dass Sie wissen, wo sie das Objekt von AU-3 festhalten?«

Sie schnappte sich ihre schwarze Lederjacke von einem Stuhl und zog sie an. »Sagen wir, ich habe da eine Ahnung. Heute Morgen konnte ich einem ihrer Fahrzeuge ein gutes Stück folgen. Und falls sie ihr neues Firmenhauptquartier nicht in dem Gebäude neben der Hundefutterfabrik aufmachen, könnte ich mir vorstellen, dass wir da auf etwas gestoßen sind.«

»Und warum haben Sie mir das nicht schon früher gesagt?«

Sie zog den Reißverschluss der Jacke zu und grinste. Es war ein wilder, humorloser Ausdruck. »Sie saßen im Flugzeug, Farr. Schon vergessen?«

29

Beltan von Calavan, Bastardsohn von König Beldreas, fahrender Ritter, Hauptmann im Orden von Malachor und ehemaliger Ritter-Hüter der Lady Melindora Nachtsilber, rannte.

Er rannte durch eine leere Domäne, rannte unter einem flachen, grauen Himmel über flache, graue Ebenen. Es war unmöglich festzustellen, ob es Tag oder Nacht war; selbst die Luft war so grau wie alles andere an diesem Ort, und es gab keine Schatten. Es gab auch keine Geräusche, wenn er mal von seinem eigenen Atem absah. Nicht einmal seine Füße, die weiches, farbloses Gras niederdrückten, verursachten irgendwelche Laute. Er war nackt.

Beltan wusste nicht, wo er seinen Lauf begonnen hatte oder was in dieser schattenlosen Domäne sein Ziel war. Er wusste nur, dass er nicht stehen bleiben durfte, dass, wenn er aufhörte sich zu bewegen, ihn nichts daran hindern würde, mit dem Grau zu verschmelzen, bis er sich aufgelöst haben würde.

Manchmal rief er sich beim Laufen Geschichten aus seiner Kinderzeit ins Gedächtnis, die alte ergraute Krieger, deren Tage des Kampfes lange vorbei waren und die auf ihre letzte Schlacht warteten, die sie nur verlieren konnten, in der Wärme des Kaminfeuers von Calaveres Großem Saal erzählt hatten. Einigen hatten Augen gefehlt, anderen Finger, Arme oder Beine. Sie hatten gelacht und behauptet, dass die verlorenen Glieder einem Krieger nur vorausgingen und im Vathranan, dem Großen Saal des Gottes Vathris Stier-Töter, der jenseits der Moore der Welt lag, auf ihn warteten, damit die Toten in der Letzten Schlacht an der Seite der Lebenden kämpfen konnten. Aber manchmal hatten sie mit heiseren Stimmen auch von Sindanan geflüstert, dem Grauen Land, in das Feiglinge und Verräter nach ihrem Tod einzogen, und wenn die alten Männer diese Dinge gesagt hatten, hatten ihre Hände gezittert, sodass sie ihr Bier auf den heißen Steinen des Kamins verschüttet hatten, wo es sich zischend in Dampf verwandelte und verschwand.

Vielleicht war das hier ja das Graue Land, von dem die Krieger gesprochen hatten. Vielleicht war Sindanan auch der Ort, an dem Bastarde, die ihre Väter ermordet hatten, nach ihrem Tod endeten.

Mit der linken Hand griff Beltan nach seiner Seite, während er weiterlief. Es schien eine instinktive Bewegung zu sein. Hatte er dort nicht Schmerzen gehabt? Er schaute nach unten, aber da war keine Wunde zu sehen. Stattdessen war die Haut ganz glatt und blass, ohne jeden Makel. Und doch war da in der Vergangenheit ein Schnitt gewesen, da war er sich sicher; während er lief, waren die zerfetzten Ränder aufgeklafft und zugeklappt wie ein lachender Mund. Wie lange war es her, dass er sie das letzte Mal gesehen hatte? Er wusste es nicht. Wie alles andere war an diesem Ort auch die Zeit verblasst.

Als Beltan ein Stück voraus den Schatten sah, der an der Seite stand, konnte er nicht begreifen, um was es sich da eigentlich handelte. Beinahe hätte er das Gesicht abgewandt und wäre weitergelaufen. In diesem Land gab es keine Schatten; hier gab es nichts. Nur die Liebe, die Männer für Feiglinge, Verräter und Bastarde in ihren Herzen fühlten: ein kalter, leerer Krug.

Der Schatten bewegte sich, hob lange, spindeldürre Arme über den kleinen Flecken, der den Kopf darstellte.

Beltan verlangsamte das Tempo, das erste Mal, dass er so etwas seiner Erinnerung nach überhaupt tat, dann blieb er stehen. Um ihn herum wisperte graues Gras, strich über seine nackten Schienbeine, und eine große Müdigkeit überfiel ihn. *Leg dich doch hin*, schien das Gras zu flüstern. *Lass uns über dich hinwegwachsen, in dich hinein, und wir werden du sein und du wirst wir sein. Komm, leg dich hin.*

Seine Knie wurden schwach; er fühlte, wie sie einknickten.

Der Schatten winkte erneut; jetzt schien die Bewegung drängender zu sein. Dann kam Beltan ein seltsamer Gedanke, und er drückte die Beine durch. Vielleicht war das ja *sein* Schatten, der ihn heranwinkte. Schließlich hatte er ihn in diesem Land noch nicht wahrgenommen. Aber das schien nicht sein zu können. Der Schatten war gedrungen und buckelig, die Arme waren zu lang für den Körper, der Kopf zu klein. Beltan sah nach unten. Sein Körper war schlank, gerade, hoch gewachsen. Er schaute wieder auf.

Der Schatten war verschwunden.

Gedämpftes Entsetzen stieg in ihm auf. Seit er sich an diesem Ort befand, war er nur in eine Richtung gelaufen. Jetzt wandte er sich mit einer großen Anstrengung von seinem Pfad ab und lief in die Richtung des Schattens.

Es war unmöglich festzustellen, ob er den richtigen Weg eingeschlagen hatte. Alles sah gleich aus. War er zu weit links? Er dachte daran, kehrtzumachen, dann entschied er sich aber anders. Rechts – er musste nach rechts.

Hätte er die Richtung drei Schritte früher geändert, hätte er die Tür niemals gefunden. Doch so streifte seine linke Hand etwas Hartes und Festes, als er sich umdrehte. Er blieb stehen, dann streckte er die Hand aus, tastete in der grauen Luft umher, bis seine Finger es schließlich fanden. Es war glatt und fest.

Die Tür hatte genau die gleiche Farbe wie die Luft. Selbst wenn man unmittelbar davor stand, konnte man sie im Grau der Umgebung kaum erkennen. Nur sein Tastsinn verriet ihm, dass es sich um eine Tür handelte: Rahmen, Türangeln, Riegel. Sie stand allein auf der leeren Ebene.

Beltan ergriff den Riegel, dann zögerte er. Was lag hinter

der Tür? Was war, wenn auf der anderen Seite die gleiche farblose Landschaft wartete? Aber der Schatten war nicht länger da. Er musste durch die Tür gegangen sein.

Beltan zögerte trotzdem. War das hier nicht der Ort, an den er gehörte? Er konnte sich nicht mehr daran erinnern, warum er das wusste, nur dass er es tat. Er hatte seinen eigenen Vater durch Verrat ermordet, hatte mit dem Dolch zugestoßen, als er ihm den Rücken zuwandte. Was konnte sich für jemanden wie ihn nur auf der anderen Seite der Tür befinden?

Aber da war doch etwas gewesen. Er konnte sich nicht länger erinnern, was es war, aber es hatte den Anschein, dass da ein Gesicht, eine Stimme, ein Name war. Ein Mann. Ja, hinter dieser Tür war ein Mann, dessen Augen so grau wie dieses Land waren, die aber weder so leer noch so kalt waren. Dieser Mann war auf der Suche – auf der Suche nach ihm.

Beltan stieß einen wortlosen Schrei aus. Der Schrei war wie ein großes, starrköpfiges Bellen, er wurde zusehends lauter, bis er wie ein Sturmwind war, der durch das Graue Land hallte. Das Gras duckte sich; die Luft erzitterte. Beltan riss die Tür auf, dann warf er sich hindurch.

30

Im ersten Augenblick glaubte Beltan, noch immer im Grauen Land zu sein. Eine Zeit lang trieb er dahin; vielleicht war er in das Gras gestürzt und löste sich nun langsam in ein Nichts auf. Aber das Licht um ihn herum hatte einen scharlachroten Schimmer, keinen grauen, und es gab Geräusche: ein rhythmisches Surren wie vom Schlagen großer Flügel. Dann schoben sich Schatten vor das Licht, und er wusste, dass er nicht länger in Sindanan war, sondern an einem anderen Ort.

Es dauerte einige Zeit, bis er begriff, dass der hallende Laut, den er hörte, eine Stimme darstelle. Einer der Schatten sprach.

»... hier, Doktor. Verglichen mit gestern gibt es eine dreihundertprozentige Steigerung sowohl in den Alpha- als auch in den Thetaregionen. Und er zeigt signifikante REM-Werte. Er ist in einen Traumzustand eingetreten.«

Die Stimme des Mannes war seltsam grob, und die Worte, die sie sprach, waren seltsam und guttural. Beltan hatte den Eindruck, dass er die Worte eigentlich nicht hätte verstehen dürfen, doch irgendwie tat er es doch.

Die Schatten bewegten sich, dann antwortete eine andere Stimme, die einer Frau, die die gleichen harten, lieblosen Worte aussprach wie ihr Vorgänger. »Das überrascht mich eigentlich nicht. Unsere Tests haben die Wirkungen des alternativen Blutserums sowohl auf das neurologische System als auch auf die Gewebeebene gezeigt. Und die menschliche Physiologie unterscheidet sich nicht sehr von der von Schimpansen. Er ist in einen weniger tiefen Komazustand verfallen. Ich habe damit gerechnet, dass er nach Beginn der Behandlung anfängt aufzuwachen.«

»Halten Sie es denn dann für richtig, dass wir vor ihm sprechen, Doktor? Was ist, wenn er uns hören kann?«

Lachen. Ein hübscher Laut, so ganz anders als die Sprache. »Oh, er kann uns durchaus hören. Er ist jetzt sehr nahe. Aber er wird kein Wort verstehen können. Was schade ist, da wir uns doch so sehr wünschen, mit ihm sprechen zu können.«

»Aber die Linguisten werden mit ihm arbeiten. Wie ich gehört habe, verfügen sie bereits über ein Vokabular von mehr als dreihundert Wörtern.«

»Nun, bald wird es viel größer sein.«

Die Stimmen verstummten, und die Schatten schwebten davon und ließen nur das rötliche Licht zurück. Beltan fing wieder an fortzutreiben, dann riss er sich zusammen.

Nein, du kannst nicht zurück ins Graue Land. Bei Vathris, sei kein so erbärmlicher Schwächling. Sie hat gesagt, dass du nahe bist. Nahe dran an was? Am Aufwachen? Aber du bist wach. Also mach die verdammten Augen auf ...

Die Mühe, die diese Handlung kostete, war ungeheuer, quälender als jeder Kampf, den er ausgefochten hatte. Seine Lider öffneten sich mit einem feuchten, klebrigen Laut. Blutrotes Licht verwandelte sich in weißes.

Zuerst konnte er nichts sehen, und er fragte sich, ob er blind war. Dann begriff er, dass er in eine Art Lampe schaute. Sie war schrecklich hell, ihr Licht war viel intensiver als jede Fackel oder Öllampe, die er je zuvor gesehen hatte. Es erinnerte an das magische Licht, das Melia manchmal herbeigezaubert hatte; allerdings war dieses Licht stechend und grell, ohne die schimmernde Schönheit, die einem Zauber innewohnte.

Beltan drehte den Kopf ein kleines Stück – diese Handlung war wieder ein brutaler Krieg, der nur unter großen Opfern gewonnen werden konnte –, und das Licht wurde schwächer, zog sich an den Rand seines Blickfelds zurück. Langsam passten sich seine brennenden Augen an, und er konnte endlich sehen.

Er lag in einem weißen Raum. Wände, Boden, Decke: Alles war weiß. Es fiel schwer, sich alles anzusehen. Jede Oberfläche war ihm fremd: Sie waren kantig, glatt und zu hell für seine Augen. Er war gezwungen, die Augen zuzukneifen, Übelkeit stieg in ihm auf. Alles war zu rechteckig, zu gleichmäßig. Es ließ ihn sich gefangen fühlen.

Er *war* gefangen. Beltan versuchte sich aufzusetzen, aber er konnte es nicht. Etwas hielt ihn fest, drückte ihn auf das seltsame, schräge Bett, in dem er lag. Er verdrehte den Hals, schloss die Augen, als sich einen Augenblick lang alles um ihn drehte, öffnete sie erneut.

Er war nackt, zumindest das war real gewesen. Das Bett, auf dem er lag, bestand aus Stahl, und er war mit Streifen aus ihm unbekanntem, funkelndem Stoff daran festgeschnallt. Entweder war er sehr schwach, oder der Stoff war viel stärker, als er aussah. Vielleicht traf auch beides zu. Sein Körper war dünn, seine Rippen traten hervor, die Knochen zeichneten sich unter der Haut ab. Er sah wie ein alter Mann aus.

Röhren wuchsen aus seinen Armen wie Würmer. Die Röhren waren so durchsichtig wie Glas, dabei allerdings biegsam, also konnten sie nicht aus Glas bestehen. Sie schlängelten sich in die Höhe und führten zu Beuteln, die von einem Stahlgestell hingen und verschiedene Flüssigkeiten enthielten, die größtenteils klar waren. Nur eine war so hellgrün wie in Wasser getauchte Smaragde.

Beltan studierte die Beutel und glaubte dann zu verstehen. Die Flüssigkeiten tropften in die Röhren und flossen in seine Adern. Das war ganz anders als bei der Röhre, die sie in seinen Phallus gesteckt hatten und die offensichtlich seine Pisse aufsammeln sollte. Er gehörte nicht zu den Leuten, die Dinge, die sie nicht verstanden, gleich für Magie hielten, aber es fiel schwer, sich nicht zu fragen, ob er von einer Art Zauber gefangen gehalten wurde.

Die Fesselung an das Stahlbett ließ ihn an die toten Ritter denken, die er, auf ihre Schilde geschnallt, von zahllosen Schlachtfeldern herunterzuschleppen geholfen hatte. Aber er war nicht tot – auch wenn er glaubte, es eigentlich sein zu müssen. Er schaute auf seine linke Seite. Hätte dort nicht eine Wunde sein müssen?

Ein Krampf durchzuckte ihn, die Erinnerung an einen Schmerz. Ja, er fing an, sich wieder zu erinnern. Er war in Spardis gewesen, in den Bädern, hatte versucht, Dakarreth aufzuhalten. Doch der Nekromant war zu stark für ihn gewesen, hatte ihn niedergerungen, ihm unmenschlich starke Finger in die Seite gebohrt und seine alte Wunde wieder geöffnet. Blut war wie warmes Wasser auf die Fliesen geströmt.

Doch die Wunde war jetzt verschwunden; er sah genau hin, konnte aber nur eine blasse Narbe entdecken, die sich über seine Haut zog. Er verspürte ein kühles Kribbeln am ganzen Körper.

Er war sich nicht sicher, glaubte aber, noch einmal in den Bädern zu Bewusstsein gekommen zu sein, nur dass Dakarreth nicht länger dort war. Stattdessen hatten sich andere über ihn gebeugt, aber es fiel so schwer, sich zu erinnern, wer sie gewesen waren. Einer hatte sich zu ihm heruntergebeugt. Beltan erinnerte sich an ein Lachen, dann daran, den Kopf gehoben zu haben, um seine Lippen auf andere zu pressen ...

Ich will dir sagen, dass es mir nicht im Mindesten Leid tut.

Ich verstehe nicht, was tut dir nicht Leid?

Das hier.

Er sog scharf die Luft ein. Travis. Travis Wilder war da gewesen, und Lady Grace und all die anderen. Aber wo waren sie jetzt? Er musste sie finden, ihnen sagen, dass es ihm gut ging.

Und was willst du Travis sagen, wenn du ihm gegenüberstehst? Er hat den Ruf des Stiers nicht vernommen – das hat er dir gesagt. Du hast ihn nur aus einem Grund geküsst, du hast geglaubt, dass du stirbst, und du hast geglaubt, du müsstest es ihm niemals erklären. Jetzt bist du hier, lebendig. Selbst wenn du tot bist, bist du ein begriffsstutziger Narr, Beltan von Calavan.

Er würde sich später überlegen müssen, wie er sich bei Travis für seine Untat entschuldigen sollte. Im Augenblick musste er erst einmal verstehen, wo er war und was mit ihm geschah. Er konnte noch immer den Tod finden,.

Ein Grunzen drang an seine Ohren, übertönte das *Surren*, das die Luft erfüllte. Der Laut ertönte erneut, diesmal begleitet von einem metallischen Scheppern. Mühsam drehte er den Kopf nach rechts.

Sein träger Verstand brauchte einen langen Augenblick, bevor er begriff, was er da betrachtete. Heller Eisendraht zog sich in einem rechteckigen Muster über den Rahmen eines großen Kastens, der fast einen Meter über dem Boden stand. Erst als er den sich darin bewegenden Schatten sah, erkannte er, dass es sich um einen Käfig handelte.

Das darin gefangene Ding kroch an den Rand und schob lange, dunkle, faltige Finger durch die Löcher im Draht. Die Kreatur war groß – fast so groß wie ein Mann. Sie war auch wie ein Mann geformt, nur auf seltsame Weise verzerrt. Sie wies kurze Beine auf und hatte eine Tonnenbrust, ihr Kopf war klein, und das Gesicht ragte hervor. Der nackte Körper war mit schwarzem, strähnigem Haar bewachsen.

Schrecken machte sich in Beltans leerem Magen breit. War das Ding im Käfig ein *Feydrim*? Es erinnerte ihn an die grauen, verkrümmten Bestien, die er während der letzten Wintersonnenwende am Runentor abgewehrt hatte. Aber die *Feydrim* waren wild und mit Reißzähnen ausgestattet gewesen, Ungeheuer, die die böse Magie des Fahlen Königs erschaffen hatte. Doch diese Kreatur schaute ihn mit braunen Augen an, die irgendwie traurig und sogar wissend blickten.

Das Geschöpf im Käfig breitete die langen, spindeldürren Arme aus. Beltan holte zischend Luft. Ja, er kannte diese Geste. Der Schatten im Grauen Land hatte sie ebenfalls gemacht, der Schatten, der ihn zur Tür geführt hatte. Es war ein Willkommensgruß.

Das Wesen beobachtete Beltan abwartend. Was wollte es von ihm? Die Steifheit machte es schwer, aber es gelang Beltan, dem Geschöpf zuzunicken.

»Hallo«, sagte er, beinahe überrascht, dass er einen Laut von sich geben konnte, obwohl es wie die Stimme eines Geiers klang.

Das Wesen stellte sich hin. Oben gab es zwei Öffnungen, durch die man Essen in den Käfig werfen konnte. Es schob die gekrümmten Hände durch die Öffnungen und streckte die langen Arme heraus. Die Unterseiten waren rasiert. Man konnte leicht die weißen, kreuz und quer verlaufenden Narben erkennen, die sich über die Arme des Wesens zogen.

Anscheinend versuchte das Ding, ihm etwas mitzuteilen, genau wie zuvor in dem Traum. Aber was? Dann blickte er an seinem eigenen Körper herab und sah die Narben Dutzender verschiedener Wunden, die er während seiner Jahre als Ritter davongetragen hatte.

Er blickte wieder in die traurigen, intelligenten Augen. Diese Kreatur war so menschenähnlich und war dabei doch kein Mensch. Und es war auch kein Ungeheuer. Beltan fielen wieder die seltsamen Worte ein, die die Stimmen über ihm gesprochen hatten, als sie ihn schlafend geglaubt hatten.

... unsere Tests haben die Wirkungen ... unterscheidet sich nicht sehr von der von Schimpansen ...

Beltan betrachtete die Narben auf den ausgestreckten Armen des Wesens. Einige der Wunden waren noch frisch, die Ränder mit schwarzem Garn zusammengenäht. Ja, sie hatten ihre Experimente an dem Wesen durchgeführt, diesem *Schim-*

Pansi, wie sie ihn genannt hatten. Beltan kämpfte gegen seine Fesseln, aber es war nutzlos. Würden sie auch an ihm Experimente durchführen?

Der *Schim-Pansi* zog die Arme zurück in den Käfig und setzte sich. Er sah Beltan nicht länger an. Stattdessen schien er auf eine der Wände zu starren. Beltan folgte seinem Blick.

Die Wand war mit Gemälden von Knochen bedeckt.

Beltan runzelte die Stirn, betrachtete die Zeichnungen. Die Knochen schienen sich glühend von ihrem dunklen Hintergrund abzuheben, und es dauerte einen Moment, bevor er begriff, dass dafür eine der grellen weißen Lampen verantwortlich war, die man in die Wand eingelassen hatte und deren Licht durch die Gemälde schimmerte.

Beltan hatte in seinem Leben genug Knochen gesehen, um viele der Bilder zu erkennen. In der Mitte der Wand war ein Oberschenkel-, dann ein Hüftknochen, Hände, Rippen und ein Schädel. Sie sahen wie die Knochen eines hoch gewachsenen Mannes aus.

Ein Schauder kroch über Beltans nackte Haut. Er schaute auf seine linke Hand, die an seiner Seite festgebunden war. Das letzte Glied des kleinen Fingers war schief; im Alter von zwölf Wintern hatte er ihn sich gebrochen, und er war nie gerade zusammengewachsen. Er schaute zurück auf das glühende Bild der Skeletthand. Der kleine Finger war ebenfalls schief, am letzten Gelenk gebogen.

Die Knochen auf den Bildern waren seine Knochen. Aber wie konnte man die Knochen eines Mannes zeichnen, und zwar bis ins letzte Detail, wenn sie sich doch noch immer in seinem Körper befanden? Er konnte schwache Umrisse um die Knochen ausmachen, sie sahen aus wie nebelhafte Geister seines Fleisches. Die Annahme, dass hier Magie im Spiel war, gefiel ihm wieder nicht, aber es fiel schwer, sich vorzustellen, wie diese Bilder sonst entstanden sein sollten. Vielleicht hätte Melia es ihm ja erklären können, wenn sie da gewesen wäre.

Oder nicht Melia, sondern Lady Grace. Warum hatte er das jetzt gedacht? Doch aus irgendeinem Grund hatte er das Gefühl, dass Grace es wissen würde.

Er ließ die Blicke weiter über die Wand gleiten. Noch mehr Knochenbilder, die genau wie die anderen glühten und Hände, Schädel und Hüften zeigten. Aber diese Knochen waren anders geformt als die seinen. Einer der Schädel war klein, der Kiefer trat hervor, die Hände waren lang und gekrümmt. Bestimmt gehörten diese Knochen dem *Schim-Pansi* im Käfig. Der starrte die Wand noch immer an. War das Wesen klug genug, um seine eigenen Knochen zu erkennen, so wie Beltan?

Sein Blick fiel auf das letzte Knochenbild. Wieder überkam ihn ein Frösteln. Ein Bild zeigte einen hohen, zierlichen, wie ein Ei geformten Schädel. Die Augenhöhlen waren groß und schräg, die Kiefer winzig. War es ein Kinderschädel? Aber dafür war er zu groß. Unter dem Schädel war das Bild einer Hand. Die Fingerknochen waren lang, sogar länger als die des *Schim-Pansi*, gerade und schrecklich dünn, wie die Äste einer Weide. Beltan hatte keine Ahnung, welcher Kreatur diese Knochen gehörten, aber eines stand fest: Es war weder ein Mensch noch ein *Schim-Pansi.*

Ein metallisches Klirren hallte durch die kalte Luft. Beltan drehte gerade noch rechtzeitig den Kopf, um zu sehen, wie sich eine Stahltür öffnete. Eine Gestalt trat ein; sie war schmal, schlank. Eine Frau. Wie ein Mann trug sie eine Art Hose und einen dünnen weißen Mantel. Auf ihrer Nase saß eine Brille, wie Travis sie trug, nur hatte sie einen schwarzen Rahmen statt einen aus Draht.

»Nun, du bist wach«, sagte sie mit einem Lächeln.

Er erkannte ihre Stimme. Sie hatte einem der beiden Schatten gehört, die zuvor über ihm gesprochen hatten, es war die,

die man *Doktor* genannt hatte. Hatte Lady Grace dieses Wort nicht einmal benutzt, um sich zu beschreiben? Aber das war ein Wort aus ihrer Welt gewesen ...

Beltan versteifte sich. Die Frau eilte an das Bett. Sie legte eine Hand auf seine Stirn; sie war kalt. »Nein, keine Sorge. Es gibt keinen Grund zur Sorge. Wir werden dir nichts tun, wir wollen nur von dir lernen, das ist alles.« Sie seufzte. »Aber warum mache ich mir die Mühe, dir das überhaupt zu sagen? Du kannst mich ja nicht verstehen.«

Aber er *konnte* sie verstehen. Und wenn sie ihm nichts antun wollte, warum war er dann wie ein Gefangener gefesselt? Er schluckte. Es war schwer, die Worte hervorzubringen, aber er schaffte es.

»Macht ... mich ... los.«

Beltan hatte die Worte noch nicht zu Ende gebracht, als er auch schon wusste, dass etwas an ihnen seltsam war. Sie klangen hart und guttural, genau wie zuvor die Worte der Frau. Und das lag nicht nur an seiner trockenen Kehle.

Die Frau stolperte mit weit aufgerissenen Augen und offen stehendem Mund vom Bett zurück, sie hob die Hand, um zu verhindern, dass die Brille von ihrer Nase fiel. Ja, sie hatte ihn verstanden. Er kämpfte gegen seine Fesseln an, das schimmernde Material ächzte. Also war doch noch etwas Kraft in ihm. Er stieß erneut Worte zwischen den zusammengebissenen Zähnen hervor.

»Ich sagte ... lasst mich gehen.«

Furcht erschien auf dem Gesicht der Frau. Sie griff hastig nach einem Gerät, das an ihrem Gürtel klemmte, zog es ab und hielt es an den Mund. »Ich brauche Sicherheitsleute in Labor vier. Ich wiederhole, ich brauche die Sicherheit in Labor vier. Sofort!«

Beltan wusste, was diese Worte zu bedeuten hatten. Wächter kamen. Er zerrte an den Fesseln, fühlte eine Kraft, von der er wusste, dass er sie von Rechts wegen nicht hätte haben dürfen. Jetzt kribbelte sein ganzer Körper, so als hätte er sich in Schnee gewälzt. Der *Schim-Pansi* kreischte auf und hämmerte gegen die Wände seines Gefängnisses.

Die Frau nahm etwas von einer Ablage und riss Papier herunter: eine Art Röhre mit einer Nadel am Ende. Sie hielt sie mit beiden Händen, um ihr Zittern unter Kontrolle zu bringen, und stieß die Nadel in eine der Röhren, die in Beltans Arm verschwanden.

Die Welt verschwamm sofort. Alles wurde unscharf. Es war nicht das erste Mal, dass eine Frau seine Männlichkeit mit einem Giftzauber stahl. Lady Kyrene. Nicht schon wieder.

»Was hast du ... mit mir gemacht ... Hexe!«

Seine Worte waren kaum lauter als ein Flüstern. Sie senkte die Nadel und trat zurück, ließ ihn dabei aber nicht aus den Augen. Er sah alles nur wie durch einen Schleier. Das Kreischen des *Schim-Pansi* wurde undeutlich.

Travis, hilf mir.

Aber er wusste, dass er diese Worte nicht laut ausgesprochen hatte. Die Welt wurde nicht grau, sondern schwarz, danach bekam Beltan nichts mehr mit.

31

Nach der Unterhaltung mit Deirdre Falling Hawk und Hadrian Farr im Museum verließen Grace und Travis ihr stickiges, schäbiges Zimmer im Blue Sky Motel nicht mehr. Bei zugezogenen Vorhängen warteten sie darauf, dass die Sucher mit ihnen Kontakt aufnahmen. Doch am dritten Tag war Grace so weit, die Tür aufzubrechen und die Flucht zu ergreifen, ganz egal, ob auf der anderen Seite bereits eine Armee von Duratek-Agenten mit Ketten und Handschellen wartete.

»Nichts Vernünftiges im Fernsehen«, sagte Travis in einem Tonfall, der sich kaum noch von einem kläglichen Jammern unterschied.

Sie hatten den Manager überzeugen können, ihr Fernsehgerät durch einen Apparat zu ersetzen, der auch funktionierte – mehr oder weniger und auch nur dann, wenn Grün seine Lieblingsfarbe war, da sie als Einzige funktionierte.

Grace schaute nicht von ihrem Kreuzworträtselmagazin auf. Diese Unterhaltung führten sie auf so ziemlich stündlicher Basis. »Dann schalte auf einen anderen Kanal um.«

»Du weißt genau, dass es keinen anderen Kanal gibt. Das ist der einzige, den wir reinkriegen.«

»Dann besorg dir einen Spiegel und schau ihn anders herum an.«

Das erzielte immerhin ein Schnauben. »Weißt du, das könnte eine Verbesserung sein. Hast du diesen Typen gesehen? Sein Name ist Sage Carson. Er soll eine Art von Fernsehprediger sein, aber ich glaube, er ist in Wahrheit ein Roboter. Sein Haar sieht aus wie eine Vinylnachbildung von Kentucky.«

»Was stimmt denn an Kentucky nicht?«

»Damit ist alles okay. Solange du es nicht auf dem Kopf trägst.«

Grace umklammerte den Kugelschreiber. Sie hatte viel für Travis übrig, hatte sogar ihr eigenes Leben riskiert, um ihn zu retten, aber sie würde ihn bald umbringen. Doch sie würde es kurz und schmerzlos machen. Nichts brachte mehr Liebe zum Ausdruck als ein schneller Hieb gegen die Medulla oblongata.

Travis schaltete den Fernseher aus, warf sich auf das andere Bett und starrte Grace an. »Ich dachte, du hasst Kreuzworträtsel.«

»Tue ich auch. Sie sind eine Zeitverschwendung.«

»Würdest du mir dann erklären, warum du dich durch ein dickes Magazin arbeitest?«

»Weil wir im Augenblick unsere Zeit verschwenden sollen.«

Er kommentierte das mit einem Grunzen, stützte sich auf einen Ellbogen und fummelte in einem Pappkarton Donuts herum. »Wir sind doch keine Gefangenen. Wir können gehen, wenn wir wollen.«

»Klar. Und wir sagen unseren stämmigen Freunden vor dem Motel, dass wir mal eben losziehen, um ihnen einen Hals zu kaufen, denn soweit ich feststellen konnte, scheint keiner von ihnen einen zu besitzen.«

Wie versprochen hatte Farr zwei Agenten geschickt, die ihr Zimmer bewachten. Grace hielt sie für ehemalige Football-Spieler oder Profi-Ringer. Ihre teuren italienischen Anzüge spannten sich über ihre Schultern, und beide sahen aus, als könnten sie mit bloßen Händen kleine Kompaktautos zerquetschen. Anscheinend war keiner von ihnen anatomisch in der Lage, ein Lächeln zustande zu bringen.

Alle paar Stunden klopfte einer von ihnen – entweder Stewart oder Erics, den man nur deshalb von Stewart unterscheiden konnte, weil er lediglich groß war, während Stewart einen Hünen darstellte – an die Zimmertür, um sich zu vergewissern, dass alles in Ordnung war. Grace hatte ein paarmal versucht, sie in eine Unterhaltung zu verwickeln. Vergeblich. Offensichtlich war Konversationstalent kein Teil der Qualifikation gewesen, als die Sucher sie eingestellt hatten. Mehrmals täglich brachten sie etwas zu essen und zu trinken. Doch Travis hatte den Fehler begangen, zu sagen, dass sie beide King Donuts mochten, also bekamen sie die nun mindestens zweimal am Tag.

Travis hielt einen Donut an den Mund, ging zum Fenster und schaute durch die schmale Lücke zwischen den beiden Vorhängen hindurch. Er biss die Hälfte des Donuts ab, kaute und schluckte. »Sie mögen ja groß sein, aber ich wette, sie sind auch langsam. Ich sage, wir können ihnen weglaufen.«

»Und dann?«

»Ich weiß es nicht.« Travis fuhr sich mit der Hand über seinen frisch rasierten Kopf. »Bist du das Warten nicht leid? Wir könnten Beltan auch selbst finden.«

Grace schaute zu ihm hoch, und er zuckte zusammen.

»Weißt du, ich glaube, dein böser Blick funktioniert.«

»Ich *bin* eine Hexe. Andererseits, dass du etwas fühlst, könnte auch damit zusammenhängen, dass das dein vierter Donut in der letzten halben Stunde ist.«

Er ließ sich gegen die Wand sacken und warf den Donut in den Papierkorb. »Ich weiß, Grace. Ich weiß, dass wir nicht rauskönnen. Es ist nur, dass er ... ich meine, sie könnten sonst was mit ihm anstellen.«

Grace legte das Kreuzworträtselmagazin zur Seite. Es war mehr als nur die Langweile, die ihnen beiden zu schaffen machte. »Ich sorge mich auch um ihn. Nein, es ist keine Sorge – es ist die nackte Angst. Aber den Suchern stehen ganz andere Möglichkeiten als uns zur Verfügung. Und solange Duratek nach uns sucht und solange die Polizei nach mir fahndet, ist es für uns dort draußen nicht sicher.«

»Vielleicht begeben wir uns ja in Gefahr, wenn wir ihn suchen, Grace.« Er richtete den Blick seiner grauen Augen auf sie – da war wieder dieser erschütternde Ernst. »Aber was ist, wenn es das Richtige ist? Wir beide haben … Fähigkeiten, über die die Sucher nicht verfügen.«

Grace zog die Knie an die Brust und hielt sie mit beiden Armen fest. Es stimmte. Sie hatten beide so viel gelernt, seit sie das letzte Mal auf der Erde gewesen waren. Aber das hier war nicht Eldh, und obwohl es auf dieser Welt noch ein paar Überreste der Magie gab, waren sie, soweit es Grace betraf, genau das: ein dünnes, verseuchtes Rinnsal, das einst ein großer, urgewaltiger Fluss gewesen war. Magie würde ihnen nicht helfen, nicht hier.

»Ich hole Eis«, sagte sie und nahm einen angesprungenen Plastikeimer vom Nachttisch. »Wir könnten beide einen Drink vertragen.«

Travis nickte. »Ich hole die Flasche.«

Grace betrat den Außengang der zweiten Etage, und die Tür aus verbeultem, orange gestrichenem Stahl fiel mit einem dumpfen Dröhnen hinter ihr ins Schloss. Kein Wunder, dass sich Flüchtlinge immer in Motels versteckten. Eisentüren.

Der Tag hatte aufgegeben. Dichtes, purpurfarbenes Zwielicht legte sich auf die Autos, die unten auf dem Parkplatz standen. In der Höhe flackerten Leuchtstoffröhren unaufhörlich, sie füllten die Luft mit einem kränklichen Licht und einem Summen. Ein paar langsam umherschwirrende Fliegen flogen in großen Spiralen dem Schein entgegen. Irgendwo außerhalb von Graces Sicht lachten Kinder und plantschten in gechlortem Wasser, während eine Mutter etwas in der wortlosen, wütenden universellen Sprache aller Mütter rief. Moteldämmerung.

Mit dem Eimer in der Hand ging Grace den Außengang entlang. Sofort spürte sie fremde Blicke auf sich, und sie musste sich nicht umdrehen, um zu wissen, dass einer der Sucheragenten sie durch das geschwärzte Glas der dunklen Limousine auf dem Parkplatz beobachtete. Stewart. Für gewöhnlich war er für die Vorderseite des Motels zuständig. In diesem Augenblick verknitterte er vermutlich gerade seinen teuren, viel zu engen Armani-Anzug und redete hektisch auf Erics ein, der auf der anderen Seite des Motels stationiert war. Grace wusste, dass sie das Zimmer nicht verlassen sollte. Aber sie ging doch bloß zum Eisautomaten. Davon abgesehen konnte den Jungs gelegentlich etwas Aufregung nicht schaden.

Sie bog um die Ecke, und da lauerte auch schon die Eismaschine in einem dunklen Alkoven, gurgelte und ratterte vor sich hin wie ein alter Mann mit einer verrosteten Eisernen Lunge. Grace stellte den Eimer hinein und zog am Hebel. Nach mehreren Minuten und übermäßigem Ächzen hatte der Eimer genau sechs milchfarbene Würfel aufgefangen. Das reichte. Sie hielt den Eimer an die Brust gedrückt und ging zurück.

Das Plantschen hatte aufgehört. Der Pool war geschlossen, die Mutter siegreich, die Kinder ins Zimmer gezerrt und kurz und heftig trockengerubbelt worden. Dann hatte man sie auf die vibrierenden Betten gesetzt, um Hamburger aus einer Papiertüte zu essen und fernzusehen. Jenseits des überwucherten Motelzauns raste der Verkehr vorbei, die Mondsichel glühte wie ein zur Hälfte geschlossenes Auge.

Grace bog um die Ecke, und in ihrem Nacken kribbelte es. Da war wieder das Gefühl, beobachtet zu werden. Sie sah nach unten zum Parkplatz ...

... und runzelte die Stirn. Mittlerweile war es fast dunkel, aber im Licht einer einsamen Straßenlaterne konnte sie sehen, dass die Tür der schwarzen Limousine offen stand. Also hatte sich Stewart nicht damit zufrieden gegeben, einfach dazusitzen und sie zu beobachten. Unmut stieg in ihr auf. Wussten sie denn nicht, was sie alles durchgemacht hatte, was sie überlebt hatte? Wer waren sie denn schon, um sie auf diese Weise zu beobachten?

Mit einer Willensanstrengung kämpfte sie den Ärger nieder. *Sie machen bloß ihren Job. Warum machst du es ihnen nicht ein bisschen einfacher, indem du wieder in dein Zimmer gehst?*

Hohlblock-Ziegel und bemalte Türen glitten an ihr vorbei.

Sie war fast da, als sie es hörte: ein leises Schnüffeln und Grunzen. Es erinnerte sie an einen Hund, der seine Nase in etwas Matschiges gesteckt hatte. Der Laut kam aus der Öffnung einer dunklen Passage, die den Zimmerblock dieser Etage teilte und zu einer Treppe an der Hinterseite des Motels führte. Sie blieb vor dem Durchgang stehen, schaute hinein.

Das Erste, was sie sah, waren die Schuhe, deren Spitzen nach oben zeigten, deren poliertes Leder im grünen Licht eines AUSGANG-Schildes glänzte. Es waren große Schuhe, die teuer aussahen. Sie legte den Kopf schief, versuchte zu verstehen, was sie da sah. Dann sandte die Straßenlampe eine stakkatohafte Lichtflut aus, und in dem kurzen grellen Schein sah Grace alles.

Der Sucher-Agent – seiner Größe nach zu urteilen war es Stewart – lag auf dem Rücken, die großen Hände flach auf den Zementboden gelegt. Langsam breitete sich eine Blutpfütze aus. Etwas Spindeldürres und Haariges kauerte über ihm und fraß lautstark aus dem feuchten Loch, das sich dort befand, wo einst sein Gesicht gewesen war.

Gestank hüllte Grace ein; es roch metallisch, aber süßlich. Der Eiseimer entschlüpfte ihren tauben Fingern und landete scheppernd auf dem Gang. Ein Würfel rutschte auf die Kreatur zu, kam neben ihrem langen Fuß zum Halt. Sie stieß ein Schnauben aus und schaute auf. Die kurze, faltige Schnauze tropfte. Gewebestücke klebten auf dem stumpfen schwarzen

Haar, das den Torso bedeckte. Einen Augenblick lang schaute Grace in blasse Augen, die viel zu groß für den niedrigen, spitzen Schädel waren, aus dem sie blickten. Dann blinzelte das Ungeheuer – ein satter, träger Ausdruck – und beugte sich wieder über sein Opfer, nahm den Kopf des Toten in die langen, gebogenen Arme und fraß weiter.

32

Türen rasten mit Furcht einflößender Langsamkeit an Grace vorbei, während sie lief – drei, vier, fünf. Ihre Finger rutschten vom Türknauf ab, dann war sie drinnen. Sie zog die Tür zu, suchte hektisch wie ein Tier nach dem Riegel, schob ihn an Ort und Stelle. Dann taumelte sie zurück. Die Bettkante traf ihre Kniekehlen, sie fiel rücklings darauf.

Travis kam aus dem Badezimmer, zwei angestoßene Gläser in den Händen, jedes zur Hälfte mit Scotch gefüllt. »Hast du das Eis?«

Sie starrte ihn an, befeuchtete sich die Lippen. »Ich glaube, wir stecken in Schwierigkeiten.«

Er sah sie an. Dann stellte er die Gläser ab, ging ans Fenster und blickte hinaus.

»Was ist los?«

»Ich weiß es nicht.« Ihre Hände zerknüllten die mit Zigarettenbrandlöchern übersäte Bettdecke. »Da draußen ist etwas. Ein Ding. Es ... es frisst Stewart.«

Er drehte sich um, das Blut wich ihm aus dem Gesicht. »Hast du gesagt, es frisst ihn?«

Grace nickte steif.

»Scheiße, das ist nicht gut.«

Das wäre auf jeder Welt eine Untertreibung gewesen. Er ging zum Bett, setzte sich, legte den Arm um sie. Er war stärker, als sie gedacht hätte, härter.

»Was ist es, Grace? Was ist da draußen?«

Das Atmen fiel ihr schwer. Sie zwang sich dazu, die Lungen langsam zu füllen; ihr war klar, dass sie hyperventilierte. Adrenalin ließ ihr Gehirn summen, kreischte ihr in einer uralten, wortlosen Sprache zu, sofort zu fliehen. Aber es gab keinen Ort, an den sie fliehen konnten. *Grace, sei Wissenschaftlerin. Fühle nicht – beschreibe bloß.*

»Ich weiß nicht, was es war. Es war groß, fast so groß wie ich. Dünne, biegsame Glieder und Fell. Nein, kein Fell – Haare. Lange schwarze Haare auf dem Körper.«

»War es ein *Feydrim?*«

Grace dachte an die graue, spindeldürre Kreatur, die sie einst in ihrem Gemach auf Calavere angegriffen hatte. Es gab eine Ähnlichkeit zwischen dem *Feydrim* und dieser Kreatur. Beide erschienen verzerrt, missgebildet. Aber dieses Wesen war anders. Stärker, tierhafter. Und seine Augen standen schräger, waren viel durchtriebener.

»Nein, es war kein *Feydrim*. Es war ... etwas anderes. In gewisser Weise affenartig. Was sollen wir tun?«

»Das Funkgerät. Hol das Funkgerät.«

Grace schnappte sich das schmale Walkie-Talkie vom Nachttisch. Sie drückte eine Taste, hielt die Einheit ans Ohr. »Erics«, zischte sie. »Erics, können Sie mich hören?« Statik rauschte. »Erics, melden Sie sich. Wir brauchen Sie.« Keine Antwort. Grace warf das Funkgerät aufs Bett. »Wo zum Teufel steckt er?«

»Da«, sagte Travis.

Er hatte wieder den Vorhang ein Stück zur Seite geschoben. Grace eilte zu ihm.

»Sieh nur«, sagte Travis. »Unten auf dem Parkplatz.«

Sie brauchte einen Augenblick lang, um zu finden, was er meinte: Neben Stewarts schwarzer Limousine stand eine stämmige, breitschultrige Gestalt. Dann schaute die Gestalt nach oben, und sie erkannte sein Gesicht im Licht der Straßenlampe. Erics. Sein Kopf drehte sich von einer Seite zur anderen. Er suchte etwas – zweifellos Stewart.

Hier oben, wollte Grace rufen. Sie fing an, den Vorhang zur Seite zu schieben, um ihm hektisch zuzuwinken.

Sie verharrte mitten in der Aktion. Schatten schoben sich aus der Dunkelheit jenseits der Straßenlampe. Diesmal waren sie zu zweit. Sie duckten sich tief auf den Asphalt, bewegten sich mit Armen und Beinen vorwärts. Erics sah sie, griff in sein Jackett, zog eine Pistole.

Er war zu langsam. Die erste der Kreaturen schlug ihn, und die Pistole flog aus seinen Händen. Erics war ein großer, unglaublich starker Mann; das Wesen warf ihn rückwärts in die geöffnete Autotür, als wäre er ein kleines Kind, und sprang nach ihm hinein. Die zweite Kreatur folgte ihr. Grace konnte wegen der getönten Scheiben nichts erkennen, aber sie wusste trotzdem, was dort geschah. Einen Augenblick lang ragten Erics wild um sich tretende Beine aus der Tür, dann wurden sie ins Wageninnere gezogen. Das Auto schaukelte wild hin und her.

Grace fühlte Übelkeit in sich aufsteigen. Der Wagen hörte auf, sich zu bewegen. Der Kampf war vorbei; sie fraßen.

»Die Sucher«, sagte sie. »Wir müssen die Sucher anrufen.«

Travis griff bereits nach dem Telefon. Er hielt den Hörer ans Ohr und fing an zu wählen. Dann legte er langsam wieder auf.

»Es ist tot.«

Also würde es keinen Anruf an die Sucher geben. Und die Funkgeräte funktionierten nur über kurze Distanzen, sie sollten nur die Empfänger in Stewarts und Erics´ Ohren erreichen. Sie waren auf sich allein gestellt.

Aber wer hatte die Telefonleitungen zum Motel durchtrennt? Die Kreaturen da draußen erschienen klug, aber auf eine hungrige, tierhafte Art und Weise. Waren sie intelligent genug, um die Bedrohung durch Telefone zu erkennen, um einen Metallkasten zu öffnen, um die richtigen Drähte herauszureißen? Irgendwie bezweifelte sie dies.

»Ich glaube, sie haben Hilfe«, sagte sie. »Ich glaube, wer auch immer sie geschickt hat, ist auch hier.«

Travis nickte. »Vielleicht ...«

Sie verstummten, rührten sich nicht. Die Laute waren ganz leise, aber dennoch zu hören: das platschende Geräusch langer, nackter Füße auf Zement. Die Laute verstummten. Dann ertönte ein leises Schnüffeln. Genau vor ihrer Tür.

Die Vorhänge. Sie waren ein paar Zentimeter geöffnet, außerdem war die Lampe auf dem Nachttisch eingeschaltet. Grace wollte nach den Vorhängen greifen, sie mit einem Ruck schließen, aber Travis sah sie nur mit furchterfüllten Augen an. Das Schnüffeln wurde lauter. Ein feuchtes Schnauben ertönte ...

... dann wieder Schritte, die sich fortbewegten, bis sie schließlich verschwunden waren.

Grace zwang sich dazu, wieder auszuatmen. Es wusste nicht, in welchem Zimmer sie sich versteckten.

»Wir müssen hier raus«, sagte Travis. »Es ist nur eine Frage der Zeit, bis sie herausgefunden haben, in welchem Zimmer wir sind.«

Grace wollte ihm widersprechen, konnte es aber nicht. Was auch immer diese Wesen waren, sie würden so lange suchen, bis sie gefunden hatten, weswegen sie gekommen waren. Sie rief sich ins Gedächtnis zurück, wie die Kreaturen Erics ins Auto gezerrt hatten. Sie würden sich nicht von einer Tür abhalten lassen. Aber da draußen würden sie und Travis ungedeckt sein. In der Dunkelheit würde ihr menschliches Sehvermögen den großen, blassen Augen der Kreaturen in jeder Hinsicht unterlegen sein.

Travis fluchte. »Ich wünschte nur, wir wüssten, wie viele von ihnen da draußen sind.«

Aber es gab eine Möglichkeit, das herauszufinden. Bevor sie den Rest ihres Mutes verlor, schloss Grace die Augen. Sie spannte den ganzen Körper an, dann griff sie mit der Gabe zu.

Sofort war er da: der Schatten. Erinnerungen schlugen ihre

Klauen in sie; verlangten, dass sie sie immer wieder durchlebte. Eulen flogen durch die Dunkelheit; ihre Rufe vermengten sich mit Verzweiflungsschreien. Weiße Hände griffen aus dem Zwielicht zu, die alte Furcht durchflutete sie. Aber da war eine neue Gefahr, die viel drängender war. Sie ließ die Erinnerungen an die Flammen über sich ergehen, die am Ende immer kamen, ließ die Bilder des Waisenhauses fortbrennen. Dann war der Schatten hinter ihr. Er war nicht verschwunden, das würde er niemals sein, aber sie konnte an ihm vorbeischauen.

Die Weltenkraft war hier nur schwach, so erbärmlich schwach. Sie hatte nur einen Augenblick, nicht mehr, um die Fäden zu ergreifen, dann fiel alles in ihren Händen auseinander.

Es reichte. Grace riss die Augen auf.

»Sie sind überall. Um das ganze Motel verteilt. Ich kann sie fühlen ... sie sind wie Wunden in der Nacht.«

Aber da war noch mehr. Sie hatte etwas anderes gefühlt. Einen anderen Geist. *Oder waren es mehrere gewesen?* Sie unterschieden sich von den dunklen Punkten, von denen sie wusste, dass sie die Kreaturen darstellten, denn sie schimmerten golden, aber sie hatte sie – es? – nur ganz flüchtig gesehen, wenn überhaupt. Sie versuchte erneut nach der Weltenkraft zu greifen, aber es war sinnlos. Der Schatten blockierte ihr jetzt den Weg, diesmal würde man ihn nicht so leicht zur Seite schieben können.

Travis' Stimme klang heiser, seinem Gesichtsausdruck nach zu urteilen hatte er jede Hoffnung verloren. »Wie viele sind es, Grace?«

»Ich kann mir nicht sicher sein. Ich konnte die Weltenkraft nur ganz kurz berühren. Aber ich würde sagen, fünf, sechs. Vielleicht auch mehr.«

Er nickte grimmig. Sie wusste, zu welchem Schluss er gekommen war; sie hatte den gleichen gezogen. Damals in ihrem Gemach auf Calavere, da war es Travis und ihr kaum gelungen, den einen *Feydrim* zu töten. Welche Hoffnung hatten sie gegen ein halbes Dutzend Kreaturen, die genauso stark und mindestens so blutrünstig waren?

Grace hob eine Hand. »Travis, was ist mit deiner ...«

»Sinnlos, Grace. Gibt es hier nicht.« Er verschränkte die Arme über seinem schwarzen T-Shirt. »Ich glaube, diese Welt hat die Bedeutung der Runen vergessen.«

Stille kehrte ein. Hätten durch die dünnen Wände nicht die Laute von Stimmen kommen müssen, der Lärm von Wagen auf dem Parkplatz? Travis begab sich zum Fenster.

»Es ist so still. Ich sehe draußen keine Bewegung.«

»Vielleicht haben sie sich zurückgezogen«, meinte Grace. »Vielleicht ist das unsere Chance, bevor sie zurückkehren.«

In einer Minute waren sie fertig. Travis holte sein Stilett aus einer Schublade und nahm es in die rechte Hand. Grace zog ihr eigenes Messer aus der Scheide in ihrem Stiefel; die Klinge erschien beklagenswert klein, aber es war besser als nichts. Sie fasste fester mit den schweißfeuchten Fingern zu. Ihr Plan war einfach; etwas Besseres fiel ihnen nicht ein. Es bis zum Parkplatz schaffen und Erics' Pistole finden. Wenn sie es bis dahin schafften, konnten sie weiterplanen. Sie drückten sich gegen die Tür, lauschten. Nichts. Travis griff nach dem Türknopf, fing an, ihn zu drehen.

Scharlachrotes Licht glühte auf, färbte die Luft wie mit Blut. Grace traute ihren Augen nicht.

»Travis, dein Messer. Es glüht.«

Der rote Edelstein im Knauf seines Stiletts strahlte ein wütendes, pulsierendes Licht aus. Travis wollte etwas sagen.

Doch was auch immer es war, es wurde vom Klirren zersplitternden Glases übertönt, als das Fenster des Zimmers nach innen explodierte. Eine Kreatur sauste hinein, eine zusammengerollte Kugel aus blindwütigem Zorn. Sie landete auf dem nächststehenden Bett, rollte einmal herum, drehte sich, entfaltete sich. Große, farblose Augen blinzelten einmal, dann konzentrierten sie sich. Sie duckte den spitzen Kopf, beinahe so, als würde sie sich vor ihnen verneigen, dann klaffte ihr Rachen auf und entblößte Zähne, die genauso unregelmäßig wie das zerbrochene Glas waren, das noch immer auf dem Teppich landete. Krallen schoben sich aus den gekrümmten Fingern und Zehen, zerfetzten die Matratze.

Grace drückte sich neben den warmen Körper an ihrer Seite. »Travis ...«

Er hob das Stilett, doch das war sinnlos. Mit einem schrillen, auf unheimliche Weise an einen Menschen erinnernden Schrei streckte die Kreatur die Arme aus und sprang.

Vor Grace schimmerte die Luft, verzerrte sich. Etwas Goldenes blitzte auf, die Sprungbahn der Kreatur veränderte sich abrupt. Sie flog zur Seite, ihre langen Arme wirbelten wild umher, dann schrie sie auf, als sie gegen die Wand prallte. Ihr Körper durchbrach die billige Zimmerwand und landete, in eine Wolke aus Holzsplittern eingehüllt, im Nebenzimmer.

Luft wogte wie Wasser, dann stand eine Frau genau dort, wo eine halbe Sekunde zuvor noch leerer Raum gewesen war. Sie war groß und hatte goldene Augen. Ihr Haar war dunkel und kurz geschnitten, und ihr geschmeidiger Körper war in glattes, schwarzes Leder gekleidet.

Bevor Grace oder Travis auch nur ein Wort hervorbringen konnten, hob die Frau die Arme. Die Kreatur schoss mit einem Brüllen durch die Lücke in der Wand. Große Holzsplitter ragten aus ihrem Fleisch, ihre Haare waren blutverschmiert. Doch sie schien es nicht zu bemerken. Kreischend warf sie sich auf die Frau.

Lange Arme griffen ins Leere. Die Frau war verschwunden.

Nein, nicht verschwunden.

Die Kreatur riss die Schnauze herum. Die Frau in Schwarz

stand jetzt hinter ihr. Auf ihrem wilden, wunderschönen Gesicht zuckte ein Lächeln auf, ein nagelbeschlagener Stiefel schoss hoch, kam mit der Fratze der Kreatur in Kontakt.

Ein feuchter, knirschender Laut ertönte. Grace erkannte das Geräusch brechender Knochen, wenn sie es hörte.

Diesmal flog die Kreatur stumm durchs Fenster. Dann gab es ein feuchtes, dumpfes Dröhnen, als etwas unten auf dem Asphalt aufschlug.

Wieder wabberte die Luft, dann stand die Frau vor Grace und Travis und sah sie mit ernst blickenden, goldenen Augen an.

Wie zum Teufel haben Sie das gemacht?, wollte Grace sagen. Aber Travis kam ihr zuvor.

»Sie.« Seine Stimme war kaum ein Krächzen. »Ich habe Sie schon zuvor gesehen, wie Sie mich beobachtet haben. Wer sind Sie?«

Die Frau legte die Hände auf die Hüften. Sie war nicht mal ins Schwitzen geraten.

»Ich bin Ihre einzige Hoffnung.«

33

»Und jetzt?«

Grace schaute an den zerfetzen Überresten des Vorhangs vorbei in die Nacht. Kalte Herbstluft strömte durch das zersplitterte Fenster, aber Travis nahm sie kaum wahr. Er war bereits taub, als er die Frau betrachtete, die in der Mitte des Zimmers stand, die Beine leicht gespreizt, auf alles vorbereitet. Sie war auf eine ausgeprägte Weise wunderschön, ihre goldenen Augen lagen über stolzen, kupferfarbenen Wangenknochen. Aber nicht ihre Schönheit hielt Travis' Blick gefangen. Sie trug keine Schusswaffe, auch kein Messer. Trotzdem war sie tödlich. Und sie hatte ihn verfolgt.

»Sie können hier nicht bleiben«, sagte die Frau. »Die anderen werden die Kampfgeräusche gehört haben, der Blutgeruch wird sie herführen. Sie müssen mir folgen.« Ihr Englisch war perfekt, dennoch geschraubt, als hätte sie die Sprache zu ausführlich studiert.

Grace wandte sich vom Fenster ab. »Warum sollten wir Ihnen folgen?« Ihr Ton war nicht misstrauisch. Sie war einfach nur eine Wissenschaftlerin, die nach Fakten suchte, auf denen man eine Entscheidung gründen konnte.

Die Frau kniete nieder, berührte eine Blutpfütze, die in den Teppich einsickerte, dann stand sie wieder auf, nur dass ihre Hand nun feucht und rot war.

»Weil, wenn Sie bleiben, in fünf Minuten *das* alles sein wird, was von Ihnen übrig geblieben ist.«

Grace nickte, sagte aber nichts. Die Frau ging zur Tür, ihre Bewegungen waren geschmeidig, raubtierhaft.

»Nein.« Travis war selbst überrascht über die Härte in seiner Stimme. »Das ist nicht gut genug. Wieso sollten wir Ihnen trauen? Sie sind mir seit Tagen gefolgt, haben mir nachspioniert, und jetzt tauchen Sie förmlich aus dem Nichts auf wie eine in schwarzes Leder gekleidete Barbara Eden und erwarten, dass wir Ihnen folgen. Wir wissen doch nicht einmal, wer Sie sind.«

»Mein Name ist Vani. Jetzt wissen Sie es.« Die Tür öffnete sich, und sie verschwand in der Nacht.

Grace starrte ihr nach. »Barbara Eden?«, fragte sie fassungslos. *»Bezaubernde Jeannie?«*

Travis zuckte nur mit den Schultern.

Grace setzte sich in Bewegung.

»Was hast du vor?«

Sie erwiderte seinen Blick mit einem harten Gesichtsausdruck. »Am Leben zu bleiben, koste es, was es wolle.«

Grace trat durch die Tür. Travis sah auf das Stilett herunter, das er noch immer in der Hand hielt. Der Edelstein im Knauf war dunkler geworden, aber tief in seinem Herzen glomm noch immer ein blutrotes Licht. Er fluchte leise, dann folgte er Grace nach draußen.

Sie stand nicht weit entfernt, am Fuß der Treppe, die nach unten zum Parkplatz führte. Jemand hatte die Neonlampen in dem Außengang abgeschaltet, und bis auf das gedämpfte Bellen eines Hundes – der sonst wo sein konnte – herrschte Stille im Motel. Von Vani war kein Zeichen zu sehen.

»Wo ist sie?«, flüsterte er.

Grace starrte ins Zwielicht. »Ich weiß es nicht! Vor einer Sekunde war sie noch hier, und dann ...«

Großartig. Sie hatte sie in die Gefahr geführt und dann im Stich gelassen. Vielleicht war die Rettung im Zimmer nur ein Teil ihres Plans gewesen, sie nach draußen zu locken.

»Weißt du, ich glaube wirklich nicht, dass ich sie ...«

... *mag*, hatte Travis sagen wollen. Stattdessen endeten seine Worte mit einem Zischen, als neben ihm die Luft wogte.

Sie trat aus zwei Schatten hervor, ihre Kleidung verschmolz lückenlos mit der Nacht.

»Wo waren Sie?«, wollte er wissen. »Und wie haben Sie ...?«

Sie hielt die Hand hoch und brachte ihn mit einer scharfen Geste zum Schweigen. »Sie dürfen mir keine Fragen stellen, Travis Wilder. Dafür ist jetzt keine Zeit. Diese Treppe ist nicht sicher. Hier lang.« Sie ging den Außengang entlang.

Travis sah Grace stirnrunzelnd an. »Ein gewinnendes Wesen hat sie ja, nicht wahr?«

»So würde ich es nicht unbedingt ausdrücken.« Ein Grinsen stahl sich auf Graces Züge; es war nur schmal, erschien im fernen Glanz der Stadtlichter aber trocken. »Andererseits, nette Mädchen treten nicht so gekonnt in haarige Mutantenärsche, wie sie es kann. Ich halte mich an sie.«

Gegen diese Logik konnte Travis nicht argumentieren. Er streckte den Arm aus, fand Graces Hand und ergriff sie. Ihre Finger schlossen sich um die seinen. Zusammen gingen sie den Außengang entlang und folgten dem kaum sichtbaren Schatten, der sich ihnen als Vani vorgestellt hatte.

Sie holten sie an der dunklen Passage ein, die zur Hinterseite des Motels führte. Auf dem Boden lag etwas Massiges und blockierte den Gang zur Hälfte. Erst als Vani leichtfüßig darüber hinwegstieg, erkannte Travis, dass es sich um einen Mann handelte. Sein Gesicht war völlig verschwunden, aber er erkannte den blonden Kurzhaarschnitt, die großen Hände. Stewart.

Er fluchte leise, zu verblüfft, um sich zu übergeben. Grace zog an seiner Hand. Zusammen schoben sie sich an der Leiche vorbei und versuchten, nicht in dem langsam gerinnenden Blut auszurutschen.

Am Absatz einer weiteren Treppe blieben sie stehen. Sie führte zu einem schmalen Parkplatz an der Rückseite des Motels und wurde nur indirekt vom fernen Neonlicht des rund um die Uhr geöffneten Restaurants auf der anderen Seite des rückwärtigen Zauns erhellt. Vani blieb stehen, sah sich mit Augen um, die in der Dunkelheit leicht zu glühen schienen.

»Was sollen wir tun?«, fragte Travis krächzend.

»Wir gehen auf dem direkten Weg zum Fahrzeug eurer Sucher. Da, in der Nähe vom Zaun, seht ihr es? Ihr müsst euch die ganze Zeit dicht an mich halten.«

»Sie kennen die Sucher?«, fragte Grace.

»Ich habe sie beobachtet, ja.«

»Und wissen sie von Ihnen?«

»Das glaube ich nicht.«

Wieder runzelte Travis die Stirn und musterte ihre seltsame Retterin. Sie war ganz schön arrogant, so viel stand fest. Aber wenn sie keine Verbündete der Sucher war, für wen arbeitete sie dann? Duratek?

Nein! Er vermochte zwar nicht zu sagen, warum das so war, aber er wusste, dass das nicht der Fall war. Sie war gefährlich, ja. Und sie sagte ihnen nicht die ganze Wahrheit. Aber sie hatte behauptet, ihre einzige Hoffnung zu sein, und in diesem Augenblick glaubte Travis das. Er wünschte sich, er könnte seine Revolvermann-Nickelbrille herausholen und sie ansehen. Manchmal konnte er, wenn er die Brille trug und die Augen auf die richtige Weise zusammenkniff, eine strahlende Aura um Menschen erkennen, Auren, die widerspiegelten, wer und was sie waren.

Doch dafür war jetzt keine Zeit. Vani ging bereits die Treppe herunter. Er und Grace schlossen sich ihr an und blieben dicht hinter ihr.

Sie erreichten den Parkplatz; die Nacht war still. Travis verspürte den überwältigenden Drang, einen Schrei auszustoßen, schluckte ihn aber herunter. Eigentlich hätte er es vorgezogen, wenn sich die Ungeheuer gezeigt hätten. Es war besser, den

Tod kommen zu sehen, als darauf warten zu müssen, dass er unsichtbar und knurrend aus der Dunkelheit sprang.

Grace keuchte, sie riss die Augen auf. Travis hatte gar nicht mitbekommen, dass sie sie geschlossen hatte.

»Sie sind zu fünft«, flüsterte sie. »Sie haben uns umzingelt, bewegen sich schnell. Ich kann ihre Positionen nicht genau bestimmen. Und da ist ... da ist noch was anderes. Ich konnte es nicht genau sehen, aber ich habe es gefühlt. Ein Bewusstsein. Ein Beobachter.«

Vani nickte. »Ich spüre den anderen auch. Darum kann man ihnen nicht so ohne weiteres Angst einjagen – ihr Herr ist hier. Das wird nicht so einfach werden, wie ich gedacht habe.«

Travis stöhnte. »Also was schlagen Sie vor?«

Vani wandte sich ihm zu, dann wurde ihr Ausdruck hart. »Lauft. Lauft so schnell ihr könnt zum Auto und steigt ein. Sofort!«

Beim letzten Wort versetzte sie Grace und Travis einen Stoß. Sie stolperten in Richtung des Wagens ...

... und ein schwarzer Schatten katapultierte sich aus der Nacht.

Travis spürte heiße Krallen seinen Nacken streifen. Dann war Vani da und bewegte sich so schnell, dass ihre Arme und Beine zu verschwimmen schienen. Schläge hagelten auf die Kreatur herab, Blutstropfen glitzerten in der Luft. Kreischend griff das Ding mit beiden Armen zu, aber Vani war verschwunden. Dann flimmerte die Luft hinter der Kreatur, verbog sich. Vani sprang so mühelos vom Asphalt, als würde sie eine Treppe hochsteigen, und trat mit beiden Stiefeln zu. Das Ungeheuer schoss mit rudernden Gliedmaßen nach vorn, direkt in eine Mauer hinein. Ziegel zerbarsten. Die Kreatur sackte zu Boden und blieb reglos liegen.

»Travis!«

Der Schrei durchdrang den dumpfen Schleier, der seinen

Verstand einhüllte. Grace zog an seinem Arm. Er fasste ihre Hand fester, und sie rannten quer über den Parkplatz auf den Wagen zu.

Die sie umgebende Dunkelheit fing an zu brodeln, aber Travis hielt den Blick auf den Wagen gerichtet. Am Rand seines Blickfelds sah er einen geifernden Rachen auf Grace zuspringen. Reißzähne funkelten in der Schnauze, dann wurde sie weggerissen und blieb zurück, als wäre sie gegen eine Obsidianmauer geprallt.

Der Zeitablauf verlangsamte sich, der Parkplatz wurde größer, Erics' Wagen wich zurück. Jeder Schritt war wie ein langsamer Donner. Eine Pranke schoss von der Seite aus der Dunkelheit, packte Travis' Hals, drückte zu. Dann zerriss die Nacht, zwei starke Hände griffen aus der Lücke zu, zogen die Kreatur zurück in die Finsternis. Ein Knurren verwandelte sich in unmenschliche Schreie, die mit dem Laut brechender Knochen endeten.

Die Zeit schien sich auszudehnen, schnellte zurück. In einem verwirrenden Ansturm schoss der Wagen heran und füllte Travis' Blickfeld. Sie hatten es geschafft. Er griff nach der Wagentür.

Die Luft über der Limousine zerknüllte wie Zellophan, glättete sich wieder. Pechschwarzer Stoff flatterte, eine Gestalt landete anmutig auf dem Wagendach. Travis schaute nach oben und blickte in ein heiteres, goldenes Gesicht.

Die Gestalt ging in die Hocke. Alles an ihr war schwarz – Mantel, Handschuhe, Kapuze. Aus der Kapuze schaute kein menschliches Gesicht, sondern eine Maske, die so hell wie die Totenmaske eines Pharaos strahlte und mit einem seltsamen Frieden lächelte, da sie etwas betrachtete, das allen anderen für immer verborgen blieb. Die Gestalt hob eine behandschuhte Hand und machte eine sanfte, liebkosende Bewegung.

Schmerz durchfuhr Travis wie ein Nadelstich. Sein Herz

setzte einen Schlag lang aus. Er wollte etwas sagen, aber nur ein leises Gurgeln kam über seine Lippen, begleitet von Speichel. Die Gestalt drückte die Finger zusammen. Travis' Herz schlug langsamer ...

Grace hieb mit ihrem Dolch zu. Die Gestalt nahm die Hand zur Seite, wich der Klinge mühelos aus. Doch die Bewegung unterbrach den Zauber. Travis war wieder frei. Mit einer fließenden Bewegung griff er nach seinem eigenen Messer, riss es aus dem Gürtel und stach zu.

Seine Handlung war steif, unbeholfen; sein Gegner hätte dem Stich mühelos ausweichen müssen. Doch es hatte den Anschein, als würden Fleisch und Klinge voneinander angezogen. Ein blutroter Lichtblitz zuckte auf, gefolgt von einem den Verstand erschütternden Schrei. Travis schloss geblendet die Augen. Als er sie wieder aufriss, war die Gestalt verschwunden.

Er starrte Grace an. Sie hatte die Augen weit aufgerissen.

»Wo ...?«, fing sie an, aber da zerschmolz die Luft, nahm wieder feste Formen an, und Vani war da.

»Einsteigen. Sofort.«

Sie erhoben keine Einwände. Travis riss die Tür auf. Er und Grace warfen sich förmlich auf den Rücksitz; sie tastete nach der Tür und knallte sie hinter sich zu. Vani saß bereits auf dem Fahrersitz. Der Motor brüllte auf, Reifen quietschten über den Asphalt, der Wagen schoss los.

Ein feuchtes Dröhnen ertönte, als er etwas traf. Ein Schatten wirbelte an den getönten Scheiben vorbei. Der Wagen machte eine scharfe Kurve, warf Travis gegen Grace. Als sie endlich wieder aufrecht saßen, schossen Straßenlichter und leuchtende Schilder an ihnen vorbei. Sie fuhren auf der Colfax nach Westen, das Motel war bereits nur noch ein kleines, mattes Neonlicht weit hinter ihnen. Vani lenkte den Wagen mit präzisen Bewegungen, die dennoch zu bemüht aussahen.

Sie ist eine gute Fahrerin, aber sie muss darüber nachdenken. Sie kann noch nicht lange fahren.

»Der mit der Maske«, sagte Grace und klammerte sich am Beifahrersitz fest. »Wer war der Mann?«

Der Rückspiegel rahmte Vanis beunruhigende goldene Augen ein.

»Nicht Mann. Zauberer. Er war es, den Sie zuvor gespürt haben, Grace Beckett. Er war der Meister der *Gorleths*.« Sie sprach das letzte Wort wie einen Fluch aus.

»*Gorleths?*«, wiederholte Travis heiser. Sein Hals schmerzte, das Herz tat ihm weh.

Vani nahm den Blick nicht von der Straße. »Das bedeutet ›Die Rachen, die hungern‹. Seine Art erschafft oft solche Sklaven, die seine Befehle ausführen, obwohl ich solche Geschöpfe noch nie zuvor gesehen habe. Ich glaube, die sind neu. Und hätte ich gewusst, dass er da ist und nicht nur seine Handlanger, hätte ich mir mein Eingreifen zweimal überlegt. Aber dem Zauberer hat der Stachel Ihres Messers nicht gefallen, Travis Wilder. Gut, dass Sie es dabeihatten.«

Automatisch schaute er nach unten zum Stilett. Zu seiner Überraschung flackerte der Edelstein im Knauf noch immer rot auf. Eine Bewegung erregte seine Aufmerksamkeit: ein goldenes Funkeln. Es krabbelte über die Lehne des Beifahrersitzes auf Graces Arm zu. Eine goldene Spinne. Fasziniert sah er zu, wie sie immer näher kam ...

Der Wagen geriet nicht einmal eine Handbreit aus der Spur, als Vani zuschlug und die Spinne zerquetschte. Sie schnippte das zerdrückte Stück Gold aus dem offenen Fenster.

Grace blinzelte überrascht. »Was war das?«

»Der Tod«, erwiderte Vani.

Travis blickte erneut auf sein Stilett. Der Edelstein war nun dunkel. Die Gefahr war vorüber. Zumindest für den Augenblick.

Sirenen kreischten auf. Blaulichter kamen näher, dann schossen sie an ihnen vorbei. Also kam die Polizei doch. Aber Travis brauchte Vani nicht, um ihm zu sagen, dass, ganz egal wie gründlich die Polizisten auch suchten, sie keine Spur von den *Gorleths* oder dem Mann mit der goldenen Maske finden würden.

»Wo bringen Sie uns hin?«, fragte Grace. Sie sah ängstlich, aber auch entschlossen aus.

»An einen sicheren Ort.«

»Und dann?«

»Wir müssen Ihren Gefährten befreien, den Ritter. Sie dürfen ihn nicht in ihrer Gewalt behalten.«

Grace erstarrte. Travis spürte, wie sein Herz einen Satz machte, aber diesmal schlug es zu schnell.

»Beltan?«, flüsterte Grace. »Sie wissen, wo Beltan ist?«

»Ja.«

Travis musterte ihr Bild im Rückspiegel. In gewisser Weise waren ihre Augen genauso golden und erhaben wie die Maske des Zauberers. Aber in ihnen war auch ein Leben, das die Maske nicht gehabt hatte. Er holte tief Luft.

»Sie kommen von Eldh, nicht wahr, Vani?«

Travis wandte den Blick nicht von Vanis Spiegelbild. Schließlich nickte sie.

»Warum sind Sie mir gefolgt? Und warum haben Sie uns heute Nacht geholfen?«

Einen Augenblick lang hatte es den Anschein, als würde so etwas wie Trauer in das Spiegelbild ihrer Augen kriechen. Dann wurde Travis vom grellen Schein vorbeifahrender Scheinwerfer geblendet, und als sich seine Sicht wieder geklärt hatte, hatte sie den Spiegel so gedreht, dass er nur noch Dunkelheit sehen konnte.

»Weil«, sagte Vani leise, »es mein Schicksal ist, mit Ihnen nach Eldh zurückzukehren.«

DRITTER TEIL

Verworrene Netze

34

Lirith stand am Bug der *Schicksalsläufer* und sah zu, wie sich hundert goldene Kuppeln in die funkelnde Luft erhoben und mit jedem Spritzer Gischt, der auf ihren Wangen landete, größer wurden.

Das Meer war wie ein Silberteller, den der unerbittliche Hammerschlag der Sonne mit Dellen übersät hatte. Kalkweiße Klippen strebten dem azurblauen Himmel entgegen, ihre Gipfel wurden von in genauen Abständen gepflanzten Alleen aus schlanken Ithaya-Bäumen gekrönt, die mit ihren gelben Blättern das helle Licht verwandelten. Der Wind blies beständig vom Sommermeer her, und der schlanke Zweimaster, den sie in der Freien Stadt Gendarra bestiegen hatten, schoss wie ein Delfin an den riesigen Zwillingsobelisken – die aus dem gleichen weißen Stein wie die Klippen gemeißelt worden waren – vorbei in die Arme einer azurblauen Bucht und auf die älteste Stadt von ganz Falengarth zu.

»Da ist es«, sagte eine Stimme hinter ihr, die so rau wie die einer Möwe war.

Lirith wandte sich von der Reling ab und lächelte, während der Wind ihr Haar sich hinter ihr wie ein Segel ausbreiten ließ. »Kapitän Magard.«

Der Kapitän der *Schicksalsläufer* war kein alter Mann – er war kaum zehn Jahre älter als Lirith –, aber das Leben auf dem Meer hatte seinen Tribut gefordert. Seine kräftigen Schultern waren von den Jahren am Ruder gekrümmt, und seine schwieligen Hände wiesen weniger als die gewöhnliche Anzahl an Fingern auf. Doch sein rotes Hemd mit den dazu passenden Hosen war in jeder Hinsicht genauso verwegen wie die Geschichten, die er gerne erzählte.

Lirith drehte sich wieder um und betrachtete die schnell

größer werdende Stadt. Zwischen den Kuppeln flatterten Vogelschwärme, als wären sie weiße Daunen. Tarras wuchs in Form einer Reihe konzentrischer Kreise, die allesamt von braunen Mauern umgeben wurden, stetig in die Höhe, bis sich schließlich auf dem Gipfel eine Gruppe ungeheuerlicher Türme erhob.

Magard lachte, so wie ihn anscheinend alles zum Lachen reizte, und zeigte auf die massiven Obelisken, zwischen denen sie gerade vorbeifuhren. »Ganz egal, wie oft ich in Merons Tor hineinsegle, ich werde dieses Anblicks niemals müde.«

Lirith musste ihm zustimmen. In ihrem ganzen Leben hatte sie nichts Vergleichbares gesehen. Die Obelisken standen auf den Endstücken zweier Felsvorsprünge, die aus der Küste herauswuchsen und die Bucht von Tarras umgaben. Sie waren sicherlich doppelt so hoch wie die höchsten Türme sämtlicher Domänen, und doch so schlank wie Nadeln; der helle Stein war voller eingemeißelter Worte und Symbole, die von vielen Jahrhunderten voller Salz und Wind fast unleserlich gemacht worden waren. Ein Dutzend Schiffe konnten durch Merons Tor segeln, ohne Angst vor einer Kollision haben zu müssen, und die Obelisken schienen den Himmel zu stützen.

»Meron war der Sohn von Taron, dem ersten Herrscher von Tarras«, sagte Magard. »Den Überlieferungen zufolge hat er die Obelisken als Monument für die Siege seines Vaters errichtet. Das behauptet zumindest die offizielle Geschichtsschreibung.«

Lirith hob eine Braue. »Und was besagt die inoffizielle?«

»Ihr zufolge hat Meron die Obelisken nicht wegen der Eroberungen seines Vaters auf dem Schlachtfeld errichtet, sondern wegen seiner eigenen im Schlafzimmer. Nach dem, was wir von Meron wissen, war das eine Form, die ihm ziemlich gefiel.«

»Aber Kapitän Magard, diese Obelisken sind gewaltig.«

»Nun, die Historiker sagen, dass Meron eine hohe Meinung von sich hatte.«

Sie schlug eine Hand vor den Mund, um nicht wie ein Matrose loszuprusten.

»Ich sollte lieber nach unten gehen«, sagte Magard und trat von der Reling zurück. »Wir werden bald die Segel reffen und in den Hafen rudern.« Der Kapitän trat vom Bug weg, dann blieb er noch einmal stehen und sah zurück. »Das ist Eure erste Reise nach Tarras?«

»Ja.«

Seine schwarzen Augen funkelten. »Dann befolgt meinen Rat und passt auf Euch auf, mein Mädchen. Das ist eine alte Stadt – so alt, dass sie tausend Dinge vergessen hat, die andere Orte niemals lernen werden. Es heißt, dass aus den Quellen in Tarras kein Wasser sprudelt, sondern Wein, der stark genug ist, um den kältesten Geist zu wärmen, und bitter genug, um das reinste aller Herzen zu vergiften.«

Lirith dachte über seine Worte nach. Zweifellos war Tarras eine uralte Stadt, deren Niedergang schon vor langer Zeit begonnen hatte. Einst hatte das tarrasische Reich fast ganz Falengarth umspannt; es war die größte Macht auf Eldh gewesen. Aber im Verlauf der Jahrhunderte hatte sich das Reich unter der Herrschaft schwacher, grausamer und kleingeistiger Kaiser zurückgezogen, seine Grenzen waren immer weiter nach Süden zurückverlegt worden, und es hatte das Land im Norden zuerst den Barbarenstämmen und später dann den sieben Domänen überlassen. Jetzt bestand das Kaiserreich aus kaum mehr als Tarras selbst und einer Gruppe kleinerer Städte, die sich an der Küste des Sommermeeres befanden.

Doch obwohl Tarras so heruntergekommen war, galt es noch immer als die großartigste Stadt der Welt. Und als Lirith die zahllosen Kuppeln, Türme und geschwungenen Brücken sah, glaubte sie es sofort.

Der Kapitän verschwand unter Deck, und Lirith wandte sich wieder dem Bug zu. Die Stadt war jetzt näher; in der warmen, trägen Luft lag der Duft von Gewürzen. Auf den Docks waren Leute beschäftigt, Männer und Frauen, die in fließende Gewänder mit feinen, edelsteinähnlichen Farben gekleidet waren. Es war seltsam und wunderbar, wie man innerhalb von zwei Wochen in eine völlig andere Welt reisen konnte.

Sie hatten Ar-Tolor im Morgengrauen des Tages nach der Nachricht von Ondos Tod verlassen. Dem Tag, nachdem sie Tharkis, den verrückten Hofnarren und einstigen König von Toloria, gefunden hatten, wie er mit ausgequetschten Augen von einer Galerie hing.

Der Mord an Tharkis hatte jeden im Schloss erschüttert. Die meisten vertraten die Meinung, dass Tharkis am Ende einen Spottvers zu viel verfasst und ein Ritter oder ein Lord schließlich seine Wut an ihm abreagiert hatte. Doch im Schloss kursierten auch noch andere Gerüchte, denen zufolge kein Ritter oder Lord den Narren getötet hatte, sondern eine Frau. Denn konnte es ein Zufall sein, dass Tharkis sein grausames Ende in genau dem Augenblick gefunden hatte, in dem die Hexen, die verstohlen nach Ar-Tolor gereist waren, genauso verstohlen wieder abreisten?

Lirith wusste, dass Tharkis von keiner Hexe ermordet worden war, dass da nur die Furcht der einfachen Leute sprach. Und trotzdem ... Sie wurde den Eindruck nicht los, dass in den Gerüchten ein Körnchen Wahrheit steckte. Aus irgendeinem Grund spürte Lirith in dieser schrecklichen Tat die Hand einer Frau. Aber wer? Und warum?

Aryn war die Letzte gewesen, die Tharkis lebend gesehen hatte, und später an diesem Tag hatte die Baronesse Lirith von ihre Begegnung berichtet. Über einen Faden der Weltenkraft hatte Lirith die Worte des Narren mitgehört, während Aryn sich an sie erinnerte.

Sie sieht alles. Ich kann mich nicht verstecken ... sie findet mich selbst im Schlaf. Aber sie ist nicht die Einzige, die sehen kann. Auch ich habe Dinge gesehen.

Und dann seine noch seltsameren letzten Worte. *Fürchtet die, die lebt und doch tot ist, Ihr könnt ihrem Netz nicht entkommen, auch nicht mit List.*

Aber wie konnte jemand zugleich leben und tot sein? Und warum hätte diese Frau Tharkis ermorden sollen? Unglücklicherweise verlieh das Meister Tharkis' letztem und verblüffendstem Rätsel nur zusätzliches Gewicht. Und an diesem Abend hatten sowohl Lirith wie auch Aryn gewusst, dass es drängendere Dinge gab, um die sie sich sorgen mussten.

Ivalaine hatte sie nach Einbruch der Dunkelheit zu sich gerufen, während der Sichelmond dem westlichen Horizont entgegensank.

»Ich muss euch eine Last aufbürden«, sagte die Königin, als sie ihre Gemächer betreten hatten, »die mir keine Freude macht, trotzdem muss ich es tun. Denn ich bin dem Muster verpflichtet, und so wie ich euch diese Aufgabe aufbürden muss, müsst ihr beiden sie erfüllen.«

Lirith hatte keine Ahnung, was es Ivalaine gekostet hatte, sich mit dem Zentrum des Musters zu verbinden, aber vielleicht war der Preis ja noch höher als gedacht. Die Königin sah ihnen nicht in die Augen, und ihre Worte und Gesten erschienen steif, wie von jemandem, der halb erstarrt war. Tressa stand in der Ecke des Raumes, die Lippen zu einer schmalen Linie zusammengepresst, aber sie enthielt sich jeder Bemerkung.

»Was ist das für eine Aufgabe, die Ihr uns auferlegen müsst?«, fragte Lirith schließlich.

Und die Antwort veränderte in einem kristallklaren Augenblick unwiderruflich und für alle Zeiten Liriths und Aryns Leben.

»Lady Melia wird mit dem Barden Falken Schwarzhand nach Tarras reisen. Ihr werdet sie begleiten. Ihr werdet sie unterwegs im Auge behalten und so viel ihr nur könnt über Travis Wilder in Erfahrung bringen, den die Hexen den Runenbrecher nennen. Falls er zu ihnen stoßen sollte ...«

Die Königin verstummte. Ihre schlanken Schultern waren noch vorn gekrümmt, die linke Hand zur Faust geballt.

»Ja, Euer Majestät?«

Ivalaine sah sie an, und im Gegensatz zu Liriths Erwartungen verkündete ihr Gesicht weder Wut noch stahlharte Entschlossenheit. Stattdessen funkelte in ihren Augen ein eisiges Licht, das beinahe Liriths Herz zum Stillstand brachte, ein Licht, das ihr Bild über die Königin von Toloria veränderte. Es war das Licht der Furcht.

»Falls das geschehen sollte, dann werdet ihr mir sofort Nachricht geben.«

Damit war die Audienz vorbei, und Tressa führte sie mit sanften, aber bestimmten Gesten zur Tür.

»Möge Sia Euch segnen«, sagte Lirith, als sie den Korridor betraten.

Tressa schaute zurück in das Gemach, zu der schlanken Silhouette, die vor dem nachtschwarzen Fenster stand.

»Möge Sia uns alle segnen«, flüsterte sie.

Dann schloss sich die Tür, und Aryn und Lirith standen allein da. Die beiden Frauen tauschten einen Blick aus, und in diesem Augenblick fand eine Unterhaltung statt. Keiner von ihnen wusste genau, was Ivalaines Worte – oder ihre Furcht – verkündeten. Aber das Muster war eindeutig, und sie hatten eine Aufgabe zu erledigen.

Als sie zu Melias und Falkens Gemach gingen, formulierte Lirith in Gedanken einen Plan, einen überzeugenden Grund, warum sie die beiden auf ihrer Reise in den Süden begleiten sollten. Sie hätte sich die Mühe sparen können.

»Meine Lieben«, sagte Melia sofort und umarmte sie, »es würde mich freuen, wenn ihr uns begleitet.«

»Danke«, sagte Falken später an der Tür, nachdem sie vereinbart hatten, sich bei Sonnenaufgang auf dem Schlosshof zu treffen. Das wölfische Gesicht des Barden sah hager aus. »Zu so einer Zeit ist ein reisemüder Barde nicht gerade die ideale Gesellschaft. Es wird gut für Melia sein, zwei kluge, wunderschöne Damen an ihrer Seite zu haben. Und zwei Freundinnen, die ihr viel bedeuten.«

Diese Worte machten Lirith und Aryn sprachlos. *Aber versteht Ihr denn nicht?*, wollte Lirith rufen. *Wir verraten euch beide und Travis auch!* Aber sie erwiderte nur den Blick des Barden und nickte.

Auf dem Rückweg durch das Schloss machten sie bei Durges Gemach Halt. Als Aryns Beschützer musste er über ihre Entscheidung informiert werden.

»Ich werde sofort packen«, sagte der Ritter.

Müsst Ihr immer alles ohne jede Frage akzeptieren?, wollte Lirith sagen, aber sie wusste, dass es sinnlos war. Durge vertraute ihnen genauso wie Melia und Falken.

Es ist besser so, sagte Aryn über das Netz der Weltenkraft, als sie weitergingen.

Wie meinst du das?

Lirith wusste noch immer nicht, wann die Baronesse gelernt hatte, ohne Worte zu sprechen, aber es war sowohl ein Trost als auch bequem; Aryns Stimme erklang laut und deutlich in ihrem Geist.

Es ist so, wie Ivalaine gesagt hat ... das Muster ist festgelegt worden. Ganz egal, was wir auch tun, die Hexen werden Travis suchen. Findest du nicht, dass es besser wäre, wenn wir diejenigen sind, die ihn finden? Seine Freunde, denen etwas an ihm liegt?

Lirith wusste, dass die junge Frau Recht hatte. Ivalaine

hatte ihnen nicht verboten, mit Travis zu sprechen, ihn zu warnen und ihm zu sagen, dass es besser für ihn war, wenn er in seine Heimat zurückkehrte und Eldh nie wieder betrat. Das war der Strang, für dessen Aufnahme in das Muster Schwester Mirda alles riskiert hatte.

Außerdem war Lirith klar, dass sie Travis möglicherweise sowieso nie wieder sehen würden. Oder Grace und Beltan, was das anging. Aber dieser Gedanke war nur ein bitterer Trost.

Als sie am nächsten Morgen auf dem Schlosshof von Ar-Tolor auf die Pferde stiegen, noch während sich der Morgennebel auflöste, schaute Lirith auf und sah ein blasses Gesicht, das sie aus einem hohen Fenster beobachtete, und ihr wurde bewusst, dass sie ihr Versprechen doch gebrochen hatte.

Wieso Teravian gewusst hatte, dass sie Ar-Tolor verlassen würde, war eine Frage, über die sie jede Meile der Reise nachdachte. Vielleicht hatte er Ivalaine und Tressa belauscht, als sie darüber sprachen, Aryn und sie zusammen mit Melia nach Süden zu schicken. Schließlich hatte Teravian ein Talent dafür, Dinge zu beobachten, ohne selbst dabei gesehen zu werden.

Aber das ergab keinen Sinn. Lirith hatte mit ihm am letzten Abend des Großen Hexenzirkels gesprochen, Stunden bevor Melia von der Ermordung des Gottes erfahren hatte. So schwer das auch zu glauben war, blieb nur eine Antwort übrig.

Teravian hatte die Sicht.

Gut, es war schon vorgekommen, dass Männer über diese Fähigkeit verfügten; Lirith wusste, dass der junge Daynen über Bruchstücke dieser Fähigkeit verfügt hatte, denn er hatte im blind machenden Licht der Sonne den Augenblick seines Todes gesehen, und die Vision hatte sich als wahr erwiesen. Doch diese Fähigkeit kam bei Jungen nur selten vor, und sämtliche Spuren der Sicht verschwanden beim Erreichen der

Mannbarkeit. Aber Teravian war über sechzehn Winter alt, körperlich gesehen ein Mann, und wenn man ihm glauben wollte, war das nicht das erste Mal gewesen, dass er Dinge vorhergesehen hatte.

Aber was hatte das für Konsequenzen? Lirith war sich da nicht sicher, aber sie hatte das Gefühl, dass mehr hinter Königin Ivalaines Bereitschaft steckte, Teravian zu erziehen, als ihrem Verbündeten König Boreas von Calavan einen Gefallen zu tun.

Obwohl sie vom Schauplatz eines Mordes zum nächsten reisten, hatte Lirith irgendwie das Gefühl, dass sich ihre Laune verbesserte, als sie Ar-Tolor verließen und über die Straße nach Tarras ritten. Der goldene Sommernachmittag war dem kupfernen Herbstabend gewichen, und obwohl die Tage noch warm waren, gelang es ihnen bis zur purpurnen Abenddämmerung nicht, die scharfe Kühle der Morgendämmerung gänzlich zu überwinden.

Auf dem Ritt nach Süden durch Toloria sprachen sie nur wenig, und auch wenn die Stille von Melias Trauer über ihren Verlust gefärbt wurde, war sie auf ihre Weise auch friedvoll. Der Ritt ging durch ein dicht bevölkertes Land. Doch durch eine unausgesprochene Übereinkunft mieden sie Herrenhäuser und Gasthäuser und kampierten jeden Abend unter Bäumen und ein paarmal auch in einem *Talathrin*, einem der alten tarrasischen Wegkreise. Das Wetter war zu mild, zu schön, um es unter einem Dach zu verschwenden.

Meistens erwachte Lirith vor Sonnenaufgang neben Aryn, auf dem Boden in warme Decken gehüllt, und hörte Melias leise Gebete und das Geschepper von Falken, der das Frühstück zubereitete. Kurz danach ertönte dann ein leises Klirren, und Durge in seinem Kettenhemd kniete neben ihnen nieder, um sie zu wecken. Der köstliche Duft des *Maddoks* lockte Lirith aus der provisorischen Bettstatt, und sie setzte sich ans

Feuer und legte die Hände um eine heiße Tontasse, während Falken in der Pfanne geröstetes Brot anbot. Kurz darauf brachen sie das Lager ab, stiegen auf die Pferde und ritten weiter durch die glänzende Landschaft.

Es war seltsam, aber Lirith konnte sich nicht erinnern, jemals in ihrem Leben glücklicher gewesen zu sein.

Nach acht ereignislosen Tagen erreichten sie die Freie Stadt Gendarra. Es war eine große, schmutzige, laute und aufregende Hafenstadt am Meer der Morgenröte, wo die Flüsse Kelduorn und Dimduorn zusammentrafen und dann gemeinsam in den großen östlichen Ozean flossen.

Lirith dankte dem Schicksal, dass es sie nicht in die Freie Stadt Corantha geführt hatte. Sie hatte diese Stadt seit dem Tag, an dem sie nach Norden nach Toloria geflohen war, um dort ein neues Leben zu beginnen, nicht mehr besucht. Und trotz der vielen Veränderungen, die sie seitdem durchgemacht hatte, war sie sich nicht sicher, ob sie jemals die Kraft haben würde, noch einmal einen Fuß in diese Mauern zu setzen. Glücklicherweise war das Meer vor Corantha zu dieser Jahreszeit ziemlich stürmisch, darum waren sie stattdessen nach Gendarra gereist.

Die Freien Städte waren ein Bündnis lose miteinander verbundener Stadtstaaten, die zwei Jahrhunderte zuvor die sie beherrschenden Lords zu Gunsten einer Regierung gestürzt hatten, die hauptsächlich von Kaufleuten kontrolliert wurde. Statt von einem Grafen oder Herzog wurde jede Stadt von einem Bürgermeister regiert, der von den Repräsentanten der verschiedenen Kaufmannsgilden gewählt wurde. Darum blühten und gediehen die Freien Städte – auch wenn sie nicht die Stabilität der von den Schlössern kontrollierten Domänen hatten. Obwohl Lirith neun Jahre ihres Lebens in einer dieser Städte verbracht hatte, hatte sie die Bezeichnung *Freie Stadt* immer etwas irreführend gefunden. Zwar konnte man alles kaufen, was man wollte, doch hatte auch alles seinen Preis.

Wie Falken erfahren musste, als er zu den Docks ging, um eine Passage auf einem Schiff nach Tarras zu buchen.

»Ich bin bestohlen worden!«, rief der Barde, als er das Gasthaus betrat, in dem sie untergekommen waren. »Der Kapitän hätte mich genauso gut auf den Kopf stellen und das Gold aus meinen Taschen rausschütteln können.«

»Ja, das ist schrecklich, mein Lieber«, sagte Melia. »Aber du hast uns doch ein schönes Schiff gesucht, oder?«

Tatsächlich hatte Falken ihnen sogar ein sehr hübsches Schiff besorgt. Kapitän Magards Handel konzentrierte sich auf Juwelen, Gewürze und andere kostbare, aber kompakte Güter, was zur Folge hatte, dass sein Schiff weder beengt war noch stank. Falkens Gold hatte ihnen drei winzige Kabinen gekauft, eine für Melia, eine für Durge und den Barden und eine für Lirith und Aryn.

Wie sich herausstellte, war es gut, dass Melia ihre eigene Unterkunft hatte, denn die Lady mit den bernsteinfarbenen Augen hatte Probleme, auf dem Wasser zu reisen. Lirith wusste nicht, warum, aber aus irgendeinem Grund freute sie das. Niemand, nicht einmal eine ehemalige Göttin, sollte perfekt sein. Doch Falken schien über diese Situation nicht besonders glücklich zu sein; er verbrachte einen beträchtlichen Teil der Tage damit, Eimer aus Melias Kabine zu holen und geleert zurückzubringen.

Lirith war noch nie zuvor auf einem Schiff gewesen; sie war begeistert. Aryn und Durge ging es nicht so schlecht wie Melia, aber sie schienen es vorzuziehen, unter Deck zu bleiben. Nicht jedoch Lirith. Sie verbrachte fast den ganzen Tag damit, sich zu sonnen und das Gesicht in die Gischt zu halten; sie sah schlanken Delfinen zu, wie sie neben dem Schiff herschwammen, und in der Nacht betrachtete sie die Sterne, während Kapitän Magard ihr erklärte, welche davon am nützlichsten waren, um auf dem offenen Meer zu navigieren.

Nicht, dass sich die *Schicksalsläufer* jemals weit von der Küste entfernt hätte. Oft konnte Lirith an Steuerbord felsige Klippen oder grüne Baumreihen entdecken, und einmal verschmolzen in der Ferne bleiche Gipfel mit Wolkenbänken. Und an ihrem fünften Morgen auf See stieg sie einen Niedergang zum Deck hinauf und sah direkt voraus etwas Goldenes in der Sonne schimmern, und sie wusste mit einer seltsamen Art von Traurigkeit, dass die Reise vorbei war.

35

Als die *Schicksalsläufer* am Dock sicher vertäut war, waren die anderen an Deck erschienen. Durge stolperte unter der schweren Last von Taschen und Bündeln; sie hatten Königin Ivalaines Pferde in Gendarra verkauft, und anscheinend hielt es der Ritter für seine Pflicht, sie ganz allein zu ersetzen. Lirith beeilte sich, ihm ein paar Taschen abzunehmen. Aryn schien zusammenzuzucken, dann eilte sie herbei, um das Gleiche zu tun.

Falken führte Melia auf den Landungssteg zu, während Kapitän Magard das Löschen seiner Fracht überwachte. Die für gewöhnlich kupferfarbene Haut der Lady wies noch immer einen grünlichen Schimmer auf, aber der Anblick des Landes schien ihren Zustand außerordentlich zu verbessern.

»Danke, Kapitän«, sagte sie, »für eine Reise, die ich so bald nicht vergessen werde.«

Magard grinste und machte eine tiefe Verbeugung. »Hätte ich für Euch die See unbeweglich machen können, Mylady, so hätte ich das getan.«

Sie lächelte und tätschelte seine raue Wange. »Arbeitet weiter daran, mein Lieber.«

Auf den Docks von Tarras wimmelte es von Menschen, sie waren voller Farben und Gerüche, zugleich lebhaft und boshaft. Vorbeieilende Leute stießen Durge zur Seite, sodass der Ritter stolperte und darum kämpfen musste, seine vielen Lasten nicht zu verlieren. Die Stadt erhob sich über ihnen, und Lirith konnte jetzt sehen, dass sie auf einem Hügel erbaut war. Ungefähr in der Mitte schoss ein weißer Fels in die Höhe, der einen eindrucksvollen Kontrast zu den ihn umgebenden glatten Türmen und vergoldeten Kuppeln bot.

Lirith wollte zu den anderen gehen. Da wurde der gleißende

Sonnenschein dünn und kalt, der Lärm der Menge verblich zu einem gedämpften Grollen, das an die Stimme der See erinnerte. Furcht erfasste sie, so kalt wie das Wasser vom Grund eines zu Eis gefrorenen Ozeans.

Die Gestalt stand zwanzig Schritte weiter entfernt auf dem Dock, verdeckt von einer Menschenmenge. Alles schien mit einer seltsamen Langsamkeit zu geschehen. Die Gestalt wandte sich bereits ab, ein schwarzer Umhang wallte in der dichten Luft auf, aber Lirith entdeckte ein goldenes Funkeln im Schatten der Kapuze des Umhangs. Er hatte sie beobachtet, wie schon zuvor.

Nein, das war so nicht ganz richtig. Während der Reise nach Süden hatte Lirith mehrmals in den Dörfern und Städten, die sie passiert hatten, ein Zupfen am Netz der Weltenkraft verspürt, und sie hatte sich immer gerade noch rechtzeitig umdrehen können, um zu sehen, wie ein Stück schwarzen Stoffs um eine Ecke oder in einem Hauseingang verschwand. Es war nie viel gewesen – nie genug, um völlig sicher zu sein, aber Lirith hatte das Gefühl, dass man sie auf ihrer Reise beobachtete.

Diese Zwischenfälle hatten sie beunruhigt und neugierig gemacht, aber keiner hatte in ihr diese kalte Furcht ausgelöst, die sie jetzt verspürte. Die Planken des Docks schienen unter ihr in Bewegung zu geraten, so als stünde sie noch immer auf dem Deck des Schiffs. Sie hatte auch nie zuvor das Funkeln von Gold gesehen.

»Lirith?«

Die Menge vor ihr wurde dichter, dann zog sie sich wieder auseinander, und die Gestalt in Schwarz war verschwunden.

»Lirith, alles in Ordnung?« Das war Falken, der sie besorgt musterte.

»Es ist nichts«, erwiderte sie. »Mir war nur einen Augenblick lang schwindelig, das ist alles. Es ist vorbei.«

Falken nickte, dann kehrte er zu Melia zurück.

Das war nicht alles, Lirith.

Sie schaute auf, als die Stimme in ihrem Bewusstsein ertönte. Aryns hellblaue Augen waren auf sie gerichtet.

Du hast etwas gesehen, nicht wahr? Genau eben. Was war es?

Es war sinnlos, etwas anderes als die Wahrheit zu sagen; die Weltenkraft übermittelte keine Lügen. *Ich weiß es nicht, Aryn. Vielleicht habe ich etwas gesehen. Ich kann mir da nicht sicher sein. Aber es ist nicht ...*

Bevor Lirith mehr sagen konnte, ergriff Melia das Wort. Es war offensichtlich, dass sich die Lady wieder wohl fühlte; ihre bernsteinfarbenen Augen funkelten so hell wie die goldenen Kuppeln der Stadt. Andererseits war sie gerade heimgekehrt.

»Kommt schon, steht da nicht so rum«, sagte sie. »Wir müssen zum Zweiten Kreis gehen. Ich will sofort mit Orsith sprechen.«

Es blieb keine Zeit, um zu fragen, wer Orsith war und warum sie mit ihm sprechen sollten. Melia ging einfach los und bahnte sich geschickt einen Weg durch die Menschenmenge, und die anderen mussten sich beeilen, um mit ihr mitzuhalten.

36

Aryn staunte, als sie durch die äußeren Kreise von Tarras emporstiegen, und sie verrenkte sich den Hals bei dem Versuch, alles auf einmal zu sehen. Vor nicht einmal einem Jahr hatte die Vorstellung, die Mauern eines Schlosses zu verlassen, sie mit nicht geringer Angst erfüllt. Aber seitdem hatte sie gelernt, dass es da draußen eine ganze Welt gab, von deren Existenz sie keine Vorstellung gehabt hatte, und obwohl es manchmal Furcht erregend war, war es zugleich auch wunderbar.

Sie hatte jeden Augenblick ihrer Reise nach Süden genossen, und das nicht nur wegen der neuen Länder, die es zu entdecken galt. Denn sie war auf eine andere Weise auf Entdeckungsreise gegangen. Während ihres Ritts durch Toloria hatte sie die Zeit dazu genutzt, die Weltenkraft zu ergreifen und mit ihren Fäden zu weben. Sie hatte sich oft mit Lirith über die Gabe unterhalten, aber sie scheute sich nicht, auf eigene Faust zu experimentieren. Schließlich hatte sie ja auch ohne Hilfe gelernt, durch die Weltenkraft zu sprechen. Und Lirith schien von ihren schnellen Fortschritten beeindruckt zu sein.

Es ist, als hättest du plötzlich den Schlüssel zu deinem Talent gefunden, Schwester, hatte Lirith durch die Weltenkraft gesagt, als sie eines Abends am Feuer gesessen und eine Unterrichtsstunde daraus gemacht hatten, jedes lebendige Ding im Umkreis von zwanzig Schritten aufzuspüren und zu identifizieren.

Aber eigentlich war es eher so gewesen, dass der Schlüssel die ganze Zeit über da gewesen war, und zwar in ihrer verkümmerten rechten Hand, nur dass sie es sich nie gestattet hatte, die Finger zu öffnen, um ihn zu entdecken.

Wenn eine große Gabe verliehen wurde, verlangt das

Gleichgewicht immer etwas als Gegenleistung, hatte die alte Mournisch zu ihr gesagt.

Belira und die anderen hatten sie wegen des Arms verspottet, aber sie waren nur dumme Mädchen, die nicht wussten, dass eine Hexe zu sein so viel mehr bedeutete, als an der Oberfläche ersichtlich war. Aryn hatte keine Angst mehr vor ihnen. Sie war auch nicht länger wütend. Stattdessen taten sie ihr Leid, und sie hoffte, dass sie eines Tages das lernen würden, was sie gelernt hatte – dass der Schlüssel zur Macht nicht darin bestand, etwas haben zu wollen, das man nicht hatte. Stattdessen musste man den nötigen Mut aufbringen, um das zu erkennen, was man bereits sein Eigen nannte.

An einem der Tage ihrer Reise hatte sie dies alles ganz aufgeregt Lirith durch die Weltenkraft erklären wollen. Doch da war vor ihrem geistigen Auge ein Bild erschienen: eine stolze Frau in Blau, die ein Schwert hielt, während sie von einem Schloss mit sieben Türmen fortritt, und vor der im Gras eine zusammengekrümmte Gestalt lag.

Du hast die Person vergessen, die für dich Qualen erlitt …

Schnell hatte Aryn den Faden zerrissen, der sich zwischen ihr und Lirith spannte. Die dunkelhaarige Hexe hatte ihr einen verblüfften Blick zugeworfen, aber Aryn hatte eine hastige Entschuldigung gemurmelt, sie sei müde, und war dann schlafen gegangen.

Aber von wem hatte die alte Mournisch da nur gesprochen? Es stimmte, es gab Leute, die für sie gelitten hatten, aber von denen hatte sie bestimmt keinen vergessen. Sie würde niemals Garf vergessen, der gestorben war, um sie vor dem wahnsinnig gewordenen Bären zu retten. Oder den tapferen und gebrochenen Sir Meridar, der sich geopfert hatte, um Tira und Daynen zu retten und sich in ihren Augen als würdig zu erweisen. Sicherlich konnte sie nicht so gefühllos sein, wie die alte Frau gesagt hatte.

Oder etwa doch? Sie hatte an einen Teil eines Verses denken müssen.

»Ihre schönen Schwestern
beschimpften sie gestern.
Eines Tages werden sie um Vergebung rufen.
Mit dem Schwert in der Hand,
reitet sie übers Land
Und trampelt sie alle nieder mit den Hufen.«

In gewisser Weise erinnerten die Verse des Narren sie an die Worte des Drachen. Sfithrisir hatte behauptet, sie und Lirith seien dazu verdammt, die Hexen zu verraten. Hatte der Narr Tharkis etwa versucht, ihr das Gleiche zu sagen?

Aber Aryn würde niemals einer ihrer Schwestern einen Schaden zufügen. Nicht mal Belira. Der Narr und der Drache irrten sich. Mit Sicherheit waren der eine verrückt und der andere bösartig gewesen. Trotzdem hatten sie diese Gedanken während der ganzen Reise nach Süden heimgesucht; diese eine dunkle Wolke hatte die ansonsten wunderbare Reise überschattet.

Als sie jetzt durch die uralten, dicht bevölkerten Straßen von Tarras gingen, verbannte Aryn diese Sorgen aus ihren Gedanken. Es gab viel zu viel zu sehen, um über die Rätsel von Wahrsagerinnen, Narren und Drachen nachzudenken.

Nach den Docks durchschritten sie einen Triumphbogen aus weißem Stein, der die zumindest dreifache Größe des Tores von Schloss Calavere hatte, und betraten den dahinter liegenden Fünften Kreis der Stadt. Das war der größte der fünf Kreise und laut Falken der Ort, an dem die Tagelöhner und das einfache Volk lebten. Die Hauptstraße, die sie benutzten, war breit, makellos sauber und von säulenartigen Ithaya-Bäumen gesäumt, aber Aryn entgingen nicht die Mündungen staubiger Gassen, die zu schmal waren, als dass die Sonne ihren Boden hätte erreichen können. Aus den dunklen Einmündungen starrten schmutzige Gesichter. Aryn war froh, als sie durch einen weiteren Triumphbogen in den Vierten Kreis kamen.

Hier war die Hauptstraße viel steiler und stieg schnell an größeren, gepflegteren Wohnhäusern und Geschäften vorbei in die Höhe. Geißblatt schlang sich um Eisentore und erfüllte die Luft mit süßem Duft, überall ertönte das Geplätscher von Springbrunnen. Der Vierte Kreis war die Heimat der Kaufleute und Handwerkergilden. Offensichtlich genossen die Kaufleute hohes Ansehen in der Stadt, wenn man nach der Schönheit ihrer Häuser ging. Aber Falken erklärte, dass die Kreise von Tarras so arrangiert waren, dass die höchsten und am weitesten entfernten den Klassen mit der größten Macht gehörten.

Kurz darauf betraten sie den Dritten Kreis, der dem tarrasischen Militär gehörte. Sie gingen an blanken Wänden vorbei, in denen in unregelmäßigen Abständen Türen eingelassen waren, die jeweils von zwei Soldaten bewacht wurden. Verglichen mit den Rittern der Domänen trugen die tarrasischen Soldaten eine seltsame Tracht. Der Oberkörper wurde von einem Lederwams und einem Brustpanzer aus gehämmerter Bronze bedeckt, und auf dem Kopf saß ein Bronzehelm, aber ansonsten trugen sie nur noch einen kurzen Kilt, der die Beine nackt ließ, und Sandalen an den Füßen. Doch wenn Aryn die harten Gesichter betrachtete, hatte sie keinen Zweifel, dass es sich um geschickte Kämpfer handelte. Obwohl Tarras seine Größe längst verloren hatte, hatte es anscheinend doch nicht vergessen, wie man Krieg führte.

Aryn war erleichtert, als sie durch ein weiteres Tor den Zweiten Kreis betraten.

»Weiter gehen wir heute nicht«, sagte Falken. »Es sei denn, außer Melia ist noch einer von euch zufällig ein enger persönlicher Freund des Kaisers und hat das einfach vergessen zu erwähnen. Nur seine Gäste, seine Diener und die Angehörigen seines Hofes dürfen den Ersten Kreis betreten.«

»Um Kaiser Ephesian kümmern wir uns später«, sagte Melia. »Im Augenblick ist das genau der Ort, zu dem wir müssen. Der Heilige Kreis von Tarras.«

Aryn blickte sich um und entdeckte in allen Richtungen aus weißen Steinen errichtete Schreine und Tempel mit Kuppeldächern. Auf den stillen Straßen waren Männer und Frauen in fließenden Roben in allen Farben des Spektrums unterwegs, und Aryn war sofort klar, dass es sich hier um die Priester und Priesterinnen der Tempel handelte.

Einige trugen Scharlachrot und hatten die Schädel rasiert. Andere hatten ihr Haar gelockt und trugen goldene Schärpen über smaragdgrünen Roben. Gelb, Azurblau, Hellorange – alle Farben waren vertreten. Falls die Priester und Priesterinnen von Tarras eine so unterschiedliche Gruppe darstellten, konnte Aryn nur Spekulationen anstellen, wie wohl die Götter selbst aussahen. Sie wusste, dass es in Tarras mehr Mysterienkulte gab als die sieben, die in den Domänen bekannt waren, aber dass es so viele waren, hätte sie nicht gedacht.

Durge räusperte sich nervös. »Melia, darf ich fragen, wie viele Götter es in dieser Stadt genau gibt?«

»Keine Sorge, Durge«, sagte Falken und zwinkerte. »Der Zweite Kreis beherbergt auch die Universität von Tarras, wo angeblich die größten Gelehrten, Mathematiker und Ingenieure der Welt versammelt sind.«

Durge runzelte überrascht die Stirn. »Ich glaube, diese *Universität*, wie Ihr sie nennt, würde ich mir gern ansehen.«

»Oh, das werdet Ihr«, sagte Falken und zwinkerte erneut. »Aber zuerst ...«

»Meine Brüder, meine Schwestern«, sagte eine leise Stimme. »Soll das hier wirklich unser Zuhause sein? Es ist viel schöner, als ich es mir je hätte vorstellen können.«

Melia schwankte, die Arme um den Leib geschlungen, ein seliges Lächeln auf den Lippen.

Aryn sah, dass Falken und Lirith einen Blick wechselten. Es war wie bei dem Zwischenfall, von dem Lirith erzählt hatte, als sie Melia im Schrein von Mandu beim Tanzen überrascht hatte. Auf der Reise war Melia in keinen derartigen Trancezustand verfallen, obwohl es seltsame Augenblicke gegeben hatte. Sie schien viel von der Vergangenheit zu sprechen, und ihr Ausdruck wurde verträumt, wenn sie es tat. Doch Aryn hatte immer angenommen, dass das daran lag, dass sie in Melias Heimat reisten. Und jetzt hatte es den Anschein, als wäre sie nicht einmal anwesend.

Nein, das ist es nicht. Es ist, als wären wir diejenigen, die nicht da sind, als würde Melia Tarras so sehen, wie es vor langer Zeit war, als sie diesen Ort zum ersten Mal betrat.

Falken berührte sanft Melias Schulter.

»Liebes«, flüsterte er.

Einen Herzschlag lang versteifte sich Melia, dann drehte sie sich um und schaute die anderen finster an. »Steht nicht einfach da rum und glotzt. Wir gehen hier entlang.«

Und Melia ging los und betrat eine mit weißen Steinen gepflasterte Seitenstraße. Den Gefährten blieb nichts anderes übrig, als ihr zu folgen.

Während sie hinter ihr hergingen, fiel Aryn eine Kuppel auf, die alle anderen im Zweiten Kreis überragte und sogar mit der Kuppel des Kaiserpalastes wetteiferte, der sich über ihnen im Ersten Kreis erhob. Diese Kuppel bestand nicht aus Gold wie so viele andere, sondern war blau gestrichen, sodass sie mit dem Himmel zu verschmelzen schien. Aryn fragte sich, welcher Gott mit diesem Tempel geehrt wurde, der so viel prächtiger als all die anderen war. Doch sie gingen nicht auf diese Kuppel zu.

Sie blieben vor einem Tempel stehen, der zwar schön, aber

auch viel kleiner und schlichter als alle in seiner Umgebung war. Seine Säulen und Mauersimse waren schmucklos, er hatte auch keine Fenster. Eine schmale Tür bot den einzigen Zugang.

Melia sah die anderen an, und ihr Blick war jetzt ganz klar. »Bevor ihr hier eintretet, solltet ihr euren Verstand von allen kleinlichen Gedanken und Wünschen freimachen. In Mandus Reich ist kein Platz für Furcht, Wut oder Verlangen. Denn er hat keine Wünsche, da er ständig stirbt. Und da er keine Wünsche hat, wird er auch ständig wieder geboren.«

»Vielleicht sollte er ein paar Fenster einbauen lassen, um an Kerzen zu sparen«, murmelte Durge, aber Melias Blick ließ ihn auf der Stelle verstummen. Aryn musste den Drang niederkämpfen, den stets praktisch denkenden Ritter zu umarmen. Stattdessen folgten sie Melia durch die Tür und betraten den dahinter liegenden Tempel.

37

Offensichtlich war Mandu der Sterbende in Tarras kaum populärer als in den Domänen. Im Tempel waren nur eine Hand voll Gläubige. Es gab nur wenig Möbel – ein paar Holzbänke, auf die man sich zum Beten knien konnte, einen nackten Marmoraltar und im dämmerigen Mittelschiff eine aus milchigweißem Stein gefertigte Statue des Gottes in der Höhe zweier Männer, die mit heiteren, leeren Augen blickte.

Ein Priester eilte auf sie zu und zerrte an seiner schlecht sitzenden weißen Robe, damit sie ihm nicht von den knochigen Schultern rutschte. Er war ein junger Mann mit einem unscheinbaren, aber fröhlichen Gesicht und einer großen Hakennase.

»Eure Heiligkeit, Melindora! Also entsprach die Vision, die Mandu meinem Meister schickte, der Wahrheit – Ihr seid gekommen.«

Melia rauschte auf ihn zu. »Sagt mir, Akoluth, zweifelt Ihr die Macht Mandus und die Weisheit Eures Meisters immer an?«

Dem jungen Mann quollen beinahe die Augen aus dem Kopf. »Niemals, Eure Heiligkeit! Natürlich ist Mandu allmächtig und mein Meister ausgesprochen weise. Ich wollte nur sagen ...«

»... dass Ihr Euren müden Gästen, die eine so weite Reise hinter sich haben, Wein bringt und sie dann unverzüglich zu Orsith führt«, vollendete Melia seine Worte.

Der junge Priester starrte sie an.

»Wein«, erinnerte ihn Melia mit einem freundlichen Lächeln. »Dann Orsith.«

Aryn zwang sich dazu, nicht zu lachen; der junge Mann hatte es offensichtlich auch so schon schwer genug. Aber sie konnte die Heiterkeit in Melias Augen sehen. Es war klar, dass die Lady nicht wütend war.

Trotzdem benahm sich der Priester, als wäre sein Gott vor ihm in einem Blitz aus Zorn und Pracht erschienen. Und vielleicht war das nicht einmal so falsch, da Melia einst selbst eine Göttin gewesen war – eine Tatsache, der sich der junge Mann durchaus bewusst zu sein schien. Eilig brachte er den Wein, verschüttete einen Teil auf dem Boden und wischte ihn mit dem Saum seiner Robe auf.

Erst als Aryn trank, wurde ihr bewusst, dass sie tatsächlich schrecklich durstig war; sie fragte sich, warum ihr das nicht schon früher aufgefallen war. Ihr Blick fiel auf Mandus friedliches Steinantlitz, aber bevor sie darüber nachdenken konnte, winkte der junge Priester sie zu einer Tür herüber.

»Hier entlang, Eure Heiligkeit. Er erwartet Euch.«

Hinter der Tür war ein völlig leerer Raum. Seine Größe war schwer zu bestimmen, da Boden, Wände und Decke weiß waren. Es schien keinen genauen Anhaltspunkt zu geben, wo die eine Ebene endete und die nächste begann, und das Licht bestand aus einem silbernen Glühen, das von überall und nirgendwoher zu kommen schien.

»Willkommen«, sagte eine trockene, warme Stimme.

Aryn schaute auf und entdeckte, dass der Raum nicht völlig leer war. Genau in der Mitte schwebte ein alter Mann mit untergeschlagenen Beinen und den Händen auf den Knien in der Luft. Sein Gewand, Haar und der lange Bart wiesen die gleiche silberweiße Farbe wie die Steinwände auf. Doch seine faltigen Wangen hatten eine dunkle, kupferähnliche Farbe, und seine kleinen Augen waren so braun wie Nüsse.

Melia trat einen Schritt vor und strahlte. »Orsith. Es ist eine Freude, Euch wieder zu sehen.«

Der Alte lächelte; es war eines der gütigsten Lächeln, das Aryn je gesehen hatte.

»Meine Liebe, die Freude ist auf meiner Seite. Aber Ihr müsst mir verzeihen, dass ich nicht herunterkomme, um Euch herzlicher zu begrüßen. Ich befinde mich im zweiten Tag des Stillstands und muss nur noch einen Tag hier bleiben. Eigentlich ist Sprechen schon ein Verstoß, aber ich glaube, dass mir Mandu unter diesen Umständen wohl vergeben wird.«

»Oh, dafür werde ich schon sorgen«, sagte Melia. »Und keine Sorge, ich komme zu Euch.«

Und die kleine Frau erhob sich in die Luft, schlug die Beine unter und schwebte ein Stück von Orsith entfernt.

Falken schnaubte. »Angeberin.«

Lirith trat staunend ein Stück näher heran. »Verzeiht mir, Orsith, aber darf ich fragen, wie Ihr das macht?«

»Wie ich was mache, hübsche Frau?«

»Schweben, ohne den Boden zu berühren.«

Der Alte zuckte mit den knochigen Schultern. »Ich fürchte, ich weiß es nicht. Ich sitze einfach so still, wie ich nur kann, und denke an gar nichts, und nach einer Weile bemerke ich dann, dass der Boden ein ordentliches Stück von mir entfernt ist.«

Lirith lächelte und nickte, als würde sie wissen, wovon er da sprach, aber Durge runzelte die Stirn.

»Und wo sollen *wir* sitzen?«, fragte er grollend.

Orsith lächelte. »Nun, mein ernster Freund, Ihr dürft überall Platz nehmen.«

»Aber hier kann man sich nirgendwo hinsetzen«, erwiderte Durge.

Orsith legte den Kopf schief. »Das ist aber seltsam. Ich war der Meinung, man könnte sich überall hinsetzen.«

Aryn lachte und setzte sich auf den Boden.

»Ja, so ist es richtig, meine Liebe«, sagte Orsith. »Was für beeindruckende Augen Ihr doch habt. Habt Ihr die blauen Perlen im Kaiserpalast gesehen? Auf der ganzen Welt gibt es kaum ein Dutzend davon. Aber verglichen mit Euren Augen sind sie nicht mehr als einfache Kieselsteine. Der Kaiser wird sie in dem Augenblick wegwerfen, in dem er Euch sieht.«

Aryn stockte der Atem. Sie fühlte, wie Lirith ihr die Hand drückte, als sich die Hexe neben ihr hinsetzte. Falken folgte ihrem Beispiel, Durge schloss sich ihm an. Die Knie des Embarraners knirschten dabei auf alarmierende Weise.

»Orsith«, sagte Melia, »es gibt viel zu besprechen. Es ist so lange her, dass ich Euch gesehen habe.«

»Ich glaube, als Ihr das letzte Mal in Tarras wart, war mein Bart beträchtlich kürzer und dunkler.«

Bedauern flackerte kurz auf Melias Gesicht auf. »Das war er, Orsith. Aber wir werden uns ein anderes Mal über die vergangenen Jahre unterhalten müssen. Jetzt müsst Ihr mir alles erzählen, was Ihr über den armen Ondo wisst.«

Der Humor in Orsiths Miene wurde von tiefem Ernst ersetzt. »Ich fürchte, es wird nicht viel Zeit in Anspruch nehmen, Euch mitzuteilen, was wir in Erfahrung bringen konnten. Für gewöhnlich zieht Mandu es vor, sich von den Streitereien und Rivalitäten der anderen Götter fern zu halten, aber selbst Er wurde von den Geschehnissen gezwungen, nun zu handeln. Ich habe den guten Landus in die Stadt geschickt, um für mich als Augen und Ohren zu dienen; das ist der Akoluth, der euch alle hereingeführt hat. Aber Landus hat auch nur das erfahren, was ich in meinem Herzen gehört habe und was Ihr zweifellos auch gehört habt – der Lärm, den alle Götter und ihre Anhänger veranstalten, weil sie alle zugleich reden.«

Melia nickte. »Ja, das habe ich gehört. Es ist wie das Rauschen des Ozeans.«

»Anscheinend hat jeder Tempel alle anderen der Spionage, der Verschwörung und der Zersetzung beschuldigt«, fuhr Orsith fort. »Was natürlich gar nicht so weit von der Wahrheit entfernt ist. Schließlich ist das hier Tarras. Doch all ihrer

Machenschaften zum Trotz scheint keiner der Tempel zu wissen, wer diese monströse Tat verübt hat. Und nicht nur Ondo wurde uns genommen. Sieben Priester und Priesterinnen, alle von verschiedenen Tempeln, wurden ermordet. Diese schrecklichen Taten weisen auch kein Muster auf. Soweit wir es sagen können, sind die Morde vollkommen zufällig geschehen.«

»Ich will Euch nicht zu nahe treten, Orsith«, sagte Falken, »aber hat es unter den verschiedenen Tempeln nicht schon immer starke Rivalitäten gegeben?«

»Das ist richtig. Obwohl Mandu sich nur ausgesprochen selten an solchen Aktivitäten beteiligt hat, ist es nicht ungewöhnlich, dass die Götter in dem Bemühen, mehr Anhänger zu gewinnen oder ihre Stellung in der Stadt zu verbessern, Intrigen schmieden, Bündnisse schließen und sie wieder brechen. Und ich fürchte, dass ein paar der mit weniger Skrupel behafteten Tempel gelegentlich auch zu finsteren Methoden gegriffen haben. Das ist nicht das erste Mal, dass das Blut von Priestern vergossen wurde. Aber in der zweitausendjährigen Geschichte von Tarras ist nie etwas Vergleichbares vorgefallen. Ein Gott ist nicht mehr.«

Melia ballte die zierlichen Hände zu Fäusten. »Aber was unternimmt die Etherion?«

»Leider nur sehr wenig«, erwiderte Orsith. »Hauptsächlich streiten sie und äußern Beschuldigungen.«

»Die Etherion?«, fragte Aryn. »Was ist das?«

Falken antwortete ihr. »Das ist die Versammlung sämtlicher Tempel von Tarras. Dort treffen die Priester zusammen, um über wichtige Dinge zu diskutieren. Oder sich zu streiten, was das angeht. Ist Euch auf dem Weg hierher die große blaue Kuppel aufgefallen? Das ist die Kuppel der Etherion.«

»Ich verlasse den Tempel nur noch selten«, sagte Orsith, »aber vor drei Tagen bin ich zur Etherion gegangen, zur letzten Versammlung. Doch man hat nichts erreicht, wenn man davon absieht, dass Gerüchte und Andeutungen in die Welt gesetzt wurden. Man konnte den Eindruck gewinnen, dass jeder Priester lautstark die Meinung vertrat, es würde sich hier um eine von einem rivalisierenden Gott ausgeheckte Verschwörung handeln, um dem eigenen Gott Anhänger oder Prestige zu stehlen.«

Durge schnaubte. »Wenn man Euch so zuhört, könnte man glauben, dass Eure Götter und Priester wie ein Haufen Kinder sind, die sich auf dem Schlosshof balgen.«

»Da liegt Ihr nicht viel daneben«, murmelte Falken.

»Warum schließen sich die Götter nicht zusammen, statt einander mit Dreck zu bewerfen?«, fuhr Durge fort. »Zusammen müssten sie doch sicherlich den Verantwortlichen für dieses Verbrechen finden können.«

»Eine berechtigte Frage, guter Soldat«, meinte Orsith, »aber ich bezweifle, dass Euch die Antwort gefallen wird. Ihr müsst wissen, dass ich trotz all der Wut und der Anschuldigungen in der Etherion deutlich eine tiefere, stärkere Strömung ausmachen konnte, die alle Anwesenden gemeinsam hatten. Es war Angst.«

Lirith nickte. »Natürlich. Wenn derjenige, der für diese Tat verantwortlich ist, die Macht hat, einen Gott zu töten, was sollte ihn davon abhalten, wieder zu töten?«

Jetzt verstand Aryn. »Die anderen Götter müssen Angst haben, dass, sollten sie versuchen, den Mörder zu finden, sie das nächste Opfer sein könnten. Und wenn die Götter Angst haben, müssen die Priester starr vor Entsetzen sein.«

Orsith nickte. »In Euren Worten liegt viel Wahrheit, meine Liebe, obwohl es nicht ganz so einfach ist. Die Geschichte der Bündnisse und Rivalitäten der Götter von Tarras ist wie ein gewaltiger und turbulenter Ozean, und Sterbliche können nur über die Oberfläche gleiten und hoffen, nicht in die Tiefe gezogen zu werden.«

Melia kaute auf der Unterlippe herum. »Selbst für uns Nichtsterbliche ist es nicht immer viel klarer. Ich hatte gehofft, dass die Etherion zusammenarbeitet, um Ondos Mörder zu finden, aber ich muss gestehen, ich habe befürchtet, dass es nicht dazu kommt.«

»War jemand wütend auf Ondo?«, wollte Falken wissen.

»Oh, viele Götter waren wütend auf Ondo«, sagte Orsith. »Er war nicht der Mächtigste, aber er war der Patron der Goldschmiedegilde. Das bedeutet, dass sämtliche Goldarbeiten bei der Herstellung von Schmuck oder Ornamentarbeiten unter seiner Kontrolle standen. Und viele Götter bevorzugen Gold für die Verschönerung ihrer Priester und Tempel.«

Falken kratzte sich mit der behandschuhten Hand am Kinn, aber es blieb unklar, ob er diese Information für wichtig hielt oder nicht.

»Nun«, sagte Melia energisch, »wenn man die Etherion nicht zum Handeln zwingen kann, dann werde ich mich in dieser Sache einfach an eine andere Macht wenden müssen. Ich werde um eine Audienz bei Kaiser Ephesian bitten.«

Orsith schüttelte den Kopf. »Man wird sie Euch verweigern, meine Liebe. Ja, selbst jemandem wie Euch. Der Kaiser hat aus Trauer um Ondo die Palasttore schließen lassen.«

»Wohl eher aus dem verzweifelten Wunsch, sich zu verbergen«, meinte Falken. »Ich bin sicher, dass sich der Kaiser in genau diesem Augenblick zitternd in seinem Bett verkrochen hat und sich fragt, ob er wohl der Nächste ist. Die Ephesianer sind schon immer Feiglinge gewesen.«

Orsith nickte. »Ja, das scheint ein Zug zu sein, den alle neunzehn teilten.«

»Neunzehn?«, wiederholte Durge. »Ihr meint, dass es so viele von ihnen gegeben hat?«

»In der Tat«, antwortete Orsith. »Der derzeitige Ephesian ist der Neunzehnte mit diesem Namen, der das Zepter hält. Es ist eine lange Dynastie gewesen.«

»Aber warum wurde diese Dynastie nicht gestürzt? Warum sich mit neunzehn schwachen und feigen Kaisern abfinden?«

»Weil das besser ist, als neunzehn mächtige und grausame zu haben«, sagte Orsith.

Und wieder war Durge sprachlos.

»Und jetzt?«, fragte Falken und sah Melia an.

Sie schwebte mit verschränkten Armen in der Luft. »Ich weiß es nicht. Wir werden uns eine Unterkunft suchen müssen. Ich brauche Zeit zum Nachdenken.«

Und sie schwebte sanft nach unten. Durge wieder auf die Füße zu bekommen war allerdings eine weniger anmutige Aufgabe; Falken musste kräftig ziehen. Schließlich stand der Ritter wieder, und sein Gesichtsausdruck bot eine Mischung aus Verlegenheit und Entrüstung, die irgendwie entzückend war. Zu seinem Verdruss gab Aryn ihm einen Kuss auf die faltige Wange. Sie verabschiedeten sich von Orsith mit dem Versprechen, ihn bald wieder zu besuchen, und ließen ihn in der Luft schwebend zurück.

»Also, wohin?«, fragte Falken Melia, als sie am Tempeleingang stehen blieben.

»Vielleicht könnte uns der gute Landus ein respektables Gasthaus empfehlen, wo wir wohnen können.«

Der junge Priester, der sie zur Tür geführt hatte, nickte sofort. »Selbstverständlich, Eure Heiligkeit. Die Gasthöfe befinden sich alle im Vierten Kreis. Ich glaube, das Haus der Neun Springbrunnen könnte Euch zusagen.«

»Nein!«, rief die kleine Frau aus. Sie versteifte sich.

Aryn starrte sie an, genau wie die anderen. Die Lady war totenbleich geworden.

Landus schluckte. »Verzeiht, falls ich Euch beleidigt haben

sollte, Eure Heiligkeit. Falls Euch dieses Gasthaus nicht gefällt …«

Falken stieß den jungen Priester zur Seite. »Melia, was ist? Was ist los?« Der Barde ergriff ihre Schulter. Einen schrecklichen Augenblick lang war sie wie eine Statue, dann brach sie an Falkens Brust zusammen, packte sein Wams und fing an zu schluchzen.

»Es ist Geb«, sagte sie mit erstickter Stimme.

Aryn hatte den Namen noch nie zuvor gehört. »Geb?«

»Der Rattengott«, sagte Landus. »Der Gott der Diebe und Bettler. Aber …«

»Was ist mit ihm?«, wollte Falken wissen.

Doch Aryn wusste, was Melia sagen würde, noch bevor sie zu sprechen anfing.

»Er ist tot«, sagte sie mit zitternder Stimme. »Geb ist ermordet worden!«

38

Tarras gefiel Durge nicht.

Der Ritter konnte nicht bestreiten, dass es eine große Stadt war oder dass sie uralt war, und vermutlich musste man sie als prächtig bezeichnen. Die fünf sie umschließenden Mauern waren hoch und breit, sie würden einen ausgezeichneten Verteidigungswall abgeben – Eroberer, die eine Mauer bezwangen, würden sich vier weiteren gegenübersehen, bis sie die Mitte der Stadt erreichten. Das Militär erschien diszipliniert und gut ausgebildet, und die Märkte waren gut besucht und voller exotischer Waren. Selbst das Klima war vorteilhaft; warm, aber nicht drückend, vom Meer kamen kühlende Winde.

Als sie jedoch zum Vierten Kreis zurückgingen, wurde Durge klar, dass er das alles für sein Herrenhaus aus kaltem, grauem Stein auf den windgepeitschten Mooren Embarrs eintauschen würde. Etwas an dieser Stadt mit ihren zahllosen Kulten und streitenden Göttern, mit ihrer gewürzschwangeren Luft, den dicht bevölkerten Straßen und schummrigen Gassen *stimmte* nicht. Er konnte nicht genau sagen, was es war, aber er konnte es von den Mauern ablesen, die trotz ihrer massiven Macht von einem feinen Netzwerk aus Rissen überzogen wurden, die im Verlauf der Jahrhunderte zahllose Male geflickt worden waren. Und er konnte es den Augen der Menschen ablesen, die ihnen auf der Straße entgegenkamen; es war ein tief sitzender und irgendwie leerer Ausdruck. Das hier war eine müde Stadt.

Nein, nicht müde. Gelangweilt. Sie hat hier zu lange in der heißen Sonne gebrütet; sie hat alles gesehen, was die Zeit zu bieten hat, und das zahllose Male. Diese Stadt ist gelangweilt, und ihre Bewohner sind es auch.

Durge wusste, dass das eine gefährliche Sache war. Wenn

Männer gelangweilt waren, begingen sie voreilige und närrische Taten, um ein neues Gefühl zu erfahren, selbst wenn es nur einen kurzen Augenblick lang dauerte. Er hatte erlebt, wie sich Männer aus Langeweile zu Tode tranken und hurten; und er hatte erlebt, wie sie aus dem gleichen Grund in den Krieg zogen und töteten.

Und wenn eine ganze Stadt gelangweilt war?

»Geht es dir gut genug, um laufen zu können, Melia?«, fragte Falken schon wieder, als sie das Tor zu den brodelnden Straßen des Vierten Kreises passierten. »Lirith und ich können zum Gasthaus vorausgehen und dir eine Sänfte schicken.«

Melias majestätisches Gesicht war hart. »Ich habe dir gesagt, dass ich mich nicht in einer Sänfte tragen lassen werde, Falken. Welchen Trost sollen mir weiche Kissen spenden, jetzt, wo zwei meiner Brüder nicht mehr sind? Ich werde auf meinen eigenen Füßen zum Gasthaus gehen.«

Sie bogen in eine Seitenstraße ein, die von den in die Höhe wachsenden Gebäuden, deren Dächer sich fast berührten, beinahe in einen Tunnel verwandelt wurde. Die Sonne reichte nicht bis hier unten – das tat nur der blauweiße Schimmer des verbrauchten Lichts, das von oben widergespiegelt wurde. Durge sah sie erst, als sich seine Augen von dem grellen Licht an das Zwielicht gewöhnt hatten: Eine graue Frau, die ein Kind hielt, kam langsam auf sie zu.

Durge stolperte, und er war fest davon überzeugt, dass sein Herz stehen geblieben war. Wie konnten sie in dieser heißen, fremden Stadt sein, so weit entfernt von den vereisten Ebenen Embarrs?

»Durge?«

Eine Hand hatte sein Handgelenk ergriffen. Er wusste, dass es sich nur um die Wärme menschlichen Fleisches handelte, aber ihm kam es so vor, als wäre es ein Brandeisen.

»Durge, alles in Ordnung?«

Das war Lirith. Er sah sie an, und sie musste die Furcht in seinem Blick gesehen haben, denn sie riss die Hand zurück, während nun in ihren Augen Entsetzen aufstieg. Aber seine Angst hatte nichts mit ihr und ihrer Hexenberührung zu tun. Er schaute wieder auf die Straße.

Das Eis in seiner Brust schmolz, sein Herz schlug wieder, seine Lungen atmeten.

Die Frau und das Kind waren jetzt näher herangekommen, nahe genug, dass er erkennen konnte, dass es sich keineswegs um Geister handelte. Die Frau trug ein Gewand aus hauchdünnem Stoff, das sie umgab wie Nebelschwaden, und die Haut unter der Asche auf ihren Wangen und der Stirn war dunkel. Der in ein Tuch gehüllte Säugling war genauso dunkel wie sie, das kleine Gesicht war ebenfalls mit Asche gezeichnet. Die Frau beugte den Kopf über ihr Kind und summte ein leises Lied, während sie vorbeiging.

Mir geht es gut, Mylady, wollte Durge sagen, aber in diesem Augenblick ging Melia auf die Frau in Grau zu.

»Ich erkenne Euer Gewand nicht«, sagte sie in sanftem Ton. »Darf ich fragen, welchem Kult Ihr angehört?«

Die Frau schaute von dem Säugling auf und lächelte. »Es ist nicht verwunderlich, dass Ihr meine Robe nicht kennt, Frau. Der Kult, dem ich anhänge, ist neu in der Stadt. Es ist der von Tira, die man das Kind des Feuers nennt.«

Durge hörte, wie sowohl Lirith als auch Aryn nach Luft schnappten. Selbst er fühlte tief im Inneren einen Stich, und wäre es nicht schon so viele Jahre her gewesen, dass er zu solchen Gefühlen fähig gewesen war, hätte er es für Freude gehalten. Er hatte es sich zur Regel gemacht, nicht viel Vertrauen in Götter zu setzen, andererseits war er nur selten mit einer Göttin gereist. Und das Mädchen Tira hatte etwas an sich gehabt, einen inneren Frieden, der zugleich seltsam, aber unwiderstehlich gewesen war.

»Aber natürlich«, murmelte Melia. »Ich hätte es wissen müssen.«

Die Frau in Grau missverstand die Antwort. »Macht Euch keine Vorwürfe, dass Ihr das nicht gewusst habt, gute Frau. Doch ich glaube, dass Sie in dieser Stadt bald weithin bekannt sein wird, und dann werden sie Ihr folgen. Denn Sie begab sich in die Flammen, damit wir alle verwandelt werden können.«

Melias Blick wurde schmal. »Verwandelt? In was?«

»Nun ja, in uns selbst.«

Die Frau drückte das Kind an die Brust und ging weiter, und ihre graue Kleidung verschmolz mit dem kühlen Zwielicht. Sie waren keine Geister. Doch Durge hatte in diesen letzten Wochen gelernt, dass man keine Geister sehen musste, um verfolgt zu werden. Er fragte sich, ob er Embarr jemals wieder sehen würde.

Ein tiefer Seufzer entschlüpfte ihm, und er war im Nachhinein froh, dass die anderen es nicht mitbekommen hatten, da sich ihre Aufmerksamkeit auf Melia konzentrierte. Die Lady ging weiter, Falken an ihrer Seite, und obwohl Trauer sie noch immer wie ein Schleier zu umgeben schien, hatte es den Anschein, als würde ein winziges Lächeln ihre Mundwinkel umspielen.

»Es ist Tira«, flüsterte Aryn mit leuchtenden Augen. »Sie ist tatsächlich eine Göttin geworden.«

Lirith nickte. »Ich habe mich gefragt, ob das geschehen würde, ob sich ein Mysterienkult um sie bilden würde. Doch ich hätte nie geglaubt, dass es so schnell geschehen würde. Seht ihr, wie sich Melias Stimmung gehoben hat? Götter wurden getötet, aber hier wurde eine neue Göttin geboren.«

Durge hatte nicht die geringste Ahnung, wie Götter und Göttinnen funktionierten. Wenn er eine Substanz nicht in einem Schmelztiegel erhitzen oder in ein Säurebad werfen konnte, um ihre Eigenschaften zu ergründen, dann ging sie über sein Begriffsvermögen hinaus. Trotzdem machten ihm Liriths Worte Mut, ohne dass er den Grund dafür benennen konnte.

Das Haus der Neun Springbrunnen befand sich auf der Ostseite der Stadt, nicht weit von der Mauer zum Dritten Kreis entfernt, auf einem kleinen Felsvorsprung, der den Blick auf das Meer gestattete.

Falken hatte gesagt, dass der Vierte Kreis von der Kaufmannsklasse von Tarras bewohnt wurde, und das Gasthaus spiegelte das deutlich wider. Es war groß und bequem ausgestattet, wenn auch nicht übermäßig luxuriös. Die Wände waren weiß und sauber, jedoch hauptsächlich schmucklos, und die Mosaiken auf dem Boden waren zwar einfach, erfreuten aber das Auge. Das Gasthaus war ein rechteckiges Gebäude mit mehreren Stockwerken, die sich um einen dachlosen Hof in der Mitte gruppierten. In diesem Hof standen mehrere sprudelnde Springbrunnen, die dem Haus anscheinend seinen Namen gegeben hatten.

Das Gasthaus wurde von einer Frau namens Vil geleitet, deren schwarzes Haar mit grauen Strähnen durchsetzt, deren Gesicht aber noch immer glatt und hübsch war. Das überraschte Durge, denn in den Domänen war es nicht üblich, dass eine Frau ein Geschäft betrieb, außer es handelte sich um eine Brauerei – denn Bierbrauen war Frauenarbeit. Doch das hier war ein seltsames Land, also konnten seine Bräuche nur seltsam sein.

Außerdem schien Vil ein Gewinn bringendes und effizientes Haus zu führen. Je mehr Durge darüber nachdachte, desto mehr Sinn schien es zu ergeben. Würde er nicht lieber in einem Gasthaus wohnen, das von einer Frau statt von einem Mann geleitet wurde? Vielleicht war das ja die Erklärung für den traurigen Zustand der Schänken und Tavernen Embarrs.

Vielleicht waren ein paar der seltsamen Bräuche dieser Stadt ja gar nicht so schlecht.

Bei den meisten Gästen schien es sich um Kaufleute aus den umliegenden Städten zu handeln, aber die Zimmer, in die Vil sie führte, machten klar, dass hier auch wichtige – oder zumindest reichere – Gäste abstiegen. Der Boden war blau gefliest. Große Fenster öffneten sich auf den Innenhof hinaus, und helle Vorhänge flatterten in der Brise.

Das Geräusch fließenden Wassers drang an Durges Ohr; es kam von einem Bronzebecken, das in einem Marmorblock eingelassen war. Ein kleines Rohr ragte aus der Wand, aus dem ein stetiger Wasserstrom in das Becken floss. Doch das Becken schien nicht überzulaufen. Durge ging darauf zu.

»Aber wo kommt das Wasser her?«, murmelte er. »Und wo fließt es hin?«

Falken lachte. »Seht die Magie einer Wasserleitung.«

Durge schüttelte den Kopf. Wasserleitung? Er hatte noch nie von einer derartigen Magie gehört. Aber seiner Meinung nach handelte es sich hier eher um die Kunst eines Ingenieurs als die eines Zauberers. Er entdeckte in der Nähe des Beckenrandes ein kleines Loch, durch das Wasser abfloss. Es musste ein Rohr geben, das das Wasser aus dem Gebäude beförderte, so wie es eins gab, um es hereinzubringen.

»Gefällt es Euch, edle Frau?«, fragte die Inhaberin des Gasthauses.

Melia ging zum Fenster und holte tief Luft. »Es ist wunderbar, Madame Vil.«

Falken gab der Besitzerin mehrere Münzen. Sie verbeugte sich und ging.

Drei Schlafzimmer gingen von dem Wohnzimmer ab, eines für Melia, eines für Aryn und Lirith und eines für die Männer. Durge entdeckte einen Raum, der eine Badewanne und weitere der einfallsreichen Wasserleitungen enthielt, und da war sogar eine Art von Nachttopf, der sich selbst mit Wasser aus einer kleinen, darüber hängenden Zisterne leerte und säuberte. So etwas hatte Durge noch nie gesehen, und er kippte den Zisterneninhalt mehrmals in den Topf und sah zu, wie das Wasser abfloss, bis Melia mit der Zunge schnalzte und ihm befahl, kein Wasser zu verschwenden, da es aus den viele Meilen im Norden entfernt gelegenen Bergen kam. Danach setzte sich Durge und versuchte sich ein Verfahren vorzustellen, mit dem man Frischwasser aus den Bergen über eine lange Distanz in eine Stadt am Meer brachte.

»Also, hier sind wir«, sagte Falken. »Und jetzt?«

Der Barde aß Oliven aus einer Schüssel, die ein Diener gebracht hatte, und Lirith und Aryn saßen am Fenster und teilten sich eine Orange. Durge hatte schon früher Oliven gegessen, und einmal hatte er in den Domänen sogar eine Orange probiert, aber diese Dinge waren dort sehr selten, Delikatessen, die von Adligen genossen wurden. Doch hier hatte er auf dem Weg zum Hotel gesehen, wie sie von einfachen Leuten gekauft wurden.

Melia saß auf einem Stuhl; auf ihrem Schoß hatte es sich ein flauschiges schwarzes Kätzchen bequem gemacht. Durge wusste nicht, wo das Kätzchen hergekommen war; vermutlich lebte es im Gasthaus und war einfach in ihr Zimmer spaziert. Es hatte eine ungewöhnliche Ähnlichkeit mit dem Kätzchen, das sie Anfang des Jahres auf ihrer Reise nach Perridon begleitet hatte, aber Durge wusste, dass das unmöglich war. Die Katze würde in den vergangenen Monaten ihre volle Größe erreicht haben.

»Ich weiß nicht, was zu tun ist«, sagte Melia. »Ich weiß es wirklich nicht.«

Diese Worte verblüfften Durge. Sie waren auf Melias Wunsch nach Tarras gereist; er war einfach davon ausgegangen, dass sie einen Plan hatte, wie sie das Geheimnis des ermordeten Gottes ergründen wollte. Oder der Götter, so wie die Dinge jetzt standen. Doch sie schaute aus dem Fenster und streichelte gedankenverloren das Kätzchen. Er sah, wie Aryn und Lirith einen Blick wechselten; offensichtlich waren sie genauso schockiert wie er.

Aber dieses Schweigen war nutzlos; jemand musste die Initiative ergreifen. Durge stand auf. »Wir müssen die Logik zu Hilfe nehmen, um den Mörder zu finden.«

Falken schnaubte. »Durge, wir sprechen hier über eine Stadt voller Götter, nicht über einen Eurer Alchemistentränke. Glaubt mir, Logik ist hier sinnlos.«

Das wollte Durge nicht akzeptieren; Logik funktionierte immer. Die Götter waren geheimnisvoll und mächtig, ja. Aber obwohl sie mehr als Menschen darstellten, mussten sie trotzdem Regeln gehorchen, wie die Ränke wegen Anbetern und Status bewiesen, die Melia und Falken beschrieben hatten.

Er räusperte sich. »Melia, erzählt Ihr mir von den Göttern Ondo und Geb?«

»Was spielt das noch für eine Rolle? Sie sind dahingeschieden.«

Durge gab sich alle Mühe, mit sanftem Ton zu sprechen, obwohl er nicht wusste, ob es ihm gelang. »Es ist wichtig, Mylady. Wenn wir diese Götter näher kennen lernen könnten, dann würde uns vielleicht auch klar werden, warum ihnen jemand schaden wollte. So wie ich es verstanden habe, waren doch sowohl Ondo wie auch Geb unbedeutende Gottheiten.«

Jetzt sah Melia auf; ihre Augen blitzten. »Das heißt noch lange nicht, dass sie ihren Tod verdient haben!«

Durge zuckte zusammen. Melias Gesicht war fast so grau wie das der Frau, der sie auf der Straße begegnet waren. Aber der Schaden war bereits angerichtet; jetzt aufzuhören war sinnlos. Hier handelte es sich um ein Rätsel, und Durge war gut im Rätsellösen. Es musste ein Muster geben – er musste es bloß finden.

»Ich wollte nicht andeuten, dass der Tod dieser Götter unwichtig ist, Mylady. Im Gegenteil, dass jemand einen Gott töten kann, ist äußerst beunruhigend, denn es weist auf einen Mörder mit großer Macht und Grausamkeit hin. Ich wollte einfach nur Folgendes wissen: Warum wurden ausgerechnet diese beiden Götter getötet?«

Falken schaute auf. »Ihr meint, man hat Ondo und Geb aus einem bestimmten Grund ausgesucht?«

Durge zuckte mit den Schultern. »Ein Mörder muss sich sein Opfer doch irgendwie aussuchen, oder nicht?«

»Das macht doch alles keinen Sinn«, sagte Aryn. »Man muss doch unvorstellbare Fähigkeiten haben, um einen Gott töten zu können. Wenn man schon über eine solche Macht verfügt, warum dann nicht mit einem der wichtigen anfangen, so wie Vathris oder Jorus?«

Die junge Frau stand jetzt vor dem Fenster, den guten Arm über den verkümmerten gelegt. Sie hatte sich umgezogen und trug ein leichteres Gewand aus blauem Stoff, und Durge konnte ein sanftes Glühen durch das Material sehen, ganz zu schweigen von den Kurven einer schlanken Gestalt. Er wandte den Blick ab – aber nicht so schnell, wie es eigentlich schicklich gewesen wäre.

Aryn tippte sich auf die Wange. »Ich kann mir schon vorstellen, warum Ondo ein Ziel darstellte; er hat die Goldschmiede der Stadt kontrolliert, und es hat sich so angehört, als würden die Götter Gold genauso begehren, wie es die Menschen tun. Aber welchen Nutzen hat der Mord an Geb? Ich kann mir nicht vorstellen, dass ihn viele Leute vermissen dürften, mal abgesehen von den Dieben und Bettlern, die ihn angebetet haben. Und ich bezweifle, dass diese Gruppen in dieser Stadt großes Ansehen genießen.«

Es durchfuhr Durge wie ein scharfes Schwert. »Aber das ist es, Mylady, Ihr habt mit dem Pfeil ins Schwarze getroffen.«

Aryn riss die Augen weit auf. »Tatsächlich?«

»Ganz wie Ihr sagtet, Mylady, nur wenige werden den Rattengott vermissen. Anwesende natürlich ausgeschlossen«, fügte er schnell hinzu, als in Melias Augen Wut aufblitzte. »Und nach dem zu urteilen, was uns Orsith in Mandus Tempel erzählt hat, wurde Ondo von den anderen Tempeln nicht gerade geliebt.«

Melia starrte ihn finster an. »Worauf wollt Ihr hinaus, Durge?«

»Ich verstehe es«, sagte Lirith. »Wenn man einen der populärsten Götter angreift, dann würden sich doch sicher alle anderen Götter verbünden, um einen zur Strecke zu bringen, ganz egal wie viel Angst sie auch haben mögen. Aber wenn die unbeliebtesten Götter ermordet werden, die, die verabscheut und beneidet werden, wieso sollten sich die anderen Götter dann miteinander verbünden? Der Mörder braucht keine Jagd zu fürchten. Was bedeutet ...«

Liriths Worte endeten in einem Keuchen, und Durge nickte grimmig.

»Nichts kann den Mörder von einem weiteren Mord abhalten«, vollendete er ihren Satz.

Melia sprang mit geballten Fäusten auf. Das Kätzchen hüpfte mit einem protestierenden Maunzen zu Boden. »Nein, die Götter würden nicht so gleichgültig sein. Das ist Wahnsinn!«

Falken legte ihr eine Hand auf die Schulter. »Ist es das?«

Langsam ließ sie sich auf ihren Stuhl zurücksinken. Sie seufzte.

»Verzeiht mir, Durge«, sagte sie ganz ruhig. »Es ist nur, dass Ihr eine Wahrheit ausgesprochen habt, die ich nicht hören will. Ich schätze, in gewisser Weise habe ich es gewusst. Ich liebe alle meine Brüder und Schwestern, aber sogar ich muss zugeben, dass ihre Liebe füreinander nicht so universell ist. Ihr habt Recht – so manch einer wird die Nachricht von Ondos Ableben nicht mit großer Trauer aufgenommen haben. Oder Gebs.«

Das Kätzchen sprang wieder auf ihren Schoß, und sie streichelte mit schlanken Fingern sein Fell.

»Aber das führt uns wieder an den Anfang«, sagte Aryn. »Was wissen wir jetzt?«

Melia sah auf, und Falken hob mit erwartungsvollem Blick den Kopf. Aryn und Lirith schwiegen. Plötzlich wurde sich Durge bewusst, dass jeder ihn ansah. Er verspürte einen Stich der Furcht – gefolgt von einem seltsam warmen Gefühl.

»Wir müssen herausfinden, wer den größten Nutzen aus der Ermordung Ondos und Gebs zieht«, sagte er. »Wenn wir das wissen, dann diktiert die Logik, dass wir den Mörder gefunden haben.«

»Und was tun wir dann?«, murmelte Melia.

Aber das war eine Frage, auf die Durge keine Antwort wusste.

»Kommt«, brach Falken das einsetzende Schweigen. »Wir haben zu tun.«

39

Lirith spazierte durch den Vierten Kreis von Tarras und versuchte gegen das Gefühl anzukämpfen, dass das hier der Ort war, nach dem sie ihr ganzes Leben lang gesucht hatte.

Du bist dumm, Schwester. Du gehörst genauso wenig nach Tarras wie ins alte Malachor. Es erinnert dich bloß an Corantha, das ist alles.

Sicherlich hatten die Freien Städte viel mit Tarras gemeinsam. So viele Dinge erinnerten sie an die Straßen von Corantha – die helle Sonne auf weißen Wänden, die gelben, süß duftenden Blüten der Lindara-Schlingpflanzen, die Lieder der Frauen, mit denen sie ihre Lasten von den Märkten heimtrugen – aber eben ohne jene ... Erfahrungen, an die sie nicht denken wollte.

Und wenn du glaubst, dass es in Tarras keine Bordelle gibt, dann bist du naiv. In dieser Stadt werden dekadente Dinge im hellen Licht des Tages angeboten und gekauft, die selbst in Corantha im Schutz der Nacht verborgen liegen, falls man sie überhaupt dort findet.

Das war die Wahrheit, aber selbst dieser Gedanke konnte die Gefühle nicht zunichte machen, die ihrem Herzen Auftrieb verliehen. Jede ihr bekannte große Stadt – ja, sogar das kalte, felsige Barrsunder in Embarr – hatte ihr Gegenstück zur Straße der Schleier.

Doch es war nur die Straße der Schleier in Corantha, die sie quälte – die Straße, auf der sie sich im Alter von elf Jahren wieder gefunden hatte, ein verlorenes und verzweifeltes Kind, dessen Eltern vor seinen Augen von Dieben ermordet worden waren. Aber ihre Mutter hatte immer eine große Stadt sehen wollen, und ihr Vater hatte seiner Geliebten nie etwas abschlagen können. Sie hatten den Wagen voll gepackt und waren aus ihrem kleinen Haus in den grünen Hügeln von Toloria abgereist. Und nach jener ersten Nacht in der Stadt, in der die Familie in einer dunklen Straße falsch abbog und Mondlicht auf kaltem Stahl funkelte, hatte Lirith sie nie wieder gesehen.

Die Eltern verbluteten in der Gosse, aber in den Freien Städten war alles zu verkaufen, und das Kind war für die Diebe lebendig wertvoller gewesen. Sie hatten es genommen ... und an Gulthas verkauft.

In der Straße der Schleier hatte es keine Raben gegeben, so wie auf der Karte, die sie aus dem Spiel von Sareths Großmutter gezogen hatte, trotzdem war sie ein Schlachtfeld gewesen, von dem ein Entkommen unmöglich war. Doch am Ende war sie entkommen, und nichts würde sie jemals wieder veranlassen können, dorthin zurückkehren. Jahrelang hatte Gulthas ihr weniger gezahlt, als er ihr für die Unterkunft berechnet hatte, und so dafür gesorgt, dass sie niemals genug Geld ansparen konnte, um sich freikaufen zu können.

Doch er hatte nie etwas von den Münzen erfahren, die sie auf der Straße für ihre magischen Tricks verdient und in einem Loch in der Wand versteckt hatte. An ihrem zwanzigsten Geburtstag hatte sie ihm einen Beutel mit Gold präsentiert, der genau den Preis enthielt, den die Stadtgesetze für die Knechtschaft einer Frau verlangten. Gulthas war vor Wut ausgerastet, aber auch darauf war sie vorbereitet gewesen, und sie war aus Corantha nach Norden geflohen – in die Freiheit und ihre Zukunft.

Und was ist mit der Karte der alten Frau? Hat sie nicht gesagt, dass du deinem Schicksal niemals entkommen kannst?

Lirith konnte jetzt nicht darüber nachdenken. Sie kaufte von einem Straßenhändler ein kleines Päckchen gezuckerter Lindara-Blätter und ließ sie auf der Zunge zergehen, während sie eine von hohen Sonnenblattbäumen gesäumte Straße entlangging.

Sie suchte nach dem Gildenhaus der Goldschmiede, und sie musste langsam näher kommen. Einem reisenden Kaufmann zufolge, mit dem sie sich im Gasthaus unterhalten hatte, befand sich das Gildenhaus in der Straße der Flammen. Bis jetzt hatte sie eine Straße des Rauchs, eine Straße der Fackeln und eine Straße der Vielen Farben gefunden. Das Letztere hatte nichts mit Flammen zu tun, aber ihr hatte der Name gefallen, darum war sie sie trotzdem entlanggegangen. Über jedem Häusereingang hatte ein Banner gehangen; sie hatten sich auch quer über die Straße erstreckt, jedes in einer anderen Farbe. Die Straße beherbergte die Färber der Stadt.

Die anderen hatten ebenfalls ihre Aufgaben – und Lirith war dankbar für Durges Zurschaustellung von guter, solider, embarranischer Logik im Gasthaus gewesen. Der Tod eines Gottes war eine völlig unbegreifliche Sache, aber ihn so zu behandeln, als wäre er etwas ganz Normales, etwas, das man studieren und verstehen konnte, hatte das lähmende Gefühl beseitigt, das sie alle befallen hatte. Vielleicht lag ja gar kein Sinn darin, vielleicht würden sie das hier zu Grunde liegende Geheimnis niemals richtig erforschen können, aber wenigstens *fühlte* es sich jetzt so an, als würden sie deswegen etwas unternehmen.

Während Lirith die Aufgabe zugeteilt worden war, die Gilde der Goldschmiede zu besuchen, sollte Durge Aryn in die schmaleren und weitaus dichter bevölkerten Straßen des Fünften Kreises begleiten, um mit den Priestern des Gottes Geb zu sprechen. Lirith hatte es interessant gefunden, dass der Tempel des Rattengottes sich nicht zusammen mit den anderen heiligen Häusern im Zweiten Kreis befand, sondern im Distrikt der unterdrückten Menschen, die ihn anbeteten. Vielleicht war Durge da ja auf eine Spur gestoßen; es war nicht sehr wahrscheinlich, dass viele der Götter etwas für Geb übrig gehabt hatten. Seine und Aryns Mission bestand darin, herauszufinden, ob die Priester Gebs einen Grund kannten, warum jemand ihren Gott vernichtet sehen wollte. Lirith sollte das Gleiche bei den Goldschmieden erreichen.

Melia und Falken waren zum Mittelpunkt der Stadt emporgestiegen, um eine Audienz beim Kaiser zu erbitten. Wenn man Orsiths Worten Glauben schenken wollte, hatten sie wenig Aussicht auf Erfolg, aber Melia hatte darauf bestanden.

Ephesian kann uns nicht abweisen, hatte sie gesagt. *Jetzt nicht mehr, wo ein zweiter Gott ermordet wurde. Will er so die Dynastie seines Namens beginnen, mit solchem Chaos in der Stadt?*

Sie alle hatten Melia angestarrt, als sie diese Worte ausgesprochen hatte. Ihre Wangen hatten geglüht, und ihre Augen waren viel zu hell erschienen, wie Glasmurmeln.

Schließlich hatte Falken ihr eine Hand auf die Schulter gelegt. *Melia, wir besuchen den neunzehnten Ephesian der Dynastie, nicht den ersten.*

Einen Augenblick lang war die kleine Frau erstarrt, ihre Augen hatten in die Ferne geblickt, ohne etwas wahrzunehmen. Dann hatte sie Falken mit einem Stirnrunzeln bedacht.

Das weiß ich selbst, hatte sie ihn angefaucht. *Hältst du mich für eine Närrin?*

Bevor jemand darauf etwas hatte erwidern können, war sie aus dem Zimmer gerauscht. Falken war ihr gefolgt, aber nicht bevor er Lirith einen besorgten Blick zugeworfen hatte. Melias Ausfälle schienen sich zu häufen. Aber was hatten sie zu bedeuten? Warum verfing sich Melia im Netz der Vergangenheit?

Und was ist mit dir, Schwester? Warum kannst du nicht aufhören, an Corantha und den Tanz für Gulthas zu denken?

Die Luft war warm, ihr stand der Schweiß auf der Stirn.

Hier war sogar ihr Sommergewand, das für das kühlere Klima der Domänen geschneidert war, schwer und heiß. Sie wünschte sich, sie wäre so gekleidet wie die Menschen um sie herum, in helle, lose fallende, fließende Stoffe. Sie begnügte sich damit, ihr Oberteil teilweise aufzuschnüren; in den Domänen wäre das unschicklich gewesen, aber sie bezweifelte, dass es in Tarras jemandem auffallen würde.

Beinahe wäre sie die Straße der Flammen entlanggegangen, ohne es zu wissen. Ihr Mund war trocken, und sie hatte darüber nachgedacht, einen Straßenhändler zu finden, der gekühlten Wein verkaufte. Doch die Straße, in der sie sich gerade befand, war ungewöhnlich leer; der einzige Schmuck bestand aus dunklen Tüchern, die die Spitzen der Marmorsäulen an beiden Enden verhüllten.

Sie wollte die Straße gerade verlassen, als eine scharfe, vom Meer kommende Brise eines der schwarzen Tücher anhob und enthüllte, was darunter verborgen lag: eine gewundene, aus Stein gefertigte Form, die mit funkelndem Gold überzogen war.

Natürlich, du Einfaltspinsel. Das ist die erste Straße, die nicht mit Menschen überfüllt ist. Du hättest wissen sollen, dass sie so sein würde. Schließlich trauern sie alle.

Der Wind erstarb, und das schwarze Tuch legte sich wieder auf die vergoldete Steinflamme. Ihren Durst vergessend, drehte sich Lirith um. Es gab dutzende Läden, die aber alle dunkel und stumm waren. Sie wählte eine große Tür in der Straßenmitte. Sie war grün gestrichen und mit einer goldenen Hand geschmückt – vermutlich das Siegel des Gottes Ondo. Sie hob die Hand, um anzuklopfen.

»Geht weg!«, sagte eine gedämpfte Stimme von der anderen Seite der Tür.

Lirith riss die Hand zurück. In der Mitte der Goldhand befand sich ein kleines Loch. So hatten sie sie also gesehen.

»Hallo«, sagte sie und versuchte ihre Stimme auf das Guckloch zu richten. »Wenn Ihr einen Moment Zeit hättet, ich möchte mit Euch sprechen.«

Ein Schnauben ertönte. »Ihr meint, Ihr wollt uns umbringen und uns um unser Gold betrügen.«

Lirith runzelte die Stirn. Falls der Besitzer der gedämpften Stimme ein typisches Gildemitglied war, dann waren diese Goldschmiede ein misstrauischer Haufen. Andererseits, vermutlich würde man sich nicht besonders sicher fühlen, wenn einem gerade der Gott ermordet worden war.

»Das ist wohl kaum möglich«, sagte Lirith. »Es wäre ziemlich unmöglich, Euch um Euer Gold zu betrügen, *nachdem* ich Euch umgebracht habe.«

»Na gut, in dem Fall ...«

Ein Schloss wurde umgedreht, dann schwang die Tür ein paar Zentimeter weit auf. Dahinter verbargen sich ein dunkler Raum und ein außerordentlich winziger und runzeliger alter Mann in einem gelben Gewand.

Lirith nickte. »Danke.«

»Einen Augenblick, Mädchen.« Auf dem Kopf des alten Mannes ragten ein paar weiße Haarbüschel steil in die Luft. »Du hast mich doch wohl gerade nicht verspottet, oder? Ich glaube doch.«

»Natürlich nicht«, log Lirith hastig. »Ich wollte Euch bloß beruhigen, das ist alles. Ich bin völlig harmlos. Seht Ihr?« Sie breitete die Arme aus, zeigte ihre leeren Hände.

»Hm. Nun, du bist ziemlich dürr. Und du kleidest dich seltsam. Bist du eine Bettlerin? Glaub bloß nicht, dass wir geneigt sind, uns großzügig von unserem Gold zu trennen, bloß weil euer Gott auch getötet wurde. Von uns kriegst du gar nichts!«

»Ihr wisst von Geb?«

»Geb, Dreck. Was spielt der Rattengott schon für eine Rolle, wenn Ondo der Goldene nicht mehr ist?« Der Alte fuhr sich mit einer verwelkten Hand über die Augen. »Kein Gold mehr für die Kuppeln von Tarras. Sie werden für alle Zeiten stumpf und farblos sein, genau wie unsere Herzen.«

Lirith verspürte Mitleid. Der arme Mann – er hatte alles verloren, was ihm etwas bedeutet hatte, und sie verspottete ihn. Sie griff nach seinem Arm.

Er schlug ihre Hand zur Seite.

»Fass mich nicht an, Mädchen! Die Götter allein wissen, wann sie das letzte Mal gewaschen wurde. Vermutlich noch nie. Könnt ihr Bettler nicht mal um Seife bitten? Immer nur begierig nach Gold. Du solltest dich lieber vorzeigbar machen. Vielleicht würde dich dann jemand als Lehrling aufnehmen, damit du dir deinen Lebensunterhalt auf ehrliche Weise verdienen könntest. Zweifellos bist du dumm und kannst nichts. Aber die Färber würden dich nehmen, um ihre Bottiche umzurühren. Dafür braucht man keinen Verstand und auch kein Talent. Du wärst perfekt dafür.«

Jedes Mitleid, das Lirith verspürt hatte, verflog wie Wasser in der Sonne. Sie wollte etwas erwidern, fand aber nicht die nötigen Worte, und nur die Tatsache, dass sie die Arme fest an die Seiten drückte, konnte verhindern, dass sie den Alten auf der Stelle erwürgte.

»Was?«, stieß er hämisch hervor. »Die Sprache verloren? Nun, ich schlage vor, dass du woanders danach suchst. Wir können hier keine seltsam aussehende, stumme Zurückgebliebene gebrauchen. Und jetzt überlass mich meinem Leid!«

Die Tür knallte zu, nur etwa eine Haarbreite von Liriths Nase entfernt.

Sie verbrachte noch eine Stunde in der Straße der Flammen, ohne allerdings mehr Glück zu haben. Mit Hilfe der Gabe fand sie heraus, welche der Werkstätten belebt waren, und klopfte dann an der Tür. Doch die sich ergebenden Unterhaltungen waren noch unerfreulicher als die erste, falls das überhaupt möglich war. Obwohl alle Goldschmiede den Verlust ihres Gottes betrauerten, waren sie auch ohne Ausnahme hochmütig, beleidigend und bösartig. Falls Ondo auch nur annähernd so ähnlich wie seine Anhänger gewesen war, würden die anderen Götter mehr als nur froh sein, ihn losgeworden zu sein.

Müde und von dem Verlangen erfüllt, in die kühle Ruhe ihres Gasthauses zurückzukehren, zwang sie sich, es an einer letzten Tür zu versuchen. Eine hübsche Frau öffnete, kaum älter als sie, und einen Augenblick lang stieg Hoffnung in ihr auf.

Sie wurde genauso schnell wieder zunichte gemacht, als die Frau in eine scharfe Tirade ausbrach, die die Begrüßungen ihrer Gildekollegen vergleichsweise warmherzig erscheinen ließ.

»Wie könnt Ihr es wagen, in einem solchen Augenblick zu uns zu kommen und Schätze von uns zu verlangen?«, kreischte die Frau.

»Aber ich will doch gar keine Schätze«, sagte Lirith. »Ich möchte bloß ...«

»Ich will wissen, wen Ihr anbetet. Ist es Imai? Jorus? Oh, ich verstehe.« Sie tippte Lirith mit dem Finger auf die Brust. »Es ist Sif. Nun, da könnt Ihr gleich wieder gehen. Ihr werdet Eure kostbaren goldenen Amulette nicht bekommen. Nicht im Augenblick. Bis die Etherion uns einen neuen Gott gewährt, werden die Goldschmiede für keinen der Tempel irgendwelchen Schmuck herstellen. Und für die, die uns bestehlen wollen, werden wir nie wieder etwas machen! Ihr werdet euch nur noch mit Bronze zufrieden geben müssen!«

Diesmal war Lirith darauf vorbereitet. Sie trat zurück und entging der Tür nur knapp, als sie zugeschlagen wurde. Ihre gute Laune war verflogen, sie verließ die Straße der Flammen und ging zurück in Richtung Gasthaus.

Bei dem ersten Straßenhändler, der ihr begegnete, kaufte

sie einen Becher Wein. Oder versuchte es zumindest. Denn nachdem sie dem Mann eine Münze gegeben hatte, kippte er einen Tonkrug und vergoss Wein auf der Straße, dann reichte er Lirith einen Holzbecher und lächelte.

»Entschuldigt«, sagte Lirith und starrte in den leeren Becher. »Aber bekommt man nicht zuerst den Becher und *dann* den Wein?«

Der Straßenhändler schlug sich auf die Stirn. »Verzeiht mir, gute Frau. Anscheinend kann ich heute nichts richtig machen. Ich werfe alles durcheinander. Als ich gerade aus dem Tempel kam, wollte ich meinen Krug füllen, dabei war er schon voll. Ich habe einer Dame Wein über die Füße gegossen. Sie war darüber gar nicht erbaut.«

»Das kann ich mir vorstellen«, sagte Lirith. Sie hielt ihm den Becher hin.

Diesmal bekam der Bursche die Reihenfolge richtig hin. Lirith nahm seine Entschuldigung an – und den Becher, den er ihr für ihre Unannehmlichkeiten schenkte –, aber sie schmeckte die süße Flüssigkeit kaum, als sie sie trank. Sie wollte den anderen nicht sagen müssen, dass sie von den Goldschmieden nichts erfahren hatte.

Aber stimmte das überhaupt? Etwas von dem, was die letzte Frau gesagt hatte, schien wichtig zu sein. Sie hatte Sif erwähnt, sie hatte wohl geglaubt, dass Lirith seine Anhängerin war. War Sif ein Gott? Und wenn das so war, warum hatte die Frau geglaubt, dass Lirith zu seinen Anhängern gehörte?

Sie erinnerte sich daran, wie die Frau mit dem Finger auf sie gezeigt hatte, und schaute nach unten. Das bronzene Spinnenamulett schimmerte matt im Sonnenlicht, es lag entblößt, weil Lirith ihr Oberteil aufgeschnürt hatte.

Ihr werdet euch nur noch mit Bronze zufrieden geben müssen …

Ja, das war wichtig, davon war sie überzeugt. Aber was hatte es zu bedeuten? Lirith schloss die Finger um das Amulett der Mournisch, während sie in die nächste Straße einbog. Sie würde Melia nach diesem Sif fragen, sobald sie wieder ...

Ein Schrei entfuhr ihr, halb erstickt durch Entsetzen. Dort vorn, jenseits eines Torbogens, sah sie es: eine brodelnde Masse, die einen ganzen Hof füllte. Während sie sie anstarrte, wurden weitere helle Fäden der Weltenkraft davon angezogen. Sie nahmen einen grauen Schimmer an, dann wurden sie zu einem Teil des Knäuels. Lirith spürte die ersten zupfenden Berührungen an ihrem Bewusstsein; ihre Füße rutschten über die Pflastersteine auf den Torbogen zu.

Es war größer, viel größer, als es auf Ar-Tolor jemals gewesen war. Es erbebte, dann breitete es sich aus. Der Hof konnte es nicht länger beherbergen. Es wälzte sich auf die Straße, graue Tentakel tasteten umher. Es würde nicht aufhören, bis es sie gefunden und verschlungen hatte, bis es die Weltenkraft und jedes lebendige Ding, das ein Teil von ihr war, verschlungen hatte.

Übelkeit stieg in Lirith auf. Der Becher fiel ihr aus der Hand. Sie beugte sich vor, um den Wein wieder von sich zu geben, den sie getrunken hatte.

Diese Handlung rettete ihr das Leben. Etwas zischte wie ein Insekt an ihrem Kopf vorbei, blitzte silbern auf. Sie riss den Kopf hoch. Ein schmales Messer steckte vibrierend im Stamm eines Schmuckbaumes, nicht mal eine Armlänge von ihr entfernt. Dort, wo die Klinge steckte, verfärbte sich die Rinde des Baumes bereits schwarz.

Gift.

Sie drehte sich um, suchte mit den Augen, da sie es nicht wagte, die Gabe einzusetzen, nicht in diesem Augenblick. Noch immer brodelte das Knäuel am Rande ihres Blickfelds. Sollte sie versuchen, die Weltenkraft zu berühren, würde der Knoten sie mit Sicherheit verschlingen.

Da – ein goldenes Aufblitzen. In der Dunkelheit einer Gasse stand eine von Kopf bis Fuß in Schwarz gekleidete Gestalt. Er war es, er, den sie auf dem Dock gesehen hatte. Dann sah sie, wie die Gestalt noch ein Messer hob. Es war zu spät, um die Flucht zu ergreifen.

Wenigstens wird dich das Knäuel nicht verschlingen können, wenn du bereits tot bist, Schwester.

Es war ein kleiner Trost. Die Gestalt in Schwarz spannte sich an, um das Messer zu werfen ...

... und riss den Kopf herum. Wieder sah Lirith im Schatten der Kapuze etwas Goldenes aufblitzen. Die Gestalt stand reglos da, als würde sie jemandem zuhören. Dann wirbelte sie herum, wie ein Schatten vor dem Morgengrauen. Schwarzer Stoff flatterte, dann lag die Gasse verlassen da.

Lirith legte eine Hand an den Hals; sie war ehrlich erstaunt, dass sie noch lebte. Sicherlich hatte die Gestalt in der Gasse über das nötige Geschick und den Willen verfügt, sie zu ermorden. Warum war der Mann so plötzlich geflohen? Es war, als hätte er etwas auf sich zukommen gesehen.

Sie blickte sich um, konnte aber nichts entdecken, das einen Hinweis bot. Das Knäuel war verschwunden, der Hof jenseits des Torbogens war leer. Lirith zögerte, dann tastete sie mit Hilfe der Gabe. Überall um sich herum spürte sie pulsierendes Leben, unversehrt und wunderschön: Menschen, Bäume, Vögel in der Luft. Das war alles.

Aber nein, so stimmte das nicht. Einen flüchtigen Augenblick lang spürte sie ein Bewusstsein, das sie beobachtete. Aber es war nicht das, was sie schockierte. Eine angenehme Wärme stieg in ihr auf und flutete wie ein köstlicher, zu Kopf steigender Wein durch ihre Adern.

Dann war die Erscheinung verschwunden, und das Gefühl strömte förmlich aus Lirith heraus und ließ sie wie eine leere Hülle zurück.

40

Aryn wirbelte noch einmal um die eigene Achse und genoss das leise Rascheln des Stoffes. Es war albern, das war ihr klar, und stand eher einem Mädchen als einer erwachsenen Frau zu Gesicht, aber ihre neue Kleidung hatte etwas an sich, das es einfach erforderte, sich im Kreis zu drehen.

»Beim schnellsten Pfeil Yrsaias«, sagte sie, »ich dachte schon, ich würde niemals wieder sauber werden. Ich habe mir schon gedacht, dass die Diebe und Bettler dieser Stadt in den Abwasserkanälen hausen müssen. Aber ich wäre nie auf die Idee gekommen, dass sich auch Gebs Tempel dort befindet.«

»Nun, er war der Rattengott«, sagte Lirith, die am Fenster ihres Zimmers im Gasthaus saß. »Ich glaube, sie bevorzugen solche Orte.«

Aryn erschauderte und fragte sich, ob es wohl genug Parfüm auf der Welt gab, um sie diesen Geruch vergessen zu lassen. Als sie und Durge im Fünften Kreis Leute nach dem Rattengott gefragt hatten, hatte sie zuerst geglaubt, ihre Antworten wären Spott auf Kosten des Gottes. Doch es war ihr schnell klar geworden, dass es sich um keinen Scherz handelte.

Sie hatten die Abwasserkanäle durch die Öffnung eines Rohres betreten, das groß genug war, dass sie beide aufrecht nebeneinander hergehen konnten. Eine alte Frau hatte ihnen gesagt, sie sollten nach ihrem Eintreten der Ratte folgen. Aryn hatte sich gefragt, wie eine Ratte sie führen sollte, dann hatte Durge auf ein paar Kratzer an der Wand gezeigt; ein dreieckiger Umriss mit zwei Punkten. Es sollte offensichtlich das Gesicht einer Ratte darstellen. Darunter befand sich ein Pfeil, dem sie folgten. Licht spendete ihnen eine Fackel, die Durge bei einem Straßenhändler gekauft hatte.

Soweit es Aryn sagen konnte, zogen sich die Abwasserkanäle meilenweit unter Tarras her. Viele der Tunnel waren offensichtlich uralt und unbenutzt, und in ihnen war das Vorankommen nicht ganz so schrecklich, wenn man davon absah, dass sie moderig und mit zerbrochenen Steinplatten übersät waren, die jeden Schritt gefährlich machten. Ein paarmal tastete Aryn mit der Gabe voraus, und sie fühlte in den abzweigenden Tunneln viele Lebensfäden. Und sie spürte die beobachtenden Blicke, die ihnen aus der Dunkelheit folgten. Nach einer Weile hörte sie auf, die Weltenkraft zu berühren.

Erst als sie gezwungen waren, einen neueren – und noch immer benutzten – Teil des Abwassersystems zu durchkreuzen, nahm ihre Reise albtraumhafte Züge an. Sie wateten durch schwarzes Wasser, das ihnen bis zu den Knien reichte, sodass Aryns Rock hochgespült wurde. Und er war nicht das Einzige, das hochgespült wurde. Es schwammen auch Dinge im Wasser. Mehr als einmal sah sie schlanke, sich windende Umrisse, die vor dem Licht von Durges Fackel flohen. Der Gestank war gnadenlos und unerbittlich, sodass das Atmen eine Qual war.

Als Aryn es wagte, einen Faden mit der Weltenkraft zu verknüpfen, spürte sie in der Nähe kein menschliches Leben, sondern nur Ratten im Wasser. Sie vermutete, dass die Menschen, die in Tarras´ Untergrund hausten und sich dort auskannten, keine Symbole brauchten, um Gebs Tempel zu finden. Die Zeichen waren nur für Besucher und führten zweifellos absichtlich durch die widerlichsten Wege. Aryn war fest davon überzeugt, dass keiner der Anhänger Gebs diese Tunnel benutzte.

Schließlich endete der Kanal und sie gingen über trockenere Wege, bis sie endlich zu einem höhlenartigen Raum kamen, der nur der Tempel Gebs sein konnte. Säulen stiegen zu einer Kuppeldecke empor, die sich trotz des flackernden Lichts Hunderter von Kerzen in den Schatten verlor. Alte Bretter und

Kisten waren zu provisorischen Bänken vor einem primitiven Altar umfunktioniert worden, auf dem eine Holzstatue von Geb stand: ein dünner Mann mit dem Kopf einer Ratte.

Unglücklicherweise erwies sich der Tempel nicht der Mühe wert. Hier hielten sich nur wenige von Gebs Anhängern auf. Die meisten von ihnen waren in die Tiefe der Kanäle geflohen, da sie jetzt, wo es ihren Gott nicht mehr gab, Hetzjagden und Repressalien fürchteten; darum hatte Aryn so viele Lebensfäden in den Tunneln gespürt. Ohne den Schutz des Gottes konnte nichts andere davon abhalten, das zu tun, was immer sie mit den Außenseitern der Stadt machen wollten. In ihrem Herzen stieg Mitleid auf. Diese Menschen hatten von Anfang an so wenig; jetzt war ihnen selbst das genommen worden.

»Mylady«, flüsterte Durge heiser, »ich glaube, wir sollten jetzt besser gehen. Ich glaube nicht, dass wir hier ... erwünscht sind.«

Das Mitleid strömte förmlich aus Aryn heraus und wurde durch Furcht ersetzt. Sie griff mit der Gabe zu. Ja, da waren wieder die Blicke. Wütende, misstrauische Blicke. Sie nahm Durges Hand, und sie eilten zusammen den Weg zurück, den sie gekommen waren.

Als sie die Straßen von Tarras erreichten, waren sie so dreckig und stanken, dass die Leute förmlich vor ihnen aus dem Weg sprangen. Aryn war klar, dass ihr Gewand ruiniert war, und das einzige andere Gewand, das sie dabeihatte, war viel zu dick für das warme Klima von Tarras. Was sollte sie nur tun?

Als sie ihre Räume im Gasthaus betreten hatten, hatte sich ihre Verzweiflung in Freude verwandelt, da Melia für sie alle neue Kleidung gekauft hatte.

Ich hatte das Gefühl, dass ihr die hier braucht, hatte sie gesagt und die Nase gerümpft.

Aryn hatte sich eine Stunde in der Marmorwanne im Badezimmer eingeweicht und das köstlich warme Wasser mit

Blüten und Duftölen veredelt. Jetzt fühlte sie sich in Melias Kleid frisch und sauber; es war aus himmelblauem, luftigem Stoff, doch für seine fließenden Formen war es überraschend schlicht und man hatte viel Bewegungsfreiheit darin. Lirith trug ein ähnliches Kleid in Hellgelb, das einen auffälligen Kontrast zu ihrer dunklen Haut bot.

Aryns kleiner Tanz blieb nicht unbeachtet.

»Ich glaube, dieses Gewand steht dir, Schwester«, sagte Lirith.

Aryn machte einen tiefen Knicks. »Ja, vielen Dank, Schwester. Und darf ich sagen, dass du in deinem wunderschön aussiehst.«

Lirith lächelte, aber es war nur ein flüchtiger Ausdruck, und sie wandte den Kopf, um wieder aus dem Fenster zu schauen. Stimmte etwas nicht?

Bevor Aryn fragen konnte, öffnete sich die Tür zum Badegemach und Durge trat hinaus. Zumindest *glaubte* sie, dass es Durge war.

Der Ritter hatte sein übliches graues Wams abgelegt und trug stattdessen die neuen Sachen, die Melia ihm gekauft hatte: seegrüne Pluderhosen, die an Taille und Knöcheln gerafft waren, sowie eine offene, purpurrote Weste. Er schob einen Dolch in einen schwarzen Ledergürtel, der um seine Hüften lag. Aber es war nicht einmal die Kleidung, die Aryn ihn anstarren ließ.

Sie hatte noch nie zuvor so viel von Durge zu Gesicht bekommen. Seine nackten Arme waren so wohl geformt wie die einer Statue, und das dichte, schwarze Haar auf seiner Brust kräuselte sich. Sie konnte die Muskeln seines Bauchs zählen, als wären sie die präzise aufgereihten Pflastersteine einer tarrasischen Straße.

Durge runzelte die Stirn; anscheinend war ihm ihre Aufmerksamkeit nicht entgangen. »Stimmt etwas nicht, Mylady?

Ich vermute, ich habe diese Hosen falsch angezogen und sehe jetzt wie ein Narr aus. Ich fürchte, ich weiß nicht, wo vorn und hinten sein soll.«

Er hatte den Schnurrbart gestutzt und die Wangen rasiert, und sein nasses braunes Haar war aus seiner Stirn gekämmt. Das weiche Licht des späten Nachmittags, das durch die Vorhänge fiel, ließ die Hügel und Täler seines Gesichts viel sanfter erscheinen.

»Durge«, hauchte Aryn, »Ihr seid so ... das heißt, ich meine, Ihr seht so ...«

Melia rauschte heran. Die Lady trug noch immer ein weißes, einfaches Kleid, aber es schien leichter als zuvor zu sein, beinahe durchsichtig, und war an den Säumen mit Silbergarn abgesetzt.

»Ich glaube, Aryn wollte sagen, dass Ihr sehr männlich ausseht, Durge.«

Er warf ihr einen finsteren Blick zu, während er an seinen leichten Hosen herumzupfte. »Das ist seltsam, Mylady, da ich mich im Augenblick nicht besonders männlich fühle.«

»Vertraut mir einfach, mein Lieber.« Sie drückte Durges Arm und hob die Brauen. »Falken, vielleicht solltest du dir auch solche Muskeln zulegen.«

Der Barde schnaubte und schlug auf seiner Laute einen schrillen Ton an. »Nur wenn ich dabei Ale trinken kann.«

Falken trug ebenfalls neue Sachen, die Melia besorgt hatte; es war die gleiche Hose wie Durges, nur in Hellgrau, und ein lose sitzendes Hemd aus hellblauem Stoff, das an der Taille von einem Gürtel gehalten wurde. Falken war schlanker als Durge, er hatte eine drahtige Gestalt. Er hatte sich ebenfalls rasiert, und er sah in seinen neuen Kleidern großartig aus, wenn auch noch immer etwas wölfisch und wild. Doch der Barde konnte Aryns Aufmerksamkeit nur einen kurzen Augenblick lang auf sich ziehen.

Was ist, Schwester?, fragte eine Stimme in ihrem Verstand.

Aryn wurde sich bewusst, dass sie Durge wieder anstarrte.

Nichts, webte sie die Worte durch die Weltenkraft zurück.

Sie fühlte eine weitere Frage auf sich zukommen, aber sie riss ihren Faden hastig zurück und ging zu einer Kommode, um sich ein Glas Wein einzuschenken. Doch als sie die kühle Flüssigkeit trank, wurde sie nachdenklich. Warum hatte sie Durge nur so unhöflich angestarrt?

Aber natürlich – sie war einfach überrascht gewesen, dass ein Mann in Durges Alter so kräftig aussehen konnte. Schließlich hatte er seinen fünfundvierzigsten Winter hinter sich gebracht. Dabei wusste sie, dass sein großes Breitschwert mindestens halb so viel wie sie selbst wog; zweifellos hielt es ihn in Form, es zu schwingen. Und sie war froh darüber, denn Durge war ihr Freund, und sie wünschte ihm, dass er noch viele Jahre gesund und kräftig blieb. Zufrieden mit ihrer Erklärung trank Aryn den Wein aus.

»Habt Ihr eine Audienz beim Kaiser bekommen?«, fragte Lirith. Melias Kätzchen war auf ihren Schoß gesprungen und spielte mit einer Falte ihres Kleides.

Melia gab einen Laut von sich, der alle möglichen Worte hätte darstellen können, und keines davon war besonders freundlich.

»Das könnt Ihr als ein Nein nehmen«, sagte Falken. »Wie wäre es mit einem Schluck Wein, Aryn?«

Sie schenkte schnell zwei Becher voll, einen für den Barden und einen für die Lady.

Durge wollte sich hinsetzen, schien aber Probleme mit seiner Hose zu bekommen und stand schnell wieder auf. »Ich kann nicht begreifen, dass Kaiser Ephesian Euch abweist, Melia, bedenkt man Euren ... Status hier in Tarras.«

»Ephesian würde mich niemals abweisen«, sagte die Lady.

»Das würde er nicht wagen! Er weiß, was ich mit seinem Urgroßvater Ephesian dem Sechzehnten gemacht habe.«

Aryn schluckte. »Und was war das?«

Melias Lippen verzogen sich zu einem selbstgefälligen Lächeln. »Sagen wir einfach, er hat sich nie wieder ohne ein zusätzliches Kissen auf den Thron gesetzt.«

»Ich verstehe das nicht«, meinte Lirith. »Wenn Euch Ephesian respektiert, Melia, warum hat man Euch dann keine Audienz gewährt?«

Falken antwortete ihr. »Weil diese kleine Warze im teuren Gewand – Entschuldigung, ich meine den Meister des Tores – uns nicht mal in den Ersten Kreis reinlassen wollte. Er wollte auch unsere Botschaft an den Kaiser nicht weiterleiten.«

»Aber, Melia, hättet Ihr den Meister nicht, äh, *überreden* können?«

»Ich fürchte, das wird in Tarras gar nicht gern gesehen, meine Liebe. Götter neigen dazu, empfindlich zu reagieren, wenn man ihre Anhänger beeinflusst. In dieser Stadt herrscht ein solcher Wettbewerb um Gläubige, dass jeder etwas besitzergreifend wird. Und der Meister des Tores trug das Zeichen von Misar.«

»Misar?«, fragte Durge grollend. »Wer ist das?«

Melia stieß einen gequälten Seufzer aus. »Der Gott der Bürokraten. Glaubt mir also, wenn ich sage, dass Misar pedantisch auf Regeln achtet. So gern ich es auch getan hätte, konnte ich nichts tun, um diesen schrecklichen kleinen Mann zu beeinflussen.«

»Und was jetzt?«, wollte Lirith wissen.

»Jetzt muss ich sehen, dass ich eine andere Möglichkeit finde, um Ephesian eine Botschaft zukommen zu lassen. Wenn ich das schaffe ...«

Melia verstummte und legte eine Hand an die Stirn.

Falken trat an ihre Seite. »Schon wieder die Kopfschmerzen?«

Sie nickte knapp. »Keine Angst. Ich bin sicher, sie vergehen wieder so schnell wie die anderen auch.«

Aryn warf Lirith einen besorgten Blick zu. Seit wann bekam Melia denn Kopfschmerzen?

Falken half Melia auf einen Stuhl, dann schaute er zu den anderen auf. »Ich würde gern hören, dass der Rest von uns mehr Glück als wir hatte.«

Leider war das nicht der Fall. Aryn und Durge berichteten von ihrem stinkenden und nutzlosen Abstieg in die Abwasserkanäle unter dem Fünften Kreis.

»Alle Anhänger von Geb haben sich versteckt«, sagte Aryn zum Abschluss. »Sie haben Angst, dass man sie jetzt ohne den Schutz eines Gottes umbringen könnte. Ich schätze, ich kann es ihnen nicht verdenken. Aber wir haben nichts gefunden, was uns weiterhelfen könnte.«

»Ich habe das hier gefunden«, sagte Durge. Er warf eine Goldmünze in die Luft und fing sie wieder auf. »Ich habe es gesehen, als wir durch einen der widerwärtigeren Tunnel gehen mussten. Obwohl ich gestehen muss, es scheint seltsam zu sein, Geld in der Kanalisation zu finden. Es hilft uns auch nicht weiter.«

»Wirklich seltsam«, sagte Falken. »Darf ich mal sehen?«

Der Ritter gab ihm die Münze. Falken studierte sie. »Sie ist glatt – beide Seiten habe keine Prägung.«

Durge nickte. »Ich vermute, die Zeit hat sie glatt geschliffen. Vermutlich hat sie dort seit Jahrhunderten gelegen.«

»Vielleicht.« Falken gab Durge die Münze zurück.

»Was ist mit dir, Lirith?«, fragte Aryn. »Was hast du von den Goldschmieden erfahren?«

Lirith schob das Kätzchen vom Schoß und stand auf. »Wenn Ondo auch nur im Entferntesten wie seine Anhänger war, dann hätte fast jeder Bürger dieser Stadt ein Mordmotiv.«

Sie hörten zu, als Lirith von ihren zahllosen unerfreulichen Unterhaltungen auf der Straße der Flammen berichtete. Als sie fertig war, schaute sie wieder aus dem Fenster. Sie strich über ihr Kleid, verkrallte die Hände in dem Stoff.

Aryn trat neben die Hexe. »Was ist, Lirith? Etwas stimmt doch nicht, etwas, das du uns nicht erzählt hast.«

Schließlich drehte sich Lirith wieder um; ihre dunklen Augen blickten grimmig. »Ich bin auf dem Rückweg angegriffen worden.«

Sie hörten mit wachsendem Entsetzen zu, als Lirith berichtete, wie ein Mann in einem schwarzen Gewand – ein Mann, den sie beim Verlassen der *Schicksalsläufer* flüchtig gesehen hatte – ein Messer nach ihr geworfen hatte, bevor er die Flucht ergriff.

»Ich weiß nicht, warum er fortgelaufen ist«, sagte Lirith und schaute auf ihre Hände. »Er wollte mich töten, da gibt es keinen Zweifel, aber aus irgendeinem Grund floh er, bevor er das zweite Messer schleudern konnte.«

Aryn kniete neben ihr nieder und legte ihre gute Hand auf Liriths.

Melia ging zu ihnen hin; ihr Gesichtsausdruck war ernst. »Habt Ihr ... nichts gespürt, meine Liebe?«

Lirith seufzte. »Ich habe eine andere Wesenheit gespürt, aber ich konnte mir nicht sicher sein. Ihr müsst wissen, da war ... da war noch etwas anderes, das ich unmittelbar vor dem Angriff in der Weltenkraft gesehen habe.«

Aryn fühlte, wie Liriths Haut feucht und klamm wurde.

»Schwester, was ist denn?«, stieß sie hervor.

Lirith schaute auf. Ein heimgesuchter Ausdruck trat in ihre Augen, und Melia nickte.

»Ihr habt es wieder gesehen, nicht wahr?«, sagte sie.

Aryn griff fester zu. »Wovon spricht sie, Lirith? Was hast du gesehen?«

Lirith fuhr sich mit der Zunge über die Lippen, dann sagte sie Worte, die Aryns Atem stocken ließen.

»Ich habe ein Knäuel gesehen. Ein Knäuel im Gespinst der Weltenkraft.«

41

Zwei Tage später erwachte Durge in einem kühlen, silbrigen Licht.

Zuerst konnte er nicht sagen, ob es spät oder früh war. In dieser Stadt schien es nie richtig dunkel zu werden, selbst in der Tiefe der Nacht reflektierten die weißen Gebäude das Licht des Mondes und der Sterne und der zahllosen Fackeln und verliehen der Luft einen bleichen Schimmer, der so ganz anders als die tintenschwarzen, undurchdringlichen Nächte in den Domänen waren. Durge gefiel das unheimliche Stadtlicht nicht; es ließ ihn an Geister denken.

Aber hier gibt es keine Geister, Durge von Steinspalter. Es gibt sie nirgendwo außer unter der harten Erde von Embarr, davon abgesehen liegen sie über einen Meter tief begraben.

Doch wenn dem so war, warum hatte er sie dann auf Ar-Tolor so deutlich sehen können? Maere und die kleine Durnem, genau wie er sie in Erinnerung hatte, nur ohne jedes Leben, ganz bleich. Und so traurig; er konnte sich nicht erinnern, sie jemals so traurig gesehen zu haben, nicht einmal, als er ihr gesagt hatte, dass der König ihm den Befehl gegeben hatte, an der nördlichen Grenze auf Patrouille zu gehen, dass er den ganzen Sommer und den Herbst weg sein würde – aber nicht länger – und dass er mit dem ersten Schnee zu ihr zurückkehren würde.

Versprich mir eines, hatte sie gesagt und seine Wangen zwischen die Hände genommen. *Alle Ritter des Königs sind so ernst, als wäre der Preis für ihre Schwerter ihr Lächeln gewesen. Versprich mir, dass du bei deiner Rückkehr nicht genauso düster wie sie sein wirst.*

Es war wie eine seltsame Bitte erschienen, aber er hatte ihr niemals etwas abgeschlagen.

Ich schwöre es bei meinem Herzen, Maere.

Doch er war nicht mit dem ersten Schnee zurückgekehrt. Eine große Bande Tiermänner war bei Einbruch des Winters nach Süden gekommen. Falken Schwarzhand hatte Embarrs König gewarnt, bei dieser Gelegenheit hatte Durge den uralten Barden kennen gelernt. Durges Patrouille hatte den Auftrag erhalten, die Tiermänner zurück nach Norden zu treiben. Und so war er erst am Tag der Wintersonnenwende zu seinem Herrenhaus in Steinspalter zurückgekehrt. Und zwei Gräber hatten ihn erwartet, ein großes und ein kleines.

Sie seien gesegnet, hatte Yirga, die Frau des Vogts, in Antwort auf sein betäubtes Schweigen gesagt. *Das Fieber hat sie beide geholt. Ich glaube, die Götter wollten nicht, dass Mutter und Kind getrennt werden. Es ist eine Gnade, das ist es. Oh, sie seien gesegnet, sie seien gesegnet.*

Durge hatte nichts darauf erwidert, aber ihm war klar gewesen, dass sich Yirga irrte, dass die Götter keine Gnade kannten. Er hatte neben ihren Gräbern gekniet, während dicke Schneeflocken zu Boden fielen, und er hatte das letzte Mal in seinem Leben geweint. Er hatte lange und bitterlich geweint, mit seinen bloßen Fäusten auf den gefrorenen Boden eingedroschen, bis sie blutig waren, so als würde er sein Herz zusammen mit ihnen begraben.

Und die ganzen Jahre hatte er geglaubt, dass er genau das getan hatte. Maere hatte ihm das Versprechen abgenommen, nicht schwermütig zu werden, aber sie hatte ihren Teil des Schwurs gebrochen, indem sie ihn verlassen hatte. Also war Durge zu einem guten und ernsten Ritter in den Diensten von König Sorrin von Embarr geworden, und er hatte Freude, Liebe und anderen ähnlich sinnlosen Oberflächlichkeiten entsagt. Bis zu dem Tag, an dem ...

Durge schloss die Augen und sah wieder Aryn vor sich, wie sie ihn vor zwei Tagen angestarrt hatte. Erinnerungen aus Eis und Trauer schmolzen in der Hitze eines Feuers, das so lange unter der Asche geglimmt hatte, dass es seiner Meinung nach längst erloschen gewesen war. Aber da war noch immer ein Funken.

Er setzte sich schwitzend im Bett auf. Damit musste sofort Schluss sein. Aryn hatte ihn angestarrt, weil er wie ein Narr ausgesehen hatte, das war alles gewesen. Ein so junges und schönes Mädchen konnte sich unmöglich für ihn interessieren.

Sicher, es gab Männer, die nur wegen des Zustands ihres Armes den Blick von Aryn wandten; aber die waren es nicht einmal wert, einen Hund zu heiraten, geschweige denn eine Frau von so hoher Stellung. Und es gab andere Männer wie Durge, die sich nichts bei ihrem Arm dachten, außer dass sie vielleicht zu dem Schluss gekommen waren, dass sie deswegen eine innere Stärke gefunden hatte, die ihrer Schönheit entsprach.

»Dummheit und Einbildung«, flüsterte er. »Was ist mit dir los, Durge von Steinspalter? Wenn du dich nicht in Gedanken an die Vergangenheit verlierst, stellst du dir eine Zukunft vor, die niemals sein kann.«

Vielleicht litt er ja an der gleichen Krankheit wie Lady Melia. In den vergangenen zwei Tagen hatte sie sich mehrmals in den Erinnerungen an lange vergangene Zeiten verloren. Durge war keinesfalls entgangen, dass sich Falken Sorgen machte, aber der Barde schien nicht zu wissen, was er tun sollte. Melia schien sich ihres Verhaltens auch überhaupt nicht bewusst zu sein, was vielleicht das Seltsamste an der ganzen Sache war. Denn Durge kannte keine andere Person – weder Mann noch Frau –, die einen so selbstsicheren und beherrschten Eindruck machte wie Lady Melia.

Das Licht war etwas heller geworden. Also war es früh, nicht spät. Der Morgen nahte heran, war höchstens noch eine

Stunde entfernt, und Durge war klar, dass er genauso gut aufstehen konnte. Er zog seine neuen Hosen und die Weste an, dabei musste er wiederstrebend zugeben, dass diese Kleidung in diesem Klima sehr praktisch war. Erst als er zur Tür ging, bemerkte er, dass Falkens Bett leer war. Er betrat das größere Zimmer nebenan.

»Guten Morgen, mein Lieber.« Melia stand am Tisch und füllte aus einer silbernen Kanne zwei Becher mit einer pinkfarbenen Flüssigkeit. »Möchtet Ihr Margrasaft?«

Durge hatte nicht die geringste Vorstellung, wie er diese Frage beantworten sollte, da er noch nie zuvor von Margrasaft gehört hatte, aber er wollte die Lady nicht beleidigen. Er nickte und nahm einen Becher entgegen.

»Ihr seid früh auf den Beinen«, sagte Falken. Der Barde saß auf einem Stuhl und zupfte eine leise Melodie auf seiner Laute.

»Genau wie Ihr«, erwiderte Durge. Wie so oft staunte er darüber, wie sehr die Laute ein Teil von Falkens Körper zu sein schien. Manchmal hatte es den Anschein, als würde der Barde genauso oft mit den sanften Tönen des Instruments sprechen wie mit seiner eigenen Stimme.

»Ich bin froh, dass Ihr so früh aufgestanden seid«, sagte Melia. »Ich habe in der Nacht erfahren, dass die Etherion eine Versammlung einberufen hat. Sie beginnt bei Sonnenaufgang.«

Durge runzelte die Stirn. »Mylady, ich hätte bestimmt gehört, wenn in der Nacht ein Bote unsere Räume betreten hätte, aber das habe ich nicht.«

Melia lächelte bloß und goss sich einen Becher Saft ein. Durge wusste, dass es klüger war, nicht weiter auf einer Erklärung zu bestehen. Sosehr er den gesunden Menschenverstand sonst zu schätzen wusste, war ihm durchaus bewusst, dass er bei Melia nicht immer eine Rolle spielte. Er konzentrierte sich lieber auf seinen Saft. Er war kühl und süß, und der Becher war im Handumdrehen leer.

»Noch mehr?«, fragte Melia, und Durge nickte. Anscheinend schmeckte ihm ja Margrasaft doch.

Sie erreichten das Tor zum Zweiten Kreis in genau dem Augenblick, in dem die Sonne die höchsten Kuppeln der Stadt berührte und sie aufleuchten ließ.

»Wir sollten uns lieber beeilen«, meinte Falken und betrachtete den Himmel. »Hast du nicht gesagt, dass sich die Etherion bei Einbruch der Morgendämmerung versammelt? Wir wollen doch nicht zu spät kommen.«

»Doch, genau das wollen wir«, erwiderte die Lady. Sie ging mit würdevollen Schritten durch den Torbogen.

Durge warf Aryn und Lirith einen Blick zu, aber sie zuckten bloß mit den Schultern; sie hatten keine Ahnung, was Melia damit meinte. Die Damen hatten sich hastig angekleidet, dennoch sahen sie beide wunderschön aus. Sie hatten die Haare hoch auf ihren Köpfen aufgetürmt, so wie es für Frauen in dieser Stadt Mode war. So blass wie Aryn war, würde man sie natürlich nie für etwas anderes als eine Nordländerin halten. Doch Lirith mit ihrer dunklen, schimmernden Haut hätte leicht als eine adlige Lady aus Tarras durchgehen können.

Falken stöhnte. »Bitte, Melia. Es ist viel zu früh am Morgen, um rätselhaft zu sein.«

»Aber das ist doch ganz einfach«, meinte sie. »Nur die Priester und Priesterinnen der unbedeutenderen Tempel werden pünktlich bei Sonnenaufgang bei der Etherion eintreffen. Wenn man später kommt, gibt man damit zu verstehen, dass man so selbstsicher oder so allwissend ist, dass man keine Angst hat, etwas Wichtiges zu versäumen. Und je später man eintrifft ...«

»... desto wichtiger ist man?«, vollendete Aryn zögernd den Satz.

Melia lachte. »Nun, zumindest *halten* sie einen dann für wichtiger, meine Liebe. Und manchmal ist es das in Tarras, worauf es ankommt.«

Für Durge ergab das keinen Sinn. »Ich verstehe nicht, wie jemand wichtig sein kann, nur weil er sich dafür hält. Wenn ich glaube, dass ich eine Rüstung trage, obwohl das gar nicht der Fall ist, wird das keinen Mann davon abhalten, mir ein Schwert in den Leib zu rammen.«

Melia tätschelte ihm die Wange. »Da wärt Ihr vielleicht überrascht, mein Lieber.«

Sie waren nicht allein, als sie durch die luftigen Straßen des Vierten Kreises gingen. Männer und Frauen in bunten Roben bewegten sich auf die blaue Kuppel zu, die alle anderen überragte.

Aryn und Lirith steckten die Köpfe zusammen. Ihre Lippen bewegten sich nicht, trotzdem hatte Durge den Eindruck, dass sie sich unterhielten. Als Lirith ihnen an ihrem ersten Abend in der Stadt von dem magischen Knäuel erzählt hatte, hatte Durge sich nicht einmal annähernd vorstellen können, was sie damit meinte. Doch Aryn war so blass geworden, als hätte sie ein kalter Windstoß berührt, und Melia und Falken hatten wissend genickt.

Seitdem war Lirith viel ruhiger als gewöhnlich, sprach nur wenig und wenn, dann nur mit Aryn. Durge wusste nur wenig über die Hexen, doch die Logik sagte ihm eines: Es konnte unmöglich ein Zufall sein, dass Liriths Knäuel in Tarras größer war, der Stadt, in der Götter ermordet wurden. Mit Sicherheit musste da eine Verbindung bestehen; wie die jedoch aussehen sollte, das entzog sich seiner Vorstellungskraft.

Viel mehr Sorgen bereitete ihm hingegen der Mann, der einen Anschlag auf Liriths Leben verübt hatte – denn dagegen konnte er vielleicht etwas unternehmen. Warum hatte er auf den Docks hinter ihnen herspioniert? Und warum wollte er einem von ihnen etwas antun? Durge konnte es nicht sagen. Trotzdem wünschte er sich, sein Breitschwert nicht im Gasthaus zurückgelassen zu haben.

Sei auf der Hut, Durge von Steinspalter. So sicher, wie die Sonne untergehen muss, wartet Gefahr auf ...

Das schrille Weinen eines Kindes riss ihn aus seinen Gedanken.

Er schaute auf; die anderen waren ein Stück voraus. Sie schienen das Schluchzen nicht zu hören. Er erschauderte. Waren die Geister zurückgekehrt, nur dass sie diesmal nicht länger schwiegen?

Er drehte sich und stieß einen erleichterten Seufzer aus, als er die Quelle des Weinens entdeckte. Es war kein Geisterkind, sondern ein durchaus lebendiger Junge von vielleicht vier oder fünf Wintern. Er stand an der Straßenseite, sein schwarzes Haar war zerzaust, Tränen strömten ihm über das runde Gesicht. Hatte er seine Eltern verloren? Er wedelte mit den Armen, seine Hände verloren sich in den langen, herabbaumelnden Ärmeln.

Durge runzelte die Stirn. Nicht nur die Ärmel waren zu lang. Das blaue Gewand des Jungen war viel zu groß für ihn; es war ihm halb von den Schultern gerutscht und breitete sich wie eine Wasserpfütze um ihn auf der Straße aus. Das Gewand war offensichtlich für einen Erwachsenen bestimmt. Tatsächlich sah es wie eine der Roben aus, die die Priester getragen hatten, die vorhin an ihnen vorbeigegangen waren. Aber warum trug der schluchzende Junge eine von ihnen? Der Kleine sah sich mit weit aufgerissenen, staunenden Augen um, dann strömten die Tränen wieder.

Da war etwas Seltsames an dem Kind und seinem viel zu großen Gewand. Durge setzte sich in seine Richtung in Bewegung.

»Durge!«, rief eine Stimme hinter ihm. »Kommt schon!«

Er riss den Kopf herum. Es war Aryn. Die anderen waren schon ein ordentliches Stück weiter. Sie machte ihm ein Zeichen, sich zu beeilen.

Durge sah zurück. Eine Frau war auf den Jungen zugetreten und sprach beruhigend auf ihn ein, zweifellos fragte sie ihn, ob er wusste, in welcher Straße er wohnte. Zufrieden eilte Durge hinter den anderen her.

Doch es dauerte eine Zeit lang, bis er das Geschrei des Kindes nicht mehr hörte.

42

Die ersten Sonnenstrahlen krochen gerade über die Mauer des Ersten Kreises, als sie zwischen zwei gewaltigen Marmorsäulen die Etherion betraten.

Sie durchquerten eine breite Eingangshalle. Dann wichen die Wände zu beiden Seiten zurück, und Durge kam stolpernd zum Stehen und griff Halt suchend nach einem steinernen Geländer. Die Ingenieure von Embarr mochten geschickt sein, aber sie hätten niemals etwas Vergleichbares zu dem erbauen können, was sich vor ihm ausstreckte.

Der Raum unterhalb der Kuppel der Etherion war gewaltig – er war sogar so gewaltig, dass ein ganzes Schloss hier hereingepasst hätte und noch Platz übrig geblieben wäre. Von der Stelle, an der sie standen, bis zur gegenüberliegenden Seite war es so weit, dass die in der Luft befindliche Feuchtigkeit als feiner Dunst sichtbar war. Über ihren Köpfen ragte die Kuppel in die Höhe, sie war hier drinnen genauso blau wie an der Außenseite, sodass sie den Anschein erweckte, als würde man in den Himmel blicken. In der Nähe der Kuppelbasis hatte man runde Fenster in die Mauer geschnitten, aus denen goldenes Sonnenlicht in die Tiefe strömte. Vögel flatterten kreuz und quer durch die luftigen Höhen.

Die Etherion bildete einen großen Kreis, ihre Wände wurden von Säulengängen aus rotgeädertem Marmor gesäumt. Durge zählte sieben säulengetragene Etagen, und zwischen zwei Säulen befand sich stets eine Art Loge, in der sich Zuschauer versammeln konnten. Die Logen in den unteren Etagen waren klein und eng und boten nur Stehplätze, während die höher gelegenen groß und luftig waren; hier gab es Liegen, auf denen sich Priester oder Priesterinnen niederlassen konnten, während sie die Vorgänge verfolgten. Offensichtlich wurde in der Etherion höher mit wichtiger gleichgesetzt, genau wie in Tarras auch.

»Seht euch Durge an«, sagte Aryn mit einem Lächeln. »Ein Vogel könnte in seinen Mund fliegen. Ich glaube, er ist vor Ehrfurcht erstarrt.«

Falken lachte. »Ich glaube eher, er versucht herauszufinden, wie die tarrasischen Ingenieure diesen Ort erbauen konnten.«

»Ich schätze, sie hatten Hilfe dabei«, sagte Lirith und schaute bezeichnend auf Melia.

»Kommt«, sagte Melia, »dort entlang geht es zu meiner Loge.«

Durge schaffte es, seine Aufmerksamkeit von dem Wunder der Etherion fortzureißen. »*Eure* Loge, Melia?«

Sie zuckte mit den Schultern. »Nun, ich schätze, ich müsste sie mir mit Tome teilen, falls er hier wäre. Schließlich wurde sie für die Neun reserviert. Obwohl, es war immer ganz schön eng, wenn wir alle kamen.«

Melias Loge befand sich auf der sechsten Etage – nur eine unter der höchsten – genau gegenüber dem großen Torbogen, der als Ein- und Ausgang für die Kuppel diente. Die Loge war groß und mit bequemen Stühlen und Tischen aus poliertem Holz ausgestattet. Doch alles war mit einer dicken Staubschicht bedeckt. Wie lange war es her, dass Melia in Tarras gewesen war? Doch bevor Durge fragen konnte, machte die kleine Frau eine Geste mit der Hand, und der Staub war verschwunden. Hatte er sich das nur eingebildet?

Da er es für besser hielt, sich die Fragen zu verkneifen, nahm Durge mit den anderen Platz, allerdings wählte er sich einen Sitzplatz in der Nähe der Logentür aus statt an der Brüstung des Balkons, von dem aus man in die Etherion sehen konnte. Er wollte nicht überrascht werden, falls jemand eintrat.

Nach wenigen Augenblicken trat jemand ein: Ein Diener brachte einen Krug Wein und fünf Becher. Ein weiterer Diener brachte eine Schale mit hellgrünen Früchten, die Durge nicht kannte.

»Melia«, sagte Aryn, »werdet Ihr zur Etherion sprechen?«

»Das glaube ich kaum, meine Liebe. Zumindest nicht heute.« Sie gab der jungen Baronesse einen Becher Wein. »Ich fürchte, ich bin heutzutage so etwas wie eine Außenseiterin. Ich will einfach nur zuhören und herausfinden, was die diversen Tempel so meinen. Und wer weiß? Vielleicht werden die, die sich gegen Ondo und Geb verschworen haben, bei ihren Reden nicht aufpassen und sich verraten, wie es die Schuldigen ja oft tun.«

Durge hielt das für eher unwahrscheinlich, auch wenn er es nicht aussprach. Jemand, der Götter tötete, konnte kein Amateur sein.

Nur etwa die Hälfte der Logen der Etherion waren besetzt, die anderen blieben leer. Zweifellos hatten viele Priester Angst, ihre Tempel zu verlassen, da die Mörder noch immer in der Stadt frei herumliefen. Schließlich hatte man nicht nur Götter getötet.

»Sieht so aus, als würde die Sitzung beginnen«, sagte Melia. »Hören wir zu.«

Sie begab sich zu einem vergoldeten Horn, das wie eine Art Fanfare geformt war und aus der Wand herausragte, und entfernte einen Deckel von seiner Öffnung.

Durge verrenkte den Hals, um über die Balustrade sehen zu können. Der tief unten gelegene weiße Boden der Etherion war bis auf ein dreieckig geformtes Podest aus cremigweißem Stein leer. Auf dem Podest erhob sich ein Sockel, der von einer goldenen Kugel gekrönt wurde; außerdem ragten drei goldene Hörner – die dem in der Wand von Melias Loge ähnelten – daraus hervor. Wieder fragte sich Durge, welchen Zweck sie hatten. Wenn es sich um Fanfaren handelte, dann waren sie falsch herum montiert, da ihre größeren Enden nach außen zeigten. Auf dem Podest standen drei Gestalten.

»Wer sind diese Leute?«, fragte Aryn Melia flüsternd.

»Sie sind die drei Stimmen der Etherion«, antwortete Melia leise. »Sie werden jedes Jahr neu gewählt, um die Diskussion zu leiten. Eine wird von den Tempeln der beiden untersten Etagen gewählt, eine von den beiden höchsten Etagen und die Letzte von denen in der Mitte. So werden alle Tempel repräsentiert.«

Aryn wollte noch eine Frage stellen, aber in diesem Augenblick hob eine der Gestalten auf dem Podest die Hand und sprach. Es war ein hoch gewachsener Priester mit zotteligem schwarzem Haar und schwarzen Augen, die, wie man sogar aus der Ferne erkennen konnte, wild funkelten.

»Ich sagte, ich rufe die Etherion zur Ordnung!«

Durge hätte gedacht, dass die Stimme des Mannes in der Weite unterhalb der Kuppel ungehört verklingen würde, aber irgendwie dröhnte sie in die Loge. Trotz des Nachdrucks, mit dem diese Worte gesprochen worden waren, unterhielten sich die Priester und Priesterinnen weiter und gingen zwischen den Logen und Etagen hin und her und hielten spontane Versammlungen ab.

Falken schnaubte. »Ich bin mir nicht sicher, ob in die Etherion überhaupt jemals Ordnung einkehren kann.«

Melias Miene wirkte gequält, aber sie widersprach nicht.

Durge beobachtete die Vorgänge mit einer Mischung aus Interesse und Geringschätzung. Es war offensichtlich, dass der Barde Recht hatte; das hier war keine ordentliche Versammlung, sondern eher ein großes, chaotisches Durcheinander, in dem Worte die bevorzugten Waffen waren.

Der große Priester auf dem Podest hieß Medris, wie Durge irgendwann erfuhr, und er repräsentierte den Tempel von

Zeth, der eindeutig einer der mächtigsten und wichtigsten Götter von Tarras war, da der Kaiser Anhänger seiner Mysterien war.

Die Frau auf dem Podest hieß Vanhera. Sie war fast so groß und stolz wie Medris, aber wo er wie glühender Stahl war, war sie kühles Silber. Wie sich herausstellte, war sie die Hohepriesterin des Tempels von Yrsaia der Jägerin, eine Tatsache, die Aryn zusammenzucken ließ, als sie enthüllt wurde. Durge wusste, dass Yrsaia eine der wichtigsten Göttinnen der Domänen war, aber hier repräsentierte Vanhera nur die mittleren Etagen der Etherion.

Der dritte Priester war der Auserwählte der untersten Etagen; er war ein ausgezehrter Mann in einer graubraunen Robe, dennoch schien er irgendwie energischer als die anderen beiden zu sein. Es war Lyderus, Priester des Tempels von Gol, der, soweit Durge es verstand, der Gott einer Gruppe asketischer Einsiedler war. Vermutlich erklärte das Lyderus' hageres Antlitz.

Durge wusste, dass die Götter selbst nicht in der Etherion anwesend waren, sondern nur ihre Priester, aber eine Macht lag knisternd in der Luft, die er nicht bestreiten konnte. Es fühlte sich an wie die Luft über den Mooren von Embarr, bevor ein Sturm mit Donner und Blitz aus dem Norden heranraste. Wo auch immer sich die Götter aufhielten, sie beobachteten alles.

»Der Kreis ist geöffnet«, hallte Medris' Stimme erneut in die Loge. »Wer will die Etherion ansprechen?«

Überall entfalteten sich Flaggen von verschiedenen Farben und flatterten von Balkonen.

Medris überflog die Flaggen und nickte. »Die Etherion erkennt das Recht des Tempels von Vathris Stier-Töter an, das Wort zu ergreifen.«

Er legte die Hand auf die goldene Kugel auf dem Sockel vor

ihm. Ein leises Surren ertönte, das an das Schlagen von Vogelschwingen erinnerte, dann stieg etwas aus den Schatten in der Tiefe empor. Soweit es Durge erkennen konnte, handelte es sich um einen gewaltigen Kristall, der in einem verzierten Holzrahmen steckte. Es war wie ein Fenster, dessen Glas so dick war, das alle dadurch erblickten Dinge verzerrt waren. An dem Rahmen waren zwei weitere der vergoldeten Hörner befestigt.

Der Kristall wurde von einer Art mechanischem Gestell aus Holz und Eisen mit mehreren Gelenken, Zahnrädern und Flaschenzügen gehalten, aus denen Durge auf diese Entfernung nicht schlau wurde. Der Kristall stieg der höchsten Ebene entgegen.

»Halt!«, sagte Lyderus auf dem Podest, und die Stimme des hageren Priesters war so scharf und schmal wie ein Messer, aber sie hallte durch die Loge, wie es zuvor Medris´ getan hatte.

Lyderus schob sich in die Mitte des Podestes. »Die Aufzeichnungen zeigen, dass der Tempel von Vathris auf der ersten Etage bei der letzten Zusammenkunft der Etherion der letzte Sprecher war. Daher muss dem Tempel einer anderen Etage das Recht eingeräumt werden, als Erster zu sprechen, falls jemand das Wort ergreifen will. Die Etherion wird den Tempel von Ondo hören.«

Medris starrte Lyderus an, selbst auf diese Entfernung war seine Wut deutlich zu sehen. Sowohl er als auch Lyderus sahen Vanhera an, die ein Stück von ihnen entfernt stand. Sie schaute zur Seite, und Durge erkannte eine Senke hinter dem Podest, die ihm zuvor nicht aufgefallen war. Dort notierte ein Schreiber hektisch etwas in einem Buch. Der Schreiber blätterte eine Seite zurück, dann nickte er Vanhera zu.

»Die Aufzeichnungen bestätigen Lyderus' Worte«, sagte sie. »Der Tempel von Ondo soll sprechen.«

Medris schaute finster drein, aber er trat von dem Sockel fort. Lyderus legte die Hand auf die goldene Kugel. Der Kristall setzte sich wieder in Bewegung, die mechanischen Arme brachten ihn auf die Höhe der dritten Etage, dann trugen sie ihn durch die halbe Länge der Etherion. Endlich begriff Durge, dass die Bewegungen des Kristalls den Bewegungen von Lyderus′ Fingern auf der Kugel entsprachen; irgendwie kontrollierte er damit den Kristall.

Der Kristall kam vor einer Loge zum Halt, deren Priester eine goldene Flagge entrollt hatten. Sein Zweck wurde nun klar, denn einer der Priester trat vor, und der Kristall vergrößerte sein Gesicht, bis es den ganzen Rahmen ausfüllte, und er stellte sicher, dass alle in der Etherion Anwesenden sein Mienenspiel genau sehen konnten. Der Priester sprach, beugte sich dabei einem der goldenen Hörner entgegen, und seine Stimme hallte durch Melias Loge.

Durge wurde alles klar. Die Hörner am Rahmen des Kristalls waren genau wie die auf dem Podest. Sie beförderten die Stimmen der Sprecher, verstärkten sie und übertrugen sie durch andere Hörner in jede Loge der Etherion. Es war ein Trick, genau wie bei dem Kristall. Doch er hätte nie gedacht, dass man Licht und Ton manipulieren konnte wie Holz oder Eisen. Die Tarraser waren in der Tat großartige Ingenieure. Oder waren es zumindest gewesen, als die Etherion vor über tausend Jahren erbaut worden war.

Ondos Priester sprach mit schriller Stimme, sein verkniffenes Gesicht füllte den Kristall. Lirith hatte Recht, sie schienen ein unfreundlicher Haufen zu sein.

»Das ist eine unerhörte Schande! Wie kann es ein anderer Tempel nur wagen, vor uns sprechen zu wollen – vor uns, den Anhängern von Ondo, die man ihres Gottes beraubt hat? Durch welchen Präzedenzfall will der Tempel von Vathris uns das Recht, gehört zu werden, streitig machen? Es sei denn, es war ihr Gott, der diese verabscheuungswürdige und gewalttätige Tat verübt hat!« Speichel befleckte den Kristall, ins Unermessliche vergrößert. »Jeder weiß doch, dass es Vathris Stier-Töter nach dem Geschmack von Blut verlangt!«

In vielen der Logen wurde Geschrei laut, am stärksten bei den Anhängern von Vathris, die wütend eine rote Flagge schwenkten.

»Das Wort hat der Tempel von Vathris«, sagte Medris.

Lyderus wollte protestieren, aber Vanhera schüttelte den Kopf. Medris ergriff die Kugel, und der Kristall surrte in die Höhe und quer durch die Etherion zur obersten Etage.

»Lügen, nichts als Lügen!«, brüllte ein stämmiger Priester. Sein dicker Hals war vor Wut angeschwollen und ließ den Kragen seiner blutroten Robe beinahe platzen. »Man weiß doch, dass alles, was der Tempel von Ondo sagt, eine Lüge ist. Das war schon so, bevor ihr Gott gestorben ist, und nichts hat sich seitdem verändert. Wem wurde hier denn Gold versprochen, das niemals übergeben wurde?«

Rufe und schrille, misstönende Pfiffe hallten durch die Etherion. Dutzende Flaggen wurden zustimmend geschwenkt. Die Priester Ondos zuckten in ihrer Loge zusammen.

Falken stieß einen leisen Pfiff aus. »Ondo hat sich in der Etherion wirklich nicht viele Freunde gemacht, was?«

Melia warf ihm einen finsteren Blick zu. »Er hat nicht verdient zu sterben.«

»Das habe ich auch nicht gesagt.«

Sie lehnte sich auf ihrem Stuhl zurück und seufzte. »Ich fürchte, das ist wahr. Ondo war immer etwas selbstsüchtig. Aber er war kein schlechter Gott.«

»Schon gut, Melia«, sagte Falken. »Wir werden die Schuldigen finden.«

Doch Durge konnte die Zuversicht des Barden nicht teilen. Der Morgen nahm seinen Verlauf, und viele Tempel ergriffen das Wort. Es hatte den Anschein, als würden die Flaggen nicht zur Ruhe kommen, und der Kristall surrte kreuz und quer durch die Etherion, während Medris, Vanhera und Lyderus unten um die Kontrolle der goldenen Kugel kämpften.

Doch als die Etherion für den Tag auseinander trat, erschienen die Dinge trotz aller gehaltenen Reden und aller gewechselten bösen Worte nur noch undurchsichtiger. Der Tempel von Ondo hatte noch ein weiteres Dutzend Tempel beschuldigt, sich zu der Ermordung ihres Gottes verschworen zu haben – sogar Tempel, die selbst Priester und Priesterinnen durch den Mörder verloren hatten. Für den Rattengott hatte niemand gesprochen, kein Anhänger Gebs war zu sehen gewesen.

Schon vor dem Ende der Reden hatte man Priester und Priesterinnen aus ihren Logen in die breiten Korridore, die die Etherion umgaben, strömen sehen. Durge war nur eines klar geworden; kein Tempel schien auch nur eine Ahnung zu haben, was in der Stadt vor sich ging, und sie alle schienen eine Todesangst zu haben. Er war sich ziemlich sicher, dass keiner der vertretenen Tempel in die Morde verwickelt war. Das war zwar nicht viel, aber es war seiner Meinung nach ein Anfang.

Die anderen erhoben sich von ihren Stühlen, um die Loge zu verlassen. Durge öffnete die Tür und trat als Erster hinaus, um sicherzugehen, dass keine Gefahr drohte. Der große, gewundene Korridor war dicht bevölkert. Priester und Priesterinnen eilten mit wehenden Roben vorbei.

Etwas erregte Durges Aufmerksamkeit. Zwanzig Schritte weit entfernt eilte eine Gruppe aus drei Priestern den Korridor entlang. Sie bewegten sich gegen den Strom der Menge, vom Eingang der Etherion fort. Die drei Priester trugen dunkelgraue Roben, die mit einem wirren Muster aus schimmernden Fäden bestickt waren. Durge konnte sich nicht erinnern, in der Etherion graue Roben gesehen zu haben oder dass graue Flaggen geschwungen worden waren. Wer waren diese Priester? Die drei eilten zu einem Torbogen, der zu einer Treppe führte; ihre von Kapuzen verhüllten Köpfe waren gesenkt, als wollten sie nicht erkannt werden. Dann verschwanden sie in dem Torbogen.

Die anderen betraten den Korridor. Durge wandte sich Melia zu, um sie nach den drei Priestern in Grau zu fragen, aber bevor er dazu kam, schoss sie schon den Korridor entlang.

»Hier entlang«, verkündete sie. »Ich möchte mit Orsith sprechen.«

Sie fanden den alten Priester nicht weit von seiner Loge, wo er sich auf den Arm des jungen Landus stützte. Das überraschte Durge, denn als Orsith im Tempel von Mandu in der Luft geschwebt hatte, war er so anmutig erschienen. Aber als er jetzt gezwungen war, sich auf herkömmlichere Weise zu bewegen, ging er langsam und mit gekrümmtem Rücken, und seine Finger an Landus' Arm erschienen so dünn wie Zweige.

Melia schaute traurig drein, und irgendwie wusste Durge, was ihr gerade klar geworden war: Diese Reise nach Tarras würde vermutlich die letzte sein, die sie zu Orsiths Lebzeiten unternehmen würde. Wie war das wohl für Wesen wie Melia und Falken, die so viele Bekannte, an denen ihnen etwas lag, zurücklassen mussten? Der Gedanke betrübte ihn. Wer war er, dass er sich vor Geistern fürchtete?

»Meine Allerliebste«, sagte Orsith, und ein Lächeln erhellte sein Gesicht. »Ich dachte, ich hätte Euch in der Etherion gesehen, aber ich muss zugeben, dass meine Augen nicht mehr das sind, was sie einmal waren. Ich sehe nur noch Mandu ganz klar. Und den guten, verlässlichen Landus hier, da er meine Seite nie verlässt. Er wird eines Tages einen guten Priester Mandus abgeben.«

Der junge Akoluth neigte den Kopf, aber sein Lächeln war deutlich zu sehen.

»Ich wollte Euch fragen, was Ihr von der heutigen Sitzung gehalten habt«, sagte Melia. »Ich fürchte, sie war nicht so erhellend, wie ich gehofft hatte.«

»Und doch dürft Ihr die Hoffnung nicht aufgeben«, sagte Orsith. »Denn das ist alles, was wir am Ende haben werden.«

Melia wollte etwas erwidern, aber was es war, sollte Durge niemals erfahren, denn in diesem Augenblick hallte ein lauter Donnerschlag durch den Korridor. Und dann noch einer und noch ein dritter. Aber es konnte kein Donner sein, nicht hier in einem Gebäude, ganz egal wie groß es auch sein mochte. Und der Laut klang auf seltsame Weise scharf.

Schreie gellten durch den Korridor, Leute kamen aus der Richtung des Donners angerannt, die Roben hoch über die Knöchel gerafft. Durge wechselte mit seinen Gefährten einen Blick, dann liefen sie los, entgegen dem Strom flüchtender Priester und Priesterinnen, und ließen Orsith und Landus zurück.

Der Korridor beschrieb einen Bogen nach links, da er der Kreisform der Etherion folgte. Durge kämpfte sich an einem Knäuel aus Priestern in orangefarbenen Roben vorbei, die bei ihrer wilden Flucht übereinander gestolpert waren. Dann kam er zum Halt, die anderen neben ihm.

Drei Gestalten lagen hingestreckt auf dem weißen Marmorboden des Korridors. Blut rann unter ihren Körpern hervor, so scharlachrot wie ihre Roben. Einer von ihnen starrte in die Höhe, ein korpulenter Mann, dessen Augen hervorquollen und dessen Gesicht eine tote Maske des Erstaunens war. Durge erkannte ihn; es war der Priester von Vathris Stier-Töter, der früher am Morgen zur Etherion gesprochen hatte. Ihrer Kleidung nach zu urteilen, waren die anderen beiden ebenfalls Priester des Kriegergottes. Sie alle waren ermordet worden. Falken ging zu den Toten, Durge schloss sich ihm an. Stinkender Rauch hing in der Luft.

Durge und Falken knieten nieder, um einen der Priester zu untersuchen. Die Robe des Mannes wies einen kleinen Riss auf. Falken riss das Kleidungsstück ganz auf. Das Loch befand sich nicht nur im Stoff. In der Mitte der Brust des Mannes klaffte ein einziger kleiner, roter Krater, aus dem das Blut geströmt war. Durge fand, dass das Loch Ähnlichkeit mit einer Pfeilwunde hatte. Doch es gab keinen Hinweis darauf, was den Priester durchbohrt hatte.

Falken stand mit blutverschmierten Händen auf. »Ich verstehe das nicht. Was für eine Art von Magie könnte so etwas anrichten?«

Durge wusste es nicht, aber als er neben dem toten Priester kniete, wurde ihm klar, dass sie heute doch etwas in Erfahrung gebracht hatten.

Nicht einmal die Etherion war sicher.

43

Lirith bahnte sich einen Weg durch die dicht bevölkerten, staubigen Straßen des Fünften Kreises, vorbei an zahllosen Kaufleuten, die Silberringe, Teppiche, reife Früchte, Schleier und gebratenes Fleisch verkauften. Das war der äußerste Kreis von Tarras, wo die Armen, Vergessenen und Außenseiter hausten. Sie schloss erneut die Augen und warf einen Faden in das schimmernde Netz der Weltenkraft.

Wo seid ihr, Schwestern? Ihr müsst hier sein – es kann nicht anders sein. Zeigt mir, wie ich euch finden kann.

Doch die einzige Antwort war Schweigen und das leise Summen des Lebens, das unablässig durch die Weltenkraft kreiste.

Sie öffnete die Augen und sah einen alten Mann, der auf der Straße auf einem Teppich saß und Mysterien aus Holz verkaufte. Es handelte sich dabei um winzige Idole, Abbildungen der Neuen Götter, die ein Anhänger einer der Mysterienkulte in der Tasche oder in ein Tuch eingewickelt mit sich trug. Lirith erkannte ein paar von ihnen: ein grobschlächtiger Holzstier mit einer Nadel in der Seite für Vathris Stier-Töter, ein Mann mit einem Pferdekopf für Jorus Sturmläufer. Da waren noch andere, die sie nicht kannte: eine Göttin mit vier Armen und einem gütigen, aufgemalten Lächeln; ein Gott mit schneeweißen Flügeln, die aus seinen Schultern ragten, und ein Gott mit den Beinen und Hörnern einer Ziege, einem anzüglichen Grinsen und einem monströsen Phallus.

Lirith ging an dem Mysterienverkäufer vorbei. Vielleicht irrte sie sich ja, vielleicht waren sie nicht hier. Vielleicht hatten die Neuen Götter sie von diesem Ort vertrieben.

Aber du weißt, dass das nicht stimmt, Schwester. Sia ist überall, sogar in dieser Stadt, wo die Neuen Götter Hof halten.

Sie ging weiter. Gesichter in einem Dutzend verschiedener Farben kamen ihr entgegen, einige so dunkel wie ihres, einige noch dunkler. Es war einige Zeit her, seit Lirith Menschen mit ähnlicher Hautfarbe gesehen hatte. In Corantha hatte es ein paar von ihnen gegeben, in den Domänen eher weniger. Ob sie wohl mit einigen dieser Menschen verwandt war?

Aber das würde sie niemals erfahren. So wie sie ihre Eltern niemals nach ihrer Herkunft befragen konnte. Sie wusste nur, dass Toloria nicht immer ihre Heimat gewesen war, dass sie vor Liriths Geburt von einem anderen Ort gekommen waren. Und das war alles, was sie je wissen würde.

Sie kam zu einem schmutzigen Platz, wo mit Lumpen bekleidete Kinder vor rotgesichtigen Händlern flüchteten und Frauen an einem schlammigen Springbrunnen Tonkrüge füllten. Auf der einen Seite des Platzes saßen ein paar Männer und Frauen auf den Pflastersteinen und lehnten an einer Wand. Zuerst hielt Lirith sie für Tagelöhner, die Mittagspause machten. Dann kam sie näher heran und sah, dass es nicht stimmte.

Ihre Augen waren weder geöffnet noch geschlossen; sie waren stumpf, blind. Ihre Glieder waren Stöcke in dreckigen Kleidern, Fliegen krochen über von der Sonne verbrannte Gesichter. Jeder von ihnen lächelte mit purpurnen Lippen, als würden sie eine Szene betrachten, die sie selig machte. In den schlaffen Händen hielten sie primitive Holzschalen.

Auf eine seltsame Weise angezogen, griff Lirith nach der Weltenkraft und suchte die Lebensfäden dieser Menschen. Übelkeit schoss in ihr hoch; ihr Geist zuckte zurück. Sie hatte die Fäden dieser Männer und Frauen gesehen; sie waren schwarz und verkümmert.

»Einen Becher, Herrin?«, fragte eine heisere Stimme.

Vor ihr stand ein Mann. Einst war er vielleicht recht ansehnlich gewesen, aber Fäulnis hatte ihm die Zähne geraubt, und die Haut seines Gesichts schien seltsam schlaff zu sein, als würde sie kaum auf seinem Schädel haften. Ein süßlicher Geruch ging von ihm aus. Verfall. Seine Lippen waren purpurn verfärbt, genau wie bei den anderen.

»Was?«, stieß sie hervor.

»Es ist ein neuer Trank, Herrin, wie Ihr ihn noch nie zuvor gekostet habt.« Er hielt ihr einen kleinen Holzbecher hin. »Manche nennen es das Elixir der Vergangenheit. Nehmt es zu Euch, und all Eure schönsten Erinnerungen werden vor Euch erscheinen, als wären sie nie verblasst. Ihr könnt Eure Vergangenheit immer wieder durchleben.«

Ekel stieg in ihr auf. Die Vergangenheit immer wieder erneut zu erleben. »Nein«, sagte sie und würgte.

Sie stieß den Mann zur Seite. Doch er schien es gar nicht zu bemerken, als er seinen Becher dem nächsten Passanten anbot. Der Mann trennte sich von einer Münze und nahm den Becher. Lirith schluckte den sauren Geschmack in ihrem Mund herunter und floh von dem Platz, überließ die verkümmerten, leeren Menschen ihren Visionen der Vergangenheit.

Schließlich ließ die Übelkeit nach, und sie versuchte es in einer anderen Straße. Der Nachmittag nahm seinen Verlauf; sie durchsuchte die Stadt nun schon den ganzen Tag. Zweifellos würden sich die anderen fragen, wo sie war, da sie Aryn lediglich gesagt hatte, sie würde einen Spaziergang machen.

Wo würdest du in dieser Stadt hingehen, Schwester? Dort solltest du sie suchen.

Sie hatte diesen Gedanken noch nicht zu Ende gedacht, als ihr Blick auf einen schmalen Torbogen in einer Steinmauer fiel. Dahinter befand sich ein dunkler, grüngoldener Ort. Wie davon angezogen ging sie hin.

Da war ein Eisentor, hinter den Gitterstäben war ein Garten zu sehen. Dort war es kühl und voller Schatten, eine smaragdgrüne, mit kupferfarbenen Flecken durchsetzte Grotte.

Lirith drückte gegen das Tor, aber es bewegte sich nicht. Es musste verschlossen sein.

Sie sah genauer hin. Es war verschlossen, aber nicht mit Holz oder Metall. Stattdessen wanden sich Schlingpflanzen um die Gitterstäbe und hielten das Tor. Aber das ergab keinen Sinn. Das Tor hätte seit vielen Tagen verschlossen sein müssen, um den Schlingpflanzen Gelegenheit zu geben, es derart zu überwuchern, aber der dahinter befindliche Garten sah gepflegt aus.

Dann verstand sie. Das Tor war tatsächlich verschlossen, aber nur für diejenigen, die nicht über den richtigen Schlüssel verfügten. Lirith schob die Finger durch das Tor und strich über die Schlingpflanzen. Es war ein einfacher Zauber; sie musste nicht einmal die Augen schließen. In ihrem Geist berührte sie die Lebensfäden der Pflanzen und entflocht sie.

Die Schlingpflanzen fielen von den Gitterstäben.

Lirith drückte, und das Tor schwang nach innen auf. Sie betrat die grüne Grotte. Hinter ihr raschelte es, und sie musste sich nicht umsehen, um zu wissen, dass sich die Pflanzen wieder um das Gitter schlangen. Sie folgte einem schmalen Pfad, der an Wällen aus Obstbäumen und Vorhängen aus Blumen vorbeiführte.

Die Stimmen waren zuerst nur ganz leise, sodass sie sie für das Murmeln unsichtbarer Springbrunnen hielt. Dann ertönte leises Flüstern in ihrem Geist, und sie wusste, dass sie nicht länger allein war.

Wer ist da?

Eine Unbefugte. Eine Anhängerin der Neuen.

Nein, Töchter, sie kannte den Zauber. Sie webte ihn mit großem Geschick.

Also kommt sie aus dem Norden.

Aber ihr Gesicht ist so dunkel wie die Abenddämmerung.

Trotzdem kommt sie aus dem Norden, auch wenn der Süden durch ihre Adern fließt.

Was sollen wir tun? Sie wird jeden Augenblick unseren Zirkel spüren.

Ah, das hat sie schon.

Schweigen kehrte ein. Lirith blieb stehen, wartete ab. Überall um sie herum rauschten Blätter, aber es gab keine Brise, die sie hätte bewegen können. Sie öffnete ihren Geist, ihre Gedanken, sodass sie sehen konnten, wer sie war. Es gab mindestens ein Dutzend von ihnen, vielleicht auch mehr. Es war schwer, inmitten des überschäumenden Lebens der Grotte sicher zu sein.

Schließlich konnte Lirith das Schweigen nicht länger ertragen. Sie öffnete den Mund, aber in diesem Augenblick erklang leise ein Chor aus Stimmen in ihrem Bewusstsein.

Willkommen, Tochter Sias.

44

Die Sonne war untergegangen, und der amethystfarbene Himmel verwandelte sich in Onyx, als Lirith ins Gasthaus zurückkehrte. Melia schaute auf ihrem Stuhl in der Nähe des Fensters auf. Das schwarze Kätzchen auf ihrem Schoß gähnte und streckte sich.

»Wir haben uns Sorgen um Euch gemacht, meine Liebe.«

Melias Stimme war sanft, aber Lirith zuckte trotzdem zusammen.

»Seht Ihr, Durge«, sagte Falken. »Ich habe Euch doch gesagt, dass sie sich weder hoffnungslos verirrt hat noch von einem Räuber niedergeschlagen oder in einen ausgetrockneten Brunnen gestoßen wurde.«

»Es ist ein Wunder«, erwiderte der Ritter.

Die beiden Männer saßen am Tisch und spielten ein Lirith unbekanntes Spiel mit kleinen, glänzenden Steinen. Obwohl die Stimme des Barden unbeschwert klang, war seine Miene angespannt, und Durge schien noch düsterer als gewöhnlich zu sein. Zweifellos hatten sie sie für tot gehalten, genau wie die Priester von Vathris in der Etherion. Schließlich hatte es bereits einen Anschlag auf ihr Leben gegeben.

»Mir geht es gut«, sagte sie, erkannte dann aber, dass das nicht einmal annährend ausreichte.

Aryn eilte auf sie zu, ihre blauen Augen blitzten. »Lirith, wo warst du?« Und in ihrem Geist sprach Aryn weiter. *Ich habe nach dir gerufen, aber du hast nicht geantwortet.*

Lirith bemerkte Melias forschenden Blick. Sie war nicht davon überzeugt, dass sonst niemand Aryns Worte hören konnte. Laut sagte sie: »Ich habe mich auf die Suche nach Hexen gemacht.«

Lirith hätte an diesem Abend unter vier Augen zu Aryn

sprechen können, aber ganz egal, was Ivalaine gesagt hatte, Melia und Falken waren ihre Freunde. Und auch wenn die Arbeit der Hexen Durge Unbehagen bereitete, war es besser, wenn sie alle erfuhren, was sie in Erfahrung gebracht hatte.

Nur, was genau hatte sie in Erfahrung gebracht? Als die Worte aus ihr heraussprudelten, begriff sie, dass sie sich nicht sicher war.

Sie hatte sich in der Stadt auf die Suche nach den Hexen in der Hoffnung gemacht, mehr über das Knäuel in der Weltenkraft zu erfahren. Schließlich war es hier größer – viel größer, als es auf Ar-Tolor je gewesen war. Aryn hatte das Knäuel nicht gesehen, aber wenn es in Tarras Hexen gab, dann hatten sie es vielleicht ja bemerkt. Und wenn sie mehr über den Knoten in der Weltenkraft erfuhr, würde sie ja auch vielleicht etwas entdecken, was ihnen helfen konnte, die Mörder zu entlarven.

Zumindest war das ihre Hoffnung gewesen. Die anderen hörten zu, als sie von ihrer Begegnung in dem Garten berichtete. Die Hexen, die sie gefunden hatte, waren sowohl vertraut als auch seltsam gewesen. Sie waren Hexen gewesen – sie hatten sich als Töchter Sias bezeichnet –, denn sie hatten gewusst, wie man die Weltenkraft weben musste und durch ihre Fäden sprach.

Doch es gab auch Unterschiede. Diese Hexen waren kein Teil des in den Domänen gewobenen Musters. Und obwohl Sia tatsächlich in Tarras anwesend war, war es eine gedämpfte Präsenz, die vom hellen Schein der Neuen Götter überstrahlt wurde. Viele Zauber dieser Hexen waren schwach – wie der, mit dem sie das Gartentor gesichert hatten und den Lirith so mühelos aufgelöst hatte. Andererseits musste man zugeben, dass sie Fähigkeiten besaßen, die für Lirith völlig neu und überraschend waren.

Vor allem beherrschten sie die Kommunikation über das Netz der Weltenkraft. Lirith ging davon aus, dass Anhänger solch alter Religionen in einer von neuen Gottheiten dominierten Stadt nicht besonders populär waren; zweifellos hatte man sie in den Untergrund getrieben. Darum konnten sie Zauber auf eine gemeinschaftliche Weise wirken, wie sie Lirith nur selten außerhalb des Musters erlebt hatte. In der grünen Grotte hatte sich ein Zirkel aus dreizehn Hexen aufgehalten – sie war zufällig auf ein Treffen gestoßen –, und sie hatte mit ihnen gesprochen, als würde es sich bei ihnen um eine Einheit handeln. Sie hatte nur einen Namen in Erfahrung bringen können, den der ältesten Hexe, einer braunhäutigen Frau namens Thesta, die die Anführerin des Zirkels war.

»Hat eine von ihnen es gesehen?«, wollte Aryn wissen. »Das Knäuel in der Weltenkraft?«

Lirith nickte. »Ein paar von ihnen. Aber laut Thesta und den anderen nur die, die über die Gabe der Sicht verfügen.«

Aryn schürzte nachdenklich die Lippen. »Aber warum hast du es dann gesehen? Du hast doch gar nicht ... Oh!«

Lirith seufzte. Sie zweifelte noch immer an Thestas Worten, doch welche andere Antwort blieb übrig?

Diejenigen unter uns, die über die Sicht verfügen, haben den Knoten gesehen, von dem Ihr sprecht, hatten die Hexen gesagt, manchmal nur mit Thestas Stimme, manchmal auch in einem funkelnden Chor. *Das erste Mal ist er vor zwei Monden erschienen, und er ist seitdem ständig gewachsen. Wir kennen seine Quelle nicht, aber wir fürchten, was er ankündigt. Einige von uns haben Träume, wie Ihr sie hattet, Träume von den goldenen Spinnen und der Gestalt in den Schatten, die alles, was sich in ihrem Netz verfangen hat, verschlingen will.*

Das hatte Lirith erstaunt, denn sie hatte den Hexen nichts von ihren Träumen erzählt. Jetzt zwang sie sich, Aryns Blick zu erwidern.

»Ich weiß es nicht, Aryn. Vielleicht verfüge ich ja über einen Anflug der Sicht, ja. Ich schätze, mir ist das immer bewusst gewesen, obwohl ich mich nie dazu überwinden konnte, es vor mir zuzugeben.«

»In Sias Namen, warum denn nicht?« Aryn ergriff Liriths Hand. »Das ist doch wunderbar!«

Lirith erstarrte. Konnte sie Aryn erzählen, was ihr Thesta noch gesagt hatte?

Ja, ich sehe es. Ihr habt es verborgen gehalten, wie ein Vorhang, der vor einem Fenster zugezogen wurde. Aber jetzt löst sich der Vorhang auf. Die Sicht ist stark in Euch. Manchmal erringen jene, die viel Leid ertragen müssen, eine solche Macht, und Eure Vergangenheit ist von Trauer durchsetzt.

Genau wie meine Zukunft, hatte Lirith erwidert und an die Spielkarte der alten Mournisch gedacht, dann hatte sie die seltsamen Hexen in ihrer geheimen Grotte verlassen.

»Es gibt da etwas, das ich nicht verstehe, meine Liebe«, sagte Melia, und Lirith war froh über die Frage der Lady. Sie wusste nicht, was sie Aryn hätte antworten sollen, und Durge schien die Richtung, die das Gespräch genommen hatte, ziemliches Unbehagen zu bereiten. »Gibt es in den Domänen keine Hexen, die über die Sicht verfügen? Warum hat keine von ihnen die Auflösung der Weltenkraft bemerkt?«

»Das kann ich nicht mit Sicherheit sagen«, sagte Lirith. »Aber Thesta hat eine Bemerkung darüber gemacht, dass das Knäuel in der Weltenkraft eine Sache des Südens ist und dass möglicherweise der Süden in meinen Adern fließt. Aber ich bin mir nicht sicher, was sie damit gemeint hat.«

»Das hat sie gesagt, tatsächlich? Des Südens?« Melia blickte nachdenklich drein. »Vielleicht ist es ja so ...«

Verstand Melia, was Thesta gemeint hatte? Wenn das der Fall war, bot sie jedenfalls keine weitere Erklärung.

»Ihr wart nicht die Einzige, die heute ein paar Nachforschungen angestellt hat«, sagte Falken. »Durge, warum zeigt Ihr Lirith nicht, was Ihr gefunden habt?«

Durge wickelte etwas aus einem Stück Tuch aus. Es glänzte matt auf seiner Handfläche: ein zusammengedrücktes Stück graues Metall. Das Ding wies ein paar dunkle und klebrige Flecken auf; Liriths Magen hob sich, als sie erkannte, dass es sich um Blut handelte.

»Was ist das?«, schaffte sie hervorzustoßen.

Durge legte das Metallstück neben dem unbeendeten Spiel auf den Tisch. »Ich bin heute noch einmal in die Etherion gegangen, zu der Stelle, wo die Priester von Vathris ermordet wurden. Ich hatte gehofft, etwas zu finden, das uns hilft zu verstehen, wie sie gestorben sind. Das hier habe ich gefunden, es steckte in einer der Korridorwände. Ich glaube, das ist eines jener Objekte, die die Körper der Priester durchbohrt haben.«

Lirith erinnerte sich an die am Boden liegenden Männer, die großen Blutlachen. »Ich verstehe nicht. So ein kleines Stück Metall kann doch wohl kaum durch den Körper eines Mannes und dann in eine Steinwand getrieben werden.«

»Das geht schon, es müsste nur schnell genug angetrieben werden.«

»Aber was könnte dazu in der Lage sein?«

Doch selbst Durges wissenschaftlicher Verstand hatte keine Antwort auf diese Frage gefunden. Trotz der Dinge, die er und Lirith an diesem Tag in Erfahrung gebracht hatten, war ihre Untersuchung so sicher zum Stillstand gekommen wie das Metallstück in der Marmorwand der Etherion. Laut Melia herrschte in der Etherion nun das blanke Chaos; nach dem Tod der Vathris-Priester war es zweifelhaft, wann – und ob – eine weitere Versammlung abgehalten wurde. Und der Meister des Tores weigerte sich noch immer, Melias Botschaft an den Kaiser zu überbringen. Lirith fürchtete, dass die Weltenkraft lange aufgelöst sein würde, bevor sie dieses Rätsel gelöst hatten.

»Sorgen machen mich hungrig«, sagte Falken. »Ich glaube, es ist Zeit, dass wir Madame Vil um unser Abendessen bitten.«

45

Sie aßen lustlos, während am Himmel vor dem Fenster die Sterne erschienen. Lirith wusste, dass das Essen köstlich war, aber es schmeckte wie Asche. Keiner von ihnen hatte eine Idee, wie sie die Mörder aufhalten sollten. Und ob es nun an der Sicht lag oder nicht, Lirith wusste, dass noch mehr sterben würden, bevor das hier vorbei war. Würde es einen von ihnen treffen?

»Falken«, sagte Melia, als die Diener die Reste des Essens abräumten und den Raum verließen, »vielleicht wäre heute Abend ein Lied oder eine Geschichte angebracht, etwas, das uns von einem langen und ermüdenden Tag ablenkt.«

Falken nahm seine Laute aus ihrem Kasten. Er schien eine Minute lang mit reglosem Gesicht nachzudenken, dann nickte er. »Ich glaube, ich sollte euch von den Neuen Göttern erzählen und wie sie nach Falengarth kamen. Bei der Geschichte dieser Stadt scheint das ein angemessenes Thema zu sein.«

Melia warf dem Barden einen scharfen Blick zu. »Und ich bin sicher, dass du der Geschichte gerecht wirst und keine Seite der anderen bevorzugst.« Das Kätzchen auf ihrem Schoß fauchte.

Falken lachte. »Keine Sorge, Melia. Die Alten Götter werden in dieser Geschichte nicht besser aussehen. Das verspreche ich dir.«

Melia sagte nichts mehr, und die anderen schoben ihre Stühle näher an den Barden heran. Er spielte eine leise, melancholische Melodie. Sie ließ Lirith an wunderschöne Dinge denken, die verloren gegangen waren, Dinge, die vor langer Zeit verblasst und doch nicht völlig in Vergessenheit geraten waren.

»Erinnert ihr euch an das Monument, das wir in der Wildnis

zwischen Toloria und Perridon gesehen haben?«, fragte Falken mit seiner volltönenden Stimme. »Der Riese auf der Hügelseite?«

Aryn nickte. »Das war einer der Alten Götter. Ich glaube, Ihr nanntet ihn Mohg.«

Durge räusperte sich. »Ich will weder Euch noch Eure Alten Götter beleidigen, Falken, aber nach diesem Monument zu urteilen, schien Mohg kein besonders freundlicher Bursche zu sein.«

Lirith erinnerte sich an das einzige Auge des Gottes mit seinem stechenden Blick, seine langen Reißzähne und an die Menschen, die sich in seiner Hand wanden.

»Das liegt daran, dass er das auch nicht war«, sagte der Barde. »Mohg war ein Gott, der von Gift und Schatten besessen war, er wollte nicht weniger als die Welt zerschmettern. Aber er war nicht immer so. Und das ist ebenfalls ein Teil dieser Geschichte.«

Draußen vor den Fenstern funkelten die Sterne, während Falken eine Geschichte erzählte, die Liriths Blut abwechselnd in Wallung brachte und erstarren ließ.

»Vor langer Zeit«, begann Falken, »hausten die Alten Götter tief in den Wäldern von Falengarth im Norden von Eldh. Ihre Kinder lebten bei ihnen, das Kleine Volk, das es in zahllosen Formen und Arten gab: schelmische Waldmenschen, kluge Dunkelelfen oder Zwerge und die Lichtelfen – die man auch Feen nannte –, die von ihnen allen den Herzen der Alten Götter am nächsten standen.

Zu dieser Zeit gab es in Falengarth keine Menschen, nur die Maugrim, die aber nicht wie die heutigen Menschen waren. Die Maugrim lebten in den Wäldern, trugen Tierfelle, hausten in Höhlen und jagten mit Steinmessern, denn genau wie das Kleine Volk konnten auch die Maugrim kein Eisen berühren.

Äonen lang waren die Alten Götter die mächtigsten Wesen in ganz Falengarth: Olrig Einauge, Ysani von den Kreuzungen, Durnach der Schmied. Und Mohg, der Herr des Einbruchs der Nacht, der stärker als alle war, wenn die Sonne hinter dem Rand der Welt versank und der Tag starb – mit Ausnahme von Olrig.«

»Also war er schon damals böse«, sagte Aryn.

»Nein«, erwiderte Melia. »Die Nacht hat nichts Böses an sich. Böse ist nur das, was Menschen und Götter in sie hineinbringen.«

Falken nickte. »Melia hat Recht. Aber vor mehr als tausend Jahren fingen die Dinge an, sich zu verändern. Während in Falengarth nur die Maugrim hausten, gab es in Moringarth, dem großen, heißen Land südlich vom Sommermeer, schon seit vielen Zeitaltern Menschen. Die Alten Götter waren nie nach Moringarth gezogen, da sie die kühlen, feuchten Wälder des Nordens vorzogen, darum störten sie die glänzenden Städte der Menschen nicht weiter.

Aber dann kam es im Süden zu einer gewaltigen Feuersbrunst, und viele Menschen flohen über das Meer nach Norden, nach Falengarth. Dort gründeten sie viele Städte, einschließlich derjenigen, die im Laufe der Zeit die größte Stadt auf der Welt werden sollte.«

»Tarras«, murmelte Lirith.

»Das stimmt«, sagte Falken. »Nun, die Gründung von Tarras und anderer Städte im Süden von Falengarth durchfuhr die Alten Götter und das Kleine Volk wie ein Wind einen Wald. Sie verstanden diese Wesen nicht, die in Schiffen mit roten Segeln über das Meer kamen, die Steine zu hohen Türmen aufschichteten und helles Eisen zu scharfen Schwertern schmiedeten. Aber die Menschen brachten nicht nur Eisen über das Meer. Denn sie brachten auch ihre Götter mit – seltsame, neue Götter.«

Melia verschränkte die Arme. »Das verbitte ich mir, Falken. Wir sind *nicht* seltsam. Und wir sind auch nicht gerade neu.«

»Und doch sind die Alten Götter viel älter«, erwiderte Falken. »Sie waren die Gottheiten der Wälder, des Steins, des Wassers und des Himmels, der Weltenschmied hatte die Runen gesprochen und sie ins Leben gerufen, so wie alle Dinge auf Eldh. Doch die Neuen Götter von Tarras waren anders. Die Nindari waren Götter der Menschen, die ihre Göttlichkeit durch den Glauben ihrer Anhänger erhielten, und ihre Geburt war ein Geheimnis. Die Menschen von Tarras stießen eine Meile nach der anderen weiter nach Norden vor und brachten ihre Götter mit, und die Alten Götter spürten, dass ihre Tage auf Falengarth begrenzt waren. Einer nach dem anderen fingen sie und das Kleine Volk an, ins Zwielichtreich überzugehen, das Land, das kein Land ist, das zugleich überall und nirgendwo ist.

Doch einer der Alten Götter weigerte sich, in das Zwielichtreich einzugehen. Der Anblick in Falengarth einmarschierender Menschen erfüllte ihn mit wildem Zorn, und er beschuldigte Olrig, den Anführer der Alten Götter, des Verrats und der Feigheit, weil er nicht kämpfen wollte.«

»Und dieser Gott war Mohg«, sagte Durge.

Falken nickte. »Und in seinen Worten spürten die anderen Götter schließlich die uralte Eifersucht, die Mohg für Olrig hegte. Mohg fand, er sollte der Anführer der Alten Götter sein, aber sie wandten ihm den Rücken zu. Aber das nährte Mohgs Hass nur noch, wie der Wind eine Flamme. Er machte sich auf die Suche nach jemandem, der ihm helfen würde – einem Drachen. Nun waren Drachen aber vom Beginn der Welt an immer die Feinde der Alten Götter gewesen, da sie all das zerstören wollten, dem der Weltenschmied Leben eingehaucht hatte.«

»Oder Sia«, murmelte Lirith. Sie erwiderte den Blick des Barden. »Zumindest laut einigen Geschichten.«

Falken schaute sie unwirsch an. »Oder Sia, wenn Ihr so wollt. Mohg begab sich in die Ödnis und erstieg einen Berg, der so hoch war, dass er den Himmel berührte, einen Berg, der seitdem in Geröll verwandelt wurde. Der scharfe Stein zerschnitt seine Hände und Füße zu Fetzen, aber schließlich erreichte er blutig und erschöpft den Gipfel, und hier fand er den Drachen Hriss.

Nun war Hriss ein großes und uraltes Drachenweibchen, denn sie gehörte der Brut von Agamar an, die die Erste des Drachengeschlechts war, und sie war schrecklich klug. Wie alle Gordrim begehrte sie Wissen und hortete es, und in Mohgs Kommen sah sie eine Gelegenheit, ein Wissen zu erhalten, das sie schon immer ersehnt hatte.

›Ich werde Euch das Wissen geben, das Ihr wollt‹, sagte Hriss zu Mohg. Und sie machte mit ihrer Kralle einen tiefen Schnitt in ihren Leib, und das Blut strömte heraus, und sie bat Mohg, es zu trinken, was er auch gierig tat. Ihr Blut war heiß und voller Weisheit, aber noch während Mohg trank, verdrehte Hriss den Hals, sodass sie an seinen Körper herankam, und solange er noch von ihrem Blut berauscht war, fraß sie sein lebendes Herz aus seiner Brust, denn sie hatte schon immer wissen wollen, wie wohl das Herz eines Gottes schmeckte, und endlich verfügte sie über dieses Wissen. Zufrieden flog sie vom Berg und ließ Mohg für die Geier zurück.

Obwohl Mohg ein Gott war, wäre er auf diesem Berg gestorben, hätte es da nicht eine Hexe namens Cirsa gegeben, die Mohg in einer Vision sah und Mitleid mit ihm hatte. Cirsa stieg mit einem Klumpen tarrasischem Eisen auf den Berg, und den platzierte sie in seiner Brust und verzauberte ihn, damit Mohg lebte.«

Falkens Miene war grimmig. »Das Blut eines Drachen zu trinken verleiht dem Trinkenden große Weisheit. Aber der Preis der Weisheit besteht darin, dass sie die Sicht verfinstert, dass man niemals wieder das Gute an einer Sache sehen kann, oder Schönheit oder Freundlichkeit. Stattdessen wird die ganze Welt kalt, hart, hässlich und böse – ein Ding, das in ständigem Verfall begriffen ist. Als Cirsa das in Mohgs Augen erkannte, erkannte sie, welch schrecklichen Fehler sie begangen hatte, aber bevor sie ihren Zauber unwirksam machen konnte, stieß Mohg sie vom Berg. Das war sein Dank für ihre Hilfe.«

Aryn ballte die linke Hand zur Faust. »Sie hätte ihn verfluchen sollen.«

»Das hat sie auch«, sagte Falken. »›Die Liebe soll Euch trotzen!‹, rief sie, als sie stürzte und dann tief unten auf den spitzen Felsen ihr Leben aushauchte. Natürlich war Mohg jetzt die Liebe egal, hatte er doch ein Herz aus Eisen, also vergaß er ihre Worte. Und das Blut-Wissen hatte ihm das gegeben, was er sich gewünscht hatte – einen Weg, die Südmenschen und ihre Götter zu besiegen.

Ihr müsst wissen, dass Jahrhunderte zuvor die drei Großen Steine – die *Imsari* – auf Eldh herniederstürzten, wo sie der Dunkelelf Alcendifar fand. Mit seiner Handwerkskunst band der Zwerg die Mächte von Eis, Feuer und Zwielicht in die Steine, dann verbarg er sie, denn er war eifersüchtig auf ihre Schönheit und wollte nicht, dass die Blicke anderer sie stahlen.

Mit seinem neuen Wissen war Mohg klar, dass er mit den *Imsari* die Macht haben würde, die Erste Rune zu brechen, die den Namen Eldh trug und die der Weltenschmied am Anfang mit dem Dämmerungsstein verbunden hatte, damit die Welt Beständigkeit haben und niemals verblassen würde. Sobald Mohg die Erste Rune zerbrochen hatte, würde er Eldh nach seinem Abbild neu formen können, ein Eldh, in dem er der Herr und alle anderen – Menschen und Götter zugleich – seine Sklaven sein würden.

Aber zuerst brauchte Mohg Diener. Er wusste, dass er, um

Menschen zu bekämpfen, selbst einen Menschen brauchte. Nun waren irgendwo im Nebel der Zeiten Menschen nach Eldh gekommen, und zwar im hohen Norden, in Toringarth. Sie ähnelten den Menschen aus Moringarth, waren aber größer, blasser und von barbarischer Art.

In der Verkleidung eines alten, blinden Sehers begab sich Mohg zum Häuptling eines dieser Barbarenstämme, einem Mann namens Berash, der so mutig, arrogant und dumm war, wie ein Mensch nur sein konnte. Mit süßen Worten und dem Versprechen von Macht konnte Mohg ihn überzeugen, sein lebendes Herz gegen eines aus Eisen einzutauschen, und als er einwilligte, wurde Berash in der Tat zu einem mächtigen, schrecklichen Wesen – ein Wesen, das von nun an als der Fahle König bekannt war. Aber er war auch Mohgs ewiger Diener.«

Falken verstummte und strich über seine Laute. »Ich glaube, ihr alle kennt den Rest der Geschichte. Mohg verführte dreizehn der Neuen Götter und band sie in unsterbliches Fleisch, und sie wurden die Nekromanten. Die Nekromanten schwärmten über Eldh aus und entdeckten Alcendifars Versteck. Sie entwanden dem Zwerg die *Imsari*, erschlugen ihn und kehrten nach Imbrifale zurück, um Berash die Großen Steine zu überreichen, damit dieser sie an Mohg weitergeben konnte. Aber als der Fahle König aus Imbrifale ritt ...«

»Wartete bereits eine Armee auf ihn«, sagte Aryn mit leuchtenden Augen. »Ulther von Toringarth und Elsara von Tarras hatten eine Allianz gegründet, und zusammen trieben sie den Fahlen König zurück nach Imbrifale und nahmen ihm die *Imsari* ab.«

»Das ist richtig«, sagte Falken. »In einem verzweifelten Zug schickten sowohl Ulther wie auch Elsara Heere zur Schattenkluft. Ulther traf zuerst ein und erschlug den Fahlen König mit seinem Schwert Fellring, das durch das Blutopfer dreier Elfen verzaubert war. Fellring und das Herz des Fahlen Königs zersplitterten. Ulther wäre selbst gestorben, da sein ganzes Heer vernichtet worden war, aber in diesem Augenblick ritt Elsara mit dem Heer aus Tarras in dem Tal ein, und das Schlachtenglück wendete sich. Die Nekromanten flohen zusammen mit ihrem gestürzten Herrn zurück nach Imbrifale. Elsara hatte Ulther gerettet.«

»Sie hat ihn geliebt, wisst ihr.«

Alle sahen Melia an. Die Lady streichelte das Kätzchen, ein geheimnisvolles Lächeln auf den Lippen. »Ulther reiste von Toringarth bis nach Tarras, um die Kaiserin vor der Ankunft des Fahlen Königs zu warnen. Zuerst verweigerte sie sich seinen Bitten um eine Allianz, sagte, ihr seien Kriege im eisigen Norden egal. Doch Ulther blieb hartnäckig, und schließlich willigte Elsara ein. Aber das tat sie nicht nur, weil sie mittlerweile an die Gefahr glaubte, die er beschrieben hatte. Sie hatte sich in ihn verliebt, so wie er sich in sie verliebt hatte.«

Falken stellte die Laute ab. »Wenn das stimmt, dann wurde ihre Liebe niemals belohnt. Ihre Völker hätten niemals eine Heirat zwischen einem Barbarenkönig und einer Kaiserin aus dem Süden akzeptiert. Aber als sie das Königreich von Malachor schufen, damit die Tore von Imbrifale bewacht wurden, gab jeder von ihnen dem neuen Königreich ein Kind: Ulthers Tochter und Elsaras Sohn wurden miteinander verheiratet, und ihre Erben herrschten über Malachor, bis ...«

Falkens Stimme erstarb, aber Lirith wusste, was er hatte sagen wollen. *Bis dieses Königreich unterging.*

»Moment mal«, sagte Durge mit seiner grollenden Stimme. »Wir wissen, dass der Fahle König im Krieg der Steine besiegt wurde. Doch Ihr müsst uns noch von seinem Herrn erzählen. Was wurde aus Mohg?«

Falken hob die Laute wieder auf. »Das ist eine Geschichte, die nur wenigen bekannt ist. Der Krieg der Steine fand hier in

Falengarth statt, wo alle zu Zeugen wurden, der Krieg gegen Mohg fand aber an der schattenhaften Grenze des Zwielichtreichs statt, die kein Mensch betreten darf, mit Ausnahme der Maugrim zu ihrer Zeit. Wie sich die Armeen des Südens und des Nordens gegen einen gemeinsamen Feind verbündeten, so taten das auch die Eldhari und die Nindari.«

Lirith hob den Kopf. »Ihr meint, die Alten Götter und die Neuen Götter haben zusammengearbeitet?«

Melia nickte. »Es stimmt, meine Liebe. Das haben wir. Ich kann nicht behaupten, dass wir einander sehr gut verstanden haben, aber uns allen war klar, dass das die einzige Möglichkeit war, um Eldh vor Mohg zu retten.«

»Zusammen stellten alle Götter eine Falle auf«, sagte Falken. »Sie webten ein schimmerndes Trugbild der drei *Imsari* und des Dämmerungssteins. Von seinen Gelüsten getrieben stürzte sich Mohg auf das, was er für die Schlüssel zu seinem Sieg hielt. Aber als er danach griff, lösten sie sich in Schatten auf, und ihm war klar, dass man ihn betrogen hatte. Doch es war zu spät. Weil Mohg dem Trugbild gefolgt war, hatte er den Kreis der Welt übertreten. Die Alten Götter banden den Kreis mit mächtigen Runen und setzten Mohg jenseits der Grenzen von Eldh gefangen. Für alle Ewigkeit.«

»Dieser Trick forderte jedoch einige Opfer, denn es heißt, dass ein paar der Alten Götter die Zauber des Trugbildes bis zum letzten Augenblick aufrechterhielten, und sie wurden zusammen mit Mohg aus dem Kreis der Welt ausgesperrt.«

Ein scharfer Schmerz durchzuckte Liriths Herz. Konnte man wirklich etwas so sehr lieben, dass man es freigab? Die Vorstellung war wunderschön, aber so schrecklich traurig.

»Was geschah mit den restlichen Alten Göttern, Falken?«, fragte sie.

»Ihre Zeit war vorbei. In der Welt der Menschen gab es keinen Platz für sie. Sie vergingen und verschwanden ins

Zwielichtreich und das Kleine Volk mit ihnen.« Er warf Melia einen Seitenblick zu. »Aber wie wir beim letzten Wintersonnenwendfest feststellen konnten, ist das Kleine Volk zwar größtenteils in Vergessenheit geraten, aber es ist noch nicht ganz gegangen.«

Lirith war nicht dabei gewesen, aber Aryn hatte ihr die Geschichte erzählt, wie hoch gewachsene, leuchtende Elfen Beltans verwundeten Körper in den Großen Saal von Calavere getragen und wie seltsame Gestalten die toten *Feydrim* mit verkrümmten Armen aufgehoben und fortgeschafft hatten. Aber die *Feydrim* waren einst Angehörige des Kleinen Volkes gewesen, bevor die Magie der Nekromanten aus ihnen Zerrbilder gemacht hatte.

»Also hat sich das Schicksal erfüllt, das die Hexe Cirsa aussprach«, sagte Aryn.

Falken legte den Kopf schief. »Wieso?«

»Der Fahle König wurde wegen Ulthers und Elsaras Liebe besiegt, deswegen konnte er Mohg nicht die Großen Steine übergeben.« Die junge Frau lächelte und legte die linke Hand an die Brust. »›Die Liebe soll Euch trotzen.‹«

Falken warf Melia einen überraschten Blick zu, dann sah er wieder Aryn an. »Vielleicht habt Ihr da Recht«, sagte er schroff.

Lirith seufzte. Sie hätte gedacht, dass der Barde eine fröhlichere Geschichte erzählen würde, als Gegenmittel für ihre ernste Stimmung. Und doch war sie auf ihre Weise passend gewesen. Wieder einmal stellte sie sich die Frage, wer nicht nur einen, sondern gleich zwei Götter töten konnte. Ein Drache hatte Mohg beinahe getötet, aber auch nur mit seiner freiwilligen Mithilfe. Wer auch immer Ondo und Geb ermordet hatte, musste über eine unglaubliche Macht verfügen – genug Macht, um wie einst Mohg die ganze Welt zu bedrohen.

Aber die Alten Götter hatten sich mit den Neuen Göttern

zusammengetan, um die Welt zu retten. Bestand vielleicht der Hauch einer Chance, dass sie wieder helfen konnten? Denn wenn das Kleine Volk aus dem Zwielichtreich zurückkehren konnte, warum dann nicht auch sie? Sie wollte Falken danach fragen ...

... und stieß einen Schrei aus.

Ein dunkles Ding landete in ihrem Schoß und kroch über den luftigen Stoff. Es war eine Spinne: schwarz, leuchtend, münzgroß. Sie sprang auf die Füße, und die Spinne fiel zu Boden.

Die Spinne wollte fortkrabbeln, aber Durge stand auf und stellte den Stiefel auf sie. Es gab ein feuchtes Geräusch. Doch noch immer raste Entsetzen durch Liriths Adern.

»Es ist nur eine Spinne, Mylady«, sagte der Ritter ernst. »Da gibt es nichts zu fürchten.«

Die anderen starrten sie verwirrt an. Lirith wurde klar, dass sie eine Erklärung abgeben musste. Sie griff in ihr Kleid und zog das Spinnenamulett der Mournisch heraus. Dann erzählte sie ihnen von den Träumen mit den goldenen Spinnen und dem hungrigen Ding, das in den Schatten lauerte. Doch Sareth erwähnte sie nicht. Er war nicht wichtig. Zumindest redete sie sich das ein, auch wenn es eine Lüge war. Aber er war ein Geheimnis, also sagte sie nichts von seinem Platz in ihren Träumen.

Melia berührte ihren Arm, als sie zum Ende gekommen war. »Ich kann dafür sorgen, dass Ihr heute Nacht ohne Träume schlaft, meine Liebe. Falls Ihr das möchtet.«

Lirith nickte steif. Sie fing an, das Amulett zurück unter das Kleid zu schieben, aber plötzlich durchfuhr die Erinnerung sie wie ein Blitz. »Melia«, sagte sie, »das erinnert mich an etwas, das ich Euch nach dem Besuch bei den Goldschmieden fragen wollte. Ich habe es nach dem Attentat auf mich völlig vergessen.« Sie streckte das Amulett aus. »Als eine Goldschmiedin das hier sah, nannte sie mich eine Anhängerin von Sif, und sie sagte, ich würde niemals die goldenen Amulette bekommen, die ich wollte.«

»Ich kann verstehen, wie sie auf die Idee kam, als sie Euer Amulett sah«, sagte Melia. »Sif ist der Spinnengott. Spinnen sind ihm heilig.«

Aryn sah Melia an. »War der Tempel von Sif bei der Etherion vertreten?«

»Nein, von ihnen war keiner da.«

Falken schnaubte. »So wie die Hälfte aller Tempel der Stadt. Ich vermute, sie haben Angst ...«

»Beim Stahl meines großen Breitschwerts!«

Alle Köpfe wandten sich Durge zu. Es war ungewöhnlich genug für den ernsten Ritter, jemand anderen zu unterbrechen, aber dass der Embarraner eine Verwünschung ausstieß, war erstaunlich.

»Was ist denn, Durge?«, stieß Lirith hervor.

Der Schnurrbart des Ritters zuckte. »Melia«, sagte er, »sagt mir, was für Roben tragen die Priester von Sif?«

Melia sah ihn verblüfft an. »Sie tragen dunkelgraue Roben, auf die hellgraue Fäden aufgenäht sind. Ich glaube, sie sollen wie Spinnennetze aussehen. Aber warum fragt Ihr?«

»Weil ich glaube, dass ich weiß, wer der Mörder ist.«

46

Trotz der warmen Nachtluft, die an den Vorhängen vorbeistrich, fror Aryn. Durges Behauptung hatte sie alle wie ein Schlag ins Gesicht getroffen. Sie warf Lirith einen Blick zu, dann webte sie schnell einen Faden zum Netz der Weltenkraft.

Wovon auf Eldh spricht er da, Schwester? Weder Melia noch Falken haben herausfinden können, wer Ondo und Geb getötet hat. Durge kann unmöglich wissen, wer der Mörder ist.

Liriths Erwiderung schoss wie ein Blitz durch die Weltenkraft. *Wenn du das glaubst, dann unterschätzt du ihn. Durge hat in seinem Leben viel gesehen, hat viel ertragen, das du dir nicht einmal vorstellen kannst. Er ist ein kluger und intelligenter Mann und ein Philosoph der Wissenschaft, und du erweist dir und ihm einen schlechten Dienst, wenn du ihn so einfach abstempelst, Schwester.*

Aryn keuchte auf. Die Schärfe dieser Worte traf sie wie kalte Nadelstiche. Was hatte sie gesagt, um eine solche Zurechtweisung zu verdienen? Sie hatte nie behauptet, Durge sei dumm. Sie wandte den Blick von Lirith. Falken stand hinter Melias Stuhl, die Hände auf ihre schmalen Schultern gelegt. Sowohl der Barde als auch die Lady schauten Durge ernst an, und Aryn zuckte innerlich zusammen. Vielleicht hatte Lirith Recht, vielleicht war es schrecklich von ihr, an Durge zu zweifeln. Es war offensichtlich, dass Melia und Falken es nicht taten.

Wie durch einen Zauber schossen Erinnerungen durch Aryns Kopf; es war ein Haufen kleiner Bilder, die sie in der Hand halten konnte. Und jedes stellte einen Augenblick dar, in dem sie gemein zu Durge gewesen war oder ihn ausgelacht hatte. Oder, was vielleicht am schlimmsten war, den Ritter einfach ignoriert hatte.

Nein, sie waren nicht wie kleine Bilder. Eher wie Spielkarten.

Ihr habt die Person vergessen ...

Hatte die Alte Durge gemeint? Aryn zuckte zurück, konnte die Hand voller Erinnerungen, die sie gezogen hatte, aber nicht wegwerfen. Was stimmte nur nicht mit ihr? Kein Mann konnte freundlicher, stärker, zuverlässiger sein als der Embarraner mit dem zerfurchten Gesicht. Warum fiel es ihr nur so schwer, das Gute in ihm zu sehen?

Vielleicht willst du es einfach nicht sehen, Schwester? Schließlich ist er mehr als alt genug, um dein Vater zu sein ...

»Wer ist es, Durge?«, sagte Melia mit angespannter Stimme.

»Plötzlich ergibt alles einen Sinn«, erwiderte der Ritter in seinem grollenden Tonfall. Er sah Lirith an. »Es war die Spinne, Mylady.«

»Was hat das mit Spinnen zu tun?«, fragte Falken.

»Alles«, sagte Durge. »Ich kann nichts über Eure Träume sagen, Lady Lirith, oder die Visionen der Hexen von Tarras. Doch ich weiß, was ich mit eigenen Augen gesehen habe. Vor drei Tagen, als wir die Etherion verließen, kurz bevor die Priester von Vathris getötet wurden, habe ich mehrere Priester gesehen, die nicht an der Debatte teilgenommen haben. Und sie trugen dunkelgraue Roben mit hellgrauen Stickereien.«

Melia stand auf, das Kätzchen fiel mit einem protestierenden Miauen zu Boden und konnte erst im letzten Augenblick die Pfoten ausstrecken, um auf allen vieren zu landen.

»Priester von Sif.« Ihre bernsteinfarbenen Augen funkelten. »Ihr glaubt, dass Sif der Mörder ist.«

Durge nickte. »Nach all dem, was wir erfahren haben, kann nur das die Antwort sein. Wir wissen von Liriths Besuch bei den Goldschmieden, dass sich Ondo geweigert hat, die goldenen Amulette herzustellen, die der Spinnengott für seine Priester begehrte. Wir wissen auch, dass man den Anhängern

Ondos kürzlich Gold gestohlen hat. Ich glaube, dass Sif, weil man seinen Wunsch verweigerte, entschlossen war, sich das Gold auf jede nur erdenkliche Weise zu verschaffen. Zuerst ermordete er Ondo und stürzte die Goldschmiede in die Verzweiflung. Dann ermordete er die Priester verschiedener anderer Tempel, um Chaos und Verwirrung zu stiften, um sicherzugehen, dass die Etherion nicht zusammenarbeiten und ihn entdecken würde. Schließlich verbündete er sich mit einem anderen Gott, um die Gilde der Goldschmiede zu bestehlen.«

»Geb«, sagte Aryn. In ihrem Verstand fielen die einzelnen Stücke des Ratespiels an ihren richtigen Platz. Lirith hatte Recht, sie hätte Durge niemals anzweifeln dürfen. »Darum habt Ihr die Goldmünze in dem Abwasserkanal gefunden.«

»Das glaube ich«, sagte Durge. »Doch ich habe keine Münze gefunden, sondern ein Stück Rohmetall. Ich hätte es gleich erkennen müssen, bei den glatten Seiten. Ich benutze bei meinen alchemistischen Arbeiten Bleirohlinge. Goldrohlinge werden bei der Schmuckherstellung verwendet. Gebs Anhänger müssen das Gold gestohlen und durch die Abwasserkanäle unter der Stadt transportiert haben, und in ihrer Eile haben sie das Stück Rohmetall fallen gelassen.«

Falken fuhr sich mit einer Hand durch das graue Haar. »Einen Moment, Durge. Wenn Sif mit Geb einen Handel abgeschlossen hat, um Ondos Gold zu stehlen, warum hat er dann Geb getötet? Es würde doch keinen Sinn machen, seinen Komplizen zu ermorden.«

»Nein, das würde es nicht«, sagte Durge. »Es sei denn, Geb hat Sif betrogen und das Gold behalten. Schließlich ist Geb nicht nur der Gott der Bettler, sondern auch der der Diebe.«

Falken schlug sich mit der behandschuhten Hand an die Stirn. »Natürlich! Darum haben sich Gebs Anhänger versteckt. Sie hätten in Massen auf den Straßen sein müssen, den Tod ihres Gottes dazu benutzen sollen, um Mitleid und Wohltätigkeit zu erringen, stattdessen haben sie sich in den Tiefen der Abwasserkanäle versteckt. Sie wollen nicht, dass die Goldschmiedegilde herausfindet, dass sie mit Ondos Mörder unter einer Decke gesteckt haben, und sie wollen nicht, dass Sif sich an ihnen rächt, so wie er es mit ihrem Gott gemacht hat. Oder dass er herausfindet, wo sie das Gold versteckt haben.«

Melia ging vor dem Fenster auf und ab, die kleinen Hände zu Fäusten geballt. »Ich hätte es erkennen müssen! Sif hat schon immer gern Netze gespannt.« Sie trat auf Durge zu. »Danke«, sagte sie einfach, und der Ritter machte vor ihr eine tiefe Verbeugung.

»Da gibt es immer noch eine Sache, die ich nicht verstehe«, sagte Lirith. »Melia, Ihr habt uns doch erzählt, dass es in der ganzen Geschichte von Tarras niemals dazu gekommen ist, dass ein Gott einen anderen getötet hat. Wie konnte Sif dann sowohl Ondo als auch Geb töten?«

»Das weiß ich nicht«, sagte Melia mit leuchtenden Augen. »Aber ich werde es herausfinden. Lasst uns sofort zum Tempel von Sif gehen. Ich werde diesen Priestern ...«

Ein energisches Klopfen an der Tür unterbrach Melia. Falken öffnete sie, und ein schmächtiger junger Mann eilte herein und stolperte, als sich sein Zeh im Saum seiner schlichten weißen Robe verfing.

»Landus!«, rief Aryn aus, dann bedauerte sie ihre Unhöflichkeit. Landus war zwar nicht die letzte Person, von der sie erwartet hätte, dass sie durch die Tür gestolpert kam, aber er hatte sich mit Sicherheit ganz weit unten auf der Liste befunden.

Durge fing den Akoluthen mit seinen starken Händen auf. Der junge Mann richtete hastig seine Robe und schaute auf. Aryn holte zischend Luft. Als sie Landus das letzte Mal gesehen hatte, hatte sein breites Gesicht einen fröhlichen Ausdruck getragen. Jetzt wirkte es auf eine seltsame Weise hart, seine freundlich blickenden braunen Augen waren glasig und tief eingesunken.

»Was ist los, Landus?«, fragte Falken.

Der junge Akoluth kämpfte um Worte. Er musste vom Vierten Kreis bis hierher gerannt sein. »Es ... es ist ... Orsith.«

Melia wich das Blut aus dem Gesicht, sie legte eine Hand an den Hals. »Landus, was ist geschehen? Sag mir sofort, dass es Orsith gut geht.«

»Es ... es tut mir Leid, Eure Heiligkeit.«

Melia ließ sich auf ihren Stuhl fallen, ganz schlaff, wie ein zu Boden geworfenes Kleidungsstück.

»Vor kurzem überfiel mich ein Frösteln«, sagte sie leise. »Ich glaubte, es wäre nur die Nachtluft. Aber es war nicht die Luft, oder?«

Sie schaute zu Landus hoch, und das Gesicht des Akoluthen war eine Maske der Trauer.

»Nein, Eure Heiligkeit, das war es nicht.«

47

Die zahllosen Tempel des Zweiten Kreises funkelten im perlenweißen Licht des Mondes. Für Aryn sahen sie wie Beinhäuser aus, die in der Nacht leuchteten.

Die Straßen von Tarras waren nicht so belebt wie während der warmen Tagesstunden, aber selbst in der Kühle der Mitternacht waren sie alles andere als leer. Fackeln erhellten den Weg für betrunkene Feiernde, die von einem Fest zum nächsten taumelten. Aus hell erleuchteten Fenstern drang Musik und Gelächter heraus, allerdings waren die Laute irgendwie eher unheimlich als fröhlich. Von Zeit zu Zeit hallten Schreie durch die Stadt, aber man konnte unmöglich sagen, ob es sich um Schmerzens- oder Lustschreie handelte.

Kurz bevor sie den Vierten Kreis verlassen hatten, war ein gut gekleideter Mann Aryn vor die Füße gelaufen. Er hatte sich auf der Straße übergeben, gelacht und war dann weitergetaumelt. Durge wollte hinter ihm her, um ihm Anstand einzubläuen, aber Aryn zog an seinem Arm. Melia war nicht stehen geblieben.

Der Dritte Kreis war still, denn hier hielt das tarrasische Militär Wache. Der Tempeldistrikt, durch den sie dann eilten, war wiederum nicht still, aber hier ging es wiederum auch nicht so ausgelassen zu wie in den tieferen Kreisen der Stadt. Doch es war klar, dass viele Götter die Schatten der Nacht dem hellen Licht des Tages vorzogen. Weihrauch erfüllte die Luft, zusammen mit dem Gemurmel leiser Gebete.

Sie kamen an einem Tempel vorbei, dessen Türen weit offen standen. Licht ergoss sich wie geschmolzenes Gold über die Stufen. Über der Tür zeigte ein Fries einen lüstern grinsenden Gott mit Ziegenbeinen. In der einen Hand hielt er eine nackte Jungfrau, in der anderen einen stattlichen jungen Mann.

Aryns Blick glitt an der Tür vorbei ins Innere. Der Tempel wurde vom Rauch der Kohlenpfannen erfüllt, sodass sie sich nicht sicher sein konnte, was genau sie dort sah. Aber der Boden schien sich zu winden, als wäre er voller Schlangen. Dann wirbelte eine nächtliche Brise den Rauch durcheinander, und sie sah, dass es sich nicht um Schlangen handelte, sondern um Arme und Beine, die sich zu einem lebendigen, in wellenförmigen Bewegungen zuckenden Knoten verschlungen hatten. Stöhnen hallte durch die Luft wie stockende Gebete. Es waren Laute des Vergnügens. Oder der Qual.

Diesmal war es Durge, der an ihrem Arm zog. »Nein, Mylady. Seht nicht in diesen Tempel.«

Mit einer großen Willensanstrengung schaffte sie es, den Blick loszureißen und sich von dem Ritter mitziehen zu lassen.

Landus führte sie eilig durch schattenerfüllte Straßen. Das Gesicht des jungen Akoluthen war ernst, und vielleicht war es nur ein Trick des Mondlichts, aber selbst seine große Hakennase schien jetzt weniger witzig zu sein, als Aryn in Erinnerung hatte. Anscheinend hatte sie wieder jemanden unterschätzt.

Als sie den Tempel von Mandu erreichten, hatte die Trauerzeremonie bereits begonnen. Der nüchterne Innenraum wurde von einer fahlen Helligkeit erfüllt, die keine Quelle zu haben schien und die den weißen Stein beinahe durchscheinend aussehen ließ. Vor dem Altar standen ein Dutzend Priester und Priesterinnen unter der heiter lächelnden Statue des Sterbenden Gottes. Etwas lag auf einer Steinbahre.

Aber das stimmte so nicht. Worum auch immer es sich bei dem Gegenstand handelte, er schwebte über der steinernen Oberfläche. Dann erkannte Aryn, dass es sich um die Umrisse eines Mannes handelte, der von Kopf bis Fuß in ein weißes Leichentuch eingehüllt war. Allein das Gesicht lag frei: Es war hager und faltig, und doch war es im Tod so friedvoll wie das seines Gottes.

»O Orsith«, flüsterte Melia.

Die Priester und Priesterinnen machten ihr den Weg frei, als sie zum Altar eilte, als hätten sie sie erwartet. Melia liebkoste das Gesicht des alten Mannes. Sie beugte sich vor, um ihm etwas zuzuflüstern, aber was auch immer sie sagte, wurde von dem Lied übertönt, das erscholl. Aryn konnte die seltsamen Worte nicht verstehen, die die Priesterschaft da sang, aber in ihnen lag Trauer und eine große, endlose Freude, die beinahe unerträglich war.

Schließlich wandte sich Melia von der über dem Altar schwebenden Gestalt ab und kehrte zu ihnen zurück.

»Wenn es nicht zu viele Umstände macht«, sagte sie an Landus gewandt, »würde ich gern sehen, wo er seine letzten Augenblicke verbracht hat.«

Der Akoluth nickte. »Natürlich, Eure Heiligkeit. Das macht keine Umstände. Hier entlang.«

Er führte sie in einen kleinen Vorraum, der im Gegensatz zu dem, was Aryn bis jetzt von Mandus Tempel gesehen hatte, alles andere als leer war. Regale und Schränke säumten die Wände, fast bis zum Bersten mit eng zusammengerollten Pergamentrollen gefüllt. In der Mitte des Raumes standen ein Tisch und ein Stuhl, und auf dem Tisch befanden sich Körbe mit Federn und Tintenfässchen sowie ein Blatt Pergament. Eines der Tintenfässchen hatte sich über das Blatt ergossen und den größten Teil des Geschriebenen unkenntlich gemacht.

»Das war ... das *ist* Orsiths Studierzimmer«, sagte Landus und kämpfte um jedes Wort. »Er war immer so fleißig darum bemüht, die Aufzeichnungen fortzuführen. Orsith liebt ... das heißt, er hat die Geschichte so geliebt.«

Im trüben Kerzenlicht des Studierzimmers erschien Landus

plötzlich dünn und hinfällig, wie um Jahre gealtert. Aber es war offensichtlich, dass er Orsith geliebt und verehrt hatte. Aryn zögerte, dann trat sie zu dem jungen Mann hin und legte ihm die Hand auf den Arm.

»Es tut mir so Leid, Landus«, sagte sie.

Er schaute sie überrascht an, dann nickte er, und ein dankbares Lächeln lag kurz auf seinen Lippen. »Am Ende schließt sich der Kreis für uns alle, und Orsith hat eine lange, fruchtbare Drehung gelebt. Obwohl wir alle es nicht wahrhaben wollten, hat seine Gesundheit im letzten Jahr stark nachgelassen. Es ist ein Schrecken, aber eigentlich keine Überraschung.«

Falken trat an den Tisch. »Habt Ihr ihn hier gefunden?«

Landus nickte. »Mehrere von uns haben Orsith aufschreien gehört. Ich hielt mich gerade im Korridor auf, darum traf ich als Erster ein. Als ich ihn erreichte, war er bereits von uns gegangen, am Tisch zusammengebrochen. Ich fürchte, sein Herz hörte auf zu schlagen. Aber sein Aufschrei dauerte nicht lange; ich glaube nicht, dass er groß gelitten hat.«

Melia verschränkte die Arme vor der Brust. »Ich hätte früher nach Tarras kommen sollen. Ich hätte mehr Zeit mit ihm verbringen können, bevor er in den nächsten Kreis übergeht. Ich wünschte, ich hätte gewusst, dass sein Herz so schwach ist.«

»Das Wissen hätte Euch nichts genutzt, Mylady.«

Alle wandten sich Durge zu. Der Ritter hatte in der Ecke gekniet und stand jetzt auf.

Melia starrte ihn an. »Wovon sprecht Ihr?«

»Es war nicht sein Herz, das ihn getötet hat«, sagte der Ritter.

Falken warf ihm einen finsteren Blick zu. »Durge, das ist jetzt nicht die Zeit für Scherze.«

Der Embarraner hob die Brauen, und Falken zuckte zusammen, da er offensichtlich die Dummheit seiner Worte erkannte.

»Ihr habt etwas gefunden, Durge, nicht wahr?«, sagte Aryn. »Was ist es?«

Der Ritter streckte die schwielige Hand aus. Auf seiner Handfläche funkelte eine aus Gold gefertigte Spinne im Kerzenlicht.

48

Falken saß am Tisch und studierte das befleckte Blatt Pergament. Melia stand stumm hinter ihm; sie hatte den angebotenen Sitzplatz abgelehnt. Sie stand so steif da wie die Statue von Mandu im Tempelsaal. Doch im Augenblick war in ihren Augen nichts von Mandus Heiterkeit zu sehen. Stattdessen blickten sie hart.

»Seid Ihr sicher, dass Sif es war, der Orsith getötet hat?«, fragte Landus. Der Akoluth zitterte sichtlich unter seiner Robe.

»Es war Durge, der das Rätsel gelöst hat«, sagte Lirith. »Alle Hinweise deuten auf Sif.« Sie zeigte auf die Goldspinne auf dem Tisch. »Und das dürfte jeden möglichen Zweifel beseitigen.«

»Ich schätze, es war eine Art von Gift«, sagte Durge. »Ihr habt gesagt, dass Ihr an Orsiths Körper keine Wunden gesehen habt, Landus. Nur Gift würde das erklären.«

Landus schüttelte den Kopf, als wäre ihm schwindelig. »Vermutlich ja. Aber warum sollte Sif Orsith umbringen wollen?«

Falken schaute auf. »Ich glaube, aus dem gleichen Grund, aus dem er die anderen Priester getötet und versucht hat, Lirith umzubringen. Und nicht nur, um in der Etherion Chaos zu stiften. Sif fürchtet, jemand könnte der Wahrheit auf die Schliche kommen.« Der Barde zeigte auf das tintenverschmierte Pergament auf dem Tisch, und sie alle traten näher heran. »Ich glaube nicht, dass Orsith hier mit einer Tempelaufzeichnung beschäftigt war, Landus. Ich glaube, das war sein Tagebuch.«

Landus nickte. »Das kann schon sein. Orsith hat seine eigenen Aufzeichnungen geführt.«

Falken hob das Pergamentblatt. »Es ist so schwer zu lesen. Das meiste ist verdeckt worden, als die Tinte darüber vergossen wurde. Aber ein paar Fragmente sind zu erkennen. Hier spricht er von der *Dunkelheit in der Tiefe*. Etwas tiefer steht das Wort *Tod*. Und hier, ganz unten ...«, Falken zeigte auf die letzten verschmierten Reihen, »... *dass die Spinnen zurückgekehrt sind.*«

Melia trat vor, ihre Augen schienen Flammen zu sprühen. »Ich glaube, es ist Zeit, Sif einen Besuch abzustatten.«

Minuten später standen sie vor den Stufen zu Sifs Heiligtum. Der Tempel des Spinnengottes war nicht weit von dem Mandus' entfernt, und Landus hatte sie persönlich hingeführt. Keiner von ihnen wäre auf die Idee gekommen, den jungen Akoluthen nicht mitkommen zu lassen; sein Gesichtsausdruck war mindestens genauso versteinert wie der Melias.

Die meisten Tempel des Zweiten Kreises waren aus weißem Marmor erbaut, doch der Stein von Sifs Heiligtum war von einem düsteren Grau, das im Mondlicht schimmerte. Die Türen des Gebäudes waren massiv und mit Einlegearbeiten aus Onyx versehen. Und sie waren fest verschlossen.

»Etwas sagt mir, dass Sifs Priester nicht geneigt sein werden, auf unser höfliches Anklopfen zu reagieren«, sagte Falken.

»Dann werden wir uns eben selbst einlassen«, erwiderte Melia entschieden.

Die Lady schoss an ihnen vorbei, dann hob sie die Hände über den Kopf. Zuerst hielt Aryn es für eine Täuschung durch das Mondlicht, dann erkannte sie die Wahrheit. Ein azurblauer Schimmer hüllte Melias schlanken Körper ein.

»Öffnet euch!«, befahl die Lady.

Blitze zuckten aus ihren Händen, ein Donnerschlag ertönte. Wie von einer gigantischen Faust getroffen flogen die Tempeltüren aus ihren Angeln und stürzten krachend nach innen.

Selbst Falken starrte ungläubig, als Staub aus dem Durchgang wallte.

Melia glättete steif den weißen Stoff ihres Kleides. »Hier entlang«, sagte sie und trat durch die Öffnung.

Sifs Tempel war gewaltig und düster. Dutzende Säulen aus dem gleichen glatten, grauen Stein stützten die im Schatten liegende Decke. Überall hingen Wandteppiche aus silbernem Stoff wie die Fäden eines monströsen Netzes. In der Mitte des Tempels war ein aus Onyx gefertigter Kreis in den Boden eingelassen, aus dem acht strahlenähnliche Arme wuchsen.

Keine Arme, Aryn. Beine. Das soll eine Spinne symbolisieren – eine große schwarze Spinne.

Priester hielten sich in dem Heiligtum auf, aber es fiel schwer, sie deutlich zu erkennen, da sie gerade alle auf der Flucht waren. Sie duckten sich zwischen Säulen; Türen knallten zu, Riegel wurden vorgelegt. In wenigen Augenblicken war der Tempel bis auf die sechs Besucher völlig leer.

Falken stieß einen leisen Pfiff aus. »Etwas sagt mir, dass sie keine Lust auf eine Plauderstunde haben.«

»Feiglinge«, sagte Melia und verzog angewidert die Lippen.

Landus starrte Melia an, pure Ehrfurcht stand in sein Gesicht geschrieben. Aryn wusste genau, wie er sich fühlte. Man bekam nicht jeden Tag eine ehemalige Göttin in Aktion zu sehen.

Falken kratzte sich am Kinn. »Und jetzt?«

»Pass auf«, sagte Melia.

Die Lady trat in die Mitte des Spinnensymbols. Sie hob die Stimme nicht, trotzdem hallten ihre Worte durch den leeren Tempel. Und aus einem unerfindlichen Grund war ihr scharfer Tonfall viel unheilverkündender, als es jeder Wutausbruch hätte sein können.

»Zeig dich, Sif«, rief sie. »Ich weiß, dass du mich hören

kannst. Eine Spinne weiß immer, was im Zentrum ihres Netzes vorgeht.«

Stille.

»Jetzt sofort, Sif, oder ich nehme deinen Tempel Stein für Stein auseinander und lasse nur eine stinkende schwarze Grube zurück, in der nichts, nicht einmal die primitivste Hütte, stehen bleiben wird!«

Melia hob die Arme.

»Nein!«, rief eine kreischende, weinerliche Stimme, die aus allen Richtungen kam. »Melindora, das darfst du nicht!«

Am anderen Ende des Tempels schimmerte die Luft. Dann wurde sie plötzlich wieder klar, als hätte man einen grauen Schleier fortgezogen, und enthüllte einen Thron aus silbrigem Gestein. Darauf hockte eine gigantische Gestalt. Aryn holte zischend Luft; sie wusste, dass sie einen Gott sah.

Sif war wie ein Mann geformt. Größtenteils. Denn er hatte vier Arme und vier Beine, und alle Gliedmaßen schienen gleichzeitig in Bewegung zu sein. Sein runder, aufgedunsener Körper wurde von einer grauen Tunika verhüllt, und sein Kopf erschien viel zu klein für den Rest von ihm. In dem runden Gesicht glitzerten zwei winzige schwarze Augen.

»Nun, da bin ich, Melindora«, sagte Sif mit einer seltsam schnalzenden Stimme. »Bist du jetzt glücklich?«

»Eigentlich nicht. Ich glaube, ich werde deinen Tempel auf jeden Fall für das niederreißen, was du getan hast.«

Sie hob die Arme. Blaue Blitze schossen durch die Luft. Eine der Säulen zersprang und kippte zur Seite.

»Aufhören!«, heulte Sif und bedeckte den Kopf mit allen vier Armen, als Staub und Steinchen auf ihn herabregneten. »Hört damit auf, Melindora. Das verdiene ich nicht!«

»Nein?« Melia streckte die goldene Spinne aus, die sie in Orsiths Zimmer gefunden hatten. »Ich glaube, das hier bedeutet, dass du es in der Tat verdient hast. Und noch mehr.«

Sie zeigte mit der anderen Hand auf eine Statue.

»Nein, Melia – nicht.«

Diesmal hatte nicht Sif gesprochen, sondern Falken. Der Barde legte die Hand auf Melias Arm und drückte ihn sanft nach unten. Sie starrte ihn böse an.

»Was tust du da, Falken? Sif hat Orsith genau wie die anderen ermordet, und es ist Zeit, dass er dafür bezahlt.«

»Aber du irrst dich!«, jammerte Sif. »Ich war es nicht, ich schwöre es bei meinem Netz. Diese Spinne gehört mir nicht, Melindora.«

Melia trat näher an den Gott heran. »Du lügst!«

»Das tue ich nicht! Nun, zumindest jetzt nicht. Frag ihn.« Sif zeigte mit einer seiner vielen Hände auf Falken. »Er kennt die Wahrheit – ich kann es in seinen Augen lesen. Ihr alle wisst so gut wie ich, dass Ondo, dieser lächerliche Narr, mir niemals goldene Spinnen gewährt hat. Und der verfluchte Geb hat das Gold versteckt, das er mir gestohlen hat.«

Melia wollte etwas erwidern, aber plötzlich schienen ihr die Worte zu fehlen. Sie senkte die Arme und stolperte zurück. Falken stützte sie.

»Also hatte ich Recht«, sagte Durge, den es scheinbar nicht zu kümmern schien, dass da ein leibhaftiger Gott vor ihm saß. Stattdessen hätte es genauso gut ein Küchenjunge sein können, den man beim Brotstehlen erwischt hatte. »Ihr wart wütend auf Ondo und habt zusammen mit Geb sein Gold gestohlen.«

»Ja, das gebe ich zu!«, kreischte Sif so laut, dass seine Stimme durch den Tempel hallte. »Ich habe Ondo wegen seines Stolzes verabscheut. Immer hat er mit seinem Gold geprahlt. Doch ich hätte wissen sollen, dass Geb mich verraten würde, und dafür hasse ich ihn auch.« Sifs viele Arme verschränkten sich und lösten sich wieder voneinander. »Aber ich habe sie nicht ermordet. Ich habe niemanden ermordet.«

»Was ist mit den Priestern von Vathris in der Etherion? Durge hat deine Priester dort herumschleichen sehen, nur Augenblicke, bevor die anderen ermordet wurden.«

»Das hast du missverstanden, Melindora. Meine Priester haben die Debatte auf meinen Befehl hin im Verborgenen verfolgt. Sie wollten die Etherion nur verlassen, ohne gesehen zu werden. Ich weiß nicht, wer die Männer des Stiers getötet hat – aber meine Priester hatten nichts damit zu tun.«

Wieder sagte Melia: »Du lügst.« Aber diesmal war es ein leises Flüstern.

Aryn wusste, dass die Götter weit über all das hinausgingen, was die Sterblichen ausmachte, dass sie Dinge real erscheinen lassen konnten, die es nicht waren. Sie war sich nicht sicher, ob da wirklich Sif vor ihnen saß. Trotzdem wusste sie, dass der Spinnengott nicht log.

Bevor ihr klar wurde, was sie da tat, trat sie vor. Sie wusste nicht, wie man einem Gott auf die richtige Weise gegenübertrat, also machte sie einen Knicks. »Entschuldigt, Lord Sif. Aber wenn Ihr nicht die anderen Götter ermordet habt, wer war es dann?«

»Glaubst du, ich will die Antwort auf diese Frage nicht genauso wissen, du unbedeutende Laus?« Er ballte vier Hände zu Fäusten. »Ich sollte dich wie eine Fliege in meinem Netz zerquetschen.«

Aryn starrte ihn entsetzt an, aber bevor sie etwas erwidern konnte, stellte sich Durge vor sie.

»Gott oder nicht, Ihr werdet eine Lady nicht auf diese Weise ansprechen.«

Sif kniff die kleinen Augen zusammen. »Und wer bist du, du unbedeutender Fleck?«

Melia machte einen Schritt auf den Thron zu. »Er ist mein Freund. Genau wie Orsith einer war. Und wenn du irgendetwas weißt, Sif, dann wirst du es mir sagen. Sofort.«

Sif setzte sich aufrecht hin, sein dicker Bauch wölbte sich vor. »Du bist keine Göttin mehr, Melindora. Ich muss dir nicht zuhören.«

»Das stimmt«, entgegnete sie kühl. »Aber ich glaube, dass es die Etherion tun wird. Ich werde ihr sagen, dass du Informationen über die Morde zurückhältst. Ich vermute, dass die anderen Tempel über diese Nachricht nicht erfreut sein werden. Ich glaube sogar, dass sie deine Priester aus der Etherion herauswerfen werden. Und zwar für immer.«

Sif erzitterte auf seinem Thron, er zog Arme und Beine an. Seine Lippen bewegten sich, aber er gab keinen Laut von sich.

»Denk darüber nach, Sif.« Melias Worte waren so scharf und präzise wie Dolchstöße. »Eine Ewigkeit, ohne Anhänger, die dich anbeten, keiner, der in deinem Namen Gebete spricht oder Kerzen entzündet. Eine Ewigkeit mit nichts außer deinem eigenen leeren Netz als Gesellschaft.«

Sifs kleine Augen quollen hervor. »Das würdest du nicht wagen!«

Melia stemmte die Hände in die Hüften und hob eine Braue.

Sifs knollenförmiger Körper erzitterte, als wäre er aus Gelee gemacht. Seine Umrisse verschwammen, als könnte er kaum sein Abbild aufrechterhalten.

»Du bist so widerlich wie eine Wespe, Melindora Nachtsilber«, fauchte der Spinnengott. Dann fügte er in einem eher mürrischen Tonfall hinzu: »Aber ich werde dir sagen, was immer du wissen willst.«

Unglücklicherweise stellte sich heraus, dass Sif nur sehr wenig wusste. Melia und Falken befragten den Gott mehrmals, aber das Einzige, was er bestätigen konnte, war, dass die goldene Spinne weder ihm noch einem seiner Anhänger gehörte und dass er keine Ahnung hatte, wer sie fallen gelassen haben könnte. Schließlich gaben sie auf.

»Ich bin dich leid, Sif«, sagte Melia. »Wir gehen.«

Sie wandte sich von dem Thron ab, Falken an ihrer Seite.

»Warte, Melindora«, rief der Gott in einem klebrigsüßlichen Tonfall. »Da ich kooperiert habe, bedeutet das doch, dass du der Etherion meinen kleinen Handel mit Geb verschweigen wirst, oder? Melindora? Melindora!«

Speichel sprühte von Sifs Lippen, aber Melia ging mit hocherhobenem Kopf von dem Thron fort.

»Lasst uns diesen Ort verlassen«, sagte sie zu den anderen. »Ich habe noch nie etwas für Spinnen übrig gehabt.«

Augenblicke später standen sie wieder am Fuß der Tempeltreppe. Melias harter Ausdruck war weicher geworden, sie lehnte sich an Falken an.

»Also war es doch nicht Sif«, sagte Lirith. Sie schaute Durge an. »Es sieht so aus, als hättet Ihr in allem Recht gehabt. Ausgenommen wer der Mörder ist.«

Durge zuckte mit den Schultern. »Ich schätze, es ist ein Wunder, dass ich überhaupt in so vielem Recht hatte, Mylady.«

Aryn seufzte. Sie hatte das Geheimnis für gelöst gehalten, aber sie waren der Antwort nicht näher als zuvor. »Aber wem gehört die goldene Spinne denn nun?«

»Ich weiß es nicht«, meinte Falken. »Aber ich glaube, Orsith hat es vielleicht gewusst. Ich glaube, das hat er in seinen Aufzeichnungen niedergeschrieben. Und ich ahne, dass er deswegen ...«

Ein Schrei zerriss die Nacht, ein hoher, gurgelnder Schrei – ein Schrei, der von keinem Menschen stammen konnte.

Sie fuhren herum. Der Schrei war durch die offenen Türen gekommen. Durge und Falken erreichten den Tempel als Erste, gefolgt von Melia und Landus. Aryn machte mit Lirith den Abschluss. Sie kamen zum Stehen, starrten mit offenem Mund auf das Bild, das sich ihnen bot.

Wieder rannten Priester quer durch den Tempel, aber diesmal flohen sie nicht vor Melias Zorn. Sie stolperten von dem klaffenden Loch in der gegenüberliegenden Seite des Tempels fort, einer schwarzen Leere, wo sich eben noch Sifs Thron befunden hatte. Ein halbes Dutzend Säulen war umgestürzt. Trümmer waren von der Decke gefallen, Staubwolken wallten durch die Luft. Von dem Spinnengott war keine Spur zu sehen.

Sie ignorierten die flüchtenden Priester, suchten sich einen Weg an den Trümmern vorbei und näherten sich dem Loch. Doch als sie in seine Nähe kamen, hielt Falken die Hand hoch und hinderte sie, zu nahe heranzugehen. Das Loch bot einen perfekten Kreis, die Ränder waren messerscharf. Der darin befindliche Abgrund war ein Nichts aus reiner, lebendiger Finsternis. Es zog Aryn an, zerrte sie vorwärts. Lirith packte ihre Schultern. Durge trat einen Stein in das Loch. Sie warteten, aber es war kein Aufschlag zu hören.

Falken versuchte einen der flüchtenden Priester zu erwischen, aber der Mann schrie bloß furchterfüllt auf und entwand sich ihm. Der Barde fluchte. »Was geht hier vor? Und wo ist Sif? Wir müssen ihn fragen, was passiert ist.«

»Du wirst ihn nicht finden.«

Das war Melia. Ihre Stimme war seltsam leise und müde. Sie drückte eine Hand gegen die Stirn; ihr Gesicht hatte jede Farbe verloren.

»Bei den Göttern, was ist das?«, fragte Falken.

Melia schwankte. »Er ist fort. Unwiderruflich fort, als hätte es ihn nie gegeben.«

Aryn schlug die Hand vor den Mund, um einen Schrei zu ersticken. Sif war tot. Der Mörder war hier gewesen, hier in diesem Tempel.

Und sie hatten ihn nicht einmal bemerkt.